Darren Shan

MITTERNACHTSZIRKUS 4

Das Schicksal der Vampire

Darren Shan

MITTERNACHTSZIRKUS 4

Das Schicksal der Vampire

Drei Romane in einem Band

DER SEE DER SEELEN

DER HERR DER SCHATTEN

DIE SÖHNE DES SCHICKSALS

Aus dem Englischen von
Gerald Jung, Katharina Orgaß und
Sabine Reinhardus

PAN

Die englischen Originalausgaben von
Der See der Seelen, Der Herr der Schatten
und *Die Söhne des Schicksals* erschienen 2003 und 2004
unter den Titeln *The Lake of Souls, Lord of the Shadows* und
Sons of Destiny bei HarperCollins, London.
Die deutschen Erstausgaben erschienen unter den Titeln
Darren Shan und der See der Seelen, Darren Shan und der Herr der Schatten
und *Darren Shan und die Söhne des Schicksals*
im Knaur Taschenbuch Verlag, München.

Besuchen Sie uns im Internet:
www.pan-verlag.de

FSC
www.fsc.org
MIX
Papier aus verantwortungsvollen Quellen
FSC® C006701

Sonderausgabe Sammelband September 2010

Umschlaggestaltung: ZERO Werbeagentur, München
Umschlagabbildung: Jupiterimages; gettyimages / Mike Kemp
Satz: Adobe InDesign im Verlag
Druck und Bindung: CPI – Ebner & Spiegel, Ulm
Printed in Germany
ISBN 978-3-426-28338-7

2 4 5 3

Der See der Seelen

Für:
Bas – du lenkst mein Vaporetto!

OBEs
(Orden der Blutigen Eingeweide) erhalten diesmal:
Nate – der Sheffield-Shanster-Seher!

die Banshee-Babes:
Zoë Clarke & Gillie Russell

das Globale Grotesk:
Der Christopher-Little-Clan

1

Ein halbes Jahr davor.

Nach der Schlacht mit den Vampyren war der Rückweg durch die Kanalisation beschwerlich, und wir kamen nur langsam voran. Wir hatten Mr. Crepsleys verkohlte Knochen in der Grube zurückgelassen, in die er gestürzt war. Ich hatte ihn bestatten wollen, aber ich war nicht mehr dazu imstande gewesen. Steves Offenbarung – dass er selbst der Lord der Vampyre war – hatte mich so sehr erschüttert, dass ich wie betäubt war. Mein bester Freund war tot. Für mich war eine Welt zusammengebrochen. Es war mir gleichgültig, ob ich am Leben war oder nicht.

Harkat und Debbie gingen neben mir, Vancha und Alice Burgess ein Stück vor uns. Debbie war einmal meine Freundin gewesen, aber jetzt war sie eine erwachsene Frau, während ich immer noch im Körper eines Halbwüchsigen festsaß – das war der Nachteil, wenn man ein Halbvampir war, der fünfmal langsamer alterte als gewöhnliche Menschen. Alice war Hauptkommissarin bei der Polizei. Vancha hatte sie entführt, als die Polizei uns umstellt hatte. Debbie und Alice hatten sich am Kampf gegen die Vampyre beteiligt, und beide hatten sich wacker geschlagen. Nur schade, dass es umsonst gewesen war.

Wir hatten Alice und Debbie alles über den Krieg der Narben erzählt. Es gibt tatsächlich Vampire, doch sind wir nicht die mordlustigen Ungeheuer aus den alten Legenden. Wir töten jene, an denen wir uns laben, nicht. Im Gegensatz zu anderen Geschöpfen der Nacht – den Vampyren. Sie haben sich vor 600 Jahren von den Vampiren abgespalten. Vampyre saugen ihre Opfer bis zum letzten Blutstropfen aus. Im Lauf der Jahrhunderte sind ihre Haut, ihre Augen und Fingernägel davon dunkelrot geworden.

Lange Zeit lebten beide Clans in Frieden miteinander. Das änderte sich jedoch, als der Lord der Vampyre auftauchte. Er war dazu bestimmt, die Vampyre in einen Krieg gegen die Vampire zu führen und unsere Sippe auszulöschen. Wenn wir ihn jedoch rechtzeitig aufspürten und töteten, ehe er ein vollwertiger Vampyr geworden war, würden wir den Krieg gewinnen.

Nur drei Vampire waren ausersehen, den Lord der Vampyre zur Strecke zu bringen (das hatte jedenfalls ein mächtiger Ränkeschmied namens Salvatore Schick verkündet, der die Zukunft vorhersehen konnte).

Zwei davon waren Vampirfürsten, nämlich Vancha March und ich. Der dritte war Mr. Crepsley, der Vampir, der mich einst angezapft hatte und wie ein Vater zu mir gewesen war. Er hatte sich dem Lord der Vampyre, besser gesagt demjenigen, den wir dafür gehalten hatten, in jener Nacht zum Kampf gestellt und ihn auch tatsächlich getötet. Aber dann hatte Steve es so eingerichtet, dass sich Mr. Crepsley in einer mit brennenden Pfählen gespickten Grube zu Tode stürzte. Anschließend hatte er mir offenbart, dass der Vampyr, den Mr. Crepsley im Zweikampf getötet hatte, nur ein Strohmann gewesen und in Wahrheit er selbst – Steve – der Lord der Vampyre war.

Ich konnte es noch immer nicht fassen, dass Mr. Crepsley tot war. Ich erwartete die ganze Zeit, dass mir jemand auf die Schulter klopfen und ein hoch gewachsener Vampir mit orangefarbenem Schopf hinter mir stehen würde. Die lange Narbe auf seiner Wange würde im Licht seiner Fackel schimmern, und er würde ironisch fragen, wo wir denn ohne ihn hinwollten. Aber mir klopfte niemand auf die Schulter, weil nämlich niemand da war. Mr. Crepsley war tot und würde nie mehr zurückkommen.

Am liebsten hätte ich meinem ohnmächtigen Zorn freien Lauf gelassen, mir ein Schwert gegriffen und Steve verfolgt. Ich wollte ihn packen und ihm einen Pfahl in sein gefühlloses Herz rammen. Aber Mr. Crepsley hatte mich davor gewarnt, mein Leben von Rachedurst beherrschen zu lassen. Er meinte, dann würde ich seelisch verkrüppeln. Ich war fest davon überzeugt, dass ich Steve irgendwann noch einmal begegnen würde und wir miteinander abrechnen würden, doch ich zwang mich, nicht mehr an ihn zu denken, und gab mich ganz meiner Trauer um Mr. Crepsley hin.

Aber ich konnte nicht richtig trauern. Die Tränen wollten einfach nicht kommen. Sosehr mir auch danach war, meinen Kummer herauszuschreien und bitterlich zu schluchzen, meine Augen blieben trocken. Innerlich war ich am Boden zerstört, nach außen hin blieb ich gefasst und gleichgültig, als berührte mich der Tod des Vampirs nicht sonderlich.

Plötzlich blieben Vancha und Alice stehen. Der Fürst drehte sich um. Seine großen Augen waren rot geweint, und in seinem Fellumhang, mit den schmutzigen nackten Füßen und dem verfilzten Haar sah er so bemitleidenswert aus wie ein zu groß geratenes Kind, das sich verlaufen hat. »Wir sind gleich oben«, sagte er heiser. »Es ist noch hell. Sollen wir warten, bis es dunkel ist? Wenn uns jemand sieht …«

»Ist mir egal«, sagte ich mürrisch.

»Ich will nicht hier bleiben«, schluchzte Debbie. »Ich halte es hier unten nicht mehr aus.«

»Und ich sollte meine Leute langsam mal benachrichtigen, dass ich noch lebe«, sagte Alice und zupfte verkrustetes Blut aus ihrem weißen Haar. »Obwohl ich nicht weiß, wie ich ihnen das alles erklären soll.«

»Sag einfach die Wahrheit«, brummte Vancha.

Die Hauptkommissarin verzog das Gesicht. »Wohl kaum! Ich muss mir irgendwas einfallen lassen …« Sie verstummte. Im Dunkel vor uns war eine Gestalt aufgetaucht und versperrte uns den Weg.

Fluchend griff Vancha nach einem Shuriken – das waren geschliffene Wurfsterne, die er um die Hüfte gegürtet trug – und machte Anstalten, ihn zu schleudern.
»Friede, Vancha«, sagte der Unbekannte und hob beschwichtigend die Hand. »Ich bin gekommen, euch zu helfen, nicht euch zu schaden.«
Vancha ließ den Shuriken sinken und sagte ungläubig: »Evanna?«
Die Gestalt schnippte mit den Fingern. Eine Fackel flammte auf, und wir erkannten die hässliche Hexe, die uns Anfang des Jahres auf der Suche nach dem Vampyrlord begleitet hatte. Sie hatte sich überhaupt nicht verändert. Dicke Muskelpakete, langes Zottelhaar, spitze Ohren, winzige Nase, ein braunes und ein grünes Auge (die Farben wechselten ständig zwischen rechts und links), behaarter Körper, lange, spitze Fingernägel und gelbe Seile, die sie statt Kleidern eng um sich gewickelt hatte.
»Was macht … Ihr hier?«, fragte Harkat. Seine runden, grünen Augen blickten misstrauisch. Evanna verhielt sich im Narbenkrieg neutral, aber sie konnte nach Lust und Laune der einen oder anderen Seite helfen oder sie behindern.
»Ich wollte mich von Lartens Seele verabschieden«, sagte sie lächelnd.
»Sein Tod scheint Euch ja nicht übermäßig nahe zu gehen«, stellte ich kühl fest.
Sie zuckte die Achseln. »Ich habe seinen Tod vor vielen Jahren vorausgesehen und schon damals um ihn geweint.«
»Ihr habt gewusst, dass er sterben würde?«, knurrte Vancha.
»Ganz sicher war ich nicht, aber ich habe vermutet, dass er umkommt.«
»Dann hättet Ihr es doch verhindern können!«
»Nein«, sagte Evanna. »Jene, welche die Gabe besitzen, den Lauf der Dinge vorauszuahnen, dürfen sich nicht einmischen.

Um Larten zu retten, hätte ich die Gesetze brechen müssen, denen ich unterworfen bin, und damit hätte ich ein fürchterliches Chaos entfesselt.«
Die Hexe streckte die Hand aus, und obwohl sie mehrere Meter von Vancha entfernt stand, umfassten ihre Finger sanft sein Kinn. »Ich mochte Larten gern«, sagte sie leise. »Ich hatte gehofft, dass ich mich irre. Aber ich durfte nichts zu seiner Rettung unternehmen. Ich durfte nicht über sein Schicksal entscheiden.«
»Wer hat dann darüber entschieden?«, brauste Vancha auf.
»Er selbst«, erwiderte Evanna ruhig. »Es war seine eigene Entscheidung, sich auf die Suche nach dem Vampyrlord zu begeben, in diese unterirdischen Gewölbe hinabzusteigen und den Lord zum Zweikampf herauszufordern. Er hätte sich auch vor der Verantwortung drücken können – doch er hat sich entschieden, sie auf sich zu nehmen.«
Vancha funkelte die Hexe noch einmal wütend an, dann senkte er den Kopf, und ich sah Tränen auf den schmutzigen Boden fallen. »Ich bitte um Entschuldigung, Lady«, murmelte er. »Ich mache Euch keinen Vorwurf. Ich bin bloß vor Hass ganz außer mir …«
»Ich weiß«, erwiderte Evanna und wandte sich uns anderen zu. »Ihr müsst mit mir kommen. Ich habe euch etwas zu sagen, und das würde ich lieber draußen tun – hier drinnen riecht es nach Verrat und Tod. Habt ihr ein paar Stunden für mich Zeit?« Sie sah Alice Burgess an. »Ich verspreche, euch nicht lange aufzuhalten.«
Die Hauptkommissarin rümpfte die Nase. »Auf ein paar Stunden kommt es jetzt auch schon nicht mehr an.«
Evannas Blick wanderte zu Harkat, Debbie, Vancha und mir. Wir verständigten uns stumm, dann nickten wir, folgten der Hexe zum Ausgang und ließen Dunkelheit und Tod hinter uns.

Evanna gab Vancha ein dickes Hirschfell, das er sich über Kopf und Schultern legen konnte, um die Sonne abzuhalten, dann eilten wir hinter der Hexe her durch die Straßen. Offenbar hatte uns Evanna mit einem Tarnzauber geschützt, denn trotz unserer blutverschmierten Gesichter und Kleider achtete niemand auf uns. Wir verließen die Stadt und kamen in ein kleines Wäldchen, in dem Evanna zwischen den Bäumen ihr Lager aufgeschlagen hatte. Sie setzte uns Beeren, Wurzeln und Wasser vor, und wir fielen heißhungrig darüber her.
Wir aßen schweigend. Dabei musterte ich die Hexe verstohlen und überlegte, warum sie wohl gekommen war – wenn sie sich wirklich von Mr. Crepsley hätte verabschieden wollen, hätte sie doch zu seinem Leichnam in die Kammer der Vergeltung hinabsteigen können. Evanna war Meister Schicks Tochter. Er hatte sie erschaffen, indem er das Blut eines Vampirs mit dem einer trächtigen Wölfin vermischte. Sowohl Vampire als auch Vampyre waren unfruchtbar – wir konnten keine Kinder zeugen –, aber Evanna konnte angeblich von männlichen Angehörigen beider Clans Kinder bekommen. Wir hatten sie kurz nach unserem Aufbruch aus dem Vampirberg kennen gelernt, und sie hatte Meister Schicks Prophezeiung bestätigt, dass wir viermal Gelegenheit haben würden, den Lord zu töten, und warnend hinzugefügt, dass zwei von uns sterben müssten, wenn es uns nicht gelänge.
Vancha war als Erster mit Essen fertig, lehnte sich zurück und rülpste. »Sprecht«, sagte er barsch – er war nicht in der Stimmung für Höflichkeitsfloskeln.
»Ihr wollt bestimmt wissen, wie viele Gelegenheiten ihr schon vertan habt«, sagte Evanna ohne Umschweife. »Die Antwort lautet – drei. Die erste Gelegenheit, den Lord zu töten, hattet ihr, als ihr auf der Lichtung mit den Vampyren gekämpft habt und den Lord entkommen ließt. Das zweite Mal war, als ihr herausgefunden habt, dass Steve Leonard ein Halbvampyr ist,

und ihn als Geisel genommen habt – obwohl ihr dabei mehrere Gelegenheiten hattet, ihn zu töten, zählen sie nur als eine. Die dritte Gelegenheit hatte Larten, als er den Lord zum Zweikampf herausforderte.«

»Bleibt also immer noch ein Versuch!«, sagte Vancha aufgeregt.

»Ja«, bestätigte Evanna. »Noch ein letztes Mal werden die Verfolger den Lord der Vampyre stellen, und dann wird sich das Schicksal von Vampiren und Vampyren entscheiden. Aber dieses Zusammentreffen wird nicht in nächster Zukunft stattfinden. Steve Leonard hat sich zurückgezogen, um neue Ränke zu schmieden, und ihr dürft euch erst einmal ausruhen.«

Die Hexe drehte sich nach mir um und sah mich freundlich an. »Es lindert deinen Kummer vielleicht nicht«, sagte sie sanft, »aber Lartens Seele ist ins Paradies entschwebt. Er starb ehrenvoll und hat den Lohn der Gerechten empfangen. Er hat seinen Frieden gefunden.«

»Mir wäre es trotzdem lieber, er wäre hier«, sagte ich traurig, starrte vor mich hin und wartete auf die Tränen, die immer noch nicht kommen wollten.

»Was ist mit den anderen Vampyren?«, fragte Alice. »Halten sich noch welche in unserer Stadt auf?«

Evanna schüttelte den Kopf. »Sie sind alle geflohen.«

»Kommen sie irgendwann zurück?« Alices funkelnder Blick verriet, dass sie sich das insgeheim wünschte, damit sie ein paar alte Rechnungen begleichen konnte.

»Nein«, erwiderte Evanna lächelnd. »Aber du kannst mit ziemlicher Wahrscheinlichkeit davon ausgehen, dass du ihnen noch einmal begegnest.«

»Das will ich auch hoffen«, brummelte Alice, und ich wusste, dass sie an Morgan James dachte, einen ihrer Beamten, der sich den Vampets angeschlossen hatte. Die Vampets sind die menschlichen Verbündeten der Vampyre. Sie scheren sich die

Köpfe kahl, schmieren sich Blut um die Augen, tätowieren sich ein »V« über die Ohren und tragen braune Uniformen.

»Heißt das, dieser Alptraum ist endlich vorbei?«, fragte Debbie und wischte sich den Schmutz von den dunklen Wangen. Die junge Lehrerin hatte wie eine Löwin gekämpft, doch nun hatten die Ereignisse der Nacht sie eingeholt und sie zitterte unkontrolliert.

»Was dich betrifft, erst einmal ja«, antwortete Evanna geheimnisvoll.

»Was soll das heißen?«, fragte Debbie skeptisch.

»Du und die Hauptkommissarin, ihr beide könnt beschließen, dass ihr nichts mehr mit dem Krieg der Narben zu tun haben wollt«, sagte Evanna. »Ihr könnt in euren Alltag zurückkehren und weiterleben, als wäre nichts geschehen. Wenn ihr euch dafür entscheidet, werden euch die Vampyre nicht mehr behelligen.«

»Natürlich leben wir so weiter wie immer«, warf Alice ein. »Was denn sonst? Wir sind schließlich keine Vampire. Der Krieg geht uns nichts mehr an.«

»Vielleicht nicht«, erwiderte die Hexe. »Vielleicht überlegt ihr es euch aber auch anders, wenn ihr eine Weile darüber nachgedacht habt. Erst einmal kehrt ihr nach Hause zurück, denn ihr müsst eure Angelegenheiten regeln und das Ganze verarbeiten, aber ob ihr endgültig dort bleibt oder nicht …« Evanna sah zu Vancha, Harkat und mir herüber. »Und was habt ihr drei jetzt vor?«

»Dieses Ungeheuer Leonard weiterverfolgen«, sagte Vancha wie aus der Pistole geschossen.

»Das kannst du natürlich tun«, entgegnete Evanna achselzuckend, »aber damit vergeudest du nur Kraft und Zeit. Außerdem gefährdest du damit deine Rolle in diesem Spiel. Es ist dir zwar bestimmt, ihm noch einmal gegenüberzutreten, doch wann und wo, steht längst nicht fest. Wenn du ihn jetzt verfolgst, verpasst du vielleicht die letzte, schicksalhafte Schlacht.«

Vancha stieß einen saftigen Fluch aus, aber schließlich fragte er die Hexe doch, wohin er ihrer Meinung nach gehen sollte.

»Zum Berg der Vampire«, erwiderte sie. »Jemand muss den Clan über den Stand der Dinge unterrichten. Sie dürfen den Lord zwar nicht eigenhändig töten, diese Regel gilt immer noch, aber sie dürfen dir suchen helfen und dir Hinweise geben.«

Vancha nickte bedächtig. »Ich werde einen vorübergehenden Waffenstillstand ausrufen und alle auf die Suche schicken. Sobald es dunkel ist, husche ich zum Berg zurück. Darren, Harkat – kommt ihr mit?«

Ich sah meinen Mitfürsten an, dann senkte ich den Blick auf den braunen Waldboden. »Nein«, sagte ich leise. »Ich habe genug von Vampiren und Vampyren. Ich weiß, ich bin ein Fürst und habe meine Pflichten, doch mein Kopf fühlt sich an, als ob er gleich platzt.

Mr. Crepsley hat mir mehr bedeutet als irgendetwas anderes auf der Welt. Ich brauche Abstand, vielleicht nur eine Weile, vielleicht aber auch für immer.«

»Dies ist kein guter Zeitpunkt, die Bande zu jenen zu durchtrennen, die sich um dich sorgen«, erwiderte Vancha ruhig.

»Ich kann es nicht ändern«, seufzte ich.

Vancha war über meine Entscheidung nicht glücklich, dennoch akzeptierte er sie notgedrungen. »Gutheißen kann ich es zwar nicht – einem Fürsten sollte das Wohl seiner Sippe immer wichtiger sein als sein eigenes –, aber ich verstehe dich. Wenn ich es den anderen erkläre, werden sie dich in Ruhe lassen.« Er sah Harkat an und zog die Augenbrauen hoch: »Ich nehme an, du willst ihn begleiten?«

Harkat zog seine Maske herunter (für die Kleinen Leute war normale Atemluft lebensgefährlich) und grinste schief. »Stimmt genau.« Meister Schick hatte Harkat von den Toten auferweckt. Der Kleine Kerl wusste nicht, wer er früher einmal gewesen war, doch er glaubte es herausfinden zu können, wenn er sich immer in meiner Nähe hielt.

»Wo wollt ihr denn hin?«, erkundigte sich Vancha. »Ich kann zwar auch den Stein des Blutes befragen, aber es ist einfacher, wenn ich eine ungefähre Vorstellung habe, in welche Richtung ihr weiterzieht.«

»Das weiß ich noch nicht«, entgegnete ich. »Wir gehen einfach drauflos und ...« Ich hielt inne, als ich urplötzlich Zirkuswagen, Schlangenjungen und Hängematten vor mir sah. »Wir gehen zum Cirque Du Freak«, verkündete ich. »Das ist außer dem Vampirberg der einzige Ort, der für mich eine Art Zuhause ist.«

»Eine gute Wahl«, sagte Evanna, und an dem leichten Lächeln, das um ihre Lippen spielte, merkte ich, dass sie die ganze Zeit gewusst hatte, wie ich mich entscheiden würde.

Bei Sonnenuntergang ging jeder seiner Wege, obwohl wir kein Auge zugetan hatten und vor Erschöpfung schier umfielen. Vancha machte sich als Erster auf die weite Wanderung zum Vampirberg. Er war kein Freund großer Worte, dennoch umarmte er mich fest und raunte mir zu: »Halt die Ohren steif!«

»Du auch!«, erwiderte ich leise.

»Das nächste Mal machen wir diesen Leonard kalt«, gelobte er.

»Machen wir«, bestätigte ich mit schwachem Grinsen. Er drehte sich um, rannte los, erreichte im Nu Huschgeschwindigkeit und verschwand in der Dämmerung.

Debbie und Alice brachen als Nächste auf und schlugen den Weg in die Stadt ein. Debbie bat mich mitzukommen, aber wie die Dinge lagen, konnte ich ihr diesen Wunsch nicht erfüllen.

Ich musste eine Weile allein sein. Sie weinte und umarmte mich stürmisch.
»Kommst du irgendwann wieder?«
»Ich versuch's«, erwiderte ich rau.
»Wenn nicht, kannst du ihn immer noch suchen gehen«, warf Evanna ein. Sie reichte Alice Burgess einen zusammengefalteten Zettel. »Verwahr das gut. Mach es nicht auf. Lest es erst, wenn ihr euch beide darüber klar geworden seid, was ihr tun wollt.«
Die Hauptkommissarin fragte nicht lange, sondern steckte den Zettel ein. Debbie sah mich flehend an. Sie wollte immer noch, dass ich mit ihr kam – oder sie meinerseits bat, mich zu begleiten –, aber der Kummer lag mir wie ein riesiger, kalter, harter Klumpen im Magen und ich konnte im Moment einfach an nichts anderes denken.
»Pass auf dich auf«, sagte ich daher nur und wandte mich ab.
»Für dich gilt dasselbe«, sagte sie heiser, brach in lautes Schluchzen aus und stolperte davon. Mit einem knappen »Macht's gut« eilte Alice hinter ihr her, und die beiden Frauen verschwanden, eine den Arm um die Schulter der anderen, zwischen den Bäumen in Richtung Stadt.
Jetzt waren nur noch Harkat, Evanna und ich übrig. »Wisst ihr überhaupt, wo der Zirkus zurzeit gastiert?«, fragte die Hexe. Wir schüttelten die Köpfe. »Dann habt ihr ja Glück, dass ich es weiß und zufällig auch dorthin will«, sagte sie lächelnd. Sie trat zwischen uns, hakte sich bei uns ein und führte uns durch den Wald, fort von der Stadt und ihren tödlichen, unterirdischen Gewölben, zurück an jenen Ort, wo meine Reise in die Nacht einst ihren Anfang genommen hatte – zum Cirque Du Freak.

2 Alexander Knochen schlief in einem großen Reifen, der an einem Baum hing. Er schlief immer zusammengerollt, so blieb sein Körper geschmeidig und er konnte sich bei seinen Auftritten besser verdrehen und verbiegen. Normalerweise hing der Reifen in seinem Wohnwagen an einem speziellen Gestell, aber hin und wieder schleppte er ihn nach draußen und schlief im Freien. Es war Mitte November und sehr kalt, doch er hatte einen dicken, pelzgefütterten Schlafsack, der ihn warm hielt.

Während Alexander geräuschvoll vor sich hinschnarchte, schlich sich ein kleiner Junge mit einer Kakerlake in der Hand an und wollte ihm das Insekt in den offenen Mund werfen. Sein älterer Bruder und seine kleine Schwester sahen aus sicherer Entfernung mit diebischem Vergnügen zu und scheuchten ihn mit unmissverständlichen Gesten jedes Mal weiter, wenn er ängstlich stehen blieb.

Als der Junge direkt vor dem Reifen stand und die Hand mit der Kakerlake hob, streckte seine Mutter, die ihre drei Racker kannte, den Kopf aus einem benachbarten Zelt, riss sich das linke Ohr ab und warf es nach ihm. Es wirbelte wie ein Bumerang durch die Luft und schlug dem Kleinen die Kakerlake aus den plumpen Fingern. Er schrie auf und rannte zu seinen Geschwistern zurück, während Alexander selig weiterschlummerte und nicht ahnte, wie knapp er davongekommen war.

»Urcha!«, fuhr Merla den Jungen an. Sie fing das Ohr auf, als es zu ihr zurücktrudelte, und steckte es sich wieder an den Kopf. »Wenn ich dich noch einmal erwische, wie du Alexander ärgerst, sperre ich dich bis morgen früh zum Wolfsmann in den Käfig.«

»Shancus hat mich gezwungen!«, jammerte Urcha und fing sich dafür von seinem älteren Bruder einen Rippenstoß ein.

»Ich bezweifle nicht, dass er dich dazu angestiftet hat«, schimpfte Merla, »aber du bist alt genug, um es besser zu wissen. Mach das ja nicht noch mal, Shancus!«, fügte sie hinzu. Der Schlangenjunge blickte seine Mutter mit Unschuldsmiene an. »Wenn Urcha oder Lilia heute Abend noch irgendetwas anstellen, setzt es was.«

»Ich hab doch gar nichts gemacht!«, rief Shancus. »Die beiden wollen immer ...«

»Es reicht!«, schnitt ihm Merla das Wort ab. Sie trat aus dem Zelt und wollte zu den Kindern hingehen, da sah sie mich unter einem Baum unweit von Alexander sitzen. Ihre Züge wurden weich. »Hallo, Darren«, sagte sie. »Was machst du denn da?«

»Kakerlaken fangen«, erwiderte ich und rang mir ein flüchtiges Lächeln ab. Merla und ihr Mann Evra Von – ein Schlangenmensch und einer meiner ältesten Freunde – waren sehr nett zu mir gewesen, seit ich vor ein paar Wochen wieder zum Cirque gestoßen war. Obwohl es mir in meiner bedrückten Stimmung schwer fiel, ihre Freundlichkeit zu erwidern, tat ich mein Möglichstes.

»Es ist kalt«, bemerkte Merla. »Soll ich dir eine Decke holen?«

Ich schüttelte den Kopf. »Das bisschen Frost macht uns Halbvampiren nichts aus.«

»Könntest du vielleicht ein Auge auf die drei haben, solange du hier draußen bist?«, fragte sie. »Evras Schlange häutet sich gerade. Wenn du uns die Kinder so lange vom Hals halten könntest, wäre uns das eine große Hilfe.«

»Kein Problem«, sagte ich, stand auf und klopfte mir den Staub von der Hose, während Merla wieder ins Zelt zurückging. Ich trat zu den drei Von-Kindern, die mich unsicher ansahen. Ich war immer sehr ernst, und sie wussten nicht genau, was sie von mir halten sollten. »Was würdet ihr denn gern machen?«, fragte ich.

»Kakerlake!«, quiekte Lilia. Sie war erst drei Jahre alt, sah aber mit ihren rauen, bunten Schuppen eher wie fünf oder sechs aus. Wie ihr Bruder Shancus war Lilia halb Mensch, halb Schlange. Urcha dagegen war ein ganz gewöhnlicher Junge, auch wenn er gern wie seine Geschwister gewesen wäre und sich manchmal bunt bemalte Fetzen Alufolie auf den Körper klebte und seine Mutter damit zur Verzweiflung trieb.

»Schluss mit den Kakerlaken«, sagte ich. »Sonst noch was?«

»Du sollst uns zeigen, wie du Blut trinkst«, forderte Urcha, und Shancus zischte ihn wütend an.

»Was ist denn?«, fragte ich Shancus, der nach mir benannt worden war.

»Er soll so was nicht sagen«, erwiderte Shancus und strich sich das gelbgrüne Haar aus der Stirn. »Mama hat gemeint, wir sollen nicht über Vampire reden, weil du sonst vielleicht sauer wirst.«

Ich lächelte. »Mütter machen sich immer über die komischsten Sachen Gedanken. Keine Sorge, ihr könnt sagen, was ihr wollt. Mich stört das nicht.«

»Kannst du uns dann zeigen, wie du trinkst?«, fragte Urcha beharrlich.

»Aber klar«, antwortete ich, breitete die Arme aus, schnitt eine Fratze und stieß ein tiefes Knurren aus. Die Kinder quiekten vor Wonne und rannten davon. Ich stapfte hinter ihnen her und verkündete, ich wollte ihnen die Bäuche aufschlitzen und sie leer saugen.

Obwohl ich mich so weit zusammenreißen konnte, mit den Kindern Späße zu machen, fühlte ich mich nach wie vor hundeelend. Ich hatte Mr. Crepsleys Tod noch überhaupt nicht verarbeitet. Ich schlief sehr wenig, meistens nicht mehr als ein, zwei Stunden pro Nacht, und hatte jeglichen Appetit verloren. Seit ich die Stadt verlassen hatte, hatte ich kein Blut mehr getrunken. Auch hatte ich mich weder gewaschen noch die Kleider gewechselt oder mir die Nägel geschnitten (sie wuchsen schneller als bei gewöhnlichen Menschen), geschweige denn geweint. Ich fühlte mich leer und einsam, und mir war alles gleichgültig.

Als wir beim Cirque angekommen waren, hatte sich Meister Riesig den ganzen Tag lang mit Evanna in seinem Wohnwagen eingeschlossen. Erst tief in der Nacht kamen sie wieder heraus, und Evanna verschwand ohne ein Wort des Abschieds. Meister Riesig vergewisserte sich, ob mit Harkat und mir alles in Ordnung war, und versorgte uns dann mit einem Zelt, Hängematten und was wir sonst so brauchten. Seither hatte er sich oft und lange mit mir unterhalten, mir Geschichten über Mr. Crepsley erzählt und davon, was sie beide früher alles getrieben hatten. Immer wieder forderte er mich auf, meine eigenen Erinnerungen beizusteuern, aber ich konnte nur gequält lächeln und den Kopf schütteln. Ich brachte nicht einmal den Namen des toten Vampirs über die Lippen, ohne dass sich mir der Magen zusammenkrampfte und ich rasende Kopfschmerzen bekam.

Auch mit Harkat hatte ich in letzter Zeit nicht viel geredet. Er wollte mit mir über den Tod unseres gemeinsamen Freundes sprechen, doch ich weigerte mich und wies ihn immer wieder ab, was ihn ärgerte. Ich verhielt mich egoistisch, aber ich konnte nicht anders. Mein Kummer war so übermächtig, dass er mich von allen isolierte, die sich Sorgen um mich machten und mir helfen wollten.

Die Von-Kinder blieben jetzt stehen, hoben Äste und Kiesel auf und warfen damit nach mir. Ich bückte mich, um nach einem Stock zu greifen, und dabei fiel mir plötzlich die unterirdische Kammer wieder ein und Mr. Crepsleys Gesicht, als er Steve losließ und auf die brennenden Pfähle stürzte. Mit einem tiefen Seufzer setzte ich mich auf den Boden und merkte gar nicht, wie die kleinen Vons Moos und Erde auf mich rieseln ließen und mich neugierig anstießen. Sie dachten, mein Verhalten gehöre zu unserem Spiel. Ich brachte es nicht übers Herz, ihnen den wahren Grund zu sagen, und blieb einfach sitzen, bis es ihnen schließlich langweilig wurde und sie abzogen. Einsam und mit Schmutz bedeckt hockte ich auf der Lichtung, bis die dunkle, kalte Nacht anbrach.

Eine weitere Woche schleppte sich dahin. Ich zog mich immer mehr in mich zurück. Wenn mich jemand etwas fragte, gab ich keine Antwort, sondern knurrte nur wie ein Tier.
Drei Tage zuvor hatte Harkat versucht, mir meine schlechte Stimmung auszureden, aber ich hatte ihn beschimpft und gesagt, er solle mich in Ruhe lassen. Er wurde wütend und schlug nach mir. Ich hätte seiner klobigen grauen Faust ausweichen können, doch ich ließ mich von ihm so lange schlagen, bis ich am Boden lag. Als er sich zu mir hinunterbeugte, um mir hochzuhelfen, fegte ich seine Hand weg. Seither hatte er kein Wort mehr mit mir gesprochen.
Um mich herum ging das Leben weiter. Im Cirque herrschte große Aufregung: Truska – eine Frau, die sich nach Belieben einen Bart wachsen und die Haare dann wieder ins Gesicht einziehen konnte – war nach einigen Monaten der Abwesenheit zurückgekommen. Nach der Abendvorstellung wurde ein großes Fest veranstaltet, um ihre Rückkehr zu feiern. Es wurde gelacht und gesungen. Ich ging nicht hin. Ich saß mit steinernem Gesicht und trockenen Augen allein am Rand des Lagers und dachte wie üblich an Mr. Crepsley.
Spätnachts tippte mir jemand auf die Schulter. Ich sah auf und erblickte Truska, die mich anlächelte und mir ein Stück Torte hinhielt. »Ich weiß, du dich nicht gut fühlst, aber ich dachte, du vielleicht magst das«, sagte sie. Truska lernte immer noch unsere Sprache und brachte oft die Wörter durcheinander.
»Danke, aber ich habe keinen Hunger«, lehnte ich ab.
»Schön, dich wiederzusehen. Was hast du denn so gemacht?«

Truska antwortete nicht. Sie sah mich an – und warf mir die Torte ins Gesicht! »Spinnst du?«, brüllte ich und sprang auf.
»Das hast du davon, weil du bist so ein Trauerkloß«, lachte Truska. »Ich weiß, du bist traurig, Darren, aber du kannst nicht sitzen herum ganze Zeit wie brummige Bär.«
»Du hast ja keine Ahnung«, fuhr ich sie an. »Du weißt nicht, wie ich mich fühle. Niemand weiß das!«
Sie sah mich schelmisch an. »Du glaubst, du Einziger, der jemanden Liebes verloren hat? Ich hatte Mann und Tochter. Sie wurden getötet von böse Fischer.«
Ich blinzelte betroffen. »Tut mir Leid. Das wusste ich nicht.«
»Niemand weiß hier.« Sie setzte sich neben mich, strich sich das lange Haar aus den Augen und blickte in den Himmel. »Deshalb ich habe Heimat verlassen und mich dem Cirque Du Freak angeschlossen. Ich hatte schreckliche Schmerzen in mich und musste weggehen. Meine Tochter war nicht zwei Jahre alt, als sie sterben.«
Ich wollte etwas sagen, aber meine Kehle fühlte sich an wie von einem Seil abgeschnürt.
»Der Tod von jemandem, den man liebt, ist zweitschlimmste Sache, wo gibt«, sagte Truska leise. »Schlimmste Sache ist, es so wehtun lassen, dass man selber stirbt – innen drin. Larten ist tot, und ich bin traurig um ihn, aber wenn du weiter so bist wie jetzt, ich bin noch trauriger um dich, weil du dann auch tot bist, obwohl dein Körper lebt.«
»Ich kann nichts dafür«, seufzte ich. »Er war wie ein Vater zu mir, aber ich habe nicht geweint, als er starb. Ich habe seither überhaupt noch nicht geweint. Ich kann einfach nicht.«
Truska betrachtete mich schweigend und nickte dann. »Ist schwer, mit Trauer zu leben, wenn man sie nicht kann rauslassen mit Tränen. Keine Sorge, früher oder später du wirst weinen. Vielleicht du fühlst dich dann besser.« Sie stand auf und bot mir die Hand. »Du bist schmutzig und stinken. Ich

dir helfe sauber machen. Vielleicht du fühlst dich danach schon besser.«

»Ich glaube nicht«, seufzte ich, aber ich folgte ihr in das Zelt, das Meister Riesig für sie bereitgestellt hatte. Ich wischte mir die Tortenreste aus dem Gesicht, zog mich aus und wickelte mich in ein Handtuch, während Truska eine Wanne mit heißem Wasser füllte und duftende Öle hineingoss. Sie verließ das Zelt, damit ich hineinsteigen konnte. Ich kam mir komisch vor, als ich mich in das duftende Wasser sinken ließ, doch nachdem ich mich erst einmal ausgestreckt hatte, war es herrlich, und ich blieb fast eine Stunde drin.

Ich war gerade aus der Wanne gestiegen und trocknete mich ab, da kam Truska wieder herein. Sie hatte meine schmutzigen Sachen mitgenommen, deshalb schlang ich mir das Handtuch um die Hüften. Sie hieß mich auf einem niedrigen Stuhl Platz nehmen und machte sich mit Schere und Feile über meine Nägel her. Ich warnte sie, dass sie nicht viel ausrichten würde – Vampire haben besonders kräftige Nägel –, aber sie lächelte nur und schnitt mir den Nagel der rechten großen Zehe. »Diese Schere superscharf. Ich kenne Vampirnägel – ich schneide manchmal Vanchas!«

Anschließend stutzte sie mir die Haare, rasierte mich und verpasste mir zum Abschluss eine kurze Massage. Als sie fertig war, stand ich auf und fragte sie nach meinen Kleidern. »Sind im Feuer«, grinste sie. »Sie waren eklig. Ich sie weggeworfen.«

»Und was soll ich jetzt anziehen?«

»Ich habe Überraschung«, sagte sie. Sie ging zu einem Schrank, holte ein paar leuchtend bunte Kleidungsstücke heraus und breitete sie auf dem Bett aus. Ich erkannte das hellgrüne Hemd, die dunkelrote Hose und die blaugoldene Jacke sofort wieder – es war das Piratenkostüm, das ich getragen hatte, als ich noch mit dem Cirque Du Freak umhergezogen war.

»Du hast es aufgehoben.« Ich grinste verlegen.
»Als du letztes Mal hier warst, ich dir gesagt, dass ich es noch habe und flicke, damit du wieder anziehen kannst, du hast vergessen?«
Es schien Jahre her zu sein, seit wir kurz vor unserer ersten Begegnung mit dem Lord der Vampyre noch einmal im Cirque Station gemacht hatten.
Jetzt fiel mir auch wieder ein, dass Truska damals versprochen hatte, mein altes Kostüm bei Gelegenheit zu flicken.
»Ich warte draußen«, sagte Truska. »Zieh dich an und ruf mich, wenn du fertig.«
Ich ließ mir mit dem Anziehen viel Zeit. Es war ein seltsames Gefühl, die Kleider nach so vielen Jahren wieder zu tragen. Als ich sie zuletzt angehabt hatte, war ich noch ein Kind gewesen, das erst damit klarkommen musste, dass es jetzt ein Halbvampir war, und das noch nicht wusste, wie hart und grausam das Leben sein konnte. Damals fand ich das Kostüm cool und hatte es gern getragen. Jetzt kam es mir kindisch und albern vor, aber da sich Truska die Mühe gemacht hatte, es auszubessern, hielt ich es für angebracht, es ihr zuliebe anzuziehen.
Schließlich rief ich sie herein. Als sie mich sah, lächelte sie, ging zu einem anderen Schrank und kehrte mit einem braunen Hut zurück, den eine lange Feder zierte.
»Ich habe keine Schuhe in passender Größe«, sagte sie. »Wir besorgen später.«
Ich setzte den Hut ein bisschen schief auf und fragte schüchtern: »Na, wie sehe ich aus?«
»Sieh selber«, erwiderte sie und führte mich vor einen großen Spiegel.
Als ich mein Spiegelbild erblickte, verschlug es mir den Atem. Es mochte an dem gedämpften Licht liegen, aber frisch rasiert und in den sauberen Sachen sah ich unglaublich jung aus, so wie damals, als mich Truska ausstaffiert hatte.

»Was sagst du?«, fragte Truska.
»Ich sehe aus wie ein kleiner Junge«, flüsterte ich.
»Das liegt zum Teil an Spiegel«, erklärte sie kichernd. »Er macht paar Jahre jünger – sehr nett für Frauen!«
Ich nahm den Hut ab, zerwühlte mir das Haar und kniff die Augen zusammen. So sah ich älter aus – um die Augen herum hatten sich Fältchen gebildet, Spuren der vielen Nächte, die ich seit Mr. Crepsleys Tod durchwacht hatte. »Danke«, sagte ich und wandte mich ab.
Truska legte mir die Hand auf den Kopf und drehte mich energisch wieder zu meinem Spiegelbild um. »Du noch nicht fertig.«
»Wie meinst du das?«, fragte ich. »Ich habe alles gesehen, was es zu sehen gibt.«
»Nein«, widersprach sie, »hast du nicht.« Sie beugte sich vor und klopfte auf den Spiegel. »Blick in deine Augen. Blick tief hinein und nicht wegdrehen, ehe du siehst.«
»Was soll ich denn sehen?«, fragte ich, aber sie antwortete nicht. Stirnrunzelnd blickte ich meinem Spiegelbild in die Augen und suchte nach irgendetwas Ungewöhnlichem. Meine Augen sahen aus wie immer, etwas trauriger vielleicht, aber …
Plötzlich begriff ich, was Truska gemeint hatte. Meine Augen wirkten nicht nur traurig – meinem Blick fehlte jede Spur von Leben und Hoffnung. Nicht einmal Mr. Crepsleys Blick war so ausdruckslos gewesen, als er starb. Jetzt wusste ich, was Truska gemeint hatte, als sie sagte, auch die Lebenden könnten tot sein.
»Larten nicht hätte gewollt«, raunte sie mir ins Ohr, während ich in den Spiegel starrte. »Er liebte Leben. Er will, du auch liebst Leben. Was würde er sagen, wenn er sehen könnte diesen Lebend-aber-tot-Blick, der noch schlimmer wird, wenn du nicht aufhörst?«

»Er … er …« Ich schluckte schwer.
»Leer nicht gut«, fuhr Truska fort. »Du musst Augen füllen, wenn nicht mit Freude, dann mit Trauer und Schmerz. Sogar Hass ist besser als leer.«
»Mr. Crepsley hat gesagt, ich soll mein Leben nicht vom Hass vergiften lassen«, antwortete ich automatisch, und dann fiel mir auf, dass ich seinen Namen eben zum ersten Mal ausgesprochen hatte, seit ich zum Cirque Du Freak zurückgekehrt war. »Mr. Crepsley«, wiederholte ich langsam, und die Augen im Spiegel wurden schmal. »Mr. Crepsley«, seufzte ich. »Larten. Mein Freund.« Nun zuckten meine Lider, und Tränen sammelten sich in den Augenwinkeln. »Er ist tot«, stöhnte ich und drehte mich nach Truska um. »Mr. Crepsley ist tot!«
Mit diesem Ausruf warf ich mich in ihre Arme, umschlang ihre Taille und ließ endlich den Tränen und dem Kummer freien Lauf. Ich schluchzte lange und heftig, und die Sonne war schon aufgegangen, als ich mich ausgeweint hatte und mich auf den Boden sinken ließ, wo mir Truska ein Kissen unter den Kopf schob und mir eine fremdartige, traurige Melodie vorsummte, während ich die Augen schloss und einschlief.

3

Es war ein kalter, aber trockener März – sternklare Nächte, morgens weiß bereifte Wiesen und mittags strahlend blauer Himmel. Der Cirque Du Freak gastierte in einer großen Stadt an einem Wasserfall. Wir hatten schon vier Abendvorstellungen gegeben und würden noch eine ganze Woche bleiben, ehe wir weiterzogen, denn die Vorstellungen waren gut besucht, sowohl von Touristen als auch von den Einheimischen. Es war eine arbeitsreiche und einträgliche Zeit.
Seit ich vor ein paar Monaten in Truskas Zelt zum ersten Mal geweint hatte, hatte ich viele Tränen um Mr. Crepsley vergos-

sen. Es war schrecklich, denn schon die leiseste Erinnerung an ihn brachte mich zum Weinen – und dennoch dringend nötig. Allmählich wurden die Tränenausbrüche seltener, je mehr ich den Verlust verarbeitete und damit zu leben lernte.

Ich hatte Glück – ich hatte viele Freunde, die mir dabei halfen. Truska, Meister Riesig, Hans Hände, Cormac der Vielgliedrige, Evra und Merla, sie alle erleichterten mir diese schwere Zeit, indem sie mit mir über Mr. Crepsley sprachen und mich behutsam in die Normalität zurückführten. Nachdem ich mich wieder mit Harkat vertragen und mich für mein Verhalten ihm gegenüber entschuldigt hatte, wurde der Kleine Kerl mein wichtigster Vertrauter. Nächtelang hockten wir beisammen und erinnerten uns an Mr. Crepsley, an seine Marotten, an Dinge, die er gesagt, und Ausdrücke, die er gern verwendet hatte.

Jetzt, Monate später, hatte sich das Blatt gewendet, und ich musste Harkat beistehen. Seine Alpträume waren zurückgekehrt. Seit wir den Vampirberg verlassen hatten, litt er unter quälenden Träumen von öden Landschaften, Pfahlgruben und Drachen. Meister Schick hatte gesagt, die Träume würden immer schlimmer werden, wenn Harkat nicht mit ihm ginge, um herauszufinden, wer er vor seinem Tod gewesen war, doch Harkat hatte stattdessen beschlossen, mich auf der Suche nach dem Lord der Vampyre zu begleiten.

Später hatte mir Evanna geholfen, Harkats Alpträumen ein Ende zu bereiten, allerdings nur vorübergehend, wie sie meinte. Wenn die Träume wieder einsetzten, müsste Harkat entweder die Wahrheit über sich herausfinden, oder er würde den Verstand verlieren.

Im vergangenen Monat war Harkat von Träumen gequält worden, wann immer er schlief. Er hielt sich so lange wach, wie er konnte – Kleine Leute brauchen nicht viel Schlaf –, aber wenn er irgendwann doch eindöste, kamen die Träume, und er

schlug im Schlaf schreiend um sich. Es war so schlimm geworden, dass man ihn fesseln musste, wenn er schlief, sonst stolperte er durchs Lager, kämpfte mit unsichtbaren Ungeheuern und fügte dabei Menschen und Dingen Schaden zu.
Nach fünf schlaflosen Tagen und Nächten war er nach unserer Abschiedsvorstellung schließlich doch noch eingeschlummert. Ich hatte ihm die Arme mit dicken Seilen auf den Rücken gefesselt, saß neben seiner Hängematte, in der er sich ächzend hin und her warf, und wischte ihm die grünen Schweißperlen von der Stirn, damit sie ihm nicht in die lidlosen Augen rollten.
Am Morgen, nach stundenlangem Kreischen und Aufbäumen, verstummten seine Schreie endlich. Sein Blick wurde klar, und er lächelte mich schwach an. »Du kannst mich jetzt … losbinden. Für heute Nacht bin ich fertig.«
»Das ging ja ganz schön lange«, sagte ich und löste die Knoten.
»Das ist der Nachteil, wenn man … den Schlaf so lange hinauszögert«, seufzte Harkat und schwang sich aus der Hängematte. »Damit schiebe ich die Alpträume eine Weile hinaus, aber dafür … schlafe ich dann länger.«
»Vielleicht solltest du es noch mal mit Hypnose versuchen«, schlug ich vor. Wir hatten schon alles Erdenkliche unternommen, um Harkats Qualen zu lindern, und sämtliche Künstler und Arbeiter des Cirque gefragt, ob sie nicht ein Mittel gegen Alpträume wüssten. Meister Riesig hatte es mit Hypnose versucht, Truska hatte dem schlafenden Harkat etwas vorgesungen, Willi Wunderwanst hatte ihm den Kopf mit einer stinkenden Salbe eingeschmiert – es hatte alles nichts genützt.
»Hat keinen Zweck«, sagte Harkat matt. »Mir kann nur einer helfen – Meister Schick. Wenn er zurückkommt und mir erklärt … wie ich herausfinden kann, wer ich war, hören die Träume … vielleicht auf. Sonst …« Er schüttelte den gedrungenen, grauen, halslosen Kopf.

Nachdem er sich in einem Fass mit kaltem Wasser den Schweiß abgewaschen hatte, begleitete er mich zu Meister Riesigs Wohnwagen, wo man uns die Aufgaben für den heutigen Tag zuteilte. Seit wir uns dem Cirque wieder angeschlossen hatten, erledigten wir alle möglichen Hilfsarbeiten, stellten Zelte auf, reparierten kaputte Sitze und andere Gegenstände, kochten und wuschen.

Meister Riesig hatte mich gefragt, ob ich bei den Vorstellungen als sein Assistent auftreten wollte, doch ich hatte abgelehnt – es wäre mir komisch vorgekommen, die Bühne ohne Mr. Crepsley zu betreten.

Jetzt stand Meister Riesig in der Tür seines Wohnwagens, blickte uns entgegen und strahlte übers ganze Gesicht, sodass seine schwarzen Zahnstummel im Morgenlicht matt schimmerten. »Ich habe dich heute Nacht brüllen gehört«, wandte er sich an Harkat.

»Tut mir Leid«, erwiderte dieser.

»Schon gut. Ich sage das nur als Erklärung, warum ich euch die Neuigkeiten nicht gleich mitgeteilt habe – ich hielt es für besser, dich ausschlafen zu lassen.«

»Was denn für Neuigkeiten?«, fragte ich argwöhnisch. Meiner Erfahrung nach waren Neuigkeiten meistens eher schlecht als gut.

»Ihr habt Besuch«, sagte Meister Riesig belustigt. »Er ist gestern Nacht angekommen und wartet schon ungeduldig.« Er trat beiseite und winkte uns hinein.

Harkat und ich wechselten einen fragenden Blick und gingen zögernd in den Wohnwagen. Wir waren unbewaffnet – solange wir mit dem Cirque unterwegs waren, hielten wir Waffen für überflüssig –, aber wir ballten vorsichtshalber die Fäuste, bereit zuzuschlagen, falls uns der Anblick unseres »Besuchs« nicht gefiel. Doch als wir die beiden auf dem Sofa sitzen sahen, vergaßen wir alle Vorsicht und stürmten auf sie zu.

»Debbie!«, rief ich, »Alice! Was macht ihr denn hier?«
Debbie Schierling und Hauptkommissarin Alice Burgess standen auf und umarmten uns. Sie trugen schlichte Hosen und Pullover, und Debbie hatte sich die Haare schneiden lassen. Sie waren jetzt kurz und lockig. Ich fand, dass ihr die Frisur nicht stand, doch ich äußerte mich nicht dazu.
»Wie geht es dir?«, fragte Debbie, als ich sie wieder losließ, und sah mir prüfend in die Augen.
»Besser«, erwiderte ich lächelnd. »Es war eine harte Zeit, aber jetzt bin ich über das Schlimmste hinweg – hoffe ich jedenfalls.«
»Dafür kann er sich bei seinen Freunden bedanken«, bemerkte Harkat trocken.
»Was ist mit euch?«, fragte ich die Frauen. »Sind die Vampyre zurückgekommen? Wie habt ihr euren Vorgesetzten und Freunden alles erklärt? Und was wollt ihr überhaupt hier?« Ich war ganz aus dem Häuschen.
Debbie und Alice mussten lachen. Sie setzten sich wieder und berichteten, was geschehen war, seit wir uns im Wald vor der Stadt getrennt hatten. Statt ihren Vorgesetzten alles wahrheitsgemäß zu berichten, hatte Alice behauptet, die ganze Zeit über bewusstlos gewesen zu sein, seit Vancha March sie entführt hatte. Das war eine unkomplizierte Erklärung, die man sich gut merken konnte, und niemand hatte einen Grund gehabt, ihr nicht zu glauben.
Debbie dagegen musste sich einem regelrechten Verhör unterziehen.
Als die Vampyre der Polizei erzählt hatten, dass wir Steve Leonard als Geisel genommen hatten, war auch Debbies Name gefallen. Doch sie beteuerte beharrlich ihre Unschuld und behauptete, mich nur als ihren Schüler gekannt zu haben und nicht das Geringste über Steve zu wissen. Alice bestätigte ihre Version, und schließlich glaubte man ihr und ließ sie laufen.

Ein paar Wochen wurde sie noch beschattet, dann ließ die Polizei sie in Ruhe.

Die Behörden ahnten nichts von der Schlacht in der Kanalisation oder von den Vampyren, Vampets und Vampiren, die sich in ihrer Stadt getummelt hatten. Sie machten eine Verbrecherbande, bestehend aus Steve Leonard, Larten Crepsley, Darren Shan, Vancha March und Harkat Mulds, für die Morde verantwortlich. Einer war bei der Verhaftung entkommen, die anderen vier waren anschließend aus dem Gefängnis ausgebrochen und geflohen. Man hatte unsere Personenbeschreibungen überall verbreitet, aber wir stellten für die Stadt kein Problem mehr dar, und den Einwohnern war es ziemlich egal, ob wir nun Menschen oder Vampire waren. Sie waren einfach nur froh, uns los zu sein.

Als genug Zeit vergangen war und sich niemand mehr für die beiden Frauen interessierte, traf sich Alice mit Debbie, und die beiden sprachen über ihre absonderliche Begegnung mit der Welt der Vampire.

Debbie hatte im Mahler-Gymnasium gekündigt – sie konnte sich nicht mehr auf ihre Arbeit konzentrieren –, und auch Alice dachte über eine Kündigung nach.

»Mir erschien alles so sinnlos«, sagte die Hauptkommissarin leise und fuhr sich durch das kurze, weiße Haar. »Ich bin damals zur Polizei gegangen, um andere Leute zu beschützen. Aber als ich gesehen habe, was für Abgründe unter der Oberfläche lauern, kam ich mir unnütz vor. Ich fand nicht mehr in meinen Alltag zurück.«

Viele Wochen lang sprachen die Frauen über ihre Erlebnisse und darüber, was sie jetzt mit ihrem Leben anfangen sollten. Sie waren sich einig, dass sie nicht mehr weitermachen konnten wie davor, doch was sie stattdessen tun sollten, wussten sie auch nicht.

Eines Abends, nachdem sie lange geredet und viel getrunken

hatten, sagte Debbie etwas, das beider Leben von Grund auf änderte und ihnen ein neues, sinnvolles Ziel setzte.

»Ich machte mir Sorgen wegen der Vampets«, erzählte Debbie. »Sie scheinen noch heimtückischer zu sein als die Vampyre. Die haben immerhin noch gewisse Moralvorstellungen, die Vampets sind dagegen einfach nur gemeine Verbrecher. Sollten die Vampyre den Krieg eines Tages gewinnen, werden die Vampets trotzdem weiterkämpfen wollen.«

»Ich musste ihr Recht geben«, fuhr Alice fort. »Ich kenne solche Typen. Wenn die erst mal Geschmack am Kämpfen gefunden haben, sind sie nicht mehr zu bremsen. Und wenn es keine Vampire mehr gibt, mit denen sie sich herumprügeln können, suchen sie sich eben andere Opfer.«

»Ihre Mitmenschen«, sagte Debbie leise. »Wenn sie alle Vampire aus dem Weg geräumt haben, werden sie über ihre Mitmenschen herfallen. Dann werben sie immer mehr Leute an und werden immer zahlreicher, weil es genug schwache, machtgierige Menschen gibt. Mit den Vampyren im Hintergrund könnten sie in den nächsten Jahren zu einer echten Gefahr werden.«

»Aber wir kamen auch zu dem Schluss, dass sich die Vampire nicht groß darum kümmern würden«, fügte Alice hinzu. »Für den Vampirclan sind die Vampyre die wahre Bedrohung. Die Vampets sind für sie nur eine lästige Begleiterscheinung.«

»Daraufhin sagte ich, dann müssten wir sie eben mit ihren eigenen Waffen schlagen.« Debbie machte ein ungewöhnlich finsteres Gesicht. »Die Vampets sind unser Problem. Wir müssten unsererseits andere Menschen dafür gewinnen, die Vampets zu bekämpfen, und zwar so bald wie möglich, ehe sie zu zahlreich werden. ›Unser‹ und ›wir‹ war dabei ganz allgemein gemeint, aber als ich es aussprach, wurde mir klar, dass es nichts Allgemeines war – es war eine ganz persönliche Angelegenheit.«

»Opfer warten für gewöhnlich darauf, dass andere für sie kämpfen«, sagte Alice barsch. »Wer sich nicht als Opfer fühlen will, muss für sich selbst eintreten.«
Bis zum Morgen hatten die beiden Frauen beschlossen, als Erstes den Berg der Vampire aufzusuchen, dort die Erlaubnis der Fürsten einzuholen und anschließend eine Menschenarmee aufzustellen, um der Bedrohung durch die Vampets Einhalt zu gebieten. Vampire und Vampyre benutzen keinerlei Schusswaffen oder Pfeile – wenn sie angezapft werden, legen sie einen Eid ab, sich solcher Waffen niemals zu bedienen –, die Vampets dagegen waren nicht an solche Versprechen gebunden.
Auch die von Alice und Debbie geplante Armee brauchte sich nicht an diese Regel zu halten. Mit Unterstützung der Vampire konnten sie die Vampets aufspüren und ihnen zu den gleichen blutigen Bedingungen entgegentreten.
»Wir waren schon fast mit Packen fertig, als uns der offensichtliche Schwachpunkt unseres Plans bewusst wurde«, lachte Debbie. »Wir hatten keine Ahnung, wo der Berg der Vampire eigentlich liegt!«
Da fiel Alice Evannas Zettel wieder ein. Sie ging in ihre Wohnung zurück, wo sie ihn versteckt hatte, faltete ihn auf und fand eine Wegbeschreibung zum derzeitigen Standort des Cirque Du Freak, nämlich hier am Wasserfall.
»Evanna hat dir den Zettel doch schon vor Monaten gegeben!«, rief ich aus. »Woher wusste sie, wo der Cirque dann gastieren würde?«
Alice zuckte die Achseln. »Darüber nachzudenken, weigere ich mich. Ich habe mich mit Mühe an den Gedanken gewöhnt, dass es Vampire gibt, aber Hexen, die auch noch die Zukunft vorhersehen können … das geht mir dann doch zu weit. Ich nehme lieber an, dass sie sich vorher bei dem Typen, dem dieser Laden hier gehört, erkundigt hat.«

»Obwohl das nicht erklärt, woher sie wusste, wann wir die Nachricht lesen«, fügte Debbie augenzwinkernd hinzu.
»Ich schätze, das heißt, dass wir euch … hinbringen sollen«, sagte Harkat nachdenklich.
»Du hast's erraten«, erwiderte Alice. »Natürlich nur, wenn ihr nicht schon etwas anderes vorhabt.«
Harkat sah mich an. Nach Mr. Crepsleys Tod hatte ich unmissverständlich klargestellt, dass ich eine Weile nichts mehr mit Vampiren zu tun haben wollte. Die Entscheidung lag also bei mir.
»Ich bin nicht besonders scharf drauf, in den Berg zurückzukehren«, sagte ich resigniert. »Mir ist das immer noch zu früh. Aber angesichts einer so dringenden Angelegenheit bleibt mir wohl nichts anderes übrig. Außerdem könnte ich euch nicht nur den Weg zeigen, sondern auch als Vermittler zwischen euch und den Obervampiren auftreten.«
»Daran hatten wir auch schon gedacht«, sagte Debbie lächelnd, beugte sich vor und drückte mir die Hände. »Wir wissen nämlich nicht, was die Vampire von zwei Menschenfrauen halten werden, die plötzlich hereinschneien und ihnen anbieten, eine Armee aufzustellen und sie zu unterstützen. Dafür wissen wir nicht genug über ihre Sitten und Gebräuche. Wir brauchen jemanden, der uns dort einführt.«
»Ich bin mir nicht sicher, ob die Fürsten … euer Angebot annehmen«, warf Harkat ein. »Die Vampire haben immer ihre eigenen … Schlachten geschlagen. Wahrscheinlich werden sie es auch diesmal so halten wollen, selbst wenn … der Feind in der Überzahl ist.«
»Dann kämpfen wir eben allein gegen die Vampets«, schnaubte Alice verächtlich. »Aber sie wären dumm, unser Angebot auszuschlagen, und so viel ich bis jetzt gesehen habe, sind Vampire nicht dumm.«
»Klingt logisch«, sagte ich. »Der Clan könnte die Menschen in

den Kampf gegen die Vampets schicken und sich ganz auf die Vampyre konzentrieren.«

»Seit wann verhalten sich Vampire … logisch?« Harkat lachte. »Aber versuchen kann man's ja mal. Ich komme auch mit.«

»Das würde ich dir nicht raten«, kicherte es hinter uns. Erschrocken fuhren wir herum und sahen einen dritten Überraschungsbesuch im Wohnwagen stehen, einen kleinen, boshaft grinsenden Mann. Er war uns gleichermaßen bekannt wie unwillkommen – es war *Meister Schick!*

4

Der Schöpfer der Kleinen Kerle trug wie üblich einen gelben Anzug und grüne Gummistiefel. Er musterte uns durch seine dicken Brillengläser und drehte eine herzförmige Uhr in der linken Hand. Er war klein und dicklich, mit schlohweißem Haar und einem sadistischen Zug um den Mund.

»Hallo Jungs«, begrüßte er Harkat und mich. »Und hallo auch meine wunderhübschen Damen!« Er zwinkerte Debbie und Alice anzüglich zu. Debbie lächelte, die ehemalige Hauptkommissarin dagegen verzog keine Miene. Meister Schick setzte sich, zog einen Stiefel aus und kippte den Dreck, der sich darin angesammelt hatte, auf den Boden. Wieder fielen mir seine sechs seltsamen, mit Schwimmhäuten versehenen Zehen auf.

»Wie ich sehe, habt ihr euer Zusammentreffen mit Meister Leonard überlebt«, sagte er gedehnt und zog den Stiefel wieder an.

»Das haben wir aber nicht Ihnen zu verdanken«, erwiderte ich feindselig. »Sie haben gewusst, dass Steve der Lord der Vampyre ist. Sie hätten es uns sagen können.«

»Damit ich euch die Überraschung verderbe?«, lachte Meister Schick. »Diese schicksalhafte Begegnung in der Kammer der Vergeltung hätte ich um nichts auf der Welt verpassen mögen.

So viel Spaß hatte ich schon ewig nicht mehr. Die Spannung war fast unerträglich, auch wenn ich mir schon denken konnte, wie es ausgehen würde.«

»Sie waren doch gar nicht dabei«, sagte ich herausfordernd. »Außerdem konnten Sie sich nicht nur denken, wie es ausgehen würde – Sie haben es genau gewusst!«

Meister Schick gähnte gelangweilt. »Körperlich war ich vielleicht nicht anwesend«, erwiderte er, »aber dafür im Geiste, und wie es ausgehen würde, wusste ich tatsächlich nicht. Ich hatte zwar vermutet, dass Larten es nicht schaffen würde, doch hundertprozentig sicher war ich mir nicht. Er hätte genauso gut siegen können. Wie auch immer«, er klatschte in die Hände, »das ist alles Schnee von gestern. Wir haben Wichtigeres zu besprechen.« Er blickte Harkat an und drehte seine Uhr so, dass sich das Licht, das durch das Fenster in den Wohnwagen fiel, in Harkats runden Augen spiegelte. »Haben Sie in letzter Zeit gut geschlafen, Mr. Mulds?«

Harkat erwiderte den Blick seines Meisters unverwandt und sagte ausdruckslos: »Sie wissen ganz genau ... dass ich momentan nicht gut schlafe.«

Meister Schick steckte die Uhr ein, ohne den Kleinen Kerl dabei aus den Augen zu lassen. »Es wird Zeit, dass du herausfindest, wer du einmal warst«, sagte er leise. Harkat erstarrte.

»Warum gerade jetzt?«, fragte ich.

»Seine Alpträume sind schlimmer geworden. Entweder kommt er mit mir und forscht nach seiner wahren Identität, oder er bleibt hier – dann verliert er irgendwann den Verstand und geht zugrunde.«

»Warum sagen Sie es ihm nicht einfach?«, hakte ich nach.

»So läuft das nicht«, erwiderte Meister Schick.

»Muss ich lange wegbleiben?«, fragte Harkat leise.

»O ja«, lautete die Antwort. »Im schlimmsten Fall für immer. Es geht nicht einfach nur darum, dass du herausfindest, wer du gewesen bist, und dann wieder zurückkehrst. Es ist eine lange Reise voller Gefahren, und selbst wenn du sie überlebst, gibt es keine Garantie, dass du es wieder zurückschaffst. Aber einen anderen Weg gibt es nicht, wenn du nicht wahnsinnig werden und sterben willst.« Meister Schick stieß einen gespielten Seufzer aus. »Armer Harkat – muss zwischen Pest und Cholera wählen.«

»Wie mitfühlend von Ihnen«, knurrte Harkat. Dann blickte er mich an. »Sieht aus, als ob sich … unsere Wege trennen.«

»Ich könnte mitkommen …«, setzte ich an, doch er hob die plumpe, graue Hand und schnitt mir das Wort ab.

»Vergiss es«, sagte er. »Du musst Debbie und … Alice zum Berg der Vampire bringen. Nicht nur hinbringen, sondern auch unterwegs … beschützen. Der Weg ist gefährlich.«

»Wir können ja warten, bis ihr wieder da seid«, warf Debbie ein.

Harkat schüttelte den Kopf. »Nein. Wer weiß, wie lange … ich wegbleibe.«

Ich blickte den Kleinen Kerl hilflos an. Er war mein bester Freund, und es war mir schrecklich, ihn zu verlassen. Aber ich liebte Debbie und wollte sie nicht im Stich lassen.

»Nun ja«, säuselte Meister Schick und strich über das Zifferblatt seiner herzförmigen Uhr, »ich persönlich würde zuraten, dass Mr. Shan dich begleitet, jedenfalls, wenn dir dein Leben lieb ist.«

»Was wollen Sie damit sagen?«, fragte Harkat scharf. Meister Schick betrachtete seine Fingernägel und entgegnete in beiläufigem Ton: »Wenn Darren dich begleitet, stehen deine Überlebenschancen recht gut. Wenn du allein gehst, wirst du mit fast absoluter Sicherheit scheitern.«

Ich blickte ihn hasserfüllt an. Meister Schick hatte damals Mr. Crepsley und mich auf den Vampyrlord gehetzt, obwohl er genau wusste, dass unsere Unternehmung tödlich ausgehen

würde, und jetzt wollte er mich auf das nächste Himmelfahrtskommando schicken.
»Darren kommt nun aber mal nicht mit«, sagte Harkat, als ich gerade den Mund aufmachen und über Meister Schick herfallen wollte. »Er hat seine eigenen Probleme ... mit den Vampyren. Es ist meine Angelegenheit, nicht seine.«
»Selbstverständlich, mein lieber Junge«, sagte Meister Schick affektiert. »Das verstehe ich sehr gut, und wenn Darren lieber die hübschen Damen begleitet, möchte ich ihn keinesfalls davon abhalten. Allerdings würde ich es mir nie verzeihen, wenn ich ihm nicht vorher von den grässlichen ...«
»Ruhe!«, fuhr ihn Harkat an. »Darren begleitet Debbie und ... Alice. Basta.«
»Harkat«, sagte ich zögernd, »lass uns ...«
»Nein«, unterbrach er mich. »Du bist den Vampiren zur Treue verpflichtet. Du musst in den Schoß des Clans zurückkehren. Ich komme auch ohne dich klar.«
Und dabei blieb er.

Wir verließen das Lager gegen Mittag. Debbie und Alice waren bestens ausgerüstet. Sie hatten Seile, dicke Pullover, Bergstiefel, starke Taschenlampen, Feuerzeuge und Streichhölzer, Pistolen, Messer und was weiß ich noch alles eingepackt! Ich als Halbvampir brauchte keine besondere Ausrüstung, mein Rucksack enthielt nur ein solides Messer und Kleidung zum Wechseln. Ich trug Jeans, ein Hemd und einen dünnen Pullover. Obwohl Truska mein Piratenkostüm eigens ausgebessert hatte, fühlte ich mich darin nicht mehr wohl – ich kam mir kindisch vor. Deshalb hatte ich mir vor ein paar Monaten ganz normale Anziehsachen besorgt. Truska war nicht gekränkt. Sie meinte, sie würde das Kostüm Shancus oder Urcha schenken, wenn die beiden älter wären.
Schuhe trug ich keine. Für die Wanderung zum Berg gab es

von alters her bestimmte Vorschriften, mit denen es die Vampire sehr genau nahmen. Schuhe oder Bergsteigerausrüstung waren nicht gestattet. Normalerweise durfte man nicht mal huschen. Wegen des Narbenkriegs war diese Vorschrift in den letzten Jahren zwar gelockert worden, doch alle anderen Regeln galten unverändert. Debbie und Alice hielten mich für verrückt! Menschen fällt es oft schwer, die Geschöpfe der Nacht zu verstehen.

Noch etwas hatte ich eingepackt: mein Tagebuch. Ich hatte mich innerlich schon davon verabschiedet – ich hatte es nämlich zusammen mit meinem übrigen persönlichen Besitz in der Stadt zurücklassen müssen – und staunte nicht schlecht, als Alice es mir mit schwungvoller Geste präsentierte.

»Wo hast du das denn her?«, rief ich überrascht und strich über den weichen, zerknitterten Umschlag eines der Notizblöcke, aus denen das Tagebuch bestand.

»Es gehörte zu den Beweisstücken, die meine Beamten nach deiner Verhaftung zusammengetragen hatten. Als ich den Polizeidienst quittierte, habe ich es mitgehen lassen.«

»Hast du drin gelesen?«

»Nein, aber die anderen.« Sie grinste. »Sie hielten es für das Machwerk eines Geisteskranken.«

Ich hätte Harkat gern noch alles Gute gewünscht, doch er hatte sich mit Meister Schick in Meister Riesigs Wohnwagen eingeschlossen.

Als ich klopfte, kam Meister Riesig zur Tür und erklärte, der Kleine Kerl sei nicht zu sprechen. Ich rief »Wiedersehen«, aber niemand antwortete.

Mir war ganz elend, als ich mich von Evra, Merla und meinen anderen Freunden verabschiedet hatte und mit Debbie und Alice das Lager verließ. Aber Harkat hatte mir deutlich zu verstehen gegeben, wie er es haben wollte, und ich wusste selbst, dass es vernünftiger war, wenn ich in den Berg der Vampire zurückkehrte und meinen rechtmäßigen Platz in der Fürstenhalle wieder einnahm.

Debbie freute sich, mich wiederzuhaben, und wollte meine Hand gar nicht mehr loslassen. Sie war wegen der Wanderung zum Vampirberg aufgeregt und auch ein bisschen ängstlich. Sie fragte mir Löcher in den Bauch: was die Vampire für Kleidung trugen oder ob sie in Särgen schliefen und sich in Fledermäuse verwandeln konnten, aber ich war zu sehr mit meinen Gedanken beschäftigt, um ausführlicher darauf einzugehen.

Wir waren zwei oder drei Kilometer gelaufen, als ich plötzlich stehen blieb.

Ich dachte daran, wie oft mir Harkat schon das Leben gerettet hatte – als er mich aus den Fängen des wilden Bären befreite; als er bei meinen Einweihungsprüfungen den wütenden Eber tötete, der mir gerade den Bauch aufschlitzen wollte; als er in der Schlacht mit den Vampyren Seite an Seite mit mir gekämpft und seine Axt so flink und gewandt geschwungen hatte …

»Darren?«, fragte Debbie besorgt. »Was hast du?«

»Er muss umkehren«, antwortete Alice an meiner Stelle. Ich sah sie überrascht an, doch sie lächelte nur. »Freundschaft verpflichtet. Harkat braucht dich nötiger als wir. Geh zurück und hilf ihm. Du kannst ja nachkommen.«

»Aber er hat doch gesagt, dass ich euch begleiten soll.«

»Das spielt keine Rolle«, beharrte Alice. »Dein Platz ist bei ihm, nicht bei uns.«

»Nein!«, widersprach Debbie. »Ohne Darren finden wir nie zum Vampirberg!«

Alice zog eine Karte aus ihrem Rucksack. »Darren kann uns bestimmt die Richtung zeigen.«

»Nein!«, schrie Debbie wieder und klammerte sich an mich. »Ich habe Angst, dass ich dich nie mehr wiedersehe, wenn du gehst!«

»Ich muss gehen«, sagte ich. »Alice hat Recht, ich muss Harkat helfen. Ich würde auch lieber bei euch bleiben, aber ich käme mir wie ein Verräter vor.«

Debbies Augen füllten sich mit bitteren Tränen, doch sie blinzelte sie tapfer weg und nickte. »In Ordnung. Wenn du es unbedingt so haben willst …«

»Es muss sein«, wiederholte ich. »Du würdest es an meiner Stelle genauso machen.«

»Kann sein.« Sie lächelte gequält, dann setzte sie eine sachliche Miene auf, nahm Alice die Karte aus der Hand und bat mich, ihnen den Weg zum Vampirberg aufzuzeichnen.

Rasch zeigte ich ihnen den kürzesten Weg, wies sie auf ein paar Umwege hin, falls irgendwelche Hindernisse auftauchen sollten, und erklärte ihnen, wie sie sich in dem Tunnellabyrinth zurechtfinden konnten, das im Bergesinneren zu den Hallen hinaufführte, in denen die Vampire lebten. Dann gab ich Debbie ohne große Abschiedsszene einen flüchtigen Kuss, drückte Alice meinen Rucksack mit dem Tagebuch, das sie mir eben erst zurückgegeben hatte, in die Hand und bat sie, für mich darauf aufzupassen.

Ich wünschte beiden Frauen noch alles Gute, dann machte ich kehrt und rannte zum Lager zurück. Ich verbot mir, daran zu denken, was den beiden unterwegs alles zustoßen konnte, und richtete im Laufen ein kurzes Gebet an die Götter der Vampire. Ich bat sie, auf die ehemalige Hauptkommissarin und die Lehrerin, die ich liebte, aufzupassen.

Vom Rand des Lagerplatzes aus entdeckte ich mitten auf einer Wiese Meister Schick und Harkat. Vor den beiden ragte wie aus dem Nichts ein schimmernder Torbogen auf. Er glühte rötlich, und auch Meister Schick glühte, sein Anzug, sein Haar und sein Gesicht schimmerten in leuchtendem Blutrot. Die Fläche innerhalb des Bogens war stumpfgrau.

Meister Schick hörte mich kommen, warf einen Blick über die Schulter und grinste wie ein Haifisch. »Sieh da – Mr. Shan! Dacht ich's mir doch, dass du wieder aufkreuzen würdest.«
»Darren!«, fauchte Harkat wütend. »Ich habe dir doch verboten zu kommen! Ich nehme dich nicht … mit. Du musst …«
Meister Schick legte dem Kleinen Kerl die Hand auf den Rücken und schob ihn durch das Tor. Ein grauer Blitz – und Harkat war verschwunden. Durch den grauen Schleier innerhalb des Torbogens konnte ich undeutlich die Umgebung erkennen, doch von Harkat fehlte jede Spur.
»Wo ist er?«, rief ich erschrocken.
»Er hat sich auf die Suche nach der Wahrheit begeben«, erwiderte Meister Schick lächelnd, trat einen Schritt zur Seite und zeigte auf das glühende Tor. »Willst du ihn begleiten?«
Ich trat näher, betrachtete beklommen den roten Rahmen und den grauen Nebel dazwischen. »Was liegt dahinter?«, fragte ich.
»Ein anderer Ort«, antwortete Meister Schick geheimnisvoll. Dann legte er mir die Hand auf die Schulter und sah mich eindringlich an. »Wenn du Harkat folgst, kehrst du vielleicht nie mehr zurück, also überleg es dir gut. Wenn du ihm nachgehst und dabei umkommst, bist du nicht hier, um Steve Leonard entgegenzutreten, wenn es so weit ist, und das könnte schreckliche Folgen für den ganzen Vampirclan haben. Ist dein kleiner, grauhäutiger Freund ein solches Risiko wert?«
Ich brauchte nicht lange zu überlegen. »Ja«, antwortete ich schlicht und vollzog den Schritt in das unnatürliche Grau einer anderen Welt.

5 Am wolkenlosen Himmel über dem wüsten Land stand eine gleißende Sonne, die unbarmherzig auf die ausgedörrte Erde und die kahlen, felsigen Hügel niederbrannte. Körniger roter Staub bedeckte das Land fast völlig und füllte die breiten Risse im trockenen Boden. Bei starkem Wind wirbelte er in dichten Wolken auf, sodass man kaum noch atmen konnte. Rasch zog ich eine von Harkats Reservemasken über Mund und Nase, die den Staub einigermaßen abhielt, wir suchten uns ein geschütztes Plätzchen und warteten ab, bis sich der Wind wieder gelegt hatte.

Es war etwa zwei Wochen her, dass uns Meister Schick in diese unwirtliche Gegend gebracht und hier zurückgelassen hatte. Zwei Wochen waren wir durch öde Täler und über nackte Hügel gewandert, wo es außer ein paar robusten Eidechsen und Insekten, die wir fingen und aßen, nichts Lebendiges gab. Sie schmeckten abscheulich, doch man ist nicht wählerisch, wenn man ohne Nahrung oder Wasser in einer Staubwüste festsitzt.

Wasser war unsere Hauptsorge. Das Wandern in der staubigen Hitze machte durstig, und wir hatten keine Wasserflaschen, um uns einen Trinkvorrat anzulegen, wenn wir hin und wieder auf ein Wasserloch stießen. Zwar hatten wir uns aus Eidechsenhäuten primitive Behälter gebastelt, aber in die passte nicht viel hinein. Wir mussten sparsam damit umgehen.

Erst war Harkat wütend gewesen, weil ich mich ihm widersetzt hatte, und hatte die ersten Tage gar nicht wieder aufgehört zu schimpfen, doch irgendwann war sein Zorn verraucht. Er bedankte sich zwar auch nicht gerade, dass ich mich entschlossen hatte, ihn zu begleiten, aber insgeheim schien er ganz froh darüber zu sein.

Meister Schick war uns durch das Tor gefolgt, und es war hinter ihm zu Staub zerfallen. Ich hatte mich erst gar nicht zurechtgefunden, weil mir beim Hindurchgehen eine graue Wolke die Sicht nahm. Als sie sich lichtete, fand ich mich in einem runden, flachen, unbelebten Tal wieder, und obwohl das Ganze am helllichten Tag geschah, war es in dieser Welt Nacht, allerdings eine ungewöhnlich klare. Am Himmel standen ein voller Mond und funkelnde Sternenhaufen.

»Wo sind wir hier?«, fragte Harkat und sah sich mit großen Augen staunend um.

Meister Schick legte den Finger an die Nase. »Tja, das dürft ihr selbst rausfinden. Also, Jungs«, er hockte sich hin und bedeutete uns, es ihm gleichzutun, dann zeichnete er eine einfache Windrose in den Staub und zeigte auf einen der Pfeile. »Hier ist Westen, wie ihr morgen früh auch am Stand der Sonne erkennen könnt. Geht in diese Richtung, bis ihr ins Jagdrevier eines schwarzen Panters kommt. Den müsst ihr töten, um herauszufinden, wohin ihr euch anschließend wenden sollt.«

Er erhob sich lächelnd und wandte sich zum Gehen.

»Warten Sie!«, rief ich. »Mehr wollen Sie uns nicht verraten?«

»Was wollt ihr denn noch wissen?«, fragte er höflich.

»Alles!«, sagte ich. »Wo sind wir? Wie sind wir hierher gekommen? Was passiert, wenn wir nach Osten gehen statt nach Westen? Wie finden wir heraus, wer Harkat gewesen ist? Und was zum Teufel hat der Panter damit zu tun?«

Meister Schick seufzte ungeduldig. »Ich dachte, ihr hättet inzwischen ein gewisses Faible für das Unbekannte entwickelt«, sagte er. »Spürt ihr denn nicht, wie aufregend es ist, sich ins Abenteuer zu stürzen, ohne zu wissen, was als Nächstes passiert? Ich würde meine Gummistiefel und meine Brille dafür geben, wenn ich die Welt erleben könnte wie ihr, voller Überraschungen und Herausforderungen.«

»Stecken Sie sich Ihre Stiefel und Ihre Brille sonst wohin!«, schnaubte ich. »Beantworten Sie einfach meine Fragen!«

»Manchmal bist du ganz schön unhöflich«, beschwerte er sich, aber er hockte sich wieder hin und schwieg einen Augenblick nachdenklich. »Das meiste kann und will ich euch nicht sagen. Wo ihr hier seid, müsst ihr selbst herausfinden, obwohl es auch nichts schadet, wenn es euch nicht gelingt. Offensichtlich seid ihr entweder mit Hilfe eines mächtigen Zaubers oder einer ausgesprochen fortschrittlichen Technik hierher gelangt – was von beidem, wird nicht verraten. Wenn ihr nicht nach Westen geht, müsst ihr sterben, vermutlich einigermaßen qualvoll. Was hingegen den Panter und Harkats Suche nach seiner Herkunft betrifft ...«

Wieder schwieg er eine Weile, ehe er weitersprach. »Irgendwo in dieser Welt gibt es einen See – eigentlich ist es eher ein besserer Tümpel –, den ich gern den See der Seelen nenne. In diesem See sind all jene gefangen, deren Seele bei ihrem Tod die Erde nicht verlassen durfte, und auch die Seele desjenigen Menschen, der Harkat einmal war, befindet sich dort. Diesen See müsst ihr suchen und Harkats Seele herausfischen. Wenn euch das gelingt, wenn Harkat die Wahrheit über sich erfährt und akzeptiert, ist eure Suche beendet, und ich sorge dafür, dass ihr unbeschadet in eure Welt zurückkehrt. Wenn nicht ...« Er zuckte die Achseln.

»Und wie finden wir diesen See ... der Seelen?«, fragte Harkat.

»Indem ihr die Anweisungen befolgt«, antwortete Meister Schick. »Sobald ihr den Panter aufgespürt habt, erfahrt ihr, wohin ihr als Nächstes gehen müsst. Außerdem gebe ich dir in meiner grenzenlosen Güte noch einen Hinweis auf deine Identität gratis dazu.«

»Können Sie sich nicht einfach diesen ganzen Schwachsinn sparen und es uns verraten?«, stöhnte ich.

»Nein«, entgegnete Meister Schick. Er stand auf und blickte ernst auf uns herab. »Nur so viel kann ich euch sagen, Jungs: Der Panter ist noch das kleinste Problem, das euch bevorsteht. Seid vorsichtig, vertraut auf euren Instinkt, seid immer auf der

Hut. Und vergiss eines nicht«, setzte er an Harkat gewandt hinzu, »du musst nicht nur herausfinden, wer du einmal warst, sondern es auch akzeptieren. Ich kann euch erst wieder helfen, wenn du die Wahrheit laut ausgesprochen hast. Jetzt muss ich aber wirklich los. Es gilt so viele Orte zu besuchen, Dinge zu erledigen, Leute zu quälen ... Falls ihr noch mehr Fragen habt, müsst ihr sie euch fürs nächste Mal aufheben. Bis bald, Jungs.«
Der geheimnisvolle kleine Mann winkte uns zu, drehte sich um und lief nach Osten, bis ihn die Dunkelheit schließlich verschluckte und wir allein in dem namenlosen, unbekannten Land zurückblieben.

Wir entdeckten ein kleines Wasserloch, tauchten die Köpfe in die trübe Brühe und tranken gierig, ohne uns an den vielen Aal-Larven und Wasserinsekten zu stören. Als Harkat genug getrunken hatte und sich wieder aufrichtete, sah seine graue Haut wie nasse Pappe aus, aber sie nahm bald wieder ihre gewöhnliche Farbe an, als das Wasser in der erbarmungslosen Hitze verdunstete.
»Was glaubst du, wie weit wir schon gelaufen sind?«, ächzte ich und streckte mich im Schatten eines dornigen Gebüschs mit kleinen, violetten Blüten aus. Der Busch war das einzige Zeichen von Vegetation, auf das wir bisher gestoßen waren, doch ich war zu erschöpft, um ihn eingehend zu untersuchen.
»Keine Ahnung«, erwiderte Harkat. »Wie lange sind wir denn ... schon unterwegs?«
»Schätzungsweise zwei Wochen.«
Nach dem ersten heißen Tag hatten wir versucht, nachts weiterzulaufen, allerdings war der Boden dafür zu uneben und steinig, ganz zu schweigen davon, dass ich barfuß war. Nachdem wir zum x-ten Mal hingefallen waren und uns die Kleider zerrissen hatten, beschlossen wir, es lieber mit der sengenden Sonne aufzunehmen. Ich wickelte mir meinen Pullover um

den Kopf (Harkats grauer Haut schadete die Sonne nicht, obwohl er stark schwitzte), und auch wenn ich damit einen Sonnenstich verhindern konnte, gegen Sonnenbrand half es nicht viel. Mein Oberkörper war sogar durch das Hemd hindurch völlig verbrannt. Ein paar Tage lang war meine Haut wund und gereizt, aber dank der Selbstheilungskräfte der Halbvampire erholte ich mich rasch, und das Krebsrot verwandelte sich in eine dunkle, schützende Bräune. Auch meine Fußsohlen waren schwielig und hart geworden, ich merkte kaum noch, dass ich keine Schuhe anhatte.

»Wenn man bedenkt, wie oft wir klettern oder ein Stück zurückgehen ... mussten, können wir kaum mehr als ... ein paar Kilometer pro Stunde geschafft haben«, sagte Harkat. »Angenommen, die Sonne scheint am Tag 14 oder 15 Stunden, dann schaffen ... wir pro Tag vielleicht 40 bis 50 Kilometer. Macht in vierzehn Tagen ...«, er runzelte die Stirn und rechnete, »insgesamt etwa 600 Kilometer.«

Ich nickte matt. »Den Göttern sei Dank, dass wir keine Menschen sind, sonst hätten wir dieses Tempo unter solchen Bedingungen keine Woche durchgehalten.«

Harkat setzte sich auf und neigte den Kopf erst nach links, dann nach rechts, denn die Ohren des Kleinen Kerls waren unter seine Kopfhaut eingenäht, sodass er den Kopf ganz schief halten musste, wenn er angestrengt lauschte. Als er nichts hörte, sah er sich gründlich in der Gegend um. Dann wandte er sich wieder zu mir um. »Riecht es hier anders?«, fragte er. Da er keine Nase hatte, verließ er sich auf meine.

Ich sog die Luft ein. »Ein bisschen. Nicht mehr ganz so streng.«

»Weil es hier weniger ... staubig ist«, sagte er und deutete auf die Hügel um uns herum. »Offenbar hört die Wüste ... allmählich auf. Hier gibt es wenigstens ein paar Pflanzen und ... verdorrtes Gras.«

»Wird auch langsam Zeit«, sagte ich missmutig. »Hoffentlich gibt es auch richtige Tiere. Ich krieg eine Krise, wenn ich noch eine einzige Eidechse oder einen Käfer runterwürgen muss.«

»Was glaubst du, was das für zwölfbeinige … Insekten waren, die wir gestern gegessen haben?«, fragte Harkat.

»Keine Ahnung, aber die rühre ich bestimmt nicht mehr an. Mein Magen hat die ganze Nacht verrückt gespielt!«

Harkat kicherte. »Mir haben sie nichts ausgemacht. Manchmal ist es doch ganz praktisch, wenn … man keinen Geschmackssinn hat und einen Magen, der fast alles … verdauen kann.«

Harkat setzte seine Maske wieder auf und atmete schweigend, während er das vor uns liegende Land betrachtete. In regelmäßigen Abständen prüfte er die Luft und war zu dem Ergebnis gekommen, dass sie für ihn nicht giftig war. Ihre Zusammensetzung war etwas anders als die Luft auf der Erde, nämlich etwas saurer, aber sicherheitshalber behielt er die Maske trotzdem auf. Ich hatte anfangs viel gehustet, doch jetzt ging es mir wieder gut, meine abgehärteten Lungen hatten sich an die dünne Luft gewöhnt.

»Hast du schon rausgefunden, wo wir sind?«, fragte ich nach einer Weile. Das war unser liebstes Gesprächsthema. Wir hatten die Möglichkeiten auf vier Alternativen eingeschränkt. Erstens: Meister Schick hatte uns irgendwie in die Vergangenheit versetzt. Zweitens: Er hatte uns auf einen fernen Planeten unseres Universums gebracht. Drittens: Er hatte uns in eine andere Realität verfrachtet. Viertens: Alles war nur eine Illusion, und unsere Körper lagen irgendwo in der richtigen Welt auf einer Wiese, während Meister Schick uns Traumbilder einflößte.

»Erst habe ich ja an die … Illusionstheorie geglaubt«, sagte Harkat und setzte die Maske wieder ab. »Je länger ich allerdings darüber nachdenke, desto … mehr Zweifel kommen mir. Falls sich Meister Schick diese Welt nur ausdenkt … würde er sie bunter und aufregender machen, glaube ich. Hier ist es einfach zu langweilig.«

»Es ist noch zu früh, um das zu beurteilen«, widersprach ich. »Vielleicht muss er sich erst aufwärmen.«

»Du bist jedenfalls schon tüchtig warm geworden«, grinste Harkat und deutete auf meine gebräunte Haut. Ich erwiderte das Lächeln und blickte dann zur Sonne hoch. »Bis es dunkel wird, dauert es noch drei, vier Stunden«, schätzte ich. »Schade, dass wir uns beide nicht mit Sternbildern auskennen, sonst könnten wir vielleicht anhand der Sterne feststellen, wo wir hier sind.«

»Ich finde es viel schlimmer, dass wir ... keine Waffen dabeihaben«, bemerkte Harkat. Er stand wieder auf und sah sich um. »Wie sollen wir uns ohne Waffen gegen diesen ... Panter verteidigen?«

»Irgendwas wird sich schon ergeben«, beruhigte ich ihn. »Meister Schick würde nichts Unmögliches von uns verlangen, jedenfalls nicht gleich zu Anfang. Es würde ihm den Spaß verderben, wenn wir jetzt schon draufgehen.«

»Toller Trost«, schnaubte Harkat. »Die Vorstellung, dass wir nur am Leben bleiben dürfen ... um hinterher elend zu verrecken, damit Meister Schick sein Vergnügen hat ... stimmt mich nicht gerade heiter.«

»Mich auch nicht. Aber auf diese Weise besteht wenigstens eine gewisse Hoffnung.«

Mit dieser vagen Überlegung endete unsere Unterhaltung, und nachdem wir uns noch eine Weile ausgeruht hatten, füllten wir unsere behelfsmäßigen Eidechsenhautbehälter mit Wasser und setzten unseren Marsch durch den öden Landstrich fort, der immer grüner, wenn auch keineswegs weniger fremd wurde, je länger wir liefen.

6

Eine Woche nachdem wir die Wüste hinter uns gelassen hatten, kamen wir in einen Dschungel aus hohen Kakteen, dicken Schlingpflanzen und niedrigen Bäumen mit gewundenen Stämmen. Die Bäume hatten kaum Laub, ihre spärlichen Blätter waren länglich und mattorange und wuchsen büschelweise hoch oben in den Baumkronen.
Unterwegs waren wir auf Tierspuren gestoßen: Kot, Knochen, Haare, die Tiere selbst sahen wir jedoch erst, als wir den Dschungel betraten. Sie waren eine sonderbare Mischung aus zugleich vertrauten und doch fremden Lebewesen. Die meisten ähnelten uns bekannten Tieren – Rehen, Eichhörnchen, Affen –, unterschieden sich von jenen aber in Größe oder Farbe. Manche Abweichungen waren nicht auf den ersten Blick zu erkennen. Einmal fingen wir ein Eichhörnchen, das bei näherer Betrachtung eine zusätzliche Reihe scharfer Zähne und überraschend lange Krallen hatte.
Unterwegs hatten wir klingenförmige Steine gesammelt und uns daraus Messer gemacht. Jetzt bastelten wir uns aus langen Ästen und den Knochen größerer Tiere weitere Waffen. Gegen einen Panter würden wir damit zwar nicht viel ausrichten, aber wir konnten uns wenigstens die kleinen gelben Affen vom Leib halten, die ihren Opfern von den Bäumen herab auf den Kopf sprangen, ihnen mit Klauen und Zähnen die Augen auskratzten, sodass sie blind umherstolperten, und sie dann töteten.
»Von solchen Affen habe ich noch nie gehört«, bemerkte ich eines Morgens, als wir beobachteten, wie ein ganzes Rudel über ein wildschweinähnliches Tier herfiel und es anschließend verschlang.
»Ich auch nicht«, erwiderte Harkat.
Plötzlich hielten die Affen im Fressen inne und nahmen misstrauisch Witterung auf. Einer lief zu einem dichten Gebüsch und kreischte drohend. Ein tiefes Knurren antwortete ihm,

und ein großer Affe, der wie ein Pavian aussah, aber ein auffällig rotes Fell hatte, kam zum Vorschein und fuchtelte drohend mit dem langen Arm. Die gelben Affen fletschten die Zähne, fauchten und bewarfen den Neuankömmling mit Zweigen und kleinen Steinen, doch der Pavian beachtete sie nicht und kam unbeirrt näher. Schließlich verzog sich das Rudel, und der Pavian machte sich ungestört über das tote Wildschwein her.

»Größe kann manchmal von Vorteil sein«, murmelte ich sarkastisch. Wir zogen uns zurück und ließen den Pavian in Ruhe fressen.

In der nächsten Nacht – ich hielt Wache, und Harkat schlief, denn seine Alpträume hatten beim Eintritt in die unbekannte Welt schlagartig aufgehört – erscholl im Dickicht vor uns lautes, wütendes Gebrüll. Normalerweise war die Nacht vom unaufhörlichen Lärmen der Insekten und anderen Nachttiere erfüllt, doch jetzt verstummten alle anderen Geräusche. Als das Gebrüll verklungen war, herrschte mindestens fünf Minuten lang Totenstille.

Harkat schlummerte friedlich weiter. Für gewöhnlich hatte er einen leichten Schlaf, aber die Luft hier bekam ihm so gut, dass er tiefer schlief als sonst. Am nächsten Morgen erzählte ich ihm, was ich gehört hatte.

»Glaubst du, das war ... unser Panter?«, fragte er.

»Eine große Raubkatze auf jeden Fall. Es könnte auch ein Löwe oder ein Tiger gewesen sein, aber ich tippe auf den Panter.«

»Panter sind normalerweise sehr leise«, erwiderte Harkat. »Aber das könnte hier natürlich ... anders sein. Wenn das hier sein Revier ist, müsste er bald ... auftauchen. Panter sind immer auf Patrouille. Wir müssen Vorbereitungen treffen.«

Als Harkat bei seinem Aufenthalt im Vampirberg für Seba Nile gearbeitet hatte, hatte er sich mit etlichen Vampiren unterhalten, die Löwen und Leoparden gejagt oder mit ihnen

gekämpft hatten, deshalb wusste er darüber ziemlich gut Bescheid. »Wir müssen eine Grube ausheben, in die ... wir ihn hineinlocken können, dann müssen wir ein Reh fangen und als Köder neben der Grube anbinden, außerdem brauchen wir noch ein paar ... Stachelschweine.«
»Stachelschweine?«, wiederholte ich verdutzt.
»Wenn ihre Stacheln in seinen Pfoten ... in seiner Nase oder seinem Maul stecken, behindert ihn das vielleicht oder ... lenkt ihn ab.«
»Ein paar Stachelschweinborsten reichen wohl kaum aus, einen Panter zu töten«, sagte ich skeptisch.
»Mit etwas Glück erschrecken wir ihn, wenn er ... über das Reh herfallen will. Wir springen aus unserem Versteck und treiben ihn ... in die Grube. Vielleicht bricht er sich ja dabei das Genick.«
»Und wenn nicht?«
Harkat grinste nervös. »Dann haben wir ein Problem. Schwarze Panter sind eigentlich Leoparden, und Leoparden ... sind die gefährlichsten Großkatzen überhaupt. Sie sind schnell, kräftig, angriffslustig und ... können hervorragend klettern. Weglaufen oder ... sich auf einen Baum flüchten nützt da nichts.«
»Wenn Plan A nicht hinhaut, gibt es also keinen Plan B?«
»Nein«, lachte Harkat trocken. »Dann ist gleich Plan P dran – *Panik!*«
Wir stießen auf eine Lichtung, die auf einer Seite von dichtem Buschwerk begrenzt wurde, in dem man sich gut verstecken konnte. Den ganzen Vormittag brachten wir damit zu, mit bloßen Händen und den einfachen Werkzeugen, die wir aus Ästen und Knochen angefertigt hatten, eine Grube auszuheben. Als sie tief genug war, schnitten wir ein paar Dutzend Äste ab und spitzten die Enden an, um sie als Pfähle zu verwenden.

Als wir jedoch in die Grube hinuntersteigen wollten, um die Pfähle aufzustellen, blieb ich zitternd am Rand stehen, weil ich mich an eine andere Pfahlgrube erinnerte und an den Freund, den ich dort verloren hatte.

»Was ist los?«, fragte Harkat. Doch er las die Antwort in meinem Blick. »Oje«, seufzte er. »Mr. Crepsley.«

»Gibt es denn keine andere Methode, dem Panter den Garaus zu machen?«, stöhnte ich.

»Nicht ohne die nötige Ausrüstung.« Harkat nahm mir die Pfähle ab und lächelte mich aufmunternd an. »Geh du mal Stachelschweine jagen. Ich ... mache das schon.«

Ich nickte dankbar und begab mich auf die Suche nach Stachelschweinborsten und anderen Waffen, die wir gegen den Panter einsetzen konnten.

In letzter Zeit hatte ich nicht oft an Mr. Crepsley gedacht, dafür war ich zu sehr damit beschäftigt gewesen, mich in dieser unwirtlichen Welt irgendwie durchzuschlagen, aber der Anblick der Grube hatte Erinnerungen wachgerufen. Wieder sah ich meinen Freund in die Tiefe stürzen, wieder hörte ich seine Todesschreie. Am liebsten hätte ich überhaupt nichts mehr mit der Grube und dem Panter zu tun gehabt, doch ich durfte mich jetzt nicht drücken – wir mussten die Raubkatze töten, um zu erfahren, wohin wir als Nächstes gehen sollten. Daher verdrängte ich den Gedanken an Mr. Crepsley, so gut es ging, und stürzte mich in die Arbeit.

Ich sammelte ein paar dicke Kakteen als Wurfgeschosse und rollte Kugeln aus Blättern und Schlamm aus dem nahe gelegenen Fluss. Der Schlamm sollte dem Panter die Augen verkleben. Außerdem suchte ich überall nach Stachelschweinen, aber falls es in dieser Gegend überhaupt welche gab, machten sie sich rar. So meldete ich mich am Nachmittag stachellos bei Harkat zurück.

Er hockte am Rand der Pfahlgrube. »Egal«, sagte er. »Lass uns

noch eine Abdeckung basteln und ... ein Reh fangen. Danach liegt unser Schicksal in der Hand ... der Götter.«
Aus Blättern und langen Ästen bauten wir eine leichte Abdeckung für die Falle, legten sie über die Grube und gingen auf Rehjagd. Die Rehe hier waren kleiner als die auf der Erde und hatten lange, schmale Köpfe. Sie konnten nicht so schnell rennen wie ihre irdischen Artgenossen, waren allerdings trotzdem ziemlich flink. Es dauerte eine ganze Weile, bis es uns gelang, einen lahmenden Nachzügler zu fangen und ihn lebendig zur Grube zurückzubringen. Als wir das Tier neben der Falle an einen Pflock banden, dämmerte es schon, und nach dem langen, anstrengenden Tag waren wir beide erschöpft.
»Was machen wir, wenn der Panter heute Nacht angreift?«, fragte ich und deckte mich mit einem Fell zu, das ich mit Hilfe eines kleinen Steinschabers einem Reh abgezogen hatte.
»Warum musst du eigentlich immer mit ... dem Schlimmsten rechnen?«, brummte Harkat.
»Einer muss es ja tun«, lachte ich. »Tritt dann Plan P in Kraft?«
»Nein«, seufzte Harkat. »Wenn er im Dunkeln kommt, dann ... heißt es WSTAA.«
»WSTAA?«
»Wir sind total am Arsch!«

In dieser Nacht ließ sich der Panter nicht blicken, auch wenn wir beide sein kehliges Knurren hörten, das näher klang als beim letzten Mal. Bei Tagesanbruch verzehrten wir eilig unser Frühstück (es bestand aus Beeren, von denen wir gesehen hatten, dass die Affen sie aßen), dann bezogen wir wieder unseren Beobachtungsposten im Gebüsch. Wenn alles nach Plan lief, würde der Panter über das Reh herfallen, und wenn wir großes Glück hatten, würde er sich der Falle sogar von der anderen Seite nähern und hineinstürzen. Wenn nicht, würden wir aus unserer Deckung springen, sobald er seine Beute wegschleppen wollte, und versuchen, ihn zurückzutreiben, damit er in die Grube stürzte. Es war nicht gerade der raffinierteste Plan aller Zeiten, aber etwas Besseres fiel uns nicht ein.

Wieder warteten wir schweigend, und die Minuten wurden zu Stunden. Ich hatte einen trockenen Mund und trank ab und zu etwas Wasser (wir hatten die Eidechsenhautbehälter durch welche aus Eichhörnchenhaut ersetzt), allerdings immer nur einen kleinen Schluck, damit ich mich nicht allzu oft in die Büsche schlagen musste.

Etwa eine Stunde nach Mittag stieß ich Harkat an. Ich hatte zwischen den Bäumen etwas Langgestrecktes, Schwarzes erspäht. Wir starrten beide angestrengt hin. Dann sahen wir hinter einem Baumstamm eine Nase mit Schnurrhaaren hervorlugen und prüfend wittern – es war der Panter!

Ich versuchte, die Raubkatze durch bloße Willenskraft dazu zu bringen, sich weiter vorzuwagen, doch nach ein paar Sekunden machte sie kehrt und trottete in den dämmrigen Dschungel zurück.

Harkat und ich sahen einander fragend an. »Er hat uns gerochen«, flüsterte ich.

»Oder er hat gespürt, dass etwas nicht stimmt«, erwiderte Harkat leise. Er hob vorsichtig den Kopf, blickte zu dem Reh hinüber, das neben der Fallgrube äste, und zeigte dann mit dem Daumen hinter uns. »Lass uns ein Stück zurückgehen. Er kommt bestimmt noch mal wieder. Wenn wir weiter weg sind, wagt er … sich vielleicht an das Reh heran.«

»Dann können wir nichts mehr sehen«, wandte ich ein.

»Weiß ich, aber … uns bleibt nichts anderes übrig. Er hat gemerkt, dass etwas faul ist. Wenn wir hier sitzen bleiben und er … zurückkommt, traut er sich wieder nicht.«

Wir zogen uns tiefer ins Gebüsch zurück und machten erst am

Rand des Dickichts aus Kletterpflanzen und Sträuchern Halt. Von hier aus konnten wir das Reh kaum noch erkennen.
Eine Stunde verging. Zwei Stunden. Ich wollte die Hoffnung schon aufgeben, als ich von der Lichtung schwere Atemzüge hörte. Undeutlich sah ich, wie das Reh Bocksprünge machte und sich loszureißen versuchte. Ein tiefes Knurren – der Panter. Was noch besser war – das Knurren kam von der gegenüberliegenden Seite der Grube. Wenn er das Reh von dort aus angriff, musste er unweigerlich in die Falle stürzen!
Harkat und ich lagen reglos da und wagten kaum zu atmen. Zweige knackten, als sich der Panter dem Reh näherte, wobei er sich keine Mühe mehr gab, leise zu sein. Dann hörte man es krachen, als etwas Schweres durch die Abdeckung der Grube brach und auf den spitzen Pfählen landete. Ein grauenvolles Aufheulen ertönte, und ich hielt mir unwillkürlich die Ohren zu. Danach wurde es still, nur das Reh, das immer noch zu fliehen versuchte, war zu hören.
Harkat stand langsam auf und spähte über das Gebüsch. Auch ich stand auf. Wir wechselten einen Blick, und ich sagte zögernd: »Es hat geklappt.«
»Das hört sich ja an, als hättest du ... nicht damit gerechnet«, erwiderte Harkat grinsend.
Ich lachte. »Hab ich auch nicht«, bestätigte ich und wollte das Versteck verlassen.
»Pass auf«, warnte mich Harkat und griff nach seiner Keule. »Vielleicht lebt er noch. Nichts ist gefährlicher als ... ein verwundetes Tier.«
»Wenn er noch am Leben wäre, würde er doch vor Schmerzen brüllen«, widersprach ich.
»Wahrscheinlich, aber wir sollten kein ... unnötiges Risiko eingehen.« Er drängte sich vor, ging nach links und bedeutete mir, nach rechts zu gehen. Ich zückte das spitze Knochenstück, das mir ein Messer ersetzte, und entfernte mich in einem

großen Bogen, dann näherten wir uns von beiden Seiten langsam der Falle. Als wir sie fast erreicht hatten, ergriffen wir jeder eine der kleinen Kakteen, die wir uns zusammen mit den Schlammkugeln um den Bauch gebunden hatten, um sie, falls nötig, wie Handgranaten auf den verwundeten Panter zu schleudern.

Harkat hatte ein paar Schritte Vorsprung und blickte als Erster in die Grube. Er machte ein verdutztes Gesicht und blieb stehen. Als ich näher kam, sah ich, warum. Auch ich blieb stehen, weil ich nicht wusste, was ich davon halten sollte. Auf den Pfählen hing ein Tier, und aus seinen vielen Wunden tropfte Blut. Aber es war kein Panter, sondern ein roter Pavian.

»Das verstehe ich nicht«, sagte ich. »Wir haben doch einen Panter knurren und heulen gehört, keinen Affen.«

»Aber wie ist …« Harkat verstummte, und Entsetzen zeichnete sich auf seinem Gesicht ab. »Sieh dir den Affen an!«, keuchte er. »Ein Raubtier hat ihm die Kehle zerfetzt! Der Panter muss …«

Weiter kam er nicht. Just als auch ich zu dem Schluss kam, dass der Panter den Pavian getötet und in die Grube geworfen hatte, um uns zu täuschen, glitt ein Schatten durch die Baumkrone über mir. Ich fuhr herum und sah gerade noch etwas Großes, Schwarzes mit ausgefahrenen Krallen und aufgerissenem Maul auf mich zufliegen – dann stürzte sich der Panter mit triumphierendem Gebrüll auf mich und warf mich zu Boden, um mich zu töten!

7

Sein Triumphgebrüll war meine Rettung. Hätte er mir gleich die Zähne in die Kehle geschlagen, wäre das mein Ende gewesen. Doch das Tier war erregt, wahrscheinlich, weil es uns überlistet hatte, schüttelte den Kopf und knurrte, wäh-

rend wir uns ein paarmal überschlugen, bis die Bestie schließlich auf mir lag.
Harkat reagierte sofort und schleuderte einen Kaktus nach der Raubkatze. Von Kopf oder Schultern wäre der Kaktus wahrscheinlich einfach abgeprallt, doch das Vampirglück war uns hold, und das stachlige Geschoss flog geradewegs in das zum Brüllen aufgerissene Maul des Panters.
Der verlor augenblicklich jedes Interesse an mir, torkelte fauchend und spuckend davon und schlug mit den Pfoten nach dem Kaktus in seinem Rachen. Ich robbte keuchend weg und suchte auf dem Boden nach meinem Messer. Als sich meine Finger eben um den Knochengriff schlossen, sprang Harkat über mich hinweg und ließ seine Keule auf den Kopf des Panters niedersausen.
Wäre die Keule stabiler gewesen, hätte er ihn bestimmt getötet, denn wo Harkat zuschlug, wuchs kein Gras mehr. Aber das Holz, aus dem er die Waffe geschnitzt hatte, erwies sich als ungeeignet, und sie brach auf dem harten Schädel des Tiers entzwei. Der Panter brüllte auf und wirbelte herum. Er spuckte immer noch Stacheln, und seine gelben Fänge blitzten in der Nachmittagssonne. Er schlug mit der Tatze nach dem klobigen Kopf des Kleinen Kerls und hinterließ eine lange, klaffende Wunde auf seiner linken Wange. Unter der Wucht des Tatzenhiebs kippte Harkat nach hinten, und die Raubkatze stürzte sich auf ihn.
Ich war zu weit weg, um aufzuspringen und mich dazwischenzuwerfen, deshalb schleuderte ich mein Messer nach dem Panter. Das Knochenstück prallte wirkungslos von der muskulösen Flanke ab, irritierte die Bestie aber für einen Moment. Sie wandte den Kopf, und Harkat nutzte die Gelegenheit, zu den Schlammkugeln zu greifen. Als der Panter wieder auf ihn losging, pfefferte er ihm die matschigen Dinger zwischen die Augen.

Der Angreifer ließ von ihm ab und wischte sich mit der Pranke über die schlammverklebten Augen. Da packte Harkat eine Hälfte der zerbrochenen Keule und rammte dem Raubtier das zersplitterte Ende zwischen die Rippen. Der Panter blutete zwar, aber das Holzstück war nicht sehr tief eingedrungen und hatte die Lunge nicht getroffen.

Jetzt geriet die Raubkatze in rasende Wut. Obwohl sie nicht mehr richtig sehen konnte, stürzte sie sich fauchend auf den Kleinen Kerl und hieb mit ihren tödlichen Pranken nach ihm. Harkat duckte sich, doch die Krallen verfingen sich im Saum seiner blauen Kutte. Ehe er sich losmachen konnte, war die Bestie über ihm und schnappte blindlings nach seinem Gesicht.

Harkat schlang die Arme um das Tier und drückte fest zu, um ihm die Rippen zu brechen oder die Luft abzuschnüren. Im gleichen Moment sprang ich dem Panter auf den Rücken und hämmerte mit einem Kaktus auf seine Nase und seine Augen ein.

Der Panter bäumte sich auf, schlug die Zähne in den Kaktus und riss ihn mir aus der Hand – wobei er mir fast den Daumen abgetrennt hätte!

»Geh runter!«, keuchte Harkat, als ich nach dem nächsten Kaktus angelte.

»Ich glaube, ich kann ...«, rief ich.

»Geh runter!«, brüllte Harkat.

Bei einem solchen Ton gab es keine Diskussion. Ich ließ den Panter los und plumpste auf die Erde. Harkat umklammerte die Raubkatze noch fester, drehte sich um und hielt durch das grüne Blut, das ihm in die lidlosen Augen tropfte, nach der Grube Ausschau. Schließlich drückte er den sich aufbäumenden Panter an seine Brust, stolperte auf die Falle zu – und stürzte sich hinein!

»Harkat!«, schrie ich und streckte instinktiv die Arme aus, als könnte ich ihn packen und retten. Wieder schoss mir das Bild, wie Mr. Crepsley in der Kammer der Vergeltung in die Pfahlgrube stürzte, durch den Kopf, und mir wurde ganz schwindlig.

Es gab einen dumpfen Aufschlag und ein markerschütterndes Aufbrüllen, als der Panter auf den Pfählen landete. Von Harkat hörte ich nichts, weshalb ich dachte, er wäre unter den Panter zu liegen gekommen und sofort tot gewesen.

»*Nein!*«, wimmerte ich, stand mühsam auf und humpelte an den Rand der Grube. Ich machte mir solche Sorgen um Harkat, dass ich beinahe selbst hineingefallen wäre! Als ich so dastand und mit den Armen ruderte, um nicht das Gleichgewicht zu verlieren, hörte ich ein leises Stöhnen und sah Harkat den Kopf drehen. Er war oben auf dem Panter gelandet – und lebte noch!

»Harkat«, schrie ich wieder, und diesmal war es ein Freudenschrei.

»Hilf … mir … raus«, keuchte er. Der Panter zuckte noch, allerdings konnte er dem Kleinen Kerl nicht mehr gefährlich werden. Er lag in den letzten Zügen und hätte nicht mehr genug Kraft gehabt, Harkat zu töten, selbst wenn er es gewollt hätte.

Ich legte mich auf den Bauch und streckte Harkat die Hand hin, aber er reichte nicht heran. Er lag bäuchlings auf dem Panter, und obwohl dieser – und der Pavian darunter – die meisten Pfähle abdeckten, hatten ein paar ihn trotzdem erwischt, an den Beinen, an Brust und Bauch, und einer am linken Oberarm. Die Wunden an Beinen und Rumpf sahen nicht weiter schlimm aus. Der Arm war das Problem – er saß richtig auf einem Pfahl fest, und Harkat konnte die rechte Hand nicht hoch genug heben, um die meine zu ergreifen.

»Warte«, sagte ich und sah mich nach etwas um, das ich ihm zuwerfen konnte.

»Wo soll ich ... denn hingehen!«, hörte ich ihn sarkastisch brummeln.

Ein Seil besaßen wir nicht, doch ganz in der Nähe wuchsen haufenweise dicke Kletterpflanzen. Mit den Fingernägeln sägte ich ein etwa zwei Meter langes Stück ab, packte es an beiden Enden und zog einmal kräftig. Die Liane hielt stand, und ich rannte damit zur Grube zurück, um Harkat ein Ende herunterzulassen. Der Kleine Kerl ergriff es mit der freien Rechten, wartete, bis ich das andere Ende fest gepackt hatte, und befreite mit einem Ruck seinen Arm. Er biss die Zähne zusammen und keuchte, als die Holzspitze herausglitt. Dann packte er die Liane, stemmte die Füße gegen die Grubenwand und lief sie hoch, während er sich gleichzeitig an der Schlingpflanze emporzog.

Er war schon fast oben, als er ausrutschte und fiel. Mir war sofort klar, dass er uns beide in die Tiefe reißen würde, wenn ich die Liane festhielt. Blitzschnell ließ ich mein Ende los, warf mich auf den Bauch und angelte verzweifelt nach seinen Händen.

Die erwischte ich zwar nicht, aber dafür bekam ich den Ärmel seiner Kapuzenkutte zu fassen. Das Geräusch, als der Stoff riss, ging mir durch Mark und Bein, und ich glaubte den Kleinen Kerl schon verloren, doch die Kapuze hielt, und nach ein paar heiklen Sekunden gelang es mir, meinen Freund herauszuziehen.

Er wälzte sich auf den Rücken und stierte in den Himmel. Sein graues, vernarbtes Gesicht sah noch leichenhafter aus als sonst. Ich wollte aufstehen, doch ich hatte ganz weiche Knie und ließ mich neben ihn fallen. Stumm lagen wir da, rangen nach Atem und staunten, dass wir noch lebten.

8

Ich versorgte Harkats Verletzungen, so gut ich konnte, wusch sie mit Flusswasser aus und riss meinen Pullover in Streifen, um ihn zu verbinden. Als Vollvampir hätte ich die Wunden mit meiner Spucke heilen können, doch Halbvampire besitzen diese Fähigkeit nicht.

Die Wunden im Gesicht, wo ihn die Panterkrallen erwischt hatten, hätten eigentlich genäht werden müssen, aber wir besaßen weder Nadel noch Faden. Ich schlug vor, mit einem dünnen Knochen und Tierhaaren zu improvisieren, doch Harkat lehnte dankend ab.

»Ich bin schon geflickt genug«, sagte er grinsend. »Soll es doch irgendwie zuheilen. Schließlich kann ich kaum hässlicher werden … als ich ohnehin schon bin.«

»Allerdings«, pflichtete ich ihm bei und lachte, als er mir eine Kopfnuss verpasste. Ich wurde gleich wieder ernst. »Und wenn es sich nun entzündet …«

»Optimistisch wie immer«, stöhnte er und zuckte die Achseln. »Wenn es sich entzündet, bin ich hinüber, denn … ein Krankenhaus gibt es hier bestimmt nicht. Am besten denken wir … einfach nicht mehr dran.«

Ich half ihm aufzustehen, und wir gingen zur Fallgrube zurück, um nach dem Panter zu sehen. Harkat hinkte stärker als sonst – er zog das linke Bein immer schon ein wenig nach –, behauptete aber, kaum Schmerzen zu haben. Der Panter war ein stattliches Tier, bestimmt anderthalb Meter lang. Während wir ihn betrachteten, konnte ich kaum glauben, dass wir ihn tatsächlich besiegt hatten. Nicht zum ersten Mal in meinem Leben hatte ich das Gefühl, dass die Vampirgötter, wenn es sie denn gab, ihre schützende Hand über mich hielten und mir immer dann beistanden, wenn ich bis zum Hals in Schwierigkeiten steckte.

»Weißt du, was mir … am meisten Sorgen macht?«, meinte Harkat nach einer Weile. »Meister Schick hat gesagt, der Panter wäre ... unser kleinstes Problem. Das bedeutet, dass uns noch Schlimmeres erwartet!«

»Wer ist hier jetzt der Pessimist?«, schnaubte ich verächtlich. »Soll ich runterklettern und das Vieh rausziehen?«

»Lass uns bis morgen früh warten«, erwiderte Harkat. »Wir machen uns ein schönes Feuer, essen etwas ... und ruhen uns aus. Den Panter ... können wir dann immer noch holen.«

Das leuchtete mir ein, und so lange Harkat mit Hilfe von Feuersteinen Feuer machte, schlachtete und zerlegte ich das Reh. Früher hätte ich es vielleicht laufen lassen, aber wir Vampire sind auch Raubtiere, wir jagen und töten genauso mitleidslos wie alle wilden Tiere.

Das gebratene Fleisch war zäh, sehnig und nicht besonders wohlschmeckend, doch wir schlangen es heißhungrig hinunter und waren uns dabei bewusst, wie glücklich wir uns schätzen konnten, heute Abend nicht selbst der Hauptgang zu sein.

Am nächsten Morgen kletterte ich in die Grube und stemmte den Panter von den Pfählen. Den Pavian ließ ich liegen und reichte Harkat den Katzenkadaver hinauf. Das war nicht so einfach, wie es sich vielleicht anhört, denn das große Tier war ziemlich schwer, aber dafür waren wir auch stärker als gewöhnliche Menschen.

Wir untersuchten den schwarz schimmernden Leichnam und überlegten, wie er uns wohl unser nächstes Ziel mitteilen sollte. »Vielleicht müssen wir ihn aufschlitzen«, meinte ich. »Womöglich hat er ja ein Kästchen oder eine Blechdose im Bauch.«

»Versuchen können wir's«, stimmte Harkat zu und wälzte den Panter auf den Rücken, sodass er uns den glatten, weichen Bauch zuwandte.

»Halt!«, rief ich, als der Kleine Kerl eben das Messer ansetzen wollte.

Auf dem Bauch des Panters war das Fell heller als sonst überall. Ich konnte darunter die gedehnte Bauchhaut erkennen – und darauf eine Art Zeichnung! Ich suchte mir unter unseren selbst gebastelten Messern eins mit einer langen, geraden Klinge und schabte ein bisschen Fell weg. Jetzt erkannte man dünne, etwas erhabene Linien.

»Das sind bestimmt bloß Narben«, sagte Harkat.

»Nein«, widersprach ich. »Sieh dir mal diese Bögen an und wie sie angeordnet sind. Die hat jemand absichtlich dort hineingeritzt. Hilf mir, den ganzen Bauch freizuschaben.«

Es dauerte nicht lange, den Panterbauch kahl zu scheren und eine detaillierte Karte freizulegen. Anscheinend hatte man sie ihm schon vor langer Zeit in den Bauch geritzt, vielleicht noch als Jungtier. Ganz rechts war ein Kreuz, das offenbar unseren derzeitigen Standort kennzeichnete. Weiter links stand in einem Kreis etwas geschrieben.

»Sucht die größte Kröte der Welt«, las ich laut vor. »Holt euch die Gallertkugeln.«

Das war alles. Wir lasen es uns ein paarmal durch und sahen einander verwirrt an. »Kapierst du, was mit ›Gallertkugeln‹ gemeint ist?«, fragte Harkat schließlich.

»Ich glaube, ›Gallerte‹ ist so was Ähnliches wie Gelee.«

»Wir sollen die größte ... Kröte der Welt suchen und uns irgendwelche Geleekugeln holen?« Harkat klang skeptisch.

»Wir haben es mit Meister Schick zu tun«, erinnerte ich ihn. »Der hat eine Vorliebe für solche Späße. Am besten folgen wir der Karte bis zum Kreis. Über den Rest können wir uns den Kopf zerbrechen, wenn wir erst mal dort sind.«

Harkat nickte und machte sich mit einem scharfen Steinmesser über den Panterbauch her, um die Karte herauszuschneiden.

»Warte mal«, unterbrach ich ihn. »Lass mich das machen. Ich bin geschickter als du.«

Während ich vorsichtig an den Rändern der Karte entlangschnitt und die Haut ablöste, lief Harkat um die tote Bestie herum und grübelte offensichtlich über etwas nach.
Als ich die Karte schließlich abziehen konnte und die Unterseite mit einem Grasbüschel sauber wischte, blieb er stehen. »Weißt du noch, wie Meister Schick gesagt hat, er gibt … mir gratis einen Hinweis auf meine Identität … dazu?«, fragte er.
Ich rief mir das Gespräch ins Gedächtnis. »Stimmt. Vielleicht meinte er ja den Text im Kreis.«
»Das glaube ich … nicht. Wer immer ich auch gewesen sein mag, ehe ich gestorben bin, eine … Kröte war ich bestimmt nicht!«
Ich kicherte. »Vielleicht bist du ja in Wahrheit ein Froschkönig.«
»Sehr komisch«, sagte Harkat beleidigt. »Meiner Meinung nach hat das Geschriebene nichts … damit zu tun. Es muss noch etwas anderes sein.«
Ich betrachtete den Kadaver. »Wenn du ihm unbedingt in den Eingeweiden rumwühlen willst – nur zu. Mir persönlich genügt die Karte.«
Harkat hockte sich neben mich, um die gekrümmten, grauen Stummelfinger in den Panterbauch zu graben. Ich rückte ein Stück beiseite, damit ich keine Blutspritzer abbekam, und dabei fiel mein Blick auf das Maul der Raubkatze, die noch im Tod die Zähne fletschte.
Ich legte Harkat die Hand auf den Arm und sagte leise: »Siehst du auch, was ich sehe?«
Als Harkat begriff, worauf ich zeigte, zog er dem toten Tier die starren Lefzen von den Fängen. In fast alle Zähne waren kleine schwarze Buchstaben eingeritzt: ein A, ein K, ein M und so weiter. Der Kleine Kerl war ganz aufgeregt. »Das muss es sein!«

»Ich halte ihm den Kopf hoch«, sagte ich, »damit du besser lesen ...«
Aber Harkat hatte schon einen Reißzahn gepackt und bearbeitete das Zahnfleisch mit dem Messer. Offenbar wollte er die Zähne herausbrechen, und so ließ ich ihn in Ruhe.
Als er fertig war, ging er mit den Zähnen zum Fluss und spülte das Blut ab. Dann kam er zurück und breitete sie auf der Erde aus. Wir beugten uns darüber und versuchten das Rätsel zu lösen. Es waren insgesamt elf mit Buchstaben beschriftete Zähne. Ich ordnete sie alphabetisch, damit wir einen besseren Überblick bekamen, was wir zur Verfügung hatten. Es gab zwei As und je ein D, H, K, L, M, R, S, T und U.
»Wir müssen daraus eine ... Botschaft bilden«, meinte Harkat.
»Elf Buchstaben«, sagte ich nachdenklich. »Das kann keine besonders lange Botschaft sein. Mal sehen, was wir daraus machen können.« Ich schob die Buchstaben hin und her, bis ich drei Wörter gelegt hatte: DU HAST ARM – wobei zwei Buchstaben übrig blieben, das K und das L.
Harkat versuchte es ebenfalls und bildete TU DAS MAL.
Ich wollte gerade einen neuen Versuch unternehmen, da stöhnte Harkat plötzlich auf. Er schob meine Hand weg und ordnete die Zähne zielstrebig neu. »Hast du die Lösung?«, fragte ich ihn, ein wenig enttäuscht, dass er mir zuvorgekommen war.
»Ja«, sagte er. »Aber ein Hinweis ist es nicht. Bloß eins von Meister Schicks ... üblichen Spielchen.«
Verbittert wies er auf sein Werk – HARKAT MULDS.
»Was soll der Quatsch?«, brummte ich. »Das ist doch die reinste Zeitverschwendung.«
»Meister Schick spielt für sein Leben gern mit der Zeit«, seufzte Harkat, wickelte die Zähne in ein Stück Stoff und steckte sie in die Tasche.
»Warum hebst du sie auf?«, fragte ich.

»Sie sind scharf«, sagte Harkat. »Vielleicht können wir sie irgendwann gebrauchen.« Er stand auf und trat vor die Karte, die in der Sonne trocknete. »Ob die uns was nützt?« Er betrachtete die Linien und Schnörkel.

»Wenn sie stimmt, schon«, erwiderte ich.

»Dann lass uns gehen«, sagte Harkat, rollte die Karte zusammen und steckte sie ebenfalls ein. »Ich bin schon auf die ... größte Kröte der Welt gespannt.« Er drehte sich zu mir um und grinste. »Mal sehen, ob irgendeine ... Familienähnlichkeit besteht.«

Lachend brachen wir unser Lager ab und machten uns auf den Weg, froh, die Wolken von Fliegen und anderen Insekten hinter uns zu lassen, die sich auf dem Kadaver des besiegten Dschungelkönigs niederließen.

9

Etwa drei Wochen später kamen wir an einen riesigen Sumpf, jenes Gebiet, das auf der Karte mit dem Kreis bezeichnet war. Die Wanderung hierher war ohne größere Hindernisse verlaufen, und die Karte war gut verständlich. Obwohl das Gelände unwegsam war und wir uns oft durch dichtes Gestrüpp zwängen mussten, blieben wir von unangenehmen Überraschungen verschont. Harkats Wunden waren gut verheilt, nur dass er jetzt auf der linken Wange drei auffällige Narben hatte, als hätte ihn ein übereifriger Vampyr gezeichnet.

Der Sumpf stank widerlich nach brackigem Wasser und fauligen Pflanzenresten, die Luft wimmelte von Insekten. Als wir dastanden und uns umsahen, beobachteten wir, wie ein paar Wasserschlangen eine große Wasserratte mit vier gelben Augen töteten und verschlangen.

»Hier gefällt's mir gar nicht«, sagte ich.

»Das Beste hast du noch gar nicht gesehen«, entgegnete Harkat und deutete auf eine kleine Erhebung, die aus dem braunen Wasser ragte. Ich merkte nicht gleich, worauf er hinauswollte, denn außer drei großen Baumstämmen sah ich nichts Ungewöhnliches, bis sich einer der vermeintlichen Stämme bewegte.

»Krokodile!«, japste ich.

»*Dein* Pech, Kumpel«, sagte Harkat.

»Wieso?«

Er grinste. »*Ich* habe mit dem Panter gerungen. Jetzt bist du an der Reihe.«

»Du hast einen echt kranken Humor, Mulds«, schimpfte ich und trat ein Stück zurück. »Lass uns außen herumgehen und die Kröte suchen.«

»Du weißt genau, dass die nicht ... am Ufer hockt und auf uns wartet. Wir müssen hineinwaten.«

»Du hast ja Recht«, seufzte ich, »aber lass uns wenigstens ein Stück Ufer suchen, wo keine Krokodile lauern. Wenn die uns erst mal wittern, kommen wir nämlich nicht weit.«

Wir wanderten stundenlang am Sumpfufer entlang, ohne irgendwelche Kröten zu sehen oder zu hören, obwohl wir auf viele kleine, braune Frösche stießen. Auch Schlangen und Krokodile waren reichlich vertreten. Schließlich kamen wir an eine Stelle, an der keine gefährlichen Tiere zu sein schienen. Hier war das Wasser seicht und roch nicht ganz so faulig. Noch besser würden wir es wohl nicht treffen.

»Ich wünschte, ich hätte Gummistiefel ... wie Meister Schick«, seufzte Harkat und knotete seine Kutte in Kniehöhe zusammen.

»Ich auch«, erwiderte ich und krempelte meine Jeans hoch. Ich wollte eben den Fuß ins Wasser setzen, da hielt ich inne. »Mir ist gerade etwas eingefallen. Vielleicht lassen sich die Schlangen und Krokodile ja deshalb nicht blicken, weil es hier Piranhas gibt!«

Harkat warf mir einen scheelen Blick zu. »Warum kannst du deine blöden Einfälle … nicht einfach für dich behalten?«

»Ich meine es ernst«, beharrte ich. Ich ließ mich auf alle viere nieder und spähte in das stehende Wasser, aber es war zu trüb, um etwas zu erkennen.

»Soweit ich weiß, greifen Piranhas nur an, wenn … sie Blut riechen«, sagte Harkat. »Solange wir uns nicht verletzen … kann uns eigentlich … nichts passieren.«

»Manchmal könnte ich Meister Schick umbringen«, ächzte ich.

Doch da uns das auch nicht weiterhalf, stieg ich in den Sumpf. Ich blieb kurz stehen, bereit, beim ersten Piranhabiss wieder hinauszuspringen, dann stapfte ich los, dicht gefolgt von Harkat.

Stunden später, als es schon dämmerte, stießen wir auf eine unbewohnte Insel. Wir hievten uns aus dem brackigen Wasser und ließen uns erschöpft auf den Boden fallen. Dann legten wir uns erst einmal schlafen. Ich zog wieder mein Rehfell über mich, Harkat deckte sich mit der Karte aus der Bauchhaut des Panters zu. Aber wir schliefen unruhig. Der Sumpf war voller Geräusche – Insekten, Frösche und ab und zu ein unidentifizierbares Platschen. Als wir am anderen Morgen aufwachten, waren wir durchgefroren und bekamen kaum die Augen auf.

Ein Gutes hatte der Sumpf – das Wasser war ziemlich flach. Ab und zu kam zwar eine tiefe Stelle, und einer von uns – manchmal auch wir beide – versank in der trüben Brühe, um kurz darauf fluchend und prustend wieder aufzutauchen, doch meistens reichte uns das Wasser höchstens bis zu den Oberschenkeln.

Ein weiterer Vorzug war, dass uns die Insekten und Blutegel verschonten, von denen es hier nur so wimmelte. Entweder

hatten wir zu dicke Haut, oder unser Blut schmeckte ihnen nicht.
Um die Krokodile machten wir einen großen Bogen. Ein paarmal wurden wir von Schlangen angegriffen, aber wir waren zu schnell und kräftig für sie. Trotzdem mussten wir ständig auf der Hut sein – die kleinste Nachlässigkeit konnte unser Ende bedeuten.
»Bis jetzt sind wir jedenfalls noch keinen Piranhas begegnet«, bemerkte Harkat, als wir Rast machten. Wir hatten uns durch einen lang gezogenen Schilfstreifen voller lästiger, klebriger Samen gekämpft, die mir an Kleidern und Haaren hängen blieben.
»In solchen Fällen irre ich mich gern«, sagte ich.
»Bis wir die Kröte finden, kann ... es noch Monate dauern«, fuhr Harkat fort.
»Das glaube ich eigentlich nicht. Zugegeben, nach den Gesetzen der Wahrscheinlichkeit kann es eine Ewigkeit dauern, in diesem Sumpf etwas Bestimmtes zu finden. Aber Meister Schick schert sich nicht um Gesetze. Wenn er will, dass wir die Kröte finden, dann finden wir sie auch.«
»Wenn das so ist«, überlegte Harkat, »sollten wir vielleicht ... gar nichts machen und warten, bis die Kröte ... von sich aus zu uns kommt.«
Ich schüttelte den Kopf »Das wäre zu einfach. Meister Schick hat das hier zwar alles arrangiert, doch wir müssen es uns erst verdienen. Wenn wir uns einfach nur ans Ufer setzen oder wenn wir seine Anweisung nicht befolgt hätten und nicht nach Westen gegangen wären, so wären wir aus dem Spiel ausgeschieden und damit seinem Einfluss entzogen. Dann könnte er nicht mehr zu unseren Gunsten auf die Umstände einwirken.«
Harkat sah mich spöttisch an. »Du hast offenbar viel darüber ... nachgedacht.«

»Sonst gibt es in dieser von allen Göttern verlassenen Welt ja nicht viel zu tun«, entgegnete ich schmunzelnd.
Wir klopften uns die letzten Schilfsamen ab, blieben noch ein paar Minuten sitzen und machten uns dann schweigend und entschlossen wieder auf den Weg, wobei wir wie immer Ausschau nach Krokodilen oder anderen Raubtieren hielten. So wateten wir immer tiefer in den Sumpf hinein.

Als die Sonne unterging, drang von einer mit dichtem Gestrüpp und knorrigen Bäumen bestandenen Insel ein tiefes, kehliges Quaken zu uns herüber. Wir wussten sofort, dass es sich um die gesuchte Kröte handelte, so, wie wir auch den Panter sofort an seinem Gebrüll erkannt hatten. Wir stapften ans Ufer der Insel und überlegten, wie wir am besten vorgingen.
»In ein paar Minuten ... ist es stockdunkel«, meinte Harkat. »Vielleicht sollten wir lieber bis morgen früh warten.«
»Aber heute Nacht ist der Mond fast voll«, hielt ich dagegen. »Das könnte genauso günstig sein. Es ist so hell, dass man gut sieht, und trotzdem dunkel genug, damit wir uns verstecken können.«
Harkat warf mir einen prüfenden Blick zu. »Du hörst dich ja an, als hättest du ... Angst vor der Kröte.«
»Erinnerst du dich noch an Evannas Frösche?«, fragte ich und spielte damit auf einen Schwarm Frösche an, der die Höhle der Hexe bewachte. An den Zungen hatten sie Säckchen mit einem Gift, das tödlich war, wenn es ins Blut gelangte. »Natürlich weiß ich, dass wir es hier mit einer Kröte und nicht mit einem Frosch zu tun haben, aber deswegen brauchen wir nicht gleich leichtsinnig zu werden.«
»Na schön«, gab der Kleine Kerl nach. »Wir gehen los, sobald der Mond aufgegangen ist. Wenn uns die Sache nicht ... geheuer ist, können wir morgen immer noch wiederkommen.«
Vom Ufer aus sahen wir zu, wie der Mond aufging. Dann

zückten wir unsere Waffen, ich ein Messer, Harkat einen Speer, und bahnten uns einen Weg durch das Dickicht aus hohen, nassen, farnartigen Wedeln, Bäumen und anderen Pflanzen. Etwa in der Mitte der Insel lag eine Lichtung. Uns bot sich ein fantastischer Anblick.

Vor uns lag ein runder Hügel aus Schilf und Schlamm, der von einem breiten Graben umgeben war. Auf beiden Seiten des Grabens lauerten jeweils vier oder fünf Krokodile. Oben auf dem Hügel kauerte die Kröte – ein *Riesenvieh!* Der mächtige, plumpe Körper war bestimmt zwei Meter lang, der gewaltige Kopf hatte dicke Glubschaugen und ein abstoßend breites Maul. Die Haut war dunkel, faltig und von grünbrauner Farbe. Sie war mit Pockennarben übersät, aus deren Kratern gelber, eitriger Schleim quoll. Dicke, schwarze Blutegel glitten wie bewegliche Schönheitsflecken hin und her und fraßen den Eiter.

Während wir das Scheusal noch ungläubig anstarrten, flog ein krähenähnlicher Vogel über uns hinweg. Die Kröte hob träge den Kopf, dann klappte ihr Maul auf, und eine unglaublich lange, dicke Zunge schoss heraus, um den Vogel aus der Luft zu holen. Ein schrilles Kreischen und verzweifeltes Flattern, dann war der Vogel verschwunden und man sah die Kröte schlucken.

Ich war so baff, dass mir die durchsichtigen Kugeln, die um die Kröte herum lagen, gar nicht auffielen. Erst als mich Harkat antippte und mit dem Finger darauf zeigte, wurde mir klar, dass das Vieh offenbar auf den besagten »Gallertkugeln« thronte. Uns blieb nichts anderes übrig, als den Graben zu überqueren und ihm die Dinger unterm Hintern wegzuziehen!

Wir gingen ein Stück zurück und duckten uns ins Gebüsch, um einen Schlachtplan zu entwerfen. »Weißt du, was wir brauchen?«, raunte ich Harkat zu.

»Was denn?«
»Das größte Marmeladenglas der Welt.«
Harkat verdrehte die Augen. »Lass die Witze. Wie sollen wir uns die … Kugeln holen, ohne dass uns die Kröte den Kopf abreißt?«
»Wir müssen uns von hinten anschleichen und hoffen, dass sie nichts merkt«, sagte ich. »Ich habe mir ihre Zunge angesehen, als sie die Krähe gefangen hat, und konnte keine Giftsäcke erkennen.«
»Was ist mit den Krokodilen? Meinst du … sie belauern das Vieh, weil sie es fressen wollen?«
Ich schüttelte den Kopf »Ich glaube eher, dass sie die Kröte beschützen oder wie die Blutegel in einer Art Zweckgemeinschaft mit ihr leben.«
Harkat war skeptisch. »Dass Krokodile so etwas machen, habe ich noch nie gehört.«
»Und ich habe noch nie von einer Kröte gehört, die größer ist als eine ausgewachsene Kuh. Wir kennen uns in dieser verrückten Welt nicht aus. Vielleicht sind hier alle Kröten solche Brummer.«
Schließlich einigten wir uns darauf, die Krokodile abzulenken, dann rasch den Graben zu überqueren, uns die Kugeln zu schnappen und uns wieder zu verdünnisieren – und zwar schleunigst! Wir gingen zum Ufer zurück und wateten auf der Suche nach etwas, womit wir die Krokodile ablenken konnten, durchs flache Wasser. Wir erlegten zwei große Wasserratten und fingen drei Geschöpfe, die keinerlei Ähnlichkeit mit irgendeinem uns bekannten Tier besaßen. Sie erinnerten an Schildkröten, besaßen jedoch einen durchsichtigen Panzer und neun kräftige Schwimmflossen. Sie waren harmlos, ihre einzige Verteidigung gegen Angreifer war ihre Schnelligkeit. Wir konnten sie nur fangen, weil wir sie ans Ufer trieben, wo sie sich im Schilf verhedderten.

Dann kehrten wir zur Lichtung zurück und duckten uns dort wieder ins Gebüsch. »Ich habe mir was überlegt«, zischte Harkat. »Es ist sinnvoller, wenn sich nur … einer von uns an die Kröte anschleicht. Der andere bleibt mit den … Ratten und Schildkröten hier und wirft sie … den Krokodilen hin.«
Ich nickte anerkennend. »Klingt einleuchtend. Hast du dir auch überlegt, wer von uns beiden sich anschleichen soll?«
Ich hatte erwartet, dass sich der Kleine Kerl freiwillig melden würde, doch er grinste nur verlegen und sagte: »Ich finde, du solltest gehen.«
»Ach ja?«, erwiderte ich verblüfft.
»Du bist schneller als ich«, sagte er. »Die Chance, dass … du heil zurückkommst, ist größer. Aber wenn du natürlich … nicht willst …«
Ich winkte ärgerlich ab. »Red keinen Stuss. Ich mach's. Sorg du dafür, dass die Krokos beschäftigt sind.«
»Werd mir Mühe geben«, versprach Harkat und schlug sich in die Büsche, um sich eine günstige Position zum Werfen zu suchen.
Ich ging um die Lichtung herum, bis ich hinter der Kröte war, sodass sie nicht sehen konnte, wie ich mich anschlich. Dann kroch ich auf dem Bauch an den Graben heran und tauchte einen Ast hinein, um festzustellen, wie tief das Wasser war. Es schien ziemlich flach zu sein. Wahrscheinlich konnte ich die fünf, sechs Meter bis zum Krötenhügel waten.
Im Gebüsch raschelte es. Eine der komischen Schildkröten flog in hohem Bogen durch die Luft und landete zwischen den Krokodilen auf der Außenseite des Grabens.
Gleich darauf flog eine tote Ratte hinterher und landete auf der Innenseite. Sobald sich die Echsen um die Leckerbissen zankten, ließ ich mich in das kalte, suppige Wasser gleiten. Es war voller verrottender Äste, toter Insekten und Krötenschleim, aber ich bezwang meinen Ekel und watete los. Die

Kröte hockte reglos da und sah zu, wie sich die Krokodile um das Futter balgten.

Am Rand des Hügels lagen etliche wabblige Kugeln. Ich hob sie auf und wollte sie in mein Hemd stecken, doch ihre weichen Schalen waren beschädigt. Sie verloren die Form, und eine klare, klebrige Flüssigkeit sickerte heraus.

Als ich aufblickte, sah ich erneut eine Schildkröte durch die Luft segeln, gefolgt von der zweiten Ratte. Das bedeutete, dass Harkat nur noch eine einzige Schildkröte in Reserve hatte. Ich musste mich beeilen. Ich robbte über den Erdhügel und griff nach den glänzenden Kugeln direkt neben der Riesenkröte. Die meisten waren mit Eiter bedeckt. Er war warm und hatte die Konsistenz von Erbrochenem. Der Gestank drehte mir fast den Magen um. Ich hielt die Luft an, wischte den Eiter ab und entdeckte erst eine noch unversehrte Kugel, und dann noch mehr. Sie waren verschieden groß: Manche hatten nur einen Durchmesser von fünf bis sechs, andere von bis zu zwanzig Zentimetern. Hastig stopfte ich mir das Hemd voll. Eben hatte ich beschlossen, dass ich genug zusammenhatte, da wandte die Kröte den Kopf, sodass ich genau in ihrem Blickfeld war.

Rasch drehte ich mich um und stapfte durch den Graben. Gerade als ich mich mit einem Sprung in Sicherheit bringen wollte, ließ die Kröte ihre Zunge herausschnellen. Sie traf mich mit voller Wucht am Rücken und warf mich um. Keuchend rappelte ich mich wieder auf und spuckte Wasser, Gelee und Eiter. Die Zunge traf mich erneut, diesmal am Kopf. Als ich benommen wieder auftauchte, sah ich hinter dem Hügel mehrere Schemen ins Wasser gleiten. Sofort vergaß ich die Kröte und ihre Zunge – jetzt hatte ich andere Probleme. Die Krokodile hatten die Brocken verspeist, die ihnen Harkat zugeworfen hatte. Nun gelüstete es sie nach Frischfleisch – *nach mir!*

10

Ich wandte den Reptilien den Rücken zu und stolperte weiter. Ich hatte es schon fast geschafft, da erwischte mich die Krötenzunge wieder, wickelte sich mir um den Hals und drehte mich um. Zwar hatte die Kröte nicht genug Kraft, mich ganz zu sich heraufzuziehen, aber ich landete am Fuß ihres Hügels. Als ich keuchend aufsprang, schob sich auch schon das erste Krokodil heran, und ich begriff, dass ich es nicht mehr rechtzeitig durch den Graben schaffen konnte.

Daher blieb ich stehen und erwartete den Angriff des Reptils. Wenn es mir gelang, ihm das Maul zuzuhalten, würde es mit den kurzen Vorderbeinen nicht viel ausrichten können. Doch dann musste ich es immer noch mit seinen Rudelgenossen aufnehmen, die dicht hinter ihm angeschwommen kamen.

Aus den Augenwinkeln sah ich Harkat ins Wasser springen und mir zu Hilfe eilen, doch bis er mich erreicht hätte, wäre der Kampf längst vorbei. Das vorderste Krokodil war jetzt dicht vor mir. Seine Augen funkelten mordlustig, und es riss den Rachen auf – waren da viele Zähne drin, und so große und scharfe! –, um mich zu zermalmen. Ich breitete die Arme aus und wollte es packen …

… als zwischen den Bäumen eine Gestalt auftauchte, mit den Armen fuchtelte und etwas Unverständliches schrie.

Ein gleißender Blitz zuckte über den Himmel. Instinktiv hielt ich mir die Augen zu.

Als ich die Hände wieder wegnahm, sah ich, dass mich das Krokodil verfehlt hatte und hilflos zappelnd am Ufer gestrandet war. Seine Artgenossen im Graben paddelten kopflos im Kreis herum und stießen gegeneinander. Die Kröte auf dem Hügel hatte den Kopf gesenkt, quakte vor sich hin und hatte jedes Interesse an mir verloren. Mein Blick wanderte von Harkat, der verdattert im Wasser stand, zu der mysteriösen Gestalt hinüber. Als sie die Arme sinken ließ, sah ich, dass es eine Frau war. Und als sie ein paar Schritte vortrat und ich ihr langes Zottelhaar und die Seile bemerkte, die sie um sich geschlungen hatte, erkannte ich sie auch!

»Evanna?«, brüllte ich ungläubig.

»Das war wirklich perfektes Timing, sogar für meine Verhältnisse«, brummelte die Hexe und trat an den Rand des Grabens.

»Evanna?«, schrie jetzt auch Harkat.

»Gibt's hier ein Echo?«, sagte die Hexe naserümpfend und betrachtete die Krokodile und die Kröte. »Mein Zauber hat sie vorübergehend geblendet, doch er hält nicht lange vor. Wenn euch euer Leben lieb ist, kommt ihr da raus, und zwar fix!«

»Aber wie ... was ... wo ...«, stotterte ich.

»Lass uns drüben ... im Trockenen weiterreden«, unterbrach mich Harkat und kam zu mir herüber, wobei er einen großen Bogen um die kopflos umherstrampelnden Krokodile machte. »Hast du die Kugeln?«

»Ja«, sagte ich und zog eine aus meinem Hemd. »Wie hat sie nur ...«

»Nachher!«, schnauzte er mich an und schob mich in Richtung Uferböschung.

Ich verkniff mir meine Fragen und krabbelte aus dem dreckigen Wasser. Evanna packte mich am Kragen und zog mich hoch, dann griff sie in Harkats Kutte und half ihm ebenfalls heraus.

»Kommt jetzt«, sagte sie und lief los. »Wenn sie wieder richtig sehen können, müssen wir weg sein. Die Kröte kann ziemlich wütend werden und hüpft womöglich hinter uns her.«

Harkat und ich blieben kurz stehen und malten uns aus, was von uns übrig bleiben würde, wenn eine Kröte dieser Größe auf uns landete, dann eilten wir hinter der Hexe her, so schnell uns die müden Beine trugen.

Evanna hatte ihr Lager auf einer mit Gras bewachsenen Insel aufgeschlagen, die ein paar hundert Meter von der Kröteninsel entfernt war. Als wir aus dem Sumpf stiegen, brannte schon ein Feuer, und darüber blubberte ein Gemüseeintopf. Auch Ersatzkleidung lag bereit: eine blaue Kutte für Harkat, eine dunkelbraune Hose und ein Hemd für mich.

»Schlüpft aus den nassen Lumpen, trocknet euch ab und zieht das da an«, befahl Evanna und beugte sich über den Eintopf.

Harkat und ich sahen nacheinander die Hexe, das Feuer und die Wechselkleidung an.

»Es hört sich vielleicht dumm an«, sagte ich, »aber habt Ihr uns etwa erwartet?«

»Na klar«, erwiderte Evanna. »Ich bin schon eine ganze Woche hier. Ich hatte zwar nicht angenommen, dass ihr früher kämt, aber ich wollte euch auf keinen Fall verpassen.«

»Woher wusstet Ihr denn, dass wir ... kommen?«, fragte Harkat.

»Also wirklich«, seufzte Evanna, »ihr kennt doch meine Zauberkräfte und wisst, dass ich die Zukunft vorhersehen kann. Was gibt's da noch zu fragen?«

»Dann verratet uns doch einfach, warum Ihr hier seid«, erwiderte ich. »Und wieso Ihr uns gerettet habt. Wenn ich mich recht entsinne, habt Ihr immer behauptet, Ihr dürftet Euch nicht in unsere Kämpfe einmischen.«

»Nicht in den Kampf gegen die Vampyre«, berichtigte mich Evanna. »Bei Kröten und Krokodilen habe ich freie Hand. Warum zieht ihr nicht endlich die nassen Sachen aus und esst was von dem leckeren Eintopf, ehe ihr mich weiter nervt?«

Da es nicht gerade angenehm war, tropfnass und mit knurrendem Magen herumzustehen, gehorchten wir. Wir aßen gierig, und als wir uns anschließend die Finger ableckten, fragte ich Evanna, ob sie uns vielleicht verraten dürfe, wo wir uns eigentlich befanden. Sie verneinte.

»Könntet Ihr Darren … wieder nach Hause bringen?«, erkundigte sich Harkat.
»Ich gehe nirgendwohin!«, widersprach ich sofort.
»Du wärst um ein Haar in einem … Krokodilbauch gelandet«, knurrte Harkat. »Ich lasse nicht zu, dass du dein … Leben noch einmal …«
»Ihr braucht euch gar nicht zu zanken«, unterbrach uns Evanna. »Ich habe nicht die Macht, auch nur einen von euch hier wegzubringen.«
»Aber Ihr konntet … hierher kommen«, argumentierte Harkat. »Dann müsst Ihr doch auch wieder zurückkehren können.«
»Es ist nicht so einfach, wie es den Anschein hat«, sagte Evanna. »Ich kann es euch nicht erklären, ohne Dinge zu verraten, die geheim bleiben müssen. Ich kann nur so viel sagen, dass ich nicht auf dem gleichen Weg hierher gekommen bin wie ihr und dass ich das Tor zwischen der Welt, aus der ihr kommt, und dieser hier nicht öffnen kann. Das kann nur Salvatore Schick.«
Es hatte keinen Zweck, sie weiter zu löchern – bei bestimmten Themen schwieg sie genauso eisern wie Meister Schick –, deshalb ließen wir die Sache auf sich beruhen. »Könnt Ihr uns wenigstens etwas über die Suche verraten, auf der wir uns befinden?«, versuchte ich es stattdessen. »Wo wir als Nächstes hinmüssen, oder was wir tun sollen?«
»Ich darf euch verraten, dass ich für die nächste Etappe eures Abenteuers eure Führerin bin. Deshalb habe ich ja auch eingegriffen. Da ich zu eurer Suche gehöre, kann ich mich ruhig aktiv daran beteiligen, zumindest eine Zeit lang.«
»Ihr begleitet uns?«, jubelte ich, froh darüber, dass uns jemand den Weg zeigen würde.
»Ja«, sagte Evanna lächelnd, »allerdings nicht lange. Ich bleibe zehn, höchstens elf Tage bei euch. Danach seid ihr wieder auf

euch allein gestellt.« Sie erhob sich und wandte sich zum Gehen. »Ruht euch jetzt aus«, befahl sie. »Hier wird nichts euren Schlaf stören. Morgen Nachmittag komme ich wieder, und dann brechen wir auf.«

»Wohin denn?«, fragte Harkat, doch falls ihn die Hexe gehört hatte, machte sie sich nicht die Mühe zu antworten, und im nächsten Augenblick war sie verschwunden. Und da es für uns sonst nichts zu tun gab, errichteten wir im Gras ein Lager und legten uns schlafen.

11

Nach dem Frühstück führte uns Evanna aus dem Sumpf heraus und nach Süden, wieder durch unwirtliches, ödes Land. Es war nicht ganz so ausgestorben wie die Wüste, die wir zuvor durchquert hatten, aber auf der roten Erde wuchs nur wenig und die Tiere waren klapperdürre Geschöpfe mit lederner Haut.

Im Lauf der folgenden Tage und Nächte versuchten wir immer wieder, der Hexe klammheimlich Hinweise über unseren Aufenthaltsort aus der Nase zu ziehen, darüber, wer Harkat einst gewesen war, welchem Zweck die Gallertkugeln dienten und was uns noch alles erwartete. Wir flochten die Fragen in unsere normale Unterhaltung ein und hofften Evanna damit zu überlisten, doch sie fiel kein einziges Mal darauf herein.

Obwohl es uns ärgerte, dass sie uns keine Auskünfte gab, war sie uns als Reisegefährtin sehr willkommen. Sie sorgte jeden Abend für eine Schlafgelegenheit – sie konnte im Handumdrehen ein Lager einrichten – und sagte uns, was wir essen durften und was nicht (viele Tiere und Pflanzen waren giftig oder unverdaulich). Außerdem erzählte sie uns Geschichten und sang uns Lieder vor, damit uns auf dem langen, beschwerlichen Marsch nicht langweilig wurde.

Ich fragte sie mehrfach danach, wie der Krieg der Narben verlief und was Vancha March und die anderen Fürsten und Generäle trieben, doch auch da schüttelte sie nur den Kopf und meinte, dazu dürfe sie sich im Moment nicht äußern.

Wir sprachen oft über Mr. Crepsley. Evanna hatte den Vampir lange vor mir gekannt und erzählte mir, wie er als junger Mann gewesen war. Es machte mich traurig, über meinen toten Freund zu reden, aber es war eine wärmende Traurigkeit, nicht das kalte Elend, unter dem ich in den ersten Wochen nach seinem Tod gelitten hatte. Eines Nachts, als Harkat laut vor sich hin schnarchte (Evanna hatte seine Vermutung bestätigt, dass er die hiesige Luft vertrug, deshalb verzichtete er auf seine Maske), fragte ich Evanna, ob sie eigentlich mit Mr. Crepsley in Verbindung treten könne. »Meister Schick besitzt die Gabe, mit den Toten zu sprechen«, sagte ich. »Könnt Ihr das auch?«

»Ja«, entgegnete sie, »aber wir können nur mit jenen sprechen, deren Seelen nach ihrem Tod an die Erde gefesselt bleiben. Die meisten Seelen ziehen fort – auch wenn niemand, nicht einmal mein Vater, genau weiß, wohin.«

»Ihr könnt also keine Verbindung zu Mr. Crepsley aufnehmen?«, vergewisserte ich mich.

»Glücklicherweise nicht.« Evanna lächelte. »Larten hat das Reich des Körperlichen für immer verlassen. Ich stelle mir gern vor, wie er mit Arra Sails und seinen anderen Lieben im Paradies weilt und auf seine übrigen Freunde wartet.«

Arra Sails war eine Vampirin, und sie und Mr. Crepsley waren einmal ein Paar gewesen. Sie starb, als ein Vampirverräter namens Kurda Smahlt heimlich einen Trupp Vampyre in den Berg einschleuste. Beim Gedanken an Arra und Kurda kam ich ins Grübeln und fragte Evanna, ob es möglich gewesen wäre, den blutigen Krieg der Narben zu verhindern. »Wäre alles anders gekommen, wenn uns Kurda damals die Wahrheit über den Lord der Vampyre gesagt hätte? Oder wenn Kurda

Fürst geworden wäre, den Stein des Blutes in seinen Besitz gebracht und die Generäle gezwungen hätte, sich den Vampyren zu unterwerfen? Wäre Mr. Crepsley dann noch am Leben? Und Arra? Und all die anderen, die im Krieg gefallen sind?«

Evanna stieß einen tiefen Seufzer aus. »Du musst dir die Zeit wie ein Puzzle denken. Stell dir eine riesige Schachtel mit Milliarden Teilen von Millionen Puzzlespielen vor – das ist die Zukunft. Daneben liegt ein riesiges Brett, auf dem schon Teilstücke des ganzen Puzzles zusammengelegt sind – das ist die Vergangenheit. Bei jeder Entscheidung greifen die Lebenden blind in die Schachtel, holen ein beliebiges Puzzleteil heraus und legen es irgendwohin, wo noch Platz ist. Jedes Teil, das hinzukommt, beeinflusst das endgültige Aussehen des gesamten Puzzles, und es ist sinnlos, sich vorstellen zu wollen, wie es ausgesehen hätte, wenn ein anderes Teil hinzugefügt worden wäre.« Sie hielt inne. »Sofern man nicht gerade Meister Schick heißt. Er verbringt viel Zeit damit, das Puzzle zu betrachten und sich immer neue Muster zu überlegen.«

Ich dachte lange nach, ehe ich weiterfragte. »Wollt Ihr damit sagen, dass es keinen Zweck hat, über die Vergangenheit nachzugrübeln, weil wir sie sowieso nicht ändern können?«

Sie nickte. »So ungefähr.« Dann beugte sie sich vor. Ihr grünes Auge leuchtete hell, das braune schimmerte matt. »Ein Sterblicher kann den Verstand verlieren, wenn er zu viel über das allumfassende Puzzle nachdenkt. Halte dich an deine gegenwärtigen Probleme, das bekommt dir besser.«

Es war eine seltsame Unterhaltung, an die ich noch oft zurückdachte, nicht nur, als ich in dieser Nacht einzuschlafen versuchte, sondern auch in den ruhigeren Momenten der anstrengenden Wochen, die noch kommen sollten.

Elf Tage nachdem mich Evanna vor den Krokodilen gerettet hatte, erreichten wir einen riesigen See. Weil ich das gegenüberliegende Ufer nicht sehen konnte, hielt ich ihn zuerst für ein Meer, aber als ich das Wasser kostete, schmeckte es nicht salzig, sondern nur sehr bitter.

»Hier verlasse ich euch«, verkündete Evanna, blickte über das dunkelblaue Wasser und dann hinauf in den wolkenverhangenen Himmel. Im Verlauf unserer Wanderung hatte sich das Wetter verändert, nun herrschten Wolken und Regen vor.

»Wie heißt dieser See denn?«, fragte Harkat und hoffte genau wie ich, es wäre der See der Seelen, obwohl wir im Grunde unseres Herzens wussten, dass er es nicht war.

»Er hat keinen Namen«, antwortete Evanna. »Es gibt ihn erst seit kurzem, und die vernunftbegabten Geschöpfe dieses Planeten haben ihn noch nicht entdeckt.«

»Heißt das etwa, der Planet ist bewohnt?«, fragte Harkat scharf.

»Allerdings«, bestätigte die Hexe.

»Warum sind wir dann noch niemandem begegnet?«, fragte ich.

»Es ist ein großer Planet«, sagte Evanna, »aber er ist kaum bewohnt. Vielleicht begegnet ihr ja noch jemandem, ehe euer Abenteuer zu Ende ist, doch lasst euch nicht ablenken – ihr seid hier, um die Wahrheit über Harkat zu erfahren, nicht, um euch mit den Einheimischen zu amüsieren. Soll ich euch jetzt noch helfen, ein Floß zu bauen, oder wollt ihr das lieber allein erledigen?«

»Wofür brauchen wir denn ein Floß?«, fragte ich.

Evanna deutete auf den See. »Dreimal darfst du raten, du Intelligenzbolzen.«

»Können wir nicht drum herum gehen?«, erkundigte sich Harkat.

»Könnt ihr, aber ich würde euch davon abraten.«

Wir seufzten. Wenn Evanna so etwas sagte, wussten wir, dass uns keine andere Wahl blieb.

»Woraus sollen wir denn ein Floß bauen?«, fragte ich. »Ich habe schon seit Tagen keinen Baum mehr gesehen.«

»Ganz in der Nähe liegt ein Bootswrack«, erwiderte Evanna und bog nach links ab. »Das können wir ausschlachten.«

»Ihr habt doch eben gesagt, die ... Bewohner dieses Planeten hätten diesen See noch nicht entdeckt«, wandte Harkat ein, doch falls die Hexe ihn gehört hatte, reagierte sie nicht darauf.

Als wir etwa einen Kilometer an dem steinigen Ufer entlanggegangen waren, stießen wir auf die Überreste eines kleinen Bootes. Die oberste Plankenschicht war feucht und verrottet, die zweite Lage war allerdings noch brauchbar. Wir rissen die Bretter ab und schichteten sie zu einem ordentlichen Stapel auf, wobei wir sie der Länge nach sortierten.

»Womit sollen wir die Bretter verbinden?«, fragte ich, als wir mit dem Bauen anfangen wollten. »Wir haben ja keine Nägel.« Ich wischte mir den Regen von der Stirn. Seit einer Stunde nieselte es ununterbrochen.

»Derjenige, der dieses Boot gebaut hat, hat die Planken mit Schlamm zusammengeklebt«, erklärte Evanna. »Er hatte weder Seil noch Nägel und auch nicht die Absicht, mit dem Boot auf den See hinauszufahren. Er hat es nur gebaut, um sich zu beschäftigen.«

»Schlamm wird das Floß wohl kaum zusammenhalten, wenn wir ... es zu Wasser lassen«, meinte Harkat.

»Stimmt, deshalb binden wir die Bretter ja auch mit Seilen zusammen«, erklärte die stämmige Hexe grinsend und fing an, die Seile abzuwickeln, die sie am Leib trug.

»Sollen wir uns umdrehen?«, fragte ich.

Sie lachte. »Nicht nötig. Ich habe nicht vor, mich nackt auszuziehen!«

Die Hexe wickelte ein unglaublich langes Stück Seil ab, Dutzende von Metern lang, und trotzdem schien es nicht weniger zu werden. Als sie aufhörte, war sie noch genauso schicklich bekleidet wie zuvor. »So!«, brummte sie. »Das müsste reichen.«

Den restlichen Tag brachten wir mit dem Bau des Floßes zu. Evanna fungierte als Konstrukteurin und unterstützte uns, sobald wir ihr den Rücken zukehrten, mit kleinen Zaubertricks. Dadurch kamen wir schneller voran. Das fertige Floß war nicht besonders groß, etwa zweieinhalb Meter lang und zwei Meter breit, aber wir passten zu zweit darauf und konnten uns sogar lang ausstrecken. Wie breit der See war, wollte uns Evanna nicht verraten, doch sie meinte, wir müssten nach Süden fahren und auf jeden Fall ein paar Nächte auf dem Wasser verbringen. Als wir das Floß probehalber vom Stapel ließen, schwamm es prima. Ein Segel hatten wir nicht, aber wir bastelten uns aus den übrig gebliebenen Planken zwei Ruder.

»Damit müsstet ihr es eigentlich schaffen«, meinte Evanna. »Feuer könnt ihr zwar nicht machen, aber dicht unter der Wasseroberfläche schwimmen Fische. Die könnt ihr fangen und roh essen. Und das Wasser schmeckt zwar nicht, doch ihr könnt es gefahrlos trinken.«

»Evanna …«, setzte ich an und hüstelte verlegen.

»Was denn, Darren?«

»Die Gallertkugeln«, sagte ich bittend. »Verratet Ihr uns wenigstens, wofür die gut sind?«

»Nein«, sagte sie. »Aber das wolltest du mich eigentlich auch nicht fragen. Raus mit der Sprache! Was hast du auf dem Herzen?«

»Ich brauche Blut«, seufzte ich. »Es ist Ewigkeiten her, seit ich zuletzt Menschenblut getrunken habe. Allmählich spüre ich die Folgen. Ich kann nicht mehr klar denken und werde immer schwächer. Wenn das so weitergeht, muss ich sterben. Ich wollte fragen, ob ich vielleicht von Euch trinken dürfte?«

Evanna lächelte bedauernd. »Ich hätte überhaupt nichts dagegen, doch ich bin nun mal kein Mensch und mein Blut ist nicht zum Trinken geeignet. Hinterher würde es dir bloß noch schlechter gehen. Aber mach dir keine Sorgen. Wenn das Schicksal es gut mit dir meint, findest du bald eine Nahrungsquelle. Wenn nicht«, fügte sie geheimnisvoll hinzu, »kommt es darauf auch nicht mehr an.

Und jetzt«, die Hexe trat ein Stück zurück, »muss ich euch verlassen. Je eher ihr losfahrt, desto schneller seid ihr drüben am anderen Ufer. Doch bevor ich mich verabschiede, will ich euch noch etwas sagen, das ich mir bis jetzt aufheben musste. Ich darf euch zwar nicht verraten, was die Zukunft für euch bereithält, einen letzten Rat darf ich euch allerdings noch geben: Um im See der Seelen zu fischen, müsst ihr euch ein Netz borgen, mit dem man nach Toten gefischt hat. Und um an den See heranzukommen, braucht ihr die heilige Essenz aus dem Tempel des Grotesk.«

»Der Tempel des Grotesk?«, fragten Harkat und ich wie aus einem Mund.

»Tut mir Leid. Mehr darf ich nicht verraten.« Die Hexe winkte uns zu und sagte: »Glück zu, Darren Shan, Glück zu, Harkat Mulds.« Noch bevor wir antworten konnten, sauste sie mit magischer Geschwindigkeit in die Abenddämmerung davon, und weg war sie.

Harkat und ich blickten einander betroffen an, dann verstauten wir unsere kümmerliche Habe auf dem Floß. Die Gallertkugeln teilten wir in drei Haufen. Einen nahm Harkat, einen ich, den dritten banden wir mit einem Stoffstreifen am Floß fest. Dann ruderten wir in der einbrechenden Dunkelheit auf den kalten, stillen, namenlosen See hinaus.

12

Wir ruderten erst einmal geradeaus, jedenfalls bemühten wir uns, (es schien keine Strömungen zu geben, die einen vom Kurs abbringen konnten), und ruhten uns erst kurz vor Sonnenaufgang ein paar Stunden aus. Dann ruderten wir weiter, diesmal nach Süden, wobei wir uns an der Sonne orientierten.

Am dritten Tag wurde die Langeweile unerträglich. Mitten auf dem ruhigen See gab es außer Rudern nichts zu tun, und die Umgebung sah immer gleich aus: unter uns das dunkelblaue Wasser, über uns der meist wolkenverhangene, graue Himmel. Das Angeln war unsere einzige Abwechslung, aber es herrschte kein Mangel an Fischen und sie waren leicht zu fangen. So hieß es abgesehen von den Mahlzeiten Rudern und Ausruhen und wieder Rudern und Ausruhen.

Um uns zu beschäftigen, dachten wir uns mit den Zähnen, die Harkat dem Panter ausgebrochen hatte, Spiele aus. Für richtige Wörterspiele waren es nicht genug Buchstaben, doch indem wir jedem Buchstaben eine Zahl zuordneten, konnten wir die Zähne als Würfel nehmen und einfache Glücksspiele spielen. Da wir nichts Wertvolles hatten, das wir als Einsatz verwenden konnten, nahmen wir Fischgräten als Spielchips und taten so, als wären sie immense Geldsummen wert.

In einer Ruderpause nahm sich Harkat die Panterzähne vor und säuberte sie, wobei er sich viel Zeit ließ, um die Tätigkeit möglichst lange auszudehnen. Er betrachtete den langen Schneidezahn mit dem K drauf und runzelte die Stirn. »Der ist ja hohl«, sagte er, hielt den Zahn hoch und spähte hinein. Dann setzte er ihn an seinen breiten Mund, pustete probehalber hinein, hielt ihn wieder hoch und reichte ihn an mich weiter.

Ich hielt den Zahn gegen den grauen Himmel und kniff die Augen zusammen. »Der Hohlraum ist ziemlich glatt«, bemerkte ich. »Unten ist er breiter, und er wird zur Spitze hin immer enger.«

»Sieht fast aus, als hätte jemand absichtlich ein Loch durchgebohrt«, sagte Harkat.
»Aber wie und wozu?«
»Keine Ahnung. Die anderen Zähne sind jedenfalls nicht hohl.«
»Vielleicht war es ja ein Insekt«, meinte ich. »Ein Parasit, der sich in den Zähnen anderer Tiere einnistet, sich hindurchbohrt und vom Mark ernährt.«
Harkat sah mich entsetzt an, sperrte den Mund weit auf und gurgelte: »Schnell, sieh dir meine Zähne an!«
»Meine zuerst!«, rief ich hysterisch und betastete besorgt meine Zähne mit der Zunge.
»Deine sind härter … als meine«, protestierte er. »Ich bin mehr gefährdet als du.«
Das stimmte, daher beugte ich mich vor und musterte seine grauen, scharfen Zähne gründlich, fand allerdings keine Hinweise auf irgendwelche Parasiten. Dann machten wir es umgekehrt, doch auch mein Gebiss war tadellos.
Wir beruhigten uns wieder (obwohl wir danach noch eine ganze Zeit lang mit der Zunge im Mund herumfuhren!), und Harkat setzte seine Reinigungsaktion fort, wobei er den ausgehöhlten Zahn vorsichtshalber ein Stück von den anderen Zähnen weglegte.

Als wir uns in der vierten Nacht nach stundenlangem Rudern schlafend aneinander schmiegten, wurden wir von einem donnernden Flattergeräusch über unseren Köpfen geweckt. Wir fuhren in die Höhe und hielten uns die Ohren zu. So ein Geräusch hatte ich noch nie gehört, es war ein ohrenbetäubendes Geknatter, als schüttelte ein Riese seine Bettlaken aus. Begleitet wurde es von heftigen, kalten Windstößen, die das Wasser aufwühlten und das Floß schwanken ließen.
Es war eine finstere Nacht mit einer geschlossenen Wolken-

decke, sodass man nicht sehen konnte, was den Lärm verursachte.
»Was ist das?«, flüsterte ich.
Harkat hatte mich nicht gehört, deshalb wiederholte ich meine Frage, jedoch sicherheitshalber nicht allzu laut, weil ich dem Wesen über unseren Köpfen, worum es sich auch handeln mochte, nicht verraten wollte, wo wir waren.
»Keine Ahnung«, zischelte Harkat, »aber das Geräusch kommt mir irgendwie ... bekannt vor. Ich habe es schon mal gehört ... nur weiß ich nicht mehr, wo.«
Das Flattern und Knattern verebbte, offenbar weil das unbekannte Wesen weiterflog, die Wogen glätteten sich, und unser Floß lag wieder ruhig auf dem Wasser. Wir waren arg durchgeschüttelt, sonst war uns nichts passiert. Als wir uns darüber unterhielten, kamen wir zu dem Schluss, dass es irgendein riesiger Vogel gewesen sein musste. Ich ahnte allerdings, auch wenn ich es für mich behielt, dass dem nicht so war, und nach Harkats besorgtem Gesicht und der Tatsache, dass er nicht mehr einschlafen konnte, zu urteilen, ging es ihm ähnlich.

Am folgenden Morgen ruderten wir schneller als sonst. Wir erwähnten den nächtlichen Vorfall kaum, blickten jedoch oft zum bewölkten Himmel hoch. Beide konnten wir nicht benennen, warum uns das Geräusch so beunruhigt hatte. Wir spürten nur, dass uns nichts Gutes bevorstand, wenn das Wesen bei Tageslicht zurückkäme.
Da wir so oft und lange nach oben blickten, merkten wir erst nachmittags während einer kurzen Ruderpause, dass das Ufer schon in Sichtweite war. »Was glaubst du, wie weit ... es noch ist?«, fragte Harkat.
Ich zuckte die Achseln »Vier, fünf Kilometer?« Das Ufer war flach, aber in der Ferne waren verschwommen Berge zu er-

kennen, hohe, graue Gipfel, die in die grauen Wolken übergingen, weshalb sie uns vorher nicht aufgefallen waren.

»Wenn wir … uns ranhalten, haben wir es … bald geschafft«, meinte Harkat.

»Dann mal los«, brummte ich, und wir machten uns mit neuem Schwung ans Rudern. Harkat konnte schneller rudern als ich, denn meine Kräfte schwanden rapide, weil ich kein Menschenblut zum Trinken hatte, doch ich biss die Zähne zusammen und strengte mich an. Beide wollten wir gern an Land, wo wir uns wenigstens im Gebüsch verstecken konnten, falls wir angegriffen wurden.

Wir hatten etwa die Hälfte der Strecke zurückgelegt, als die Luft über uns von dem gleichen donnernden Flattern erschüttert wurde, das uns letzte Nacht aus dem Schlaf gerissen hatte. Windstöße peitschten das Wasser auf. Wir zogen die Ruder ein, blickten auf und sahen hoch über uns einen undeutlichen Schemen schweben. Er war klein, aber das lag daran, dass er so hoch oben war.

»Was zum Teufel ist das?«, keuchte ich.

Harkat schüttelte nur den Kopf. »Es muss riesig sein, wenn seine Flügel aus dieser Entfernung … so einen Aufruhr verursachen.«

»Meinst du, es hat uns gesehen?«

»Dann würde es wohl nicht mehr da oben herumfliegen«, gab Harkat zurück.

Jetzt erstarben das Flattergeräusch und der Wind, und das Wesen schoss wie ein Pfeil auf uns herab und wurde dabei immer größer. Erst dachte ich, es wollte uns versenken, aber es bremste seinen Sturzflug etwa zehn Meter über dem Floß ab und schlug mit den riesigen Schwingen, um seine Höhe beizubehalten. Von dem Krach platzte mir fast das Trommelfell.

»Hältst du … es für dasselbe … wie ich?«, brüllte ich und klammerte mich am Floß fest, während die Wellen über uns hinwegspülten. Mir fielen fast die Augen aus dem Kopf – ich konnte nicht fassen, was ich da sah. Ich hoffte inbrünstig, dass Harkat sagen würde, ich hätte eine Halluzination.

»Ja!«, rief Harkat und raubte mir meine Illusionen. »Ich wusste doch, dass ich … es kenne.« Der Kleine Kerl kroch an den Rand des Floßes, um das ebenso prächtige wie fürchterliche Fabelwesen zu betrachten. Er war genauso entsetzt wie ich, doch seine Augen leuchteten vor Aufregung. »So einen habe ich schon mal … in meinen Alpträumen gesehen«, brüllte er und konnte das Flattern der riesigen Schwingen nur mit Mühe übertönen. »Es ist ein *Drache!*«

13

In meinem ganzen Leben hatte ich noch nichts so Wundersames wie diesen Drachen gesehen, und obwohl ich vor Angst wie gelähmt war, bewunderte ich ihn zugleich, weswegen ich auch außerstande war, auf die Bedrohung zu reagieren. Es war unmöglich, seine Größe einigermaßen präzise zu schätzen, aber seine gefleckten, hellgrünen Flügel hatten eine Spannweite von mindestens 20 Metern. Am Ansatz waren sie breit und liefen spitz zu.

Der Leib war von der Schnauze bis zur Schwanzspitze sieben oder acht Meter lang. Er erinnerte an eine Schlange, denn er war mit Schuppen besetzt, doch die Brust war gewölbt und verjüngte sich zum Schwanzende hin. Die Schuppen auf der Unterseite waren mattrot und golden, der Rücken, soweit ich erkennen konnte, dunkelgrün mit roten Tupfen. Der Drache hatte zwei lange Vorderbeine, die in scharfen Klauen endeten, sowie etwa zwei Meter vor der Schwanzspitze zwei kürzere Gliedmaßen.

Der Kopf erinnerte eher an ein Krokodil als an eine Schlange. Er war länglich, flach und dunkellila, mit zwei gelben, hervorstehenden Augen, großen Nüstern und einem beweglichen Unterkiefer, der aussah, als könnte der Drache den Rachen weit genug aufreißen, um auch große Tiere mit einem einzigen Haps zu verschlingen. Die Ohren waren überraschend klein, sie liefen spitz zu und saßen dicht über den Augen. Zähne konnte ich keine entdecken, doch die Kiefer sahen hart und knochig aus. Die lange, gespaltene Zunge glitt träge zwischen den Lefzen hin und her, während der Drache über uns auf der Stelle flog.

Er beobachtete uns noch einen Augenblick, schlug stetig mit den Schwingen, fuhr die Klauen aus und zog sie wieder ein, weitete und verengte die Pupillen, dann legte er die Flügel an und ging mit gestreckten Vorderbeinen, ausgefahrenen Krallen und geschlossenem Maul in den Sturzflug über!

Mit einem Entsetzensschrei kamen wir wieder zur Besinnung und warfen uns platt auf den Bauch. Der Drache fegte kreischend über uns hinweg. Eine Kralle traf mich an der Schulter und schleuderte mich gegen Harkat.

Als wir uns wieder berappelt hatten, setzte ich mich auf und rieb mir die schmerzende Schulter. Ich sah, wie der Drache elegant wendete und abermals zum Sturzflug ansetzte. Doch statt sich wieder hinzuwerfen, griff sich Harkat diesmal ein Ruder, stieß damit nach dem Untier und brüllte es herausfordernd an. Der Drache kreischte schrill und zornig und – wich aus.

»Steh auf!«, rief Harkat mir zu, und ich erhob mich mühsam. Er drückte mir das andere Ruder in die Hand, kniete sich hin und paddelte hektisch. »Halt ihn uns vom Leib … wenn du kannst«, keuchte er. »Ich versuche, ans Ufer … zu rudern. Wir müssen … an Land und uns … verstecken, sonst sind wir dran.« Das Ruder hochzuhalten, tat höllisch weh, aber ich ignorierte meine schmerzende Schulter und richtete das Holzstück wie einen Speer auf den Drachen. Dabei beschwor ich

Harkat stumm, schneller zu rudern. Das Untier kreiste über uns, die gelben Augen auf das Floß geheftet, und stieß ab und zu ein kurzes Kreischen aus.
»Er versucht, uns einzuschätzen«, sagte ich.
»Was?«, schnaufte Harkat.
»Er beobachtet uns. Er will herausfinden, wie schnell wir sind, worin unsere Stärken liegen und wo unsere Schwachpunkte sind.« Ich ließ das Ruder sinken. »Hör auf.«
»Spinnst du?«, schrie Harkat.
»Wir können es nicht schaffen«, sagte ich ruhig. »Das Ufer ist zu weit weg. Wir sollten unsere Kraft lieber zum Kämpfen nutzen.«
»Und wie ... sollen wir mit dem Vieh kämpfen, hä?«, schnaubte Harkat wütend.
»Das weiß ich leider auch nicht. Aber da es uns nicht gelingt, ihn abzuhängen, können wir ebenso gut neue Kräfte sammeln, bis er angreift.«
Harkat legte das Ruder weg, trat neben mich und blickte mit lidlosen grünen Augen zu dem Drachen empor. »Vielleicht greift er uns ja gar nicht an«, sagte er mit künstlicher Zuversicht.
»Er ist ein Raubtier«, widersprach ich, »nicht anders als der Panter und die Krokodile. Die Frage ist nicht, *ob* er angreift, sondern *wann.*«
Harkat blickte zum Ufer und leckte sich nachdenklich die Lippen. »Und wenn wir schwimmen? Im Wasser sieht er uns nicht ... so gut, und es ist vielleicht schwieriger für ihn ... uns zu packen.«
»Das ist zwar richtig«, stimmte ich ihm zu, »aber dann können wir uns auch nicht mehr wehren. Ins Wasser springen wir erst, wenn uns gar nichts anderes mehr übrig bleibt. Jetzt spitzen wir erst mal die Ruder an.« Ich nahm ein Messer und schnitzte das Ende meines Ruders zurecht, und Harkat tat es mir mit

dem anderen Ruder nach. Doch als hätte er unsere Absicht gespürt, griff der Drache wieder an und bereitete unseren Vorbereitungen ein jähes Ende.

Mein erster Impuls war, mich zu ducken, trotzdem stellte ich mich neben Harkat, und wir hoben unsere Ruder. Diesmal bremste der Drache seinen Sturzflug nicht, sondern legte die Flügel an, ließ sich noch tiefer fallen als bei der ersten Attacke und rammte uns mit Schädel und Schultern. Wir stießen mit den Rudern nach ihm, doch sie zerbrachen an den harten Schuppen, ohne auch nur einen Kratzer zu hinterlassen.

Der Drache prallte mit voller Wucht gegen das Floß, schleuderte uns herunter, und wir fanden uns unter Wasser wieder. Prustend und um mich schlagend tauchte ich wieder auf und sah Harkat ein Stück weiter weg schwimmen, genauso zerschrammt und außer Atem wie ich. »Wir müssen ... aufs Floß zurück!«, rief er.

»Hat keinen Zweck!«, schrie ich und deutete auf das Floß, das nur noch ein Trümmerhaufen war. Der Drache schwebte jetzt fast senkrecht über uns, den Schwanz um den schuppigen Leib gewunden. Ich paddelte zu Harkat hinüber, der von den Wellen auf und nieder geschaukelt wurde, und wir blickten angstvoll zu der riesigen Flugechse empor.

»Worauf wartet er denn?«, keuchte Harkat. »Jetzt sind wir ihm doch ausgeliefert. Warum gibt er uns nicht ... einfach den Rest?«

»Sieht fast aus, als ob er sich aufpustet«, meinte ich. Der Drache hatte das Maul geschlossen, und seine Nüstern waren geweitet. »Als ob er ...« Ich verstummte und spürte das Blut aus meinen Wangen weichen. »Bei Charnas Eingeweiden!«

»Was ist denn?«

»Weißt du nicht, wofür Drachen berühmt sind?«

Harkat starrte mich verständnislos an, doch dann fiel der Groschen. »Sie spucken Feuer!«

Gebannt starrten wir auf die schuppige Brust, die sich immer mehr aufblähte. »Behalt ihn im Auge«, befahl ich und packte Harkats Kutte. »Wenn ich ›runter‹ sage, tauchst du sofort auf den Grund und bleibst so lange unten, bis dir die Luft ausgeht.«

»Der ist bestimmt noch da ... wenn wir wieder auftauchen«, erwiderte Harkat resigniert.

»Wahrscheinlich schon, aber wenn wir Glück haben, kann er nur einen einzigen Feuerstrahl produzieren.«

»Wie kommst du denn ... darauf?«

»Bloß so.« Ich grinste gezwungen. »Ich hoffe es einfach.«

Für weitere Diskussionen blieb uns keine Zeit. Der Drache rollte den Schwanz aus und wieder ein und richtete die Schnauze auf uns.

Ich wartete bis zum meiner Meinung nach letzten Moment, dann schrie ich: *»Runter!«* Wir tauchten unter und ruderten mit kräftigen Arm- und Beinstößen in Richtung Grund.

Plötzlich leuchtete das Wasser um uns herum rot auf, wurde wärmer und fing an zu kochen. Wir strampelten noch kräftiger und tauchten aus der Gefahrenzone in tiefere Regionen hinab, wo es stockfinster war. Als wir in Sicherheit waren, hielten wir an und blickten nach oben. Auch das Wasser über uns war jetzt wieder dunkel, und wir konnten den Drachen nicht sehen. Wir klammerten uns aneinander, kniffen die Lippen zusammen und warteten so lange ab, wie es unser Luftvorrat zuließ.

So trieben wir noch stumm und verängstigt dahin, als wir ein gewaltiges Aufklatschen hörten und der Drache durchs Wasser auf uns zugeschossen kam. Wir konnten ihm nicht mehr ausweichen. Ehe wir wussten, wie uns geschah, hatten uns seine Klauen schon gepackt. Erst zog er uns noch tiefer unter Wasser, dann machte er kehrt und tauchte wieder auf.

Mit triumphierendem Kreischen brach er durch die Wasseroberfläche und schwang sich in die Luft, Harkat in der einen Klaue, mich in der anderen. Er hielt meinen Arm so fest umklammert, dass ich mich unmöglich befreien konnte.

»Darren!«, rief mir Harkat zu, während wir immer höher stiegen und zugleich auf das Ufer zusteuerten. »Kannst du ... dich losreißen?«

»Nein!«, rief ich. »Du?«

»Glaub schon! Er hat nur ... meine Kutte gepackt.«

»Dann tu's!«

»Aber was ist mit ...«

»Kümmere dich nicht um mich! Reiß dich los, solange du es noch kannst!«

Mit einem saftigen Fluch ergriff Harkat das Rückenteil seiner Kutte und zog kräftig daran. Wegen des Flügelschlagens konnte ich nicht hören, wie der Stoff riss, aber Harkat kam plötzlich frei und fiel. Das Wasser spritzte hoch auf, als er unter uns im See landete.

Der Drache fauchte wütend und wendete, offenbar um sich erneut auf Harkat zu stürzen. Wir waren schon fast über dem Seeufer. »Halt!«, schrie ich das Vieh in meiner Verzweiflung an. »Lass ihn in Ruhe!« Zu meiner Überraschung hielt der Drache inne und starrte mich mit einem eigenartigen Ausdruck in den großen, gelben Augen an. »Lass ihn in Ruhe«, wiederholte ich eindringlich. Dann verlor ich die Nerven und brüllte die Bestie an: »Und lass mich gefälligst los, du verdammtes Mist ...«

Bevor ich es ganz ausgesprochen hatte, zog der Drache plötzlich die Krallen ein, und ich plumpste wie ein Stein in die Tiefe. Ich konnte gerade noch überlegen, ob ich über dem See oder schon über dem Ufer war, dann schlug ich hart auf – *aufs Wasser?, auf festen Boden?* –, und mir wurde schwarz vor Augen.

14

Als ich die Augen wieder öffnete, lag ich in einer Hängematte. Ich glaubte, ich wäre wieder im Cirque Du Freak, und wandte den Kopf, um Harkat von meinem seltsamen Traum zu erzählen, einem Traum von schwarzen Pantern, Riesenkröten und Drachen, da sah ich, dass ich mich in einer notdürftig zusammengezimmerten Hütte befand. Vor mir stand ein fremder Mann, stierte mich aus kleinen Knopfaugen an und strich über ein langes, krummes Messer.

»Wer sind Sie?«, rief ich und fiel prompt aus der Hängematte. »Wo bin ich?«

»Immer mit der Ruhe«, kicherte der Mann und legte das Messer weg. »Tut mir Leid, wenn ich dich erschreckt hab, Kleiner, aber ich hab nur auf dich aufgepasst, während du geschlafen hast. Hier gibt's nämlich massenhaft Krebse und Skorpione, und ich wollt nich, dass die dich stechen, wo du doch erst mal wieder zu dir kommen musst. Harkat!«, brüllte er. »Dein lütter Freund hier is wieder wach!«

Die Tür der Hütte flog auf, und Harkat trat herein. Die drei Narben von seinem Ringkampf mit dem Panter waren noch deutlich zu sehen, sonst schien er keine neuen Blessuren davongetragen zu haben. »Ausgeschlafen, Dornröschen?«, fragte er grinsend. »Du warst ... fast zwei volle Tage weg vom Fenster.«

»Wo sind wir?«, wollte ich wissen und stand mit wackligen Beinen auf. »Und wem gehört diese Bude?«

»Spits Abrams«, stellte sich der Fremde vor und trat in den Sonnenstrahl, der durch ein großes Loch im Dach hereinfiel. Er war ein vierschrötiger, bärtiger Mann von mittlerer Größe, mit kleinen Augen und buschigen Augenbrauen. Die langen, schwarzen Locken hatte er mit bunten Schnurenden zurückgebunden. Er trug eine verblichene braune Jacke und eine ebensolche Hose, eine schmutzigweiße Weste und kniehohe schwarze Stiefel. Als er lächelte, sah ich, dass ihm mehrere

Zähne fehlten, die noch vorhandenen waren unregelmäßig und verfärbt. »Spits Abrams«, wiederholte er und streckte mir die Hand hin. »Freut mich.«
Ich nahm seine Hand (er packte kräftig zu) und schüttelte sie zurückhaltend, denn ich wusste immer noch nicht, wer er war und wie ich hierher gekommen war.
»Spits hat dich aus dem See gezogen«, erklärte Harkat. »Er hat gesehen, wie der Drache uns gepackt ... und dich wieder fallen gelassen hat. Er hat dich herausgeholt und ... gewartet, dass du wieder trocknest, und dann kam *ich* aus dem Wasser gewatet. Er hat einen schönen Schrecken bekommen, als ... er mich gesehen hat, aber ich konnte ihn überzeugen, dass ... ich harmlos bin. Wir haben dich hierher ... in seine Hütte getragen und gewartet, dass du ... wieder aufwachst.«
»Vielen Dank, Mr. Abrams«, sagte ich.
»Ach, da nich für«, lachte er. »Hab dich ja nur rausgefischt, wie's jeder Fischer getan hätt.«
»Sie sind Fischer?«
Er strahlte mich an. »Kann man so sagen. Ich war früher mal Pirat, bevor ich hier hängen geblieben bin. Damals hab ich nach Leuten gefischt, aber weil hier in der Gegend sonst nich viel wächst und ich ja auch was essen muss, hab ich mich auf Fische verlegt.«
»Ein Pirat?«, staunte ich. »Ein echter?«
»Hoho, Darren, min Jung'«, knurrte er übertrieben und zwinkerte mir zu.
»Komm mit nach draußen«, sagte Harkat, als er sah, wie durcheinander ich war. »Spits hat ein Feuer und was zu essen gemacht, und ... deine Kleider sind trocken und geflickt.«
Jetzt merkte ich erst, dass ich nur meine Unterhose anhatte. Draußen fand ich meine Kleider in einem Baum hängend und zog mich hastig an. Die Hütte stand dicht am See, im Schutz zweier kleiner Bäume. Darum herum spross spärliches Gras

auf dem steinigen Boden, und dahinter war ein winziger Garten angelegt.

»Da hinterm Haus pflanz ich meine Kartumpeln an«, erklärte Spits. »Nich zum Essen – höchstens mal ein oder zwei, wenn ich Lust drauf krieg –, sondern zum Fusel brennen. Mein Großvater stammt nämlich aus Connemara in Irland und hat damit sein Geld verdient. Er hat mir seine ganzen Tricks und Kniffe anvertraut. Bis ich hier angespült wurde, hab ich mir nix draus gemacht, denn mir is Whisky lieber, aber wo ich nun mal nur Erdäppel anbaun kann, hab ich mich halt dran gewöhnt.«

Ich hockte mich ans Feuer, und Spits bot mir einen Fisch an, von denen etliche auf Stöcke gespießt über dem Feuer brieten. Ich schlang ihn heißhungrig herunter und musterte kauend meinen Gastgeber. Ich wusste immer noch nicht, was ich von ihm halten sollte.

»Willste'n Schluck Fusel zum Nachspülen?«, fragte er.

»An deiner Stelle würde ich ablehnen«, warf Harkat ein. »Ich hab's probiert, und das Zeug hat ... mir die Tränen in die Augen getrieben.«

»Dann verzichte ich lieber«, sagte ich. Harkat vertrug eine ganze Menge und konnte so gut wie alles trinken. Wenn ihm Spits' Fusel die Tränen in die Augen getrieben hatte, würde mir von dem Zeug wahrscheinlich der Schädel platzen.

»Komm schon«, ermutigte mich Spits und reichte mir einen Krug mit einer farblosen Flüssigkeit. »Vielleicht wirste blind davon, aber umbringen tut's dich bestimmt nich. Dann kriegst du wenigstens 'n paar Haare auf der Brust!«

»Ich bin so schon behaart genug«, lachte ich und schob den Fuselkrug weg. »Ich will ja nicht unhöflich sein, Spits, aber wer bist du eigentlich, und wie kommst du hierher?«

»Das hat mich der hier auch gefragt, wie er mich zuerst gesehn hat«, erwiderte Spits belustigt und zeigte mit dem Daumen auf

Harkat. »Ich hab ihm in den letzten paar Tagen alles über mich erzählt – jawoll, für 'nen Mann, der die letzten fünf, sechs Jahre kein Wort gesprochen hat, hab ich ganz schön einen weggequatscht! Aber das will ich jetz nich noch mal alles durchkaun, deshalb kriegst du nur 'ne Kurzfassung.«
Spits war um 1930 im Fernen Osten Pirat gewesen. Obwohl die Seeräuberei eine »aussterbende Kunst« war, wie er sich ausdrückte, gab es auch vor dem Zweiten Weltkrieg noch Schiffe, die auf den Meeren kreuzten, andere Schiffe angriffen und ausplünderten. Spits war jahrelang ein ganz gewöhnlicher Seemann gewesen, bis es ihn irgendwann auf ein Piratenschiff verschlagen hatte. Man hätte ihn schanghait, behauptete er, doch dabei flackerte sein Blick so unstet, dass ich an seiner Ehrlichkeit zweifelte. Er warf sich stolz in die Brust: »*Rächer der Geächteten* hieß mein Kahn. Ein wunderbares Schiff, klein, aber wendig. Wo wir auch hinkamen, wir waren der Schrecken der Meere.«
Wenn die Piraten ein Schiff enterten, sprangen die Passagiere oft über Bord, und Spits' Aufgabe hatte darin bestanden, diese Leute aus dem Wasser zu fischen. »Aus zwei Gründen wollten wir sie nich drinlassen«, erläuterte er. »Zum einen wollten wir nich, dass sie ersaufen, schließlich warn wir Piraten und keine Mörder. Zum andern hatten grade die, die über Bord hüpften, den meisten Schmuck oder andre Wertsachen bei sich, denn nur reiche Leute ham Angst, dass man sie ausplündert.«
Bei dieser Erklärung bekam Spits wieder so einen flackernden Blick, trotzdem hakte ich nicht nach, schließlich wollte ich den Mann, der mich vor dem Ertrinken gerettet hatte, nicht kränken.
Eines Nachts war die *Rächer der Geächteten* in ein schreckliches Unwetter gekommen. Spits sagte, es sei der schlimmste Sturm gewesen, den er je erlebt hatte, »und ich hab so ziemlich alles mitgemacht, was dieses alte Miststück von Meer einem

Menschen antun kann!« Als das Schiff auseinander brach, griff sich Spits eine dicke Planke, ein paar Krüge Whisky und die Netze, mit denen er sonst die über Bord Gesprungenen aus dem Wasser fischte, und stürzte sich selbst in die Fluten.

»In dem See hier bin ich wieder zu mir gekommen«, schloss er seinen Bericht. »Ich hab mich ans Ufer geschleppt, und da hat ein kleiner Mann in großen, gelben Galoschen auf mich gewartet.« *Meister Schick!* »Er hat gemeint, ich wär weit weg von da, wo ich herkomm, und müsste jetzt hier bleiben. Das Land würd irgendwelchen Drachen gehören, die schrecklich gefährlich für Menschen sind, aber es gäb da 'ne Hütte und da drin wär ich sicher. Wenn ich dort bleiben würd und immer 'n Auge auf den See hab, kommen irgendwann zwei Leute vorbei und machen all meine Träume wahr. Also hab ich immer schön gewartet, hab geangelt, hab 'n paar wilde Kartumpeln im Garten eingebuddelt und weiter gewartet. Müssten inzwischen an die fünf, sechs Jahre sein.«

Nachdenklich sah ich erst Spits an, dann Harkat und dann wieder Spits. »Was hat der Mann damit gemeint, als er sagte, wir könnten deine Träume wahr machen?«

»Na, dass ihr mich wieder nach Haus bringt, wahrscheinlich.« Wieder wurde sein Blick unstet. »Denn das is das Einzige, wovon dieser alte Seemann hier träumt, wieder nach Haus zu kommen, wo's Weiber und Whisky gibt, und nirgendwo 'nen Tropfen Wasser, der größer als 'ne Pfütze is. Von Meeren und Seen hab ich die Schnauze gestrichen voll!«

Ich war mir nicht sicher, ob das wirklich alles war, was der Pirat im Sinn hatte, aber ich ließ es dabei bewenden und erkundigte mich stattdessen, ob er etwas über die Umgebung wüsste. »Nich viel«, antwortete er. »Hab mich ein bisschen umgesehn, aber meistens bin ich hier geblieben, wegen den Drachen. Ich geh nich gern weiter weg, wo diese Dämonen nur drauf lauern, mich zu schnappen.«

»Gibt es denn noch mehr Drachen als den einen?«
»Hoho!«, rief er. »Wie viele, weiß ich nich genau, aber mindestens vier oder fünf. Der, der's auf dich abgesehn hatte, war bis jetzt der größte, den ich kenn, aber vielleicht gibt's ja noch größere, und die sind bloß noch nich hier vorbeigeflogen.«
»Das gefällt mir ganz und gar nicht«, brummelte ich.
»Mir auch nicht«, sagte Harkat. Dann forderte er Spits auf: »Zeig ihm das Netz.«
Spits ging hinter die Hütte und tauchte kurz darauf mit einem zerschlissenen Netz wieder auf, das er entwirrte und auf dem Boden ausbreitete. »Ich hab zwei von meinen Netzen mitgenommen«, sagte er. »Das andre hab ich vor 'n paar Jahren verloren, als 'n großer Fisch mir's aus den Händen gerissen hat. Danach hab ich auf das hier besonders gut aufgepasst, damit ich im Notfall nich ganz ohne dasteh.«
Evanna hatte damals gesagt, wenn wir herausfinden wollten, wer Harkat einst gewesen war, bräuchten wir ein Netz, mit dem nach Toten gefischt wurde. »Glaubst du, das ist das richtige Netz?«, fragte ich Harkat.
»Muss wohl«, antwortete er. »Spits meint zwar, er hat mit seinen Netzen nicht nach … Toten gefischt, aber das müsste es trotzdem sein.«
»Natürlich hab ich damit keine Toten aus'm Wasser geangelt!«, verwehrte sich Spits energisch und lachte künstlich. »Wozu hätte das wohl gut sein sollen? Als mich Harkat danach gefragt hat, hab ich noch mal drüber nachgedacht, und ich erinner mich an ein paar Leute, die ertrunken sind, bevor ich sie rausholen konnte. Deswegen *könnte* man sagen, dass ich damit auch nach Toten gefischt hab – aber das war reiner Zufall!«
Ihm sprangen fast die Augen aus dem Kopf, so rasch flackerte sein Blick hin und her. Kein Zweifel – der ehemalige Pirat verschwieg uns etwas. Aber ich konnte ihn nicht weiter ausquet-

schen, ohne damit anzudeuten, dass ich ihm nicht glaubte, und in unserer Lage war es absolut nicht angebracht, sich Feinde zu machen.

Nach dem Essen überlegten wir alle drei, was wir jetzt tun sollten. Vom Tempel des Grotesk hatte Spits noch nie gehört, auch war er die ganzen langen Jahre außer uns niemandem begegnet. Er hatte Harkat erzählt, dass die Drachen den See normalerweise von Südosten her anflogen. Daher fand der Kleine Kerl, dass wir in diese Richtung gehen sollten, konnte jedoch nicht begründen, weshalb, es war nur ein Gefühl. Da ich meinerseits keinen Gegenvorschlag hatte, willigte ich ein, und wir beschlossen, am Abend im Schutz der Dunkelheit nach Südosten aufzubrechen.

»Ihr nehmt mich doch mit?«, bettelte Spits ängstlich. »Ich halt's hier nich mehr aus.«

»Wir wissen nicht ... was uns erwartet«, warnte ihn Harkat. »Wenn du mitkommst ... kann es dich das Leben kosten.«

»Pah, das macht mir nix!« Spits lachte schallend. »Wär nich das erste Mal, dass ich mein Leben riskier. Als die *Rächer der Geächteten* damals vor der chinesischen Küste in einen Hinterhalt gesegelt is ...«

Wenn Spits erst einmal angefangen hatte, von seinen Abenteuern bei den Piraten zu erzählen, ließ er sich durch nichts und niemanden davon abbringen.

Er tischte uns wüste Geschichten von Raubzügen und Seeschlachten auf und trank zwischendurch immer wieder einen tüchtigen Schluck Fusel. Je später die Stunde, desto lauter wurde seine Stimme und desto fantastischer sein Seemannsgarn. Er gab sogar ein paar besonders gepfefferte Schilderungen der Abenteuer zum Besten, die er bei seinen Landgängen erlebt hatte! Als die Sonne endlich unterging, döste er ein und rollte sich am Feuer zusammen, den fast leeren Krug an die Brust gedrückt.

»Das ist vielleicht ein Typ«, flüsterte ich, und Harkat kicherte.
»Irgendwie tut er mir Leid«, sagte der Kleine Kerl. »Hier mutterseelenallein festzusitzen … und das schon so lange … das muss doch schrecklich sein.«
»Ja, schrecklich«, stimmte ich ihm nicht ganz aufrichtig zu. »Aber irgendwie ist er nicht ganz astrein, oder? Ich habe immer ein ganz komisches Gefühl, wenn sein Blick so hin und her huscht, nämlich, wenn er lügt.«
Harkat nickte. »Das ist mir auch aufgefallen. Er erzählt alle möglichen Lügen. Gestern Abend hat er behauptet … er sei mit einer japanischen Prinzessin verlobt … diesen richtig schrägen Blick bekommt er allerdings nur … wenn er erzählt, was er auf der … *Rächer der Geächteten* alles gemacht hat.«
»Was er uns wohl verschweigt?«
»Keine Ahnung. Das kann uns doch eigentlich egal sein. Hier gibt es … keine Piratenschiffe.«
Ich grinste. »Jedenfalls haben wir noch keins gesehen.«
Harkat musterte den schlafenden Spits, der in seinen verfilzten Bart sabberte, und senkte die Stimme: »Wenn es dir lieber ist … lassen wir ihn hier. Der schläft noch ein paar Stunden. Wenn wir sofort aufbrechen und uns beeilen, holt er … uns nicht mehr ein.«
»Hältst du ihn für gefährlich?«
Harkat zuckte die Achseln. »Könnte sein. Aber es muss einen Grund geben, warum ihn … Meister Schick hierher gebracht hat. Ich finde, wir sollten ihn mitnehmen. Und sein Netz natürlich auch.«
»Das Netz auf alle Fälle.« Ich räusperte mich und setzte hinzu: »Außerdem ist da noch sein Blut. Ich brauche dringend Menschenblut.«
»Daran habe ich auch schon gedacht«, sagte Harkat. »Deshalb habe ich ihn auch nicht … am Saufen gehindert. Willst du ihm jetzt gleich welches abzapfen?«

»Vielleicht sollte ich lieber warten, bis er aufwacht, und ihn vorher fragen.«

Harkat schüttelte den Kopf. »Spits ist abergläubisch. Er hält mich für einen Dämon.«

»Einen Dämon!« Ich musste lachen.

»Ich habe ihm erzählt, was ... wirklich mit mir los ist, aber er wollte mir nicht glauben. Schließlich konnte ich ihn wenigstens davon überzeugen, dass ... ich ein harmloser Dämon bin ... ein Kobold. Ich habe ihn auch gefragt, was er von Vampiren hält. Er glaubt an sie, hält sie jedoch für ... blutrünstige Ungeheuer. Er hat gemeint, wenn er mal einem begegnet, rammt er ... ihm sofort einen Pfahl ins Herz. Ich finde, du solltest von ihm ... trinken, wenn er gerade schläft, und ihm auf gar keinen Fall ... verraten, was du ... in Wahrheit bist.«

Ich tat es nicht gern. Zwar hatte ich keine Skrupel, heimlich von Fremden zu trinken, doch bei den seltenen Gelegenheiten, wenn ich Leuten, die ich kannte, etwas abzapfen musste, holte ich immer erst ihre Erlaubnis ein. In diesem besonderen Fall beugte ich mich schließlich Harkats Wissensvorsprung in Bezug auf Spits Abrams' Ansichten.

Ich kniete mich leise neben den Betrunkenen, streifte ihm das linke Hosenbein bis zum Knie hoch, ritzte ihn mit dem Fingernagel an, drückte die Lippen fest auf die kleine Wunde und saugte. Sein Blut war dünn und mit Alkohol versetzt (er musste schon jahrelang ungeheure Mengen an Fusel und Whisky konsumiert haben!), aber ich zwang mich, das Gebräu hinunterzuwürgen.

Als ich genug hatte, ließ ich ihn los und wartete ab, bis die kleine Wunde nicht mehr blutete. Dann säuberte ich sie und zog das Hosenbein wieder herunter.

»Fühlst du dich besser?«, erkundigte sich Harkat.

»Ja.« Ich rülpste. »Trotzdem würde ich ungern öfter von ihm trinken. Der Kerl hat mehr Schnaps als Blut in den Adern! Es müsste aber dafür reichen, dass ich wieder zu Kräften komme, und mich über die nächsten Wochen bringen.«

»Vor morgen früh wacht er bestimmt nicht auf. Und dann müssen wir noch bis … morgen Abend warten, außer … du traust dich, tagsüber unterwegs zu sein.«

»Wenn diese Biester über uns herumflattern? Nein danke! Außerdem tut es mir ganz gut, noch einen Tag zu verschnaufen. Ich muss mich immer noch von unserem kleinen Zusammenstoß mit dem Drachen erholen.«

»Ach übrigens – wie hast du ihn eigentlich dazu gebracht, dich … fallen zu lassen?«, fragte Harkat, als wir uns schlafen legten. »Und warum ist er … danach weggeflogen und hat uns in Ruhe gelassen?«

Ich rief mir in Erinnerung, wie ich den Drachen angeschnauzt hatte, er solle mich loslassen, und erzählte Harkat davon. Er starrte mich ungläubig an, deshalb zwinkerte ich und sagte: »Ich hatte schon immer ein Händchen für die komischsten Viecher!« Dabei beließ ich es, obwohl mich das merkwürdige Verhalten des Drachen selber verwirrte.

15

Ich hätte erwartet, dass Spits beim Aufwachen gehörig der Schädel brummen würde, aber er war bestens in Form und behauptete, er habe noch nie einen Kater gehabt. Er verbrachte den Tag damit, seine Hütte aufzuräumen und alles in Ordnung zu bringen, für den Fall, dass er irgendwann wieder zurückkäme. Einen Fuselkrug versteckte er, die übrigen Krüge verstaute er in einem großen Sack, den er über der Schulter tragen wollte, zusammen mit einigen Kleidungsstücken, seinem Fischernetz, ein paar Kartoffeln und etwas Dörrfisch. Harkat und ich hatten fast kein Gepäck, abgesehen von den Panterzähnen und den Gallertkugeln, von denen wir übrigens die meisten gerettet hatten. Deshalb boten wir Spits an, sein Gepäck unter uns dreien aufzuteilen, allerdings wollte er davon nichts wissen. »Ein Mann muss sein eignes Kreuz tragen«, brummelte er.

Bis es dunkel wurde, vertrieben wir uns irgendwie die Zeit. Ich rodete die Haare, die mir in die Augen hingen, mit einem von Spits' rostigen Messern. Dann ersetzten wir unsere selbst gebastelten Klingen, die fast alle in den See gefallen waren, durch richtige Messer, von denen Spits mehrere besaß. Und Harkat flickte seine Kutte mit Resten alter Schnur.

Bei Einbruch der Dunkelheit machten wir uns auf den Weg und hielten auf die Berge im Südosten zu. Spits fiel es überraschend schwer, seine Hütte zu verlassen. »Die Bruchbude hier is praktisch mein erstes Zuhause, seit ich mit zwölf von daheim durchgebrannt und zur See gegangen bin«, seufzte er. Doch nach ein paar Schlucken Fusel besserte sich seine Laune, und gegen Mitternacht sang und scherzte er wie eh und je.

Ich fürchtete, dass er den Marsch nicht durchhalten würde, denn seine Beine zitterten noch heftiger als die Gallertkugeln in unserem Gepäck, doch ganz gleich, wie betrunken er war, er fiel nie hin, er musste nur ziemlich oft anhalten, um »Bilgenwasser abzupumpen«, wie er sich ausdrückte. Als wir gegen Morgen unter einem struppigen Baum unser Lager aufschlugen, schlief er sofort ein und schnarchte den ganzen Tag über dröhnend. Kurz vor Sonnenuntergang wachte er auf, leckte sich die Lippen und griff nach dem Fuselkrug.

Je näher wir dem Gebirge in den folgenden Nächten kamen, desto schlechter wurde das Wetter. Es regnete fast ununterbrochen und noch stärker als zuvor. Wir wurden nass bis auf die Haut, froren erbärmlich und fühlten uns elend – ausgenommen Spits, den der Fusel in jeder Lebenslage wärmte und aufmunterte. Daraufhin beschloss ich, sein selbst gebrautes Gesöff doch einmal zu probieren, vielleicht ließ sich die miese

Stimmung damit ja bekämpfen. Nach dem ersten Schluck wälzte ich mich auf dem Boden und rang mit vorquellenden Augen nach Luft. Spits lachte, als Harkat mir Wasser in den Schlund goss, und forderte mich auf, es noch einmal zu versuchen. »Der erste Schluck ist immer der schlimmste«, kicherte er. Hustend und keuchend lehnte ich entschieden ab.

Man wurde aus Spits Abrams nicht richtig schlau. Meistens gab er sich als lustiger alter Seebär, mit rauer Schale, aber weichem Kern. Je länger ich ihn jedoch kannte, desto mehr kam es mir vor, als sei seine Art zu reden nur aufgesetzt. Er sprach absichtlich breiten Dialekt, um den Eindruck zu erwecken, er sei ein bisschen beschränkt und völlig harmlos. Dann wieder verfinsterte sich sein Gesicht, und er schimpfte auf irgendwelche Leute, die ihn angeblich auf die eine oder andere Weise übers Ohr gehauen hatten.

»Eingebildete Fatzkes!«, brummte er eines Abends, als er unter dem wolkenverhangenen Himmel einherschwankte. »Hielten sich für was Bessres als den alten Spits. Ham gesagt, ich wär 'n Ungeheuer und nich wert, mit ihnen auf 'm gleichen Schiff zu fahren. Aber denen werd ich's noch zeigen! Wenn ich die in die Finger krieg, wird's ihnen noch Leid tun!«

Wie er sie allerdings »in die Finger kriegen« wollte, erklärte er nie, und auch nicht, wer »sie« überhaupt waren. Wir hatten Spits nicht erzählt, aus welchem Jahr wir gekommen waren, doch er wusste, dass seit seiner Ankunft Zeit vergangen war, denn er sagte oft »eure Generation« oder »zu meiner Zeit war das alles ganz anders«. Ich konnte mir nicht vorstellen, wie Spits diesen Ort wieder verlassen wollte, und er selbst wusste es auch nicht. Wenn er sich gerade selbst Leid tat, pflegte er zu sagen: »Hier bleib ich, und hier sterb ich.« Trotzdem schwor er, sich an »denen, die mich reingelegt ham« zu rächen, ungeachtet der Tatsache, dass die Betreffenden schon seit Jahrzehnten tot und begraben sein mussten.

An einem anderen Abend, er schilderte uns gerade seine Aufgaben auf der *Rächer der Geächteten,* unterbrach er sich plötzlich und sah uns mit ausdruckslosem Gesicht an. »Manchmal musste ich jemanden umbringen«, sagte er leise. »Piraten sind nu mal Wegelagerer. Eigentlich ham wir die Leute, die wir ausgeraubt ham, ja nich umgebracht, aber manchmal mussten wir's tun. Wenn sie sich nich ergeben wollten, mussten wir 'n bisschen Druck machen. Konnten sie schließlich nich einfach laufen lassen.«

»Ich dachte, du bist gar nicht an Bord der Schiffe gegangen, die ihr gekapert habt«, wandte ich ein. »Du hast uns doch erzählt, dass du nur die Leute aus dem Wasser gefischt hast, die über Bord gesprungen sind.«

»Hoho«, machte er mechanisch. »Ein Mann kann sich im Wasser genauso wehren wie an Deck, und 'ne Frau auch. Manchmal musste ich denen Manieren beibringen.« Sein Gesicht hellte sich ein wenig auf, und er grinste dümmlich. »Das kam allerdings nich oft vor. Ich will's nur gesagt ham, damit ihr wisst, dass ihr euch auf mich verlassen könnt, wenn's mal brenzlig wird. Ich bin kein Mörder, aber wenn ich mit 'm Rücken an der Wand steh, tu ich, was nötig is, und meine Freunde lass ich auch nich im Stich.«

An diesem Tag schliefen Harkat und ich nicht viel, sondern behielten den schnarchenden Spits im Auge. Obwohl wir stärker und besser in Form waren als er, empfanden wir ihn als Bedrohung. Was, wenn der ehemalige Pirat im Suff durchdrehte und auf die Idee kam, uns im Schlaf die Kehle durchzuschneiden?

Wir erwogen auch, ihn unterwegs zurückzulassen, doch es kam uns unfair vor, ihn einfach in den Bergen auszusetzen. Obwohl er gut mit uns Schritt hielt, besaß er keinerlei Orientierungssinn und hätte sich ohne uns innerhalb kürzester Zeit hoffnungslos verlaufen. Abgesehen davon mussten wir am See

der Seelen vielleicht noch auf seine Fischerkünste zurückgreifen. Zwar konnten wir mit bloßen Händen Fische fangen, aber mit einem Netz konnten wir nicht umgehen.
Schließlich einigten wir uns darauf, ihn bei uns zu behalten, kamen aber überein, ihm nie den Rücken zuzudrehen, uns mit dem Schlafen abzuwechseln und uns sofort von ihm zu trennen, sobald er gewalttätig würde oder auch nur damit drohte.

Wir kamen langsam, aber stetig voran. Bei besserem Wetter hätte uns der Aufstieg keine Schwierigkeiten bereitet, doch unter dem Dauerregen hatten sich Schlammlawinen gelöst und der Boden war rutschig. Wir mussten aufpassen, wo wir hintraten, und waren oft gezwungen, ein Stück zurückzulaufen und eine Stelle, die vor lauter Schlamm unpassierbar geworden war, zu umgehen.
»Regnet es hier immer so viel?«, fragte ich Spits.
»Um die Wahrheit zu sagen, is das eins von den bessren Jahren«, erwiderte er grienend. »Wir ham hier ziemlich heiße Sommer, und lang sind sie auch, aber im Winter isses echt beschissen. Wahrscheinlich hört's in ein, zwei Tagen wieder auf. Das Schlimmste kommt noch, und in dieser Jahreszeit regnet es selten mehr als eine Woche hinternander.«
Als hätten die Wolken zugehört, verzogen sie sich am folgenden Morgen, und der Himmel überraschte uns mit strahlendem Blau. Als wir am Abend wieder aufbrachen, war es so trocken wie noch nie, seit wir vor Spits' Hütte gestrandet waren.
In dieser Nacht erklommen wir einen niedrigen Berg, der steil zu einer länglichen, breiten Schlucht hin abfiel, durch die ein Fluss strömte und die aus dem Gebirge hinausführte. Der Fluss war vom vielen Regen angeschwollen, aber etwas unterhalb der Oberkante waren breite Felsgesimse, auf denen man entlanggehen konnte. Wir kletterten zu einem relativ breiten

Sims hinunter, banden uns mit einem Seil aneinander und liefen im Gänsemarsch weiter: Ich vorneweg, Spits in der Mitte und Harkat am Schluss. So tasteten wir uns über dem eilig dahinschießenden Fluss im Schneckentempo voran. Spits verkorkte sogar seinen Fuselkrug und rührte ihn nicht mehr an!
Bei Tagesanbruch liefen wir immer noch das Sims entlang. Unterwegs hatten wir in der Felswand zwar keine richtigen Höhlen gesehen, dafür jedoch etliche tiefe Nischen und Spalten. Wir banden uns los und krochen jeder zum Schlafen in eine Felsnische, wo wir vor den scharfen Augen womöglich vorbeifliegender Drachen geschützt waren. Es war furchtbar unbequem, aber nach der anstrengenden Kletterpartie war ich so fertig, dass ich sofort einschlief und erst gegen Abend wieder aufwachte.
Nach einem Imbiss aus den letzten Resten von Spits' Dörrfisch banden wir uns wieder aneinander und marschierten weiter. Kurz darauf begann es zu nieseln, doch dann klarte es für den Rest der Nacht auf und wir kamen gut voran. Unser Sims brach zwar irgendwann ab, aber darüber und darunter gab es andere Vorsprünge, auf die wir überwechseln und die restliche Strecke überbrücken konnten. Kurz vor Tagesanbruch erreichten wir das Ende der Schlucht und stiegen auf eine Ebene hinab, die sich kilometerweit erstreckte und von einem Wald begrenzt wurde. Er dehnte sich nach beiden Seiten aus, soweit das Auge reichte.
Wir hielten Kriegsrat. Da keiner von uns noch einmal in einer Felsnische schlafen wollte und die Ebene bis hin zum Waldrand mit dichtem Gestrüpp bewachsen war, in dem wir uns notfalls verstecken konnten, beschlossen wir, ohne Pause weiterzulaufen. Es kostete unsere müden Beine einige Überwindung, doch schließlich verfielen sie in leichten Trab. Spits stärkte sich im Laufen mit Fusel, wobei es ihm tatsächlich gelang, keinen einzigen Tropfen zu verschütten.

Dicht hinter dem Waldsaum schlugen wir unser Lager auf. Während Harkat Spits im Auge behielt, schlief ich bis zum frühen Nachmittag tief und fest. Dann fingen Harkat und ich ein Wildschwein, das Spits frohlockend über einem rasch entfachten Lagerfeuer grillte.
Es war unsere erste warme Mahlzeit, seit wir uns vor über zwei Wochen in Richtung Berge aufgemacht hatten, und sie war köstlich! Wir wischten uns die fettigen Hände am Gras ab und machten uns wieder nach Südosten auf den Weg, allerdings war der Wald so dicht, dass sich die Richtung nicht immer genau bestimmen ließ, und wir stellten uns auf einen langen Marsch unter dem Blätterdach ein.
Zu unserem Erstaunen traten wir kurz vor Sonnenuntergang zwischen den Bäumen hervor. Das Waldgebiet war zwar lang gezogen, aber nicht sehr breit. Wir standen an einem niedrigen Abhang und blickten auf Wiesen hinab, die mit so hohem, saftigem Gras bewachsen waren, wie ich es noch nie gesehen hatte. Bäume gab es nicht, und die Bäche, die dem Gras zu einem derart üppigen Grün verhelfen mussten, waren unter den hohen Halmen verborgen.
Das gleichmäßig grüne Grasmeer wurde nur von einer einzigen Erhebung unterbrochen: einem mächtigen weißen Gebäude, das ein paar Kilometer entfernt war und in der Abendsonne wie ein Leuchtturm schimmerte. Harkat und ich wechselten einen zugleich erfreuten und ängstlichen Blick und sagten im Chor: »Der Tempel des Grotesk!«
Spits musterte das Gebäude misstrauisch, spuckte über die Böschung und schnaubte: »Sieht verdammt nach Ärger aus!«

16 Das Gras wuchs dicht und meterhoch, und wir mussten uns den Weg wie in dichtem Urwald freihacken. Es war eine mühsame Angelegenheit, und wir kamen nur langsam voran. Es war schon Nacht, und der Mond schien hell, als wir endlich vor dem Tempel standen. Allein die Ausmaße des Gebäudes waren beeindruckend. Es war aus großen, unbehauenen, weiß bemalten Steinen errichtet und an die vierzig Meter hoch. Der Grundriss war ein Quadrat mit einer Seitenlänge von ungefähr hundert Metern, das Dach war flach. Wir gingen einmal darum herum und entdeckten nur einen einzigen Eingang, ein riesiges offenes Tor, fünf Meter breit und acht oder neun Meter hoch. Im Inneren sahen wir Kerzenlicht flackern.

»Das Ding gefällt mir nich«, murrte Spits.

»Mir auch nicht«, sagte ich. »Doch wenn es der Tempel des Grotesk ist, müssen wir hineingehen und die heilige Essenz suchen, von der uns Evanna erzählt hat.«

»Ihr beiden könnt von mir aus auf 'ne Hexe hören«, brummte Spits, »aber ich hab mit finstren Mächten nix am Hut! Wenn ihr unbedingt da rein wollt, dann viel Glück. Ich warte lieber draußen.«

Harkat grinste. »Hast du Schiss?«

»Hoho!«, knurrte Spits. »Das würd ich euch auch raten. Von mir aus nennt das Ding ›Tempel des Grotesk‹ oder sonst wie, aber ich weiß, was es wirklich is – der Tempel des Todes!« Damit rannte er davon, um sich zu verstecken.

Harkat und ich konnten seine Bedenken durchaus nachvollziehen, doch ob wir wollten oder nicht, wir mussten hinein. Mit gezückten Messern schlichen wir zum Tor und wollten eben eintreten, als durch die Nachtluft leiser Gesang an unsere Ohren drang.

Verunsichert blieben wir stehen, dann kehrten wir um und gesellten uns zu dem ins Gras geduckten Spits.

»Na, habt ihr's euch anders überlegt?«, spottete er.

»Wir haben Stimmen gehört«, klärte ihn Harkat auf. »Es hörte sich nach … *Menschen* an. Sie haben gesungen.«
»Wo sind sie hergekommen?«, wollte Spits wissen.
»Von links«, antwortete ich.
»Soll ich mal nachschaun, was da los is, solange ihr euch drinnen umseht?«
»Ich bin dafür, dass wir … alle zusammen nachsehen«, sagte Harkat. »Wenn es hier Menschen gibt, gehört … der Tempel bestimmt ihnen. Wir können sie ja nach der Essenz fragen … vielleicht helfen sie uns weiter.«
»Für einen Dämon bist du ganz schön naiv«, kommentierte Spits mit zynischem Lachen. »Trau bloß keinem Fremden, das is meine Devise.«
Das leuchtete uns ein, und wir schlichen durch das Gras, das hier nicht ganz so dicht wucherte, und näherten uns vorsichtig dem eigenartigen Gesang. Dicht hinter dem Tempel kamen wir an den Rand einer Lichtung, auf der ein kleines, merkwürdig aussehendes Dorf stand. Die niedrigen Hütten waren aus Gras geflochten und kaum einen Meter hoch. Entweder handelte es sich um ein Pygmäendorf, oder die Hütten wurden nur zum Schlafen benutzt. Auf dem Platz in der Mitte lag ein Stapel grober, grauer Gewänder, daneben ein Berg toter, schafähnlicher Tiere.
Während wir uns noch umsahen, kam rechts von uns ein nackter Mann durchs Gras gelaufen und trat auf den Dorfplatz hinaus. Er war von normaler Statur und hatte hellbraune Haut, aber sein langes Haar war rosa und seine Augen waren weißlich und stumpf. Er zog eins von den toten Schafen aus dem Haufen, schleifte es an den Hinterbeinen hinter sich her und ging den gleichen Weg wieder zurück. Wir verständigten uns mit Blicken, dann schlichen wir ihm nach, wobei wir uns immer am Rand des Dorfes und im Schutz des hohen Grases hielten.

Als wir an die Stelle kamen, wo der Mann verschwunden war, setzte der Gesang, der zwischenzeitlich verstummt war, wieder ein. Wir stießen auf einen Pfad, den viele Füße in den weichen Boden getreten hatten, und folgten ihm bis zu einer zweiten, kleineren Lichtung. In ihrer Mitte befand sich ein Teich, um den herum siebenunddreißig Menschen standen, acht Männer, fünfzehn Frauen und vierzehn Kinder. Alle waren nackt, hatten braune Haut, rosa Haar und weißliche Augen.

Zwei Männer hielten das tote Schaf an den Beinen über den Teich, ein dritter nahm ein Messer aus weißem Knochen oder Stein und schlitzte dem Tier den Bauch auf. Blut und Gedärm plumpsten in den Teich. Ich reckte den Hals und sah, dass das Wasser schmutzig rot war. Die Männer hielten das Schaf so lange über den Teich, bis kein Blut mehr heraustropfte, dann warfen sie den Kadaver weg und machten drei Frauen Platz.

Es waren alte Frauen mit runzligen, grimmigen Gesichtern und knochigen Händen. Sie sangen lauter als alle anderen, beugten sich vor und rührten mit den Händen im Teich herum. Dann füllten sie drei Lederbeutel mit Wasser, richteten sich wieder auf und winkten die anderen Dorfbewohner zu sich heran. Diese defilierten in einer langen Reihe an ihnen vorbei und ließen sich von der vordersten Frau das rote Wasser über den Kopf gießen, die zweite tauchte die Finger in ihren Wasserbeutel und malte jedem zwei primitive runde Symbole auf die Brust und die dritte hielt ihnen den Beutel an den Mund und gab ihnen von dem mit Blut vermischten Wasser zu trinken.

Nachdem jeder einmal an die Reihe gekommen war, gingen sie allesamt mit geschlossenen Augen und leise singend in ihr Dorf zurück. Wir folgten ihnen mit einigem Abstand – verwirrt und eingeschüchtert, aber ungeheuer neugierig.

Auf dem Dorfplatz legten sie die grauen Gewänder an, die

über der Brust weit ausgeschnitten waren, sodass man die runden, roten Zeichen gut sehen konnte. Nur einer blieb unbekleidet, ein etwa zwölfjähriger Junge. Als die anderen angezogen waren, bildeten sie wieder eine Reihe, stellten sich jedoch diesmal in Dreiergruppen auf, die drei alten Frauen zuerst und an der Spitze ganz allein der nackte Junge. So zogen sie unter lautem Gesang wie eine Prozession zum Tempel. Wir warteten, bis sie an uns vorbei waren, und folgten ihnen gespannt.
Vor dem Tempeleingang machte die Prozession Halt. Der Gesang wurde lauter. Was sie sangen, verstand ich nicht, weil ich die Sprache nicht kannte, aber ein Wort wurde öfter als alle anderen und mit besonderem Nachdruck wiederholt: »Kulashka!«
»Weiß einer von euch, was *Kulashka* bedeutet?«, fragte ich Harkat und Spits.
Spits schüttelte den Kopf, dann erstarrte er plötzlich, und Entsetzen machte sich auf seinem Gesicht breit. »Heiliger Nikolaus – Schutzpatron der Seeleute!«, stieß er heiser hervor und fiel auf die Knie.
Harkat und ich blickten ihn verblüfft an, dann sahen wir, was ihn so erschreckt hatte. Uns blieb der Mund offen stehen, als wir das alptraumhafteste Geschöpf erblickten, das man sich vorstellen kann und das wie ein monströs mutierter Wurm aus dem Tempel gekrochen kam.
Es musste einmal ein Mensch gewesen sein oder zumindest von Menschen abstammen, denn es hatte ein menschliches Gesicht, wenn man davon absah, dass sein Kopf sechs Mal so groß wie der eines gewöhnlichen Menschen war. Und es hatte unzählige Hände. Keine Arme und auch keine Beine oder Füße, sondern nur zahllose Hände, die wie Stecknadelköpfe in einem Nadelkissen aus seinem Leib ragten. Es war mehrere Meter breit und etwa zehn Meter lang, und sein Leib verjüngte sich nach hinten wie bei einer gigantischen Nacktschnecke.

Schwerfällig schleppte es sich auf seinen Fingern voran, machte aber den Eindruck, als könne es sich bei Bedarf auch wesentlich schneller bewegen. Das seltsame Wesen hatte nur ein einziges tellergroßes, blutunterlaufenes Auge, das unten auf der linken Wange saß. Mehrere Ohren waren über den Kopf verteilt, und direkt über der Oberlippe hatte es zwei riesige, fleischige Nasen. Die Haut war schmutzig weiß und hing in losen Falten herunter, die bei jeder Bewegung widerlich schlabberten.

Der Name, mit dem Evanna dieses Ungetüm bezeichnet hatte, passte ausgezeichnet: Es war absolut und unbestreitbar grotesk. Kein anderes Wort hätte diese widerwärtige Erscheinung so überzeugend beschrieben.

Als ich mich vom ersten Schrecken erholt hatte, konzentrierte ich mich wieder auf das Geschehen. Der nackte Junge kniete inzwischen vor dem Vieh, breitete die Arme weit aus und brüllte ein ums andere Mal: »Kulashka! Kulashka! Kulashka!«

Der Junge brüllte, die anderen Dorfbewohner sangen, und das Grotesk blieb stehen und hob den Kopf. Dabei benahm es sich wie eine Schlange und bog den Leib nach hinten, um den Oberkörper aufzurichten. Jetzt konnte ich auch sein Gesicht besser sehen. Es war grob und unsymmetrisch, als hätte es sein Schöpfer mit unsicherer Hand aus klumpiger Knete geformt. Überall sprossen hässliche, dunkle Haarbüschel, die behaarten Warzen glichen. Abgesehen von zwei langen, gebogenen Fangzähnen entdeckte ich keine Zähne in seinem klaffenden Maul. Das Grotesk ließ sich wieder auf den Boden herab, kroch auf die Menschengruppe zu und produzierte dabei eine schmale, schleimige Schweißspur. Der Schweiß drang ihm aus großen Poren überall am Körper. Der salzige Geruch war zwar nicht so betäubend wie die Ausdünstungen der Riesenkröte, trotzdem musste ich mir Mund und Nase zuhalten, um mich nicht zu übergeben. Die Dorfbewohner – in Ermangelung einer anderen Bezeichnung nannte ich sie die Kulashka – schien der Gestank allerdings nicht zu stören. Sie knieten nieder, als ihr – Gott?, König?, Haustier? oder was es sonst für sie darstellen mochte – an ihnen vorbeiglitt, und rieben die Gesichter in der Schweißspur. Manche streckten sogar die Zunge heraus und leckten den Schweiß auf!

Nachdem das Grotesk seine Anhänger einmal umrundet hatte, kehrte es zu dem nackten Jungen zurück. Wieder hob es den Kopf, beugte sich vor und streckte die Zunge heraus, einen gewaltigen rosigen Lappen, von dem dicke Speichelschlieren herabtropften. Damit leckte es dem Jungen übers Gesicht. Der Junge zuckte nicht etwa zurück, sondern lächelte stolz. Das Grotesk schleckte ihn noch einmal ab, dann wickelte es seinen widernatürlichen Leib um ihn herum, einmal, zweimal, dreimal, und drückte ihm wie eine Würgeschlange mit seinen muskulösen Windungen die Luft ab.

Als ich den Jungen in der schweißigen Umklammerung verschwinden sah, wäre ich ihm beinahe spontan zu Hilfe geeilt, sah jedoch noch rechtzeitig ein, dass ich ihn nicht mehr retten konnte. Außerdem war nicht zu übersehen, dass er gar nicht gerettet werden wollte. Sein Lächeln drückte unmissverständlich aus, dass er das Geschehen als große Ehre betrachtete. Daher blieb ich, wo ich war, und hielt mich heraus.

Das Grotesk quetschte den Jungen zu Tode, der nur einmal kurz aufschrie, als ihm der Würgegriff des Scheusals alle Knochen zermalmte, dann wickelte es sich von seiner Beute ab und machte sich daran, sie im Ganzen zu verschlingen. Auch dabei verhielt es sich wie eine Schlange. Es klappte den beweglichen Unterkiefer so weit herunter, dass Kopf und Schultern des Jungen in sein Maul passten, dann schob es mit Hilfe von Zunge, Unterkiefer und einiger Hände den übrigen Körper Stück für Stück in seinen gierigen Schlund.

Während das Grotesk noch mit Fressen beschäftigt war, betraten zwei Frauen den Tempel und tauchten kurz darauf mit zwei Behältern wieder auf, ungefähr vierzig Zentimeter langen Röhren aus dickem Glas mit Korkverschlüssen. Jede war zu drei Vierteln mit einer dunklen Flüssigkeit gefüllt – das musste Evannas »heilige Essenz« sein.
Nachdem das Grotesk seine Mahlzeit beendet hatte, trat ein Mann vor, nahm eine Glasröhre, baute sich vor dem Ungetüm auf, hielt die Röhre hoch und begann leise zu singen. Das Grotesk musterte ihn gleichgültig. Ich dachte schon, es wollte ihn auch noch verschlingen, da neigte es den Kopf und öffnete den Rachen. Der Mann zog den Pfropfen aus der Röhre, schob die Spitze des einen Giftzahns in den Behälter und drückte das Glas fest dagegen. Aus dem Zahn quoll eine dickflüssige, zähe Substanz und rann innen an der Röhre herunter. Ich hatte oft zugesehen, wie Evra das Gift aus den Fängen seiner Schlange molk – das hier war genau die gleiche Prozedur.
Als keine Flüssigkeit mehr aus dem Zahn kam, verkorkte der Mann die Glasröhre wieder, gab sie der Frau zurück, nahm das zweite Glas und molk den anderen Giftzahn. Dann trat er zurück, und das Grotesk klappte das Maul wieder zu. Der Mann reichte den Frauen auch diesen Glasbehälter, ging wieder zu den anderen, und alle brachen abermals in lauten Gesang aus. Das Grotesk betrachtete sie aus seinem einzigen Auge, und sein unmenschlicher und doch menschenähnlicher Kopf wiegte sich im Takt. Dann machte es kehrt und kroch auf seinen vielen Fingern wieder in den Tempel zurück. Als es über die Schwelle glitt, folgten ihm die Leute in Dreiergruppen und verschwanden leise singend in dem halbdunklen Tempel. Wir drei blieben erschüttert zurück und brauchten eine ganze Weile, bis wir uns wieder gefasst, uns ein Stück zurückzogen und über das unheimliche Schauspiel gesprochen hatten, dessen Zeugen wir soeben geworden waren.

17 »Spinnt ihr?«, schimpfte Spits gedämpft, um die Kulashka nicht auf uns aufmerksam zu machen. »Ihr wollt in die Höhle von dem Teufelsvieh da rein und euer Leben riskieren, bloß wegen so'n paar Flaschen Gift?«

»Es muss eine ... besondere Bewandtnis damit haben«, erwiderte der Kleine Kerl hartnäckig. »Sonst hätte man uns nicht gesagt, dass wir es ... brauchen.«

»Nix is so wichtig, dass man sein Leben dafür wegschmeißt«, knurrte Spits. »Das Vieh vernascht euch beide zum Nachtisch und schafft hinterher immer noch 'n Pudding.«

»Da wäre ich mir nicht so sicher«, widersprach ich. »Es hat gefressen wie eine Schlange. Ich weiß einiges über Schlangen, seit ich damals in einem Zelt mit Evra gewohnt habe. Evra ist ein Schlangenjunge«, fügte ich als Erklärung für Spits hinzu. »Es dauert seine Zeit, bis ein Kind verdaut ist, sogar bei so einem Riesenvieh. Ich glaube nicht, dass es die nächsten Tage wieder etwas fressen muss. Und beim Verdauen schlafen Schlangen normalerweise.«

»Aber das hier is keine Schlange«, protestierte Spits. »Das is ein ... wie habt ihr es genannt?«

»Grotesk«, sagte Harkat.

»Hoho! Mit so 'nem Grotesk hast du bestimmt noch nich in einem Zelt gewohnt, oder? Also hast du auch von dem Vieh hier keine Ahnung. Es wär der reinste Selbstmord! Und was is mit dieser durchgeknallten rosahaarigen Meute? Wenn die euch schnappen, werfen sie euch über kurz oder lang ihrer komischen Promenadenmischung vor.«

»Was glaubt ihr, was ... mit denen los ist?«, fragte Harkat. »Ich glaube, sie beten das Grotesk an. Deshalb haben sie ihm ... den Jungen geopfert.«

»Schöne Sitten sind das!«, schnaubte Spits. »Fremde abzumurksen, mag ja noch angehn, aber freiwillig einen von den eignen Leuten verfüttern ... das is doch verrückt!«

»Es kommt bestimmt nicht oft vor«, meinte ich. »Dafür sind es zu wenige. Wenn sie dem Biest jedes Mal, wenn es Hunger hat, ein Menschenopfer anbieten, sterben sie bald aus. Wahrscheinlich füttern sie es sonst mit Schafen und anderen Tieren, und nur zu besonderen Anlässen bekommt es einen Menschen.«

»Und wenn wir … mit ihnen reden?«, meinte Harkat. »Viele zivilisierte Völker haben früher … ihren Göttern Menschenopfer dargebracht. Vielleicht sind sie von Natur aus … überhaupt nicht gewalttätig.«

»Ich habe keine Lust, das herauszufinden«, sagte ich rasch. »Wir kommen nicht um die Sache herum, denn schließlich haben wir gesehen, wie sie die Schlangenfänge gemolken haben, und ich bin mir ziemlich sicher, dass es sich bei dem Gift um die heilige Essenz handelt, die wir suchen. Trotzdem sollten wir unser Glück nicht überstrapazieren. Wir kennen uns mit den Bewohnern dieser Welt nicht aus. Gut möglich, dass die Kulashka ein nettes Völkchen sind, das Fremde mit offenen Armen aufnimmt, vielleicht verfüttern sie uns aber auch umgehend an das Grotesk.«

»Wir sind stärker als sie«, wandte Harkat ein. »Wir können uns wehren.«

»Auch das wissen wir nicht«, widersprach ich. »Wir haben keine Ahnung, wozu sie fähig sind. Sie können genauso gut zehn Mal so stark sein wie du oder ich. Lasst uns lieber in den Tempel gehen, uns ein paar Gläser mit dem Gift schnappen und wieder verduften.«

»Lasst die Glasdinger, wo sie sind!«, flehte Spits. Er hatte seit unserem vorläufigem Rückzug tüchtig dem Fuselkrug zugesprochen und zitterte noch heftiger als sonst. »Wenn wir die wirklich brauchen, können wir ja noch mal wiederkommen.«

»Nein«, sagte Harkat. »Was die Kulashka betrifft, hat Darren Recht. Aber wenn wir uns die … Gläser holen wollen, gehen wir am besten sofort, solange das Grotesk noch schläft. Du brauchst nicht mitzukommen, wenn … du nicht willst.«

»Nee, danke!«, sagte Spits rasch. »Ich schmeiß mein Leben nich wegen so 'nem Spinnkram weg. Ich warte draußen. Wenn ihr nich wiederkommt, marschier ich weiter und such den See der Seelen ohne euch. Wenn da tatsächlich die Toten drin sind, treffen wir uns ja vielleicht wieder!« Er kicherte leise über seinen eigenen Witz.

»Sollen wir losgehen, wenn es dunkel ist, oder lieber bis morgen früh warten?«, wandte ich mich an Harkat.

»Wir warten. Bis dahin haben sich die Kulashka wahrscheinlich … in den Schlaf gesungen.« Das seltsame Völkchen war etwa eine Stunde nach dem Menschenopfer in sein Dorf zurückgekehrt und hatte seither pausenlos gesungen und getanzt.

Wir legten uns hin und ruhten uns aus, während der Mond über den wolkenlosen Himmel wanderte (das war mal wieder typisch – wenn wir Wolken gebrauchen konnten, waren keine da!), und lauschten dem Gesang. Spits nahm ab und zu einen Schluck Fusel, seine Knopfaugen wurden immer kleiner, und er zupfte an seinem strähnigen Pferdeschwanz, wobei er missmutig etwas von sturköpfigen Spinnern nuschelte, die schon sehen würden, was sie davon hätten.

Gegen Morgen verebbte der Lärm aus dem Kulashka-Dorf allmählich, und bei Tagesanbruch herrschte Stille. Harkat und ich wechselten einen fragenden Blick, nickten einander zu und standen auf. »Wir gehen«, sagte ich zu Spits, der dösend über seinem Krug hing.

»Wa…«, grunzte er und hob ruckartig den Kopf.

»Wir gehen«, wiederholte ich. »Du wartest hier.

Wenn wir bis heute Abend nicht zurück sind, kannst du tun, was du willst, und brauchst dir um uns keine Sorgen mehr zu machen.«

»So lang wart ich bestimmt nich«, sagte er herablassend. »Spätestens heut Mittag bin ich weg, ob ihr mitkommt oder nich.«
»Wie du willst«, sagte ich achselzuckend, »aber im Dunkeln ist es ungefährlicher.«
Spits wurde freundlicher. »Ihr spinnt echt«, brummte er, »aber ihr habt mehr Mumm als alle Piraten, mit denen ich gesegelt bin. Ich warte bis Sonnenuntergang und halte den Fusel bereit. Wenn ihr's überlebt, werdet ihr noch froh drum sein.«
»Wer weiß«, grinste ich, dann schoben der Kleine Kerl und ich uns durch das dichte Gras auf den Tempel zu.
Vor dem Tor hielten wir an, zogen unsere Messer und sogen den fauligen Schweißgeruch des Ungetüms ein. »Und wenn es Wächter gibt?«, flüsterte ich.
»Dann schlagen wir sie nieder«, antwortete Harkat leise. »Wir töten sie nur, wenn … es nicht anders geht. Aber ich glaube nicht, dass es welche gibt. Sonst wären sie bestimmt zusammen mit … dem Grotesk herausgekommen.«
Wir holten noch ein paarmal tief Luft, dann gaben wir uns einen Ruck und gingen langsam Rücken an Rücken in den Tempel hinein. Wir bewegten uns mit äußerster Vorsicht. An den Wänden waren Kerzen befestigt, nicht viele, doch es war hell genug, dass wir uns umsehen konnten. Wir befanden uns in einem kurzen, engen und niedrigen Gang, der in einen großen Saal mündete. Am Eingang blieben wir stehen. Es war ein riesiger Raum, dessen Dach von mächtigen hohen Säulen getragen wurde. In der Mitte lag das Grotesk um ein rundes Podest geringelt, auf dem ein hoher, zylindrischer Glasbehälter stand. Er war mit den Röhren gefüllt, mit denen die Kulashka dem Scheusal das Gift abgezapft hatten.
»Heilige Essenz gibt's hier jedenfalls reichlich«, zischte ich Harkat zu.
»Fragt sich bloß, wie wir … rankommen«, erwiderte er. »Ich glaube, das Vieh reicht … um den ganzen Altar herum.«

Ich hatte das Podest nicht als Altar wahrgenommen, doch ich musste Harkat zustimmen – der Behälter mit den Glasröhren glich tatsächlich einer Reliquie.
Lautlos bewegten wir uns auf den Altar zu, nur unser Atmen war zu hören. Das Grotesk hatte den Kopf unter das breite Schwanzende gesteckt, weshalb es uns auch nicht gesehen hätte, wenn es wach gewesen wäre, doch ich hoffte inständig, dass es tief und fest schlummerte. Von der Tür aus führte ein von hohen Kerzen gesäumter Gang geradewegs zum Altar, doch wir näherten uns ihm vorsichtshalber von der Seite.
Schon bald stießen wir auf ein unerwartetes Hindernis. Die Bodendielen neben dem Mittelgang waren verfault und knarrten bei jedem Schritt. »Offenbar wird nur der Gang in der Mitte von unten gestützt«, zischte ich, als wir stehen blieben und überlegten, wie wir weiter vorgehen sollten. »So, wie das Knarren nachhallt, ist hier drunter eine tiefe Grube.«
»Sollen wir doch lieber in der Mitte weitergehen?«, fragte Harkat.
Ich schüttelte den Kopf. »Nein. Aber tritt vorsichtig auf!«
Trotz unserer Bemühungen brach Harkat nach ein paar Metern durch ein Dielenbrett, und sein Bein versank im Boden. Er keuchte vor Schmerzen, unterdrückte jedoch tapfer einen Aufschrei.
Ich sah zu dem zusammengerollten Grotesk hinüber, um festzustellen, ob es sich bewegte, doch es lag noch in der gleichen Stellung da. Die Finger in der Nähe des Kopfes zuckten ein paarmal, aber ich hoffte, dass es nur träumte.
Ich bückte mich und untersuchte das Brett rings um Harkats Bein, dann riss ich vorsichtig ein paar Späne ab, vergrößerte das Loch und half ihm heraus.
»Hast du dir was getan?«, zischelte ich.
»Bloß eine Schürfwunde«, antwortete Harkat und belastete das Bein versuchsweise. »Nicht weiter schlimm.«

»Der Boden ist hier zu unsicher«, sagte ich. »Wir müssen doch den Mittelgang nehmen.«
Bevor wir weiterschlichen, machten wir eine kurze Verschnaufpause. Das Vampirglück war uns hold – das Grotesk schlummerte weiter. Als wir beim Altar angelangt waren, gingen wir einmal ganz um das Vieh herum und suchten nach einer Lücke, durch die wir an den Altar gelangen konnten, aber der riesige Leib mit den losen Hautfalten bildete einen geschlossenen Ring. Jetzt, da ich so dicht bei dem Ungeheuer stand, betrachtete ich es eingehender und staunte wider Willen, dass ein solches Geschöpf überhaupt existierte. Was mich am meisten verstörte, waren die so offensichtlich menschlichen Gesichtszüge. Das Grotesk war ein Fleisch gewordener Alptraum – aber ein menschlicher. Woher kam es? Wie war es entstanden?
Ich ging mehrmals darum herum, und es fiel mir schwer, mich loszureißen. Da ich mich nicht zu sprechen traute, zog ich mein Messer und bedeutete Harkat pantomimisch, dass wir an der schmalsten Stelle über das Vieh hinwegspringen mussten, und zwar dort, wo der Schwanz über dem Kopf lag. Harkat wirkte nicht gerade begeistert, da es jedoch keine andere Möglichkeit gab, nickte er widerstrebend.
Ich bedeutete ihm, dass ich springen würde und er an Ort und Stelle stehen bleiben solle, aber er schüttelte den Kopf und hielt zwei graue Stummelfinger hoch, um zu zeigen, dass er ebenfalls hinüberspringen wollte.
Ich machte den Anfang. Dazu ging ich in die Hocke, stieß mich ab und setzte über den Riesenleib des Scheusals. Ich kam federnd auf und drehte mich sofort um, weil ich dem Grotesk auf keinen Fall den Rücken zuwenden wollte. Es hatte sich nicht gerührt. Ich trat beiseite und nickte Harkat zu. Sein Sprung verlief nicht ganz so glatt, doch immerhin berührte er das Vieh nicht mit den Füßen, und ich fing ihn bei der Landung auf, sodass er keinen Lärm machte.

Wir vergewisserten uns noch einmal, ob wir das Grotesk auch nicht aufgeschreckt hatten, dann wandten wir uns dem Glasbehälter auf dem Altar zu, in dem die zugekorkten Giftröhren in ebenfalls gläsernen Fächern standen. Die Röhren in den obersten Fächern waren noch leer, die darunter bis zum Rand mit dem dickflüssigen Gift aus den Fängen des Grotesk gefüllt. Die Kulashka mussten den Riesen schon seit vielen Jahren melken, um einen so großen Vorrat anzulegen.

Der Behälter war mit einer Klappe aus mattem Glas verschlossen. Ich öffnete sie vorsichtig, griff hinein und holte eine Röhre heraus. Sie war kühl und erstaunlich schwer. Ohne sie näher zu untersuchen, schob ich sie unter mein Hemd, holte eine zweite heraus und reichte sie Harkat. Er hielt sie ins Kerzenlicht und betrachtete den Inhalt misstrauisch.

Als ich die Hand zum dritten Mal ausstreckte, ertönte ein Schrei. Erschrocken drehten wir uns um und sahen zwei Kulashka-Kinder am Saaleingang stehen, einen Jungen und ein Mädchen. Ich legte den Finger an die Lippen und winkte ihnen zu, in der Hoffnung, dass sie still wären, aber das brachte sie nur noch mehr in Rage. Das Mädchen rannte hinaus, zweifellos, um die Erwachsenen zu holen, der Junge kam rufend und in die Hände klatschend auf uns zugerannt und griff sich eine Kerze, mit der er wie mit einer Waffe herumfuchtelte.

Ich begriff, dass wir die übrigen Giftgläser vergessen konnten. Wir mussten sofort fliehen, bevor das Grotesk aufwachte oder die Kulashka zuhauf in den Tempel gerannt kamen. Die beiden Gläser, die wir gestohlen hatten, mussten genügen. Ich ließ die Tür des Vorratsbehälters offen und trat neben Harkat, der sich schon zum Sprung bereitmachte. Doch bevor wir springen konnten, zuckte der Schwanz des Grotesk zurück, der Kopf schnellte hoch, und wir starrten direkt in das zornige rote Auge – und auf die entblößten säbelzahnartigen Fänge!

18

Von dem dämonisch funkelnden Blick gebannt, blieben wir wie gelähmt stehen. Der Schlangenleib entrollte sich träge, und das Ungetüm bog den Oberkörper zurück. Es schickte sich an, zuzustoßen, doch als es den Kopf hob, verlor es den Augenkontakt mit uns.
Wir erwachten aus unserer Benommenheit, erkannten die Gefahr und ließen uns auf den Boden fallen, als das Grotesk auf uns niederfuhr.
Ein Fangzahn erwischte mich zwischen den Schulterblättern, bohrte sich in meine Haut und ritzte mir den Rücken auf. Vor Schreck und Angst schrie ich laut auf, und als sich das Scheusal zurückzog, wälzte ich mich weg und robbte hinter den großen, gläsernen Vorratsbehälter.
Das Grotesk stieß abermals auf mich herab, verfehlte mich jedoch und stieß ein Gebrüll aus, das wie das Geplärr eines Riesenbabys klang. Dann wandte es sich Harkat zu. Der Kleine Kerl lag auf dem Rücken und war mit seinem emporgewandten Gesicht und Bauch eine leichte Beute. Wieder richtete sich das Vieh auf und wollte zustoßen, da holte Harkat mit seinem Giftglas aus. Das Grotesk kreischte wütend und wich ein Stück zurück, wobei es auf den Fingern in Schwanznähe lief und die Finger in der Nähe des Kopfes wie ein Schwarm Aale oder Schlangen zappelten. Ich registrierte unwillkürlich, dass es dort, wo bei Menschen die Fingernägel sitzen, kleine Löcher hatte, aus denen unablässig Schweiß strömte.
Harkat kroch zu mir herüber. »Mein Rücken!«, keuchte ich und drehte mich um, damit er einen Blick darauf werfen konnte. »Ist es schlimm?«
»Die Wunde ist nicht sehr tief. Du behältst bestimmt eine Mordsnarbe zurück, aber ... sterben wirst du daran nicht.«
»Vielleicht war in dem Zahn noch Gift.«
»Die Kulashka haben das Biest eben erst ... gemolken«, meinte Harkat. »So schnell bildet ... sich kein neues Gift, oder?«

»Bei Schlangen nicht, nur bei diesem Vieh wissen wir das natürlich nicht genau.«
Doch ich kam nicht dazu, mir weiter Sorgen zu machen, denn jetzt glitt das Grotesk um den Altar herum, um abermals anzugreifen. Wir krochen rückwärts und achteten darauf, dass der große Vorratsbehälter immer zwischen uns und dem schaukelnden Kopf blieb.
»Hast du eine Idee, wie … wir hier wieder rauskommen?«, erkundigte sich Harkat, zückte sein Messer, behielt aber das Giftglas in der anderen Hand.
»Eins nach dem anderen«, keuchte ich.
Wir krochen im Rückwärtsgang immer um den Glasbehälter herum, und das Ungetüm folgte uns züngelnd mit ungeduldigem Fauchen und Knurren. Es lauerte darauf, dass wir unsere Deckung endlich aufgaben. Der Kulashka-Junge stand unterdessen im Mittelgang und feuerte es an.
Jetzt strömten auch die anderen Kulashka in den Tempel. Die meisten waren bewaffnet, und ihre Gesichter waren wutverzerrt. Sie liefen unverzüglich zum Altar, umstellten ihn und kletterten sogar über das Grotesk hinweg, um uns mit mordlustigen weißen Augen auf den Leib zu rücken.
»Jetzt wäre vielleicht der richtige Moment, mit ihnen zu reden«, sagte ich ironisch, doch Harkat griff meine Anregung auf.
»Wir wollen euch nichts tun!«, rief er. »Wir wollen eure … Freunde sein.«
Die Kulashka blieben verwundert stehen und redeten leise miteinander. Einer der Männer, vermutlich der Anführer, trat vor und zeigte mit dem Speer auf uns. Er rief Harkat eine Frage zu, aber wir verstanden nicht, was er wollte.
»Wir sprechen eure Sprache nicht«, folgte ich Harkats Beispiel, wobei ich mit einem Auge den Mann und mit dem anderen das Grotesk im Blick behielt, das immer noch hinter uns

herkroch, obwohl es ein wenig vom Altar abgerückt war, um den Kulashka Platz zu machen. Wieder rief uns der Anführer etwas zu, diesmal sprach er jedoch betont langsam und deutlich. »Wir verstehen dich nicht!«, schrie ich.

»Freunde!«, versuchte es Harkat verzweifelt. »Amigos! Genossen! Kumpels!«

Der Kulashka starrte uns verunsichert an. Dann verfinsterte sich seine Miene, und er rief seiner Sippe einen Befehl zu. Sie nickten, kamen mit erhobenen Waffen auf uns zu und trieben uns den Fängen des Grotesk entgegen.

Ich stach mit dem Messer nach einer Kulashka-Frau, was eher als Warnung gedacht war, um sie wegzuscheuchen, doch sie kümmerte sich gar nicht darum und kam unbeirrt näher wie die anderen auch. Sogar die Kinder hielten zierliche Messer und Speere in den kleinen Fäusten.

»Versuchen wir's mit dem Gift!«, rief ich Harkat zu und zog meine Glasröhre hervor. »Vielleicht verziehen sie sich, wenn wir es ihnen ins Gesicht schütten!«

»Gut!«, rief er zurück und hob sein Glas.

Als die Kulashka das Glas in Harkats grauer Hand sahen, erschraken sie, und die meisten traten hastig einen Schritt zurück. Diese Reaktion verwirrte mich, doch ich machte sie mir zunutze, indem auch ich mein Giftglas hob. Als sie das zweite Glas sahen, wichen Männer, Frauen und Kinder vom Altar zurück, schnatterten ängstlich durcheinander und schwenkten ihre Waffen und Fäuste.

»Was haben sie denn?«, fragte ich Harkat.

»Sie fürchten sich vor dem … Gift«, sagte er und hob sein Glas in Richtung einer Gruppe Kulashka-Frauen, die sogleich aufschrien, sich abwandten und die Hände vors Gesicht schlugen. »Entweder ist es in ihren Augen tatsächlich heilig … oder es ist richtig gefährlich!«

Als das Grotesk die Frauen fliehen sah, glitt es über sie hinweg und hielt auf Harkat zu. Ein Mann rannte an dem Ungetüm vorbei, wedelte hektisch mit den Armen und brüllte aus voller Kehle. Das Grotesk machte Halt, doch dann fegte es den Mann mit seinem gewaltigen Schädel beiseite und heftete wieder den Blick auf uns. Es knurrte und schien wild entschlossen, uns endlich zur Strecke zu bringen. Ich holte schon mit dem Giftglas aus, da warf sich eine Frau zwischen mich und das Grotesk und wedelte wie zuvor der Mann mit den Armen. Diesmal stieß das Ungetüm sie nicht weg, sondern glotzte sie nur feindselig an, als sie einen Beschwörungsgesang anstimmte und dabei die Arme über dem Kopf schwenkte.

Sobald sie sicher sein konnte, die ungeteilte Aufmerksamkeit des Grotesk zu haben, bewegte sich die Frau vom Altar weg, und das Grotesk folgte ihr. Die übrigen Kulashka stellten sich wieder um den Altar herum auf und starrten uns ebenso böse wie ängstlich an.

»Halt dein Glas hoch!«, zischte mir Harkat zu und schüttelte seines drohend gegen die Kulashka, die erschrocken zusammenzuckten. Nach einem kurzen Wortwechsel scheuchten ein paar Frauen die Kinder aus dem Tempel und rannten hinterher, sodass nur noch die Männer und einige kräftigere, kriegerisch aussehende Frauen zurückblieben.

Der Anführer senkte seinen Speer und versuchte abermals, sich uns verständlich zu machen, fuchtelte mit den Händen, zeigte auf das Grotesk, den Altar und die Giftgläser. Wir versuchten vergeblich, aus seinen Gesten schlau zu werden.

»Wir verstehen dich nicht!«, rief ich enttäuscht. Ich zeigte auf meine Ohren, schüttelte den Kopf und zuckte die Achseln.

Der Anführer fluchte (das verstand ich auch, ohne die Sprache zu beherrschen), holte tief Luft und sagte etwas zu seiner Sippe. Sie zögerten. Er wiederholte seine Worte im Befehlston, und diesmal wichen sie zur Seite und machten Platz zwischen uns und dem Mittelgang, der zur Tür führte. Der Anführer zeigte erst auf den Gang, dann auf uns, dann wieder auf den Gang und sah uns fragend an.

»Ihr wollt uns … gehen lassen?«, fragte Harkat und ahmte seine Gesten nach.

Der Anführer lächelte, hob dann aber warnend den Finger, zeigte erst auf die Giftgläser in unseren Händen und dann auf den großen Behälter hinter uns.

»Wir sollen erst das Gift zurückstellen«, sagte ich leise.

»Aber wir brauchen doch die … heilige Essenz.«

»Wir können es uns nicht leisten, jetzt stur zu sein!«, zischte ich. »Die murksen uns ab, wenn wir nicht tun, was sie sagen!«

»Was hält sie eigentlich überhaupt davon ab, uns … abzumurksen?«, überlegte Harkat. »Das Gift ist … unsere einzige Waffe. Sie können uns doch einfach niederstechen, sobald … wir es zurückgestellt haben.«

Ich leckte mir nervös über die Lippen und blickte den Anführer der Kulashka an, der seine Gesten wiederholte und dabei freundlich lächelte. Ich zeigte auf seinen Speer. Er sah ihn an und warf ihn weg. Dann rief er den anderen Kulashka etwas zu, worauf auch diese sich von ihren Waffen trennten, noch weiter zurücktraten und uns die leeren Hände hinstreckten.

»Wir müssen ihnen vertrauen«, seufzte ich. »Hauen wir ab, solange wir noch einen kleinen Vorsprung haben. Wir stellen das Gift zurück und hoffen, dass die Burschen zu ihrem Wort stehen.«

Harkat zögerte noch einen Augenblick, dann nickte er. »Na gut. Aber wenn sie uns auf … dem Weg nach draußen die Kehle durchschneiden, spreche ich … nie wieder ein Wort mit dir.«

Darüber musste ich lachen und ging zum Vorratsbehälter, um mein Giftglas zurückzustellen. Doch da stürmte plötzlich ein bärtiger Mann in den Saal, schwenkte einen Krug über dem

Kopf und grölte: »Keine Bange, Jungs! Die Flotte hilft euch aus der Klemme!«

»Spits!«, rief ich verblüfft. »Nein! Wir kommen schon klar! Nicht ...«

Der Satz blieb unbeendet. Spits rannte auf den Anführer zu und zog ihm sein krummes Messer über den Schädel. Der Mann ging aufheulend zu Boden. Blut sprudelte aus seiner Kopfhaut. Die anderen Kulashka schrien erschrocken und zornig auf und bückten sich nach ihren Waffen.

»Du Schwachkopf!«, fuhr ich Spits an, als er auf den Altar zutorkelte. »Was soll der Mist?«

»Ich helf euch aus der Klemme!«, johlte der ehemalige Pirat. Er schwankte heftig und war betrunkener denn je. Er konnte nicht mal mehr richtig geradeaus gucken. »Her mit der Giftbuddel«, grölte er und entriss Harkat das Glas. »Wenn diese Missgeburten davor Schiss haben, solln sie es zu schmecken kriegen!«

Spits hob das Glas und wollte es mitten unter die Kulashka werfen. Ein schriller Schrei ließ ihn innehalten. Das Grotesk kam zurück! Entweder war die Frau, die es beaufsichtigte, durch Spits' furiosen Auftritt abgelenkt worden, oder sie hatte sich entschlossen, das Scheusal auf uns zu hetzen. Jedenfalls glitt es mit beängstigender Geschwindigkeit auf seinen Fingern auf uns zu. Gleich hatte es uns erreicht, und dann war alles aus.

Der betrunkene Spits heulte halb entsetzt, halb kampflustig auf und schleuderte das Giftglas auf das Grotesk. Er verfehlte den Kopf, traf aber dafür den langen, muskulösen Leib. Das Glas zerbarst, es gab eine gewaltige Explosion, und das Grotesk verschwand samt den Bodenbrettern, auf denen es gestanden hatte, in einer Wolke aus Blut, Fleisch, Knochen und Holzspänen.

Die Druckwelle fegte uns vom Podest und warf die Kulashka

wie Kegel um. Ich war gerade noch geistesgegenwärtig genug, mein Glas im Fallen an mich zu drücken und unter mein Hemd zu stecken, bevor ich auf den Rücken rollte. Jetzt begriff ich auch, weshalb die Kulashka solche Angst vor den Gläsern hatten. Das Gift des Grotesk war flüssiger Sprengstoff!
Als ich mich verdattert, mit klingelnden Ohren und brennenden Augen aufsetzte, sah ich, dass das Grotesk nicht das einzige Opfer war. Jene Kulashka, die direkt neben dem Ungetüm gestanden hatten, lagen tot am Boden. Doch mir blieb keine Zeit, die Götzendiener des Grotesk zu bedauern. Die Detonation hatte auch die Säulen, die das Dach trugen, beschädigt. Eine kippte um und krachte gegen die benachbarte, die wiederum gegen die nächste fiel und so weiter – wie überdimensionale Dominosteine. Ich blickte zur Decke und sah, dass sich mehrere Risse hindurchzogen und große Stücke sich lösten und zwischen den Säulen herunterkrachten. In wenigen Sekunden würde der Tempel einstürzen und alles, was sich darin befand, unter sich begraben!

19

Als die überlebenden Kulashka die Gefahr erkannten, rannten sie zum Ausgang. Einige schafften es, aber die meisten wurden unter den Säulen oder Teilen des Dachs begraben. Ich kam schwankend auf die Beine und wollte hinter ihnen herrennen, doch Harkat hielt mich zurück. »Das schaffen wir nie!«, keuchte er.
»Es gibt nur diesen Ausgang!«, schrie ich zurück.
»Wir müssen … uns unterstellen!«, gellte er und zog mich hinter sich her. Er hinkte über die Dielen und wich dem herunterkrachenden Mauerwerk aus.
»Jetzt isses aus mit uns!«, grölte Spits, der plötzlich neben uns auftauchte. Eine trunkene, irre Heiterkeit leuchtete in seinen

Augen. »Auf geht's zum Himmelstor, Jungs! Sprecht euer letztes Gebet!«
Harkat beachtete ihn nicht, duckte sich unter einem schweren Mauerbrocken weg und fing an, auf der Stelle zu hüpfen.
Ich dachte schon, er hätte den Verstand verloren, bis ich das Loch im Boden sah, wo er zuvor mit dem Fuß eingebrochen war. Jetzt begriff ich, was er vorhatte, und sprang ebenfalls auf den morschen Brettern herum. Ich wusste nicht, wie tief die Grube unter dem Tempel war und ob wir dort unten in Sicherheit waren, doch schlimmer als hier oben konnten wir es kaum treffen.
»Was in drei Teufels Namen soll ...«, setzte Spits an. Weiter kam er nicht, denn in diesem Augenblick gab der Boden nach, und mit einem Aufschrei stürzten wir alle drei in die Tiefe.
Wir fielen mehrere Meter tief und purzelten auf hartem Steinboden übereinander: Harkat und ich lagen unten, Spits plumpste auf uns drauf. Ächzend wälzte ich ihn von mir herunter (er hatte beim Aufprall das Bewusstsein verloren) und hob den Kopf. Hoch über uns sah ich ein Riesenstück Dach herunterkommen. Mit einem gellenden Schrei sprang ich auf, zerrte Spits weg und herrschte Harkat an, seinen Hintern in Bewegung zu setzen. Im nächsten Moment ertönte ein donnerndes Krachen, und dort, wo wir eben noch gelegen hatten, zerbarst das Stück Dach auf dem Boden und bedeckte uns mit Holzsplittern und Steinbröckchen.
Hustend und ohne etwas zu sehen, stolperten wir durch die Staubwolke und schleiften den immer noch bewusstlosen Spits hinter uns her. Es war ziemlich dunkel hier unten, und nach ein paar Metern kamen wir an ein Loch im Boden. Ich betastete es und sagte: »Ich glaube, hier ist ein Gang. Allerdings führt er steil nach unten.«
»Wenn er verschüttet wird ... sitzen wir in der Falle«, meinte Harkat.

Über unseren Köpfen polterte es beängstigend, und der Dielenboden knarrte verdächtig. »Egal!«, rief ich, kletterte in die Öffnung und stützte mich mit Händen und Füßen an den Wänden ab. Harkat schob erst Spits in die Öffnung, dann kletterte er hinterher. Der Gang war gerade breit genug für seine massigen Schultern.

Wir verharrten kurz und lauschten den Einsturzgeräuschen. Ich spähte unter mir in die Tiefe, aber es war zu dunkel, um zu erkennen, wie lang der Gang war. Spits war schwer wie ein Sack Blei, und meine Füße drohten abzurutschen. Ich versuchte, die Fingernägel in die Wand zu bohren, doch der Stein war zu glatt und hart. »Wir müssen rutschen!«, rief ich.

»Und wenn … wir nicht wieder raufkommen?«, wandte Harkat ein.

»Ich kann mich immer nur auf eine Katastrophe zur gleichen Zeit konzentrieren!«, rief ich und ließ los. Auf dem Rücken liegend glitt ich in die Tiefe. Es war eine geschwinde und kurze Rutschpartie. Erst führte der Gang fast senkrecht nach unten, dann wurde die Steigung flacher und ich hielt an. Ich streckte den Fuß aus und tastete nach dem Boden, doch schon prallte der bewusstlose Spits gegen meinen Rücken und schleuderte mich ins Leere.

Ich setzte gerade zum Schrei an, da schlug ich auch schon auf – der Gang endete nur ein, zwei Meter über dem Boden. Erleichtert erhob ich mich auf die Knie – und wurde prompt wieder umgeworfen, als Spits zum zweiten Mal auf mich draufplumpste. Mit einem Fluch schob ich ihn weg und hatte mich eben wieder aufgerichtet, als Harkat angesaust kam und mich abermals umriss.

»'tschuldigung«, schnaufte der Kleine Kerl und krabbelte von mir herunter. »Alles in Ordnung?«

»Ich fühle mich, als wär ich unter eine Dampfwalze gekommen«, ächzte ich, setzte mich auf und atmete ein paarmal tief die stickige Luft ein, bis mein Kopf wieder einigermaßen klar war.

»Wir haben es geschafft. Wir … sind nicht unter dem Schutt begraben«, konstatierte Harkat, als der Krach, der durch den Gang hallte, allmählich verebbte und schließlich ganz aufhörte.

»Ich weiß ja nicht, ob das ein Grund zum Feiern ist«, erwiderte ich missmutig. Es war so finster, dass ich meinen Freund nicht sehen konnte. »Wenn wir hier nicht rauskommen, krepieren wir. Vielleicht wünschen wir uns dann noch, dass uns eine Säule erschlagen hätte.«

Neben mir stöhnte Spits und murmelte etwas Unverständliches. Ich hörte, wie er sich aufsetzte, und schließlich fragte er: »Was is los? Warum is das Licht aus?«

»Das Licht?«, fragte ich scheinheilig.

»Ich kann nix sehn!«, keuchte er. »Es is alles schwarz!«

»Ehrlich?«, sagte ich, denn es juckte mich, es ihm heimzuzahlen, dass er uns die Sache mit den Kulashka versaut hatte. »Also ich kann prima sehen. Und du, Harkat?«

»Einwandfrei«, erwiderte Harkat. »Dumm, dass ich meine Sonnenbrille nicht mithabe, es … ist schrecklich hell.«

»Meine Augen!«, jaulte Spits. »Ich bin blind!«

Wir ließen ihn eine Weile leiden, bevor wir ihn aufklärten. Er revanchierte sich mit einem Schwall seiner wüstesten Schimpfwörter, weil wir ihm solche Angst eingejagt hatten, beruhigte sich jedoch bald wieder und wollte wissen, was wir jetzt zu tun gedächten.

»Weitergehen und sehen, wie weit wir kommen«, antwortete ich. »Zurück können wir sowieso nicht, und hier sind auf beiden Seiten Wände.« Das hatte ich aus dem Widerhall unserer Stimmen geschlossen. »Wir laufen einfach geradeaus, bis sich etwas anderes ergibt.«

»Ihr seid schuld«, grantelte Spits. »Ihr musstet ja unbedingt in diesen verflixten Tempel rein. Sonst könnten wir jetzt draußen in der schönen frischen Luft rumspazieren.«

»*Wir* haben nicht plötzlich aus heiterem Himmel … Bomben geworfen!«, blaffte Harkat. »Als du gekommen bist, hatten wir … eben mit den Kulashka einen Waffenstillstand … vereinbart. Sie hätten uns gehen lassen.«

»Diese Bande?«, schnaubte Spits. »Die hätten euch ruck, zuck gefesselt und zum Frühstück verspeist!«

»Ich fessele *dich* gleich, wenn du nicht … endlich die Klappe hältst«, knurrte Harkat.

»Was hat er denn?«, wandte sich Spits beleidigt an mich.

»Deinetwegen mussten viele Kulashka sterben«, sagte ich. »Wärst du wie vereinbart draußen geblieben, wären sie noch am Leben.«

»Was gehn uns diese Leute an?«, lachte Spits. »Die sind ja nich mal aus unsrer Welt. Is doch schnurz, wenn ein paar von denen draufgegangen sind.«

»Es sind auch … Menschen!«, fuhr ihn Harkat an. »Es spielt keine Rolle, aus … welcher Welt. Wir hatten kein Recht … hier hereinzuplatzen und sie zu töten! Wir …«

»Immer mit der Ruhe«, beschwichtigte ich ihn. »Es ist nicht mehr zu ändern. Spits wollte uns nur helfen, ungeschickter Suffkopp, der er ist. Wir sollten uns lieber darum kümmern, wie wir hier wegkommen. Uns Beschuldigungen an den Kopf werfen können wir später immer noch.«

»Dann sorg dafür, dass er mir nicht … in die Quere kommt«, erwiderte Harkat grimmig und übernahm die Führung.

»Das is aber nich sehr nett«, beklagte sich Spits. »Ich dachte, wo er doch ein Kobold is, macht es ihm Spaß, den Laden ein bisschen aufzumischen.«

»Still jetzt«, zischte ich, »sonst überlege ich es mir anders und hetze ihn auf dich.«

»Verrückte Landratten«, schnaubte Spits, enthielt sich jedoch

weiterer Kommentare und setzte sich hinter mir in Bewegung.
Stumm schleppten wir uns weiter. Das Schweigen wurde nur von Spits' Schlürfen unterbrochen, wenn er zwischendurch zum Fuselkrug griff (keine Bange, der war bei der Explosion natürlich nicht zu Bruch gegangen!). Es war so dunkel, dass ich die Hand nicht vor Augen sah, und obwohl Harkat dicht vor mir ging, musste ich mich ganz auf mein Gehör verlassen. Ich konzentrierte mich so fest auf das Tappen seiner großen Füße, dass ich die anderen Geräusche erst wahrnahm, als sie schon ganz nah waren.
»Halt!«, zischte ich plötzlich.
Harkat blieb sofort stehen. Spits taumelte gegen meinen Rücken. »Was is …«
Ich hielt ihm den Mund zu (den fand ich auch im Dunkeln, so eine Fahne hatte er). »Kein Wort«, flüsterte ich und spürte an seinen Lippen, dass sich sein Puls beschleunigte.
»Stimmt was nicht?«, erkundigte sich Harkat leise.
»Wir sind nicht allein«, sagte ich und lauschte angestrengt. Um uns herum war ein leises, schleifendes Geräusch zu vernehmen, vor uns, rechts und links, und hinter uns auch. Als wir stehen blieben, hörte es kurz auf, setzte dann aber wieder ein, nur etwas zögerlicher und leiser als zuvor.
»Mir ist gerade irgendwas über den Fuß gekrochen«, meldete Harkat.
Ich spürte, wie Spits sich versteifte. »Jetzt reicht's mir«, jammerte er und machte Anstalten, sich loszureißen und davonzurennen.
»An deiner Stelle würde ich hier bleiben«, raunte ich. »Ich glaube, ich weiß, was das ist. Und wenn ich Recht habe, wäre Weglaufen eine ganz, ganz schlechte Idee.« Spits zitterte, bekam sich aber wieder in den Griff und blieb stehen. Ich ließ ihn los, bückte mich in Zeitlupe und befühlte vorsichtig den

Boden. Es dauerte nicht lange, bis etwas über meine Finger kroch. Es hatte behaarte Beine ... zwei ... vier ... sechs ... acht!
»Spinnen«, flüsterte ich. »Wir sind von Spinnen umzingelt.«
»Das is alles?« Spits hatte wieder Oberwasser. »Ich hab doch keine Angst vor so'n paar kleinen Spinnen! Platz da, Jungs, die trampel ich tot!«
Ich spürte, wie er den Fuß hob. »Und wenn sie giftig sind?«, sagte ich. Der Fuß blieb in der Luft.
»Ich wüsste noch etwas Besseres«, warf Harkat ein. »Vielleicht sind das nur die Kinderchen. Schließlich ist in dieser Welt ... alles größer als in unserer. Denkt nur an das Grotesk und die eklige Kröte. Vielleicht gibt es ja hier auch ... Riesenspinnen!«
Jetzt erstarrte ich genau wie Spits. Der Angstschweiß brach uns aus, und wir standen alle drei lauschend und den fremden Spinnen wehrlos ausgeliefert im Dunkeln.

20

»Die krabbeln mir das Bein hoch«, jammerte Spits kurz darauf. Er hatte den Fuß nicht wieder hingestellt und zitterte heftig.
»Mir auch«, sagte Harkat.
»Lasst sie ruhig«, meinte ich. »Spits – stell den Fuß ganz vorsichtig hin und pass auf, dass du dabei keine zertrittst.«
»Kannst du dich mit ihnen verständigen und ... sie befehligen?«, fragte Harkat.
»Das versuche ich gleich«, antwortete ich. »Erst will ich herausfinden, ob wir es nur mit ihnen oder noch mit etwas anderem zu tun haben.« Spinnen hatten mich schon als Kind fasziniert. Deshalb war ich ja überhaupt an Mr. Crepsley geraten, weil ich Madame Octa, die Spinne, mit der er im Cirque du

Freak auftrat, so toll fand. Ich besitze die Gabe, mit Spinnen zu kommunizieren, und habe gelernt, sie mittels Gedankenkraft zu beeinflussen. Aber das war auf der Erde gewesen. Ob meine Fähigkeiten auch für die Spinnen dieses Planeten galten?

Wieder spitzte ich die Ohren. In diesem Gang musste es Hunderte, vielleicht sogar Tausende Spinnen geben; Boden, Wände und Decke waren voll von ihnen. Während ich horchte, ließ sich eine auf meinen Kopf fallen und untersuchte ihn. Ich ließ sie gewähren. So, wie sie sich anhörte und anfühlte, handelte es sich um eine mittelgroße Tarantel. Falls es außerdem noch irgendwelche Riesenspinnen gab, bewegten sie sich jedenfalls nicht. Womöglich warteten sie darauf, dass wir ihnen ahnungslos ins Netz gingen?

Ich legte behutsam die Hand an die Schläfe. Die Spinne entdeckte sie sofort, befühlte sie prüfend und krabbelte dann auf meine Finger. Ich nahm die Hand herunter und hielt sie so vors Gesicht, dass sich die Spinne in Höhe meiner Augen befand (obwohl ich sie natürlich nicht sehen konnte). Dann holte ich tief Luft, konzentrierte mich und begann stumm zu ihr zu sprechen. Sonst hatte ich immer eine Flöte zu Hilfe genommen, diesmal musste es auch so gehen.

»Hallo, Kleine. Wohnst du hier? Wir sind keine Eindringlinge … wir sind nur auf der Durchreise. Du bist ja ein richtiges Prachtexemplar! Und so klug! Du hörst mich doch, oder? Also, wir wollen einfach nur ungehindert hier durchgehen.«

Während ich auf die Spinne einredete, sie von unserer friedlichen Absicht überzeugte, ihr schmeichelte und versuchte, mit ihr Kontakt aufzunehmen, weitete ich den Radius meiner Gedanken aus und richtete meine Worte an alle Spinnen um uns herum.

Bei einem großen Schwarm ist es nicht erforderlich, jede Spinne einzeln anzusprechen, es reicht, sich mit denen zu verstän-

digen, die am nächsten dran sind. Wenn man die Begabung und die nötige Erfahrung hat, kann man mit Hilfe einiger Tiere alle anderen beeinflussen, so hatte ich es jedenfalls in meiner eigenen Welt gemacht. Verhielten sich die Spinnen hier genauso, oder hatten wir uns bereits wie Fliegen in ihrem unterirdischen Netz verfangen und waren verloren?
Nach einer Weile überprüfte ich das Ergebnis meiner Bemühungen. Ich bückte mich, ließ die Spinne von meiner Hand auf den Boden krabbeln und wandte mich an die Tiere in unserer unmittelbaren Nähe. »Wir müssen jetzt weitergehen, aber wir wollen euch nicht wehtun. Ihr müsst uns Platz machen. Wir können euch nicht sehen. Wenn ihr alle hier hocken bleibt, können wir euch nicht ausweichen. Los, setzt euch in Bewegung, meine Lieben. Geht zur Seite. Lasst uns ungehindert weiterziehen.«
Nichts geschah. Ich fürchtete schon das Schlimmste, gab jedoch nicht auf und redete weiter. Bei gewöhnlichen Spinnen wäre ich autoritärer vorgegangen und hätte ihnen einfach befohlen, aus dem Weg zu gehen, aber da ich nicht wusste, wie die hiesigen Exemplare auf direkte Befehle reagierten, wollte ich nicht riskieren, sie zu verärgern.
Ich versuchte es noch zwei, drei Minuten, und als ich schon den Mut verlor und vorschlagen wollte, dass wir einfach losrannten, meldete Harkat: »Sie klettern von mir runter.«
»Von mir auch«, krächzte Spits. Es klang, als sei er den Tränen nahe.
Überall um uns herum zogen sich die Spinnen zurück und gaben Stück für Stück den Weg frei. Ich atmete auf, ließ die gedankliche Verbindung allerdings nicht abreißen. Ich sprach pausenlos auf sie ein, bedankte mich, lobte sie, hielt sie in Bewegung.
»Können wir jetzt weitergehen?«, wollte Harkat wissen.
»Ja«, sagte ich leise, immer noch ganz auf die Tiere konzen-

triert. »Aber langsam. Fühlt erst mit dem Fuß vor, ehe ihr einen Schritt macht.«

Ich widmete mich wieder den Spinnen. Harkat setzte behutsam einen Fuß vor den anderen. Ich folgte ihm, hielt aber dabei den gedanklichen Kontakt mit den Spinnen aufrecht. Spits torkelte hinter mir her, krallte sich mit einer Hand in meinen Ärmel und umklammerte mit der anderen den Fuselkrug.

So liefen wir ein ganzes Stück, und die Spinnen begleiteten uns, wobei unterwegs immer wieder neue hinzustießen. Nichts deutete auf irgendwelche Riesenexemplare hin. Es war anstrengend, über einen so langen Zeitraum mit ihnen zu kommunizieren, doch ich ließ mich nicht ablenken.

Ungefähr nach einer halben Stunde blieb Harkat schließlich stehen und sagte: »Da ist eine Tür.«

Ich trat neben ihn und fühlte hartes, glattes Holz. Es war voller Spinnweben, doch sie waren alt und mürbe und ließen sich leicht wegwischen. »Woher willst du wissen, dass es eine Tür ist?«, fragte ich und unterbrach kurz meine Verbindung zu den Spinnen. »Vielleicht ist der Gang einfach nur versperrt.«

Harkat tastete nach meiner Hand und führte sie an einen Metallgriff. »Lässt er sich bewegen?«, flüsterte ich.

»Mal sehen«, erwiderte er, und gemeinsam drückten wir den Griff herunter. Er leistete fast keinen Widerstand, und die Tür schwang sofort auf. Ein leises Summen drang uns entgegen. Die Spinnen zogen sich eilig ein Stück zurück.

»Das gefällt mir nicht«, zischelte ich. »Ich gehe alleine rein und sehe mal nach.« Rasch drängte ich mich an Harkat vorbei, trat durch die Tür und spürte kalte Steinfliesen unter den Fußsohlen. Um mich zu vergewissern, krümmte ich ein paarmal die nackten Zehen.

»Was ist los?«, fragte Harkat, der hörte, dass ich stehen geblieben war.

»Nichts«, sagte ich. Dann fielen mir die Spinnen wieder ein.

Ich nahm abermals Kontakt zu ihnen auf und wies sie an, zu bleiben, wo sie waren. Dann wagte ich einen Schritt. Etwas langes, Dünnes strich über mein Gesicht – es fühlte sich an wie ein riesiges Spinnenbein! Erschrocken duckte ich mich. Die Spinnen hatten uns in eine Falle gelockt! Gleich würden gigantische Monsterspinnen über uns herfallen und uns fressen! Wir mussten wegrennen, um unser Leben laufen! Wir …

Aber nichts geschah. Ich wurde nicht von langen, behaarten Beinen gepackt. Keine Riesenspinne kroch auf mich zu und wollte mir den Garaus machen. Außer dem seltsamen Summen und meinem hämmernden Puls hörte ich nichts.

Langsam richtete ich mich wieder auf, streckte die Arme aus und tastete umher. Ich bekam eine dünne Schnur zu fassen, die von irgendwo oben herabhing, und zog vorsichtig daran. Da sie hielt, zog ich fester. Es klickte, dann durchflutete grelles, weißes Licht den Raum.

Ich zuckte zurück und hielt mir die Augen zu. Nach der Finsternis in dem unterirdischen Gang vertrug ich die Helligkeit nicht. Hinter mir hörte ich, wie sich Harkat und Spits hastig wegdrehten. Die Spinnen dagegen schien das Licht nicht zu stören. Da sie in völliger Dunkelheit lebten, hatten sie ihr Sehvermögen wahrscheinlich schon vor langer Zeit eingebüßt.

»Alles okay?«, rief Harkat. »Ist das eine Falle?«

»Nein«, sagte ich und spreizte die Finger, damit sich meine Pupillen langsam an das Licht gewöhnen konnten. »Es ist …«

Ich verstummte. Dann ließ ich die Hände sinken und sah mich verdutzt um.

»Darren?«, sagte Harkat. Als ich nicht antwortete, streckte er den Kopf durch die Tür. »Was …?«

Auch er verstummte überrascht. Dann trat er ein, dicht gefolgt von Spits.

Wir standen in einer großen Küche, die genauso aussah wie eine moderne Küche auf der Erde. Es gab einen Kühlschrank

(von dort kam das Summen), eine Spüle, ein paar Schränke, einen Brotkasten, einen Wasserkessel, und über dem Küchentisch hing sogar eine Uhr, die jedoch stehen geblieben war. Wir machten die Tür hinter uns zu, damit die Spinnen nicht hereinkamen, und durchsuchten hastig die Schränke. Wir fanden Teller, Becher, Gläser, Konservenbüchsen, Getränkedosen, aber alles ohne Etikett und Haltbarkeitsdatum. Der Kühlschrank war leer, obwohl er einwandfrei funktionierte.
»Was is denn hier los?«, fragte Spits. »Wo kommt das ganze Zeug her? Und was is das da?« Da es ihn um 1930 in diese Welt verschlagen hatte, hatte er noch nie einen Kühlschrank gesehen.
»Ich habe keine …«, setzte ich gerade an, da fiel mein Blick auf den Salzstreuer auf dem Tisch. Darunter lag ein Zettel, und auf dem Zettel stand etwas geschrieben. Ich stellte den Salzstreuer weg und überflog die Nachricht, dann las ich sie den anderen vor:

Einen wunderschönen guten Morgen,
meine Herren!

Mein Kompliment, wenn ihr es bis hierher geschafft habt. Nach der überstürzten Flucht aus dem Tempel habt ihr euch eine kleine Pause verdient, also legt die Beine hoch und lasst es euch schmecken – auf Kosten des ursprünglichen Besitzers dieser Küche, der keine Gelegenheit mehr hatte, sich irgendetwas schmecken zu lassen. Hinter dem Kühlschrank befindet sich ein Geheimgang, der nach ein paar hundert Metern an die Oberfläche führt. Danach ist es nur noch ein kleiner Spaziergang bis zu dem Tal, in dem der See der Seelen liegt. Wenn ihr immer nach Süden geht, könnt ihr es nicht verfehlen.
Meinen Glückwunsch, dass ihr bis jetzt alle Hindernisse

überwunden habt. Ich drücke euch die Daumen, dass ihr auch die letzte Etappe ohne Probleme bewältigt.

Mit den besten Grüßen,
euer väterlicher Freund und
wahrer Wohltäter
Salvatore Schick

Zuallererst schoben wir den Kühlschrank weg. Meister Schick hatte nicht gelogen. Dahinter befand sich tatsächlich ein Gang. Wohin er allerdings führte, konnten wir erst sagen, wenn wir ihn benutzten.

»Was hältst du davon?«, fragte ich Harkat, setzte mich und goss mir ein Glas Limonade ein. Spits inspizierte unter staunendem Oh und Ah immer noch den Kühlschrank mit seiner fortschrittlichen Technologie.

»Wir müssen tun, was … er sagt«, erwiderte Harkat. »Wir waren ja sowieso … auf dem Weg nach Süden, jedenfalls so ungefähr.«

Ich überflog die Nachricht noch einmal. »Dieses ›Ich drücke euch die Daumen, dass ihr auch die letzte Etappe ohne Probleme bewältigt‹ klingt verdächtig danach, als ob er vom genauen Gegenteil überzeugt wäre.«

Harkat zuckte die Achseln. »Vielleicht will er uns einfach nur … verunsichern. Zumindest wissen wir jetzt, dass … es nicht mehr weit ist, bis …«

Ein schriller Schrei ließ uns zusammenfahren. Wir sprangen auf und sahen Spits vor einem Schrank stehen. Er zitterte wie Espenlaub und hatte Tränen in den Augen.

»Was hast du?«, rief ich erschrocken und auf das Schlimmste gefasst.

»Das is … das is …« Spits hielt eine Flasche mit golden schimmerndem Inhalt hoch. Dann verzog er den Mund zu einem zittrigen Grinsen. »Das is Whisky!«, sagte er heiser und schaute dabei so andächtig drein wie die Kulashka, als sie vor ihrem grotesken Gott gekniet hatten.

Ein paar Stunden später war Spits besinnungslos betrunken und lag schnarchend auf dem Flickenläufer. Harkat und ich hatten uns die Bäuche voll geschlagen, hockten an der Wand und unterhielten uns über unsere Abenteuer, Meister Schick und die seltsame Küche. »Ich wüsste gern, wo das alles ... herkommt«, sagte Harkat. »Der Kühlschrank, das Essen, die Getränke ... das stammt doch alles aus unserer Welt.«

»Die Küche selber auch«, ergänzte ich. »Sie erinnert mich an einen Atomschutzbunker. Ich habe mal einen im Fernsehen gesehen. Manche Leute bauen sich im Garten einen unterirdischen Bunker und legen sich dort Vorräte mit unverderblichen Lebensmitteln an.«

»Meinst du, Meister Schick hat einen ganzen ... Bunker hierher verfrachtet?«

»Scheint so. Warum er sich die Mühe gemacht hat, weiß ich allerdings auch nicht, aber die Kulashka haben diese Küche nicht eingerichtet, soviel steht fest.«

»Nein«, stimmte mir Harkat zu. Nach einer kleinen Pause sagte er: »Haben dich die Kulashka nicht auch an ... jemanden erinnert?«

»Wieso?«

»Wie sie aussehen ... und wie sie sprechen ... Es hat etwas gedauert, bis ich ... dahinter gekommen bin, aber jetzt hab ich's. Sie erinnern mich an die Hüter des Blutes.«

Die Hüter des Blutes waren ein sonderbarer Menschenschlag, der im Berg der Vampire hauste und im Tausch gegen die inneren Organe verstorbener Vampire deren Leichen entsorgte. Wie die Kulashka hatten sie weißliche Augen, allerdings kein rosafarbenes Haar, und unterhielten sich in einer seltsamen

Sprache, die, wenn ich es recht bedachte, der Sprache der Kulashka tatsächlich nicht unähnlich war.

»Du hast Recht, es gibt einige Gemeinsamkeiten«, räumte ich zögernd ein, »aber auch gewisse Unterschiede. Die Kulashka haben rosa Haar, und das Weiß ihrer Augen ist stumpfer. Außerdem wüsste ich nicht, was sie mit den Hütern zu tun haben sollten.«

»Vielleicht hat Meister Schick ja auch die Kulashka ... hierher gebracht«, meinte Harkat. »Oder umgekehrt ... vielleicht kommen die Hüter des Blutes ... ursprünglich aus dieser Welt.«

Darüber dachte ich eine Weile nach, dann stand ich auf und ging zur Tür.

»Was hast du vor?«, fragte Harkat, als ich sie öffnete.

»Mir ist nur gerade eine Idee gekommen«, antwortete ich, ging in die Hocke und spähte in den Gang. Die meisten Spinnen hatten sich wieder verzogen, nur ein paar krabbelten noch in der Nähe der Tür auf Futtersuche herum oder ruhten sich aus. Ich nahm zu einer Verbindung auf und lockte sie auf meine Hand. Sie schmiegte sich zutraulich in meine Handfläche, und ich hob sie hoch und betrachtete sie eingehend. Es war eine große Spinne mit auffälligen grünen Flecken. Um ganz sicherzugehen, musterte ich sie von allen Seiten, dann setzte ich sie wieder ab und schloss hinter mir die Tür.

»Das da draußen sind Ba'Shans-Spinnen«, verkündete ich. »Die Nachkommen von Madame Octa, als sie sich im Vampirberg mit den Ba'Halens-Spinnen gepaart hat.«

»Irrst du dich ... da auch nicht?«

»Seba hat sie damals mir zu Ehren so getauft. Ich bin mir absolut sicher.« Stirnrunzelnd setzte ich mich wieder zu Harkat. »Offenbar hat Meister Schick nicht nur die Küche, sondern auch die Spinnen hierher gebracht, warum soll er da nicht auch ein paar von den Hütern mitgenommen haben? Aber Ba'Shans-

Spinnen sind nicht blind, und die Hüter haben kein rosa Haar. Wenn Meister Schick sie tatsächlich hergebracht hat, muss das nach der hiesigen Zeitrechnung viele Jahre her sein. Bis Mutationen entstehen, dauert es ziemlich lange.«

»Kommt mir alles ziemlich ... aufwendig vor«, meinte Harkat skeptisch. »Vielleicht sollten ja die Hüter den Tempel des Grotesk errichten, und diese Küche ist nur ... einer von seinen Scherzen. Nur wozu hat er die Spinnen hergeholt?«

»Keine Ahnung. Es passt alles nicht richtig zusammen. Es muss irgendein größerer Plan dahinter stecken, den wir jetzt noch nicht erkennen.«

»Vielleicht finden wir die Lösung ... des Rätsels ja in dieser Küche.« Harkat stand auf und musterte die Fliesen, den Tisch und die Schränke prüfend. »Sie ist bis in die kleinste Einzelheit nachgebildet. Vielleicht ist die Lösung irgendwo ... versteckt.« Er ging auf und ab und blieb schließlich vor dem Kühlschrank stehen, an dessen Tür mit Magneten mehrere Postkarten geheftet waren. Sie zeigten verschiedene Sehenswürdigkeiten unserer Welt: den Big Ben in London, den Eiffelturm in Paris, die Freiheitsstatue in New York und so weiter. Ich hatte sie schon vorhin bemerkt, sie jedoch nicht weiter beachtet.

»Vielleicht stehen hinten irgendwelche Hinweise oder ... Anweisungen drauf«, sagte Harkat und nahm eine Karte ab. Er drehte sie um, überflog sie stumm und griff hastig nach der nächsten und übernächsten.

»Und?«, sagte ich. Er gab keine Antwort, betrachtete nur die Karten und bewegte dabei stumm die Lippen.

»Harkat? Ist alles in Ordnung? Stimmt was nicht?«

Er warf mir einen flüchtigen Blick zu, dann widmete er sich wieder den Postkarten. »Schon gut«, sagte er, steckte die drei Karten in seine zerlumpte blaue Kutte und griff nach den übrigen.

»Kann ich mal sehen?«

Harkat hielt inne, dann sagte er leise: »Nein. Ich zeige sie dir … später. Das lenkt jetzt bloß ab.« Das machte mich zwar nur noch neugieriger, aber bevor ich ihn weiter drängen konnte, seufzte er: »Blöd, dass wir keine … Essenz mitgenommen haben. Ich fürchte, wir müssen noch mal …« Als er sah, wie ich grinsend in mein Hemd griff, brach er ab. »Das gibt's doch nicht!«, jubelte er.

Ich hielt die Glasröhre hoch, die ich eingesteckt hatte, als es mich vom Altar gepustet hatte. »Na? Bin ich nicht genial?«, griente ich.

»Wenn du ein Mädchen wärst … würde ich dich jetzt küssen!«, rief der Kleine Kerl und eilte zu mir herüber. Ich vergaß die Postkarten und reichte ihm das Giftglas. »Was glaubst du, wie das Zeug funktioniert?«, fragte ich, als er das Glas hin und her drehte, sorgfältig darauf bedacht, die explosive Flüssigkeit nicht zu verschütten. »Es ist so stark, dass es dem Grotesk eigentlich den Kopf wegblasen müsste, wenn es die Fänge in seine Beute bohrt.«

»Vielleicht ist das Gift ja nicht … sofort explosiv«, überlegte Harkat. »Vielleicht reagiert es chemisch mit der Luft … und verändert sich dadurch.«

»Eine ziemlich drastische Veränderung«, erwiderte ich lachend und nahm das Glas wieder an mich. »Was wir wohl damit anstellen sollen?«

»Bestimmt müssen wir irgendwas … in die Luft jagen. Vielleicht liegt auf dem See irgendeine Schicht … die wir erst wegsprengen müssen. Die … Kugeln machen mir viel mehr Kopfzerbrechen.« Er zog eine Gallertkugel aus der Kutte und warf sie ein paarmal in die Luft. »Die sind bestimmt auch … für etwas gut, aber mir fällt ums … Verrecken nicht ein, wofür.«

»Wir kommen bestimmt noch darauf.« Ich verstaute das Glas wieder in meinem Hemd. Dann zeigte ich auf den schlafenden

Spits und sagte: »Wenn er wach wird, müssen wir uns bei ihm entschuldigen.«

Harkat war empört. »Wofür denn? Dass er die Kulashka getötet hat und uns ... beinahe auch?«

»Kapierst du denn nicht? Das war alles vorherbestimmt! Meister Schick hat gewollt, dass wir in dieser Küche landen, doch wir wären nicht hier, wenn sich Spits nicht eingemischt hätte. Ohne ihn hätten wir jetzt keine heilige Essenz, und selbst wenn wir es geschafft hätten, ein Glas mit Gift aus dem Tempel zu schmuggeln, wüssten wir nichts über seine explosiven Eigenschaften. Wahrscheinlich hätten wir uns früher oder später aus Versehen selbst in die Luft gesprengt!«

Harkat nickte kichernd. »Trotzdem halte ich eine Entschuldigung für ... herzlich überflüssig. Spits interessiert sich sowieso nur ... für seinen Whisky. Ob wir ihn beschimpfen oder ... in den höchsten Tönen loben, kriegt er so oder so nicht mit.«

»Auch wieder wahr!«, stimmte ich lachend zu. Dann legten wir uns auf den Fußboden. Bevor mich der Schlaf übermannte, sann ich noch einmal über unsere Abenteuer und die rätselhafte Welt nach, in die es uns verschlagen hatte, und überlegte, was für Gefahren uns am Ende des Weges, am See der Seelen, erwarten mochten.

21

Nachdem wir ausgeschlafen und uns auf dem kleinen Gasherd eine warme Mahlzeit gekocht hatten, packten wir ein paar Konservendosen und Getränke zusammen, wobei Spits vor allem die verbliebenen drei Whiskyflaschen am Herzen lagen.

Wir steckten noch ein paar lange Messer ein, dann verließen wir die unterirdische Küche. Als wir gingen, löschte ich aus alter Gewohnheit das Licht – meine Mutter hatte immer hinter mir hergebrüllt, wenn ich bei uns zu Hause irgendwo Licht brennen ließ.

Der Gang war ein paar hundert Meter lang und endete an einem Flussufer. Der Ausstieg war mit Geröll und Sandsäcken versperrt, ließ sich aber leicht freiräumen. Wir mussten in den Fluss steigen und hindurchwaten, doch das Wasser war zum Glück flach. Am anderen Ufer gingen wir rasch wieder in Deckung und liefen im hohen Gras weiter. Wir wollten auf keinen Fall irgendwelchen überlebenden Kulashka begegnen.

Wir hatten die Küche gegen Mittag verlassen. Obwohl wir sonst vorwiegend bei Nacht unterwegs gewesen waren, marschierten wir im Schutz der hohen Halme bis zum Abend stramm durch. Erst spätnachts machten wir Rast, um nach einem kurzen Nickerchen früh am nächsten Morgen wieder aufzubrechen. Am Abend jenes Tages ließen wir auch endlich das Grasland hinter uns, was uns sehr lieb war, denn wir waren von Kopf bis Fuß mit Kletten, Insekten und unzähligen kleinen Schnitten von den scharfen Blattkanten übersät. Zuerst suchten wir uns ein Wasserloch und wuschen uns. Danach aßen wir etwas, ruhten uns ein paar Stunden aus und liefen in südlicher Richtung weiter, wobei wir wieder dazu übergingen, nachts zu wandern und tagsüber zu schlafen.

Nach jeder Biegung rechneten wir damit, vor dem Tal zu stehen, schließlich handelte es sich laut Meister Schick nur um einen kleinen Spaziergang, aber eine weitere Nacht verging, ohne dass es auch nur in Sichtweite kam. Wir machten uns Sorgen, dass wir in die falsche Richtung gegangen waren, und erwogen schon umzukehren, doch in der folgenden Nacht ging es mit einem Mal bergauf, und wir spürten instinktiv, dass hinter der Anhöhe das gesuchte Tal liegen musste. Harkat und ich rannten den Hang hinauf und überließen es Spits, in seinem eigenen Tempo nachzukommen, denn er hatte unterwegs viel getrunken und kam entsprechend langsam voran. Nach einer halben Stunde waren wir oben. Das Tal lag zu unseren Füßen – und wir begriffen, was für eine schier unlösbare Aufgabe uns erwartete.

Es war ein grünes, längliches Tal, in dessen Mitte sich ein kleiner See befand, ein besserer Tümpel, wie sich Meister Schick ausgedrückt hatte. Sonst hatte es nichts Besonderes zu bieten – abgesehen von den fünf Drachen, die sich am Seeufer niedergelassen hatten!

Der eine Drache ähnelte jenem, der uns auf dem Floß angegriffen hatte. Zwei waren kleiner und schlanker, vielleicht waren es Weibchen; eins hatte einen grauen Kopf, das andere einen weißen. Und dann gab es noch zwei kleinere Drachen, offenbar Jungtiere.

Während wir die Fabelwesen noch bestaunten, kam Spits angekeucht. »Also, Jungs«, japste er, »is das nu das richtige Tal oder nich? Wenn ja, lasst uns zur Feier des Tages ein kleines Seemannslied …«

Bevor er in Gegröle ausbrechen konnte, fielen wir über ihn her und hielten ihm den Mund zu. »Was is denn?«, schnaufte er entrüstet. »Seid ihr bekloppt? Ich bin's doch! Der gute, alte Spits!«

»Klappe!«, zischte ich. »Drachen!«

Er tauchte aus seinem Alkoholdusel auf. »Wo?« Wir ließen ihn los, und er kroch auf dem Bauch an den Rand des Abhangs. Als er die Drachen erblickte, verschlug es ihm die Sprache. Er blieb eine volle Minute liegen und betrachtete sie stumm, bevor er zu uns zurückgekrochen kam. »Zwei davon kenn ich. Der ganz große is der, der auf dem See bei meiner Hütte hinter euch her war. Den mit dem grauen Kopf hab ich auch schon mal gesehn, die andern nich.«

»Meinst du, sie ruhen sich hier … nur aus?«, fragte Harkat.

Spits zupfte an seinem buschigen Bart und verzog das Gesicht. »Um den See rum is das ganze Gras zertrampelt. Das würd nich so aussehn, wenn sie nur mal kurz verschnaufen würden. Ich denk mal, die ham sich da unten häuslich eingerichtet.«

»Glaubst du, dass sie bald weiterziehen?«, wollte ich wissen.

»Keine Ahnung. Kann gut sein, aber ich glaub's eher nich. Hier sind sie vor Angreifern sicher, die sehn sie schon von weitem, und außerdem gibt's hier 'ne Menge Viecher und Vögel für sie zum Fressen. Und mein See is auch nich weit weg, jedenfalls nich für 'nen Drachen, und da gibt's haufenweise Fische.«

»Sie haben Junge«, warf Harkat ein. »Solange Tiere ihre Jungen aufziehen, sind sie … normalerweise sesshaft.«

»Wie sollen wir dann bitte schön an den See der Seelen herankommen?«, fragte ich.

»Seid ihr denn sicher, dass das hier der richtige See is?«, fragte Spits. »Ich find ihn ziemlich mickrig, wo doch so viele Seelen drin sein sollen.«

»Meister Schick hat gesagt, dass er nicht sehr groß ist.«

»Vielleicht gibt's ja hier in der Gegend noch'n andren See«, meinte Spits hoffnungsvoll.

Harkat schüttelte den Kopf. »Nein. Es ist der da. Wir müssen eben … warten, bis sie wegfliegen. Irgendwann müssen sie ja mal … auf Futtersuche gehen. Wenn sie weg sind, gehen wir runter und … hoffen, dass sie nicht so bald zurückkommen. Also, wer übernimmt … die erste Wache?«

»Ich«, sagte ich und schnappte mir Spits' Flasche, als er gerade wieder einen Schluck nehmen wollte. Mit der anderen Hand ergriff ich den Sack, in dem er die übrigen Flaschen verstaut hatte.

»He!«, protestierte er.

»Kein Whisky mehr, bis das hier geschafft ist«, sagte ich. »Du übernimmst nämlich die nächste Wache! Und zwar nüchtern!«

»Du kannst mich nich so rumkommandiern!«, meckerte er.

»O doch, das kann ich«, erwiderte ich streng. »Die Lage ist

ernst. Ich kann nicht riskieren, dass du wieder so einen Alleingang machst wie im Tempel. Du kriegst einen Schluck Whisky, wenn du Wache schieben gehst, und einen, wenn du wiederkommst, aber dazwischen gibt es keinen Tropfen.«

»Und wenn ich da nich mitmach?«, fauchte er und wollte nach seinem Messer greifen.

»Dann zerschlagen wir die Whiskyflaschen«, sagte ich ungerührt, und er wurde ganz blass um die Nase.

»Wenn du das tust, bring ich dich um!«, schwor er heiser.

»Hoho!«, machte ich und grinste. »Davon kriegst du deinen Whisky auch nicht wieder!« Ich reichte Harkat die Flasche und den Sack, damit er beides in Verwahrung nahm, und zwinkerte Spits zu. »Keine Bange, wenn wir das hier hinter uns haben, darfst du so viel trinken, wie du willst.« Dann suchte ich mir am Abhang einen Busch, hinter dem ich mich auf die Lauer legen konnte.

Wir beobachteten die Drachen fast eine ganze Woche lang, bevor wir einsahen, dass unser Plan nichts taugte. Es blieben immer mindestens drei Drachen im Tal zurück, meistens die beiden Jungtiere und ein Weibchen, nur gelegentlich nahm das Männchen einen seiner Sprösslinge mit auf die Jagd. Auch ließ sich nie voraussagen, wann die abwesenden Drachen zurückkehrten. Manchmal blieb das Männchen über Nacht weg, dann wieder kam es schon nach wenigen Minuten mit einem blökenden Schaf oder einer Ziege in den Klauen zu seiner Familie zurück.

»Wir müssen uns eben … nachts anschleichen«, schlug Harkat vor. Wir kauerten in der provisorischen Höhle, die wir gegraben hatten, damit uns die Drachen aus der Luft nicht entdeckten.

»Die Biester können verdammt gut sehn«, meinte Spits. »Ich hab schon erlebt, wie sie ihre Beute von ganz hoch oben erspäht ham, und dabei war's 'ne Nacht, so schwarz wie die Seele von 'nem Hai.«

»Wir könnten versuchen, uns zum See durchzugraben«, sagte ich. »Der Boden ist hier nicht besonders hart.«

»Und am anderen Ende?«, fragte Harkat. »Dann kommst du womöglich im See raus … und wir ersaufen alle.«

»Nee, nee, bloß nich!«, sagte Spits rasch. »Lieber solln mich die Biester fressen, als dass ich ersauf!«

»Wir müssen aber irgendwie an ihnen vorbei«, stöhnte ich. »Wie wär's, wenn wir das Gift einsetzen? Wir warten, bis alle fünf da sind, schleichen uns an und werfen eine Bombe dazwischen.«

»Ich glaube nicht, dass wir dafür … nahe genug rankommen«, wandte Harkat ein. »Und es braucht bloß einer am Leben zu bleiben …«

»Wenn wir mehr von dem Zeugs eingepackt hätten, hätten wir's jetzt leicht«, sagte Spits bedauernd. »Dann könnten wir schnurstracks runtermarschiern und ihnen jedes Mal ein Glas an den Kopf schmeißen, wenn sie frech werden. Vielleicht sollten wir noch mal zurückgehn und Nachschub besorgen.«

»Nein«, lehnte ich ab. »Das bringt gar nichts. Falls beim Einsturz des Tempels überhaupt noch Gläser heil geblieben und nicht hochgegangen sind, liegen sie jetzt unter den Trümmern. Trotzdem – an deinem Vorschlag ist was dran …« Ich holte das Glas mit der »heiligen Essenz« heraus und betrachtete es. »Meister Schick hat gewusst, dass wir durch den Tempelboden entkommen und durch den Gang in die Küche gelangen würden. Vielleicht wusste er ja auch, dass wir nur ein einziges Glas erbeuten würden.«

»In diesem Fall müsste eins genügen.« Harkat nahm mir das Giftglas aus der Hand. »Es muss eine Möglichkeit geben, mit Hilfe des Gifts … an den See heranzukommen.«

Spits kicherte. »Echt schade, dass Bumm Bumm Billy nich

hier is.« Als wir ihn fragend ansahen, erklärte er: »Bumm Bumm Billy hatte echt 'n Händchen für Bomben. Er wusste alles über Dynamit und Schießpulver und wie man was in die Luft jagt. Der Käpten hat oft gesagt, den Billy kann man nich mit Gold aufwiegen.« Spits schmunzelte. »Da war's besonders komisch, dass er sich selber in die Luft gejagt hat, als er eine Kiste mit Goldbarren aufsprengen wollte.«

»Du hast echt einen schrägen Humor, Spits«, sagte ich naserümpfend. »Vielleicht wirst du ja eines Tages ...« Ich stockte. »Das ist es – *Bomben!*«

»Hast du eine Idee?« Harkat war ganz aufgeregt.

Ich schnitt ihm mit einer Handbewegung das Wort ab und dachte fieberhaft nach. »Wenn wir die ›heilige Essenz‹ zum Bomben bauen benutzen könnten ...«

»Wie denn?«, fragte Harkat. »Wir verstehen nichts von ... Bomben, und woraus ... sollen wir die Gehäuse herstellen?«

»Ich glaube, ich hätte da etwas Passendes«, sagte ich gedehnt. Ich griff in mein Hemd, zog die in ein Stück Stoff gewickelten Gallertkugeln heraus, und ließ sie vorsichtig auf den Boden rollen. Dann nahm ich einen Geleeball in die Hand und ließ den dünnflüssigen Inhalt hin und her schwappen. »Für sich genommen sind die Kugeln nutzlos«, sagte ich. »Auch die Essenz nützt uns für sich genommen nichts. Wenn wir aber beides kombinieren ...«

»Willst du die Kugeln ... mit der Essenz einschmieren?«

»Nein. Das Zeug würde heruntertropfen und sofort explodieren. Aber wenn es uns gelingt, die Essenz in die Kugeln *hineinzubefördern ...*« Ich ließ den Satz unbeendet. Ich spürte, dass ich der Lösung ganz nahe war, nur der letzte, entscheidende Schritt wollte mir nicht einfallen.

Da kam mir Harkat zuvor: »Die Zähne!« Er wühlte in den Tiefen seiner Kutte nach dem Beutel und kippte den Inhalt auf den Boden.

»Was is das?«, fragte Spits, der die Zähne noch nicht gesehen hatte.
Harkat gab keine Antwort, sondern suchte so lange, bis er den hohlen Zahn mit dem eingeritzten K gefunden hatte.
Er hielt ihn gegen das Licht, pustete hinein, um sicherzugehen, dass er nicht verstopft war, und gab ihn mir. Seine grünen Augen glänzten erwartungsvoll. »Du hast dünnere Finger«, sagte er.
Ich nahm eine Kugel, setzte den Zahn auf die Oberfläche und hielt inne. »Das probieren wir besser woanders aus«, sagte ich. »Falls etwas schief geht.«
»Einverstanden.« Harkat hinkte zum Höhleneingang. »Wir müssen die Bomben sowieso erst ausprobieren ... um zu sehen, ob es funktioniert. Und dazu gehen wir lieber ... außer Hörweite der Drachen.«
»Was quatscht ihr da eigentlich?«, nörgelte Spits. »Ich versteh kein Wort!«
Ich zwinkerte ihm zu. »Komm einfach mit. Du kapierst es schon noch.«
Wir liefen ein paar Kilometer, bis wir in ein dichtes Wäldchen aus verkrüppelten Bäumen kamen. Spits und Harkat duckten sich hinter einen umgestürzten Baum, ich hockte mich auf eine Lichtung und legte ein paar Gallertkugeln und den Panterzahn vor mich auf den Boden.
Mit äußerster Vorsicht entkorkte ich das Glas mit dem explosiven Gift. Es roch nach Lebertran. Ich stellte die Glasröhre hin, legte mich auf den Bauch und griff nach einer Kugel. Mit einer Hand bohrte ich das spitze Ende des Panterzahns vorsichtig etwa einen halben Zentimeter tief in die Kugel, mit der anderen setzte ich das Giftglas an und begann zu gießen.
Ich schwitzte wie ein Schwein, als die ersten Tropfen durch den Zahn rannen. Wenn die Essenz so dicht vor meinem Ge-

sicht explodierte, war ich geliefert. Doch sie floss wie zähflüssiger Sirup ins Innere der weichen Kugel.

Ich goss den Zahn randvoll, denn sehr viel passte ohnehin nicht hinein, dann setzte ich das Glas ab und wartete ungefähr eine Minute, bis das todbringende Gift ganz in die Kugel hineingeflossen war.

Mit ruhiger Hand zog ich den Zahn heraus und beobachtete mit angehaltenem Atem, wie sich die geleeartige Substanz über dem Einstich schloss, bis nur noch ein winziger Punkt zu sehen war. Ich verkorkte das Giftglas wieder, legte den Zahn weg und stand auf. »Fertig«, rief ich zu Harkat und Spits hinüber.

Harkat kam zu mir, Spits blieb, wo er war, legte schützend die Hände über den Kopf und spähte mit aufgerissenen Augen zu uns herüber. »Nimm das Glas und den Zahn«, sagte ich zu Harkat. »Bring sie zu Spits, damit sie nicht kaputtgehen.«

»Soll ich danach wieder herkommen und … dir helfen?«

Ich schüttelte den Kopf. »Ich kann weiter werfen als du. Ich probiere es alleine aus.«

»Aber du bist ein Halbvampir«, gab er zu bedenken. »Du hast einen Eid geschworen, niemals … Wurf- und Schusswaffen zu benutzen.«

»Allem Anschein nach befinden wir uns hier in einer anderen Welt und haben es mit einem Rudel Drachen zu tun. Ich finde, da darf man ruhig mal eine Ausnahme machen.«

Harkat grinste und zog sich mit dem Giftglas, den restlichen Kugeln und dem Panterzahn hinter den Baumstamm zurück. Sobald er verschwunden war, ging ich in die Hocke und hob die giftgefüllte Kugel behutsam auf. Mir wurde ein bisschen mulmig, als ich die Finger darum schloss, und ich rechnete damit, dass sie mitten in mein Gesicht explodieren würde, doch das war nicht der Fall. Langsam drehte ich sie um und überprüfte, ob etwas heraustropfte. Da ich kein Leck entdeckte, stand ich auf, holte weit aus und schleuderte die Kugel auf einen knorrigen Baum in einiger Entfernung.

Kaum hatte ich sie losgelassen, duckte ich mich, schlug die Hände vors Gesicht und verfolgte ihren Flug durch die gespreizten Finger. Das Geschoss sauste durch die Luft und traf den Baum. Die Gallerthülle platzte auf, der Inhalt spritzte in hohem Bogen über den Baumstamm, und eine heftige Explosion erschütterte das Wäldchen. Wieder schlug ich die Hände vor die Augen und drückte das Gesicht auf den Boden. Als ich den Kopf kurz darauf hob und die Augen aufmachte, sah ich die obere Hälfte des Baumes abknicken. Der Stamm war in der Mitte geborsten.

Ich stand auf, ging hin, sah mir den Baum noch einmal an und drehte mich grinsend nach Harkat und Spits um, die ebenfalls aufgestanden waren. Mit einer kecken Verbeugung johlte ich: »Zieh dich warm an, Bumm Bumm Billy! Hier kommt die Konkurrenz!«

Da stürmten Harkat und Spits jubelnd los. Sie waren ganz versessen darauf, noch mehr Bomben zu bauen.

22

Es war am folgenden Tag, kurz nach Mittag. Wir hatten beschlossen zu warten, bis das Drachenmännchen ausgeflogen war. Noch lieber hätten wir abgewartet, bis es eins der Weibchen oder ein Junges mitnahm, aber in deren Begleitung unternahm es meistens nur kürzere Ausflüge. Unsere Chancen standen am besten, wenn es allein davonflog und hoffentlich nicht eher zurückkam, als wir unten im Tal fertig waren.

Meine Wache ging gerade zu Ende, als der Drache die Flügel ausbreitete und sich in die Luft schwang. Sofort weckte ich meine Gefährten.

Wir hatten zweiunddreißig Kugeln mit der Essenz gefüllt. Das Glas mit dem Gift war immer noch zu einem Drittel voll, und ich trug es sozusagen als stille Reserve unter dem Hemd. Harkat und ich hatten die Kugeln unter uns aufgeteilt und Spits keine abgegeben, obwohl er seinen Anteil energisch eingefordert hatte. Zweierlei hatte uns davon abgehalten: Erstens wollten wir die Drachen nur verjagen und nicht töten. Harkat und ich brachten es nicht übers Herz, die sagenumwobenen, herrlichen Geschöpfe zu vernichten, aber auf Spits konnten wir uns in dieser Hinsicht nicht verlassen. Zweitens sollte sich Spits ganz aufs Fischen konzentrieren. Trotz allem, was wir inzwischen durchgemacht hatten, trug der alte Pirat sein Netz noch immer bei sich, denn er hatte es sich um die Brust gewickelt. Von uns dreien brachte er die besten Voraussetzungen mit, nach Harkats Seele zu fischen. (Wir wussten nicht, welche Gestalt die Seelen im See angenommen hatten oder wie wir Harkats Seele von den anderen unterscheiden sollten, doch darüber wollten wir uns erst den Kopf zerbrechen, wenn wir – hoffentlich! – am Ufer standen.)

»Alles klar?«, fragte ich und kroch mit vier kleineren Kugeln in den gewölbten Händen aus der provisorischen Höhle.

»Alles klar«, bestätigte Harkat. Er trug sechs Kugeln, denn er hatte größere Hände als ich.

»Hoho«, machte Spits mürrisch. Er war immer noch sauer, dass wir ihm keine Bomben anvertraut hatten. Außerdem war er schon die ganze Woche schlechter Laune, weil wir ihm nur eine magere Whiskyration zugestanden.

»Wenn das hier geschafft ist«, versuchte ich ihn aufzumuntern, »dann darfst du dich königlich besaufen, in Ordnung?«

»Hört sich gut an!«, kicherte er.

»Freust du dich … schon auf zu Hause?«, fragte Harkat.

»Zu Hause?« Spits runzelte die Stirn und grinste schief. »Hoho. Kann's kaum erwarten. Ich wünschte, wir wärn schon wieder dort.« Sein Blick irrte unstet umher, und er sah rasch weg, als hätte ihn jemand beim Stehlen ertappt.

»Wir gehen in einer Reihe nebeneinander«, erklärte ich Spits, als wir den Hügel hinaufstiegen. »Dich nehmen wir in die Mitte. Du läufst einfach geradeaus zum See hinunter, wir geben dir schon Deckung.«

»Was, wenn ihr die Bomben schmeißt, und die Drachen bleiben sitzen? Kriegen sie dann ordentlich was auf die Schnauze?« Spits hielt uns für übergeschnappt, weil wir die Drachen nicht einfach in die Luft jagen wollten.

»Dann müssen wir sie töten«, sagte ich bedauernd. »Aber nur, wenn es gar nicht anders geht.«

»Und vorher werfen wir dich ihnen ... noch zum Fraß vor«, ergänzte Harkat und lachte, als Spits eine Schimpfkanonade losließ.

Oben auf dem Hügel stellten wir uns nebeneinander auf und vergewisserten uns ein letztes Mal, dass wir alles dabeihatten. Harkat und ich hatten unsere Habe in unseren Taschen verstaut, Spits trug seinen Sack über der Schulter. Wir atmeten tief durch, wechselten ein schiefes Grinsen und machten uns an den Abstieg ins Tal – zu den vier Drachen.

Eins der Jungtiere bemerkte uns zuerst. Es spielte mit seinem Geschwisterchen. Die beiden jagten einander oft durchs Tal wie zwei zu groß geratene Kätzchen. Als es uns sah, richtete es sich auf, schlug mit den Flügeln und stieß einen Warnschrei aus. Sofort hoben die Drachenweibchen die Köpfe. Die gelben Augen in ihren länglichen, lila Gesichtern funkelten argwöhnisch. Das Weibchen mit dem grauen Kopf stand auf, spreizte die Schwingen und schwang sich mit kräftigen Flügelschlägen in die Luft. Es umkreiste uns mit schrillen Schreien, dann visierte es uns an und stieß herab. Ich sah, wie es die Nüstern blähte und Feuer spucken wollte.

»Um die da kümmere ich mich«, rief ich Harkat zu, trat vor und hob eine von den größeren Kugeln. Ich wartete, bis das Drachenweibchen fast über uns war, dann pfefferte ich die Kugel auf den Boden und duckte mich. Es gab einen Knall, und der Drachendame spritzten Erdbrocken und Kiesel ins Gesicht. Sie kreischte erschrocken auf und wich aus.

Als das andere Weibchen die Explosion hörte, flatterte es ebenfalls auf. Die beiden Jungtiere folgten ihm und hielten sich ein paar Meter über ihren Müttern, die jetzt Seite an Seite über unseren Köpfen schwebten.

Während die Drachen auf der Stelle flogen, rannten wir zum See hinunter. Harkat und ich passten bei jedem Schritt auf, denn wir wussten nur zu gut, was passieren würde, wenn wir stolperten und die tödlichen Kugeln fallen ließen. Spits nuschelte im Laufen vor sich hin: »Hoffentlich lohnt sich's! Hoffentlich lohnt sich's! Hoffentlich lohnt ...«

Jetzt trennten sich die Weibchen und sausten wie Kometen von zwei Seiten auf uns herab. Harkat und ich warteten einen Moment, dann warfen wir gleichzeitig je eine Kugel und verjagten die Drachen mit donnernden Detonationen und Fontänen aus Erde und Geröll.

Sie verfolgten uns den ganzen Weg bis zum See, griffen unermüdlich einzeln oder zu zweit an und ließen sich nur vertreiben, wenn wir Kugeln nach ihnen warfen. Auch eins der Jungen wollte sich an der Jagd beteiligen, doch die Mutter scheuchte es mit einem kleinen Feuerstoß wieder in höhere Regionen.

Ich stellte fest, dass die Drachen durchaus intelligente Tiere waren.

Nach einer Weile kamen sie nicht mehr so nahe, dass sie den Explosionen ausgesetzt waren, sondern bremsten ihren Sturzflug ab, sobald sie uns werfen sahen. Ein paarmal versuchte ich sie hereinzulegen, indem ich nur zum Schein mit einer Kugel

ausholte, aber sie durchschauten meinen Trick offenbar und zogen sich nur zurück, wenn ich tatsächlich warf.
»Die kommen so lange wieder, bis uns die Kugeln ausgehen!«, rief ich Harkat zu.
»Sieht ganz so aus!«, brüllte er zurück. »Hast du mitgezählt? Wie viele hast du ... schon verbraucht?«
»Sieben oder acht.«
»Ich auch. Dann ist die Hälfte schon weg. Um zum ... See runterzukommen, reicht es, aber ... für den Rückweg nicht mehr!«
»Wenn wir umkehren wollen, dann jetzt«, bestätigte ich.
Da mischte sich zu meiner Verblüffung Spits ein. »Nö!«, schrie er mit leuchtenden Augen. »Wir sind gleich da! Jetzt wird nicht gekniffen!«
Ich musste lachen. »Spits scheint allmählich Geschmack an unserem kleinen Abenteuer zu finden.«
»Wird ja auch langsam Zeit«, schnaubte Harkat abfällig.
Wir rannten weiter und schleuderten noch zwei Kugeln, dann standen wir am Seeufer. Jetzt stellten die Drachenweibchen ihre Angriffe ein. Sie kreisten mit ihren Kindern hoch über unseren Köpfen und beobachteten uns misstrauisch.
Spits warf als Erster einen Blick in den See der Seelen, während Harkat und ich die Drachen weiterhin im Auge behielten. Der alte Pirat sank auf die Knie und ächzte: »Is das schön! Alles, wovon ich immer geträumt hab, und noch viel mehr!«
Neugierig drehte ich mich um und schaute in das trübe blaue Wasser, in dem Hunderte und Aberhunderte schwach schimmernder menschlicher Gestalten schwammen. Ihre Körper und Gesichter waren blass und ohne feste Kontur. Manche dehnten sich aus und zogen sich wieder zusammen wie gewisse Fische, die sich aufblasen und wieder schrumpfen können, andere waren zu kleinen Kugeln zusammengedrückt oder unnatürlich in die Länge gezogen. Alle schwammen sie träge und

trauervoll im Kreis, ohne sich von uns stören zu lassen, und nur ein Lidschlag oder eine schwache Handbewegung verrieten, dass sie nicht gänzlich leblos waren. Hin und wieder trieben einige fast bis an die Oberfläche, aber keiner durchbrach sie. Ich hatte den Eindruck, dass sie es nicht vermochten.

»Die Seelen der Toten«, flüsterte Harkat. Ganz gebannt von dem sonderbaren Anblick wandten wir den Drachen den Rücken zu.

Die meisten Gestalten drehten sich beim Schwimmen langsam um die eigene Achse, sodass sie uns ab und zu das Gesicht zuwandten. Auf jedem Gesicht spiegelten sich Leid und Einsamkeit. Es war ein See des Elends. Nicht der Todesqualen, denn Schmerzen schien keiner zu haben, nur unstillbaren Kummers.

Voller Mitleid sah ich ihnen zu, als ich plötzlich ein bekanntes Gesicht entdeckte. »Beim Schwarzen Blut von Harnon Oan!«, rief ich und wich unwillkürlich einen Schritt zurück.

»Was ist?«, fragte Harkat gespannt, denn er glaubte, ich hätte sein früheres Selbst entdeckt.

»Murlough!«, hauchte ich erschüttert. Der erste Vampyr, dem ich je begegnet war. Vom Wahnsinn gepackt, hatte er die Kontrolle über sich verloren und in Mr. Crepsleys Heimatstadt viele Menschen umgebracht. Schließlich hatten wir ihn aufgespürt, und Mr. Crepsley hatte ihn getötet. Der Vampyr sah noch genauso aus wie damals, nur seine tiefrote Haut wirkte etwas blasser, weil er ziemlich weit unten schwamm.

Er sank immer tiefer, bis ich ihn nicht mehr sehen konnte. Mir lief es eiskalt über den Rücken. Ich hatte nicht damit gerechnet, ihm noch einmal zu begegnen, und schlimme Erinnerungen überwältigten mich. Ich verlor mich in der Vergangenheit, durchlebte noch einmal jene längst vergangenen Nächte und fragte mich, welche Bekannten ich hier wohl noch wieder treffen würde. Mr. Crepsley sicher nicht, denn laut Evanna weilte seine Seele ja im Paradies, aber was war mit dem ersten Vampyr, den ich selbst getötet hatte? Mit Gavner Purl? Mit Arra Sails? Mit Kur…«

»Schööön«, sagte Spits leise und riss mich aus meinen Gedanken. Mit Freudentränen in den Augen sah er zu mir auf. »Der kleine Mann mit den gelben Galoschen hat's mir ja gesagt, aber ich hab's ihm nich geglaubt. Er hat gesagt, dass all meine Träume wahr werden, und er hat nich gelogen.«

»Deine Träume sind jetzt nicht wichtig!«, fuhr ich ihn an, denn mir wurde wieder bewusst, in welcher Gefahr wir schwebten. Ich schüttelte die Erinnerung an Murlough ab und drehte mich wieder nach den Drachen um. »Los, fang an zu fischen, aber beeil dich, damit wir bald von hier wegkommen!«

»Ich geh fischen, aber klar doch«, kicherte Spits, »nur wenn du glaubst, ich geh freiwillig von 'nem See voller versunkener Schätze wieder weg, dann bist du noch übergeschnappter als diese komischen Kulashka!«

»Was soll das heißen?«, fragte Harkat, aber Spits wickelte sich nur bedächtig aus seinem Netz und ließ es in das ruhige Wasser gleiten.

»Auf der *Rächer der Geächteten* war ich jemand ganz Besondres«, sagte der Pirat leise. »Keiner konnte so gut kochen wie Spits Abrams. Der Käpten hat immer gemeint, nach Bumm Bumm Billy wär ich der Zweitwichtigste von der ganzen Mannschaft, und als Billy sich in die Luft gesprengt hat, war ich der wichtigste Mann an Bord. Für 'nen Teller von Spits' berühmtem Eintopf oder 'ne Scheibe von seinem leckren Rostbraten hätten die andern ihre eigne Mutter verkauft!«

»Jetzt dreht er völlig durch!«, rief ich aus.

»Ich weiß nicht«, sagte Harkat unsicher und beobachtete Spits' Gesicht. Der Pirat starrte auf sein Netz, bleckte die Zähne und seine Augen funkelten unheimlich.

»Sie ham nie gefragt, wo das ganze Fleisch herkommt«, sprach er weiter und zog sein Netz durchs Wasser. Die Seelen trieben sofort auseinander und wichen dem Netz aus, doch ihre Gesichter blieben unverändert betrübt. »Sogar wenn wir monatelang auf See warn und alle andren Vorräte längst aus warn, hab ich immer genug Fleisch für alle auf den Tisch gebracht.«

Er machte ein wütendes Gesicht. »Als sie mir draufgekommen sind, ham sie gesagt, ich wär kein Mensch und wär's nich wert zu leben. Dabei ham sie's doch die ganze Zeit gewusst. Sie *müssen's* gewusst ham und ham trotzdem weitergespachtelt. Erst als ein Neuer an Bord gekommen is und mich erwischt und die Sache an die große Glocke gehängt hat, da is ihnen plötzlich was aufgefallen. Verdammte Heuchler!«, brüllte er. »Ein stinkender Haufen verlogener Heuchler! In der Hölle solln sie schmoren, einer wie der andre!«

Sein Gesicht bekam einen verschlagenen Ausdruck, und er lachte irre, dann widmete er sich wieder seinem Netz, zog es prüfend ein Stück aus dem Wasser und ließ es wieder hineinsinken. »Aber jetzt nehm ich dem Teufel die Arbeit ab und schmor sie über meinem eignen Feuer. Hoho! Die ham schon gedacht, sie wärn Spits Abrams ein für alle Mal los, als sie ihn über Bord geworfen ham, doch wir werden ja sehn, wer zuletzt lacht, wenn sie erst auf'm Spieß stecken und sich über meinem Feuerchen drehn!«

»Wovon redet er bloß?«, raunte ich.

»Ich glaube, ich weiß es«, flüsterte Harkat und sagte laut zu Spits: »Wie viele von den Leuten … die du aus dem Meer gefischt hast, hast du *umgebracht?*«

»Die meisten«, erwiderte Spits belustigt. »In dem ganzen Durcheinander hat keiner auf die geachtet, die über Bord gehüpft sind. Ab und zu hab ich einen leben lassen, damit ich ihn dem Käpten und der Mannschaft vorführn konnte. Aber den meisten hab ich einfach die Kehle durchgeschnitten und sie in meiner Kombüse verstaut.«

»Und dann hast du sie ... klein gehackt, gekocht und deinen ... Kameraden zum Mittagessen serviert«, sagte Harkat dumpf, und mir drehte sich der Magen um.

»*Was?«,* keuchte ich.

»Das ist also Spits' großes Geheimnis«, sagte Harkat leise. »Er war ein Kannibale und hat seine ... Kameraden ebenfalls zu Kannibalen gemacht.«

»Ihnen hat's immer prima geschmeckt!«, verteidigte sich Spits. »Und sie hätten weiter Spits' Essen gefuttert und sich nie beschwert, wenn nich der Neue in meine Kombüse spaziert wär, wie ich grad dabei war, einen schönen, dicken Pfarrer und seine Frau klein zu schnippeln! Hinterher ham sie alle Pfui geschrien und getan, als wär ich ein Ungeheuer.«

»Ich habe auch schon Menschenfleisch gegessen«, sagte Harkat ruhig. »Wir Kleinen Leute essen alles. Als ich von den Toten auferstanden bin, war ich nicht mehr ... derselbe und ... habe das Gleiche gegessen wie alle anderen. Doch wir haben nur das Fleisch von solchen Menschen ... verzehrt, die eines natürlichen Todes gestorben sind. Wir haben niemanden deswegen umgebracht, und Spaß hat es uns ... auch nicht gemacht. Du bist tatsächlich ein Ungeheuer, sogar in ... meinen Augen.«

»Jetzt mach aber mal 'n Punkt, Kobold!«, erwiderte Spits verächtlich. »Ich weiß genau, wieso du hier bist. Du willst dich beim alten Spits mal richtig satt futtern! Und unser kleiner Shan hier auch!« Er zwinkerte mir zu. »Ihr habt wohl gedacht, ich krieg nich mit, was mit euch los is, aber der alte Spits is nich so dumm, wie er tut. Du bist'n Blutsauger! Du hast mir Blut abgezapft, wie du gedacht hast, ich schlaf. Also tut gefälligst nich so unschuldig, Kumpels, mir könnt ihr nix vormachen!«

»Du irrst dich, Spits«, entgegnete ich. »Ich trinke Blut, weil es für mich lebensnotwendig ist, und Harkat hat früher Dinge getan, für die er sich heute schämt, aber wir sind weder Mörder noch Kannibalen. Wir wollen dein grausiges Mahl nicht.«

»Da drüber reden wir, wenn euch der Duft in der Nase kitzelt«, erwiderte Spits. »Wenn euch das Wasser im Maul zusammenläuft und euch der Magen knurrt, dann kommt ihr mit euern Tellern angerannt und bettelt um ein schönes, saftiges Lendenstück.«

»Er hat den Verstand verloren«, raunte ich Harkat zu. Laut sagte ich: »Hast du die Drachen vergessen? Wenn wir hier noch lange herumstehen und dummes Zeug reden, werden wir selber gebraten!«

»Die tun uns nix«, erwiderte Spits überzeugt. »Dieser Schick hat mir was verraten. Er hat gemeint, wenn ich mich nich mehr als zwei, drei Meter vom Ufer entfern, können mir die Drachen nix tun. Auf dem See liegt nämlich ein Zauberbann. Sie können nur ans Ufer ran, wenn ein lebendiger Mensch ins Wasser springt oder reinfällt.«

Spits hörte auf, das Netz einzuholen, und sah uns an. »Versteht ihr denn nich, Jungs? Wir brauchen nie wieder von hier weg. Wir können so lange hier bleiben, wie wir wolln, uns jeden Tag unser Essen rausfischen, und Wasser gibt's auch genug. Meister Schick hat gemeint, wenn wir es bis hierher schaffen, kommt er mal rum und bringt Töpfe und Pfannen mit und was zum Feuer machen. Bis dahin müssen wir unsern Fang roh essen, aber ich hab schon öfters rohes Menschenfleisch gefuttert … schmeckt nich ganz so lecker wie gebraten oder gekocht, aber essen kann man's.«

»Das ist also dein Traum!«, sagte Harkat angewidert. »Du willst überhaupt nicht in unsere Welt zurück. Du möchtest lieber … für immer und ewig hier bleiben und nach den Seelen … der Toten fischen!«

»Hoho!«, lachte Spits. »Schick hat mir noch was verraten. Im Wasser hat 'ne Seele keinen Körper. Das, was wir sehn, is bloß

ein Geist. Aber wenn man den rauszieht, wird er wieder, wie er vor seinem Tod war. Dann kann ich ihn noch mal abmurksen und klein schnippeln. Der Vorrat hier wird nie alle … und die Seelen vom Käpten und den meisten andren von der *Rächer der Geächteten* sind auch da drin! Endlich kann ich's ihnen heimzahlen, und satt werd ich auch noch dabei!«
Hinter uns ertönte ein dumpfer Aufschlag. Das Drachenmännchen war zurückgekehrt und ganz in unserer Nähe gelandet. Ich wollte schon eine Kugel nach ihm schleudern, da sah ich, dass es nicht näher kam. Spits hatte offenbar Recht, die Drachen mussten Abstand zum See halten.
»Das können wir nicht zulassen«, sagte ich, musterte Spits fest und ging langsam auf ihn zu.
»Ihr könnt mich nich dran hindern«, sagte er überheblich. »Wenn ihr nich hier bleiben wollt, könnt ihr von mir aus wieder gehn. Ich fisch euch die Seele vom Kobold raus, und ihr kümmert euch so lange um die Drachen. Aber ihr könnt mich nich zwingen, mitzukommen. Ich bleib hier.«
»Nein«, wiederholte ich. »Das werden wir nicht zulassen.«
»Bleib stehn!«, fuhr mich Spits warnend an, ließ das Netz sinken und zog sein Messer. »Ich kann euch zwei gut leiden, für 'n Vampir und 'n Kobold seid ihr ziemlich nette Burschen. Aber wenn's sein muss, zieh ich euch das Fell über die Ohren!«
»Das würde ich an deiner Stelle lieber nicht versuchen, Spits«, mischte sich jetzt Harkat ein und trat neben mich. »Du hast schon erlebt, was wir alles können. Du weißt, dass wir stärker und schneller … sind als du. Zwing uns nicht, dir wehzutun.«
»Ich hab keine Angst vor euch!«, rief Spits und wich zurück, wobei er mit dem Messer herumfuchtelte. »Ohne mich seid ihr aufgeschmissen! Wenn ihr mich nich in Frieden lasst, fisch ich dir deine Seele nich raus, und dann war alles für die Katz!«

»Das ist mir egal«, sagte Harkat leise. »Lieber lasse ich meine einzige Chance sausen … und sterbe, als dass ich dich hier lasse und du die Seelen der … Toten quälst und aufisst.«

»Aber die sind doch alle böse!«, brüllte Spits. »Das hier sind nich die Seelen von guten Menschen … das sind die Seelen von den Verlorenen und Verdammten, die's nicht bis in den Himmel geschafft ham.«

»Das spielt keine Rolle. Wir lassen nicht zu, dass … du sie aufisst.«

»Verrückte Landratten«, knurrte Spits und blieb stehen. »Glaubt ihr, ihr könnt mir das Einzige wegnehmen, wofür ich's all die Jahre in diesem Drecksloch ausgehalten hab? Nich nur, dass ihr mir meinen Whisky geklaut habt, jetzt wollt ihr mir auch noch mein Fleisch wegnehmen! Seid verflucht, ihr Dämonen der Finsternis, fahrt zur Hölle!«

Mit diesem schrillen Schrei ging Spits zum Angriff über. Er säbelte so wild mit dem Messer durch die Luft, dass wir rasch zurückweichen mussten, um nicht aufgeschlitzt zu werden. Johlend rannte er hinter uns her. »Ich schnippel euch klein und koch euch!«, grölte er. »Die Toten können warten, heut ess ich euch zum Abendbrot! Mal sehn, wie ihr schmeckt. Ich hab noch nie einen Vampir oder einen Kobold probiert, das wird bestimmt interessant!«

»Spits«, herrschte ich ihn an und wich dem Messer aus. »Hör sofort auf, dann lassen wir dich leben! Sonst müssen wir dich töten!«

»Heute tötet hier nur einer!«, konterte Spits. »Spits Abrams, Schrecken der Meere, Herr des Seelensees, König der Köche, Gebieter der …«

Bevor er weiterreden konnte, duckte sich Harkat unter dem Messer durch und packte seine Hand. Der Pirat stieß ein Wutgeheul aus und hieb mit der anderen Faust nach dem Kleinen Kerl. Als er damit nichts ausrichtete, zog er die Whiskyflasche

aus seinem Sack und machte Anstalten, sie auf Harkats Kopf zu zerschmettern.
»Das lässt du schön bleiben!«, rief ich, packte seinen anderen Arm und drückte fest zu, bis ich die Knochen brechen hörte. Spits jaulte auf, ließ die Flasche fallen und drehte sich weg. Ich ließ ihn los, er entwand sich mit einem Ruck Harkats Griff, lief ein paar Meter und brach zusammen.
»Gib auf!«, rief ich ihm zu, als er taumelnd wieder auf die Beine kam, den verletzten Arm an die Brust drückte und mit der anderen Hand die nächste Flasche aus dem Sack zog.
»Niemals!«, schrie er. »Ich hab immer noch eine Hand. Das reicht, um euch ...« Er verstummte, als er sah, dass wir wie vom Donner gerührt innehielten. »Was soll'n das jetzt wieder?«, fragte er argwöhnisch. Wir bekamen kein Wort heraus, sahen ihm nur stumm über die Schultern. Spits spürte, dass wir ihn nicht hereinlegen wollten, drehte sich um und blickte in die zornigen, kalten Augen des Drachenmännchens.
»Macht ihr euch deswegen in die Hosen?«, spottete er. »Ich hab euch doch gesagt, dass sie nich an uns rankommen können, wenn wir ...«
Er unterbrach sich, blickte erst auf seine Füße, dann zu uns und dann zum See hinüber – dessen Ufer bestimmt vier oder fünf Meter weit weg war!
Er hätte davonlaufen können, doch das tat er nicht. Mit einem verkniffenen Grinsen schüttelte er den Kopf, spuckte ins Gras und brummte sein »Hoho!«.
Der Drache riss das Maul auf, als hätte er nur auf Spits' Erlaubnis gewartet, und spie einen gewaltigen Flammenball auf den gestrandeten Expiraten. Die Flammen verschluckten ihn, und Harkat und ich mussten uns die Augen zuhalten und uns abwenden, so heiß wurde es.
Als wir wieder hinsahen, wankte ein lodernder Spits mit wedelnden Armen auf uns zu, eine Maske aus roten Flammen vor

dem Gesicht. Falls er schrie, hörten wir es nicht, so laut knisterten seine Haare und Kleider. Er kam näher, und wir sprangen instinktiv beiseite. Doch er schien uns überhaupt nicht wahrzunehmen, stolperte an uns vorbei zum See und ließ sich hineinfallen.

Da kamen wir wieder zu uns. Wir rannten los und wollten ihm helfen, aber wir kamen zu spät. Er war schon untergegangen, nur seine Arme bewegten sich noch schwach. Wir sahen, wie ihn die schimmernden Schatten der Toten umkreisten, als wollten sie ihm ein letztes Geleit geben. Dann erschlafften auch seine Arme, und er sank immer tiefer in das trübe Zwielicht hinab, bis wir ihn nicht mehr erkennen konnten.

»Armer Spits«, sagte Harkat rau. »Was für ein schrecklicher Tod.«

»Wahrscheinlich hat er es nicht anders verdient«, seufzte ich, »aber mir wäre es auch lieber, er wäre auf andere Art zu Tode gekommen. Wenn er doch bloß nicht …«

Zorniges Gebrüll übertönte mich. Ich fuhr herum und sah das Drachenmännchen mit glühenden Augen dicht über uns schweben. »Keine Bange«, beruhigte mich Harkat. »Wir sind ganz nah am Ufer. Er kann uns nichts …« Seine Stimme erstarb, und er sah mich mit angsterfüllten, grünen Augen an.

»Der Zauberbann!«, ächzte er. »Spits hat gesagt, wenn ein lebendiger Mensch in den See fällt, wirkt er nicht mehr! Und als er reingefallen ist, hat er noch …«

Während wir noch zitternd dastanden, sperrte der Drache, von keinem Zauber mehr gebändigt, den Rachen auf und spie abermals einen Feuerball, um uns genauso den Garaus zu machen wie dem armen Spits!

23

Ich reagierte als Erster. Schließlich hatte ich schon bei meinen Einweihungsprüfungen böse Verbrennungen erlitten und verspürte keine Lust, so etwas noch einmal durchzumachen. Ich warf mich auf den Kleinen Kerl, stieß ihn weg und wälzte mich hinterher. Als der Feuerball an uns vorbeizischte und weit über den See schoss, sodass die Totengesichter aufleuchteten, nahm ich eine Sprengstoffkugel und schleuderte sie neben dem Drachen auf den Boden. Es gab eine ohrenbetäubende Detonation, und das Drachenmännchen wich zurück. Es schnaubte zornig, denn es machte zum ersten Mal Bekanntschaft mit unseren Wurfgeschossen.

»Beeil dich!«, rief ich Harkat zu. »Gib mir deine Kugeln, schnapp dir das Netz und fisch deine Seele raus!«

»Ich weiß aber nicht, wie … man fischt!«, jammerte Harkat.

»Höchste Zeit, dass du's lernst!«, brüllte ich und warf die nächste Kugel, als jetzt eins der Weibchen auf uns herabstieß. Harkat holte rasch seine Kugeln heraus und legte sie vor mich auf den Boden. Dann packte er Spits' verwaistes Netz, zog es aus dem See, hielt kurz inne und sammelte sich, bevor er das Netz langsam wieder ins Wasser gleiten ließ. Dabei murmelte er: »Ich suche meine Seele, o ihr Geister … der Toten. Ich suche meine Seele, o ihr Geister … der Toten. Ich suche meine …«

»Nicht quatschen!«, schrie ich. »Fischen!«

»Sei still!«, zischte Harkat. »So muss man's machen, das spüre ich. Ich muss mit meiner Seele sprechen, um sie … ins Netz zu locken.«

Am liebsten hätte ich ihn gefragt, wie er das herausgefunden hatte, doch jetzt griffen die drei ausgewachsenen Drachen gleichzeitig an, die Weibchen von beiden Seiten, das Männchen flog über den See frontal auf uns zu. Ich verscheuchte die Weibchen mit zwei aufs Geratewohl geworfenen Kugeln und beobachtete, wie das Männchen schräg auf die Wasseroberfläche herabstieß. Wenn ich eine Kugel in den See warf, würde sie nicht explodieren. Also musste ich sie direkt auf den Drachen schleudern und ihn damit womöglich töten. Es war ein Jammer, aber es ging nicht anders.

Ich nahm den Drachen ins Visier … als mir etwas einfiel. Ich warf eine Kugel vor dem herannahenden Ungetüm ins Wasser, bückte mich nach einem Kieselstein, zielte sorgfältig und schickte ihn mit Schwung der Kugel hinterher. Er traf sie, als der Drache dicht davor war, und ihm spritzte ein Schwall kochendes Wasser ins Gesicht.

Der Drache brach seinen Angriff ab und erhob sich mit enttäuschtem Gebrüll hoch in die Luft. Doch unterdessen hatten sich die beiden Weibchen von hinten an mich angepirscht. Ich entdeckte sie gerade noch rechtzeitig und verscheuchte sie mit einer weiteren Explosion. Die Drachen formierten sich wieder über unseren Köpfen, und ich zählte hastig die restlichen Kugeln. Acht waren noch übrig, plus die dreiviertelvolle Glasröhre.

Ich wollte Harkat antreiben, sich zu beeilen, doch er beugte sich über das Netz und war völlig darin vertieft, leise auf die Seelen einzureden und seine frühere Seele anzulocken. Ihn zu unterbrechen, hätte alles nur noch verzögert.

Die Drachen griffen noch einmal in der gleichen Formation an, und wieder konnte ich sie erfolgreich abwehren. Ich hatte noch kümmerliche fünf Kugeln. Als ich mich nach den nächsten drei bückte, erwog ich trotz meiner Skrupel erneut, sie direkt auf die Drachen zu schleudern, denn danach blieben mir nur noch zwei Kugeln, doch als ich die Fabeltiere majestätisch ihre Kreise ziehen sah, wurde ich wieder von Ehrfurcht ergriffen. Das hier war ihre Welt, nicht unsere. Wir hatten kein Recht, sie zu töten. Wenn es sich nun um die letzten lebenden Drachen handelte und wir eine ganze Art ausrotteten, nur um unsere eigene Haut zu retten?

Als sie zum Sturzflug ansetzten, hatte ich mich immer noch nicht entschieden. Wie sollte ich die Sprengstoffkugeln verwenden? Ich befragte meinen Selbsterhaltungstrieb. Wie von allein nahmen meine Hände die Kugeln und warfen sie vor den Drachen ins Wasser, so dass sie verjagt, aber nicht getötet wurden. Ich nickte ingrimmig. »Dann soll es eben so sein«, sagte ich vor mich hin und rief Harkat zu: »Ich kann sie einfach nicht töten. Noch ein Angriff, und wir sind erledigt. Willst du die letzten beiden Kugeln nehmen und ...«
»Ich hab sie!«, schrie Harkat da und zerrte hektisch an seinem Netz, dessen Maschen sich spannten und beängstigend knirschten. »Noch einen Augenblick! Lass mir noch einen ... Augenblick Zeit!«
»Ich tu, was ich kann«, brummte ich und wandte mich nach den Drachen um, die ihr bewährtes Manöver wiederholten. Ein letztes Mal schlug ich die beiden Weibchen in die Flucht, dann holte ich das Glas mit dem Gift heraus, schleuderte es in weitem Bogen auf den See hinaus und warf einen Kieselstein hinterher. Das Glas zersprang, und als es explodierte, mussten ein paar Splitter das Drachenmännchen getroffen haben, denn es suchte mit einem markerschütternden Schrei das Weite.
Jetzt gab es für mich nichts mehr zu tun. Ich lief zu Harkat und half ihm mit dem Netz. »Ist das schwer!«, keuchte ich, als ich den Widerstand spürte.
»Ein ziemlicher Klops!«, nickte Harkat und grinste wie ein Irrer.
»Alles in Ordnung?«, brüllte ich.
»Keine Ahnung!«, antwortete er. »Ich bin aufgeregt, aber ich habe auch Angst! Ich habe so lange ... auf diesen Augenblick gehofft und weiß immer noch ... nicht, was mich erwartet!«
Wir konnten das Gesicht der Gestalt, die sich im Netz verfangen hatte, nicht erkennen, denn es war von uns abgewandt, doch es handelte sich um einen Mann. Er war schlank und

hatte offenbar dunkelblondes Haar. Als wir den Geist aus dem See zogen, leuchtete seine Gestalt auf, dann verfestigte sie sich Stück für Stück: erst eine Hand, dann ein Arm, danach die andere Hand, der Kopf, die Brust …

Wir hatten ihn fast ganz geborgen, als ich aus dem Augenwinkel sah, wie das Drachenmännchen auf uns zugesaust kam. Es blutete aus dem Maul, und in seinen großen, gelben Augen loderten Wut und Schmerz. »Harkat!«, schrie ich. »Es ist aus!«

Harkat blickte auf, sah den Drachen und zog mit einem letzten, verzweifelten Ruck das Netz ganz aus dem Wasser. Die gefangene Seele schoss heraus, und als sich auch noch der linke Fuß verfestigte und durch die Wasseroberfläche brach, gab es einen Knall, der wie ein ferner Pistolenschuss klang. Der Drache stieß mit geschlossenem Maul und geblähten Nüstern auf uns nieder, und Harkat drehte seinen Fang auf den Rücken. Wir blickten in ein bleiches, verwirrtes, erschrockenes Gesicht.

»Das ist ja …«, keuchte ich.

»Das kann nicht wahr sein!«, ächzte Harkat, als uns der Mann im Netz aus schreckgeweiteten Augen anstarrte.

»Harkat!«, stöhnte ich auf, »das kannst du nicht gewesen sein!« Ich sah den Kleinen Kerl flehend an. »Oder doch?«

»Ich weiß nicht«, sagte Harkat bestürzt. Er warf einen flüchtigen Blick auf den Drachen, der schon fast über uns war, dann betrachtete er wieder den Mann, der zitternd vor uns lag. »Ja!«, rief er plötzlich. »Ich bin es! Ich bin er! Jetzt weiß ich, wer ich war! Ich …«

Als der Drache das Maul aufriss und einen so gewaltigen Flammenstoß ausspie wie noch nie, legte Harkat den Kopf in den Nacken und brüllte aus voller Kehle: »Ich war der Vampirverräter – ich war *Kurda Smahlt!*«

Dann schlugen die Flammen über uns zusammen, und alles wurde feuerrot.

24

Ich fiel zu Boden und kniff Augen und Mund fest zu. Auf den Knien versuchte ich aus den Flammen zu kriechen, bevor sie mich in ein Häufchen Asche verwandelten …

… und hielt an, als ich merkte, dass ich zwar von Flammen eingehüllt war, aber keinerlei Hitze spürte! Vorsichtig öffnete ich das linke Auge einen Spalt. Was ich sah, ließ mich beide Augen aufreißen und den Mund vor Staunen weit aufsperren. Die Welt um mich herum war wie versteinert. Der Drache hing reglos über dem See, aus seinem Maul drang ein langer Feuerstrahl. Das Feuer hüllte nicht nur mich ein, sondern auch Harkat und den nackten Mann vor ihm – *Kurda Smahlt!* –, doch keiner von uns war verbrannt. Die erstarrten Flammen taten uns nichts.

»Was ist passiert?«, fragte Harkat, und seine Worte hallten seltsam nach.

»Ich habe nicht die geringste Ahnung«, sagte ich und fuhr mit der Hand durch das starre Feuer. Es fühlte sich wie warmer Nebel an.

»Da … drüben!«, ächzte der Mann auf dem Boden.

Harkat und ich folgten seinem ausgestreckten Finger und sahen einen untersetzten, dicklichen Mann heranschlendern. Er strahlte übers ganze Gesicht und spielte mit einer herzförmigen Uhr.

»Meister Schick!«, riefen wir wie aus einem Mund und traten aus den harmlosen Flammen, wobei Harkat Kurda unter den Achseln packte und stützte. Dann liefen wir zu dem geheimnisvollen kleinen Mann hinüber.

»Das war aber knapp, Jungs!«, rief Meister Schick fröhlich, als wir in Hörweite kamen. »Ihr habt es ja ganz schön spannend gemacht. Ein tolles Finale! Richtig aufregend!«

Ich blieb stehen. »Wussten Sie denn nicht vorher, wie es ausgehen würde?«

Er grinste affektiert. »Natürlich nicht. Deshalb war es ja so spannend. Noch ein paar Sekunden, und ihr wärt drei Grillwürstchen gewesen.«

Er ging an mir vorbei und reichte Harkat und seinem nackten Gefährten einen Umhang. »Die arme Seele friert ja«, scherzte er.

Harkat nahm den Umhang und legte ihn Kurda um die Schultern. Kurda sagte nichts, sondern starrte uns drei argwöhnisch und ängstlich aus blauen Augen an. Er zitterte wie ein Neugeborenes.

»Was soll der Unsinn?«, fuhr ich Meister Schick an. »Harkat kann nicht Kurda gewesen sein. Es gab ihn schon lange vor Kurdas Tod!«

»Was meinst du dazu, Harkat?«, wandte sich Meister Schick an den Kleinen Kerl.

»Ich bin es«, flüsterte Harkat und musterte Kurda eindringlich. »Wieso, weiß ich nicht, doch ... so ist es.«

»Aber das ...«, setzte ich noch einmal an, da schnitt mir Meister Schick schroff das Wort ab.

»Darüber reden wir später«, sagte er. »Die Drachen bleiben nicht ewig in diesem Zustand. Wenn sie wieder auftauen, sind wir besser weg. Normalerweise gehorchen sie mir, aber momentan sind sie ziemlich stinkig, und ich möchte mich lieber nicht darauf verlassen. Mir können sie zwar nichts anhaben, aber es wäre doch zu schade, wenn ihr drei so kurz vor Schluss draufgeht.«

Mir lagen tausend Fragen auf der Zunge, aber die Vorstellung, es noch einmal mit den Drachen aufnehmen zu müssen, ließ mich schweigen und Meister Schick folgen, der uns fröhlich pfeifend aus dem Tal herausführte, fort von dem toten Spits Abrams und all den anderen Geistern, die im See der Seelen gefangen waren.

Es war Nacht. Wir saßen am Feuer und verzehrten die letzten Bissen einer Mahlzeit, die zwei von Meister Schicks Kleinen Leuten zubereitet hatten. Wir waren irgendwo auf offenem Feld, höchstens einen Kilometer vom Drachental entfernt, doch Meister Schick hatte uns versichert, dass uns die Drachen hier nicht behelligen würden. Dem Feuer gegenüber ragte ein schimmernder Torbogen auf, wie jener, durch den wir diese Welt betreten hatten. Am liebsten wäre ich sofort hindurchgesprungen, doch erst hatte ich Meister Schick noch ein paar Fragen zu stellen.

Wie so oft, seit wir ihn aus dem See gezogen hatten, wanderte mein Blick unwillkürlich zu Kurda Smahlt hinüber. Er war furchtbar mager und blass, seine Haare waren zerzaust, seine Augen dunkel vor Angst und Seelenqual. Ansonsten sah er genauso aus wie damals, als ich seinen Plan, die Vampire an die Vampyre zu verraten, vereitelt hatte. Man hatte ihn deswegen zum Tode verurteilt und in eine Grube voller spitzer Pfähle geworfen, und als er endlich tot war, hatte man seine Leiche zerstückelt und verbrannt.

Kurda spürte meinen Blick auf sich ruhen und hob beschämt den Kopf. Er zitterte nicht mehr, wirkte allerdings immer noch sehr verunsichert. Er stellte seinen Teller hin, wischte sich mit einem Stofffetzen den Mund ab und fragte leise: »Wie viel Zeit ist seit meiner Hinrichtung vergangen?«

»Ungefähr acht Jahre«, antwortete ich.

»Mehr nicht?« Er runzelte die Stirn. »Mir kommt es viel länger vor.«

»Kannst du dich noch an alles erinnern, was damals geschehen ist?«, fragte ich.

Er nickte. »Mein Gedächtnis funktioniert so gut wie eh und je, obwohl es mir anders lieber wäre ... den Sturz in die Pfahlgrube würde ich gern vergessen.« Er seufzte. »Es tut mir Leid ... dass ich Gavner umgebracht und den Clan verraten habe. Aber ich wollte nur das Beste für unser Volk. Ich wollte einen Krieg mit den Vampyren verhindern.«

»Das weiß ich«, sagte ich. »Seit damals führen wir Krieg, und der Lord der Vampyre ist auch erschienen. Er …« Ich musste schlucken. »Er hat Mr. Crepsley getötet. Auch viele andere sind tot.«

»Das tut mir Leid«, wiederholte Kurda. »Wenn ich mich seinerzeit durchgesetzt hätte, wären sie vielleicht noch am Leben.« Doch sofort schüttelte er den Kopf. »Nein. Es ist immer einfach, ›wenn – dann‹ zu sagen und sich eine Welt ohne Probleme auszumalen. Auch wenn du mich nicht entlarvt hättest, wären Tod und Elend unvermeidlich gewesen.«

Harkat hatte kaum etwas gesagt, seit wir uns am Feuer niedergelassen hatten. Er hatte Kurda nur die ganze Zeit beobachtet wie ein kleines Kind, das seine Mutter nicht aus den Augen lässt.

Jetzt wandte er sich zu Meister Schick um und sagte leise: »Ich weiß, dass ich Kurda war. Aber wie kann das sein? Sie haben mich doch schon Jahre vor … Kurdas Tod erschaffen.«

»Zeit ist etwas Relatives«, gluckste Meister Schick, der gerade etwas an einem Stock überm Feuer briet, das verdächtig nach einem menschlichen Augapfel aussah. »Ich kann mich aus der Gegenwart in die Vergangenheit begeben und ebenso in jede mögliche Zukunft.«

»Sie können durch die Zeit reisen?«, fragte ich skeptisch.

Meister Schick nickte. »Das ist das Einzige, was mir richtig Spaß macht. Indem ich mit der Zeit spiele, kann ich den Verlauf der Zukunft indirekt dadurch beeinflussen, dass ich die Welt in einem chaotischen Gleichgewicht halte – das macht die Sache ja so spannend. Ich kann Menschen, Vampiren und Vampyren ganz nach Belieben helfen – oder sie behindern. Dabei sind mir zwar gewisse Grenzen gesetzt, aber die schöpfe ich voll aus.

Aus ganz persönlichen Gründen habe ich beschlossen, Mr. Shan unter meine Fittiche zu nehmen«, fuhr er fort und sah dabei Harkat an. »Ich habe mit diesem jungen Mann noch viel vor, musste jedoch schon vor Jahren erkennen, dass ihm ein früher Tod zugedacht war. Ohne jemanden, der für ihn eintritt, wenn es brenzlig wird – zum Beispiel damals, als er auf dem Weg zum Vampirberg mit dem Bären gekämpft hat, oder später bei der Einweihungsprüfung mit den wilden Ebern –, wäre er schon längst nicht mehr unter uns.
Deshalb erschuf ich Harkat Mulds«, fuhr er fort, und diesmal sah er mich an. Er steckte den gegrillten Augapfel in den Mund, kaute, schluckte und rülpste genüsslich. »Natürlich hätte ich irgendeinen von meinen Kleinen Leuten nehmen können, doch ich wählte jemanden aus, dem du schon zu seinen Lebzeiten am Herzen gelegen hast und der deshalb ein bisschen mehr Einsatz zeigen würde als andere. Daher begab ich mich in eine mögliche Zukunft, sah mich unter den gequälten Seelen der Toten um und stieß auf unseren alten Freund Kurda Smahlt.«
Freundschaftlich tätschelte er Kurda das Knie. Der ehemalige Obervampir zuckte zusammen. »Seine Seele litt wahre Höllenqualen«, fuhr Meister Schick vergnügt fort. »Er konnte es sich nicht verzeihen, dass er sein Volk verraten hatte, und brannte förmlich darauf, seine Taten wieder gutzumachen. Indem er Harkat Mulds wurde und dich beschützte, verschaffte er den Vampiren eine Chance, im Krieg der Narben zu siegen. Ohne Harkat wärst du längst mausetot, und ihr hättet den Vampyrlord nie verfolgt. Er und seine Truppen hätten die Vampire mühelos überwältigt.«
»Aber ich wusste doch gar nicht, dass ... ich mal Kurda war!«, widersprach Harkat.
»Im Grunde deines Herzens warst du dir dessen bewusst«, belehrte ihn Meister Schick. »Da ich deine Seele der Vergangen-

heit zurückgeben musste, war ich gezwungen, dir die Wahrheit über dich selbst vorzuenthalten, denn hättest du gewusst, wer du bist, hättest du vielleicht versucht, die Zukunft unmittelbar zu beeinflussen. Doch unterbewusst kanntest du deinen Ursprung. Deshalb hast du so tapfer an Darrens Seite gekämpft und seinetwegen bei zahlreichen Gelegenheiten dein Leben riskiert.«

Ich dachte eine ganze Weile schweigend nach, genau wie Harkat und Kurda auch. Zeitreisen sind eine knifflige Angelegenheit und nicht leicht zu begreifen, doch wenn ich einmal von dem Widerspruch absah, dass man eine Seele aus der Zukunft in die Vergangenheit schicken konnte, um die Gegenwart zu beeinflussen, erkannte ich durchaus eine gewisse Logik. Kurda hatte die Vampire verraten. Seine von Selbstvorwürfen gequälte Seele blieb an die Erde gefesselt. Meister Schick bot ihm eine Gelegenheit zur Wiedergutmachung, indem er ihn als Kleinen Kerl wieder auferstehen und seine bösen Taten sühnen ließ.

»Eins verstehe ich nicht ganz«, ergriff jetzt Kurda das Wort und verbesserte sich sofort: »Eigentlich verstehe ich überhaupt nicht viel, aber eins ist mir besonders schleierhaft. Wenn sich Darren nicht eingemischt hätte, wäre mein Plan, die Vampire zu verraten, gelungen. Andererseits behaupten Sie, Darren wäre ohne meine Hilfe in Gestalt von Harkat Mulds längst tot. Demnach hätte ich Darren geholfen, meinen eigenen Untergang in die Wege zu leiten!«

Meister Schick schüttelte den Kopf. »Du wärst so oder so umgekommen. Dein Tod stand nie zur Debatte, bloß die Todes*art.*«

»Was *mich* am meisten verwirrt«, sagte Harkat nachdenklich, »ist … dass wir beide gleichzeitig … hier sein können. Wenn ich Kurda bin und er … ich ist, wie können wir dann gleichzeitig existieren?«

»Unser Harkat hat mehr Grips, als man ihm auf den ersten Blick zutraut«, stellte Meister Schick belustigt fest. »Die Antwort lautet: Das könnt ihr auch nicht. Jedenfalls nicht sehr lange. Solange Kurda noch im See der Seelen war, konnte Harkat ungehindert durch die Welt ziehen. Jetzt, da Kurda den See verlassen hat, muss einer von euch dem anderen weichen.«
»Wie meinen Sie das?«, fragte ich scharf.
»Kurda und Harkat teilen sich eine Seele, doch eine Seele kann im Grunde nur einen einzigen Körper bewohnen. Kurda hat, sozusagen als das Original, einen natürlichen Anspruch auf seine körperliche Existenz, Harkats körperliche Erscheinung hat bereits angefangen, sich zu zersetzen. Spätestens morgen hat sich sein Körper endgültig aufgelöst und seine Hälfte ihrer gemeinsamen Seele freigegeben. Ist eine Seele erst einmal geteilt, so kann sie nicht wieder zusammengefügt werden. Harkat und Kurda sind jetzt zwei verschiedene Wesen. Darum muss Harkats Seelenhälfte diese Welt verlassen. Das ist der Lauf der Dinge.«
»Heißt das, Harkat muss sterben?«, schrie ich.
Meister Schick kicherte. »Er ist bereits tot.«
»Lassen Sie gefälligst die Haarspaltereien! Geht Harkat zugrunde, wenn wir hier bleiben?«
»Er geht überall zugrunde, ganz gleich, wo ihr euch aufhaltet. Nun, da Kurdas Seele wieder Gestalt angenommen hat, besitzt nur er allein die Macht, Harkats körperliche Erscheinung zu retten.«
»Für Harkat bin ich zu allem bereit«, sagte Kurda sofort.
»Auch wenn es dich dein eigenes, eben erst wiedererlangtes Leben kostet?«, fragte Meister Schick hinterhältig.
»Wovon reden Sie?«, sagte Kurda erschrocken.
Meister Schick stand auf und reckte sich. »In alles darf ich euch leider nicht einweihen«, erwiderte er. »Aber ich will es euch so gut ich kann erklären. Mir stehen zwei Methoden zur

Verfügung, Kleine Leute zu erschaffen. Entweder aus den wieder auferstandenen Körpern der Toten, so, wie man sie aus dem See der Seelen fischt, oder aus ihren Leichen. Harkat habe ich aus Kurdas sterblichen Überresten geschaffen.«
»Aber Kurdas Leiche wurde doch verbrannt«, wandte ich ein.
Meister Schick schüttelte den Kopf. »Als ich mich für Kurdas Seele entschied, ging ich in den Vampirberg zurück und überredete die Wächter des Blutes, seinen Leichnam mit einem anderen zu vertauschen. Aus Kurdas Knochen schuf ich Harkat. Dann traf ich mit Harkat eine Abmachung, dass er sich zum Dank für seinen neuen Körper Darren anschließt und ihn beschützt. Im Gegenzug würde ich, wenn er sich an unsere Abmachung hielt, seine Seele erlösen, und er müsste nicht mehr in den See der Seelen zurückkehren.
Harkat hat sich hervorragend bewährt und sich seine Belohnung wahrhaftig verdient. Wenn Kurda will, ist er ein freier Mann. Er kann den Rest seines zweiten Lebens nach eigenem Gutdünken verbringen, wie lang oder wie kurz es auch währen mag. Harkats Körper dagegen zerfällt, seine Seele ist wieder frei, und damit habe ich meinen Teil der Abmachung erfüllt.«
»Ich darf wieder leben!«, flüsterte Kurda mit leuchtenden Augen.
»Oder aber«, fügte Meister Schick mit grausamer Genugtuung hinzu, »wir treffen eine neue Abmachung, und Kurda opfert sich.«
Der Glanz in Kurdas Augen erlosch. »Warum sollte ich das tun?«, fragte er schroff.
»Du teilst dir zwar mit Harkat eine Seele, doch ich habe diese Seele in zwei Teile gespalten. Wenn du mir gestattest, deinen neuen Körper zu vernichten, verlässt deine Seelenhälfte ihre irdische Hülle. Dann wäre Harkat die einzige körperliche

Heimstatt eurer gemeinsamen Seele. In diesem Fall kann ich ihm zwar nicht mehr garantieren, dass er nicht eines Tages im See der Seelen endet, aber er könnte zusammen mit Darren nach Hause zurückkehren und sein Leben weiterführen. Dann kann er selbst über seine Zukunft entscheiden. Wenn er ein gutes Leben lebt und in Frieden stirbt, hat der See der Seelen keine Macht über ihn.«

»Das ist ja eine schöne Wahl, vor die Sie mich da stellen«, murrte Kurda.

Meister Schick zuckte die Achseln. »Ich habe die Regeln nicht gemacht – ich befolge sie nur. Einer von euch kann weiterleben, der andere muss sich vom Leben verabschieden. Ich könnte die Entscheidung natürlich auch selbst treffen und einen von euch töten, doch ich dachte mir, ihr wollt das bestimmt unter euch ausmachen.«

»Das denke ich auch«, sagte Kurda seufzend. Dann sah er Harkat an und grinste. »Nichts für ungut, aber wenn wir nach dem Aussehen gehen, habe ich eindeutig die besseren Karten.«

»Und ich, wenn es um … Treue und Kameradschaftlichkeit geht«, konterte Harkat, »denn ich habe noch nie … einen Freund verraten.«

Kurda verzog das Gesicht. »Möchtest du denn wirklich weiterleben? Der See ist die Hölle. Meister Schick bietet dir an, dich in jedem Fall davor zu bewahren. Willst du sein Angebot nicht lieber annehmen?«

»Nein«, erwiderte Harkat. »Ich will mich noch nicht vom Leben … verabschieden. Lieber bleibe ich bei Darren und gehe das Risiko ein.«

Kurda sah mich an. »Was meinst du dazu, Darren?«, fragte er leise. »Soll ich Harkat das Leben schenken, oder soll ich lieber seine Seele erlösen?«

Harkat kam mir zuvor. »Darren hat damit … nichts zu tun.

Allmählich kehrt meine Erinnerung … nein, *deine* Erinnerung, zurück, und mir wird einiges klar. Ich kenne dich so gut wie … mich selbst. Du hast immer getan, was du wolltest … du hast sogar deine eigene Sippe verraten, weil … du geglaubt hast, ihnen damit einen Gefallen zu tun. Nun sei auch im Tod so, wie du … im Leben warst. Triff deine eigene Entscheidung.«

»Das hat er richtig schön gesagt«, brummte Meister Schick.

»Ich hätte es nicht besser ausdrücken können«, stimmte ihm Kurda zu und lächelte flüchtig. Er stand auf, drehte sich einmal langsam um sich selbst, blickte in die Finsternis jenseits des Feuerscheins und überlegte lange. Schließlich wandte er sich mit einem tiefen Seufzer zu Meister Schick um. »Ich habe mein Leben bis zur Neige ausgekostet. Ich habe Entscheidungen getroffen und die Konsequenzen getragen. Jetzt ist Harkat mal an der Reihe. Ich gehöre dem Tod – soll er mich holen.«

Meister Schick lächelte fast mitfühlend. »Ich kann deine Entscheidung nicht nachvollziehen, aber ich bewundere sie. Ich verspreche dir einen schnellen, schmerzlosen Tod, einen endgültigen Abschied von allen Freuden und Schrecken.«

Er ging um das Feuer herum, trat vor das Tor und hielt seine herzförmige Uhr hoch. Sie glühte dunkelrot auf. Im nächsten Augenblick glühten auch das Tor und Meister Schicks Gesicht. »Ab mit euch, Jungs. Ihr werdet schon ungeduldig erwartet.«

»Nein, nicht!«, rief ich. »Erst will ich noch wissen, wo wir hier überhaupt sind und wie Evanna hierher gekommen ist und warum Sie die unterirdische Küche eingerichtet haben und wo die Drachen herkommen und warum …«

»Das kann alles warten«, unterbrach mich der kleine Mann. Sein Gesicht glühte blutrot, und er sah Furcht erregender aus als alles, was uns auf unserer Unternehmung begegnet war. »Geht jetzt, sonst werfe ich euch den Drachen vor.«

»Das würden Sie nie tun!«, behauptete ich, aber ich war mir

keineswegs sicher, dass er nur bluffte. Also ging ich, gefolgt von Harkat, zum Tor. Bevor ich hindurchtrat, drehte ich mich noch einmal nach Kurda Smahlt um, der zum zweiten Mal den Tod erleiden sollte. Ich hätte ihm gern noch so vieles gesagt, ihm noch so viele Fragen gestellt, doch dafür war es zu spät. So sagte ich einfach nur leise: »Vielen Dank.«

»Ja … vielen Dank«, echote Harkat.

»Was zählt unter Freunden schon ein Leben?«, entgegnete Kurda lachend, wurde aber gleich wieder ernst. »Sieh zu, dass mein Opfer nicht umsonst ist. Führe ein gutes Leben, damit du auf dem Totenbett nichts zu bereuen hast. Dann ist deine Seele frei, und du bist nicht mehr der Willkür eines Ränkeschmieds wie Salvatore Schick ausgeliefert.«

»Wer sollte wohl das Gefüge des Universums zusammenhalten, wenn es keine Ränkeschmiede wie mich gäbe?«, versetzte der kleine Mann. Doch bevor eine Diskussion entbrennen konnte, blaffte er: »Entweder ihr beide geht jetzt, oder ihr kommt nie mehr von hier weg!«

»Leb wohl, Kurda«, sagte Harkat ausdruckslos.

»Lebt wohl, *Euer Gnaden*«, verabschiedete ich mich. Kurda erwiderte nichts, hob nur grüßend die Hand und wandte das Gesicht ab. Ich glaube, er weinte.

Viele Fragen blieben offen, doch wir hatten gefunden, was zu suchen wir gekommen waren. So verließen Harkat und ich den lebenden Toten, ließen den See der Seelen, die Drachen, das Grotesk und alle anderen Bewohner dieser absurden Welt hinter uns und kehrten durch das glühende Tor in unsere eigene Welt zurück.

25

Als wir aus dem Tor heraustraten, wartete Meister Riesig schon auf uns.

Er stand neben einem Feuer, das ganz aussah wie jenes, das wir eben verlassen hatten, nur dass man hinter einer Baumreihe die Wohnwagen und Zelte des Cirque Du Freak erkennen konnte. Er verzog den kleinen Mund zu einem Lächeln und schüttelte uns die Hände. »Hallo, Darren, hallo, Harkat! Wie schön, dass ihr wohlbehalten zurückgekehrt seid.«

»Hallo, Hibernius«, begrüßte Harkat den Zirkusbesitzer. So hatte er ihn noch nie angesprochen.

»Aha!« Meister Riesig strahlte. »Dann war eure Unternehmung also ein voller Erfolg. Als Kurda hast du mich auch immer Hibernius genannt.«

»Freut mich, dich wiederzusehen ... alter Freund«, sagte Harkat. Seine Stimme war noch dieselbe, trotzdem klang sie irgendwie anders.

Als wir am Feuer Platz genommen hatten, erkundigte ich mich nach unseren anderen Freunden. Meister Riesig erklärte, die meisten schliefen schon. Es war spät, und die Artisten waren müde von der Abendvorstellung.

»Ich wusste schon die ganze Woche, dass ihr bald kommen würdet, das heißt, falls ihr noch am Leben wärt, ich wusste nur nicht genau, an welchem Tag. Deshalb habe ich ein Feuer gemacht und hier jede Nacht auf euch gewartet. Ich könnte die anderen natürlich wecken, aber ich halte es für besser, wenn wir sie schlafen lassen und ihnen eure Rückkehr erst morgen früh verkünden.«

Damit waren wir einverstanden und fingen an, Meister Riesig von unseren Abenteuern in der geheimnisvollen Welt hinter dem rot glühenden Tor zu erzählen (das übrigens, kurz nachdem wir es durchschritten hatten, zu Asche zerfallen war). Meister Riesig lauschte gespannt und stellte kaum Zwischenfragen. Eigentlich hatten wir ihm nur die Höhepunkte erzählen und den Großteil der Geschichte für später aufsparen wollen, wenn wir mehr Zuhörer hatten, doch als wir erst einmal loslegten, konnten wir einfach nicht mehr aufhören und berichteten ihm in den folgenden Stunden haarklein, was alles geschehen war. Er unterbrach uns nur ein einziges Mal, nämlich als wir Evanna erwähnten, und erkundigte sich eingehend nach ihr.

Nachdem wir zu Ende erzählt hatten, schwiegen wir alle drei lange, blickten in die glimmende Asche und ließen unsere Kämpfe, bei denen wir dem Tod oft nur mit knapper Not entronnen waren, das Schicksal des verrückten Spits Abrams, die wundersamen Drachen, die große Offenbarung und Kurdas wenig beneidenswerte Entscheidung noch einmal Revue passieren.

»Hat Meister Schick wirklich vor, Kurda zu töten?«, fragte ich nach einer Weile.

Meister Riesig nickte traurig. »Eine Seele kann sich zwar teilen, aber sie kann nicht zwei Körper zugleich bewohnen. Doch Kurda hat sich richtig entschieden. Harkat wird sich an fast alles erinnern, was Kurda zu seinen Lebzeiten widerfahren ist, und darin lebt Kurda weiter. Hätte er das Leben gewählt, wären Harkats sämtliche Erinnerungen der Welt verloren gegangen. Auf diese Weise haben beide etwas davon.«

»Das ist doch immerhin ein Trost«, sagte Harkat lächelnd. Dann gähnte er und blickte zum Mond empor. »Wie viel Zeit ist eigentlich … inzwischen vergangen?«

»Nicht mehr und nicht weniger als bei euch«, erwiderte Meister Riesig. »An die drei Monate sind verstrichen. Es ist Sommer.«

»Gibt's was Neues vom Narbenkrieg?«, fragte ich.

»Nein, nichts«, sagte Meister Riesig knapp.

»Ich hoffe bloß, dass Debbie und Alice gut im Vampirberg angekommen sind«, sagte ich. Während meiner langen Abwesenheit war ich kaum dazu gekommen, mir Gedanken darüber zu machen, was unterdessen zu Hause vor sich ging, und ich wollte unbedingt wissen, was ich alles verpasst hatte.

»An deiner Stelle würde ich mir keine Sorgen machen«, beschwichtigte mich Meister Riesig, als er meinen fragenden Blick sah. »Harkat und dir ist es bestimmt, jetzt hier zu sein. Der Krieg wird schon zu euch kommen, wenn es das Schicksal so will. Bis dahin solltet ihr euch ausruhen und gewissermaßen die Ruhe zwischen zwei Stürmen genießen.«

Er stand auf und lächelte auf uns herunter. »Ich verlasse euch jetzt. Gönnt euch so viel Schlaf, wie ihr braucht, ich kümmere mich darum, dass euch niemand stört.«

Er hatte sich schon zum Gehen gewandt, als er sich noch einmal umdrehte und Harkat ansah. »Du solltest lieber wieder deine Maske aufsetzen. Hier ist die Luft nicht mehr so unbedenklich.«

»Ach herrje!«, japste Harkat. »Das hätte ich glatt vergessen!« Er holte eine Maske heraus, band sie sich vor den Mund und machte ein paar tiefe Atemzüge, um zu überprüfen, ob sie beschädigt war, dann zog er sie ein Stück herunter, damit man ihn besser verstehen konnte. »Danke für den Tipp.«

»Keine Ursache«, erwiderte der große Mann schmunzelnd.

»Meister Riesig?«, sagte ich leise, als er sich wieder abwandte. »Wissen Sie vielleicht, wo wir gewesen sind? Waren wir auf einem anderen Planeten oder in der Vergangenheit oder vielleicht in einer anderen Wirklichkeit?«

Der Zirkusdirektor schwieg und drehte sich auch nicht mehr um, sondern schüttelte nur den Kopf und verschwand mit langen Schritten in Richtung Lager.

»Er weiß es«, seufzte ich, »aber er will es uns nicht sagen.«

»Hast du … eigentlich irgendwas von dort mitgebracht?«, nuschelte Harkat.

»Nur den Dreck in meinen Klamotten. Und ich habe nicht

vor, diese Lumpen noch einen Tag länger anzuziehen. Die wandern in die Tonne!«

Harkat lächelte. Dann kramte er in seinen Taschen. »Ich habe noch die Postkarten, die ich … aus der unterirdischen Küche mitgenommen habe, und die … Panterzähne auch.« Er schüttete die Zähne ins Gras und drehte sie um, sodass die Buchstaben nach oben zeigten.

Dann ordnete er sie spielerisch so an, dass sie seinen Namen bildeten, doch als er »Harkat« gelegt hatte, hielt er inne, überflog die restlichen Buchstaben und schlug sich mit der flachen Hand vor die Stirn.

»Stimmt was nicht?«, fragte ich misstrauisch.

»Weißt du noch, wie Meister Schick gesagt hat, dass er mir … einen Hinweis gibt, wer ich bin, wenn … wir den Panter getötet haben?« Rasch gruppierte er die Zähne um, bis sie einen anderen Namen bildeten: *KURDA SMAHLT!*

Ich starrte die Buchstaben an. Dann schlug auch ich mir an die Stirn. »Die Lösung war die ganze Zeit direkt vor unserer Nase. Dein Name ist ein Anagramm! Hätten wir uns mehr mit den Buchstaben beschäftigt, hätten wir das Rätsel viel eher lösen und uns die ganzen Scherereien ersparen können!«

»Ich glaube nicht, dass es so einfach … gewesen wäre«, lachte Harkat, »aber jetzt weiß ich wenigstens, woher … mein Name stammt. Ich frage mich schon lange … wie ich dazu gekommen bin.«

»Da wir gerade von Namen reden – bleibst du eigentlich bei Harkat Mulds, oder nimmst du deinen alten Namen wieder an?«

»Harkat Mulds … Kurda Smahlt«, murmelte Harkat ein paarmal. »Nein«, entschied er, »Kurda ist der … der ich gewesen bin, und Harkat ist der … der ich geworden bin. In mancher Hinsicht sind wir derselbe … aber in vielem sind wir grundverschieden. Ich möchte … Harkat bleiben.«

Ich nickte zustimmend. »Anders wäre es auch ziemlich verwirrend gewesen.«
Harkat räusperte sich und warf mir einen scheelen Blick zu. »Übrigens, da du doch jetzt die ... Wahrheit über mich weißt ... macht es dir eigentlich was aus? Schließlich habe ich als Kurda dich und ... den ganzen Vampirclan verraten. Ich habe Gavner Purl umgebracht. Ich könnte es verstehen, wenn du jetzt ... keine so gute Meinung mehr ... von mir hast.«
Ich grinste. »Red keinen Quatsch! Wer du früher warst, ist mir wurst. Mir kommt es nur darauf an, wer du *jetzt* bist. Die Fehler, die du in deinem vorigen Leben begangen hast, hast du längst wieder gutgemacht.« Ich runzelte die Stirn. »Aber vielleicht ändert es ja *deine* Haltung *mir* gegenüber.«
»Inwiefern?«
»Du bist doch die ganze Zeit bei mir geblieben, weil du meine Hilfe gebraucht hast, um etwas über dich selbst herauszufinden. Jetzt, da du es weißt, willst du dich womöglich lieber auf eigene Faust in der Welt umsehen. Mit dem Krieg der Narben hast du nichts mehr zu tun. Wenn du also lieber ohne mich losziehen willst ...«
»Da ist was dran«, sagte Harkat nach längerem Nachdenken. »Gleich morgen früh mach ... ich mich vom Acker.«
Er sah mir todernst in das enttäuschte Gesicht, dann brach er in schallendes Gelächter aus. »Du Blödmann! Natürlich nicht! Dieser Krieg geht mich genauso etwas ... an wie dich. Sogar wenn ich früher kein Vampir gewesen ... wäre, würde ich dich jetzt nicht allein lassen. Dafür haben wir zusammen viel zu viel ... erlebt. Kann sein, dass ich mein eigenes Ding mache, wenn ... der Krieg aus ist, bis dahin fühle ich mich ... dir weiterhin verbunden. Ich glaube nicht, dass wir uns ... jetzt schon trennen sollten.«
»Danke«, entgegnete ich schlicht. Mehr gab es dazu nicht zu sagen.

Harkat sammelte die Panterzähne wieder ein und verstaute sie in seiner Tasche. Dann drehte er eine Postkarte um und betrachtete sie trübsinnig. »Ich weiß nicht, ob ich es dir … überhaupt erzählen soll«, seufzte er. »Aber wenn ich es dir nicht erzähle, lässt es … mir auch keine Ruhe.«
»Na, sag schon«, ermunterte ich ihn. »Diese Karten machen dir doch schon zu schaffen, seit du sie in der Küche entdeckt hast. Was steht denn so Geheimnisvolles drauf?«
»Es hängt mit dem Ort zusammen, an dem … wir gewesen sind«, sagte Harkat gedehnt. »Wir haben oft darüber nachgedacht, wo man uns … hingebracht hat. In die Vergangenheit, auf einen anderen Planeten … oder in eine andere Dimension …«
»Ja und?«, drängte ich.
»Ich glaube, ich weiß die Antwort«, sagte er bedrückt. »Das würde alles erklären. Warum … die Spinnen dort waren … und die Wächter des Blutes … falls die Kulashka tatsächlich Wächter waren. Und die Küche natürlich. Ich glaube nämlich nicht, dass Meister Schick die Küche … extra dorthin geschafft hat … ich glaube, sie war schon … vorher dort. Das Ganze ist tatsächlich ein Atomschutzbunker, in den man sich … im Falle einer Katastrophe flüchten soll. Ich glaube, er hat seinen … Zweck erfüllt. Ich hoffe, dass ich mich irre, aber ich fürchte, so … ist es.«
Er reichte mir eine Postkarte. Auf der Vorderseite war ein Bild von Big Ben, auf der Rückseite stand ein typischer Urlaubskartentext: »Uns geht es gut. Wir haben tolles Wetter. Das Essen ist erstklassig.« Unterschrift und Adresse sagten mir nichts.
»Na und?«, fragte ich. »Was soll damit sein?«
»Sieh dir mal den Poststempel an«, sagte Harkat leise.
Ich war verwirrt. »Das Datum kann nicht stimmen«, sagte ich. »Das ist ja noch zwölf Jahre hin.«

»Bei den anderen ist es genauso«, sagte Harkat und reichte mir die übrigen Karten. »Zwölf Jahre … fünfzehn … zwanzig … oder noch mehr.«

»Das verstehe ich nicht«, sagte ich perplex. »Was hat das zu bedeuten?«

»Ich glaube nicht, dass wir in der Vergangenheit waren … oder in einer anderen Welt«, sagte Harkat, nahm die Karten wieder an sich und steckte sie ein. Er sah mich mit seinen runden, grünen Augen Unheil verkündend an, zögerte, und was er dann hastig hervorstieß, ließ mir das Blut in den Adern gefrieren: »Ich glaube, dieses wüste, von Ungeheuern heimgesuchte Land … *war die Zukunft!*«

Der Herr der Schatten

Für:
Bas – meine Weltenbummlerin

OBEs
(Orden der Blutigen Eingeweide)
gebühren:
Maiko »Grünfinger« Enomoto
Megumi »die Stimme« Hashimoto
»Queen« Tomoko Taguchi
»Adlerauge« Tomoko Aoki
Yamada »Papa« San

sowie allen anderen Mitgliedern des bienenfleißigen japanischen Teams, die den Juni 2003 für mich zu einem unvergesslichen Monat gemacht haben.

Redaktionsteam:
Gillie »der Don« und Zoë »die Mama«

Leitsterne:
Der Christopher-Little-Clan

1 Ich fuhr aus dem Schlaf hoch. Ich wollte schreien, aber eine raue, kräftige Hand auf meinem Mund erstickte jeden Laut. Angst packte mich. Ich holte zum Schlag gegen meinen Angreifer aus. Doch plötzlich war ich wieder bei Sinnen und begriff, dass es nur Harkat war, der meine Schreie dämpfte, damit ich die Schlafenden in den umliegenden Wohnwagen und Zelten nicht aus ihrer wohlverdienten Nachtruhe aufscheuchte.

Ich entspannte mich und berührte vorsichtig Harkats Hand, um ihm klar zu machen, dass ich mich wieder im Griff hatte. Er ließ mich los und trat zurück. Seine großen grünen Augen blickten besorgt. Er reichte mir einen Becher mit Wasser. Ich trank in tiefen Zügen, fuhr mir mit zitternder Hand über die Lippen und brachte ein schwaches Lächeln zustande. »Habe ich dich geweckt?«

»Ich konnte sowieso nicht schlafen«, erwiderte er. Der Kleine Kerl mit der grauen Haut brauchte nur wenig Schlaf, und es kam häufig vor, dass er zwei oder drei Nächte lang kein Auge zutat. Er nahm mir den Becher aus der Hand und stellte ihn ab. »Diesmal war es ein … schlimmer Traum. Du hast … fünf oder sechs Minuten lang geschrien. Ist es jedes Mal derselbe Alptraum?«

»Das ist doch immer so, oder?«, murmelte ich. »Die Einöde, die Feuerwelle, der Drache und … Steve«, beendete ich ruhiger. Dieser Alptraum, aus dem ich mehrmals in der Woche schreiend erwachte, quälte mich nun schon seit zwei Jahren. Ich hatte Harkat noch nie davon erzählt, dass mir am Ende immer der Herr der Schatten und jenes grauenerregende Gesicht erschienen. Er wusste lediglich, dass Steve darin vorkam. Ich brachte es einfach nicht über mich, ihm zu gestehen, dass ich mich vor mir selbst ebenso fürchtete wie vor Steve Leopard.

Ich schwang die Beine aus der Hängematte und setzte mich auf. Obwohl es noch dunkel war und nicht später als drei oder vier Uhr morgens sein konnte, wusste ich genau, dass ich nicht mehr einschlafen würde. Nach diesem Alptraum war ich jedes Mal ziemlich mitgenommen und aufgewühlt.

Während ich mir den Nacken rieb, warf ich unwillkürlich einen Seitenblick auf Harkat. Obwohl er keineswegs die Ursache meiner Alpträume war, ließ sich ihre Entstehung bis zu ihm zurückverfolgen. Der Kleine Kerl war aus Leichenteilen zusammengesetzt und hatte die meiste Zeit seines neuen Lebens über nicht gewusst, wer er war. Vor zwei Jahren hatte uns Meister Schick – ein unglaublich mächtiger Mann, der die Fähigkeit besaß, durch die Zeit zu reisen – in die unwirtliche Einöde einer anderen Welt geschickt und uns die Aufgabe erteilt, herauszufinden, wer Harkat früher gewesen war. Nach einer Vielzahl von Kämpfen mit wilden Tieren und sonderbaren Monstern gelang es uns schließlich, Harkats ursprünglichen Körper aus dem See der Seelen zu fischen, einem Gewässer, in dem die verdammten Seelen gefangen waren.

In seinem früheren Leben war Harkat ein Vampir namens Kurda Smahlt gewesen, der die Sippe verraten hatte, um einen Krieg mit unseren Vettern, den purpurhäutigen Vampyren, zu verhindern. Er konnte sich diese Sünde jedoch nicht verzeihen und hatte daher eingewilligt, zu Harkat Mulds zu werden und in die Vergangenheit zu reisen, um mich zu beschützen.

Ich bin Darren Shan, ein Vampirfürst. Ich bin einer der Jäger, die den Lord der Vampyre – alias Steve Leopard – zur Strecke bringen wollen. Steve war dazu bestimmt, die Vampyre in einen Krieg gegen die Vampire zu führen. Wenn er den Krieg der Narben gewann, so würde er unsere Sippe auslöschen. Einer von uns Jägern besaß jedoch die Fähigkeit, ihn aufzuhal-

ten, bevor er seine volle Macht erlangte. Wenn wir es schafften, ihn aufzuspüren und zu töten, ehe er zu einem vollwertigen Vampyr geworden war, würden wir diesen Krieg gewinnen. Als mein Beschützer Harkat hoffte Kurda, unserem Clan helfen und dessen vorherbestimmten Untergang durch die Vampyre verhindern zu können. Damit wollte er das Unrecht, das er seinerzeit begangen hatte, wieder gutmachen.
Nachdem wir die Wahrheit über Harkat erfahren hatten, kehrten wir in unsere Welt oder besser gesagt in unsere Zeit zurück. Denn wie wir später feststellten, handelte es sich bei jenem wüsten Land nicht um eine andere Welt oder eine Reise in die Vergangenheit – wir hatten einen Blick in die Zukunft geworfen. Meister Schick hatte uns gezeigt, wie unsere Welt aussehen würde, falls der Vampyrlord an die Macht kam.
Harkat glaubte, dass die Zerstörung unserer Welt nur dann bevorstand, wenn die Vampyre den Krieg der Narben gewannen. Ich dagegen hatte von einer anderen Zukunftsvision erfahren, die ich aber lieber für mich behielt. Wenn die Jagd auf Steve einmal zu Ende war, gab es zwei Möglichkeiten, wie die Zukunft verlaufen würde. Entweder würde Steve zum Gebieter der Schatten werden und die Welt zerstören. Oder ein anderer würde seinen Platz einnehmen – nämlich *ich.*
Aus diesem Grund fuhr ich nachts so häufig schweißgebadet und schreiend aus dem Schlaf auf. Ich hatte nicht nur Angst vor der Zukunft, sondern auch vor mir selbst. War es mir bestimmt, an der Erschaffung jener öden, sonderbaren Welt beteiligt zu sein, die wir in der Zukunft erblickt hatten? War ich dazu verdammt, zu einem solchen Ungeheuer wie Steve zu werden und alles zu vernichten, was mir einst lieb und teuer gewesen war? Das kam mir unmöglich vor, aber die Ungewissheit setzte mir ordentlich zu, und meine Alpträume machten die Sache auch nicht besser.
Harkat und ich vertrieben uns die Zeit bis zum Sonnenauf-

gang mit Gesprächen, nur Geplauder, nichts besonders Tiefsinniges. Bevor Harkat herausfand, wer er früher gewesen war, hatten ihn ebenfalls entsetzliche Alpträume gepeinigt, und daher konnte er nachfühlen, was ich durchmachte. Er wusste genau, was er sagen musste, um mich zu beruhigen.

Als die Sonne aufging und das Lager des Cirque zum Leben erwachte, machten wir uns an die Tagesarbeit. Seit wir von unserem Vorstoß in jene entsetzliche Einöde zurückgekehrt waren, hatten wir uns wieder dem Cirque du Freak angeschlossen. Wir hatten keine Ahnung, was sich im Krieg der Narben inzwischen abgespielt hatte. Was Harkat betraf, so wäre er am liebsten zum Berg der Vampire zurückgekehrt oder hätte zumindest gern Kontakt mit dem Clan aufgenommen. Seit er erfahren hatte, dass er selbst einmal ein Vampir gewesen war, sorgte er sich noch mehr als früher um die anderen. Aber ich war dagegen. Mein Instinkt sagte mir, dass jetzt nicht der richtige Zeitpunkt dafür war. Ich ahnte, dass es besser für uns war, beim Cirque zu bleiben, und dass das Schicksal schon eingreifen und unsere Schritte lenken würde. Harkat war absolut nicht meiner Meinung, und deswegen kriegten wir uns auch ziemlich in die Wolle. Schließlich fügte er sich widerstrebend, obwohl ich in letzter Zeit immer häufiger spürte, dass ihm allmählich der Geduldsfaden riss.

Wir erledigten alle möglichen Hilfsarbeiten, schleppten die Ausrüstung, reparierten Kostüme, fütterten den Wolfsmenschen und waren sozusagen die Mädchen für alles. Meister Riesig, der Besitzer des Cirque du Freak, hatte angeboten, uns anspruchsvollere, längerfristige Aufgaben zu beschaffen. Aber da wir nicht wussten, wie lange wir bleiben würden, war es besser, wenn wir uns auf schlichte Hilfstätigkeiten beschränkten. Dann würde man uns auch nicht allzu sehr vermissen, wenn wir wieder einmal Abschied von dem sonderbaren Zirkusvölkchen nehmen mussten.

Derzeit gastierten wir in einer alten verlassenen Fabrik am Rand einer größeren Stadt. Manchmal fand die Vorstellung unter einer großen Plane statt, die wir immer dabeihatten, doch Meister Riesig zog ein festes Dach über dem Kopf vor. Heute war der vierte und letzte Abend in der Fabrikhalle. Am nächsten Morgen würden wir weiterziehen. Niemand von uns wusste, wohin die Reise ging – diese Entscheidung pflegte Meister Riesig in einsamer Stille zu treffen, und im Allgemeinen gab er das neue Ziel erst dann bekannt, wenn wir alles zusammengepackt hatten.

An jenem Abend gaben wir eine unserer typischen kompakten, aufregenden Vorstellungen, die von den besonders erfahrenen Artisten bestritten wurde – Bertha Beißer, Willi Wunderwanst, Alexander Knochen, Truska, die Bärtige Dame, Hans Hände, Evra und Shancus Von. Die Vons rundeten das Programm meist mit einer letzten Angstnummer ab, und ihre aus dem Schatten der Saaldecke herabgleitenden Schlangen waren das Tüpfelchen auf dem i, bevor die Zuschauer sich auf den Heimweg machten. In letzter Zeit hatte Meister Riesig jedoch ab und zu mit neuen Schlussnummern experimentiert.

Auf der Bühne stand Jekkus Flang, der Messerwerfer. Normalerweise gehörte er, wie Harkat und ich, zu den Hilfskräften des Cirque, aber heute Abend fungierte er als eine der Hauptattraktionen und unterhielt die Zuschauer gerade mit allerlei Messer-Kunststückchen. Obwohl Jekkus seine Sache gut machte, wirkte seine Nummer im Vergleich mit dem restlichen Programm etwas lahm. Nach einigen Minuten erhob sich ein Mann in der ersten Reihe, als Jekkus gerade ein Messer auf der Nasenspitze balancierte.

»Das ist doch alles Mist!«, rief der Zuschauer und kletterte auf die Bühne. »So was schimpft sich dann Zauber und Magie. Solche Kinkerlitzchen mit dem Messer kann ich in jedem Zirkus sehen!«

Jekkus nahm das Messer von der Nase und fauchte den Eindringling an. »Runter von der Bühne, oder ich zerschnipple Sie in Kleinteile.«
»Spielen Sie sich bloß nicht so auf!«, schnaubte der Mann verächtlich, überquerte mit ein paar langen Schritten die Bühne und baute sich direkt vor Jekkus auf. »Sie verschwenden unsere Zeit und unser Geld. Ich will mein Eintrittsgeld zurück.«
»Unverschämte Ratte!«, brüllte Jekkus, zückte das Messer und säbelte mit einem Hieb den linken Arm des Mannes knapp unterhalb des Ellbogens ab. Der Verletzte stieß einen gellenden Schmerzensschrei aus, und noch während er seine herabfallenden Gliedmaßen auffangen wollte, holte Jekkus ein zweites Mal aus und durchtrennte an genau der gleichen Stelle den rechten Unterarm des Mannes!
Daraufhin war im Zuschauerraum schwer was los. Von Panik ergriffen, sprangen alle mit einem Satz auf die Füße. Der Mann torkelte zum Bühnenrand und schwenkte verzweifelt die Armstümpfe. Sein schockiertes Gesicht war kalkweiß. Doch dann blieb er plötzlich stehen – und fing an zu lachen.
Die Zuschauer in den vorderen Reihen starrten misstrauisch zur Bühne hoch. Er lachte erneut. Diesmal hatte das gesamte Publikum das Lachen vernommen und beobachtete das weitere Geschehen etwas entspannter. Inzwischen konnte man erkennen, wie winzige Hände aus den Armstümpfen des Verwundeten wuchsen. Die Hände wurden immer größer, und alsbald folgten ihnen Handgelenke und Unterarme. Nach einer Minute hatten die Arme des Mannes wieder ihre natürliche Länge erreicht. Er krümmte die Finger, grinste und verbeugte sich.
»Sehr verehrte Damen und Herren!«, dröhnte Meister Riesig, der unversehens auf der Bühne erschienen war. »Einen donnernden Applaus für unseren fabelhaften, erstaunlichen, unglaublichen *Cormac den Vielgliedrigen.*«

Nun hatte auch der letzte Zuschauer kapiert, dass man alle zum Narren gehalten hatte – der Mann aus dem Publikum gehörte zu den Artisten. Alles klatschte und jubelte, während Cormac sich nacheinander jeden einzelnen Finger abschnitt und wieder nachwachsen ließ. Er konnte sämtliche Glieder vom Rumpf abtrennen – nur von seinem Kopf hatte er bisher die Finger gelassen! Damit war die Vorstellung zu Ende. Aufgeregt schwatzend strömte die Menge hinaus, und alle unterhielten sich angeregt über den geheimnisvollen, sensationellen Cirque du Freak.

Drinnen halfen Harkat und ich beim Aufräumen. Für diese Routinearbeit benötigten wir normalerweise höchstens eine halbe Stunde, und manchmal ging es sogar noch schneller. Während wir arbeiteten, stand Meister Riesig abseits im Schatten. Das war zwar seltsam, da er sich nach der Vorstellung für gewöhnlich in seinen Wagen verzog, aber keiner von uns achtete darauf. Wenn man beim Cirque du Freak arbeitete, war man weiß Gott daran gewöhnt, dass ständig etwas Seltsames passierte!

Als ich einige Stühle aufeinander stapelte, die ein anderer Helfer in einen Lastwagen bringen sollte, trat Meister Riesig plötzlich aus dem Schatten. »Einen Augenblick bitte, Darren«, sagte er und lupfte den hohen roten Zylinder, den er stets auf der Bühne zu tragen pflegte. Er entnahm dem Hut eine Landkarte – die übrigens viel größer war als der Hut, doch ich verschwendete keinen Gedanken daran, wie sie hineingekommen sein mochte – und entrollte sie. Während er die eine Seite der Karte mit seiner mächtigen Linken hielt, bedeutete er mir mit einem Nicken, die andere Seite zu ergreifen.

»Wir befinden uns augenblicklich hier«, erläuterte Meister Riesig und deutete auf einen Punkt auf der Karte. Ich sah neugierig auf die Stelle und fragte mich, aus welchem Grund er mir das wohl zeigte.

»Und dort liegt unser nächstes Ziel«, fuhr er fort und wies auf einen anderen, etwas entfernt liegenden Punkt.
Als ich den Namen der Stadt las, stockte mir der Atem. Alles drehte sich vor meinen Augen und verschwamm. Dann ließ die Benommenheit nach. »Ich verstehe«, sagte ich leise.
»Du brauchst nicht mitzukommen«, erklärte Meister Riesig. »Wenn du möchtest, kannst du einen anderen Weg einschlagen und später wieder zu uns stoßen.«
Ich überlegte kurz und traf dann eine blitzschnelle, intuitive Entscheidung. »Ist schon in Ordnung«, erwiderte ich. »Ich komme mit. Ich will euch begleiten. Das ist bestimmt … interessant.«
»Sehr schön«, gab Meister Riesig kurz angebunden zurück, nahm die Karte wieder an sich und rollte sie zusammen. »Wir brechen morgen früh auf.«
Damit drehte er sich um und ging. Ich spürte, dass ihm meine Entscheidung nicht passte, wusste jedoch nicht, warum und zerbrach mir auch weiter nicht den Kopf darüber. Stattdessen blieb ich neben den aufgestapelten Stühlen stehen, und meine Gedanken schweiften in die Vergangenheit. Ich dachte an alle Menschen, die ich als Kind gekannt hatte, insbesondere an meine Eltern und meine jüngere Schwester.
Schließlich kam Harkat zu mir herübergehumpelt, wedelte mir mit seiner grauen Hand vor den Augen herum und beförderte mich mit einem Schlag in die Gegenwart zurück. »Stimmt was nicht?«, fragte er, da er meine Unruhe spürte.
»Alles bestens«, erwiderte ich und zuckte verwirrt die Achseln. »Glaube ich jedenfalls. Vielleicht ist es sogar gut. Ich …« Seufzend betrachtete ich die kleinen Narben an meinen Fingerspitzen und murmelte ohne aufzusehen: »Ich gehe nach Hause.«

2 Alexander Knochen stand auf, schlug sich mit einem Löffel auf die Rippen und öffnete dabei den Mund. Ein lauter, angenehm musikalischer Ton entstand, und die Gespräche verstummten.

Den Blick auf den Jungen am Ende der Tafel gerichtet, begann Alexander zu singen: »Von grüner Haut und zart gebaut sowie eine Nase, die niemals rinnt, Shancus heißt das schreckliche Kind – alles Gute zum Geburtstag!«

Alle brachen in Hochrufe aus. Dreißig Artisten und Hilfskräfte des Cirque du Freak saßen um einen langen ovalen Tisch und feierten Shancus Vons achten Geburtstag. Es war ein kühler Apriltag, und die meisten Gäste hatten sich warm eingepackt. Auf dem Tisch stapelten sich Kuchen, Süßigkeiten und Getränke, und wir langten tüchtig zu.

Als Alexander Knochen wieder Platz genommen hatte, erhob sich Truska – eine Dame, die sich nach Belieben einen Bart wachsen lassen konnte – und gab ein zweites Geburtstagsgedicht zum Besten: »Das Einzige, wobei sein Mark gefror, war seiner Mutter fliegend Ohr, Shancus heißt dieser kleine Tor – alles Gute zum Geburtstag!«

Als Merla das hörte, riss sie sich ein Ohr ab und zielte auf ihren Sohn. Er duckte sich, das Ohr sauste dicht über seinem Kopf vorbei und trudelte zu Merla zurück, die es auffing und seitlich an ihrem Kopf feststeckte. Alle lachten.

Da Shancus seinen Namen mir zu Ehren erhalten hatte, hielt ich es für besser, einen eigenen Reim beizusteuern. Ich überlegte rasch, stand auf, räusperte mich und begann: »Der Schuppenmann hier ist aus bestem Stoff gemacht, und heute wird unser Shancus acht – alles Gute zum Geburtstag, Kleiner!«

»Danke, Patenonkel«, grinste Shancus. Ich war zwar überhaupt nicht sein Patenonkel, aber er tat gern so, als ob – vorzugsweise wenn er Geburtstag hatte und auf ein cooles Geschenk spekulierte!

Noch einige andere Gäste schmiedeten Reime zu Ehren des Schlangenjungen, bis sich Evra erhob und das Lied mit dem Schlussvers: »Trotz deiner Übeltaten, lieber Sohn, sind die Mama und ich dir wohlgesinnt immer schon, Landplage Shancus – alles Gute zum Geburtstag«, abrundete.
Nach stürmischem Applaus hasteten die Frauen eilig zum Geburtstagskind hinüber, drückten Shancus an sich und überschütteten den Kleinen mit Küssen. Er ließ die Liebkosungen mit tödlich verlegener Miene über sich ergehen, genoss es jedoch zweifellos, im Mittelpunkt zu stehen. Shancus' kleiner Bruder, Urcha, war eifersüchtig. Er hatte seinen Stuhl vom Tisch weggeschoben und schmollte. Lilia, die Schwester der beiden, arbeitete sich derweil durch die Berge von Geschenken, die Shancus erhalten hatte, und überprüfte, ob auch welche dabei waren, die für fünfjährige Mädchen interessant sein könnten.
Evra ging zu Urcha hinüber und versuchte ihn aufzumuntern. Im Gegensatz zu Shancus und Lilia war Urcha ein ganz normaler Junge und fühlte sich immer ausgeschlossen. Für Evra und Merla war es nicht einfach gewesen, ihm klar zu machen, dass auch er etwas Besonderes war. Ich sah, wie Evra ein kleines Geschenkpäckchen in Urchas Hand drückte und flüsterte: »Erzähl den anderen nichts davon.« Daraufhin hellte sich Urchas Miene auf, er setzte sich wieder neben Shancus an den Tisch und futterte munter drauflos.
Ich ging hinüber zu Evra, der seine Familie strahlend musterte. »Acht Jahre«, stellte ich fest und klopfte anerkennend auf Evras linke Schulter (vor langer Zeit waren einige der Schuppen an seiner rechten Schulter abgeschnitten worden, und er mochte es nicht, wenn man ihn an dieser Stelle berührte.) »Ich wette, dir kommt es eher vor wie acht Wochen.«
»Du ahnst ja nicht, wie Recht du hast«, lächelte Evra.
»Wenn man Kinder hat, vergeht die Zeit wie im Fluge. Eines

Tages wirst du das auch noch feststellen, wenn …« Mit verlegener Miene brach er mitten im Satz ab. »Entschuldige. Ich habe nicht dran gedacht.«
»Macht nichts«, gab ich zurück. Als Halbvampir war ich unfruchtbar. Ich würde niemals Kinder haben. Das war einer der Nachteile, wenn man zur Sippe gehörte.
»Wann willst du Shancus die Schlange zeigen?«, fragte Evra.
»Später«, grinste ich. »Vorhin habe ich ihm ein Buch geschenkt. Er dachte, es sei sein richtiges Geschenk – er sah total angewidert aus! Zuerst soll er seine Geburtstagsfeier genießen, und wenn er denkt, das Beste ist vorüber, zaubere ich die Schlange aus dem Hut.«
Shancus besaß bereits eine Schlange, aber ich hatte ihm eine neue gekauft, die größer und farbenprächtiger war. Evra hatte mir bei der Auswahl geholfen. Shancus würde seine alte Schlange an Urcha vererben, daher gab es heute Abend für beide einen Grund zum Feiern.
Merlas Ruf beorderte Evra wieder in den Partytrubel zurück – Lilia hatte sich im Geschenkpapier verheddert und musste befreit werden. Nachdem ich dem Treiben meiner Freunde einige Minuten lang zugesehen hatte, kehrte ich den Festlichkeiten den Rücken und schlenderte davon. Ich spazierte durch das Labyrinth aus Wagen und Zelten des Cirque du Freak und blieb schließlich vor dem Käfig des Wolfsmenschen stehen. Das wilde Zwitterwesen, halb Mensch, halb Tier, schnarchte vor sich hin. Ich fischte ein kleines Glas mit eingelegten Zwiebeln aus meiner Tasche, schob mir eine davon in den Mund und lächelte traurig, als mir einfiel, woher meine Vorliebe für eingelegte Zwiebeln stammte.
Diese Erinnerung beschwor weitere herauf, und unwillkürlich glitten meine Gedanken zu den vergangenen Jahren zurück. Entscheidende Ereignisse, unvergessliche Triumphe und vernichtende Niederlagen zogen an meinem geistigen Auge vor-

über. Wie Mr. Crepsley mich angezapft hatte und sein Vampirblut in mich geflossen war. Wie ich mich allmählich an meine neuen geschmacklichen Vorlieben und Kräfte gewöhnt hatte. Ich dachte an Sam Grest – den wahren Feinschmecker und Kenner eingelegter Zwiebeln. An meine erste Freundin, Debbie Schierling. Wie ich alles über die Vampyre erfuhr. An die Wanderung zum Vampirberg. Die Einweihungsprüfung, bei der ich nachweisen musste, dass ich ein vollwertiges Geschöpf der Nacht war. An mein Versagen und meine Flucht. Wie ich entdeckte, dass einer der Obervampire – Kurda Smahlt – uns an die Vampyre hatte verraten wollen. Wie ich diesen Plan vereitelte und zum Vampirfürsten gewählt wurde.
Der Wolfsmann zuckte im Schlaf, und ich setzte meinen Rundgang fort, da ich nicht sonderlich scharf drauf war, ihn aufzuwecken. Unaufhörlich kreisten meine Gedanken um die Vergangenheit. Ich dachte an Kurdas Geständnis und warum er uns verraten hatte – der Lord der Vampyre war erschienen und bereit, seine Leute in den Krieg gegen die Vampire zu führen. Wie ich die ersten Jahre im Krieg der Narben im Vampirberg verbracht hatte. Daran, wie ich die sichere Festung in Begleitung von Mr. Crepsley und Harkat verließ, um den Lord der Vampyre zu jagen. Wie wir Vancha March trafen, den dritten Jäger im Bunde – nur einer von uns dreien vermochte den Lord der Vampyre zur Strecke zu bringen. Unsere Reise mit einer Hexe namens Evanna. Unsere erste Begegnung mit dem Lord der Vampyre, dessen Identität ich jedoch zu spät erkannte, als er bereits mit Gannen Harst, seinem Beschützer, geflohen war.
Hier hätte ich am liebsten aufgehört, da die folgenden Erinnerungen zu schmerzlich waren, aber meine Gedanken glitten wie von selbst weiter. Ich kehrte in Mr. Crepsleys Geburtsstadt zurück, in der er auch seine Jugend verbracht hatte. Traf zufällig ein zweites Mal Debbie, die inzwischen erwachsen

war und als Lehrerin arbeitete. Andere Gesichter meiner Vergangenheit tauchten auf – R.V. und Steve Leonard. Ersterer war ein früherer Umweltaktivist, der mir die Schuld an seinen verstümmelten Händen gab. Er wurde zum Verbündeten der Vampyre und gehörte zu den Ausführenden jenes Planes, mit dem ich und meine Mitstreiter in ein unterirdische Tunnelsystem gelockt und dort vom Lord der Vampyre getötet werden sollten.

An diesem Plan war Steve ebenfalls beteiligt. Anfangs hatte ich ihn für unseren Verbündeten gehalten, schließlich war Steve in Kindertagen mein bester Freund gewesen. Gemeinsam mit ihm hatte ich zum ersten Mal eine Vorstellung des Cirque du Freak besucht. Er erkannte Mr. Crepsley und bat ihn darum, als sein Gehilfe arbeiten zu dürfen. Mr Crepsley weigerte sich jedoch und behauptete, Steve habe schlechtes Blut. Später wurde Steve von Mr. Crepsleys giftiger Tarantel gebissen. Nur Mr. Crepsley besaß die Macht, ihn zu heilen. Um Steves Leben zu retten, wurde ich zum Halbvampir, aber Steve sah die Sache etwas anders. Er dachte, ich hätte ihn verraten, um mich an seiner Stelle den Vampiren anzuschließen. Er schwor mir ewige Rache.

Wir irrten durch ein Höhlensystem unter Mr. Crepsleys Stadt. Standen den Vampyren in einer Kammer gegenüber, die Steve die Kammer der Vergeltung getauft hatte. Ich, Mr. Crepsley, Vancha, Harkat, Debbie und eine Kommissarin namens Alice Burgess. Es war ein schwerer Kampf. Mr. Crepsleys Gegner, der vermeintliche Lord der Vampyre, unterlag meinem Meister und starb. Daraufhin tötete Steve Mr. Crepsley, indem er ihn in eine mit spitzen Pfählen bestückte Grube stieß. Das war ein furchtbarer Schlag für alle, insbesondere als Steve mir danach die grauenvolle Wahrheit enthüllte: Der wahre Lord der Vampyre war niemand anders als er selbst.

Inzwischen war ich bei der letzten Zeltreihe angekommen. Ich blieb stehen und blickte mich leicht benommen um. Wir hatten unser Lager in einem ausgedienten Fußballstadion aufgeschlagen. Früher hatte hier die örtliche Fußballmannschaft ihre Spiele ausgetragen, doch seit einigen Jahren waren die Spieler in ein neues, moderneres Stadion umgezogen. Das alte sollte nun abgerissen und durch Wohnblocks ersetzt werden – aber das würde noch ein paar Monate dauern. Es war unheimlich, auf die vielen leeren Sitzreihen in dieser Geisterarena zu starren.

Geister ... Das erinnerte mich an mein nächstes seltsames Abenteuer mit Harkat, bei dem wir, wie wir im Nachhinein erfuhren, einen kurzen Blick in die Zukunft geworfen hatten. Wieder einmal fragte ich mich, ob jene trostlose Einöde wirklich unvermeidlich zur zukünftigen Wirklichkeit werden musste. Konnte ich das verhindern, indem ich Steve umbrachte, oder war uns diese Zukunft so oder so bestimmt, ganz gleich wie der Krieg der Narben ausgehen mochte?

Bevor ich darüber allzu sehr ins Grübeln geriet, ertönte eine Stimme neben mir: »Ist die Party schon vorbei?«

Ich sah auf und erblickte das vernarbte, zusammengeflickte grauhäutige Gesicht meines Freundes, Harkat Mulds. »Nein«, erwiderte ich lächelnd. »Die Wogen glätten sich zwar so langsam, aber ein paar Unentwegte halten immer noch durch.«

»Gut. Ich hatte schon Angst, ich hätte was verpasst.«

Harkat hatte den ganzen Tag die Reklametrommel für den Cirque du Freak gerührt und Handzettel in der Stadt verteilt. Das gehörte zu seinen Aufgaben, wenn wir in einer neuen Stadt gastierten. Mit seinen runden, grünen lidlosen Augen musterte er mich durchdringend. »Wie geht's denn so?«, erkundigte er sich.

»Merkwürdig. Besorgt. Unsicher.«

»Hast du dich da draußen schon umgesehen?« Harkat deutete auf die Stadt hinter den Stadionmauern. Ich schüttelte den

Kopf. »Willst du noch einen Blick drauf werfen oder ... verkriechst du dich lieber hier, bis wir wieder aufbrechen?«

»Ich mache bestimmt noch einen Rundgang«, gab ich zurück. »Aber leicht fällt es mir nicht gerade. Inzwischen ist nicht wenig Zeit vergangen. So viele Erinnerungen werden wach.« Das war der wahre Grund, warum mich plötzlich die Gedanken an meine Vergangenheit nicht losließen. Nach langen Wanderjahren war ich mit einem Mal wieder in meine Heimatstadt zurückgekehrt, wo ich zur Welt gekommen war und mein gesamtes menschliches Leben verbracht hatte.

»Was ist, wenn meine Familie immer noch hier wohnt?«, fragte ich Harkat.

»Du meinst deine Eltern?«, vergewisserte er sich.

»Und Annie, meine Schwester. Sie halten mich für tot. Was wäre, wenn sie mich zufällig sehen?«

»Glaubst du denn, dass sie dich erkennen würden?«, erkundigte sich Harkat. »Es ist schon ein ganze Weile her. Menschen verändern sich.«

»Menschen vielleicht schon«, schnaubte ich. »Aber ich bin doch bloß um vier oder fünf Jahre gealtert.«

»Vielleicht ist es gar nicht schlecht, sie ... wiederzusehen«, sinnierte Harkat. »Stell dir mal vor, wie sie sich freuen ... wenn du plötzlich lebendig vor ihnen stehst.«

»Das glaube ich kaum«, widersprach ich. »Seit Meister Riesig mir gesagt hat, dass es nach Hause geht, denke ich ständig darüber nach. Ich will unbedingt herausfinden, wo sie leben. Für mich wäre das wunderbar – allerdings nicht für sie. Sie haben mich begraben. Sie haben um mich getrauert und inzwischen hoffentlich ihr normales Leben wieder aufgenommen. Es wäre nicht richtig, alte Wunden aufzureißen.«

»Finde ich nicht«, äußerte Harkat. »Aber das ist ... deine Entscheidung. Bleib einfach hier beim Cirque. Benimm dich unauffällig. Versteck dich.«

»Das schaffe ich nicht«, seufzte ich. »Schließlich bin ich in meiner Heimatstadt. Es juckt mich in den Fingern, durch die Straßen zu laufen, zu sehen, was sich alles verändert hat, und nach alten Bekannten Ausschau zu halten. Ich will wissen, was aus meinen Freunden geworden ist. Natürlich wäre es das Klügste, sich zu verkriechen – bloß habe ich mich schon jemals für das Klügste entschieden?«
»Vielleicht würdest du so oder so ... Ärger bekommen«, sagte Harkat.
»Wie meinst du das?« Ich runzelte die Stirn.
Harkat blickte sich unbehaglich um. »Irgendwie ist mir dieser Ort hier nicht ... geheuer«, gab er mit heiserer Stimme zurück.
»Nicht geheuer?«, fragte ich.
»Schwer zu erklären. Ich habe nur so eine Vorahnung ... das ist ein gefährlicher Ort, aber wir sind dazu ... bestimmt, hier zu sein. Irgendetwas geht hier vor. Spürst du das nicht?«
»Nein, ich bin mit ganz anderen Dingen beschäftigt.«
»Wir haben häufig über deine Entscheidung diskutiert ... dich dem Cirque anzuschließen«, erinnerte mich Harkat, wobei diskutieren ein ziemlich milder Ausdruck für die endlosen Streitgespräche war, die wir uns über die Frage, ob ich losziehen und die Obervampire aufsuchen sollte oder nicht, geliefert hatten. In seinen Augen hatte ich mich damals wie ein Drückeberger benommen. Harkat war ganz versessen darauf gewesen, dass wir uns wieder den Vampiren anschlossen und den Lord der Vampyre jagten.
»Fängst du etwa schon wieder damit an?«, ächzte ich.
»Nein«, sagte er. »Ganz im Gegenteil. Inzwischen glaube ich, dass du Recht gehabt hast. Ohne den Cirque hätten wir es niemals bis hierher geschafft. Und ich denke, wie gesagt ... dass es unsere Bestimmung ist, hier zu sein.«
Schweigend musterte ich Harkat »Was wird deiner Ansicht nach denn passieren?«, erkundigte ich mich ruhig.

»So genau kann ich das nicht sagen«, wich er aus.
»Aber wenn du raten müsstest?«, bohrte ich.
Harkat zuckte verlegen die Achseln. »Ich denke, wir treffen vielleicht ... mit Steve Leonard zusammen oder stoßen auf einen Hinweis ... der uns zu ihm führen könnte.«
Bei der Vorstellung, Steve erneut zu begegnen, zog sich mir der Magen zusammen. Ich hasste ihn für alles, was er uns angetan hatte, insbesondere dafür, dass er Mr. Crepsley umgebracht hatte. Aber kurz vor seinem Tod hatte Mr. Crepsley mich davor gewarnt, mein Leben vom Hass vergiften zu lassen. Dann würde aus mir ein ebenso elendes, seelisch verkrüppeltes Geschöpf wie Steve. Obwohl ich mich danach sehnte, mich an meinem ehemaligen Freund zu rächen, fürchtete ich mich auch davor. Ich wusste nicht, wie ich reagieren würde, wenn ich ihn erneut traf, und ob es mir dann gelang, mich im Zaum zu halten, oder ob mich blinde, hasserfüllte Wut übermannte.
»Du hast Schiss«, stellte Harkat fest.
»Stimmt. Aber nicht vor Steve. Ich habe Angst vor dem, was ich tun könnte.«
»Keine Sorge«, lächelte Harkat. »Wird schon schief gehen.«
»Was ist ...« Ich zögerte. Vielleicht brachte es ja Unglück, wenn ich über meine Befürchtungen redete. Andererseits kam mir das irgendwie kindisch vor, und ich rückte schließlich damit heraus. »Was, wenn Steve versucht, meine Familie gegen mich auszuspielen? Wenn er meine Eltern oder Annie bedroht?«
Harkat nickte bedächtig. »Daran habe ich auch schon gedacht. Das ist genau einer der miesen Tricks, mit denen er ... andere gern aufs Kreuz legt.«
»Wie soll ich mich in dem Fall verhalten?«, fragte ich. »Debbie hat er schon in seine krankhaften Rachepläne gegen mich mit hineingezogen – von R.V. ganz zu schweigen. Wenn er nun ...«

»Immer mit der Ruhe«, besänftigte mich Harkat. »Zuerst müssen wir herausfinden … ob deine Eltern überhaupt noch hier wohnen. Wenn ja, lassen wir uns was einfallen … Wir schieben einfach vor ihrem Haus Wache … und beschützen sie.«

»Wir beide allein können sie doch nicht beschützen«, grunzte ich unwillig.

»Wir sind nicht allein«, erwiderte Harkat. »Wir haben viele Freunde im Cirque. Sie helfen uns bestimmt.«

»Sollten wir sie nicht lieber aus der ganzen Sache raushalten?«, fragte ich.

»Vielleicht stecken sie ja schon mit drin«, antwortete Harkat. »Ihr Schicksal ist mit unserem verbunden, glaube ich. Vielleicht hattest du deswegen auch das Gefühl … bei ihnen bleiben zu müssen.« Er lächelte. »Komm schon, ich möchte auf der Party sein, bevor Rhamus den ganzen Kuchen verdrückt hat!«

Lachend schob ich meine Sorgen beiseite und machte mich mit Harkat auf den Weg zur Geburtstagsfeier. Hätte ich jedoch geahnt, wie eng mein Schicksal mit dem meiner sonderbaren Freunde verknüpft war und wie viele Gefahren ihnen bevorstanden, so hätte ich auf der Stelle einen Schlussstrich unter die ganze Angelegenheit gezogen und wäre ans andere Ende der Welt geflohen.

3

An diesem Tag ging ich nicht mehr in die Stadt. Ich blieb beim Cirque du Freak und feierte mit den anderen Shancus' Geburtstag. Er war völlig vernarrt in seine neue Schlange, und als Urcha feststellte, dass er das Tier seines großen Bruders erbte, sprudelte er vor Freude beinahe über. Das Fest dauerte länger als erwartet. Die Tische bogen sich unter den

Bergen von schier unerschöpflichen Köstlichkeiten, und selbst der Vielfraß Willi Wunderwanst musste sich irgendwann geschlagen geben. Anschließend bereiteten wir alles für die Abendvorstellung vor, die ohne Zwischenfälle ablief. Ich verbrachte den größten Teil der Show hinter den Kulissen und hielt unter den Gesichtern der Zuschauer nach alten Nachbarn und Freunden Ausschau. Doch ich entdeckte niemanden, den ich kannte.

Am folgenden Morgen, als die Artisten noch schliefen, machte ich mich heimlich davon. Ich trug trotz des schönen Wetters einen Anorak, damit ich die Kapuze hochziehen und mein Gesicht verbergen konnte, falls es nötig sein sollte.

Die Begeisterung, wieder in meiner Heimatstadt zu sein, beflügelte meine Schritte. In den Straßen hatte sich allerhand verändert, es gab jede Menge neuer Läden und Büros und viele neu gestaltete oder umgebaute Häuser, doch die Namen waren dieselben wie früher. Jede Ecke weckte Erinnerungen. Dort war der Laden, wo ich meine ersten Fußballschuhe erstanden hatte. Mamas Lieblingsboutique. Das Kino, in dem Annie ihren ersten Film gesehen hatte. Der Kiosk, wo ich mich immer mit Comics eingedeckt hatte.

Ich spazierte durch ein großes Einkaufszentrum, in dem ich früher immer die neuesten Computerspiele ausprobiert hatte. Der Besitzer hatte gewechselt, und der Laden war inzwischen so groß, dass ich ihn kaum wieder erkannt hätte. Spaßeshalber versuchte ich mich an einigen Spielen und schmunzelte, als ich mich erinnerte, wie aufgeregt ich früher gewesen war, wenn ich samstags hierher kam und mir stundenlang mit den neuesten Kampfspielen die Zeit vertrieb.

Anschließend verließ ich die Ladenstraße und schlenderte durch meine bevorzugten Grünanlagen. Aus dem einen Park war inzwischen eine Siedlung geworden, der andere war jedoch unverändert. Ein Gärtner kümmerte sich um ein Blumenbeet – es war William Morris, der Großvater meines Freundes Alan. William war der erste Mensch aus meiner Vergangenheit, dem ich begegnete. Da er mich nur flüchtig gekannt hatte und mich garantiert nicht wieder erkennen würde, ging ich dicht an ihm vorüber und musterte ihn unbefangen. Am liebsten wäre ich auf einen kurzen Schwatz stehen geblieben und hätte ihn gefragt, was es Neues von Alan gebe. Ich war kurz davor, ihm zu erzählen, dass ich ein alter Schulfreund seines Enkels sei, diesen jedoch leider aus den Augen verloren hätte. Gerade rechtzeitig fiel mir ein, dass Alan inzwischen erwachsen war und kein Teenager mehr wie ich. Schweigend und unbemerkt lief ich vorbei.

Ich war ganz wild darauf, mir unser früheres Haus anzusehen. Aber die Zeit war noch nicht reif. Wenn ich nur daran dachte, begann ich schon vor Aufregung zu zittern. Ich ging wieder ins Zentrum zurück und schlenderte an den Banken, Restaurants und Geschäften vorbei. Manchmal erhaschte ich einen Blick auf vage bekannte Gesichter, Angestellte, Kellner und einige Kunden, sah allerdings niemanden, den ich gut gekannt hatte.

In einem Café bestellte ich mir eine Kleinigkeit zu essen. Es schmeckte zwar nicht besonders gut, aber dies war Papas Lieblingscafé gewesen. Hier war er häufig mit mir eingekehrt, während Mama und Annie in den Geschäften das Geld unter die Leute brachten. Es war schön, in der vertrauten Umgebung zu sitzen und, genau wie früher, ein Sandwich mit Huhn und Speck zu bestellen.

Nach dem Essen ging ich zu meiner alten Schule – das war vielleicht ein unheimliches Gefühl! Ein neuer Seitenflügel war angebaut und das Schulgelände mit einem neuen Zaun eingefasst worden, doch davon abgesehen sah alles genauso aus wie früher. Die Mittagspause war gerade zu Ende. Im Schatten eines Baumes verborgen, beobachtete ich, wie die Schüler langsam in die Klassenräume gingen. Ich entdeckte auch einige Lehrer. Die meisten waren mir vollkommen unbekannt, aber zwei erregten meine Aufmerksamkeit. Eine davon war Mrs. McDaid. Sie unterrichtete Sprachen, hauptsächlich in der Oberstufe. Sie hatte meine Klasse seinerzeit vertretungsweise übernommen, als unser Klassenlehrer sich ein halbes Jahr hatte freistellen lassen.

Den anderen Lehrer kannte ich wesentlich besser, er hieß Mr. Dalton! Ihn hatte ich in Englisch und Geschichte gehabt. Er war mein Lieblingslehrer gewesen. Er plauderte gerade mit einigen Schülern, und an deren Lächeln erkannte ich, dass er noch genauso beliebt war wie früher.

Zu gern hätte ich mit Mr. Dalton geredet. Ich überlegte ernsthaft, ob ich bis Schulschluss warten und dann zu ihm gehen sollte. Er wusste bestimmt, was mit meinen Eltern und Annie geschehen war. Ich brauchte ihm ja nicht gleich auf die Nase zu binden, dass ich ein Vampir war, ich konnte ihm etwas von einer Anti-Alters-Krankheit vorflunkern, um mein jugendliches Aussehen zu erklären. Allerdings war es ziemlich knifflig, ihm eine einleuchtende Erklärung meines vermeintlichen Todes aufzutischen. Na ja, irgendeine passende Geschichte würde mir schon einfallen.

Doch ein Gedanke hielt mich davon ab. Vor einigen Jahren hatte mich die Polizei in Mr. Crepsleys Heimatstadt als Mörder gebrandmarkt und meinen Namen und mein Foto landesweit in Fernsehen und Presse verbreitet. Was, wenn Mr. Dalton etwas davon zu Ohren gekommen war? Wenn er wusste, dass ich lebte, und mich für einen Mörder hielt, würde er mir unter Umständen die Polizei auf den Hals hetzen. Dieses Risiko wollte ich lieber nicht eingehen. Daher drehte ich meiner Schule schließlich den Rücken zu und trollte mich.

Erst in diesem Augenblick fiel mir ein, dass Mr. Dalton womöglich nicht der Einzige war, der in die Hysterie um Darren

Shan, den Serienkiller, einstimmen könnte. Vielleicht hatten meine Eltern ja auch davon gehört! Mr. Crepsleys Heimatstadt lag zwar weit entfernt, und ich wusste nicht, wie der Nachrichtenfluss zwischen den beiden Ländern war. Aber möglich war es immerhin.

Der Schreck fuhr mir derart in die Glieder, dass ich mich auf eine Parkbank setzen musste, während ich diese entsetzliche Vorstellung durchdachte.

Ich vermochte mir nur ansatzweise auszumalen, wie schockierend es für Mama und Papa gewesen sein könnte, falls sie, Jahre nach meiner Beerdigung, mein Konterfei in den Nachrichten unter einer Schlagzeile gesehen hätten, die mich zum Mörder abstempelte. Wieso hatte ich nicht früher daran gedacht?

Unter Umständen entwickelte sich daraus noch ein echtes Problem. Ich hatte Harkat gesagt, dass ich nicht die Absicht hatte, meine Familie aufzusuchen – das wäre für alle Beteiligten zu schmerzlich. Doch wenn meine Eltern bereits wussten, dass ich noch am Leben war, und mich nun fälschlicherweise für einen Mörder hielten, musste ich sie unbedingt aufklären. Was aber war, wenn sie es *nicht* wussten?

Ich beschloss, erst einmal die Lage zu sondieren. Auf meinem Spaziergang war ich an einer nagelneuen, supermodernen Bücherei vorbeigekommen. Ich ging im Eiltempo dorthin zurück und bat die Bibliothekarin um Hilfe. Ich erzählte ihr, ich müsse für den Unterricht ein Projekt vorbereiten und über ein lokales Ereignis der letzten drei Jahre berichten. Ich bat sie um alle Ausgaben der Lokalzeitung aus diesem Zeitraum und ließ mir außerdem noch die überregionale Zeitung geben, die Mama und Papa damals immer gelesen hatten. Falls etwas über die Vorfälle in Mr. Crepsleys Stadt bis hierher gedrungen war, musste es in einer der beiden Zeitungen stehen.

Die Bibliothekarin war sehr hilfsbereit. Sie zeigte mir, wo die

Mikrofilme untergebracht waren und wie man sie las. Als ich verstanden hatte, wie man sie auf den Bildschirm übertrug und von einer Seite zur nächsten blätterte, überließ sie mich meinem Schicksal.

Ich fing mit den Ausgaben der überregionalen Zeitung an, die einige Monate vor dem Zeitpunkt erschienen waren, als ich mit dem Gesetz in Konflikt geriet. Ich suchte nach Berichten über Mr. Crepsleys Stadt und die Mörderbande, die alle in Angst und Schrecken versetzt hatte. Ich kam rasch voran und warf nur einen kurzen Blick auf die internationalen Nachrichten. Die Morde wurden lediglich zwei Mal erwähnt, und beide Artikel waren in äußerst ironischem Tonfall geschrieben! Offenbar hatten sich die hiesigen Journalisten köstlich über die Vampirgerüchte amüsiert, und so war die ganze Angelegenheit als leichte Unterhaltungskost in den Klatschspalten gelandet. In einer Ausgabe wurde kurz darauf hingewiesen, dass die Polizei vier Verdächtige festgenommen hatte, diese jedoch durch Fahrlässigkeit allesamt wieder entwischen ließ. Namen waren nicht erwähnt, geschweige denn die Personen, die Steve bei seiner Flucht getötet hatte.

Ich war erleichtert und wütend zugleich. Ich hatte ja selbst erlebt, wie viel Leid die Vampyre in jener Stadt verursacht und wie viele Unschuldige sie auf dem Gewissen hatten. Ich war empört, dass man aus dieser düsteren Geschichte einen unterhaltsamen Schwank gemacht hatte, einzig und allein weil der Ort des Verbrechens so weit entfernt lag. Hätten die Vampyre hier zugeschlagen, wäre bestimmt allen das Lachen vergangen!

Rasch überprüfte ich die Ausgaben der darauf folgenden Monate, aber nach der Flucht hatte keine der Zeitungen noch etwas über den Vorfall berichtet. Dann arbeitete ich mich durch die Lokalzeitung. Das dauerte erheblich länger. Die wichtigsten Nachrichten standen auf den ersten Seiten, lokale Meldun-

gen hingegen waren über die ganze Ausgabe verstreut. Ich musste jede Zeitung von vorn bis hinten durchblättern.
Obwohl ich versuchte, mich nicht von Artikeln ablenken zu lassen, die nichts mit mir zu tun hatten, überflog ich unweigerlich die ersten Zeilen der interessanteren Berichte. Bald war ich wieder auf dem Laufenden: Wahlen, Skandale, Helden, Verbrecher. Polizeibeamte, die sich hervorgetan hatten, Kriminelle, die den Namen der Stadt in Verruf brachten, ein spektakulärer Banküberfall und der ruhmreiche dritte Platz im Nationalen Wettbewerb »Unsere Stadt soll sauber werden«.
Ich entdeckte auch Fotos und Artikel von einigen meiner Schulfreunde, und ein Name wurde besonders häufig erwähnt – Tom Jones! Tommy gehörte mit Steve und Alan Morris zu meinen besten Freunden. Wir beide galten damals als die besten Fußballspieler der Klasse. Ich war der Torjäger und führte den Sturm an, während Tommy in der Abwehr spielte und durch grandiose Paraden von sich reden machte. Ich hatte oft davon geträumt, Profifußballer zu werden. Tommy hatte diesen Traum verwirklicht und war Torwart geworden.
Es gab Dutzende von Fotos und Geschichten über ihn. Tom Jones (er hatte seinen früheren Rufnamen Tommy abgekürzt) war einer der besten Torhüter des Landes. In vielen Artikeln wurde sein Name durch den Kakao gezogen – es gab einen berühmten Sänger gleichen Namens –, doch an Tommy selbst hatte niemand etwas auszusetzen. Nachdem er sich in der Amateurliga hochgearbeitet hatte, war er von einer lokalen Mannschaft unter Vertrag genommen worden, hatte sich einen Namen gemacht und anschließend fünf Jahre im Ausland gespielt. Jetzt war er wieder in seine Heimat zurückgekehrt und bei einer der besten Mannschaften des Landes unter Vertrag.
In den jüngsten Ausgaben las ich, dass die Fans aus der Gegend vor Aufregung über das bevorstehenden Pokalfinale völlig aus dem Häuschen waren, denn es wurde in unserer Stadt

ausgetragen, und Tommys Mannschaft war mit von der Partie. Natürlich wären die hiesigen Fans noch begeisterter über die Qualifizierung unserer heimischen Mannschaft gewesen, aber dies war fast genauso gut.
Als ich die Neuigkeiten über Tommy las, hob sich meine Laune. Es war toll, dass einer meiner Freunde so viel Erfolg hatte. Die zweite gute Nachricht war, dass ich nirgendwo erwähnt wurde. In einer kleinen Stadt wie der unsrigen hätte es sich in Windeseile herumgesprochen, wenn mein Name im Zusammenhang mit den Serienmorden aufgetaucht wäre. Die Luft war also rein.
Über meine Familie stand ebenfalls kein Wort in der Zeitung. Ich konnte nirgendwo den Namen Shan entdecken. Mir blieb daher nur eines übrig: Ich musste zusehen, wie ich selbst an die Informationen herankam, und zu dem Haus gehen, in dem ich aufgewachsen war.

4

Beim Anblick unseres Hauses blieb mir die Luft weg. Alles sah genauso aus wie früher. Die Eingangstür war noch in derselben Farbe gestrichen, die Vorhänge waren unverändert, und auch im Garten hatte sich nicht das Geringste geändert. Während ich mich am Zaun festklammerte und wie gebannt auf das Gebäude starrte, rechnete ich beinahe damit, jeden Augenblick eine jüngere Version meiner selbst aus der Hintertür heraushüpfen zu sehen, die sich mit einem Stapel Comics in der Hand auf den Weg zu Steve machte.
»Kann ich dir helfen?«, ertönte eine Stimme hinter mir.
Ich fuhr herum und kehrte mit einem Schlag in die Wirklichkeit zurück. Ich wusste zwar nicht, wie lange ich am Zaun gestanden hatte, aber angesichts meiner weiß verkrampften Fingerknöchel mussten es einige Minuten gewesen sein. Eine

ältere Frau stand neben mir und musterte mich misstrauisch. Ich rieb mir die Hände und lächelte sie freundlich an. »Ich habe mich nur ein bisschen umgesehen«, sagte ich.

»Was genau hast du dir denn angesehen?«, fragte sie feindselig, und plötzlich begriff ich, welchen Eindruck ich auf sie machen musste – ein kräftiger Jugendlicher, der aufmerksam einen verlassenen Garten und das Haus fixierte. Sie hielt mich für einen Einbrecher, der seinen nächsten Raubzug ausbaldowerte.

»Ich heiße Derek Shan«, sagte ich und borgte mir rasch den Vornamen meines Onkels aus. »Früher hat jemand aus meiner Familie hier gewohnt. Oder wohnt vielleicht immer noch hier. Ich weiß es nicht. Ich besuche Freunde in der Stadt und dachte, ich könnte mal vorbeischauen und nachsehen, ob meine Verwandten noch in dem Haus leben.

»Du bist mit Annie verwandt?«, fragte die Frau. Ich erschauerte, als ich den Namen meiner Schwester hörte.

»Ja«, sagte ich und musste mich zusammenreißen, damit meine Stimme nicht zittrig klang. »Und mit Dermot und Angela.« Meinen Eltern. »Wohnen sie noch hier?«

»Dermot und Angela sind vor drei oder vier Jahren weggezogen«, antwortete sie. Ihr Misstrauen war verflogen, sie trat neben mich und blickte mit zusammengekniffenen Augen zu unserem Haus hinüber. »Sie hätten schon früher umziehen sollen. Seit ihr Sohn gestorben ist, war das kein glückliches Haus mehr.« Sie musterte mich von der Seite. »Hast du davon gehört?«

»Mein Vater hat mir mal was davon erzählt«, murmelte ich und bekam rote Ohren.

»Damals habe ich noch nicht hier gewohnt«, fuhr sie fort. »Aber man hört ja so einiges. Der Sohn ist aus dem Fenster gestürzt. Seine Familie ist zuerst hier geblieben, doch nach diesem Unglück war es zu traurig für sie. Ich frage mich, wie sie es überhaupt so lange ausgehalten haben. In einem Haus, in dem so etwas Schreckliches passiert ist, wird man seines Lebens nicht mehr froh.«

»Trotzdem sind sie geblieben«, sagte ich. »Und dann vor drei oder vier Jahren umgezogen?«

»Ja. Dermot hatte einen leichten Herzanfall und musste in Frührente gehen.«

»Herzanfall!«, stieß ich hervor. »Ist alles in Ordnung mit ihm?«

»Ja.« Die Frau lächelte mich an. »Ich sagte ja, ein leichter Anfall, oder? Nachdem er aufgehört hat zu arbeiten, sind sie schließlich irgendwo an die Küste gezogen. Angela hat oft gesagt, sie würde gern am Meer wohnen.«

»Und Annie?«, fragte ich. »Ist sie mitgegangen?«

»Nein. Annie ist geblieben. Sie wohnt immer noch hier, mit ihrem Jungen.«

»Ihrem Jungen?« Ich blinzelte überrascht.

»Ihrem Sohn.«

Die Frau runzelte die Stirn. »Bist du sicher, dass du mit ihnen verwandt bist? Du weißt ja nicht gerade viel von deiner Familie.«

»Ich war lange im Ausland«, räumte ich wahrheitsgemäß ein.

»Ach so.« Sie senkte verschwörerisch die Stimme. »Vermutlich ist dieses Thema für Kinder ungeeignet. Wie alt bist du denn, Derek?«

»Sechzehn«, log ich.

»Dann bist du wahrscheinlich groß genug. Ich heiße übrigens Bridget.«

»Freut mich, Bridget.« Ich zwang mich zu einem Lächeln und wünschte insgeheim, sie würde mit der Geschichte herausrücken.

»Der Junge ist ja ein netter Kerl, aber in Wirklichkeit ist er kein Shan.«

»Was wollen Sie damit sagen?«, fragte ich stirnrunzelnd.

»Er ist ein uneheliches Kind. Annie hat nie geheiratet. Ich glaube, niemand außer ihr weiß, wer der Vater ist. Angela hat zwar das Gegenteil behauptet, doch seinen Namen hat sie nie verraten.«

»Heutzutage entscheiden sich doch viele Frauen gegen eine Heirat«, entgegnete ich leicht trotzig. Es passte mir nicht, wie Bridget über meine Schwester sprach.

»Stimmt schon«, nickte Bridget. »Ist ja auch nichts dagegen einzuwenden, wenn man nur das Kind und nicht den Vater haben möchte. Aber Annie war damals noch sehr jung. Sie war gerade mal süße sechzehn, als sie den Kleinen zur Welt brachte.«

Wie alle Klatschbasen genoss Bridget es sichtlich, mir diese Geschichte unter die Nase zu reiben. Am liebsten hätte ich sie barsch zurechtgewiesen, doch es war klüger, meine Zunge im Zaum zu halten.

»Dermot und Angela haben ihr geholfen, das Baby großzuziehen«, fuhr Bridget fort. »In mancherlei Hinsicht war es ein Segen für sie, dass der Kleine da war. Er hat den leeren Platz ihres Sohnes ausgefüllt und wieder Lebensfreude in das Haus gebracht.« »Und jetzt kümmert sich Annie allein um ihn?«, erkundigte ich mich.

»Ja. Im ersten Jahr war Angela häufig am Wochenende und während der Ferien hier. Aber inzwischen ist der Junge ziemlich groß, und Annie kommt allein zurecht. Den beiden geht es nicht schlechter als anderen, denke ich.« Bridget warf einen Blick auf das Haus und rümpfte die Nase. »Aber einen neuen Anstrich könnten sie dem alten Kasten wirklich mal verpassen.«

»Ich finde, das Haus sieht tadellos aus«, gab ich steif zurück.

»Was wissen Sechzehnjährige denn schon von Häusern?« Bridget lachte. Dann verabschiedete sie sich und ging ihrer Wege. Im ersten Augenblick wollte ich sie zurückrufen und fragen, wann Annie nach Hause komme. Doch dann ließ ich es bleiben. Es war ebenso einfach und obendrein viel aufregender, hier draußen zu warten, bis sie auftauchte.

Auf der gegenüberliegenden Straßenseite stand ein kleiner Baum. Dort bezog ich mit hochgeschlagener Kapuze Stellung und warf alle paar Minuten einen Blick auf das Zifferblatt meiner Uhr, als sei ich mit jemandem verabredet. Die Straße war ruhig, und nur wenige Passanten kamen vorbei.

Allmählich wurde es dunkel. Es war außerdem ziemlich kühl, aber das machte mir nichts aus. Wir Halbvampire sind nun mal zähe Burschen und keine Frostbeulen. Während ich wartete, dachte ich darüber nach, was Bridget mir erzählt hatte. Annie war Mutter! Kaum vorzustellen. Als ich meine Schwester zum letzten Mal gesehen hatte, war sie selbst noch ein Kind gewesen. Nach Bridgets Worten zu schließen, hatte Annie es ziemlich schwer gehabt. Bestimmt war es nicht einfach, mit sechzehn Jahren ein Kind zu bekommen. Doch anscheinend hatte sie alles im Griff.

In der Küche knipste jemand das Licht an. Ich erkannte die Umrisse einer weiblichen Gestalt, die geschäftig hin und her lief. Dann ging die Hintertür auf, und meine Schwester trat ins Freie. Ich erkannte sie sofort wieder. Sie war größer als früher, hatte langes braunes Haar und ein paar Pfund zugelegt. Doch ihr Gesicht war unverändert. Dieselben lebhaften Augen und Lippen, die sich jederzeit bereitwillig zu einem warmen Lächeln formten.

Wie in Trance starrte ich auf Annie. Ich konnte den Blick einfach nicht abwenden. Obwohl ich zitterte und meine Knie weich wie Pudding waren, musste ich sie die ganze Zeit ansehen.

Annie ging zu der kleinen Wäscheleine im Garten hinüber, auf der die Kleidung eines Jungen hing. Sie hauchte in die Hände, um sie anzuwärmen, reckte sich, nahm die Kleider nachein-

ander von der Leine und legte sie sich über den linken Unterarm.
Ich trat einen Schritt vor und öffnete den Mund, um ihren Namen zu rufen. Ich hatte völlig vergessen, dass ich mich nicht zu erkennen geben wollte. Da drüben war Annie – meine Schwester. Ich musste einfach mit ihr reden, sie umarmen, mit ihr lachen und weinen, alles über die Vergangenheit erfahren und mich nach Mama und Papa erkundigen.
Aber meine Stimmbänder machten nicht mit. Meine überschwänglichen Gefühle hatten mir die Sprache verschlagen. Ich brachte nur ein dünnes Krächzen zustande. Rasch schloss ich die Lippen, überquerte die Straße und näherte mich langsam dem Gartenzaun. Annie hatte inzwischen alle Kleider abgehängt und ging zur Küche zurück. Ich schluckte und befeuchtete meine Lippen mit der Zunge. Blinzelte einige Male, um meine wirren Gedanken zu ordnen. Öffnete erneut den Mund …
… und hielt inne, als aus dem Haus die Stimme eines Jungen ertönte: »Mama! Ich bin zu Hause!«
»Das wurde aber auch Zeit!«, rief Annie zurück und ich konnte hören, wie viel Liebe in ihrer Stimme mitschwang. »Ich habe dir doch gesagt, dass du die Wäsche abhängen sollst!«
»Tut mit Leid. Warte …« Ich sah den Jungen durch die Küche zur Hintertür eilen. Dann trat er ins Freie. Er war pausbäckig, blond und sehr hübsch.
»Soll ich dir was abnehmen?«, erkundigte er sich.
»Mein Held«, lachte Annie und reichte ihm die Hälfte der Kleider. Ihr vorausgehend kehrte er wieder ins Haus zurück. Als sie sich umdrehte, um die Tür hinter sich zu schließen, fiel ihr Blick auf mich. Sie hielt inne. Es war bereits ziemlich dunkel. Hinter ihr in der Küche brannte Licht. Sie konnte mich nur schemenhaft erkennen. Wenn ich allerdings lang genug stehen blieb … wenn ich sie beim Namen rief …

Aber ich gab keinen Mucks von mir.
Stattdessen hustete ich, zog mir die Kapuze tief ins Gesicht und machte kehrt. Als sie die Tür schloss, war mir, als würde dieses Geräusch mich wie der Schnitt einer scharfen Klinge von meiner Vergangenheit abtrennen.
Annie führte ihr eigenes Leben. Sie hatte einen Sohn und ein Zuhause. Wahrscheinlich arbeitete sie. Vielleicht hatte sie einen Freund oder jemanden, der ihr nahe stand. Es war einfach nicht richtig, wenn ich unversehens in ihrem Leben auftauchte, alte Wunden aufriss und sie in meine düstere, seltsame Welt hineinzog. Ihr Leben verlief friedlich und normal, und das war weitaus besser als alles, was ich anzubieten hatte. Daher kehrte ich meiner Schwester den Rücken und stahl mich hastig durch die Straßen meiner alten Heimatstadt davon, zurück zu meinem wahren Zuhause – dem Cirque du Freak. Doch auf dem schmerzlichen, einsamen Rückweg konnte ich einfach nicht aufhören, bitterlich zu schluchzen.

5

An jenem Abend wollte ich mit niemandem reden. Während der Vorstellung verkrümelte ich mich auf einen Sitz in der oberen Reihe des Fußballstadions und dachte über Annie und ihren Sohn, Mama und Papa und all jene nach, die ich verloren hatte und vermisste. Zum ersten Mal in meinem Leben war ich wütend auf Mr. Crepsley, weil er mich angezapft hatte. Ich fragte mich, was aus meinem Leben geworden wäre, wenn er mich damals nicht zum Halbvampir gemacht hätte, und wünschte mir sehnsüchtig, ich könnte noch einmal ganz von vorn anfangen.
Diese Selbstquälerei war natürlich vollkommen sinnlos. Meine Vergangenheit war ein abgeschlossenes Kapitel. Ich konnte nichts mehr daran ändern und war mir nicht einmal sicher, ob

ich das gegebenenfalls überhaupt gewollt hätte. Wenn Mr. Crepsley mich nicht angezapft hätte, hätte ich die Vampire nämlich nicht vor Kurda Smahlt warnen können, und das wäre womöglich das Ende der ganzen Sippe gewesen.
Wäre ich zehn oder zwölf Jahre früher nach Hause zurückgekehrt, hätte ich bestimmt viel heftiger darunter gelitten, dass man mir meine Kindheit vorenthalten hatte. Doch inzwischen war ich erwachsen. Ich war der Fürst der Vampire und Kummer gewohnt. Trotzdem war das ein schlimmer Abend, und ich ließ meinen Tränen freien Lauf. Aber als ich schließlich kurz vor Morgengrauen eindöste, hatte ich mich mit meiner Lage abgefunden und wusste, dass ich am nächsten Tag keine Träne mehr vergießen würde.
Ich erwachte steif gefroren und drehte zum Aufwärmen erst mal eine Stadionrunde an den Sitzreihen entlang, bevor ich auf unser Lager zusteuerte.
Als ich mich dem Zelt näherte, das ich mit Harkat teilte, sah ich Meister Riesig. Er stand am offenen Feuer und grillte Würstchen an einem Spieß. Er winkte mich heran, warf mir eine Hand voll Würstchen zu, machte einen neuen Spieß zurecht und befestigte ihn über den Flammen.
»Danke«, sagte ich und stürzte mich gierig auf die glühend heißen Würstchen.
»Ich habe mir schon gedacht, dass du Hunger hast«, erwiderte er und heftete seinen durchdringenden Blick auf mich. »Du hast deine Schwester aufgesucht.«
»Ja.« Es überraschte mich nicht, dass er Bescheid wusste. Meister Riesig war eben eine tiefgründige alte Eule, der so leicht nichts entging.
»Hat sie dich bemerkt?«, fragte er.
»Sie hat einen kurzen Blick auf mich geworfen, aber ich habe mich aus dem Staub gemacht, bevor sie genauer hinsehen konnte.«

»Du hast dich richtig verhalten.« Er drehte den Würstchenspieß um und sagte leise: »Du möchtest mich fragen, ob ich dir dabei helfen kann, deine Schwester zu beschützen. Du sorgst dich um ihre Sicherheit.«

»Harkat glaubt, dass sich was zusammenbraut«, erwiderte ich. »Er weiß nicht genau, was, aber falls Steve Leopard etwas damit zu tun hat, könnte er Annie benutzen, um mir eins auszuwischen.«

»Ausgeschlossen«, erklärte Meister Riesig. Diese direkte Antwort erstaunte mich, denn normalerweise kam es praktisch nie vor, dass er sich etwas über die Zukunft entlocken ließ. »Solange du dich aus ihrem Leben heraushältst, droht deiner Schwester keine direkte Gefahr.«

»Und wie steht's mit der indirekten Gefahr?«, erkundigte ich mich.

Meister Riesig gluckste vergnügt. »Sind wir nicht alle auf die eine oder andere Weise indirekt gefährdet? Harkat hat Recht – dieser Zeitpunkt und Ort sind schicksalhaft. Mehr darf ich dir nicht verraten, außer dass du dich von deiner Schwester fern halten solltest. Dann ist sie in Sicherheit.«

»In Ordnung«, seufzte ich. Es war zwar nicht nach meinem Geschmack, Annie ihrem Schicksal zu überlassen, doch ich vertraute Hibernius Riesig.

»Du solltest noch ein wenig schlafen«, riet Meister Riesig. »Du bist müde.«

Dieser Vorschlag war Musik in meinen Ohren. Ich stopfte mir ein letztes Würstchen in den Mund, wandte mich zum Gehen um und hielt dann inne. »Hibernius«, begann ich, ohne ihn anzusehen. »Ich weiß, Sie können mir nicht sagen, was geschehen wird, aber bevor wir in diese Stadt aufgebrochen sind, meinten Sie, es sei nicht nötig, dass ich den Cirque begleite. Wäre es denn besser gewesen, wenn ich gar nicht erst mitgekommen wäre?«

Eine lange Pause entstand. Zuerst dachte ich, er würde überhaupt nicht antworten. Doch dann erwiderte er leise: »Richtig.«

»Und wenn ich jetzt gehe?«

»Dazu ist es zu spät«, erwiderte er. »Deine Entscheidung, hierher zurückzukehren, hat bereits eine Kette von Ereignissen ausgelöst. Genaueres kann ich dir nicht sagen. Wenn du jetzt gehst, dient das nur den Zwecken deiner Gegner.«

»Und wenn ich …«, hakte ich nach, um mir Klarheit zu verschaffen. Doch Meister Riesig war bereits verschwunden und hatte nur das flackernde Feuer und einen Würstchenspieß auf dem Gras zurückgelassen. Am Abend, nachdem ich mich ausgeruht und richtig satt gegessen hatte, erzählte ich Harkat von meiner heimlichen Stippvisite zu Hause. Ich berichtete ihm auch von dem Gespräch mit Meister Riesig und dass er mir geraten hatte, unter keinen Umständen Kontakt zu meiner Schwester aufzunehmen.

»Dann hast du also Recht gehabt«, grummelte Harkat. »Ich dachte, du solltest dich mal wieder bei deiner Familie blicken lassen … aber anscheinend habe ich mich getäuscht.«

Wir waren gerade damit beschäftigt, den Wolfsmenschen mit Fleischbrocken zu füttern, was zu unseren täglichen Aufgaben gehörte. Wir achteten darauf, seinem Käfig bloß nicht zu nahe zu kommen, die Kraft seiner Furcht einflößenden Kiefer war uns schließlich bestens bekannt.

»Wie steht's mit deinem Neffen?«, erkundigte sich Harkat. »Konntest du eine auffällige Familienähnlichkeit feststellen?«

Ich überlegte, eine große Scheibe Fleisch in der Rechten. »Schon komisch, bis jetzt habe ich noch keinen Gedanken daran verschwendet, dass wir miteinander verwandt sind. Für mich war er einfach nur Annies Sohn. Ich habe völlig vergessen, dass er dadurch mein Neffe ist.« Ich grinste spitzbübisch. »Dann bin ich ja Onkel!«

»Wie schön für dich«, gab Harkat trocken zurück. »Sieht er dir ähnlich?«

»Eigentlich nicht«, erwiderte ich. Ich dachte daran, wie der blonde pausbäckige Junge gelächelt hatte, als er Annie half, die Wäsche ins Haus zu tragen. »Ein netter Kerl, soweit ich das erkennen konnte. Dass er gut aussieht, versteht sich von selbst, das liegt eben bei uns in der Familie.«

»Sieht man ja an dir!«, höhnte Harkat.

Ich bedauerte, dass ich Annies Sohn nicht genauer betrachtet hatte. Ich wusste nicht einmal, wie er hieß. Ich spielte kurz mit dem Gedanken, zurückzugehen und mich eingehender nach ihm zu erkundigen – ich könnte noch mal in der Straße herumlungern und Bridget, die alte Tratschbase, abfangen – verwarf die Idee jedoch sofort. Mit solch verwegenen Bravourstückchen machte ich am Ende noch Annie auf mich aufmerksam. Es war am besten, meinen Neffen einfach aus meinem Gedächtnis zu streichen.

Als wir mit dem Füttern fertig waren, fiel mir ein Junge auf, der hinter einem in der Nähe stehenden Lieferwagen hervorspähte und uns beobachtete. Er ließ uns nicht aus den Augen, wirkte allerdings ziemlich gelassen und verhielt sich unauffällig, um nicht unnötig auf sich aufmerksam zu machen. Normalerweise hätte ich mich nicht weiter um ihn gekümmert, denn es war an der Tagesordnung, dass neugierige Kinder in unserem Lager herumschlichen. Aber da ich in Gedanken mit meinem Neffen beschäftigt war, weckte der Junge ausnahmsweise mein Interesse.

»Hallo!«, rief ich und winkte ihm zu. Blitzschnell ging er wieder in Deckung. Ich hätte es dabei belassen, doch kurz darauf kam er wieder zum Vorschein und lief auf uns zu. Er wirkte etwas nervös – verständlicherweise, wir befanden uns schließlich in nächster Nähe des fauchenden Wolfsmenschen –, gab sich aber redlich Mühe, den Coolen zu spielen.

Ein paar Meter entfernt blieb der Junge stehen und nickte uns kurz zu. »Hallo«, murmelte er. Es war ein mageres Kerlchen mit dunkelblondem Haar und hellen blauen Augen. Ich schätzte ihn auf zehn oder elf, vielleicht etwas älter als Annies Sohn, obwohl der Altersunterschied zwischen den beiden sicher nicht groß war. Meiner Ansicht nach hätten sie Klassenkameraden sein können.
Der Junge schwieg, nachdem er uns begrüßt hatte. Da ich in Gedanken damit beschäftigt war, ihn mit meinem Neffen zu vergleichen, sagte ich ebenfalls nichts. Schließlich brach Harkat das Schweigen. »Hallo«, sagte er und zog die Gesichtsmaske herunter, die er tragen musste, weil die Luft giftig für ihn war. »Ich heiße Harkat.«
»Darius«, erwiderte der Junge und nickte Harkat zu, ohne ihm zur Begrüßung die Hand zu reichen.
»Ich heiße Darren«, lächelte ich.
»Ihr arbeitet bei der Freak Show«, stellte Darren fest. »Ich habe euch gestern gesehen.«
»Warst du schon mal hier?«, erkundigte sich Harkat.
»Schon ein paar Mal. Ich habe noch nie eine Freak Show gesehen. Ich wollte in die Vorstellung, doch keiner verkauft mir ein Ticket. Ich habe den langen Typ gefragt, er ist der Besitzer, glaube ich, aber er meinte, das sei nichts für Kinder.«
»Etwas gruselig ist es schon«, stimmte ich zu.
»Deswegen will ich ja rein«, brummelte der Junge.
Ich lachte und erinnerte mich, dass es mir in seinem Alter genauso ergangen war. »Weißt du was«, schlug ich vor. »Wie wär's, wenn wir dich ein bisschen herumführen? Wir könnten dir einige der Artisten vorstellen und dir alles über die Show erzählen. Falls du dann immer noch eine Eintrittskarte willst, lässt sich das vielleicht irgendwie machen.«
Mit misstrauisch zusammengekniffenen Augen musterte Darius erst mich und anschließend Harkat. »Woher weiß ich,

dass ich euch über den Weg trauen kann?«, fragte er. »Vielleicht seid ihr Kidnapper.«

»Also, ich gebe dir mein Wort, dass wir dich nicht … kidnappen«, säuselte Harkat und schenkte Darius ein extrabreites Lächeln, bei dem er seine graue Zunge und die scharfen, zugespitzten Zähne entblößte. »Vielleicht verfüttern wir dich an den Wolfsmenschen … aber kidnappen ist nicht unser Ding.«

Mit einem Gähnen gab Darius zu verstehen, dass ihn diese theatralische Drohung nicht im Mindesten beeindruckte. »Was soll's, ich hab sowieso nichts Besseres vor.« Er tappte mit dem Fuß und hob ungeduldig eine Braue. »Kommt schon«, sagte er barsch. »Von mir aus kann es losgehen.«

»Zu Befehl, mein Herr«, lachte ich und nahm den harmlos aussehenden Burschen auf einen Rundgang durch den Cirque mit.

6

Wir führten Darius durch das Lager und machten ihn mit Willie Wunderwanst, Cormac dem Vielgliedrigen, Hans Hände und Truska bekannt. Cormac hatte keine Zeit für eine kleine Sondervorstellung, aber Truska ließ einen kurzen Bart für Darius sprießen und zog die Haare dann wieder ins Gesicht ein. Darius tat zwar so, als sei er überhaupt nicht beeindruckt, doch sein verwunderter Blick war mir nicht entgangen.

Der Junge benahm sich irgendwie komisch. Er war ausgesprochen wortkarg und hielt während des ganzen Rundganges einige Meter Sicherheitsabstand zu Harkat und mir ein, als sei er immer noch misstrauisch. Er bestürmte uns mit Fragen über die Artisten und den Cirque du Freak, und das war ja auch verständlich. Von mir persönlich wollte er allerdings nichts wissen, weder woher ich kam noch warum ich mich dem

Cirque angeschlossen hatte oder worin meine Aufgaben bestanden. Er richtete auch keine einzige Frage an Harkat. Dabei war der grauhäutige, zusammengeflickte Kleine Kerl für die meisten Menschen ein äußerst ungewöhnlicher Anblick. Normalerweise fragten die Leute ihm Löcher in den Bauch. Doch Darius interessierte sich überhaupt nicht für Harkat, gerade so, als wüsste er schon alles über ihn.

Obendrein war es seltsam, wie er mich immer wieder verstohlen musterte. Ich ertappte ihn ein paar Mal dabei, als er dachte, ich sei gerade abgelenkt. Sein Blick wirkte nicht bedrohlich. Trotzdem machte mich das unruhige Flackern in seinen Augen nervös, ohne dass ich hätte sagen können, warum.

Harkat und ich waren zwar nicht hungrig, doch als wir am Lagerfeuer vorbeikamen, auf dem ein großer Topf Suppe blubberte, knurrte Darius' Magen vernehmlich. »Willst du was essen?«, bot ich an.

»Ich esse heute Abend zu Hause«, gab er zurück.

»Wie wäre es mit einem kleinen Imbiss zur Stärkung?«

Er zögerte, fuhr sich mit der Zunge über die Lippen und nickte rasch. »Aber nur ein kleiner Teller Suppe«, gab er so barsch zurück, als hätten wir ihm mit Zwangsernährung gedroht.

Während Darius die Suppe löffelte, fragte Harkat, ob er in der Nähe wohne.

»Nicht weit weg von hier«, antwortete der Junge unbestimmt.

»Wie hast du … von unserer Show erfahren?«

Ohne den Blick zu heben, erwiderte Darius: »Ein Freund von mir – Oggy Bas – war hier. Er wollte sich ein paar Stühle holen. Wir sind nämlich oft hier, wenn wir Stühle oder ein Stück vom Geländer brauchen. Man kommt leicht rein, und keiner kümmert sich drum, wenn wir uns was mitnehmen. Er hat das Zirkuszelt gesehen und mir davon erzählt. Ich dachte, es wäre ein ganz normaler Zirkus, bis ich mich gestern zum ersten Mal hier umgeschaut habe.«

»Wie kommt man denn zu einem Namen wie Oggy Bas?«, wollte ich wissen.
»Oggy ist die Abkürzung für Augustin«, erklärte Darius.
»Hast du Oggy erzählt, was für ein Zirkus der Cirque ... du Freak in Wirklichkeit ist?«, fragte Harkat.
»Nö«, erwiderte Darius. »Der kann seine Klappe einfach nicht halten. Er hätte es jedem aufs Butterbrot geschmiert, und dann wären alle hergekommen. Mir ist es lieber, wenn ich der Einzige bin, der Bescheid weiß.«
»Demnach kannst du also Geheimnisse für dich behalten«, schmunzelte ich. »Der Nachteil ist natürlich, dass kein Mensch weiß, wo du steckst, falls wir dich doch entführen oder an den Wolfsmann verfüttern.«
Obwohl das nur ein Witz sein sollte, reagierte Darius unerwartet heftig. Er war mit einem Satz auf den Füßen und ließ dabei die halb volle Suppenschüssel fallen. Instinktiv schnappte ich danach und fing sie mit Vampirgeschwindigkeit auf, bevor sie auf dem Boden in Stücke ging. Darius dachte offenbar, dass ich ihn angreifen wollte. Er schnellte zurück und brüllte: »Fass mich nicht an!«
Verdutzt trat ich einen Schritt zurück. Die anderen Zirkusleute am Lagerfeuer starrten uns erstaunt an. Harkat musterte Darius, und seine grünen Augen blickten nicht nur überrascht, sondern auch misstrauisch.
»Immer sachte«, sagte ich mit gespieltem Lachen, stellte die Schüssel ab und hob mit einer freundschaftlichen Geste die Hände. »Ich vergehe mich doch nicht an kleinen Jungen.«
Darius setzte sich auf. Sein Gesicht war rot vor Zorn. »Schon gut«, murmelte er und erhob sich.
»Was ist los, Darius?«, fragte Harkat mit ruhiger Stimme. »Warum so nervös?«
»Schon gut«, wiederholte er und funkelte den Grauhäutigen wütend an. »Ich kann es eben nicht leiden, wenn die Leute so

was sagen. Ich finde es nicht lustig, wenn solche Freaks wie ihr Drohungen von sich geben.«

»Das sollte doch bloß ein Witz sein«, sagte ich und war beschämt, weil ich den Jungen so aus der Fassung gebracht hatte. »Kann ich den Schreck mit einer Eintrittskarte für die Abendvorstellung wieder gutmachen?«

»Ich hab keine Angst gehabt«, knurrte Darius.

»Natürlich nicht«, lächelte ich. »Willst du trotzdem eine Karte?«

Der Junge verzog das Gesicht. »Wie viel kostet der Eintritt?«

»Für dich keinen müden Euro«, gab ich zurück. »Geht aufs Haus.«

»Na gut.« Überschwängliche Dankesworte waren offenbar nicht Darius' Sache.

»Soll ich auch eine Eintrittskarte für Oggy besorgen?«, fragte ich.

»Nicht nötig«, sagte Darius. »Er würde sowieso nicht mitkommen. Er ist ein Angsthase. Er sieht sich nicht mal Horrorfilme an und kriegt schon bei den alten langweiligen Streifen die Krise.«

»Verstehe«, erwiderte ich. »Warte hier. Ich bin gleich zurück.«

Ich zog los, um Meister Riesig aufzustöbern. Als ich ihm erzählte, was ich wollte, runzelte er die Stirn und sagte, die heutige Abendvorstellung sei bereits ausverkauft. »Ein einzelner Sitzplatz wird sich doch wohl noch finden«, lachte ich. An den Seiten gab es immer reichlich Platz, und im Allgemeinen war es nie ein Problem, dort noch ein paar zusätzliche Stühle aufzustellen.

»Ist es denn ratsam, Kinder zu unserer Vorstellung einzuladen?«, fragte Meister Riesig. »Kindern wird in unserem Zirkus bisweilen übel mitgespielt. Denke an dich, Steve Leonard und Sam Grest.« Sam war bei einer verhängnisvollen Begegnung mit dem Wolfsmenschen ums Leben gekommen. Er war der erste Mensch, dessen Blut ich getrunken hatte. Ein Teil seines Geistes lebte in mir weiter, von seiner Vorliebe für eingelegte Zwiebeln mal ganz abgesehen.

»Wieso erwähnen Sie Sam?«, erkundigte ich mich verwirrt. Es musste eine halbe Ewigkeit her sein, seit Meister Riesig zuletzt über den lange zurückliegenden Tod meines Freundes gesprochen hatte.

»Es liegt kein besonderer Grund dafür vor«, erwiderte Meister Riesig. »Meiner Ansicht nach ist der Cirque eben nur ein gefährlicher Ort für Kinder.« Damit zauberte er eine Eintrittkarte aus der Luft und überreichte sie mir. »Gib sie dem Jungen, wenn du willst«, knurrte er mürrisch, als hätte ich ihn mit vorgehaltener Pistole zu diesem Gefallen gezwungen.

Ich ging langsam zu Darius und Harkat zurück und wunderte mich über Meister Riesigs sonderbares Benehmen. Hatte er versucht, mich davor zu warnen, dass Darius zu viel Interesse am Cirque du Freak entwickeln könnte? Ähnelte er Sam Grest und war versessen darauf, von zu Hause abzuhauen und mit einem Haufen magisch begabter Artisten herumzuziehen? Beschwor ich durch meine Einladung herauf, dass er eines ebenso grausamen Todes sterben würde wie Sam?

Als ich zurückkam, hatte Darius sich nicht vom Fleck gerührt. Er sah aus, als habe er sich in der Zwischenzeit nicht mal ein Muskelzucken gestattet. Harkat stand auf der gegenüberliegenden Seite des Feuers und ließ den Jungen nicht aus den Augen. Ich zögerte einen Augenblick, ehe ich Darius die Eintrittskarte überreichte.

»Was hältst du eigentlich vom Cirque du Freak?«, fragte ich.

»Ganz in Ordnung«, erwiderte er achselzuckend.

»Möchtest du dich uns gern anschließen?«

»Was soll das denn heißen?«, erkundigte er sich.

»Wenn es eine Möglichkeit gäbe und du dein Zuhause verlassen könntest, würdest du …«

»Bloß nicht!«, fiel er mir ins Wort, noch ehe ich den Satz beendet hatte.

»Du hast keine Probleme mit deinen Eltern?«

»Nein.«

»Und auch keine Lust auf abenteuerliche Weltreisen?«

»Jedenfalls ganz bestimmt nicht mit euch.«

Mit einem zufriedenen Lächeln überreichte ich ihm die Karte. »Das wäre also geklärt. Die Vorstellung beginnt erst um zehn Uhr abends. Kriegst du das hin?«

»Logisch.« Darius schob die Karte in seine Hosentasche, ohne sie eines Blickes zu würdigen.

»Wie steht's mit deinen Eltern?«, fragte ich.

»Ich gehe früh ins Bett und mache mich dann heimlich vom Acker«, sagte er und kicherte schüchtern.

»Falls sie dich erwischen, kein Wort über uns«, warnte ich.

»Natürlich nicht!«, schnaubte er verächtlich, winkte uns kurz zu und trollte sich.

Bevor er außer Sichtweite verschwand, sah er mich ein letztes Mal an, und wieder lag ein sonderbarer Ausdruck in seinem Blick.

Harkat ging um das Lagerfeuer herum und starrte dem Jungen hinterher.

»Komischer Kauz«, bemerkte ich.

»Mehr als nur komisch«, murmelte Harkat.

»Was passt dir denn nicht?«, wollte ich wissen.

»Ich mag ihn nicht«, sagte Harkat.

»Er war ziemlich mürrisch«, stimmte ich zu. »Aber das ist in seinem Alter nichts Ungewöhnliches. Ich war genauso, als ich zum Cirque du Freak gekommen bin.«

»Ich weiß nicht.« Harkat sah zweifelnd aus. »Die Geschichte über seinen … Freund Oggy habe ich ihm nicht abgekauft. Wenn er tatsächlich so ein Angsthase ist, warum … schleicht er dann allein hier herum?«

»Du wirst auf deine alten Tage noch richtig misstrauisch«, lachte ich.

Harkat schüttelte langsam den Kopf. »Du hast es offenbar nicht mitbekommen.«

»Was denn?« Ich runzelte die Stirn.

»Als er uns beschuldigte, dass wir ihn bedrohen, sagte er ... ›Freaks wie ihr‹.«

»Na und?«

Harkat lächelte dünn. »Ich bin unverkennbar nicht menschlich. Aber wie kommt er drauf, dass ... du es auch nicht bist?«

Mich durchfuhr es plötzlich eiskalt. Harkat hatte Recht – der Junge wusste mehr über uns, als er zugeben wollte. Mit einem Mal dämmerte mir, was mich an Darius' Blicken so stutzig gemacht hatte. Sobald er angenommen hatte, ich sei abgelenkt, waren seine Augen zu den Narben an meinen Fingerspitzen gewandert, dem typischen Erkennungsmerkmal der Vampire, gerade so, als wüsste er, was sie zu bedeuten hatten.

7

Weder Harkat noch ich wussten, was wir von Darius halten sollten. Es kam uns unwahrscheinlich vor, dass die Vampyre jetzt schon Kinder für ihre Zwecke einspannten. Andererseits war dem elenden, verworrenen Geist ihres Anführers Steve Leopard alles zuzutrauen. Vielleicht war das eines seiner bösen, hasserfüllten Spielchen. Wir beschlossen, uns den Jungen heute Abend, wenn er zur Vorstellung kam, vorzuknöpfen und ihn auszuhorchen. Wir hatten nicht vor, ihn zu foltern oder irgendwas Drastisches zu unternehmen – wir wollten ihm bloß ein bisschen auf die Finger klopfen und so lange Angst einjagen, bis er uns die eine oder andere Antwort geben würde.

Es gehörte zu unseren Aufgaben, den Artisten bei den Vorbereitungen für die Show zur Hand zu gehen, doch wir erzählten Meister Riesig, wir müssten etwas Dringendes erledigen, und er bat einige andere Mitglieder der Truppe, unsere Arbeit zu übernehmen.

Zwei Eingänge führten ins Zirkuszelt. Kurz bevor die ersten Zuschauer kamen, bezogen Harkat und ich auf je einer Seite Stellung, um Darius abzupassen. Da ich immer noch besorgt war, jemand aus meiner Vergangenheit könnte mich erkennen, hielt ich mich im Schatten neben der Tür verborgen. Ich hatte Harkats Blaukutte angelegt und mein Gesicht unter der hochgezogenen Kapuze verhüllt. Schweigend beobachtete ich, wie die ersten Zuschauer hereintröpfelten und Jekkus Flang ihre Eintrittskarten überreichten (Meister Riesig stand am anderen Eingang). Bei jedem dritten oder vierten Gast warf Jekkus die Karte in die Luft, schleuderte ein Messer hoch, durchbohrte das Papierstück in der Mitte und spießte es dann an einem Pfosten neben der Tür auf.

Als sich die vereinzelten Zuschauer allmählich zu einem gleichmäßigen Besucherstrom verdichteten und Jekkus mehr und mehr Karten an der Stange befestigte, fügten sich Karten und Messer langsam zu den Umrissen eines Gehenkten. Einige der Zuschauer kicherten nervös, als ihnen dämmerte, womit Jekkus da beschäftigt war. Andere blieben stehen, um eine Bemerkung über seine Kunstfertigkeit mit dem Messer loszuwerden, aber die meisten Besucher eilten zu ihren Sitzplätzen. Nur die wenigsten warfen einen Blick über die Schulter auf das Bild des Gehenkten und fragten sich, ob das ein Vorgeschmack auf den weiteren Verlauf des Abends sein sollte.

Da ich diesen Trick von Jekkus schon in- und auswendig kannte, achtete ich nicht weiter auf den Gehenkten, sondern konzentrierte mich auf die Gesichter in der Menge. Es war schwierig, eine einzelne Person in dem Gedränge zu entdecken, insbesondere dann, wenn es sich um eine eher kleine Person handelte. Selbst wenn Darius durch diesen Eingang kommen sollte, war ich nicht sicher, ob er mir rechtzeitig auffallen würde.

Als die Schlange sich dem Ende näherte und der Zuschauerraum bereits gut gefüllt war, keuchte Jekkus überrascht auf und verließ seinen Posten. »Tom Jones!«, rief er. »Welche Ehre!«

Vor uns stand der legendäre Torhüter, Tom Jones – mein alter Schulfreund.

Verlegen lächelnd schüttelte Tommy Jekkus die Hand.

»Hallo«, sagte er zögernd und vergewisserte sich mit raschem Blick, ob Jekkus ihn als Einziger erkannt hatte. Doch abgesehen von den Besuchern in nächster Nähe, beachtete ihn niemand, alle blickten in Richtung Bühne und warteten auf den Beginn der Vorstellung.

»Ich habe Sie auf dem Platz gesehen!«, tönte Jekkus begeistert. »Ich komme nicht häufig dazu, Fußballspiele zu besuchen, das ist der Fluch des Reisens, aber ein paar Spiele habe ich verfolgt. Sie sind fabelhaft! Was meinen Sie, werden wir morgen siegen? Ich wollte mir eine Eintrittkarte besorgen, aber das Spiel war schon ausverkauft.«

»Es ist ein wichtiges Spiel«, sagte Tommy. »Ich könnte vielleicht noch eine Karte für Sie auftreiben, aber ich fürchte …«

»Nicht doch!«, unterbrach ihn Jekkus. »Ich wollte Ihnen keine Karte abschwatzen, sondern nur alles Gute wünschen. Apropos Eintrittskarte: Dürfte ich Ihre mal sehen?«

Als Tommy Jekkus seine Karte reichte, bat ihn der Messerwerfer um ein Autogramm. Tommy tat ihm den Gefallen, und Jekkus verstaute das Papier mit strahlendem Lächeln in seiner Tasche. Er bot Tommy an, ihm einen Platz direkt an der Bühne zu verschaffen, aber Tommy sagte, er sei ganz zufrieden damit, weiter hinten zu sitzen. »Ich glaube, es ist schlecht für

mein Image, wenn ich mich in einer solchen Show erwischen lasse«, lachte er.
Damit steuerte er auf einen der letzten freien Sitze zu. Ich stieß einen Seufzer der Erleichterung aus. Tommy hatte mich nicht bemerkt. Das Vampirglück war mir hold.
Ich wartete noch ein paar Minuten, bis auch die letzten Nachzügler eingetroffen waren, und verzog mich dann, während Jekkus die Eingangstür schloss. Rasch eilte ich zu Harkat hinüber. »Hast du ihn entdeckt?«, fragte ich.
»Nein«, erwiderte Harkat. »Und du?«
»Auch nicht. Dafür habe ich einen alten Freund gesehen.« Ich berichtete ihm von Tom Jones.
»Ob noch mehr dahinter steckt?«, überlegte Harkat.
»Das bezweifle ich«, sagte ich. »Tommy wollte sich einfach unsere letzte Abendvorstellung in der Stadt nicht entgehen lassen. Er ist nur hier, weil er morgen ein Spiel vor Ort hat. Er hat Wind von der Show bekommen und sich eine Eintrittkarte beschafft – für ihn als Star ist das ja kein Problem.«
»Aber ist das nicht ein sonderbarer Zufall ... dass er ausgerechnet zur gleichen Zeit hier ist wie wir?«, beharrte Harkat.
»Er ist hier, weil seine Mannschaft im Halbfinale steht«, erinnerte ich Harkat. »Das hätte nicht einmal Steve von langer Hand vorbereiten können. Wenn es um Fußball geht, stößt sogar die Macht des Vampyrlords an ihre Grenzen!«
»Du hast Recht«, stimmte Harkat lachend zu. »Ich glaube, ich leide allmählich unter Verfolgungswahn.« »Lassen wir Tommy mal beiseite«, sagte ich. »Was ist mit Darius? Hat er sich vielleicht klammheimlich an uns vorbeigedrückt?«
»Bestimmt«, sagte Harkat. »Bei dem Andrang war es unmöglich ... jeden Zuschauer zu bemerken. Ein Kind hätte sich problemlos ins Zelt schleichen können.«
»Dann müssen wir rein und noch mal nach ihm Ausschau halten«, stellte ich fest.

»Immer mit der Ruhe«, sagte Harkat und hielt mich zurück. »Obwohl wir uns wahrscheinlich keine Sorgen … über die Anwesenheit deines Freundes Tommy zu machen brauchen, sollten wir das Schicksal nicht herausfordern. Wenn du reingehst, rutscht dir vielleicht die Kapuze vom Kopf, und Tommy … könnte dich erkennen. Überlass das lieber mir.«
Ich wartete also draußen, während Harkat ins Zelt schlüpfte. Es dauerte mehr als eine halbe Stunde, bevor er sich wieder blicken ließ.
»Ich habe ihn nirgendwo entdeckt«, teilte Harkat mit. »Vielleicht haben ihn seine Eltern erwischt, als er sich heimlich aus dem Staub machen wollte«, überlegte ich. »Oder er hat mitbekommen, dass wir misstrauisch … geworden sind«, sagte Harkat. »So oder so, uns bleibt nicht viel anderes übrig … als die Augen offen zu halten, solange wir hier sind. Vielleicht spioniert er ja … tagsüber noch mal im Lager herum.«
Obwohl dieser etwas dröge Ausgang der Geschichte an Spannung zu wünschen übrig ließ, war ich insgeheim erleichtert, dass Darius einfach nicht auftauchte. Die Aussicht, ihn durch Drohungen zum Sprechen bringen zu müssen, hatte mich nicht gerade begeistert. So war es für jeden von uns am besten. Je länger ich darüber nachdachte, desto lächerlicher kam mir unsere Reaktion vor. Darius hatte zwar mehr über uns gewusst, als er wissen sollte, doch vielleicht hatte er einfach nur die richtigen Bücher gelesen oder im Internet etwas über uns herausbekommen. Nur wenige Menschen wissen, an welchen Merkmalen man Vampire erkennt oder dass es Kleine Leute gibt. Andererseits konnte sich jedes Kind, das den Braten gerochen hatte, über alle möglichen Kanäle die nötigen Informationen beschaffen.
Harkat sah die ganze Angelegenheit jedoch nicht so gelassen und bestand darauf, dass wir bis zum Ende der Vorstellung an den Eingängen lauerten, falls Darius sich verspätet haben soll-

te. Da etwas Vorsicht nicht schaden konnte, hielt ich die ganze Zeit über die Augen offen und lauschte dabei dem Keuchen, den Schreien und dem Applaus der Zuschauer im Zelt. Während der Schlussnummer stahl ich mich davon und gesellte mich zu Harkat. Als die Menge aus dem Zelt strömte, versteckten wir uns in einem Lastwagen und tauchten erst wieder auf, als der letzte fassungslose Kunde das Stadion verlassen hatte.

Anschließend trafen wir uns hinter dem Zelt mit dem größten Teil der Truppe zu einem Umtrunk. Das war nicht nach jeder Vorstellung die Regel, aber ab und zu ließen wir es auch mal so richtig krachen. Das Leben unterwegs war hart, wir mussten weite Strecken zurücklegen, schwer schuften und uns dabei immerzu unauffällig verhalten, um nicht unnötig auf uns aufmerksam zu machen. Da tat es uns gelegentlich ganz gut, einfach mal ein bisschen abzuhängen.

Im Zelt befanden sich auch einige geladene Gäste – Polizeibeamte, Angehörige der Stadtverwaltung, reiche Geschäftsleute. Meister Riesig wusste immer genau, an welchen Rädchen er drehen musste, um unliebsamen Schwierigkeiten vorzubeugen.

Unsere Gäste interessierten sich besonders für Harkat. Die Zuschauer hatten den grauhäutigen Kleinen Kerl nicht zu Gesicht bekommen. Nun hatten die Ehrengäste die Gelegenheit, etwas Außergewöhnliches zu erleben und später bei ihren Freunden damit zu prahlen. Harkat enttäuschte die Erwartungen denn auch nicht, und die Menschenwesen durften ihn eingehend studieren, während er Schwänke aus seiner Vergangenheit erzählte und ihre Fragen höflich beantwortete.

Ich saß in einer ruhigen Zeltecke, aß ein Sandwich und trank Wasser. Ich war gerade im Begriff aufzustehen, als Jekkus Flang sich den Weg durch ein plauderndes Grüppchen bahnte und mich dem Gast vorstellte, dessen Karte er vorhin höchst-

persönlich kontrolliert hatte. »Darren, darf ich dich mit Tom Jones bekannt machen, dem weltbesten Torhüter. Tom, das ist mein guter Freund und Kollege, Darren Shan.«
Ich stöhnte und schloss für einen Augenblick die Augen. So viel also zum Thema Vampirglück. Tommy keuchte, als er mich erkannte. Ich schlug die Augen auf, zwang mich zu einem Lächeln, erhob mich, schüttelte Tommy, dem die Überraschung überdeutlich ins Gesicht geschrieben stand, die Hand und sagte: »Hallo, Tommy. Lange nicht gesehen. Wie wär's mit einem kleinen Schluck?«

8

Tommy staunte Bauklötze, dass ich noch am Leben war, obwohl man mich doch vor achtzehn Jahren für tot erklärt und begraben hatte. Außerdem sah ich immer noch nicht wesentlich älter aus als damals. Die ganze Angelegenheit überforderte ihn sichtlich. Für eine Weile hörte er mir schweigend zu, beschränkte sich auf ein gelegentlich schwaches Kopfnicken und kapierte im Grunde überhaupt nichts. Allmählich kriegte er sich allerdings wieder ein und konzentrierte sich auf meine Erzählung.
Ich spann fleißig mein Seemannsgarn und tischte ihm eine ziemlich weit hergeholte, aber gerade eben noch glaubwürdige Geschichte auf. Es war zwar ein mieses Gefühl, dass ich meinem alten Kumpel einen solchen Bären aufbinden musste, doch schließlich klang die Wahrheit noch erheblich seltsamer als alles, was ich je hätte erfinden können. Eine Lüge war einfacher und sicherer. Ich erzählte ihm, ich litte unter einer seltenen Krankheit, die den normalen Alterungsprozess verzögere. Man habe die Krankheit entdeckt, als ich noch ein Kind gewesen sei. Damals hätten mir die Ärzte noch höchstens fünf oder sechs Jahre gegeben. Meine Eltern seien von der Nach-

richt am Boden zerstört gewesen, aber da es keine Behandlungsmöglichkeiten gegeben habe, hätten wir die Wahrheit für uns behalten und versucht, ein normales Leben zu führen, so lange es möglich gewesen sei.

Bis eines Tages der Cirque du Freak in der Stadt gastierte.

»Ich begegnete per Zufall einem unglaublichen Arzt«, schwindelte ich. »Er war mit dem Cirque unterwegs und arbeitete an einer wissenschaftlichen Studie über Freaks. Er sagte, er könne mir zwar helfen, ich müsse jedoch meine Eltern verlassen und mit dem Cirque auf Reisen gehen – während der Behandlung müsse ich unter ständiger Beobachtung stehen. Ich besprach den Vorschlag mit meinen Eltern, und wir beschlossen, meinen Tod vorzutäuschen, damit ich die Stadt verlassen konnte, ohne Verdacht zu erregen.«

»Warum denn nur, in drei Teufels Namen?«, brach es aus Tommy hervor. »Deine Eltern hätten dich doch begleiten können. Wozu habt ihr uns alle so unnötig gequält?«

»Wie hätten wir das denn erklären sollen?«, seufzte ich. »Der Cirque du Freak ist eine illegale Wandertruppe. Meine Eltern hätten alles aufgeben und mir unter anderem Namen folgen müssen. Das wäre ihnen und insbesondere meiner Schwester gegenüber nicht anständig gewesen.«

»Es muss doch noch einen anderen Ausweg gegeben haben«, protestierte Tommy.

»Vielleicht«, erwiderte ich. »Aber uns blieb nicht viel Zeit zum Nachdenken. Der Cirque du Freak gastierte nur für ein paar Tage in der Stadt. Wir berieten uns über den Vorschlag des Arztes und nahmen an. Dass ich nach so langer Zeit immer noch am Leben bin, rechtfertigt meiner Meinung nach unsere Entscheidung.«

Tommy schüttelte zweifelnd den Kopf. Er hatte sich zu einem hoch gewachsenen, breitschultrigen Schrank mit riesigen Händen und mächtigen Muskelpaketen entwickelt. Sein schwarzes

Haar lichtete sich bereits, und in einigen Jahren würde er kahl sein. Trotz seines kräftigen Körperbaus blickten seine Augen sanft. Er war ein warmherziger Mann. Es war für ihn einfach unvorstellbar, dass ein Kind den eigenen Tod vortäuschte und sich lebendig begraben ließ.

»Jetzt kann man sowieso nichts mehr daran ändern«, sagte ich. »Vielleicht hätten sich meine Eltern damals anders entscheiden sollen. Trotzdem wollten sie nur mein Bestes. Jemand bot ihnen Hilfe an, und sie griffen nach dem rettenden Strohhalm, ohne sich darum zu kümmern, wie hoch der Preis dafür war.«

»Wusste Annie Bescheid?«, fragte Tommy.

»Nein, wir haben ihr nichts erzählt.«

Schätzungsweise gab es für Tommy keine Möglichkeit, direkten Kontakt mit meinen Eltern aufzunehmen, um meine Geschichte zu überprüfen. Allerdings hinderte ihn nichts daran, Annie einen Besuch abzustatten. Davon musste ich ihn unbedingt abhalten.

»Ihr habt sie nicht mal später eingeweiht?«, vergewisserte er sich.

»Ich habe mit Mama und Papa darüber gesprochen. Wir hören regelmäßig voneinander und sehen uns alle paar Jahre, aber irgendwie war nie der richtige Zeitpunkt, um Annie die Wahrheit zu sagen. Sie hatte auch sonst genügend eigene Probleme, weil sie so früh Mutter geworden ist.«

»Das war echt hart«, stimmte Tommy zu. »Damals habe ich noch hier gewohnt. Ich kannte deine Schwester nicht besonders gut, doch die Geschichte hat sich bis zu mir herumgesprochen.«

»Das muss kurz vor dem Beginn deiner Fußballkarriere gewesen sein«, bemerkte ich, um endlich mal von mir abzulenken. Danach kamen wir auf seine Laufbahn zu sprechen, fachsimpelten über seine wichtigsten Spiele, und schließlich erzählte er mir, welche Pläne er nach dem Ende seiner sportlichen Karriere hatte. Tommy war ledig, hatte jedoch zwei Kinder aus einer früheren Beziehung, als er im Ausland gelebt hatte.

»Ich sehe die beiden nur ein paar Mal im Jahr und während der Sommerferien«, sagte er traurig. »Ich möchte gern in ihre Nähe ziehen, wenn ich mit dem aktiven Fußball Schluss gemacht habe.«

Inzwischen hatten sich die meisten Artisten, Helfer und Gäste zurückgezogen. Harkat hatte mein Gespräch mit Tommy bemerkt und sich in Zeichensprache erkundigt, ob er mir helfen solle, doch ich hatte ihm, ebenfalls in Zeichensprache, zu verstehen gegeben, dass ich allein klarkam. Daraufhin verzog auch er sich. Nur noch eine Hand voll Unentwegter saß im Zelt und unterhielt sich leise, aber niemand befand sich in direkter Nähe von Tommy und mir.

Wir kamen auf die Vergangenheit und gemeinsame Freunde von damals zu sprechen. Tommy erzählte mir, Alan Morris sei Wissenschaftler geworden. »Er ist sogar eine ziemliche Leuchte«, eröffnete er. »Er arbeitet in der Biogenetik und gilt als Koryphäe in Sachen Klonen. Über das Thema kann man geteilter Meinung sein, er jedenfalls hält es für absolut zukunftsweisend.«

»Solange er sich nicht selbst klont, soll's mir recht sein«, lachte ich. »Ein Alan Morris reicht völlig.«

Tommy stimmte in mein Lachen ein. Alan war ein enger Freund von uns gewesen, doch manchmal konnte er eine echte Nervensäge sein.

»Ich habe keine Ahnung, was Steve so treibt«, sagte Tommy, und das Lachen blieb mir im Hals stecken. »Er ist mit sechzehn von zu Hause abgehauen, ohne jemandem ein Wort zu sagen. Wir haben gelegentlich miteinander telefoniert, aber ich habe ihn nur noch einmal gesehen, vor ungefähr zehn Jahren. Nach dem Tod seiner Mutter kam er für einige Monate nach Hause zurück.«

»Ich wusste nicht, dass sie gestorben ist«, erwiderte ich. »Das tut mir Leid. Ich mochte sie sehr gerne.«

»Er hat das Haus und ihre gesamte Habe verkauft. Eine Weile hat er mit Alan zusammengewohnt. Das war, bevor ...« Tommy unterbrach sich und warf mir einen eigentümlichen Blick zu. »Hast du Steve gesehen, seit du die Stadt verlassen hast?«

»Nein«, log ich.

»Du hast nichts von ihm gehört?«

»Nein«, beteuerte ich.

»Echt überhaupt nichts?«, bohrte Tommy.

Ich kicherte gezwungen. »Seit wann bist du denn so besorgt um Steve?«

Tommy zuckte die Achseln. »Bei seinem letzten Aufenthalt in der Stadt hat er sich richtigen Ärger eingehandelt. Ich dachte, deine Eltern hätten dir vielleicht davon erzählt.«

»Wir reden nicht über die Vergangenheit«, antwortete ich, um meinem kunstvollen Lügengespinst treu zu bleiben. »Was hat er denn eigentlich angestellt?«, fragte ich und überlegte, ob Steves Schwierigkeiten mit seinen Vampyraktivitäten zu tun hatten.

»Ach, ich kann mich nicht mehr genau erinnern«, wich Tommy aus und rutschte unbehaglich auf seinem Stuhl hin und her.

Es war unverkennbar, dass er log.

»Das ist eine alte Geschichte. Am besten wärmt man sie nicht wieder auf. Du weißt doch, was Steve für ein Typ war, er steckte so gut wie immer in der Klemme.«

»Da hast du allerdings Recht«, murmelte ich. Dann kniff ich misstrauisch die Augen zusammen. »Und du, hast du mit ihm telefoniert?«

»Ja. Er ruft mich ab und zu an, fragt, wie es mir geht, schweigt sich darüber aus, was er selbst tut, und legt wieder auf.«

»Wann hat er sich denn zum letzten Mal bei dir gemeldet?«

Tommy überlegte. »Vor zwei oder drei Jahren. Das ist schon eine ganze Weile her.«
»Hast du eine Telefonnummer von ihm?«
»Nein.«
Jammerschade. Ich hatte einen Augenblick lang gehofft, Tommy könnte mich vielleicht auf Steves Spur führen, aber das war anscheinend eine Fehlanzeige.
»Wie spät ist es eigentlich?«, fragte Tommy. Er warf einen Blick auf seine Armbanduhr und ächzte. »Wenn mein Manager herausbekommt, wie spät ich mich noch herumtreibe, bin ich geliefert! Tut mir Leid, Darren, ich muss los.«
»Na klar«, lächelte ich und erhob mich, um ihm zum Abschied die Hand zu schütteln. »Vielleicht können wir uns morgen nach dem Spiel treffen?«
»Klar!«, rief Tommy begeistert. »Ich fahre nicht mit der Mannschaft zurück, sondern bleibe noch eine Nacht hier, um Verwandte zu besuchen. Nach der Partie kannst du ins Hotel kommen ... Dabei fällt mir ein: Würdest du mich gern spielen sehen?«
»Im Halbfinale?« Ich strahlte. »Und ob! Aber hast du Jekkus nicht erzählt, das Stadion sei ausverkauft?«
»Jekkus?« Tommy runzelte fragend die Stirn.
»Der Typ mit den Messern – dein größter Fan.«
»Ach so.« Tommy verzog das Gesicht. »Ich kann nicht allen Fans Karten geben. Bei Verwandten und Freunden ist das eine andere Sache.«
»Ich sitze doch nicht etwa neben Leuten, die mich von früher kennen?«, erkundigte ich mich. »Ich möchte lieber inkognito bleiben, sonst könnte Annie noch davon erfahren, dass ich hier bin.«
»Ich besorge dir einen Platz in einem anderen Block«, versprach Tommy. Er überlegte einen Augenblick. »Weißt du, Annie ist kein kleines Mädchen mehr. Ich habe sie letztes Jahr

getroffen, als ich hier gespielt habe. Sie machte einen ausgesprochen patenten Eindruck. Vielleicht ist es an der Zeit, ihr die Wahrheit zu sagen.«

»Schon möglich«, erwiderte ich lächelnd, obwohl ich genau wusste, dass ich das nicht tun würde.

»Du solltest wirklich noch mal darüber nachdenken«, beharrte Tommy. »Sie wäre genauso schockiert wie ich, aber ich bin sicher, sie würde sich wahnsinnig darüber freuen, dass du lebst und gesund bist.«

»Mal sehen«, erwiderte ich unbestimmt.

Ich begleitete Tommy aus dem Zelt und führte ihn durch unser Zirkuslager und die Tunnel im Stadion bis zu seinem Auto. Dort verabschiedete ich mich, doch ehe er einstieg, blieb er stehen und blickte mich ernst an. »Wir müssen morgen unbedingt über Steve reden«, sagte er.

Mein Herzschlag setzte einen Augenblick aus. »Warum?«, fragte ich so beiläufig wie möglich.

»Es gibt da so einiges, was du wissen solltest. Jetzt ist es zu spät, um davon anzufangen, aber ich glaube …« Er verstummte und lächelte dann. »Lass uns morgen darüber reden. Vielleicht hilft es dir auch, dich in Bezug auf andere Dinge zu entscheiden.«

Mit diesen rätselhaften Worten verabschiedete er sich. Er versprach, mir am Morgen eine Eintrittskarte zu schicken, gab mir seine Telefonnummer im Hotel und die Nummer seines Handys, schüttelte mir ein letztes Mal die Hand, stieg in sein Auto und brauste davon.

Ich blieb noch lange draußen vor dem Stadion stehen und dachte über Tommy, Annie und meine Vergangenheit nach. Ich fragte mich, was seine Abschiedsworte zu bedeuten hatten. Aus welchem Grund wollte Tommy mit mir über Steve reden?

9 Als ich Harkat von dem Fußballspiel erzählte, schöpfte er sofort Verdacht. »Das ist mit Sicherheit eine Falle«, warnte er. »Bestimmt steckt dein Freund mit … Steve Leonard unter einer Decke.«

»Quatsch«, widersprach ich im Brustton der Überzeugung. »Ich habe eher das Gefühl, als könnte Tommy uns zu Steve führen oder zumindest auf die richtige Spur bringen.«

»Soll ich dich zu dem Spiel … begleiten?«, fragte Harkat.

»Ohne Karte lassen sie dich sowieso nicht rein. Außerdem«, lachte ich, »ist das Stadion ausverkauft. Ich glaube, zwischen so vielen Zuschauern kann nicht mal mir was passieren.«

Ein Kurier lieferte die Eintrittskarte ab, und ich machte mich rechtzeitig auf den Weg. Ich traf eine Stunde vor Spielbeginn ein. Vor dem Stadion herrschte ein gewaltiger Andrang. Viele Fans in Spielertrikots sangen oder stimmten Hochrufe auf ihre Mannschaft an und deckten sich bei den Straßenverkäufern mit Getränken, Hot Dogs und Hamburgern ein. Polizeieinheiten wachten darüber, dass die rivalisierenden Fanblöcke nicht aneinander gerieten.

Ich mischte mich eine Weile in das bunte Treiben, schlenderte durch das Stadion und genoss den Trubel. Ich kaufte mir einen Hot Dog, ein Programmheft sowie einen Hut mit Tommys Konterfei, unter dem der Slogan: »Einer von uns!« zu lesen war. Es gab viele Hüte und Anstecker mit Tommys Bild. Sogar CDs seines Namensvetters, des Sängers Tom Jones, wurden angeboten, deren Hüllen mit Tommys Porträt überklebt waren!

Zwanzig Minuten vor dem Anpfiff ging ich zu meinem Platz. Ich hatte eine tolle Sicht auf das mit Flutlicht erleuchtete Spielfeld. Mein Sitz lag in der Mitte des Stadions, nur ein paar Reihen hinter den Ersatzbänken. Als ich ankam, waren beide Mannschaften beim Aufwärmen. Ich geriet richtig aus dem Häuschen, als ich Tommy im Tor stehen und Übungsschüsse halten sah. Ich fand es echt unglaublich, dass einer meiner Freunde in einem Halbfinale spielte! Seit meiner Kindheit hatte ich viel erlebt und die meisten meiner früheren menschlichen Interessen verloren. Doch als ich jetzt wie gebannt auf Tommy starrte, erwachte meine alte Liebe zum Fußball, und ich spürte, wie sich mein Magen vor kindlicher Vorfreude und Aufregung zusammenzog.

Die Mannschaften verließen das Feld, um sich für das Spiel vorzubereiten, und tauchten wenige Minuten später wieder auf. Das Stadion war bis auf den letzten Platz besetzt, und als die Mannschaften einliefen, brach die Menge in lautstarken Jubel aus. Die meisten sprangen auf, klatschten und johlten. Der Schiedsrichter warf eine Münze, um zu entscheiden, in welche Richtung gespielt wurde, die Mannschaftskapitäne gaben sich die Hände, die Spieler stellten sich auf, der Schiedsrichter pfiff zum Anstoß, und die Partie begann.

Es war ein klasse Spiel. Beide Mannschaften gaben alles und kämpften von Anfang an um jeden Ball. Das Spiel wechselte schnell zwischen den Hälften hin und her, während beide Mannschaften immer wieder angriffen. Es gab massenhaft Torchancen. Tommy legte ein paar tolle Paraden hin, genau wie der gegnerische Torhüter. Einige Spieler verschossen todsichere Bälle, entweder neben oder über das Tor, was die Zuschauer jeweils mit anschwellendem Jubel oder Stöhnen quittierten. Nach dreiundvierzig Minuten schien es, als gingen die Mannschaft unentschieden in die Pause. Doch plötzlich klaffte eine Lücke in der Abwehr von Tommys Mannschaft, ein Verteidiger strauchelte, ein Stürmer platzierte einen Direktschuss aufs Tor und jagte den Ball in die linke Ecke, vorbei an den ausgestreckten Fingern des vergeblich mit den Armen rudernden Tom Jones.

Mit niedergeschlagenen Mienen traten Tom und seine Mannschaftskameraden den Weg in die Umkleidekabinen an, aber

ihre Fans – und die Einheimischen, die gekommen waren, um Tommy zuzujubeln – schmetterten unverdrossen: »Einer geht noch, einer geht noch rein!«
Ich wollte mir etwas zu trinken besorgen, doch die lange Schlange schreckte mich ab. Die gewiefteren Fans hatten sich allesamt bereits kurz vor dem Halbzeitpfiff angestellt. Stattdessen schlenderte ich herum, um mir etwas die Beine zu vertreten, bevor die zweite Hälfte anfing.
Obwohl sie im Rückstand war, strahlte Tommys Mannschaft Selbstvertrauen aus, als die Spieler nach der Pause einliefen. Sie gingen direkt zum Angriff über, jagten dem Gegner die Bälle ab, schlugen sie in Richtung Tor und machten mächtig Druck. Das Spiel wurde zusehends hitziger, und bereits nach der ersten Viertelstunde hatten drei Spieler Gelb gesehen. Doch der Tordrang von Tommys Mannschaft wurde in der vierundsechzigsten Minute belohnt, als sie durch einen Eckball, der über mehrere Stationen lief, den Ausgleich erzielte.
Das Stadion bebte, als das Tor für Tommys Mannschaft fiel. Ich gehörte zu den Tausenden, die von ihren Sitzen aufsprangen und begeistert die Arme hochrissen. Ich stimmte sogar ein, als wir ein Lied für die ziemlich schweigsamen Fans der gegnerischen Elf grölten. »Ihr ... könnt ... nach Hause fahr'n, ihr ... könnt ... nach Hause fahr'n!«
Fünf Minuten später grölte ich noch lauter, als das zweite Tor fiel, wiederum im Anschluss an einen Eckball erzielt. Ich fiel sogar dem Mann um den Hals, der neben mir saß – dabei kannte ich den überhaupt nicht! –, und hüpfte vor Begeisterung. Ich konnte es selbst kaum fassen, dass ich mich derartig aufführte. Was die Obervampire wohl dazu sagen würden, wenn sie wüssten, dass ihr Vampirfürst sich derart zum Affen machte!
Während der restlichen Spielminuten herrschte atemlose Spannung. Die gegnerische Elf musste ihren Rückstand unbedingt

aufholen und zum Angriff übergehen. Sie drängten Tommys Mannschaft weit in die eigene Hälfte hinein. Es gab Dutzende von verzweifelten Abwehrfouls, jede Menge Freistöße und natürlich noch mehr gelbe Karten. Aber unsere Jungs hielten dem Ansturm stand. Tommy musste ein paar ziemlich einfache Bälle retten, ansonsten war es eher ruhig vor seinem Kasten. Bei einer Restspielzeit von gerade mal sechs Minuten hatten wir den Sieg praktisch in der Tasche.

Mit einem Mal, buchstäblich in einer Art Wiederholung des ersten Tors, gelang es jedoch einem Stürmer, seinen Bewacher abzuschütteln. Er stand plötzlich allein vor dem Tor und musste nur noch Tommy überwinden. Wieder schoss er hart und präzise. Der Ball flog zur linken unteren Ecke des Netzes. Der Stürmer wirbelte herum, die Arme bereits im Torjubel hochgerissen.

Doch seine Freude war verfrüht. Denn diesmal schaffte es Tommy irgendwie, sich in die Ecke zu werfen und einen Finger an das Leder zu bekommen. Obwohl er ihn kaum berührte, reichte es aus, um den Ballaußen am Torpfosten vorbeizuschieben.

Jetzt waren die Zuschauer außer Rand und Band! Sie skandierten im Chor Tommys Namen und sangen: »Er ist der Größte …!« Ohne auf den Gesang zu achten, konzentrierte sich Tommy weiter auf die Ecken und postierte die Abwehr. Doch seine Parade hatte den Siegeswillen der Gegner gelähmt, und obwohl sie bis zur letzten Minuten stürmten, waren sie nicht mehr torgefährlich.

Beim Abpfiff fielen sich Tommys Mannschaftskameraden müde um den Hals, schüttelten dann die Hände der Gegner und tauschten die Trikots. Anschließend winkten sie ihren Fans zu und bedankten sich für die Unterstützung. Wir hatten uns alle erhoben, klatschten und schmetterten Siegeshymnen, insbesondere zu Ehren des unglaublichen Tom Jones.

Tommy ging als einer der letzten Spieler vom Feld. Er hatte mit dem gegnerischen Torhüter Trikots getauscht, und die beiden verließen gemeinsam den Platz, ins Gespräch über das Spiel vertieft. Ich brüllte aus vollem Halse Tommys Namen, als er an der Ersatzbank vorbeikam, aber bei dem Lärm, den die Zuschauer machten, konnte er mich natürlich nicht hören. Gerade als Tommy im Gang zu den Umkleidekabinen verschwinden wollte, entstand plötzlich ein Durcheinander. Ich vernahm ärgerliche Rufe und hörte, wie es ein paar Mal hintereinander knallte. Die meisten der anderen Zuschauer um mich herum wussten nicht, was vor sich ging. Ich dagegen erkannte die Geräusche sofort wieder – es war Mündungsfeuer! Von meinem Platz aus konnte ich den Gang zu den Umkleidekabinen nicht einsehen, bemerkte jedoch, dass Tommy und der andere Torhüter abrupt stehen blieben und dann verwirrt in Richtung Spielfeld zurückwichen. Ich spürte sofort die nahende Gefahr. »Tommy!«, schrie ich, stieß die Leute neben mir zur Seite und drängte mich rücksichtslos zum Spielfeld vor. Bevor ich es erreicht hatte, taumelte ein blutüberströmter Betreuer aus der Tiefe des Ganges. Als die vor mir Stehenden ihn sahen, gerieten sie in Panik. Sie wandten sich um und drängten vom Spielfeld weg, sodass ich nicht mehr vorankam und eingekeilt in der Menge gewaltsam zurückgeschoben wurde.

Während ich verzweifelt gegen den Strom ankämpfte, stürmten zwei Gestalten aus dem Tunnel. Der eine war ein kahl geschorener Vampet mit einem Maschinengewehr im Anschlag und entstelltem, halb zerfetztem Gesicht. Der andere war ein bärtiger, rothäutiger, verrückter Vampyr, dessen Hände durch einen silber- und einen goldfarbenen Haken ersetzt waren.

Morgan James und R.V.!

Als ich das mörderische Gespann erblickte, schrie ich entsetzt auf und quetschte mich an den Umstehenden vorbei, indem ich meine gesamten Vampirkräfte mobilisierte. Doch bevor ich das Spielfeld erreicht hatte, war R.V. bereits am Ziel. Ohne auf die Spieler, Trainer und Schiedsrichter auf dem Rasen zu achten stürzte er an den Ersatzbänken vorbei und ging auf den entgeisterten Tom Jones los.

Ich weiß nicht, welche Gedanken Tommy durch den Kopf schossen, als er das untersetzte rothäutige Monster auf sich zustürmen sah. Vielleicht hielt er den Zwischenfall für einen Ulk oder glaubte, ein durchgedrehter Fan wolle ihn umarmen. Was er auch denken mochte, er war jedenfalls wie gelähmt und machte keinerlei Anstalten, die Hände zu heben, sich zu verteidigen oder die Flucht zu ergreifen. Er stand einfach nur da und starrte R.V. ungläubig an.

Als R.V. Tommy erreicht hatte, holte er mit der Rechten aus – dem Goldhaken – und bohrte die Klinge tief in die Brust meines Freundes. Ich erstarrte und spürte Tommys Schmerzen von meinem Platz, gefangen inmitten der Zuschauermenge. R.V. riss seine Hakenhand zurück, schüttelte den Kopf in wahnsinnigem Entzücken und verschwand wieder im Tunnel, gefolgt von Morgan James, der den Fluchtweg mit seiner Pistole freischoss.

Auf dem Spielfeld blickte Tommy ungläubig auf das rote Loch in seiner zerfetzten linken Brust. Mit einer slapstickartigen Bewegung sackte er plump zu Boden, zuckte ein paar Mal und rührte sich dann nicht mehr. Es war die entsetzliche, unmissverständliche Bewegungslosigkeit eines Toten.

10

Nachdem ich mich gewaltsam aus der Menge befreit hatte, taumelte ich auf den Rasen. Wie gelähmt vor Schock starrten die Umstehenden auf den am Boden liegenden Torhüter. Instinktiv wollte ich zuerst zu Tommy rennen. Doch dann hielt mich meine Vampirausbildung davon ab. Mein Freund war tot. Ich konnte später noch um ihn trauern. Jetzt musste ich mich auf R.V. und Morgan James konzentrieren. Vielleicht erwischte ich sie noch rechtzeitig, bevor sie sich aus dem Staub gemacht hatten.

Ich riss mich von Tommys Anblick los und rannte in den Tunneleingang, vorbei an den verstörten Spielern, Schiedsrichtern und dem restlichen Personal. Im Gang lagen noch mehr Menschen, aber ich nahm mir keine Zeit, um festzustellen, ob sie noch lebten. Jetzt galt es, sich wie ein Vampir und nicht wie ein Mensch zu verhalten. Meine Aufgabe war das Töten, nicht das Trösten.

Ich jagte durch den Tunnel, bis er sich am Ende verzweigte. Welchen Gang sollte ich wählen, den linken oder den rechten? Schnaufend hielt ich inne und blickte mich nach einem Anhaltspunkt um. Links war nichts zu erkennen, doch an der Wand rechts neben mir entdeckte ich Blutspuren.

Erneut beschleunigte ich mein Tempo. Eine innere Stimme flüsterte mir zu: »Du bist unbewaffnet. Wie willst du dich verteidigen?«, doch ich hörte nicht darauf.

Der Tunnel führte zu einem Umkleideraum, wo sich die meisten Spieler eingefunden hatten. Sie hatten noch keine Ahnung, was auf dem Spielfeld geschehen war. Sie jubelten und sangen. Wieder teilte sich der Gang. Links ging es zurück auf das Spielfeld, daher hielt ich mich rechts und betete zu den Göttern der Vampire, dass ich die richtige Entscheidung getroffen hatte.

Es folgte ein langer Sprint durch einen schmalen, niedrigen Gang. Mein Atem ging keuchend und stoßweise, allerdings nicht vor Erschöpfung, sondern vor Kummer.

Ich musste ununterbrochen an Tommy, Mr. Crepsley und Gavner Purl denken, lauter Freunde, die die Vampyre auf dem Gewissen hatten. Um mich nicht vom Kummer überwältigen

zu lassen, zwang ich mich, über R.V. und Morgan James nachzudenken.
R.V. war ein einstiger Umweltaktivist. Er hatte versucht, den Wolfsmann aus seinem Käfig zu befreien. Ich hatte ihn davon abhalten wollen, doch das war mir erst geglückt, nachdem der Wolfsmann ihm die Hände abgebissen hatte. R.V. floh, überlebte und gab mir die Schuld an seinem Unglück. Einige Jahre später stöberte ihn Steve Leopard auf. Steve befahl den Vampyren, R.V. anzuzapfen, und plante dann gemeinsam mit ihm meinen Untergang.
R.V. war dabei gewesen, als Mr. Crepsley in der Kammer der Vergeltung getötet wurde. Damals hatte ich ihn zum letzten Mal gesehen.
Morgan James war ein ehemaliger Polizeibeamter. Inzwischen war er zu einem Vampet geworden, einem Verbündeten der Vampyre. Wie alle Vampets trug er ein braunes Hemd und schwarze Hosen, sein Schädel war kahl geschoren, um die Augen hatte er sich blutige Ringe gemalt, und über jedem Ohr war der Buchstabe V tätowiert. Da er nicht angezapft worden war, durfte er Schusswaffen, beispielsweise Gewehre, gebrauchen. Ebenso wie Vampire müssen Vampyre einen Eid schwören, derartige Waffen nicht zu benutzen. James war seinerzeit ebenfalls in der Kammer der Vergeltung gewesen und hatte dort bei einem Schusswechsel die linke Gesichtshälfte eingebüßt.
R.V. und Morgan bildeten ein hinterhältiges und todbringendes Gespann. Erneut überlegte ich fieberhaft, was ich tun sollte, falls ich die beiden erwischte. Ich war ja unbewaffnet! Doch dann verdrängte ich das Problem und konzentrierte mich voll und ganz auf die Verfolgung.
Jetzt hatte ich das Ende des Ganges erreicht und stand vor einer halb geöffneten Tür.
Zwei Polizeibeamte und ein Betreuer lagen schlaff in der Ecke.

Sie waren tot. Ich verfluchte R.V. und Morgan James und schwor Rache.
Mit einem kräftigen Tritt stieß ich die Tür auf und schlich geduckt ins Freie. Ich befand mich an der Rückseite des Stadions. Hier war nicht viel los, da dieser Teil direkt an ein Wohngebiet angrenzte. Alle Polizeitruppen waren an den Seiten des Stadions zusammengezogen worden – vor dem Stadion hatten sich Zwischenfälle ereignet, die zweifellos in Zusammenhang mit dem Mordanschlag standen.
Weiter vorn sah ich R.V. und Morgan James in das Wohngebiet rennen. Bis die Polizei die Attentäter bemerkt hatte, würden die beiden schon auf und davon sein. Ich musste sie verfolgen und war schon drauf und dran weiterzulaufen, als mir plötzlich etwas einfiel. Rasch machte ich kehrt und durchsuchte die toten Beamten. Sie trugen zwar keine Waffen, hatten jedoch immerhin Gummiknüppel. Ich nahm je einen Knüppel in jede Hand und heftete mich wieder an die Fersen meiner Jagdbeute.
Nach dem gleißend hellen Flutlicht im Stadion war es in der Siedlung stockdunkel. Aber mit den scharfen Augen eines Halbvampirs fand ich mich mühelos zurecht. Die Straßen verzweigten sich in regelmäßigen Abständen, ungefähr nach jedem siebten oder achten Haus. Jedes Mal hielt ich kurz an und spähte nach links und rechts. Wenn ich keine Spur von R.V. und Morgan James entdeckte, rannte ich weiter.
Ich war mir nicht sicher, ob die beiden ahnten, dass ich hinter ihnen her war. Vermutlich wussten sie, dass ich mir das Spiel angesehen hatte, aber vielleicht hatten sie nicht damit gerechnet, dass ich als Erster das Stadion verlassen und sie verfolgen würde. Ihre Überraschung könnte also womöglich ein strategischer Vorteil für mich sein. Dennoch hütete ich mich davor, alles auf diese Karte zu setzen.
Unterdessen hatte ich die letzte Kreuzung erreicht. In welche

Richtung sollte ich abbiegen? Prüfend wandte ich den Kopf erst zur einen und anschließend zur anderen Seite, konnte allerdings niemanden entdecken. Sie waren mir durch die Lappen gegangen! Sollte ich blindlings eine Richtung einschlagen oder besser umdrehen und …

Zu meiner Linken ertönte ein leises Knirschen. Jemand kratzte mit der Messerklinge an einer Mauer entlang. Dann ein Zischen: »Leise!«

Ich wandte mich um. Das Geräusch kam aus einem schmalen Durchgang zwischen zwei Häusern. Die Straßenlaternen in der Nähe waren zerschmettert. Lediglich von der gegenüberliegenden Straßenseite fiel ein schwacher Lichtschein herüber. Ich hatte ein mieses Vorgefühl – das Kratzen und Zischen war ausgesprochen auffällig –, aber zum Abhauen war es jetzt zu spät. Vorsichtig näherte ich mich der Geräuschquelle.

Ein paar Meter vor dem Gässchen blieb ich stehen und spähte vorsichtig in die Dunkelheit. Ich umklammerte den Knüppel so fest, dass meine Fingerknöchel weiß hervortraten. Allmählich konnte ich die gesamte Gasse einsehen. Direkt an der Einmündung war niemand zu erkennen. Die Straße war höchstens fünf oder sechs Meter lang, und ich konnte trotz der armseligen Beleuchtung bis zur hinteren Begrenzungsmauer blicken. Keine Menschenseele. Etwas zittrig atmete ich auf. Vielleicht hatte mir mein Gehör einen Streich gespielt. Oder das Geräusch stammte aus dem Fernsehen oder Radio. Was sollte ich jetzt tun? Ich war wieder genauso weit wie vor einigen Minuten, unschlüssig, ob ich …

Unten auf dem Boden rührte sich etwas. Ich erstarrte und senkte den Blick. Jetzt erkannte ich die Gestalten, die am Fuß der beiden Mauern verborgen im Schatten kauerten.

Die Gestalt links von mir kicherte und erhob sich. Es war R.V. Abwehrbereit hob ich den Knüppel in meiner Linken. Doch dann baute sich die Person zu meiner Rechten ebenfalls zu voller Größe auf. Morgan James trat einen Schritt vor und richtete den Lauf seines Gewehres auf mich. Langsam hob ich meine knüppelbewehrte Rechte, bis mir klar wurde, wie nutzlos die Waffe sein würde, wenn mein Gegner einen Schuss abfeuerte.

Ich wich zurück und wollte davonrennen, als sich in der Dunkelheit eine Stimme hinter R.V. vernehmen ließ. »Waffen runter«, ertönte es leise. Sofort senkte Morgan James den Gewehrlauf.

Ich hätte Fersengeld geben sollen, aber meine Neugier war zu groß. Ich wollte unbedingt das Gesicht des Sprechers sehen. Also harrte ich aus und versuchte, mit zusammengekniffenen Augen die dritte Gestalt zu erspähen, deren Umrisse sich jetzt hinter R.V. abzeichneten. Es war kein anderer als Gannen Harst, der Beschützer des Vampyrlords.

Insgeheim hatte ich mit etwas Derartigem gerechnet. Statt in Panik zu geraten, überkam mich sogar eine Art Erleichterung. Endlich war das Warten vorüber. Was das Schicksal auch für mich bereithalten mochte, jetzt war der entscheidende Augenblick gekommen. Dies war meine letzte Begegnung mit dem Lord der Vampyre. Ich würde ihn töten – oder er mich. In jedem Fall war mir alles lieber als dieses ewige Warten.

»Hallo, Gannen«, sagte ich. »Anscheinend hängst du ja immer noch mit Verrückten und anderem Gesindel herum.«

Ich spürte, wie sich Gannen Harst bei diesen Worten der Kamm sträubte, aber er hielt sich zurück und schwieg. »Lord«, sagte er stattdessen, und damit trat der vierte, mir nur zu gut bekannte Mann hinter Morgan James hervor.

»Wie nett, dich mal wieder zu sehen, Steve«, bemerkte ich zynisch, als der grauhaarige Steve Leopard sich aus dem Schatten löste. Obwohl ich Gannen Harst, R.V. und Morgan James nicht aus den Augen ließ, konzentrierte ich mich besonders auf Steve. Ich versuchte die Entfernung zwischen uns einzuschätzen und fragte mich, wie viel Schaden ich anrichten konnte, wenn ich ihm meine Knüppel entgegenschleuderte. Die anderen drei kümmerten mich nicht – für mich ging es ausschließlich darum, den Lord der Vampyre zur Strecke zu bringen.

»Er wundert sich gar nicht, dass wir uns ausgerechnet hier über den Weg laufen«, stellte Steve fest. Er hielt sich etwas weiter im Hintergrund als Gannen Harst und war von Morgan James' Körper gedeckt. Vielleicht konnte ich es schaffen, ihn aus meiner Position zu treffen – allerdings war es ein ziemlich riskantes Unterfangen.

»Überlass ihn mir«, fauchte R.V. und trat einen Schritt vor. Bei unserer letzten Begegnung hatte er rote Kontaktlinsen getragen und seine Haut tiefrot gefärbt, damit er wie ein Vampyr aussah. In den vergangenen zwei Jahren hatte sich seine Augen- und Hautfarbe jedoch verändert, und obwohl der Rotton noch nicht so kräftig war wie der eines ausgewachsenen Vampyrs, war die Farbe jetzt wenigstens echt.

»Bleib, wo du bist«, befahl Steve R.V. »Jeder kriegt eine Scheibe von ihm ab. Jetzt erledigen wir erst mal den offiziellen Teil und bringen die Vorstellungsrunde hinter uns. Darius …«

Hinter Steve trat der Junge hervor. Er trug die gleiche grüne Robe wie Steve. Er zitterte, hatte aber eine entschlossene Miene aufgesetzt. Mit dem langen Pfeilgewehr in der Hand, einer von Steves Erfindungen, zielte er auf mich.

»Zapfst du jetzt schon Kinder an?«, knurrte ich angewidert und wartete immer noch darauf, dass Steve etwas näher herankam, ohne auf das bedrohliche Pfeilgewehr zu achten.

»Darius ist etwas Besonderes«, sagte Steve lächelnd. »Ein würdiger Verbündeter und wertvoller Spion.«

Damit trat Steve etwas dichter an den Jungen heran. Das war die Gelegenheit für mich! Die Augen auf Steve geheftet, holte ich möglichst unauffällig und im Zeitlupentempo mit der

Rechten aus. Noch eine oder zwei Sekunden, und ich würde zuschlagen …

Da ergriff Darius das Wort.

»Soll ich ihn jetzt erschießen, Papa?«

PAPA?

»Ja, Sohn«, erwiderte Steve.

SOHN?

Während sich in meinem Gehirn alles drehte und meine kleinen grauen Zellen wie Derwische herumwirbelten, visierte Darius sein Ziel an, schluckte, spannte den Abzug und feuerte einen Bogen mit gestählter Spitze direkt auf mich ab.

11

Der Pfeil durchbohrte meine rechte Schulter, und die Wucht des Anpralls warf mich rücklings zu Boden. Ich brüllte vor Schmerz, packte den Schaft und wollte ihn instinktiv herausziehen. Er brach jedoch ab, und die Pfeilspitze blieb tief in meinem Oberarm stecken.

Einen Augenblick lang färbte sich alles vor meinen Augen rot, und ich wäre um ein Haar in Ohnmacht gefallen. Doch dann lichtete sich der purpurfarbene Nebel, und ich konnte Straße und Häuser wieder deutlich erkennen. Trotz meines schmerzerfüllten Keuchens vernahm ich, wie Fußschritte sich näherten. Ich setzte mich auf, biss die Zähne zusammen, um die neuerliche Schmerzattacke zu unterdrücken, und sah, wie Steve an der Spitze seiner kleinen Truppe nahte, um mich endgültig fertig zu machen.

Bei meinem Sturz hatte ich die Gummiknüppel losgelassen. Einer davon war außer Reichweite gerollt, doch der andere lag dicht neben mir. Ich griff danach und packte auch den abgebrochen Pfeilschaft, dessen abgesplittertes Ende sich wie ein primitiver Dolch handhaben ließ. Kaum hatte Gannen Harst bemerkt, dass ich mich, wenn auch mehr schlecht als recht, bewaffnet hatte, stellte er sich schützend vor Steve. »Umzingelt ihn!«, herrschte er R.V. und Morgan James an. Sie gehorchten eilig. Darius hielt sich hinter Steve. Er sah ziemlich grün im Gesicht aus. Wahrscheinlich hatte er noch nie auf jemanden geschossen.

»Zurück mit euch!«, zischte ich und fuchtelte mit meinen lächerlichen Waffen herum.

»Dann halt uns doch auf!«, feixte R.V.

»Dasch scholl er erscht mal verschuchen!«, höhnte Morgan James, der seit seinem Unfall nur noch nuscheln konnte.

»Der hier wird gar nichts mehr versuchen«, stellte Gannen Harst gelassen fest. Noch hatte er sein Schwert nicht gezogen, doch seine Rechte schwebte bereits Unheil verkündend über dem Knauf. »Sogar verletzt ist er noch ein gefährlicher Gegner, vergesst das nicht.«

»Also meiner Meinung nach überschätzt ihr den Knaben«, säuselte Steve und warf über die Schulter seines Beschützers einen Blick auf mich. »Mit der Verletzung kann er nicht mal aufstehen.«

»Ach nein?«, schnaubte ich, mobilisierte meine letzten Kräfte und erhob mich, um ihm das Gegenteil zu beweisen. Abermals rauschte ein roter Vorhang um mich nieder, der sich jedoch nach einigen Sekunden wieder hob. Als ich klar zu sehen vermochte, bemerkte ich Steves niederträchtiges Grinsen – wieder einer von seinen fiesen Tricks. Er hatte mich absichtlich dazu verleitet aufzustehen, um sich an meiner Qual zu weiden.

Den erhobenen Pfeilschaft in der Hand, wich ich langsam aus der Reichweite meiner Peiniger zurück. Jeder Schritt bereitete mir wahre Höllenqualen, und der Schmerz in meiner rechten Schuler durchzuckte mich bei der geringsten Bewegung. Obwohl ich zweifellos nicht weit kommen würde, ging Gannen

Harst auf Nummer Sicher. Er befahl R.V. und Morgan James, mir den Weg nach links und rechts zu abzuschneiden.

Heftig schwankend blieb ich stehen und versuchte, mir trotz meiner Benommenheit einen Plan zurechtzulegen. Ich wusste, dass nur Steve dazu in der Lage war, mich zu töten, Salvatore Schick hatte den Untergang der Vampyre prophezeit, falls ein anderer als ihr Lord einen der Vampyrjäger zur Strecke bringen sollte – aber die anderen konnten immerhin die Henkersknechte spielen und mich festhalten.

»Bringen wir's rasch hinter uns«, sagte Gannen Harst und zückte das Schwert. »Er ist uns ausgeliefert. Wir sollten keine Zeit mehr vergeuden.«

»Immer mit der Ruhe«, kicherte Steve. »Ich will noch etwas mehr Blut fließen sehen.«

»Und wenn er vom Pfeil deines Sohnes verblutet?«, fragte Gannen barsch.

»Ausgeschlossen«, gab Steve zurück. »Darius hat ihn an der richtigen Stelle getroffen, genau so, wie ich es mit ihm geübt habe.« Steve warf einen Blick auf den Jungen und bemerkte, dass sein Sprössling ziemlich mitgenommen aussah. »Alles in Ordnung?«

»Ja«, krächzte Darius. »Ich wusste nicht, dass es so … so …«

»Blutig sein würde«, vervollständigte Steve. Er nickte mitfühlend. »Du hast heute Abend gute Arbeit geleistet. Du musst dir den Rest nicht ansehen, wenn du nicht möchtest.«

»Wieso hast … ausgerechnet *du* einen Sohn … in die Welt gesetzt?«, keuchte ich, um Zeit zu schinden. Vielleicht ergab sich ja noch eine Gelegenheit zur Flucht.

»Das ist eine lange und verworrene Geschichte«, sagte Steve und wandte sich mir zu. »Ich erzähle sie dir mit dem größten Vergnügen, bevor ich dir einen Pfahl durchs Herz bohre.«

»Da musst du … was falsch verstanden haben«, lachte ich humorlos. »Heute Abend bin ich dran … mit Töten.«

»Du warst immer schon ein unverbesserlicher Optimist«, grinste Steve. Er hob eine teuflische Braue. »Wie ist unser Tommy eigentlich in den Tod gegangen – mit Anstand und Würde oder eher wie das quiekende Schweinchen Crepsley?«
Als ich das hörte, brannte eine Sicherung bei mir durch. Ich brüllte Steve eine abscheuliche Beleidigung ins Gesicht und warf in blinder Wut meinen Knüppel nach ihm. Ich hatte unglaubliches Glück, denn der Schläger erwischte Steve an der Stirn, und mein Erzfeind sackte verblüfft grunzend zu Boden.
Instinktiv wirbelte Gannen Harst herum, um nach seinem Herrn zu sehen. Im selben Augenblick holte ich zum nächsten Schlag aus. Den abgebrochenen Pfeil gezückt, schnellte ich auf Morgan James zu. Er wich einen Schritt zurück, damit ich ihn nicht aufspießte. Dabei prallte ich mit der verwundeten Schulter gegen ihn. Ich jaulte vor Schmerz auf, als sich die Pfeilspitze noch tiefer in meinen Körper bohrte, doch mein Plan funktionierte – James geriet ins Straucheln und stürzte.
Damit war der Fluchtweg für den Moment frei. Vor Schmerzen winselnd stolperte ich vorwärts und drückte die Hand auf die Wunde an meiner Schulter, um die Blutung etwas zu stillen. Hinter mir hörte ich Steve schreien: »Kümmert euch nicht um mich! Bleibt ihm auf den Fersen! Lasst ihn nicht entwischen!«
Ohne meine Verletzung hätte ich mir vielleicht einen ausreichenden Vorsprung verschaffen können. Aber in meinem angeschlagenen Zustand brachte ich nur einen lahmen Trab zustande. Höchstens noch ein paar Sekunden, dann hatten die anderen mich eingeholt.
Während ich mich, gehetzt von meinen Verfolgern, weiterschleppte, wurde plötzlich eine Tür in einem der Häuser auf der linken Straßenseite aufgerissen, und ein vierschrötiger Mann steckte seinen Kopf heraus. »Was ist denn das für ein

Lärm?«, brüllte er ärgerlich. »Kann man denn nirgendwo seine Ruhe …«
»Hilfe!«, schrie ich, ohne weiter nachzudenken. »Mörder!«
Daraufhin trat der Mann ins Freie. »Was ist hier eigentlich los?«, rief er.
Ich blickte zu Steve und den anderen zurück. Sie waren stehen geblieben. Ich musste ihre Verwirrung ausnutzen.
»Hilfe!«, schrie ich aus vollem Halse. »Mörder! Sie haben auf mich geschossen! Hilfe!«
Jetzt gingen auch in den Nachbarhäusern die Lichter an, und die Gardinen wurden zurückgezogen. Der Mann, der auf die Straße getreten war, lief auf mich zu. Steve schnaubte, griff rückwärts über die Schulter nach seinem Pfeilgewehr und wollte einen Schuss auf den Störenfried abgeben. Doch ehe es dazu kam, schlug Gannen den Lauf des Gewehrs zur Seite, und der Pfeil zischte weit am Ziel vorbei. Der Mann hatte jedoch Steves Absichten erkannt und brachte sich schleunigst in Sicherheit, bevor ein zweites Mal auf ihn geschossen wurde.
»Spinnst du?«, blaffte Steve Gannen Harst drohend an.
»Wir müssen verschwinden!«, rief Gannen.
»Erst mal machen wir den da kalt!«, gellte Steve und richtete sein Pfeilgewehr auf mich.
»Jetzt erledige ihn endlich, und dann nichts wie weg!«, gab Gannen zurück.
Hasserfüllt starrte Steve mich an. Hinter ihm starrten R.V. und Morgan mit sehnsüchtiger Mordlust zu mir herüber. Sie konnten es offenbar kaum erwarten, bis ich ins Gras biss. Darius hielt sich etwas abseits von der Bande, und ich konnte daher nicht erkennen, ob er mich beobachtete oder nicht.
Mit angelegtem Gewehr kam Steve ein paar Schritte näher, zielte und … senkte die Waffe, ohne einen Schuss abzugeben.
»Nein«, sagte er trotzig. »Das ist mir zu einfach. Das geht zu schnell.«

»Bist du bescheuert?«, röhrte Gannen. »Du musst ihn umbringen! Das ist die vierte Begegnung, genau wie vorhergesagt. Du musst es jetzt tun, sonst …«
»Ich mache, was mir passt!«, schrie Steve und drehte sich zu seinem Beschützer um. Im ersten Moment glaubte ich schon, er wollte auf seinen treuesten Gefährten losgehen. Doch dann riss er sich zusammen und lächelte angespannt: »Ich weiß schon, was ich tue, Gannen. Ich kann ihn jetzt nicht töten.«
»Wann denn, wenn nicht jetzt?«, fauchte Gannen.
»Später«, antwortete Steve. »Wenn der richtige Zeitpunkt gekommen ist. Wenn ich ihn so lange martern kann, wie ich will, und dafür sorge, dass er den gleichen Schmerz spürt wie ich damals, als er mich verriet und zum Vasallen des Kriechers Crepsley wurde.«
»Was ist mit Meister Schicks Prophezeiung?«, zischte Gannen.
»Die kannst du vergessen!«, grinste Steve. »Mein Schicksal ist meine eigene Angelegenheit. Von diesem Popanz in Gummistiefeln lasse ich mir nichts vorschreiben.«
Gannens rote Augen funkelten vor Zorn. Das war der reine Wahnsinn. Er wollte, dass Steve mich tötete und den Krieg der Narben ein für alle Mal entschied. Gannen hätte über diesen Punkt bestimmt noch ausführlicher diskutiert, wenn sich nicht immer mehr Haustüren geöffnet hätten, aus denen neugierige Anwohner die Nasen herausstreckten. Gannen sah ein, dass sie Gefahr liefen, unwillkommene Aufmerksamkeit auf sich zu ziehen. Er schüttelte den Kopf, packte Steve, zerrte ihn von mir weg und schubste ihn auf den Weg zurück, den die vier gekommen waren. Gleichzeitig befahl er R.V. und Morgan James, ebenfalls den Rückzug anzutreten.
»Wir sehen uns später, Vampir-Verräter!«, lachte Steve und winkte mir zu, während ihn Gannen vor sich herschob.
Ich hätte mich gern mit einer angemessenen Schmähung re-

vanchiert, war aber leider zu schlapp. Außerdem musste ich mindestens ebenso schnell verduften wie Steve und seine Kumpane. Sobald die Leute sich ins Freie wagten und mich fanden, hatte ich ein echtes Problem. Das bedeutete nämlich Polizei, Krankenhaus, erkennungsdienstliche Überprüfung und Verhaftung. Immerhin war ich ein landesweit gesuchter Verbrecher. Vielleicht waren die Anwohner ja nicht ganz auf dem Laufenden, was den vermeintlichen Mörder Darren Shan betraf, doch die Polizei wusste mit Sicherheit Bescheid.

Ich kehrte den Leuten, die vor ihre Haustüren getreten waren, den Rücken und schwankte zum Ende der Häuserreihe, wo ich mir, an eine Mauer gelehnt, eine kurze Verschnaufpause gönnte. Ich wischte mir den Schweiß von der Stirn und die Tränen aus den Augen, bevor ich einen prüfenden Blick auf das Loch in meiner Schulter warf – die Wunde blutete immer noch. Aber mit diesem Problem konnte ich mich im Augenblick nicht beschäftigen. Allmählich tummelten sich mehr und mehr Schaulustige auf der Straße. Binnen kurzem würden die Neuigkeiten über das Blutbad im Stadion auch bis hierher durchsickern. Dann würden sich alle sofort ans Telefon hängen und der Polizei brühwarm von den Unruhen in der Siedlung berichten.

Ich löste mich mühsam von der Mauer und schlug einen schmalen Weg ein, der hoffentlich aus dieser Siedlung herausführte. Ich versuchte zu joggen, doch die Schmerzen waren unerträglich. Schließlich drosselte ich das Tempo, bis ich den flottesten Laufschritt erreicht hatte, zu dem ich augenblicklich in der Lage war. Bei jedem Schritt verlor ich Blut, und mein Kopf hämmerte zum Zerspringen, während mich unablässig die verzweifelte Frage peinigte, wie lange ich noch durchhalten würde, bevor ich endgültig zusammenklappte – sei es durch den Blutverlust oder vor Schock.

12 Wenige Minuten später hatte ich mich aus der Siedlung davongemacht. In einiger Entfernung kreischten die Polizeisirenen wie nächtliche Todesfeen. Die Polizeitruppen nahmen sich bestimmt zuerst das Stadion vor, aber sobald ihnen etwas von der Randale in dem Wohngebiet zu Ohren kam, würden auch dort mehrere Einheiten herumschnüffeln.

Während ich stehen blieb und zusammengekrümmt nach Atem rang, warf ich einen Blick auf meinen Fluchtweg und stellte fest, dass er von kleinen roten Pfützen markiert war, die jeden Verfolger direkt zu mir führen würden. Ich musste dringend etwas unternehmen, um die Blutung zu stillen.

Ich untersuchte die Einschussstelle an meinem Arm. Ein kleines Stück der Pfeilspitze ragte daraus hervor. Ich schloss die Augen, biss die Zähne zusammen und zog mit einem Ruck daran.

»Bei Charnas Eingeweiden!« Ich ging zu Boden, meine Finger zuckten, und ich schnappte nach Luft wie ein Fisch auf dem Trockenen. Schätzungsweise eine Minute spürte ich nichts als rasenden Schmerz. Ich hätte es nicht einmal bemerkt, wenn alle Häuser ringsum eingestürzt wären.

Allmählich ebbte der Schmerz ab, und ich hatte mich so weit erholt, dass ich abermals einen Blick auf die Wunde werfen konnte. Es war mir zwar nicht gelungen, die Pfeilspitze herauszuziehen, doch immerhin steckte sie jetzt unmittelbar vor dem Einschussloch und verstopfte es wie ein Pfropfen. Dadurch trat erheblich weniger Blut aus als zuvor. Das musste für den Augenblick genügen. Ich riss einen Streifen von meinem Hemd, knüllte ihn zusammen und drückte den Ballen auf die Wunde. Nachdem ich ein paar Mal tief Luft geholt hatte, richtete ich mich langsam auf. Meine Beine fühlten sich zwar an wie Wackelpudding, trugen mich jedoch. Ich vergewisserte mich, dass kein Blut auf den Boden tropfte, und nahm meine Flucht im Schneckentempo wieder auf.

Die folgenden zehn oder fünfzehn Minuten verstrichen in langsamer, qualvoller Benommenheit. Ich besaß gerade noch genug Geistesgegenwart, um mich weiterzuschleppen, aber ich achtete weder auf die Straßennamen, noch verschwendete ich einen Gedanken daran, wie ich zum Cirque zurückkommen sollte. Ich wusste nur, dass ich keinesfalls stehen bleiben durfte.

Ich drückte mich eng an den Seiten der Bürgersteige und Alleen entlang, um mich jederzeit auf einen Zaun stützen oder an eine Mauer gelehnt eine Pause einlegen zu können. Nur wenige Passanten kreuzten meinen Weg, und keiner von ihnen beachtete mich. Obwohl ich ziemlich benommen war, überraschte mich das, bis mir einfiel, welchen Eindruck ich auf meine Mitmenschen machen musste: ein Jugendlicher mit ordentlicher Schlagseite, gebeugtem Kopf, zusammengekrümmt und leise vor sich hin stöhnend. Die dachten natürlich, ich hätte einen im Tee!

Schließlich musste ich doch stehen bleiben. Ich war echt total am Ende. Wenn ich mich jetzt nicht hinsetzte und eine Pause einlegte, brach ich noch mitten auf der Straße zusammen. Glücklicherweise zweigte direkt vor mir eine dunkle Gasse ab. Ich ließ mich in deren Einmündung hineinfallen und robbte von den Straßenlaternen weg in den ersehnten Schatten. Ich kroch bis zu einer großen dunklen Mülltonne, lehnte mich gegen die Wand und zog die Beine dicht an mich heran.

»Nur … eine kurze … Verschnaufpause«, ächzte ich, ließ den Kopf auf die Knie sinken und stöhnte, als der Schmerz meine Schulter durchzuckte. »Nur ein … paar Minuten … dann geht's schon wieder …«

Weiter kam ich nicht. Meine Lider klappten zu, und ich fiel in Ohnmacht, jedermann wehrlos ausgeliefert, der zufällig vorbeikam.

Ich schlug die Augen auf. Es war später, dunkler und erheblich

kälter. Ich hatte das Gefühl, mitten in einem Eisblock festzustecken. Als ich versuchte, den Kopf anzuheben, war selbst diese kleine Anstrengung zu viel für mich, und mir wurde erneut schwarz vor Augen.
Als Nächstes spürte ich einen heftigen Brechreiz. Jemand flößte mir gewaltsam eine scharf schmeckende Flüssigkeit ein. Verwirrt dachte ich im ersten Augenblick, ich sei wieder ein frisch gebackener Halbvampirs und Mr. Crepsley zwinge mich, menschliches Blut zu trinken.
»Nein!«, stammelte ich und schlug abwehrend nach den Händen, die meinen Kopf umklammerten. »Ich will keiner ... von euch werden!«
»Du sollst ihn festhalten!«, knurrte jemand.
»Leicht gesagt!«, beschwerte sich derjenige, der mich gepackt hatte. »Das Bürschchen ist kräftiger, als es aussieht.« Ich spürte, wie ein Körper sich gegen meinen presste und eine Stimme mir ins Ohr flüsterte: »Ganz ruhig, Kleiner. Wir wollen dir bloß helfen.«
Allmählich ließ meine Benommenheit nach, und ich hörte auf, mich zu wehren. Blinzelnd versuchte ich die Gesichter der beiden Männer zu erkennen, aber entweder war es zu dunkel oder die Schmerzen hatten mein Sehvermögen beeinträchtigt.
»Was ... seid ihr?«, keuchte ich und meinte damit: Waren es Freunde oder Feinde.
Der Mann, der mich festhielt, musste meine Frage jedoch missverstanden haben und dachte, ich wolle wissen, mit wem ich es zu tun hatte. »Ich heiße Declan«, sagte er. »Und das hier ist der Kleine Kenny.«
»Mach den Schnabel auf«, ordnete der Kleine Kenny jetzt an und führte mir eine Flasche an die Lippen. »Schmeckt billig und fies, wärmt aber astrein.«
Widerstrebend schluckte ich. Ich war zu schwach, um mich zu wehren. In meinem Magen breitete sich eine Ekel erregende

Hitze aus. Als der Kleine Kenny die Flasche wegnahm, lehnte ich den Kopf gegen die Wand und ächzte. »Wie spät … ist es?«, fragte ich.
»Da fragst du die Richtigen«, kicherte Declan. »Keine Ahnung. Aber ziemlich spät, so gegen ein oder zwei Uhr morgens.« Er umfasste mein Kinn, drehte meinen Kopf hin und her und zupfte an dem blutigen Hemdfetzen, der an meiner Schulter festklebte.
»Autsch!«, schrie ich.
Declan zog sofort die Finger weg. »'tschuldige«, sagte er. »Tut es sehr weh?«
»Nicht … mehr ganz so schlimm … wie vorhin«, stotterte ich. Mir wurde plötzlich schwindlig, und beinahe wäre ich zum dritten Mal umgekippt. Als ich mich etwas erholt hatte, hockten die beiden Männer ungefähr einen Meter von mir entfernt und besprachen im Flüsterton, wie es mit mir weitergehen sollte.
»Lass uns verduften«, zischte Kenny. »Er ist höchstens sechzehn oder siebzehn. Mit dem handeln wir uns nur Ärger ein.«
»Für uns zählt jeder Einzelne«, widersprach Declan. »Wir dürfen nicht wählerisch sein.«
»Aber er ist keiner von uns«, beharrte der Kleine Kenny. »Er hat bestimmt Familie und ein Zuhause. Wir können doch nicht einfach ohne Anweisung normale Menschen mitnehmen.«
»Stimmt schon«, erwiderte Declan. »Der da ist irgendwie anders. Hast du seine Narben gesehen? Die sind garantiert nicht vom Spielplatz. Wir sollten ihn mitnehmen. Falls die Damen sich gegen ihn entscheiden, können wir ihn mühelos wieder loswerden.«
»Aber dann weiß er, wer wir sind!«, wandte der Kleine Kenny ein.
»So wie der Kerl aussieht, weiß er nicht mal, in welcher Stadt

er gerade ist!«, schnaubte Declan verächtlich. »Der hat momentan andere Sorgen, als sich darum zu kümmern, welchen Weg wir gehen.«

Der Kleine Kenny grummelte eine Antwort, die ich nicht verstehen konnte, und sagte schließlich: »Na gut, das ist deine Entscheidung, nicht meine, merk dir das. Falls es Ärger gibt, stehst du dafür gerade.«

»Von mir aus«, gab Declan zurück und kam wieder zu mir. Er schob nur die Lider hoch, und ich konnte ihn zum ersten Mal deutlich sehen. Er war ein großer, bärtiger Mann mit schäbiger Kleidung, der schon seit längerem kein Badezimmer mehr von innen gesehen hatte – mit anderen Worten, ein Penner. »Kleiner«, sagte er und schnippte mit den Fingern vor meinen Augen. »Bist du wach? Weißt du, was passiert ist?«

»Ja.« Ich warf einen Blick auf Kenny und stellte fest, dass er genauso heruntergekommen aussah wie Declan.

»Wir nehmen dich mit zu uns«, eröffnete mir Declan. »Kannst du laufen?«

Ich vermutete, dass sie mich in die Bahnhofsmission oder ins Obdachlosenheim schleppen wollten. Das war zwar nicht so angenehm wie der Cirque du Freak, doch erheblich besser als eine Polizeiwache. Ich befeuchtete meine Lippen und tauschte einen Blick mit Declan. »Keine … Polizei«, stöhnte ich.

Declan lachte. »Siehste?«, sagte er zu Kenny gewandt. »Ich hab dir doch gesagt, der ist einer von uns!« Er nahm meinen linken Arm und forderte Kenny auf, mich auf der anderen Seite zu stützen. »Das wird jetzt bestimmt kein Zuckerschlecken«, warnte er. »Bist du so weit?«

Ich nickte.

Sie hievten mich mit vereinten Kräften auf die Füße. Die Schmerzen in meiner Schulter erwachten zu neuem Leben, in meinem Gehirn explodierte ein ganzes Feuerwerk, und mein Magen schlug einen Salto. Ich beugte mich vornüber und übergab mich. Declan und der Kleine Kenny hielten mich währenddessen fest und manövrierten mich anschließend wieder in die Senkrechte.

»Geht's jetzt besser?«, fragte Declan.

»Nein!«, keuchte ich.

Das brachte ihn wieder zum Lachen. Dann drehte er sich langsam um und zerrte mich mit sich, bis wir direkt auf die Straßenmündung sehen konnten. »Wir helfen dir, so gut es geht«, sagte Declan. »Versuch trotzdem, selbst zu gehen, das macht uns allen das Leben leichter.«

Ich nickte, um ihm zu zeigen, dass ich verstanden hatte. Declan und der Kleine Kenny verschränkten je eine Hand zu einem festen Haltegriff hinter meinem Rücken, stützten mich mit der anderen an der Brust und führten mich so aus der Gasse heraus.

Die beiden gaben schon ein merkwürdiges Paar Schutzengel ab. Unter herzhaftem Fluchen, Schubsen und Stoßen bugsierten sie mich vorwärts und versetzten mir gelegentlich den ein oder anderen gezielten Tritt gegen die Füße, damit ich ein paar Schritte aus eigener Kraft vorwärts taumelte. Wir mussten alle paar Minuten eine Verschnaufpause einlegen, und Declan und der Kleine Kenny keuchten mindestens ebenso laut wie ich. So viel Körperertüchtigung waren die beiden offenbar nicht gewohnt.

Trotz der fortgeschrittenen Stunde herrschte lebhaftes Treiben. Die Nachricht vom Blutbad im Stadion hatte sich in Windeseile verbreitet, und aufgeregte Menschen bevölkerten die Straßen. In regelmäßigen Abständen brausten Streifenwagen mit heulenden Sirenen und grellen Blaulichtern an uns vorbei.

Obwohl unser Marsch direkt an Polizeitruppen und aufgebrachten Bürgern vorbeiführte, kümmerte sich niemand um uns. Von Declan und dem Kleinen Kenny gestützt, sah ich aus wie der dritte in einem Trio betrunkener Landstreicher. Lediglich ein Polizist blieb stehen und brüllte zu uns herüber, wir sollten verdammt noch mal von der Straße verschwinden – ob wir denn nicht mitbekommen hätten, was los gewesen sei?

»In Ordnung, Sir«, murmelte Declan und salutierte andeutungsweise. »Wir sind gerade auf dem Heimweg. Ich schätze, Sie können wahrscheinlich kein Auto für uns organisieren, oder?«

Verächtlich schnaubend wandte sich der Polizist ab. Declan freute sich diebisch und scheuchte uns weiter. Als wir außer Hörweite waren, bemerkte er zu Kenny: »Hast du eine Ahnung, was der ganze Wirbel soll?«

»Das hat irgendwas mit dem Fußballspiel zu tun«, antwortete Kenny.

»Wie steht's mit dir?«, richtete Kenny die Frage an mich. »Weißt du, warum alle bis an die Zähne bewaffnet rumrennen?«

Ich schüttelte den Kopf. Selbst wenn ich ihnen die Wahrheit hätte sagen wollen, wäre ich dazu außerstande gewesen. Die Schmerzen wurden immer schlimmer. Ich musste die Zähne zusammenbeißen, um nicht loszuschreien.

Wir wankten weiter. Ich begann allmählich zu hoffen, ich würde wieder in Ohnmacht fallen, damit ich die Schmerzen nicht mehr spürte. Es war mir vollkommen egal, dass Declan und Little Kenny mich wahrscheinlich eher in der Gosse liegen und sterben lassen würden, als mich bewusstlos weiterzuschleppen. Ich blieb jedoch bei Bewusstsein, allerdings mit stark eingeschränkter Aufnahmefähigkeit, und schaffte es, die Beine zu bewegen, sobald meine Begleiter mich vorwärts schubsten.

Ich hatte nicht die leiseste Ahnung, wohin mich die beiden verfrachteten, und brachte es vor Schwäche auch nicht fertig, aufzusehen, um festzustellen, welchen Weg wir eingeschlagen hatten. Als wir endlich vor einem alten Gebäude mit dunkler Fassade anhielten, flitzte der Kleine Kenny voraus und öffnete eine Tür. Ich versuchte, den Blick zu heben, um die Hausnummer zu erkennen. Doch sogar das überstieg meine Kräfte, ich konnte nur mit halb geschlossenen Lidern den Boden fixieren, während Declan und sein Kumpel mich ins Haus schleppten und auf den harten Holzboden legten.

Der Kleine Kenny hielt neben mir Wache, während Declan in den ersten Stock hinaufstieg. Sie hatten mich auf die linke Seite gelegt, aber ich ließ mich auf den Rücken rollen und glotzte die Decke an. Ich spürte, wie die letzten Funken meines Bewusstseins verglühten. Während ich nach oben blickte, spielte mir meine Wahrnehmung einen Streich, und mir war, als glitzerte die Decke wie eine von leichter Brise gestreifte Meeresoberfläche.

Ich hörte Declan in Begleitung einer zweiten Person zurückkommen. Er sprach mit rascher und ruhiger Stimme. Ich versuchte den Kopf zu drehen, um zu sehen, wen er mitbrachte, doch die Fata Morgana an der Zimmerdecke war einfach zu verlockend. Inzwischen kreuzten dort bereits Boote mit windgeblähten Segeln.

Declan blieb neben mir stehen und untersuchte mich. Anschließend trat er zurück, und sein Begleiter beugte sich prüfend über mich. In diesem Augenblick wusste ich, dass ich tatsächlich im Begriff war, jeglichen Bezug zur Realität zu verlieren, denn in meinem Delirium phantasierte ich, die Fremde sei Debbie Schierling, meine Exfreundin. Der Gedanke, ausgerechnet hier Debbie in die Arme zu laufen, war so grotesk, dass ich schwach lächelte. Doch plötzlich rief die über mir stehende Frau aus: »Darren! Um Gottes …«

Dann umschlossen mich nur noch Dunkelheit, Stille und Traum.

13

»Aua! Das ist ja viel zu heiß!« Ich stöhnte.

»Stell dich nicht so an«, lächelte Debbie und hielt mir einen Löffel mit kochend heißer Suppe an die Lippen. »Das tut dir gut!« »Nicht, wenn ich mir mit dem Zeug die Kehle verbrühe«, grummelte ich. Ich pustete auf die Flüssigkeit, um sie abzukühlen, schluckte und lächelte Debbie zu, als sie den Löffel erneut in den Teller eintauchte. Harkat schob Wache neben der Tür. Draußen hörte ich Alice Burgess mit einem der Obdachlosen reden. Ich fühlte mich unglaublich geborgen, während ich hier lag und Suppe schlürfte, als könne mir niemand auf der Welt etwas anhaben.

Es war jetzt fast eine Woche her, seit Declan und der Kleine Kenny mich aufgelesen hatten. Die ersten Tage waren wie im Nebel an mir vorübergeglitten. Zuerst hatten mir heftige Schmerzen und hohes Fieber zugesetzt, ich wusste nicht, wo ich mich befand, und litt unter schrecklichen Alpträumen und Wahnvorstellungen. Ich war nicht davon abzubringen, dass Debbie und Alice lediglich Ausgeburten meiner Phantasie waren. Wenn sie auf mich einredeten, lachte ich und war überzeugt davon, dass ich so langsam total durchdrehte.

Doch nachdem auch das Fieber gesunken und ich allmählich wieder zu mir gekommen war, waren die beiden Frauen immer noch da. Als ich endlich kapierte, dass Debbie tatsächlich bei mir war, schlang ich die Arme um sie und drückte sie so fest an mich, dass ich beinahe wieder ohnmächtig geworden wäre!

»Möchtest du auch Suppe haben?«, fragte Debbie Harkat.

»Nein«, gab er zurück. »Ich bin nicht hungrig.«

Als Allererstes und noch bevor sie dazu kam, mir zu erzählen, warum es sie ausgerechnet hierher verschlagen hatte, hatte ich Debbie gebeten, Harkat und Meister Riesig zu benachrichtigen. Kaum war mein besorgter Freund aufgetaucht – Meister Riesig ließ sich nicht blicken –, erzählte ich ihm von Steve und seiner Bande und eröffnete ihm außerdem, dass Steve Darius' Vater war. Als er das hörte, wurden Harkats runde grüne Augen tellergroß. Mir wäre es am liebsten gewesen, er hätte sich umgehend auf den Weg gemacht, um die Obervampire zu verständigen, aber davon wollte der Kleine Kerl nichts hören. Er sagte, er müsse hier bleiben und mich beschützen, bis ich einigermaßen wiederhergestellt sei. Obwohl ich mit Engelszungen auf ihn einredete, ließ er sich nicht davon abbringen. Seit diesem Gespräch hatte er den Raum nie länger als für einen kurzen Toilettengang verlassen.

Debbie schob mir den letzten Löffel mit Suppe in den Mund, tupfte mir die Lippen mit einer Serviette ab und zwinkerte mir zu. Seit unserem Abschied vor zwei Jahren hatte sie sich kaum verändert. Sie hatte immer noch dieselbe dunkle Pfirsichhaut, die schönen braunen Augen, volle Lippen und kurz geschnittenes Haar. Körperlich gab es allerdings einige Unterschiede. Sie war sehniger und muskulöser geworden und bewegte sich mit der geschmeidigen Anmut einer Kämpferin. Ihre Augen blickten wachsam. Sie war immer auf der Hut und darauf gefasst, in Sekunden-schnelle auf jede Bedrohung zu reagieren.

Bei unserer letzten Begegnung waren Debbie und Alice zum Vampirberg unterwegs gewesen. Die beiden Frauen waren beunruhigt, weil die Vampyre und ihre Verbündeten, die glatzköpfigen Vampets, immer zahlreicher und mächtiger wurden. Sie befürchteten, unsere Feinde könnten auf die Menschheit losgehen, sobald sie den Krieg der Narben gewonnen hatten. Daher beschlossen sie, dass die Vampire ebenfalls durch menschliche Kampftruppen verstärkt werden sollten, die es mit den schwer bewaffneten Vampets aufnehmen konnten. Sie wollten den Obervampiren ihre Dienste anbieten und mit dem Aufbau einer Armee beginnen, die gegen die Vampets antreten und den Vampiren im Kampf gegen die Vampyre den Rücken freihalten konnte.

Ich hielt es für unwahrscheinlich, dass die Obervampire auf ein derartiges Angebot eingehen würden. Im Allgemeinen begegneten Vampire allen Menschen mit äußerstem Misstrauen, und ich nahm daher an, sie würden den Vorschlag der beiden Frauen ohne Umschweife ablehnen. Doch Debbie hatte mir erzählt, dass Seba Nile – seines Zeichens Quartiermeister der Vampirberge und außerdem ein alter Freund von Mr. Crepsley und mir – sich in einer Rede für den Plan der beiden eingesetzt hatte. Er hatte gesagt, die Zeiten hätten sich geändert, und die Obervampire dürften sich neuen Entwicklungen nicht verschließen. Vampire und Vampyre hätten zwar geschworen, niemals Schusswaffen zu benutzen, die Vampets indessen seien nicht an diesen Eid gebunden. Viele Vampire seien bereits von den verfluchten Kahlköpfigen erschossen worden. Seba meinte, dagegen müsse man etwas unternehmen, und dieser Vorschlag biete ihnen die Möglichkeit, die Vampets mit ihren eigenen Waffen zu schlagen.
Als ältester lebender Vampir hatte Sebas Wort großes Gewicht. Auf seinen Rat hin wurden Debbie und Alice aufgenommen, wenn auch mit einer gewissen Zurückhaltung. Sie hatten sich einer mehrere Monate dauernde Ausbildung in den Kampfmethoden der Vampire unterzogen, hauptsächlich unter der Leitung meines alten Lehrmeisters, Vanez Blane. Der blinde Vampir hatte ihnen beigebracht, wie Geschöpfe der Nacht zu kämpfen und zu denken. Die beiden hatten keine leichte Zeit gehabt, denn ohne das heiße Blut der Vampire war es schwer, im ewigen Winter des Vampirberges zu überleben, doch sie hatten sich gegenseitig geholfen und durchgehalten. Schließlich hatten die anfangs so misstrauischen Obervampire den Frauen ihre Bewunderung nicht versagt. Natürlich wäre es am besten gewesen, Debbie und Alice hätten die Kriegstechnik der Vampire in einem gründlichen mehrjährigen Training erlernt. Doch die Zeit drängte. Die Vampets wurden immer

zahlreicher und entwickelten sich zu einer echten Bedrohung. Sobald Debbie und Alice über alles Wesentliche Bescheid wussten, hatten sie sich mit einer kleinen Truppe von Obervampiren aufgemacht, um eine erste behelfsmäßige Armee auf die Beine zu stellen. Debbie berichtete, dass Seba und Vanez die beiden Frauen nur zu gern begleitet hätten, um noch ein letztes Mal den Geschmack des Abenteuers außerhalb des Vampirberges zu kosten. Aber sie dienten dem Clan am besten, indem sie im Berg blieben, und verzichteten pflichtgetreu auf den Ausflug.

Die Tür zu meinem Zimmer öffnete sich, und Alice trat ein. Alice Burgess war eine frühere Hauptkommissarin und sah bedeutend kriegerischer aus als Debbie. Sie war größer, breiter gebaut und ziemlich muskelbepackt. Ihr weißblonder Schopf war sehr kurz geschnitten, und trotz ihres Porzellanteints wirkte sie keineswegs sanftmütig, sondern bleich und todbringend wie ein Schneesturm.

»Die Polizei durchkämmt alle Häuser in der Nähe«, verkündete Alice. »In spätestens einer Stunde werden sie hier sein. Darren muss sich unbedingt verstecken.«

Das Gebäude war alt und hatte einem ominösen Pfarrer eine Zeit lang als Privatkirche gedient. Er hatte etliche Geheimkammern eingebaut, die nur schwer zu finden waren. Sie waren zwar stickig und unbequem, aber ein sicheres Versteck. Ich hatte mich bereits dreimal in einer der Kammern verstecken müssen, um den Polizeirazzien aus dem Weg zu gehen, die seit dem Blutbad im Stadion in vollem Gange waren.

»Gibt's was Neues von Vancha?«, fragte ich, während ich mich aufsetzte und die Bettdecke zurückschlug.

»Bis jetzt nicht«, erwiderte Alice.

Vancha March war der andere Jäger, der noch am Leben war, und abgesehen von mir war er der Einzige, der Steve töten durfte. Debbie und Alice konnten zwar keinen direkten Kontakt zu meinem Mitfürsten aufnehmen, hatten jedoch einigen der jüngeren Obervampire, die technischen Neuerungen gegenüber aufgeschlossen waren, Handys zukommen lassen. Einer von ihnen würde Vancha bestimmt über die Situation hier aufklären – irgendwann. Ich konnte nur inständig hoffen, dass es dann nicht zu spät sein würde.

Eine Armee aufzustellen hatte sich als ein ziemlich schwieriges Unterfangen entpuppt. Keiner der Vampire wusste genau, wie die Vampyre damals bei den Vampets vorgegangen waren, allerdings konnten wir uns auch so deren Rekrutierung mühelos ausmalen.

Die Vampyre hatten gezielt nach willensschwachen und bösartigen Menschen gesucht und diese mit Machtversprechungen geködert. »Kommt zu uns, und wir bringen euch bei, wie man kämpft und tötet. Wenn der richtige Augenblick da ist, zapfen wir euch an und verleihen euch übermenschliche Kräfte. Ihr werdet zu uns gehören und jahrhundertelang leben. Dann könnt ihr alles haben, was ihr wollt.«

Debbie und Alice standen vor einer weitaus schwereren Aufgabe. Sie brauchten tüchtige Leute, die bereit waren, auf der Seite der Guten zu kämpfen, und die erkannt hatten, welche Bedrohung die Vampets und ihre Herren für die Menschheit darstellten. Leute, die sich dagegen wehren wollten, in einer Welt zu leben, in der binnen kurzem nur noch eine Mörderbande die Nächte regierte.

Niederträchtige, geldgierige und böse Menschen gab es zuhauf, ehrliche, verantwortungsbewusste und selbstlose Kämpfer hingegen bedeutend seltener.

Unter Polizisten und Soldaten fanden sich durchaus einige Helfer – Alice verfügte noch über viele Kontakte aus ihrem früheren Berufsleben –, aber es waren bei weitem nicht genug, um dic bedrohlichen Vampets aufzuhalten. Nach einem halben Jahr waren die beiden ihrem Ziel nicht viel näher gekom-

men und hielten den Plan langsam für reine Zeitverschwendung. Doch dann hatte Debbie den rettenden Einfall.
Die Vampyre wurden immer zahlreicher. Sie rekrutierten nicht nur Vampets, sondern zapften auch erheblich mehr Gehilfen als früher an, damit sie den Vampiren im Krieg der Narben an Kampfkraft überlegen waren. Da sie sich aktiver denn je verhielten, mussten sie auch mehr Blut trinken, um sich mit der nötigen Energie zu versorgen. Doch wenn Vampyre ein Opfer anfielen, töteten sie es auch.
Wo steckten dann die vielen Leichen?
Vampyre hatten sechshundert Jahre lang durch äußerste Vorsicht überlebt, indem sie niemals zu viele Menschen in einer Region töteten und außerdem ihre Opfer spurlos verschwinden ließen. Es gab nicht viele Vampyre, vor dem Krieg der Narben waren es nie mehr als dreihundert gewesen, und sie lebten über die ganze Welt verstreut. Es war also ziemlich einfach für sie, sich vor den Menschen zu verbergen.
Doch jetzt wuchs ihre Zahl rasch an, ganze Gruppen benötigten Nahrung und brachten jeden Monate Hunderte von Menschen um. Es war unmöglich, dass die zahlreichen Todesopfer von der Öffentlichkeit unbemerkt blieben – es sei denn, niemand kümmerte sich um diejenigen, die den Vampyren als Nahrung dienten.
Vagabunden. Penner. Landstreicher. Obdachlose. Es gab Dutzende von Namen für jene, die weder Karriere machten noch Häuser, Familien oder Sicherheit besaßen. Viele Namen – wenig Interesse. Für die meisten Menschen waren Obdachlose nur ein Ärgernis, Problem und unschöner Anblick. Ob »normale Menschen« nun Mitleid oder Verachtung empfanden, ob sie sich von ein paar Münzen trennten, wenn sie angebettelt wurden, oder achtlos vorübergingen, eines hatten die meisten gemeinsam: Sie wussten zwar, dass Obdachlose existierten, kümmerten sich jedoch ansonsten nicht um sie. Gab es irgend-

jemanden in irgendeiner Stadt, der genau hätte sagen können, wie viele Obdachlose auf der Straße lebten? Der gewusst hätte, ob sie mehr oder weniger wurden? Wer hätte sich darum geschert?

Antwort: praktisch niemand. Abgesehen von den Obdachlosen selbst. Sie würden wissen, dass etwas faul war. Sie würden zuhören, sich einschalten und kämpfen. Wenn sie schon nicht für die Vampire kämpfen wollten, so doch um ihrer selbst willen. Schließlich waren sie die Opfer im Krieg der Narben, und falls die Vampyre den Krieg gewinnen sollten, würden sie die Ersten sein, denen es an den Kragen ging.

Also zogen Debbie und Alice in Begleitung einer kleinen Truppe von Obervampiren los und hielten Aufklärungsreden an verschwiegenen Ecken, von denen die meisten Menschen wahrscheinlich noch nie gehört hatten. Sie tauchten in Obdachlosenheimen und Bahnhofsmissionen auf und durchstreiften Straßen, wo sich eine improvisierte und primitive Schlafstelle aus Pappkarton und Zeitungspapier an die nächste reihte. Überall versuchten sie unermüdlich, den Menschen dieser Zwischenwelt klar zu machen, welches Schicksal ihnen bevorstand, und erregten Verdacht oder gerieten mitunter in Gefahr, während sie auf der Suche nach Verbündeten ihre Botschaft verbreiteten.

Sie hatten Erfolg. Auch unter den Obdachlosen gab es eine Buschtrommel, genau wie bei den Vampiren. Obwohl die meisten kein Telefon besaßen, hielten sie sich gegenseitig auf dem Laufenden. Es war erstaunlich, mit welcher Schnelligkeit sich Gerüchte herumsprachen, und Alice und Debbie trafen überall auf Menschen, die über die Morde Bescheid wussten, auch wenn sie keine Ahnung hatten, wer dahinter steckte.

Debbie und Alice erzählten den Obdachlosen von den Vampyren. Anfangs lauschten die Zuhörer eher skeptisch, aber als die Vampire demonstrierten, über welche besonderen Kräfte sie verfügten, schwand das Misstrauen. In einigen Städten halfen sie den Obdachlosen dabei, Vampyre aufzuspüren und zu töten. Das sprach sich ebenfalls in Windeseile herum, und in den vergangenen Monaten hatten sich Tausende von Obdachlosen den Vampiren angeschlossen. Die meisten hatten noch keine Ausbildung absolviert. Ihre Aufgabe bestand im Augenblick vielmehr darin, Augen und Ohren offen zu halten und die Vampyre auszuspionieren.

Einen Namen hatten sie sich auch schon gegeben – sie nannten sich *Vampiriten.*

Harkat half mir aus dem Bett, und ich schwankte ins Erdgeschoss hinunter zu den Geheimkammern. Alice begleitete uns sicherheitshalber, um sich davon zu überzeugen, dass alles glatt lief. Unterwegs gingen wir an Declan vorüber. Er telefonierte gerade mit einem nahe gelegenen anderen Stützpunkt der Vampiriten und warnte sie vor den anstehenden Hausdurchsuchungen.

Die Obervampire hatten Debbie und Alice inzwischen verlassen und den Kampf gegen die Vampyre aufs Neue aufgenommen – im Krieg der Narben wurde jeder Einzelne benötigt. Es gab jedoch Mittelsmänner, die ungefähr einmal im Monat mit den beiden Frauen Kontakt aufnahmen und sich von den Fortschritten überzeugten. Meist waren die Schattendamen – so hatten die Vampiriten Debbie und Alice getauft – jedoch allein unterwegs. Sie zeigten sich überall, wo Vampyre besonders hemmungslos ihr Unwesen trieben, und versuchten fieberhaft, dort Helfer anzuwerben.

Debbie und Alice hielten sich seit zwei Wochen in meiner Geburtsstadt auf. Man hatte ihnen berichtet, dass die Vampyre hier besonders aktiv seien, und einige Vampiriten hatten sich bereits zusammengeschlossen und den Kampf aufgenommen. Die beiden Frauen waren gekommen, um die Kampfmoral zu stärken und möglichst viele Obdachlose über die Mordfälle aufzuklären. Nachdem diese Aufgabe erledigt war, hatten sie ursprünglich weiterziehen wollen. Doch dann war ich plötzlich schwer verletzt aufgetaucht und hatte ihre Pläne durchkreuzt.

Ich rieb mir die linke Schulter, während ich zu dem Geheimversteck schlurfte. Alice hatte die Pfeilspitze entfernt und die Wunde vernäht. Alles war gut verheilt, juckte aber entsetzlich, und es würde noch eine Weile dauern, bis ich wieder auf den Beinen war.

Alice und Harkat hatten die Möbel zurückgeschoben, die den Eingang zur Geheimkammer im rückwärtigen Teil des Hauses verdeckten. Die Kommissarin drückte auf eine verborgene Holzleiste in der Vertäfelung, und wie von Geisterhand glitt ein Teil der Wand zur Seite und gab den Blick auf eine winzige Kammer frei. An einer Wand befand sich eine spärliche Lichtquelle.

»Das letzte Mal haben sie alles von oben bis unten durchsucht«, erinnerte mich Alice und sah nach, ob die Wasserkaraffe neben der Matratze gefüllt war. »Das könnte länger dauern.«

»Kein Problem«, versicherte ich und legte mich hin.

»Wartet noch!«, hörte ich Debbie rufen, als Alice gerade die Kammer verschließen wollte. Mit einer kleinen Tasche in der Hand kam sie zur Öffnung geeilt. »Ich wollte es dir erst geben, wenn du wieder bei Kräften bist. Damit kannst du dir die Zeit vertreiben.«

»Was ist das?«, fragte ich und nahm ihr die Tasche ab.

»Wirst schon sehen«, sagte Debbie, warf mir einen Luftkuss zu und trat zurück, als die Vertäfelung die Geheimöffnung verschloss.

Ich wartete einen Augenblick, bis meine Augen sich an das Dämmerlicht gewöhnt hatten, und fischte dann einen mit Gummiband verschnürten Packen Notizhefte aus der Tasche.

Ich musste unwillkürlich lächeln – das waren ja meine Tagebücher! Die hatte ich total vergessen. Jetzt fiel mir wieder ein, dass ich die Hefte seinerzeit, als ich mit Harkat zum See der Seelen aufgebrochen war, Alice in die Hand gedrückt hatte. Ich schob das Gummiband herunter, durchblätterte rasch das oberste Heft, hielt inne, drehte den Packen herum und begab mich auf die Zeitreise in eine Vergangenheit, die vor achtzehn Jahren begonnen hatte, kurz bevor ich mich heimlich zur Vorstellung des Cirque du Freak davongeschlichen und Mr. Crepsley kennen gelernt hatte. Innerhalb von Minuten hatte ich alles um mich herum vergessen, und die Stunden vergingen wie im Flug, während ich die mit meiner Krakelschrift bedeckten Seiten verschlang.

14

Sobald die Luft rein war, verzog ich mich wieder in mein Zimmer und verbrachte die nächsten Tage damit, mein Tagebuch auf den neuesten Stand zu bringen. Bald hatte ich das letzte Heft voll geschrieben, und Debbie brachte mir neues Schreibmaterial. Ausführlich schilderte ich die Abenteuer, die ich gemeinsam mit Harkat in jener Einöde erlebt hatte, bei der es sich um die zukünftige Welt zu handeln schien. Ich beschrieb meine Ängste, dass die Zerstörung der Welt bevorstehen könnte, unabhängig vom Ausgang des Kriegs der Narben, und dass ich womöglich selbst den Niedergang der Menschheit auslösen würde. Ich berichtete, wie wir herausgefunden hatten, wer Harkat früher gewesen war, und schilderte unsere Rückkehr nach Hause, gefolgt von einer kurzen Zusammenfassung unserer jüngsten Reisen mit dem Cirque du Freak. Ich beendete meinen Bericht mit dem letzten und grausamsten Kapitel, in welchem Tommy starb und ich erfahren musste, dass Steve einen Sohn in die Welt gesetzt hatte.

Seit dem verhängnisvollen Fußballspiel hatte ich kaum an Tommy gedacht. Ich wusste, dass die Polizei in der Stadt nach seinen Mördern suchte und R.V. und Morgan James im Stadion acht weitere Zuschauer umgelegt und zahlreiche verwundet hatten. Ich hatte jedoch keine Ahnung, was die Öffentlichkeit über diese Morde dachte oder ob ich als ein Verdächtiger erkannt worden war – vielleicht hatte Steve es fertig gebracht, mich als Sündenbock hinzustellen.

Ich bat Debbie um alle Ausgaben der Lokalzeitungen aus den letzten Tagen. Es gab ein paar miese Fotos von R.V. (Vollvampire konnte man nicht fotografieren, aber das molekulare System von R.V. hatte sich offenbar noch nicht umgewandelt) und Morgan James, doch keines von mir. Über den Zwischenfall in der Siedlung, bei dem ich angegriffen worden war, fand ich zwar eine Randnotiz, allerdings maß die Polizei der Geschichte offenbar keine besondere Bedeutung bei und brachte sie nicht mit dem Blutbad im Stadion in Zusammenhang.

»Kanntest du ihn gut?«, fragte Debbie und deutete auf ein Foto, das den lächelnden Tommy Jones zeigte. Sie saß auf meinem Bett und beobachtete mich beim Lesen. Während meiner Genesung hatte sie eine Menge Zeit mit mir verbracht, mich umsorgt, mit mir geplaudert und mir ihre Lebensgeschichte erzählt.

»Als Kinder waren wir gute Freunde«, seufzte ich.

»Glaubst du, dass er über Steve und die Vampyre Bescheid wusste?«, fragte Debbie.

»Nein. Er ist einfach ein Opfer. Da bin ich mir sicher.«

»Hat er nicht gesagt, er müsse dir was Wichtiges mitteilen?«

Ich schüttelte den Kopf. »Er hat bloß angedeutet, dass es einiges über Steve zu besprechen gebe. Meiner Ansicht nach hat das nichts mit den späteren Ereignissen zu tun.«

»Mir macht das Angst«, antwortete Debbie, nahm die Zeitung und faltete sie zusammen.

»Du hast Angst, weil sie Tommy umgebracht haben?« Ich runzelte fragend die Stirn.
»Nein, nicht deswegen, sondern weil sie dreist genug waren, den Anschlag vor zehntausend Leuten zu begehen. Sie müssen sich sehr sicher fühlen. Vor ein paar Jahren hätten sie das nicht gewagt. Sie werden immer mächtiger.«
»Vielleicht wird ihnen diese maßlose Selbstüberschätzung noch mal zum Verhängnis«, knurrte ich. »Früher, als keiner von ihrer Existenz wusste, waren die Vampyre wesentlich sicherer. Ihr Größenwahn hat sie dazu verleitet, sich bei Tage zu zeigen, dabei haben sie jedoch eines vergessen – das Sonnenlicht ist gefährlich für Geschöpfe der Nacht.«
Debbie legte die Zeitung beiseite. »Wie geht es deiner Schulter?«, fragte sie.
»Gar nicht übel«, erwiderte ich. »Obwohl Alices Geschicklichkeit mit Nadel und Faden einiges zu wünschen übrig lässt. Das wird eine scheußliche Narbe geben, wenn die Wunde verheilt ist.«
»Noch eine für die Sammlung«, lachte Debbie. Doch gleich darauf erlosch ihr Lächeln. »Mir ist eine neue Narbe auf deinem Rücken aufgefallen, sie ist lang und sehr tief. Hast du sie dir auf deiner Reise mit Harkat eingehandelt?«
Ich nickte und erinnerte mich, wie das monströse Grotesk die Fangzähne in meinen Rücken geschlagen hatte. »Du hast mir immer noch nichts von dieser Reise erzählt«, stellte Debbie fest.
Ich seufzte. »Im Augenblick ist das einfach nicht so wichtig.«
»Habt ihr denn herausgefunden, wer Harkat in Wirklichkeit war?«
»Ja«, sagte ich einsilbig und verzichtete auf längere Erklärungen. Ich hatte nicht gern Geheimnisse vor Debbie, doch falls diese Einöde wirklich die Zukunft war, hielt ich es für überflüssig, sie einzuweihen. Es würde sie nur unnötig belasten.

Als ich am nächsten Morgen erwachte, hatte ich rasende Kopfschmerzen. Durch einen schmalen Spalt zwischen den Vorhängen fiel zwar nur ein schmaler Lichtstrahl ins Zimmer, aber ich hatte das Gefühl, als würde jemand einen grellen Scheinwerfer direkt auf mich richten. Stöhnend taumelte ich aus dem Bett und zog die Vorhänge zu. Das half fürs Erste, doch meine Kopfschmerzen ließen nicht nach. Ich blieb liegen, rührte mich nicht und hoffte, die Schmerzen würden allmählich von selbst verschwinden. Schließlich gab ich es auf und machte mich auf den Weg ins untere Stockwerk, um mir ein Aspirin zu holen. Unterwegs kam ich an Harkat vorbei. An eine Mauer gelehnt, machte er gerade ein kleines Nickerchen im Stehen, die lidlosen Augen weit geöffnet.

Schon nach den ersten Stufen wurde mir plötzlich furchtbar schwindelig, und ich polterte die Treppe hinunter. Ich schnappte nach dem Handlauf, konnte mich gerade noch rechtzeitig festhalten und legte auf halber Strecke eine Vollbremsung hin, bei der ich mir reichlich blaue Flecke zuzog. Mit brummendem Schädel setzte ich mich auf, blickte benommen um mich und überlegte, ob das Schwindelgefühl vielleicht mit meiner Schulterverletzung zu tun hatte. Ich versuchte, um Hilfe zu rufen, brachte aber lediglich ein Krächzen zustande.

Kurze Zeit später, als ich auf der Treppe lag und Kräfte sammelte, um mich aufzurappeln und in mein Zimmer zurückzukriechen, kam Debbie oben am Treppenabsatz vorbei. Als sie mich sah, blieb sie stehen. Ich hob den Kopf, um sie zu rufen, doch mehr als ein heiseres Krächzen war einfach nicht drin.

»Declan?«, fragte Debbie und trat einen Schritt vor. »Was machst du da? Hast du etwa schon wieder zu tief ins Glas geschaut?«

Ich runzelte die Stirn. Wieso verwechselte sie mich mit Declan? Ich sah ihm doch überhaupt nicht ähnlich.

Erst als Debbie sich vorbeugte und mich genauer musterte,

kapierte sie, dass ich keineswegs ihr Schützling war. Misstrauisch richtete sie sich auf. »Wer bist du?«, herrschte sie mich an. »Was machst du hier?«

»Ich ... bin's doch«, keuchte ich, aber sie konnte mich nicht hören.

»Alice!«, schrie Debbie. »Harkat!«

Im Nu waren die beiden zur Stelle und blieben oben an der Treppe neben ihr stehen. »Ist das vielleicht ein Freund von Declan oder dem Kleinen Kenny?«, überlegte Alice.

»Glaube ich nicht«, sagte Debbie.

»Wer bist du?«, schnauzte Alice mich an. »Raus mit der Sprache, sonst ...«

»Moment mal«, unterbrach Harkat. Er drängte sich an den Frauen vorbei, fixierte mich durchdringend und grinste schließlich breit. »Als hätten wir nicht schon genügend ... Probleme!« Hastig kam er zu mir heruntergelaufen. »Alles in Ordnung«, sagte er zu Alice und Debbie, während er mir auf die Beine half. »Es ist Darren.«

»Darren?«, rief Debbie aus. »Aber er ist ja total zugewuchert.«

Jetzt begriff ich endlich, warum sie mich nicht erkannt hatte. Mein Haar war über Nacht gewachsen, und ein Rauschebart schmückte mein Kinn.

»Die Purifikation!«, keuchte ich.

»Die zweite Phase«, nickte Harkat. »Du weißt, was das ... bedeutet?«

Und ob ich das wusste. Es bedeutete, dass meine Zeit als Halbvampir bald zu Ende war. Innerhalb der nächsten Wochen würde das Vampirblut in meinen Adern alle menschlichen Zellen umwandeln und mich zu einem wahren, die Nacht liebenden und das Sonnenlicht verabscheuenden Geschöpf der Dunkelheit machen.

Ich erklärte Debbie und Alice, was es mit der Purifikation auf sich hatte. Meine Vampirzellen griffen meine menschlichen Zellen an und wandelten sie um. Innerhalb einiger Wochen würde ich ein Vollvampir sein. Bis es so weit war, durchlief ich einen beschleunigten körperlichen Reifeprozess, der mit allen möglichen Unannehmlichkeiten verbunden war. Abgesehen von meinem rasanten Haarwuchs stand mir eine Zeit bevor, in der ich mich nur bedingt auf meine Sinne verlassen konnte. Ich würde unter Kopfschmerzen leiden, musste die Augen bedecken und Nase und Ohren zustöpseln. Ich würde meinen Geschmackssinn einbüßen und abwechselnd plötzliche Energieschübe oder den vollkommenen Verlust meiner Körperkräfte hinnehmen müssen.

»Warum muss das ausgerechnet jetzt passieren!«, beschwerte ich mich später bei Debbie. Harkat und Alice waren irgendwo im Haus beschäftigt, während Debbie mir beim Haareschneiden und Rasieren half.

»Wieso denn?«, fragte sie.

»Na, ich bin doch zu nichts zu gebrauchen«, erklärte ich. »Ich habe den totalen Brummschädel. Ich kann nicht richtig sehen, hören und schmecken. Ich weiß nie, wie mein Körper innerhalb der nächsten Minuten reagiert. Sollte demnächst ein Kampf mit den Vampyren anstehen, sieht's schlecht für mich aus.«

»Während der Purifikation bist du doch eigentlich stärker als sonst, oder?«

»Ab und zu. Aber meine Kräfte können mich von einer Sekunde zur nächsten im Stich lassen, und dann bin ich absolut wehrlos. Obendrein weiß ich nie, wann es passiert.«

»Was ist, wenn du das überstanden hast?«, fragte Debbie und verlieh meinem Pony den letzten Schliff. »Bist du dann ein Vollvampir?«

»Ja.«

»Dann bist du in der Lage zu huschen und dich mental mit den anderen Vampiren zu verständigen?«

»Nicht sofort«, erwiderte ich. »Dafür muss ich noch trainieren. In den nächsten Jahren habe ich viel zu lernen.«

»Du hörst dich ja nicht besonders glücklich an«, stellte Debbie fest.

Ich verzog das Gesicht. »Einerseits bin ich froh darüber – endlich bin ich ein Vollvampir, wie es sich für einen Fürsten gehört. Es war mir immer unangenehm, als Halbvampir so viel Macht zu besitzen. Andererseits ist ein Teil meines Lebens damit zu Ende. Kein Sonnenlicht mehr, und die Zeiten, in denen ich mich als Mensch ausgeben konnte, sind auch vorbei. Seit ich angezapft wurde, habe ich von beiden Welten das Beste gehabt. Jetzt muss ich eine davon – die Welt der Menschen – für immer verlassen.« Ich stöhnte trübsinnig. Schweigend dachte Debbie eine Weile darüber nach, während sie an meinem Schopf herumschnippelte. Dann sagte sie ruhig: »Aber wenn alles vorüber ist, bist du ein Erwachsener, oder?«

»Ja«, schnaubte ich. »Das ist auch eine Veränderung, der ich mit gemischten Gefühlen entgegensehe. Schließlich bin ich seit ungefähr dreißig Jahren ein Teenager. Der Gedanke, in ein paar Wochen erwachsen zu sein ist echt … komisch.«

»Es hat auch sein Gutes«, gab Debbie zu bedenken. Sie ließ die Schere sinken, mit der sie den Wildwuchs auf meinem Kopf zurechtstutzte, und sah mir in die Augen. »Erinnerst du dich daran, wie du vor ein paar Jahren versucht hast, mich zu küssen?«

»Na klar.« Ich schnitt eine Grimasse. »Damals gab ich mich als Schüler aus, und du warst meine Lehrerin. Du warst stinksauer und hast mich an die Luft gesetzt.«

»Mit vollem Recht«, grinste Debbie. »Als Lehrerin – und als Erwachsene – durfte ich doch nicht mit einem Minderjährigen anbandeln. Ich konnte dich damals ebenso wenig küssen wie jetzt. Ich hätte ein mieses Gefühl, wenn ich die Finger nicht von kleinen Jungs lassen könnte.« Ihr Grinsen war beinahe unmerklich in ein geheimnisvolles Lächeln übergegangen. »Aber in ein paar Wochen bist du kein Junge mehr, sondern ein Mann.«

»Oh«, sagte ich überrascht, und dann ging mir plötzlich ein Licht auf. Wir blickten uns wortlos in die Augen, und ich drückte zärtlich ihre Hand.

15

Ein Vorteil der Purifikation bestand immerhin darin, dass sie meinen Heilungsprozess beschleunigte und ich rasch wieder bei Kräften war. Nach kurzer Zeit war ich körperlich beinahe ganz der Alte, wenn man von den Kopfschmerzen und anderen Unannehmlichkeiten einmal absah.

Ich war gerade damit beschäftigt, meine überschüssige Energie mit Liegestützen auf dem Boden meines Zimmers zu vergeuden, als ein quietschender Schrei von Debbie aus dem Erdgeschoss zu mir heraufdrang. Ich hielt inne und wechselte einen besorgten Blick mit Harkat, meinem unerschütterlichen Wachposten an der Tür. Mit einem Satz war ich neben ihm und entfernte einen der Ohrstöpsel, die ich trug, um den Straßenlärm zu dämpfen.

»Sollen wir unten nachsehen?«, fragte Harkat und öffnete die Tür einen Spaltbreit. Wir lauschten Debbies aufgeregter Stimme, und als wir die Ohren spitzten, hörten wir, wie Alice dazukam und sich nicht minder aufgeregt ins Gespräch mischte.

»Ärger scheint es nicht zu geben«, überlegte ich. »Sie hören sich eher ganz zufrieden an, als sei ein alter Freund ...« Ohne den Satz zu beenden schlug ich mir mit der Hand vor die Stirn. Harkat lachte, und dann riefen wir beide gleichzeitig: *»Vancha!«*

Wir rissen die Tür auf und stürmten die Treppe hinunter, wo wir Debbie und Alice in lebhafter Unterhaltung mit einem munteren rothäutigen und grünhaarigen Mann antrafen. Er war in rote Felle gehüllt, barfuß und hatte mehrere Gurte mit scharfen Wurfsternen, so genannten Shuriken, um den Oberkörper geschlungen.

»Vancha!«, rief ich überglücklich aus, packte seine Arme und zerquetschte ihn fast vor Wiedersehensfreude.

»Es ist schön, Euch zu sehen, Sire«, erwiderte Vancha überraschend gesittet. Doch dann grinste er breit und erwiderte meine Umarmung herzlich. »Darren!«, dröhnte er. »Du hast mir gefehlt!« Er wandte sich Harkat zu und lachte. »Und du auch, alte Vogelscheuche!«

»Das sagt der Richtige!«, grinste Harkat.

»Es tut echt gut, euch wiederzusehen. Trotzdem bin ich natürlich besonders glücklich, endlich mal wieder einen Blick auf die Damen werfen zu können«, sagte Vancha, ließ mich los und zwinkerte Debbie und Alice zu. »Schließlich ist der Anblick weiblicher Schönheit das Lebenselixier für heißblütige Kerle wie mich!«

»Der geborene Süßholzraspler«, bemerkte Alice spitz. »Ich wette, den Spruch bringst du bei jeder Frau an.«

»Versteht sich«, murmelte Vancha. »Jede Frau ist auf ihre Art schön. Aber du bist die Schönste von allen – ein wahrer Engel der Nacht.«

Alice schnaubte geringschätzig, doch ein seltsam verhaltenes Lächeln umspielte ihre Mundwinkel. Vancha schlang die Arme um Debbie und Alice und führte uns ins Wohnzimmer, gerade so, als befinde er sich zu Hause und wir seien seine Gäste. Er ließ sich nieder, machte es sich gemütlich und erteilte Debbie die Anweisung, uns eine Kleinigkeit zum Essen zurechtzumachen. Woraufhin sie ihm in unmissverständlichen Worten zu verstehen gab, er solle sich gefälligst selbst was zurechtmachen, solange er hier sei, was Vancha mit einem entzückten Lachen quittierte.

Es war ausgesprochen erfrischend, sich mit eigenen Augen davon zu überzeugen, dass der Krieg der Narben Vancha March nichts hatte anhaben können. Er war so geräuschvoll und lebhaft wie eh und je. Er schwadronierte drauflos und erzählte uns von seinen jüngsten Erlebnissen, den Ländern, die er erforscht, und den Vampyren und Vampets, die er getötet hatte. Aus seinem Mund hörte sich das alles wie ein großes, aufregendes Abenteuer an, das keine weiteren Konsequenzen hatte.

»Als ich erfahren habe, dass Leonard sich hier aufhält, habe ich mich sofort auf die Socken gemacht. Ich bin den ganzen Weg gehuscht, ohne Verschnaufpause. Ich habe ihn doch nicht etwa verpasst?«

»Keine Ahnung«, gab ich zurück. »Seit dem Abend, als er mich fast abgemurkst hat, haben wir nichts mehr von ihm gehört.«

»Was sagt dir dein Herz?«, fragte Vancha und blickte mich mit großen Augen durchdringend an, während sich sein kleiner Mund zu einem gespannten Strich formte.

»Er ist hier«, sagte ich leise. »Er wartet auf mich – und auf uns. Meiner Ansicht nach zeigt sich jetzt, ob Meister Schicks Prophezeiung zutrifft. Wir werden ihm entweder auf den Straßen dieser Stadt oder darunter begegnen und einen Kampf auf Leben und Tod ausfechten. Das wird das Ende des Kriegs der Narben sein. Es sei denn …«

»Es sei denn was?«, hakte Vancha nach, als ich verstummte.

»Wir sind bisher immer von einer letzten Begegnung ausgegangen. Unsere Wege sollten sich vier Mal kreuzen. Inzwischen habe ich ihn bereits zum vierten Mal getroffen, und trotzdem sind wir beide immer noch quicklebendig. Vielleicht hat Meister Schick irgendwas falsch verstanden. Am Ende trifft seine Prophezeiung nicht mehr länger zu.«

Vancha grübelte eine Weile schweigend. »Wer weiß, unter Umständen hast du Recht«, räumte er schließlich zaghaft ein. »Ich kann Sal Schick zwar nicht ausstehen, aber bisher hat er sich bei Prophezeiungen so gut wie nie getäuscht. Genauer gesagt ist mir noch von keinem einzigen Fehler was zu Ohren gekommen. Er hat dir erzählt, wir hätten vier Mal die Gelegenheit, Leonard zu töten, oder?« Ich nickte. »Vielleicht müssen wir beide dabei sein. Vielleicht zählt diese Begegnung nicht, weil du allein warst.«

»Wenn ich dabei draufgegangen wäre, hätte sie sehr wohl gezählt«, widersprach ich unwirsch.

»Bist du aber nicht«, entgegnete Vancha. »Vielleicht konnte er dich einfach nicht umlegen. Vielleicht war es einfach nicht seine Bestimmung.«

»Wenn du Recht hast, dann müssen wir ihn noch ein weiteres Mal treffen«, sagte ich.

»Richtig«, bestätigte Vancha. »Dann geht es ums Ganze. Es sei denn, Leonard tötet nur einen von uns, wenn er gewinnt. Evanna hat jedenfalls vorhergesagt, dass einer von uns überleben wird, wenn wir verlieren.«

Evanna war eine Hexe und die Tochter Meister Schicks. Diesen Teil der Prophezeiung hatte ich völlig vergessen. Sollte Steve gewinnen, würde er einen von uns verschonen, und der Überlebende würde dann mit eigenen Augen zusehen müssen, wie seine Sippe unterging.

Es trat eine lange, sorgenvolle Stille ein, während wir über die Prophezeiung und die uns bevorstehenden Gefahren grübelten. Vancha brach schließlich das Schweigen, indem er lautstark in die Hände klatschte. »So, jetzt reicht's, genug Trübsal geblasen! Wie ist es bei euch beiden denn so gelaufen?« Er nickte Harkat und mir zu. »Waren eure Nachforschungen erfolgreich? Wissen wir jetzt, wer Harkat früher war?«

»Ja«, sagte Harkat. Er warf Debbie und Alice einen kurzen

Blick zu. »Ich möchte ja nicht unhöflich sein, aber könntet ihr … uns für eine Weile allein lassen?«
»Müsst ihr jetzt ein Männergespräch führen, oder was?«, fragte Alice mit unverhohlenem Spott.
»Nein«, kicherte Harkat. »Ein Fürstengespräch.«
»Wir sind eine Etage höher«, sagte Debbie. »Ruft uns, wenn ihr so weit seid.«
Vancha erhob sich und entließ die Damen mit einer artigen Verbeugung. Dann nahm er mit neugieriger Miene wieder Platz. »Was soll denn die Geheimniskrämerei?«, erkundigte er sich.
»Es hat damit zu tun, wer ich früher war«, erklärte Harkat, »und wo … wir die Wahrheit herausgefunden haben. Wir halten es für das Beste, darüber mit niemand anderem … als einem Fürsten zu reden.«
»Klingt ja richtig spannend«, sagte Vancha und lehnte sich wissbegierig vor.
Im Schnelldurchlauf berichteten wir Vancha von unserer Reise in die Einöde, den Wesen, gegen die wir gekämpft hatten, und von Evanna, dem wahnsinnigen Seemann – Spits Abrams – und den Drachen. Er sagte kein Wort, lauschte aber hingerissen. Als wir ihm erzählten, wie wir Kurda Smahlt aus dem See der Seelen gezogen hatten, sperrte mein Mitfürst vor Staunen den Mund auf.
»Das ist doch unmöglich!«, protestierte er. »Harkat hat schon gelebt, bevor Kurda gestorben ist.«
»Meister Schick kann durch die Zeit reisen«, erklärte ich. »Er hat Harkat aus Kurdas sterblichen Resten erschaffen und ihn in die Vergangenheit versetzt, damit er dort als mein Schutzengel wirken kann.«
Vancha blinzelte langsam. Dann verfinsterte sich seine Miene, und er sah wütend und ängstlich zugleich aus. »Verflucht sei dieser Sal Schick! Ich habe ja immer geahnt, dass er mächtig

ist, aber in den normalen Ablauf der Zeit hineinzupfuschen … Was für ein Teufel ist der Kerl eigentlich?«

Da die Frage rein rhetorisch war, schenkten wir uns die Antwort. Stattdessen rundeten wir unsere Geschichte damit ab, dass wir erzählten, wie Kurda beschlossen hatte, sich selbst zu opfern – er teilte sich eine Seele mit Harkat, nur einer von ihnen konnte also überleben –, und uns damit den Rückweg in die Gegenwart ermöglicht hatte.

»Die Gegenwart?«, fuhr Vancha auf. »Was soll denn das jetzt heißen?«

Harkat erklärte ihm unsere Theorie, dass die Einöde die Welt der Zukunft gewesen war. Als Vancha das hörte, zitterte er, als sei plötzlich ein schneidend kalter Wind durchs Zimmer gebraust. »Ich hätte nie gedacht, dass der Krieg der Narben eine derart weitreichende Bedeutung haben kann«, sagte er leise. »Ich weiß natürlich, dass unsere Zukunft auf dem Spiel steht, doch ich hätte mir nicht träumen lassen, dass wir die gesamte Menschheit ins Verderben reißen können.« Kopfschüttelnd wandte er sich ab und murmelte: »Darüber muss ich in Ruhe nachdenken.«

Schweigend überließen Harkat und ich unseren Freund seinen Grübeleien. Minuten verstrichen. Eine Viertelstunde. Eine halbe Stunde. Schließlich drehte sich Vancha mit einem tiefen Seufzer zu uns um.

»Das sind düstere Aussichten«, sagte er, »aber vielleicht sind sie doch nicht ganz so düster, wie es auf den ersten Blick scheint. Aus eurer Erzählung schließe ich, dass Meister Schick euch in die Zukunft gesandt hat. Trotzdem bin ich fest davon überzeugt, dass er dafür einen triftigen Grund hatte. Womöglich wollte er sich über euch lustig machen, doch es sollte gleichzeitig auch eine Warnung sein. Diese verdammte Zukunft steht uns bevor, falls wir den Krieg der Narben verlieren. Steve Leonard ist einer von denen, die die Welt dem Erdboden gleichmachen und sie zerstören. Das können wir verhindern, indem wir siegen. Als Meister Schick zum Vampirberg kam, hat er uns erzählt, es gebe zwei mögliche Zukunftsvarianten, wisst ihr noch? Eine, in der die Vampyre den Krieg gewinnen, und eine andere, in der wir die Sieger sind. Ich glaube, Meister Schick hat euch einen Blick in die Zukunft gewährt, damit ihr versteht, wie wichtig es ist, dass wir gewinnen. Wir kämpfen nicht nur für unsere eigene Sache, sondern für die ganze Welt. Die Einöde ist die eine Möglichkeit, aber ich bin sicher, dass im Falle unseres Sieges die Zukunft vollkommen anders aussehen wird.«

»Leuchtet ein«, stimmte Harkat zu. »Solange beide Möglichkeiten bestehen ... konnte er aus freien Stücken entscheiden, in welche davon er uns führt.«

»Schon möglich«, seufzte ich, nicht ganz überzeugt. Mir war erneut die Vision eingefallen, die ich kurz nach unserer ersten Begegnung mit Evanna gehabt hatte, als Harkat von Alpträumen gequält wurde.

Die Hexe hatte mir dabei geholfen, Harkat von diesen Träumen zu befreien, indem sie mich in seine Traumwelt geschickt hatte. In dem Traum war ich damit konfrontiert worden, ein Wesen von unglaublicher Macht zu sein – ich war der Herr der Schatten. Evanna erzählte mir, jener Meister des Bösen sei Teil der Zukunft, und der Weg dorthin sei mit den Seelen der Toten gepflastert. Sie hatte mir auch gesagt, der Herr der Schatten könne nur einer von uns beiden sein – Steve Leopard oder ich.

Mit einem Schlag waren alle Ungewissheiten wieder da. Ich fühlte mich außerstande, Vanchas und Harkats Ansichten über die Zukunft zu teilen, wonach diese entweder hell und glücklich oder düster und traurig verlaufen sollte. Ich hatte das sichere Gefühl, dass wir auf dem besten Wege waren, uns einen Riesenärger einzuhandeln, und zwar unabhängig davon, wie der Krieg der Narben ausging. Das behielt ich allerdings für mich, auf die Rolle des Unheil verkündenden Propheten war ich nämlich überhaupt nicht scharf.

»Das wäre also geklärt!« Vanchas Lachen riss mich aus meinen dunklen Gedanken. »Jetzt müssen wir eigentlich bloß noch Steve Leonard ausschalten, sehe ich das richtig?«

»Korrekt«, sagte ich und rang mir ein Lächeln ab.

»Was ist mit mir?«, fragte Harkat. »Nun weißt du, dass ich die Vampire verraten habe ... hat sich deine Einstellung zu mir geändert?«

»Ach wo«, gab Vancha zurück. »Ich konnte dich sowieso noch nie ausstehen.« Er spuckte in seine Linke, strich mit dem Speichel die Haare zurück und bedeutete Harkat mit munterem Zwinkern, dass er es nicht ernst gemeint hatte. »Nein, du hast ganz Recht gehabt, die Neuigkeiten nicht an die große Glocke zu hängen. Wir behalten die Geschichte für uns. Ich war ohnehin immer der Ansicht, dass Kurda nur das Beste für den Clan wollte, auch wenn er es nicht besonders schlau angestellt hat. Dennoch sind viele anderer Meinung. Wenn sie wüssten, wer du wirklich warst, führt das womöglich zu internen Grabenkämpfen. Damit würden wir den Vampiren direkt in die Hände spielen.

Was den derzeitigen Harkat angeht ...« Vancha musterte den Kleinen Kerl aufmerksam. »Ich kenne dich und vertraue dir. Ich glaube, du hast aus Kurdas Fehlern gelernt. Du wirst uns kein zweites Mal betrügen, oder?«

»Nein«, erwiderte Harkat leise. »In meinen Augen wäre ein ... Friedensvertrag zwischen den beiden Clans die beste Lösung. Soweit ich durch friedliche Mittel ... also durch Gespräche dazu beitragen kann, diesen Vertrag zustande zu bringen, möchte ich das gern tun. Der Krieg der Narben richtet ... beide Sippen der Nacht zugrunde und könnte sogar ... noch weitere Zerstörungen nach sich ziehen.«

»Dir ist schon klar, dass wir unbedingt kämpfen müssen, oder?«, fragte Vancha ungehalten.
»Mir ist klar, dass … Steve Leonard getötet werden muss«, bestätigte Harkat. »Aber danach setze ich mich für den Frieden ein … soweit ich kann. Diesmal allerdings offen … ohne Heimlichtuerei.«
Schweigend dachte Vancha eine Weile darüber nach und zuckte schließlich die Achseln. »Einverstanden. Ich habe eigentlich auch nichts gegen die Vampyre. Wenn wir Leonard getötet haben und die Vampyre einem Waffenstillstand zustimmen, bin ich ebenfalls dafür. Jetzt mal noch was ganz anderes«, fuhr er fort und kratzte sich nachdenklich am Kinn. »Wo hat sich Leonard eurer Ansicht nach verkrochen?«
»Wahrscheinlich in einem unterirdischen Versteck«, sagte ich.
»Du meinst, er heckt irgendeine groß angelegte Sache aus, so wie schon einmal?«, fragte Vancha.
»Nein«, erwiderte Harkat. »In dieser Gegend waren Vampyre aktiv. Deswegen sind Debbie und Alice hergekommen. Aber wenn tatsächlich so viele hier wären … wie beim letzten Mal, dann wäre die Zahl der Todesopfer … weit höher. Meiner Ansicht nach hat Steve nicht so viele … Vampyre bei sich wie damals … in der Kammer der Vergeltung.«
»Na, hoffentlich behältst du Recht«, erwiderte Vancha.
Er warf mir einen Seitenblick zu. »Was für einen Eindruck hat mein Bruder gemacht?« Vancha und Gannen waren zwar Brüder, hatten sich jedoch einander entfremdet.
»Müde«, gab ich Auskunft. »Angestrengt. Unglücklich.«
»Kein Wunder«, knurrte Vancha. »Ich kapiere einfach nicht, wieso Gannen und die anderen einem Wahnsinnigen wie Leonard hinterherrennen. Früher waren die Vampyre mit sich und ihrem Leben im Reinen. Sie haben nie versucht, die Vampire zu unterdrücken oder einen Krieg heraufzubeschwören. Es ist doch vollkommen sinnlos, dass sie jetzt scharenweise zu

diesem Dämon überlaufen und ihm auf Gedeih und Verderb beistehen.«

»Damit erfüllt sich ein Teil von Meister Schicks Prophezeiung«, sagte Harkat. »Als ich Kurda war, habe ich viel Zeit … bei den Vampyren verbracht und ihr Verhalten gründlich studiert. Ihr wisst ja über ihren Feuersarg Bescheid. Wenn sich ein Mensch hineinlegt, lodert ein gewaltiges Feuer … darin auf, in dem jeder normale Mensch unweigerlich verbrennt. Nur der Lord der Vampire … entsteigt dem Sarg unverletzt. Meister Schick hatte den Vampyren gesagt, ihr Clan … würde untergehen, wenn sie dem Lord der Vampyre nicht … bedingungslos gehorchten. Die meisten Vampyre kämpfen aus reinem Selbsterhaltungstrieb … und nicht, um die Vampire zu vernichten.«

Vancha nickte langsam. »Ihre Antriebsfeder ist also die Furcht um ihr eigenes Leben und nicht der Hass auf uns. Langsam geht mir ein Licht auf. Kämpfen wir nicht aus genau demselben Grund? Um unsere eigene Haut zu retten?«

»Alle kämpfen aus demselben Grund.« Harkat kicherte humorlos. »Allen sitzt dieselbe … Angst im Nacken. Falls keine der beiden Seiten kämpfen … würde, drohte niemandem Gefahr. Meister Schick hält die Geschöpfe der Nacht … zum Narren, und wir machen uns auch noch zu seinen Helfershelfern.«

»Richtig«, schnaubte Vancha angewidert. »Aber Rumjammern bringt jetzt auch nichts mehr. Tatsache ist, dass wir kämpfen, weil uns nichts anderes übrig bleibt.«

Vancha stand auf und streckte sich. Unter seinen Augen lagen tiefe Ringe. Er sah aus, als habe er schon seit langer Zeit nicht mehr richtig ausgeschlafen.

Die vergangenen zwei Jahre mussten schwer für ihn gewesen sein. Obwohl er kein Wort über Mr. Crepsley verloren hatte, war ich mir sicher, dass er häufig an den toten Vampir dachte.

Bestimmt litt Vancha genau wie ich unter Schuldgefühlen, weil wir seinerzeit in der Kammer der Vergeltung Mr. Crepsley einfach grünes Licht für den Zweikampf mit dem Lord der Vampyre gegeben hatten. Hätte einer von uns an seiner Stelle gestanden, würde er jetzt noch leben.

Ich hatte den Eindruck, dass Vancha auf der Jagd nach dem Lord der Vampyre bis an die äußerste Grenze seiner Kräfte gegangen war – und sie schätzungsweise bald erreicht haben würde.

»Ruh dich aus, Mitfürst«, sagte ich. »Wenn du den ganzen Weg hierher gehuscht bist, musst du völlig erledigt sein.«

»Ich ruhe mich erst aus, wenn Leonard tot ist«, grummelte Vancha. »Oder wenn ich selbst ins Gras beiße«, fügte er leise und wie zu sich selbst hinzu. Vielleicht war ihm nicht einmal bewusst, dass er laut gesprochen hatte. »Jetzt reicht's aber!«, rief er dann plötzlich mit neuem Schwung. »Schluss mit Selbstmitleid und Gejammer. Wir sind hier und Leonard ebenfalls. Selbst der Dümmste weiß, dass als Nächstes ein guter alter Kampf auf Leben und Tod ansteht. Die Frage ist eigentlich nur, ob wir warten, bis er kommt, oder selbst die Initiative ergreifen und uns nach ihm auf die Suche machen?«

»Wir wissen nicht, wo wir … anfangen sollen«, wandte Harkat ein. »Er kann überall stecken.«

»Na, dann suchen wir eben überall«, grinste Vancha.

»Nur wie und wo fangen wir an? Darren? Hast du irgendeine brillante Idee?«

»Mit seinem Sohn«, antwortete ich wie aus der Pistole geschossen. »Darius ist ein ungewöhnlicher Name. Bestimmt gibt es nicht viele Jungen, die so heißen. Wir hören uns ein bisschen um, finden heraus, wo er lebt, und kommen dadurch Steve auf die Spur.«

»Den Sohn benutzen, um den Vater zu finden«, brummte Vancha. »Niederträchtig, aber wahrscheinlich äußerst wirksam.« Er hielt inne. »Der Junge macht mir richtig Sorgen. Leonard allein ist schon ein echter Kotzbrocken und gibt einen erstklassigen Feind ab. Wenn sein Sohn dasselbe böse Blut besitzt und von Geburt an unter dem Einfluss seines niederträchtigen Erzeugers steht, ist er am Ende noch schlimmer!«

»Ganz meine Meinung«, sagte ich gelassen.

»Könntest du ein Kind töten?«, fragte Vancha.

»Keine Ahnung«, erwiderte ich, brachte es jedoch nicht fertig, Vanchas Blick zu erwidern. »Eher unwahrscheinlich. Hoffentlich kommt es nicht dazu.«

»Also hoffen bringt gar nichts«, widersprach Harkat.

»Wir sollten den Jungen aus dem Spiel lassen. Bloß weil Steve … keinerlei Anstand im Leib hat, darf das … für uns kein Grund sein, uns genauso aufzuführen. Kinder sollten wir aus dieser … Sache heraushalten.«

»Was schlägst du denn vor?«, erkundigte sich Vancha.

»Wir sollten zum … Cirque du Freak zurückkehren«, erwiderte Harkat. »Hibernius kann uns vielleicht sagen … was wir als Nächstes tun sollen. Falls er uns auch nicht weiterhelfen kann, weiß Steve … in jedem Fall, wo der Cirque sein Lager aufgeschlagen hat. Er wird uns schon finden. Wir warten einfach ab.«

»Die Vorstellung, tatenlos herumzuhocken und obendrein noch eine Zielscheibe abzugeben, passt mir überhaupt nicht«, knurrte Vancha.

»Möchtest du stattdessen lieber auf Kinderjagd gehen?«, konterte Harkat.

Vancha erstarrte und entspannte sich dann. »Vielleicht hat der Ohrlose ja Recht«, gab er nach. »Es kann jedenfalls nicht schaden, Hibernius nach seiner Meinung zu fragen.«

»Von mir aus«, stimmte ich zu. »Wir müssen allerdings warten, bis es dunkel wird, meine Augen vertragen das Sonnenlicht nicht mehr.«

»Aha, deswegen hast du dir also Ohren und Nase zugestöpselt!« Vancha lachte. »Die Purifikation?«
»Ja. Sie hat vor einigen Tagen eingesetzt.«
»Kannst du dich dann überhaupt auf den Beinen halten?«, fragte Vancha ohne Umschweife. »Oder sollen wir lieber hier bleiben, bis es dir besser geht?«
»Ich reiße mich zusammen«, entgegnete ich. »Garantieren kann ich es zwar nicht, aber ich glaube, ich schaffe das schon.«
»Na gut.« Vancha warf einen bezeichnenden Blick an die Zimmerdecke. »Und die Damen? Wollen wir sie in unsere Pläne einweihen?«
»Vielleicht sollten wir ihnen nicht alles sagen«, gab ich zu bedenken. »Wir nehmen sie mit zum Cirque du Freak und erzählen ihnen, dass wir hinter Steve her sind. Darius lassen wir besser aus dem Spiel. Debbie rastet aus, wenn sie mitbekommt, dass wir den Jungen unter Umständen als Lockvogel benutzen wollen.«
Harkat schnaubte, sagte jedoch nichts. Danach riefen wir Debbie und Alice herunter und verbrachten einen geruhsamen Nachmittag mit Essen, Trinken, Reden, Geschichtenerzählen, Lachen und Entspannen. Mir fiel auf, dass Vancha sich bisweilen suchend umblickte, als hielte er nach jemandem Ausschau. Damals maß ich dem keine große Bedeutung bei, inzwischen weiß ich, wonach er Ausschau hielt – es war der Tod! Als Einziger unter uns spürte Vancha an jenem Tag die Anwesenheit des Todes im Raum, der seinen zeitlosen Blick über jeden von uns gleiten ließ, beobachtend … wartend … wählend.

16 Am Abend brachen wir auf. Declan und der Kleine Kenny sagten uns Lebewohl. Sie hatten sich häuslich im Wohnzimmer niedergelassen und ihre Handys wie Schwerter vor sich auf den Boden gelegt. Seit dem Blutbad im Stadion hatten Debbies und Alices Vampiriten die ganze Stadt nach Spuren von Steve durchkämmt. Während der Abwesenheit der Damen oblag es Declan und Kenny, die Suchtrupps zu koordinieren.

»Unsere Nummer habt ihr ja«, sagte Alice zu Declan, als wir uns zum Gehen wandten. »Falls euch etwas auffällt, ruft an, ganz gleich wie unwichtig es euch vorkommt.«

»Geht klar«, grinste Declan und hob ungeschickt salutierend die Hand.

»Sieh zu, dass du dich diesmal nicht erschießen lässt«, sagte der Kleine Kenny und zwinkerte mir zu.

Alice und Debbie besaßen einen geliehenen Kleinbus. Wir quetschten uns hinein, Vancha und Harkat verbargen sich im Heck unter einem Stapel Decken. »Falls man uns anhält und durchsucht, müsst ihr schleunigst abhauen«, sagte Alice. »Wir tun dann so, als hätten wir eure Anwesenheit im Wagen nicht bemerkt. Das ist das Einfachste.«

»Im Klartext: Ihr spielt die Unschuldslämmer und liefert uns ans Messer«, knurrte Vancha.

»Du hast's erfasst«, bestätigte Alice.

Obwohl Dunkelheit herrschte und Halbmond war, trug ich eine Sonnenbrille. In jener Nacht waren meine Augen besonders lichtempfindlich, und ich litt unter dröhnenden Kopfschmerzen. Ich hatte mir außerdem die Ohren verstöpselt und die Nasenlöcher mit Wattebäuschen verstopft.

»Vielleicht solltest du später nachkommen«, sagte Debbie, die bemerkte, wie ich zusammenzuckte, als Alice den Anlasser betätigte.

»Mir geht's gut«, ächzte ich und blinzelte, um das grelle

Scheinwerferlicht zu dämpfen, während das Röhren des Motors mich aufstöhnen ließ.
»Wir könnten auch zu Fuß gehen«, sagte Alice. »Aber wahrscheinlich hält man uns dann an und durchsucht uns.«
»Mir geht's gut«, wiederholte ich und rutschte tiefer in den Sitz. »Trotzdem wäre ich dir sehr dankbar, wenn du nicht hupen würdest.«
Unsere Fahrt zum ehemaligen Fußballstadion, wo der Cirque sein Lager aufgeschlagen hatte, verlief ereignislos. Wir kamen an zwei Sicherheitskontrollen vorbei und wurden jedes Mal durchgewinkt. (Während wir uns näherten, nahm ich die Sonnenbrille ab und entfernte Stöpsel und Wattebäusche aus Ohren und Nase, damit wir keinen Verdacht erregten.) Vor dem Stadion stellte Alice das Auto ab. Nachdem Harkat und Vancha aus dem Heck geklettert waren, gingen wir gemeinsam zum Lager hinüber.
Als ich die Zelte und Wohnwagen erblickte, konnte ich ein breites Grinsen einfach nicht unterdrücken – es war schön, wieder zu Hause zu sein. Nachdem wir den Tunnel verlassen hatten und uns dem Lager näherten, wurde eine Gruppe spielender Kinder auf uns aufmerksam. Eines davon blieb stehen, musterte uns aufmerksam und kam dann mit dem freudigen Ruf: »Patenonkel! Patenonkel!« auf uns zugerannt.
»Nicht so laut!«, lachte ich und fing Shancus auf, der mir entgegensprang. Ich drückte den Schlangenjungen fest an mich und schob ihn dann schleunigst von mir. Wegen der Purifikation war meine Haut äußerst empfindlich und machte jede körperliche Berührung zur Qual.
»Warum hast du denn eine Sonnenbrille auf?«, staunte Shancus. »Es ist doch schon dunkel.«
»Du bist so hässlich, dass ich deinen Anblick nur mit Sichtschutz ertrage«, gab ich zurück.
»Wie witzig«, schnaubte er, streckte die Hand aus, zupfte den

Wattebausch aus meinem linken Nasenloch, musterte ihn prüfend, stopfte ihn wieder zurück und sagte: »Du bist echt komisch!« Er warf einen Blick auf Vancha, Debbie und Alice hinter mir. »Ich erinnere mich an euch«, verkündete er. »Aber nicht sehr gut. Bei unserer letzten Begegnung war ich noch ein kleines Kind.«

Lächelnd machte ich alle miteinander bekannt.

»Aha!«, sagte Shancus, als ich ihm Debbies Namen nannte. »Du bist Darrens Verliebte.«

Ich stammelte verlegen vor mich hin und lief puterrot an. Debbie schmunzelte nur und erkundigte sich: »Wirklich? Wer hat dir das denn erzählt?«

»Ich habe gehört, wie Mama und Papa über dich geredet haben. Papa kennt dich noch von damals, als du Darren zum ersten Mal getroffen hast. Er sagt, Darren kriegt richtige Stielaugen, sobald du in der Nähe bist, und ...«

»Das reicht jetzt erst mal«, schnitt ich ihm das Wort ab und hätte ihm am liebsten den Hals umgedreht. »Zeig den Damen doch lieber, wie du deine Zunge ins Nasenloch stecken kannst.«

Das lenkte ihn ab, er führte einige Minuten lang seine Kunststückchen vor und schilderte Alice und Debbie dabei seinen Bühnenauftritt mit Evra. Ich ertappte Debbie, wie sie mir verstohlen zulächelte, und lächelte zaghaft zurück.

»Ist Truska immer noch mit euch unterwegs?«, erkundigte sich Vancha.

»Ja«, bestätigte Shancus.

»Nachher muss ich ihr unbedingt einen Besuch abstatten«, murmelte Vancha und strich sich das grüne Haar mit Spucke zurück. Dieser hässliche und schmuddelige Fürst hielt sich für einen unwiderstehlichen Herzensbrecher – ungeachtet der Tatsache, dass die Frauen in diesem Punkt einhellig anderer Meinung waren!

»Ist Meister Riesig in seinem Wagen?«, fragte Harkat Shancus.
»Ich glaube schon«, erwiderte der Junge. Er warf einen Blick auf Debbie und Angie und reckte sich. »Kommt mit«, sagte er wichtig. »Ich bringe euch hin.«
Im Gänsemarsch marschierten wir allesamt hinter dem Schlangenjungen durchs Lager. Er redete die ganze Zeit wie ein Wasserfall, erzählte Debbie und Alice, wem die Zelte und Wohnwagen gehörten, und rundete den Bericht mit einer Zusammenfassung der bevorstehenden Vorstellung ab. Auf dem Weg zu Meister Riesigs Wohnwagen kamen wir bei Evra, Merla und Urcha vorbei. Sie badeten gerade die gesamte Schlangenfamilie in großen Wannen und rieben sie mit Schwämmen ab. Evra freute sich sehr, als er mich sah, und kam schnell zu uns herübergerannt, um sich zu überzeugen, dass ich wohlauf war.
»Ich wollte dich besuchen«, erklärte er, »aber Hibernius hat mir davon abgeraten. Er sagte, jemand könnte mir folgen.«
»Wird der Cirque beobachtet?«, fragte Vancha, und seine Augen verengten sich zu misstrauischen Schlitzen.
»Das hat Hibernius nicht direkt behauptet«, antwortete Evra. »Aber wenn ich einen Abendspaziergang mache, habe ich in letzter Zeit ständig das Gefühl, belauert zu werden. Ich bin nicht der Einzige, dem es so geht. Neuerdings herrscht hier eine ziemlich angespannte Stimmung.«
»Vielleicht hätten wir nicht ... kommen sollen«, äußerte Harkat besorgt.
»Jetzt ist es sowieso zu spät«, polterte Vancha. »Lasst uns hören, was Hibernius zu sagen hat.«
Merla schnappte sich Shancus, der zu gern weiter den Touristenführer gespielt hätte. »Hier geblieben«, befahl sie. »Du musst alles für deinen Auftritt vorbereiten. Denk bloß nicht, dass ich mich jedes Mal um deine Schlange kümmere, wenn du losziehen und mit deinen Freunden spielen willst.«

»Mensch, Mama!«, beschwerte sich Shancus, doch Merla drückte ihrem Sohn einen Schwamm in die Hand und zerrte ihn zu der Schlange, die ich ihm zum Geburtstag geschenkt hatte.

»Ich komme später noch mal vorbei«, lachte ich und konnte nachfühlen, wie enttäuscht der Kleine war. »Dann zeige ich dir meine neue Narbe, einverstanden?«

»Schon wieder eine?«, stöhnte Shancus neidisch. Flehend wandte er sich Evra zu. »Wieso hat immer nur Darren so ein aufregendes Leben? Warum kann ich nicht kämpfen und jede Menge Narben haben?«

»Wenn du dich jetzt nicht auf der Stelle um die Schlange kümmerst, sorgt deine Mutter höchstpersönlich für Narben auf deinem Allerwertesten«, gab Evra zurück und zwinkerte mir über Shancus Kopf hinweg zu. »Schau vorbei, wenn du Zeit hast.«

»Wird gemacht«, versprach ich.

Wir gingen weiter. Meister Riesig stand bereits vor seinem Wohnwagen. Seine Gestalt neben der Tür schien noch höher aufzuragen als sonst. Seine Augen waren dunkel, und er wirkte erschöpft. »Ich habe euch erwartet«, seufzte er, trat beiseite und bat uns herein. Als ich an ihm vorbeiging, rieselte mir ein eigentümlicher Schauer über den Rücken. Ich brauchte einige Sekunden, bevor ich begriff, woran mich diese Empfindung erinnerte – das Gefühl überkam mich jedes Mal, wenn ich einen Toten sah.

Als wir alle Platz genommen hatten, schloss Meister Riesig die Tür, ließ sich im akkuraten Schneidersitz in unserer Mitte nieder und legte seine großen knochigen Hände auf die Knie. »Ich hoffe, du hältst mich nicht für unhöflich, weil ich dir keinen Besuch abgestattet habe«, sagte er an mich gewandt. »Ich wusste, dass du dich wieder erholen würdest, und ich hatte hier alle Hände voll zu tun.«

»Geht schon in Ordnung«, lächelte ich, nahm die Sonnenbrille ab und legte sie neben mich auf den Boden. »Freut mich, dich zu sehen, Vancha«, hieß Meister Riesig den Fürsten willkommen und begrüßte anschließend Debbie und Alice.

»Nachdem wir uns genügend Honig um den Bart geschmiert haben«, knurrte Vancha, »können wir ja jetzt zum geschäftlichen Teil übergehen. Sie wussten, was im Stadion passieren würde, nicht wahr?«

»Ich hegte gewisse Vermutungen«, entgegnete Meister Riesig vorsichtig und mit kaum sichtbaren Lippenbewegungen.

»Trotzdem haben Sie Darren gehen lassen? Und seinen Freund in den Tod geschickt?«

»Ich habe nichts ›geschehen lassen‹«, verwahrte sich Meister Riesig. »Die Ereignisse nehmen ihren unaufhaltsamen Lauf. Es ist nicht meine Aufgabe, in das Schicksal einzugreifen. Das weißt du genau, Vancha. Wir haben uns schon einmal darüber unterhalten. Schon mehrmals, genauer gesagt.«

»Trotzdem kaufe ich Ihnen das immer noch nicht ab«, knurrte Vancha. »Wenn ich in die Zukunft sehen könnte, würde ich diese Fähigkeit nutzen, um denen, die mir am Herzen liegen, zu helfen. Sie hätten uns sagen können, wer der Lord der Vampyre ist. Hätten Sie uns rechtzeitig gewarnt, wäre Larten jetzt noch am Leben.«

»Nein«, widersprach Meister Riesig. »Larten wäre in jedem Fall gestorben. Vielleicht unter anderen Umständen, aber sein Tod war unvermeidlich. Daran hätte ich nichts ändern können.«

»Sie hätten es zumindest versuchen sollen«, beharrte Vancha.

Meister Riesig lächelte dünn und blickte auf mich. »Du bist gekommen, weil du einen Rat brauchst. Du möchtest wissen, wo dein einstiger Freund Steve Leonard ist.«

»Können Sie es uns sagen?«, fragte ich leise.

»Nein«, antwortete Meister Riesig. »Doch sei versichert, dass er sich in Kürze zu erkennen gibt. Du musst ihn nicht mühsam aufspüren.

»Soll das heißen, dass er als Erster angreift?«, bohrte Vancha nach. »Steckt er in der Nähe? Zu welchem Zeitpunkt will er losschlagen? Und wo?«

»Deine Fragen ermüden mich allmählich«, knurrte Meister Riesig, und seine Augen funkelten bedrohlich. »Wenn ich eine aktive Rolle in den Geschäften des Vampir-Clans spielen könnte, würde ich es tun. Es ist viel schwieriger, alles beobachten zu müssen, ohne eingreifen zu können. Derart schwierig, dass es eure Vorstellungskraft bei weitem übersteigt. Ihr habt Tränen vergossen, als Larten starb – ich hingegen habe schon dreißig Jahre vorher um ihn getrauert, seit ich einen Blick auf seinen wahrscheinlichen Tod erhaschte.«

»Wollen Sie damit sagen, dass Sie nicht sicher waren … ob er stirbt?«, fragte Harkat.

»Ich wusste, eines Tages würde entweder sein Leben oder das des Lords der Vampyre enden. Allerdings gelang es mir nicht, weiter zu sehen, obgleich ich das Schlimmste befürchtete.«

»Wie sieht es denn bei unserer nächsten Begegnung aus?«, fragte ich gelassen. »Dann treffen Vancha und ich zum letzten Mal mit Steve zusammen – wer von uns wird sterben?«

»Ich weiß es nicht«, antwortete Meister Riesig. »In die Zukunft sehen zu können ist zumeist eine schmerzliche Gabe. Es ist besser, wenn man nichts vom Schicksal seiner Freunde und geliebten Menschen ahnt. Ich lupfe den Deckel der Gegenwart so selten wie möglich. Mitunter, wenn mein eigenes Los mich dazu zwingt, lässt es sich aber einfach nicht vermeiden. Doch diese Fälle sind äußerst selten.«

»Sie wissen also nicht, ob wir verlieren oder gewinnen?«, fragte ich.

»Das kann niemand sagen«, antwortete Meister Riesig. »Nicht einmal Sal Schick.«

»Falls wir verlieren sollten«, sagte ich, und meine Stimme klang plötzlich angespannt, »falls die Vampyre über uns triumphieren und Steve einen von uns beiden tötet – wer wird es sein?«
»Keine Ahnung«, erwiderte Meister Riesig.
»Aber Sie könnten es herausfinden«, drängte ich. »Sie könnten einen Blick in die Zukunft werfen und sehen, wer von uns überlebt.«
»Warum sollte ich das tun?«, seufzte Meister Riesig. »Wozu wäre das gut?«
»Ich will es einfach wissen«, beharrte ich.
»Vielleicht wäre es besser …«, warf Vancha ein.
»Nein!«, zischte ich. »Ich muss es unbedingt wissen. Seit zwei Jahren träume ich von der Auslöschung des Clans und höre die Schreie der Opfer, die sterben müssen, wenn wir versagen. Falls mir der Tod bevorsteht, finde ich mich damit ab. Aber bitte verraten Sie es mir, damit ich mich darauf vorbereiten kann.«
»Unmöglich«, entgegnete Meister Riesig unglücklich. »Niemand kann voraussagen, wer von euch beiden den Lord der Vampyre tötet oder durch seine Hand den Tod findet.«
»Dann schauen Sie weiter voraus«, flehte ich. »Zwanzig Jahre oder mehr. Können Sie Vancha oder mich in dieser Zukunft sehen?«
»Lass mich gefälligst aus dem Spiel!«, fuhr Vancha auf. »Mit dem Kram will ich nichts zu tun haben.«
»Dann sehen Sie nur nach mir«, sagte ich und blickte Meister Riesig durchdringend an.
Meister Riesig erwiderte meinen Blick und gab dann gelassen zurück: »Bist du sicher?«
Ich erstarrte. »Ja!«
»Nun gut.«
Meister Riesig senkte den Blick und schloss die Augen.
»Ich kann nicht mit solcher Präzision in die Zukunft schauen,

wie du dir das vorstellst, doch ich richte meinen Blick auf ein paar Jahrzehnte im Voraus ...«

Meister Riesig verstummte. Vancha, Harkat, Debbie. Alice und ich beobachteten ehrfürchtig, wie ein Zucken sein rötlich schimmerndes Gesicht überlief. Der Besitzer des Cirque du Freak schien nicht mehr zu atmen, und die Temperatur war unversehens um ein paar Grad Celsius gefallen. Fünf Minuten saß er reglos da, mit schimmerndem, zuckendem Gesicht und verschlossenen Lippen. Schließlich holte Meister Riesig Luft, das Leuchten erlosch, er schlug die Augen auf, und im Wohnwagen war es plötzlich wieder so warm wie vorher.

»Ich habe etwas gesehen«, sagte er mit undurchdringlicher Miene.

»Und?«, krächzte ich.

»Ich konnte dich nirgends entdecken.«

Ich lächelte bitter. »Ich hab's geahnt. Wenn der Clan ausgelöscht wird, ist es meine Schuld. Ich werde dem Clan zur Verhängnis.«

»Nicht unbedingt«, widersprach Meister Riesig. »Ich habe fünfzig oder sechzig Jahre vorausgeblickt, lange nachdem die Sippe der Vampire untergegangen ist. Du könntest gestorben sein, nachdem alle anderen getötet wurden.«

»Dann gehen Sie in eine frühere Zeit«, forderte ich. »Zwanzig oder dreißig Jahre voraus.«

»Nein«, gab Meister Riesig unwillig zurück. »Ich habe schon mehr gesehen, als mir lieb ist. Für heute Abend ist mein Bedarf an Leid gedeckt.«

»Wovon reden Sie?«, rief ich aufgebracht. »Welches Leid meinen Sie?«

»Kummer«, erwiderte Meister Riesig. Er hielt inne und streifte Vancha mit einem raschen Blick. »Ich weiß, du hast mir gesagt, ich solle nicht nach dir Ausschau halten, alter Freund, aber ich konnte es einfach nicht lassen.«

Vancha stieß einen leisen Fluch aus und wappnete sich dann mit Gleichmut. »Schießen Sie los. Wer A sagt, muss auch B sagen. Her mit den schlechten Nachrichten.«
»Ich habe in die Zukunft von euch beiden geblickt«, sagte Meister Riesig mit hohler Stimme. »Es war nicht meine Absicht, doch diese Dinge liegen außerhalb meiner Kontrolle. Ich habe in eine Zukunft gesehen, in der die Vampyre den Krieg der Narben gewonnen haben, und in eine Zukunft, in der die Vampire als die Sieger aus dem Kampf hervorgingen. Obwohl ich Darren in der Letzteren gesehen habe, konnte ich dich in keiner von beiden entdecken.« Er wechselte einen Blick mit Vancha und murmelte düster: »Du bist in jedem Fall vom Herrn der Schatten getötet worden.«

17

Vancha blinzelte zögerlich. »Sie meinen, egal ob wir verlieren oder gewinnen, mit mir wird es so oder so aus sein?«
Seine Stimme klang überraschend fest.
»Es ist die Bestimmung des Herrn der Schatten, dich zu zerstören«, erwiderte Meister Riesig. »Ich kann nicht genau sagen, wann und wo es passiert, ich weiß nur, dass es geschehen wird.«
»Wer ist denn dieser Herr der Schatten?«, fragte Harkat. Ich war der Einzige, der Bescheid wusste. Evanna hatte mich davor gewarnt, die anderen einzuweihen.
»Er ist der grausame Herrscher, der die Welt zugrunde richtet, wenn der Krieg der Narben vorbei ist«, erklärte Meister Riesig.
»Ich kapiere das nicht«, brummelte Harkat. »Wenn wir Steve töten, gibt es doch keinen … Herrn der verdammten Schatten mehr.«

»Nicht doch, da täuschst du dich«, widersprach Meister Riesig. »Die Welt ist dazu auserkoren, ein Monster von unvorstellbarer Macht und Zerstörungswut hervorzubringen. Sein Erscheinen ist unvermeidlich. Nur seine Persönlichkeit ist noch ungewiss, doch das wird sich binnen kurzem entscheiden.«

»Die Einöde«, sagte Harkat trostlos. »Sie meinen, sogar wenn es uns … gelingt, Steve zu töten, ist dies unsere … unumgängliche Zukunft? Diese Wüstenei, wo Darren und ich … die Wahrheit über mich … herausgefunden haben … ist alles, was wir uns von der Zukunft erhoffen dürfen?«

Meister Riesig zögerte erst und nickte dann. »Ich konnte es euch nicht früher sagen. In der Vergangenheit habe ich mich zu diesen Angelegenheiten nie geäußert. Aber da die Ereignisse inzwischen unumkehrbar sind, schadet es nicht mehr, wenn ihr Bescheid wisst. Der Herr der Schatten kommt auf uns nieder, er wird innerhalb der nächsten vierundzwanzig Stunden geboren werden, und die Welt wird erbeben, wenn er naht.«

Eine lange, verblüffte Stille entstand. Vancha, Harkat, Debbie und Alice waren vollkommen verwirrt, insbesondere die beiden jungen Damen, die jetzt zum ersten Mal von dieser Zukunft hörten. Was mich anging, so hatte ich vor allem Angst. Damit bestätigten sich meine schrecklichsten Alpträume. Ganz gleich, wie der Krieg der Narben auch ausgehen mochte, der Herr der Schatten würde sich in jedem Fall erheben. Nicht genug damit, dass ich außer Stande war, sein Kommen zu verhindern – in einer dieser Zukunftsmöglichkeiten war der Herr der Schatten kein anderer als ich. Daraus folgte, dass ich, falls wir den Krieg gewannen, irgendwann im Lauf der nächsten fünfzig oder sechzig Jahre, zusammen mit all den anderen, die ich bereits auf dem Gewissen hatte, auch noch Vancha den Garaus machen würde. Das durfte doch einfach nicht wahr sein. Es hörte sich an wie ein kranker Witz. Aber sowohl

Evanna als auch Meister Riesig besaßen die Gabe, in die Zukunft zu sehen, und sie hatten mir beide dasselbe erzählt.
»Also jetzt noch mal im Klartext«, brach Vanchas knurrende Stimme das Schweigen und riss mich aus meinen düsteren Gedanken. »Egal, was sich zwischen uns und Steve Leonard abspielt – oder im Krieg mit den Vampyren –, der Herr der Schatten taucht in jedem Fall auf und zerstört die Welt?«
»Richtig«, bestätigte Meister Riesig. »Nicht mehr lange, und die Menschen verlieren die Kontrolle über diesen Planeten. Ein anderer wird dann die Macht haben. So steht es geschrieben. Die Frage ist lediglich, wer die Zügel in Händen hält, ob es ein Vampyr oder … ein Vampir sein wird.« Er sah mich nicht an, während er sprach. Vielleicht spielte mir die Einbildung einen Streich, doch es kam mir so vor, als wiche er absichtlich einem Blickwechsel mit mir aus.
»Und egal, wer gewinnt, mein Kopf rollt sowieso?«, hakte Vancha nach.
»Ja«, lächelte Meister Riesig. »Du brauchst den Tod nicht zu fürchten, Vancha, er kommt zu jedem von uns.« Sein Lächeln erlosch. »Zu einigen von uns kommt er sogar sehr früh.«
»Was soll denn das schon wieder heißen?«, fuhr Vancha auf. »Sie haben mit der Geschichte doch nichts zu tun. Kein Vampir oder Vampyr würde es wagen, die Hand gegen Sie zu erheben.«
»Das mag ja sein«, gluckste Meister Riesig. »Trotzdem hat nicht jedermann auf diesem Planeten eine so hohe Meinung von mir.« Er legte den Kopf schief, und sein Gesichtsausdruck wurde plötzlich milde. »Um zu beweisen, dass ich in diesem Punkt Recht habe …«
Plötzlich ertönte der gellende Schrei einer Frau. Mit einem Satz waren wir alle auf den Füßen und stürzten zur Tür, mit Ausnahme von Meister Riesig, der sich langsam hinter uns erhob.

Alice hatte die Tür als Erste erreicht, riss sie auf, warf sich mit einem Hechtsprung ins Freie, zog ihre Pistole, rollte über den Boden und landete auf den Knien. Vancha folgte ihr auf dem Fuß. Noch im verwegen hohen Sprung riss er einige Wurfsterne aus seinem Gurt, um sie, falls nötig, auf eventuelle Angreifer schleudern zu können. Als Nächster kam ich an die Reihe. Unbewaffnet, wie ich war, sprang ich zu Alice hinüber und hoffte, dass sie mich im Notfall mit einer Waffe versorgen konnte. Harkat und Debbie stürzten gleichzeitig aus dem Wohnwagen heraus, wobei Harkat die Axt schwang und Debbie die gleiche Pistole zückte wie Alice. Hinter ihnen blieb Meister Riesig einen Augenblick in der Tür stehen und warf einen Blick auf den Himmel, ehe er langsam die Stufen hinabstieg.

Im ersten Moment war niemand zu sehen, doch gleich darauf vernahmen wir einen neuerlichen Schrei, diesmal eindeutig den eines Kindes. Direkt darauf ertönte die entsetzte Stimme eines Mannes. Ich erkannte sie sofort – es war Evras.

»Gib mir eine Waffe!«, brüllte ich zu Alice hinüber, die im Begriff war aufzustehen. Mit einem geübten Griff zog sie ein Jagdmesser aus einer verborgenen Tasche an ihrem linken Hosenbein und warf es zu mir herüber.

»Haltet euch dicht hinter mir!«, befahl sie und schlich in Richtung der Schreie davon. »Vancha links, Debbie und Harkat rechts neben mir!«

Gehorsam hielten wir uns an den Befehl der ehemaligen Hauptkommissarin und rückten in dieser Formation langsam voran. Ich spürte, dass Meister Riesig uns folgte, sah mich jedoch nicht um.

Wieder schrie eine weibliche Stimme, diesmal erkannte ich Merla.

Aus den Wohnwagen und Zelten ringsum stürzten hilfsbereite Artisten und Mitarbeiter, doch Meister Riesig scheuchte sie mit Donnerstimme zurück. Sein Ton war so barsch, dass sich alle schleunigst wieder verzogen. Erstaunt warf ich einen Blick über die Schulter. Meister Riesig lächelte mich entschuldigend an. »Das ist unser Kampf, sie haben nichts damit zu tun«, sagte er wie zur Erklärung.

Es überraschte mich, dass er »unser« gesagt hatte – war Meister Riesig etwa im Begriff, seine Rolle als neutraler Beobachter aufzugeben? –, aber ich hatte keine Zeit, um länger darüber nachzudenken. Inzwischen hatte Alice das Ende eines Zeltes erreicht und linste vorsichtig um die Ecke. Eine Sekunde später kauerte ich neben ihr.

Die Vons, mit Ausnahme der abwesenden Lilia, wurden angegriffen. Ihre Angreifer waren uns wohl bekannt – R.V., Morgan James und Steve Leopards Sohn Darius! R.V. hatte bereits Evras Schlange den Garaus gemacht und war gerade damit beschäftigt, Shancus' Tier zu zerschnippeln. Evra hatte sich auf den wahnsinnigen Hakenmann gestürzt und versuchte, ihn von der Schlange wegzuzerren. Ineinander verkeilt wälzten sich Shancus und Darius über den Boden, und Steves Sohn hatte den Kleinen im Schwitzkasten. Merla hielt Urcha fest, der jämmerlich schluchzend seine Schlange umklammerte. Beide wichen Schritt für Schritt vor Morgan James zurück. Er folgte ihnen mit verzerrtem halbgesichtigem Lächeln, und seine kleinen Augen mit den blutigen Ringen funkelten noch tückischer als sonst. Den Lauf seines Gewehrs hatte er auf Merlas Bauch gerichtet.

Vancha reagierte als Erster. Ein zielsicherer Wurf seines Shuriken, und Morgans Gewehrlauf schnellte nach oben. Der Finger des Vampiriten krümmte sich am Abzug, und ein Schuss zerriss die Stille, aber die Kugel jagte kilometerweit am Ziel vorbei. Ehe James ein zweites Mal feuern konnte, hatte Merla Urcha losgelassen, riss sich das rechte Ohr ab und schleuderte es ihrem Angreifer ins Gesicht. Es traf ihn zwischen den Augen, und er ging mit einem überraschten Ausruf rücklings zu Boden.

Inzwischen war R.V. ebenfalls wachsam geworden, hatte Evra niedergeschlagen und stürzte auf Shancus zu. Er packte den Kleinen, der immer noch verbissen mit Darius rang, am Kragen, hielt ihn unter höhnischem Gelächter in die Höhe und forderte uns heraus, das Leben des Schlangenjungen aufs Spiel zu setzen.

»Ich habe kein freies Schussfeld!«, schrie Alice.

»Ich halte Morgan James in Schach!«, rief Debbie zurück.

»Zieh ihn aus dem Verkehr!«, befahl Alice.

»Der Junge stirbt, wenn Morgan was passiert«, gab R.V. zurück und presste die drei Klingen seiner linken Hakenhand gegen Shancus' schuppige Kehle. Entweder der Kleine begriff nicht, in welcher Gefahr er schwebte, oder es war ihm gleichgültig, jedenfalls wehrte er sich aus Leibeskräften gegen den Hakenmann. Wir hingegen wussten genau, was der Fiesling plante, und hielten inne.

»Nimm gefälligst deine Haken von der halben Portion, Käpt'n Hook«, fauchte Vancha und baute sich mit weit gespreizten Fingern vor unserer Gruppe auf. »Lass uns Mann gegen Mann kämpfen.«

»Als ob du ein Mann wärst«, schnaufte R.V. verächtlich. »Du bist doch der letzte Abschaum, wie alle Angehörigen deiner Rasse. He, Morgan! Alles in Ordnung?« »Mir getsch prima«, ächzte Morgan James. Er hob sein Gewehr auf und zielte erneut auf Merla.

»Nicht noch mal!«, rief Harkat, warf sich schützend vor Merla und holte mit seiner Axt zum Hieb gegen Morgan aus, der sich erst im letzten Augenblick mit einem Sprung vor der tödlichen Schneide in Sicherheit bringen konnte. Auf der anderen Seite von James war Darius emsig damit beschäftigt, ein kleines Pfeilgewehr nachzuladen, und gab einen Schuss auf Harkat ab. Er hatte jedoch nicht sorgfältig genug gezielt, und der Pfeil surrte weit an dem Grauhäutigen vorbei.

Ich stürzte mich auf Darius und wollte ihn mir schnappen, genau wie R.V. den Schlangenjungen. Doch bevor ich die Hände um die Kehle des Kleinen legen konnte, bäumte sich Shancus' tödlich verwundete Schlange im Todeskampf auf, sodass ich über ihren sich windenden Leib stolperte und mit Evra zusammenstieß, der seinem Sohn zu Hilfe eilen wollte. Wir fielen übereinander und verwickelten uns in das zuckende Reptil.

Inzwischen hatten Morgan James und Darius das Durcheinander zu ihrem Vorteil genutzt und sich um R.V. geschart. Alice, Debbie, Harkat und Vancha hielten sich hingegen zurück, da sie fürchteten, R.V. könne Shancus töten.

»Lass ihn los!«, gellte Merla, Tränen der Verzweiflung in den Augen.

»Hol ihn dir doch!«, höhnte R.V.

»Hier kommst du nie raus«, sagte Vancha, als R.V. sich langsam rückwärts aus dem Staub machen wollte.

»Wer soll uns denn aufhalten?«, spottete R.V.

Evra hatte sich aufgerappelt und machte Anstalten, hinter dem zurückweichenden Trio herzurennen.

R.V. bohrte seine Haken noch tiefer in Shancus' Kehle. »Das wirst du schön bleiben lassen!«, sang er, und Evra erstarrte.

»Bitte«, sagte Debbie und ließ ihre Pistole sinken. »Gib den Jungen frei, und wir gewähren euch freien Abzug.« »Du hast hier überhaupt keine Bedingungen zu stellen!«, lachte R.V. höhnisch.

»Was wollt ihr denn?«, rief ich.

»Den Schlangenjungen«, kicherte R.V.

»Mit dem könnt ihr ja doch nichts anfangen.« Entschlossen trat ich einen Schritt vor. »Nehmt lieber mich. Ich tausche mit Shancus.«

Ich hatte fest damit gerechnet, dass R.V. sich begeistert auf mein Angebot stürzen würde, doch er schüttelte nur verschlagen den Kopf, und seine roten Augen funkelten. »Vergiss es, Shan«, erwiderte er. »Wir nehmen den Jungen, und damit basta. Wenn du dazwischenfunkst, machen wir kurzen Prozess mit ihm.«

Ich warf meinen Verbündeten einen Blick zu, sie rührten sich nicht. Die Vampyre hatten uns in der Hand. Vancha konnte sich zwar mit voller Vampirgeschwindigkeit bewegen und die beiden Frauen waren bewaffnet, aber keiner von uns würde R.V. rechtzeitig daran hindern können, den Schlangenjungen zu töten.

Langsam zogen sich R.V., Morgan James und Darius zurück. R.V. und James grinsten dreckig, Darius dagegen sah genauso aus wie damals, als er den Schuss auf mich abgegeben hat – er wirkte verängstigt und leicht angeekelt.

Während wir noch zögerten, erhob Meister Riesig plötzlich die Stimme. »Das kann ich nicht zulassen.«

Unsicher blieb R.V. stehen. »Du hast überhaupt nichts mit der Sache zu tun!«, rief er. »Also misch dich gefälligst nicht ein.«

»Ihr lasst mir keine andere Wahl«, widersprach Meister Riesig ruhig. »Das ist mein Zuhause. Das sind meine Leute. Ich muss eingreifen.«

»Sei doch kein …«, brüllte R.V. Bevor er allerdings weitersprechen konnte, hatte sich Meister Riesig bereits auf ihn gestürzt. Er bewegte sich mit so übernatürlicher Schnelligkeit, dass nicht einmal ein Vampir hätte mithalten können. Bevor R.V. wusste, wie ihm geschah, stand Meister Riesig auch schon vor ihm und umklammerte die Haken des Wahnsinnigen, zog sie von der Kehle des Jungen weg und riss zwei Haken an der linken und einen der rechten Hand ab.

»Meine Hände!«, heulte R.V., als wären die Gold- und Silberhaken ein Teil seines Körpers. »Lass meine Hände los, du …«

Welche lästerliche Beschimpfung er Meister Riesig auch entgegengeschleudert haben mochte, sie ging einem ohrenbetäubenden Knall unter. Morgan James, der neben R.V. stand, hatte den Gewehrlauf in Meister Riesigs Rippen gebohrt, den Abzug gespannt und abgedrückt. Eine Kugel jagte mit erbarmungsloser Geschwindigkeit aus dem Magazin und durchschlug den Brustkorb des unbewaffneten Hibernius Riesig.

18

Aus Meister Riesigs Oberkörper sprudelte eine Blutfontäne, in die sich weiße Knochensplitter mischten. Er blieb einen Augenblick stehen und packte R.V.s Haken, als sei nichts geschehen. Dann brach er zusammen, während das Blut aus dem Einschussloch seines zerfetzten Magens strömte.
Ungläubig glotzten R.V. und Darius auf den langsam zusammensackenden Meister Riesig. Erst als Morgan James ihnen brüllend befahl, gefälligst die Beine in die Hände zu nehmen, kam wieder Leben in sie. Kopflos trat das Trio die Flucht an, wobei R.V. Shancus umklammerte und James wie ein Besessener über die Schulter auf uns feuerte.
Niemand folgte ihnen. Wir hatten nur Augen für Meister Riesig. Mit flatternden Lidern betastete er das Einschussloch, und die weit zurückgezogenen Lippen entblößten seine kleinen schwarzen Zähne. Ich glaube nicht, dass einer von uns wusste, wie alt Meister Riesig war oder woher er ursprünglich kam. Doch er war älter als jeder Vampir und ein Geschöpf von ungeheurer Zauberkraft und Macht. Dass er auf derart plumpe und gewaltsame Weise ausgelöscht werden konnte, war schlicht unfassbar.
Debbie überwand ihre Benommenheit als Erste. Sie warf ihre Pistole weg und eilte auf Meister Riesig zu. Wir anderen traten ebenfalls zaghaft einen Schritt vorwärts …

... und blieben abrupt stehen, als sich eine Stimme aus dem Schatten des nahe gelegenen Wohnwagens erhob. »Eure Sorge ehrt euch, sie ist aber vollkommen nutzlos. Bitte bleibt zurück.«

Ein kleiner Mann watschelte heran und lächelte munter. Er steckte in einem grellgelben Anzug und hohen grünen Gummistiefeln. Er hatte kurz geschnittenes Haar, trug eine dicke Brille und schwenkte eine herzförmige Uhr in seiner Linken. *Sal Schick!* Hinter ihm tauchte jetzt seine Tochter auf, Evanna, eine kleine, muskulöse, zottelhaarige Hexe, die statt normaler Kleidung Seile um ihren Körper gewickelt hatte. Ihre Nase war klein, die Ohren liefen spitz zu, am Kinn spross ein spärlicher Damenbart, und ihre Augen hatten unterschiedliche Farben, eines war braun und das andere grün.

Wir glotzten verblüfft auf das sonderbare Gespann, das den um Atem ringenden Meister Riesig erreicht hatte und auf ihn hinunterblickte. Evannas Miene wirkte angespannt, Meister Schick hingegen lediglich neugierig. Er kickte mit dem rechten Fuß leicht gegen die Einschussstelle. Meister Riesig stöhnte vor Schmerz.

»Lassen Sie ihn in Ruhe!«, rief Debbie empört.

»Schnauze, oder ich bring dich um«, gab Meister Schick zurück. Obwohl er einen durchaus liebenswürdigen Ton angeschlagen hatte, hegte ich keinerlei Zweifel, dass er Debbie augenblicklich niederschlagen würde, falls sie ihm nicht gehorchte. Glücklicherweise dachte Debbie genauso und presste die bebenden Lippen fest aufeinander.

»Nun, Hibernius«, sagte Meister Schick. »Dein letztes Stündlein hat also geschlagen.«

»Das wusstest du doch«, entgegnete Meister Riesig mit erstaunlich fester Stimme.

»Ja«, bestätigte Meister Schick. »Aber hast du es ebenfalls gewusst?«

»Ich habe es vermutet.«
»Du hättest deinen Tod vermeiden können. Dein Schicksal war nie direkt mit dem Schicksal dieser Sterblichen verbunden.«
»Für mich schon«, antwortete Meister Riesig. Er zitterte wie Espenlaub, und eine dunkle Blutlache hatte sich rings um ihn gebildet. Evanna wich zurück, um nicht im Blut ihres Bruders zu stehen, doch Meister Schick war weniger zart besaitet und pflanzte sich mit den Gummistiefeln breitbeinig in der Blutlache auf.
»Schick!«, blaffte Vancha. »Können Sie ihn retten?«
»Nein«, entgegnete Sal Schick kurz angebunden. Dann beugte er sich über Meister Riesig und spreizte die Finger seiner Rechten. Er legte den Mittelfinger auf die Stirn des Sterbenden, die beiden benachbarten Finger auf dessen Augen und berührte mit Daumen und kleinem Finger die Schläfen.
»Mögest du auch im Tode triumphieren«, sagte er überraschend sanft und löste seine Finger von Meister Riesigs Gesicht.
»Danke, Vater«, antwortete Hibernius Riesig. Er blickte zu Evanna. »Auf Wiedersehen, Schwester.«
»Ich werde dich nie vergessen«, erwiderte die Hexe, während wir anderen wie vom Donner gerührt das Geschehen verfolgten. Ich hatte zwar von einem Zwillingsbruder Evannas gewusst, der, genau wie sie, der Vereinigung von Meister Schick und einer Wölfin entstammte. Aber ich wäre nie und nimmer darauf gekommen, dass es sich dabei um Meister Riesig handelte.
Evanna bückte sich und drückte einen Kuss auf die Stirn ihres Bruders.
Meister Riesig lächelte, dann durchlief ein heftiges Schütteln seinen Körper, er riss die Augen auf, versteifte den Nacken – und war tot.

Meister Schick erhob sich und drehte sich zu uns um. In seinen Augenwinkeln schimmerte je eine blutige Träne. »Mein Sohn ist tot«, sagte er in demselben Ton, mit dem er das Wetter zu kommentieren pflegte.

»Wir hatten ja keine Ahnung!«, stieß Vancha hervor.

»Was Familienangelegenheiten betrifft, war mein Sohn immer ausgesprochen schweigsam.« Mit einem heiteren Glucksen versetzte Meister Schick dem Kopf des Toten mit der linken Ferse einen gezielten Tritt. »Ich weiß auch nicht, warum.«

Bei diesem Anblick knurrte ich und machte Anstalten, mich zornentbrannt auf Meister Schick zu stürzen. Harkat und Vancha setzten ebenfalls zum Sprung an. »Meine Herren«, meldete Evanna sich gelassen zu Wort. »Falls ihr eure Zeit damit verschwenden wollt, einen Streit mit meinem Vater vom Zaun zu brechen, entwischen die Mörder mit dem kleinen Sohn der Vons.«

Wir hielten erschrocken inne. Einen Augenblick hatten wir allesamt völlig vergessen, in welcher Gefahr Shancus schwebte. Evannas Bemerkung holte uns mit einem Schlag in die Wirklichkeit zurück.

»Wir müssen sie verfolgen!«, sagte Vancha.

»Aber was ist mit Meister Riesig?«, schrie Debbie.

»Er ist tot!«, schnaubte Vancha. »Seine reizende Familie kann sich ja um ihn kümmern.«

Meister Schick lachte auf, als er das hörte, doch wir hatten keine Zeit, uns weiter mit ihm zu beschäftigen. Wortlos formten wir fünf uns zu einer Gruppe und wollten losrennen. »Wartet!«, rief Evra.

Ich blickte zurück und sah, wie er einen viel sagenden Blick mit Merla wechselte. Als sie zaghaft nickte, kam er hinter uns hergerannt. »Ich begleite euch«, eröffnete er uns.

Keiner widersprach. Wir akzeptierten Evra als neuen Verbündeten, entfernten uns in raschem Lauftempo von Merla, Urcha, Meister Schick, Evanna und dem toten Meister Riesig und durchquerten eilig das Lager, um Shancus und seine Entführer zu verfolgen.

Sobald wir den unterirdischen Gang, der aus dem Stadion führte, verlassen hatten, bemerkten wir, dass unsere Beute sich aufgeteilt hatte.

Rechts von uns rannte R.V. mit Shancus in Richtung Stadtmitte davon. Links flohen Morgan James und Darius über die Hügelflanke zum Fluss hinunter, der in der Nähe des Stadions vorbeiströmte.

Vancha übernahm das Kommando und traf eine rasche Entscheidung. »Alice und Evra kommen mit mir. Wir verfolgen R.V. und Shancus. Darren, Harkat und Debbie – ihr heftet euch an die Fersen von Morgan James und dem Jungen.«

Ich wäre lieber Shancus zu Hilfe geeilt, aber Vancha besaß mehr Erfahrung. Gehorsam nickend schwenkte ich gleichzeitig mit Harkat und Debbie nach links, und wir nahmen die Verfolgung der beiden Verbrecher auf. Meine rasenden Kopfschmerzen waren jäh aufgeflackert, und ich hetzte im Blindflug den Hang hinunter. Das Trampeln meiner Füße war gleichfalls eine Tortur für mein Gehör. Trotz dieser Einschränkungen konnte ich als Halbvampir erheblich schneller rennen als Harkat und Debbie, sodass ich bald vorne lag und den Abstand zu Morgan James und Darius verringerte.

Als die beiden mich kommen hörten, blieben sie stehen und wirbelten herum, um meinen Angriff zu parieren. Es wäre schlauer gewesen, auf Harkat und Debbie zu warten, anstatt es allein und nur mit einem Messer bewaffnet mit den Flüchtenden aufzunehmen. Aber ich war einfach zu sauer. Ich ging auf die beiden los, ohne mich darum zu kümmern, dass sie Schüsse auf mich abfeuerten, James mit seinem Gewehr und Darius mit dem Pfeilgewehr. Das Glück der Vampire war mir hold, und sämtliche Kugeln und Pfeile pfiffen an mir vorüber. Eine

Sekunde später hatte ich meine Gegner erreicht und mich wutschnaubend und rachedurstig auf sie gestürzt.
James wehrte meinen Angriff mit dem Gewehrkolben ab und traf mich an der verwundeten rechten Schulter. Ich brüllte vor Schmerz, wich jedoch nicht zurück, sondern stach mit dem Messer nach James' entstellter Gesichtshälfte. Er duckte sich rechtzeitig, und Darius versetzte mir einen Stoß in die Rippen, als mein Hieb ins Leere ging. Ich stieß den Jungen beiseite und versuchte ein zweites Mal, James mit dem Messer zu treffen. Er lachte, hielt mich fest und warf mich zu Boden.
Mein Gesicht wurde gegen die linke Seite von Morgan James' Kopf gepresst. Seine Haut war faltig und rot, der dünnlippige Mund bedeckte die Zähne nur unvollkommen, und sein Auge lag wie eine grausige Gallertkugel in der verwüsteten, zerfetzten Fratze.
»Gefälltscht dir?«, gurgelte James.
»Hinreißend!«, schnaubte ich verächtlich, rollte mich auf ihn und versuchte, ihm die Daumen in die Augen zu bohren.
»Bald schieschst du auch scho aus, dafür schorg isch schon!«, schwor James, entwand sich meinem Griff und stieß mir das Knie in den Magen.
»Das werden wir ja sehen!«, grunzte ich und ließ mich leicht zurückfallen, um mich dann erneut auf ihn zu stürzen. Es gelang mir, das Messer in seinen Körper zu bohren, ich erwischte jedoch nur seinen Arm. Undeutlich nahm ich wahr, wie Darius mit dem Pfeilgewehr auf mich einschlug, um den Vampiriten zu befreien. Ich kümmerte mich nicht darum und konzentrierte mich ganz auf Morgan James. Ich war zwar stärker als mein Gegner, aber er war größer als ich und ein mit allen Wassern gewaschener Raufbold. Er wand sich unter mir, grub Knie und Ellbogen in meinen Magen und spie mir in die Augen. In meinem Kopf begann ein schmerzhaftes weißes Licht zu gleißen. Mir war, als müsste ich schreien und mir die

Hände auf die Ohren pressen. Stattdessen biss ich in James' Oberarm und riss ein Stück Fleisch heraus.

James kreischte schrill und stieß mich von sich herunter. Der Schmerz verlieh ihm ungeahnte Kräfte. Als ich neben ihm zu Boden fiel, setzte mich Darius mit einem heftigen Fußtritt gegen den Schädel für einige Sekunden außer Gefecht. Als ich mich wieder erholt hatte, hockte James auf mir. Er drückte mir den Kopf mit der linken Hand zurück, hielt mein Messer in seiner Rechten – ich hatte es während des Kampfes verloren – und war drauf und dran, mir die Kehle durchzuschneiden.

Ich schnappte nach dem Messer. Verfehlte es. Griff wieder danach. Drückte es unter Aufbietung aller Kräfte beiseite. Schnappte ein drittes Mal ... und hielt plötzlich inne. Ich spannte die Muskeln an und schloss die Augen. James überrieselte ein Schauer des Entzückens. Er nahm an, dass ich mich in mein Schicksal fügte. Schließlich konnte er nicht ahnen, dass ich gesehen hatte, wie Harkat hinter dem Rücken meines Gegners mit der Axt zum Schlag ausholte.

Noch ehe Darius einen Warnruf ausstoßen konnte, ertönte ein Schwirren, unmittelbar gefolgt von einem dumpfen Aufprall. Ich schlug die Augen auf, und erhaschte einen kurzen Blick auf Morgan James' Kopf, den Harkat mit einem mächtigen Hieb vom Rumpf seines Besitzers abgetrennt hatte und der jetzt in die Dunkelheit kullerte. Aus dem Halsstumpf sprudelte Blut. Erneut schloss ich die Augen, als mich die heiße Flüssigkeit durchtränkte. James war leblos auf mir zusammengesackt. Mit einiger Kraftanstrengung setzte ich mich auf, öffnete die Augen, wischte mir das Blut vom Gesicht und zwängte mich unter der Leiche des Enthaupteten hervor.

Darius stand direkt neben mir und starrte ungläubig auf seinen gefallenen Gefährten. Die Hose des Jungen war ebenfalls vom sprudelnden Blut des Toten durchnässt. Ich erhob mich mit zitternden Beinen. In meinem Kopf toste weißer Lärm.

Das Blut verklumpte in meinem Haar und tropfte mir vom Gesicht. Mir war sterbensübel. Trotzdem wusste ich genau, was ich zu tun hatte. Der Hass trieb mich dazu.
Ich riss mein Messer aus Morgan James' lebloser Hand, presste die Klinge gegen die Kehle des Jungen und packte seinen Schopf mit der freien Hand. Als ich fauchend das Messer niederdrückte, war ich weder Mensch noch Vampir. Ich war zu einem wilden Tier geworden, das nur eines im Sinn hatte: einem kleinen Jungen den Garaus zu machen.

19

Debbie hielt mich schließlich zurück. »Nein!«, schrie sie und rannte auf mich zu. Ihre Stimme klang dermaßen entsetzt, dass ich trotz meiner Gier nach Blut innehielt. Schwer atmend, fassungslos und mit weit aufgerissen Augen blieb sie neben mir stehen. »Nein!«, keuchte sie und schüttelte verzweifelt den Kopf.
»Warum nicht?«, knurrte ich.
»Er ist noch ein Kind!«, rief sie.
»Nein ... er ist Steve Leopards Sohn«, widersprach ich. »Er ist ein Mörder, genau wie sein Vater.«
»Er hat niemanden umgebracht«, entgegnete Debbie. »Morgan James hat Meister Riesig auf dem Gewissen. Jetzt hast du Morgan erledigt, und ihr seid quitt. Es besteht kein Grund, den Jungen zu töten.«
»Ich mache sie alle kalt!«, kreischte ich wie von Sinnen. Es war, als sei ich plötzlich zu einem blutdurstigen Totschläger geworden. »Alle Vampyre müssen dran glauben! Alle Vampets! Und alle ihre Helfershelfer!«
»Sogar die Kinder?«, fragte Debbie matt.
»Ja, die auch!«, brüllte ich. Meine Kopfschmerzen hatten sich mittlerweile ins Unerträgliche gesteigert. Ich hatte das Gefühl,

als würden glühend rote Nadeln aus dem Inneren meines Schädels nach außen gebohrt. Ich spürte, dass ich im Unrecht war, doch Hass und Mordgier hatten mich vergiftet.

»Harkat«, wandte Debbie sich an den Kleinen Kerl. »Bring du ihn doch zur Vernunft!«

Harkat schüttelte den halslosen Kopf. »Ich glaube nicht, dass er ... auf mich hört«, sagte er und starrte mich an, als sei ich ein unbekanntes Wesen.

»Du musst es wenigstens versuchen!«, schrie Debbie. »Ich weiß nicht, ob ... ich das Recht dazu habe«, murmelte Harkat.

Debbie drehte sich wieder zu mir um. Sie weinte. »Das darfst du nicht tun«, schluchzte sie.

»Es ist meine Pflicht«, gab ich steif zurück.

Sie spuckte mir vor die Füße. »Da siehst du, was ich von deinem Pflichtgefühl halte. Wenn du den Jungen umbringst, bist du ein Monster. Dann bist du genauso böse wie Steve.«

Ich hielt inne. Ihre Worte hatten mich im Innersten berührt. Plötzlich musste ich daran denken, was mir Mr. Crepsley kurz vor seinem Tod gesagt hatte. Er hatte mich davor gewarnt, mein Leben vom Hass vergiften zu lassen. Zwar sollte ich Steve töten, wenn sich die Gelegenheit dazu ergab – doch sollte ich mich hüten, dass mein Dasein von wahnwitzigen Rachegelüsten beherrscht wurde.

Wie hätte Mr. Crepsley an meiner Stelle gehandelt? Den Jungen getötet? Ja, wenn es nötig war. Aber war es denn nötig? Wollte ich Darius töten, weil ich ihn fürchtete und davon überzeugt war, es sei das Beste für uns alle, ihn aus dem Weg zu räumen – oder wollte ich damit lediglich Steve verletzen?

Ich sah in die Augen des Jungen. Sie blickten ängstlich, aber dahinter las ich noch etwas anderes ... Kummer. Steves Augen blickten durch und durch böse. Nicht so die seines Sohnes. Darius war menschlicher als sein Vater.

Noch immer presste ich das Messer gegen die Kehle des Jungen. Die Klinge hatte seine Haut bereits angeritzt. Blutstropfen quollen hervor und rannen über Darius' Nacken.
»Dadurch zerstörst du dich selbst«, flüsterte Debbie mit bebender Stimme. »Du wirst noch schlimmer sein als Steve. Er kennt keinen Unterschied zwischen Gut und Böse. Du schon. Er kann damit leben, dass er durch und durch verdorben ist, weil er es nicht besser weiß, aber du wirst innerlich davon ausgehöhlt. Tu's nicht, Darren. Wir führen keinen Krieg gegen Kinder.«
Mit Tränen in den Augen blickte ich sie an. Ich wusste, sie hatte Recht. Ich konnte selbst kaum glauben, dass ich kurz davor war, Darius umzubringen. Dennoch wollte ein Teil von mir immer noch das Leben des Jungen. Etwas war in mir erwacht, ein Darren Shan, von dessen Existenz ich bisher nichts gewusst hatte und der nicht bereit war, sich kampflos zu ergeben. Meine um das Messer gekrampften Finger zitterten, doch der finstere Racheengel in mir wehrte sich mit aller Macht dagegen, die Waffe zu senken.
»Na los, bring mich um«, fauchte Darius plötzlich. »So seid ihr doch alle. Ihr seid Mörder. Ich weiß alles über euch, ihr könnt aufhören so zu tun, als wäre es euch nicht vollkommen schnuppe.«
»Wovon redest du?«, fragte ich. Statt einer Antwort lächelte er nur schwach.
»Er ist Steves Sohn«, sagte Debbie leise. »Man hat ihm sein ganzes Leben lang nur Lügen erzählt. Er kann nichts dafür.«
»Mein Vater ist kein Lügner!«, schrie Darius aufgebracht.
Debbie trat hinter den Jungen und sah mir direkt in die Augen. »Er kennt die Wahrheit nicht. Er ist unschuldig, trotz allem, wozu man ihn verleitet hat. Du darfst keinen Unschuldigen töten, Darren. Werde nicht zu dem, was du verachtest.«
Ich stöhnte aus tiefster Seele. Inständig sehnte ich mich da-

nach, das Messer von der Kehle des Jungen wegzunehmen, brachte es jedoch nicht fertig. In mir tobte ein Kampf, den ich selbst nicht recht verstand. »Ich weiß nicht, was ich tun soll!«, jammerte ich.

»Dann überleg dir mal Folgendes«, ließ sich Harkat vernehmen. »Vielleicht brauchen wir den Jungen, um ihn ... gegen Shancus auszutauschen. Es ist viel vernünftiger, ihn am Leben zu lassen.«

Plötzlich erlosch mein Hass. Ich senkte das Messer und fühlte mich von einer zentnerschweren Last befreit. Mit schiefem Lächeln sagte ich: »Danke, Harkat.«

»Das war überflüssig«, sagte Debbie, als ich Darius rasch herumdrehte und ihn mit einem Stoffstreifen fesselte, den Harkat von seiner Kutte abgerissen hatte. »Du hättest sein Leben schonen sollen, weil es das Richtige war, und nicht, weil du ihn vielleicht noch als Geisel brauchst.«

»Vielleicht«, räumte ich ein. Ich schämte mich wegen meiner Reaktion, wollte es allerdings nicht zugeben. »Aber das spielt jetzt keine Rolle. Darüber können wir später reden. Jetzt müssen wir erst mal herausfinden, was mit Shancus passiert ist. Wo ist dein Handy?«

Eine Minute später hatte sie bereits Alice Burgess an der Strippe. Die anderen waren immer noch R.V. und Shancus auf den Fersen. Vancha bat darum, mit mir zu sprechen. »R.V. ist in Sichtweite. Ich könnte ihn mit einem Wurfstern ausschalten und Shancus befreien.«

»Warum tust du's dann nicht?«, fragte ich stirnrunzelnd.

»Ich glaube, er führt uns direkt zu Steve Leonard«, erklärte Vancha.

Ich stöhnte leise und umklammerte das Telefon. »Was sagt Evra dazu?«, erkundigte ich mich.

»Das ist unser Auftrag, nicht seiner«, flüsterte Vancha. »Er denkt nur an seinen Sohn. Wir haben andere Prioritäten.«

»Ich bin nicht bereit, Shancus zu opfern, um Steve in die Hände zu bekommen«, gab ich zurück.
»Ich schon«, entgegnete Vancha gelassen. »Doch ich bezweifle, dass es dazu kommt. Meiner Ansicht nach können wir den Jungen befreien und Leonard erledigen. Ganz ohne Risiko ist die Sache natürlich nicht. Wenn du auf Nummer Sicher gehen und R.V. sofort ausschalten willst, mache ich das. Ich halte es aber für besser, wenn wir es drauf ankommen lassen, ihn verfolgen, bis er uns zu Leonard führt, und dann erst zuschlagen.«
»Du bist der ältere Fürst«, sagte ich. »Du musst entscheiden.«
»Nein«, gab Vancha zurück. »Wir sind gleichgestellt. Shancus bedeutet dir mehr als mir. Du hast das Sagen.«
»Besten Dank«, erwiderte ich bitter.
»Tut mir Leid«, sagte Vancha, und sogar durch das Telefon konnte ich am Klang seiner Stimme hören, dass sein Mitgefühl echt war. »Ich würde die Verantwortung übernehmen, wenn es möglich wäre, nur in diesem Fall geht das leider nicht. Soll ich R.V. töten oder ihn weiter verfolgen?«
Ich warf einen raschen Seitenblick auf Darius. Hätte ich ihn umgebracht, würde ich Vancha jetzt befehlen, R.V. umzulegen und Shancus zu retten – andernfalls würde Steve den Schlangenjungen gewiss brutal abschlachten. Wenn ich dagegen mit Darius als Gefangenem auftauchte, musste Steve wohl oder übel mit mir verhandeln. Hatten wir Shancus erst einmal befreit, hielt uns nichts mehr davon ab, Steve zu verfolgen.
»Na gut«, erwiderte ich. »Lass ihn laufen. Sag mir, wo du bist, dann stoßen wir zu euch.«
Wenige Minuten später waren wir bereits unterwegs und schlugen uns quer durch die Stadt, während wir den telefonischen Anweisungen folgten, die Alice Debbie erteilte. Ich spürte, wie Debbies Blicke meinen Rücken durchbohrten – sie

hielt überhaupt nichts davon, dass wir dieses Risiko eingingen –, aber ich drehte mich nicht um. Während ich rannte, ermahnte ich mich selbst: »Ich bin der Fürst. Ich habe meinem Volk gegenüber bestimmte Pflichten. Der Lord der Vampyre ist wichtiger als alles andere.« Doch es war ein schwacher Trost, und ich wusste genau, dass mich Schuldgefühle und Scham überwältigen würden, falls der Schuss nach hinten losging.

20

Wir eilten mit Darius im Schlepptau durch die Straßen und wählten möglichst abgelegene Gassen, um Polizeikontrollen zu vermeiden. Plötzlich zügelte Harkat das Tempo, blieb stehen, wandte sich um und lauschte mit schief gelegtem Kopf.

»Was gibt's?«, fragte ich.

»Hinter uns sind … Schritte. Hörst du nichts?«

»Ich habe Stöpsel in den Ohren«, erinnerte ich ihn. »Bist du sicher?«

»Ja. Vermutlich nur eine Person, aber ich … kann mich täuschen.«

»Wir können nicht kämpfen und gleichzeitig Darius bewachen«, sagte Debbie. »Wenn wir es auf ein Gefecht anlegen, sollten wir ihn festbinden oder laufen lassen.«

»Den lasse ich ganz bestimmt nicht laufen«, murmelte ich. »Ihr zwei geht am besten weiter. Falls R.V. die anderen zu Steve führt, müsst ihr Darius dabeihaben, um ihn gegen Shancus auszutauschen. Ich bleibe und kümmere mich um unsere Verfolger. Wenn alles gut geht, hole ich euch wieder ein.«

»Blödsinn«, zischte Debbie. »Wir müssen zusammenbleiben.«

»Du machst gefälligst, was ich sage«, fuhr ich sie barscher als nötig an. Ich war ziemlich durcheinander – einerseits der unbändige Hass auf Steve, andererseits die Angst, aus mir könne der entsetzliche Herr der Schatten werden, und obendrein noch die Schmerzen der Purifikation – und absolut nicht in Stimmung für Diskussionen.

»Komm schon«, sagte Harkat zu Debbie. »Mit dem kann man im Augenblick ... sowieso nicht reden. Außerdem hat er Recht. Es ist besser, wenn wir uns trennen.«

»Aber die Gefahr ...«, setzte Debbie an.

»Er ist der Fürst der Vampire«, sagte Harkat. »Mit Gefahren kennt er sich aus.«

Damit zerrte Harkat Darius weiter und hinkte so schnell er konnte davon. Debbie blieb nichts anderes übrig, als den beiden zu folgen, obwohl sie sich mehrmals mit bittender Miene nach mir umdrehte, bevor sie um die Ecke bog und außer Sicht war. Es tat mir Leid, dass ich so grob gewesen war, und ich hoffte, dass ich später die Gelegenheit haben würde, mich zu entschuldigen.

Ich nahm die Wattebäusche aus Ohren und Nase und schloss die Finger fest um den Griff des Messers. Durch äußerste Willenskraft schaffte ich es, den Lärm in meinem Kopf so weit zu dämmen, dass ich meine Aufmerksamkeit auf die nächtlichen Geräusche und Gerüche richten konnte. Ich hörte, wie sich Schritte leise näherten und direkt in meine Richtung kamen. In geduckter Haltung wartete ich auf den richtigen Moment zum Angriff. Doch als mein Verfolger schließlich vor mir auftauchte, entspannte ich mich und senkte das Messer.

»Evanna«, begrüßte ich die Hexe.

»Darren«, erwiderte sie gelassen, trat dicht neben mich und musterte mich mit undurchdringlicher Miene.

»Warum seid Ihr nicht bei Eurem Vater?«, fragte ich.

»Ich treffe ihn bald wieder«, antwortete sie. »Aber jetzt ist mein Platz hier bei dir und deinen Verbündeten. Wir wollen zusehen, dass wir die Mörder so schnell wie möglich einholen, ich fürchte, wir könnten sonst den entscheidenden Kampf versäumen.«

»Diese ständige Geheimniskrämerei hängt mir echt zum Hals heraus. Ich rühre mich nicht vom Fleck, bis Ihr mit einigen Antworten herausrückt«, erwiderte ich entschlossen.

»Ach, wirklich?«, säuselte Evanna leicht belustigt. »Müsstest du mir dann nicht zuerst mal ein paar Fragen stellen?«

»Es geht um den Herrn der Schatten.«

»Ich glaube nicht, dass diese Frage im Augenblick …«

»Es ist mir egal, was Ihr denkt!«, schnitt ich ihr das Wort ab. »Ihr habt mir vor Jahren erzählt, der Herr der Schatten könnte entweder der Lord der Vampyre sein – also Steve – oder ich selbst. Bevor er starb, sagte Meister Riesig, es sei unvermeidlich, dass der Herr der Schatten die Macht an sich reißt, unabhängig davon, wie der Krieg der Narben ausgeht.«

»Hat er das gesagt?« Evanna klang überrascht. »So viel Offenheit sieht dem alten Heimlichtuer gar nicht ähnlich.«

»Ich will wissen, was das zu bedeuten hat«, beharrte ich, ehe sie vom Thema ablenken und sich über ihren toten Bruder auslassen konnte. »Meister Riesig zufolge ist der Herr der Schatten ein Monster. Er ist derjenige, der Vancha umbringen wird.«

»Hat er das etwa auch noch erzählt?« Evanna war richtig ärgerlich. »Diesmal ist er zu weit gegangen. Er hätte niemals …«

»Jedenfalls waren das seine Worte«, unterbrach ich die Hexe und trat einen Schritt näher an sie heran. »Er muss sich getäuscht haben. Etwas anderes kann ich mir nicht vorstellen. Und Ihr täuscht euch auch. Ich bin doch kein Monster. Ich würde niemals Vancha oder einem anderen Vampir etwas antun.«

»Sei dir da nicht so sicher«, gab sie leise zurück und zögerte, bevor sie bedächtig ihre nächsten Worte wählte. »Im Allgemeinen schlängeln sich viele Pfade zwischen Gegenwart und Zukunft, und es gibt Dutzende von verschiedenen Möglichkeiten, wie eine Sache ausgeht. Aber es kommt auch vor, dass es nur wenige Möglichkeiten gibt, und manchmal sind es sogar bloß zwei. Das ist hier der Fall. Der Herr der Schatten wird kommen – so viel steht fest. Allerdings ist ungewiss, wer von euch beiden der Herr der Schatten sein wird – du oder Steve Leonard.«

»Aber …«, setzte ich an.

»Schweig«, sagte sie im Befehlston. »Da der Zeitpunkt der Entscheidung nahe gerückt ist, kann ich dich jetzt in einiges einweihen, was ich dir bisher verschweigen musste. Ich selbst wäre nicht darauf zu sprechen gekommen, doch mein Bruder wollte dich anscheinend über dein Schicksal aufklären. Vielleicht damit dir genügend Zeit bleibt, dich auf das, was dir bevorsteht, vorzubereiten. Es ist nur recht und billig, wenn ich seinen letzten Wunsch erfülle.

Falls du Steve Leonard tötest, wirst du zu dem verachtungswürdigsten, abscheulichsten Monster, das die Welt je gesehen hat.« Meine Augen quollen vor Staunen beinahe über, und ich öffnete den Mund, um zu protestieren, aber Evanna ließ mir keine Zeit dazu. »Bei ihrer Geburt sind Ungeheuer noch nicht vollständig entwickelt. Sie wachsen heran, reifen und entstehen.

Der Hass in dir wird allmählich wachsen, Darren, ein abgrundtiefer Hass, der dich schließlich auffrisst. Es wird dir nicht genügen, Steve zu töten. Du wirst nicht zur Ruhe kommen, sondern ein unbezähmbarer Zorn treibt dich voran. Das Schicksal hat dich dazu bestimmt, große Macht zu besitzen, deshalb wirst du entsetzliche Verwüstungen heraufbeschwören. Du wirst die Vampyre vernichten, doch damit ist es nicht getan. Immer wieder werden Feinde auftauchen, die du bekämpfst. Einige Vampire werden versuchen, dich bei diesem

Unterfangen aufzuhalten. Auch sie werden von deiner Hand sterben. Vancha wird einer von ihnen sein.«

»Nein«, stöhnte ich. »Ich würde doch niemals …«

»Nicht nur Vampire werden sich dir entgegenwerfen«, fuhr Evanna fort, ohne auf meinen Einwand zu achten. »Auch Menschen stellen sich dir in den Weg, und dein Zorn wird sich gegen sie richten. So wie Vampyre und Vampire durch deine Hand ausgelöscht werden, wird am Ende auch die Menschheit durch dich untergehen. Du wirst die Welt in Schutt und Asche legen. Bis du schließlich für den Rest deines unnatürlich langen und abgrundtief bösen Lebens über diese Trümmer herrschst, allmächtig, alles kontrollierend, alles hassend.«

Sie schwieg und lächelte mich listig an. »Dies ist deine Zukunft, wenn du den Erfolg schmeckst. Die zweite Möglichkeit ist, dass der andere Herr der Schatten dich tötet, entweder während du ihn jagst oder später, wenn alle Mitglieder des Clans bereits ausgelöscht sind. Dies wäre in vielerlei Hinsicht die bessere Alternative. Sind noch irgendwelche Frage offen?«

»Das kann einfach nicht sein«, murmelte ich. »So was würde ich nie tun. Lässt sich das nicht irgendwie vermeiden?«

»Allerdings«, sagte Evanna. Sie drehte sich um und deutete dahin zurück, wo sie gerade hergekommen war. »Verschwinde. Geh weg. Verlasse deine Freunde. Versteck dich. Wenn du jetzt gehst, änderst du die Bedingungen deines Schicksals. Steve wird die Vampire besiegen und Herr der Schatten werden. Du kannst ein normales, friedliches Leben führen – jedenfalls so lange, bis er die Welt um dich herum vernichten wird.«

»Aber … das kann ich unmöglich machen«, beschwor ich sie. »Ich kann meine Freunde doch nicht im Stich lassen. Was soll denn mit Vancha, Debbie und Shancus geschehen? Ich muss ihnen helfen.«

»Ja«, pflichtete Evanna mir traurig bei. »Ich weiß. Aus diesem

Grund kannst du deinem Schicksal nicht entfliehen. Obwohl dir die Macht gegeben ist, vor deinem Schicksal davonzulaufen, würdest du dich stattdessen immer dafür entscheiden, deinen Freunden beizustehen. Du wirst niemals vor einer Herausforderung zurückscheuen. Es ist dir unmöglich. Obwohl du nur das Beste willst, musst du deinem Schicksalsweg bis zum bitteren Ende folgen. Entweder tötet dich Steve oder du wirst zu einem abscheulichen Monster, dem Herrn der Schatten.«

»Ihr müsst Euch irren«, stammelte ich erschüttert. »Das ist ausgeschlossen. Ich bin nicht böse. Jetzt, wo ich weiß, was mich erwartet, werde ich mich gegen dieses Schicksal wehren. Wenn ich Steve töte ... wenn wir siegen ... reiße ich anschließend das Ruder herum. Ich versuche den Clan zu retten und ziehe mich dann an einen Ort zurück, an dem ich keinen Schaden anrichten kann.«

»Nein«, widersprach Evanna unumwunden. »Unmöglich. Jetzt aber«, sagte sie so rasch, dass mir keine Zeit für weitere Einwände blieb, »sollten wir uns schleunigst deinen Freunden anschließen. Heute Abend werden die Weichen für die Zukunft gestellt, wir dürfen keinen Augenblick länger säumen.« Damit schlüpfte sie schnell davon und folgte der Spur der anderen wie eine Zauberin.

Mir blieb nichts übrig, als langsam hinter ihr herzutrotten, stumm, verstört, verwirrt – und von abgrundtiefem Entsetzen erfüllt.

Wenige Minuten später hatten wir Debbie, Harkat und Darius eingeholt. Die anderen waren überrascht, dass Evanna aufgetaucht war. Sie hielt sich jedoch nicht mit Erklärungen auf, sondern bildete das Schlusslicht und beobachtete uns schweigend. Während wir vorwärts marschierten, wollte Debbie wissen, ob ich mit Evanna geredet hatte. Ich schüttelte den Kopf. Was ich soeben gehört hatte, wollte ich lieber nicht wiederholen, außerdem versuchte ich immer noch, aus Evannas Eröffnungen schlau zu werden und mir einzureden, dass sie sich getäuscht haben musste. Eine Viertelstunde später stießen wir auf Vancha und Evra. Sie waren R.V. bis zu einem Gebäude gefolgt und warteten dort auf uns.

»Er ist vor ein paar Minuten hinein«, erklärte Vancha. »Alice behält den Hintereingang im Auge, falls er sich aus dem Staub machen will.« Er warf Evanna einen misstrauischen Blick zu. »Verheißt Eure Anwesenheit Wohl oder Wehe, Gnädigste?«

»Weder das eine noch das andere, mein Fürst«, lächelte sie. »Ich bin hier lediglich Augenzeugin.«

»Aha!«, knurrte er.

Ich betrachtete das Gemäuer eingehend. Es war sehr hoch und düster, und die Außenwand bestand aus scharfkantigen grauen Steinen. Die Fensterscheiben waren eingeschlagen. Neun Stufen führten zu der überdimensional großen Eingangstür. Die Stufen waren geborsten und moosbedeckt. Abgesehen davon, dass inzwischen üppige Moosteppiche wucherten und sämtliche Fensterscheiben kaputt waren, hatte sich das Haus seit meinem letzten Besuch nicht groß verändert.

»Ich kenne das Gebäude«, erklärte ich Vancha, während ich versuchte, mein Gespräch mit Evanna zu vergessen und mich stattdessen auf die vor mir liegenden Aufgaben zu konzentrieren. »Es ist ein altes Filmtheater. Als Steve und ich noch Kinder waren, hat der Cirque du Freak einmal hier gastiert. Eigentlich hätte ich mir denken können, dass er sich diesen Platz aussucht. Damit schließt sich der Kreis. Solches Zeug ist sehr wichtig für einen Besessenen wie Steve.«

»Untersteh dich, so von meinem Vater zu sprechen!«, knurrte Darius.

»Meinst du, Leonard ist da drin?«, fragte Vancha und versetzte Darius einen Knuff aufs Ohr.

»Da kannst du Gift drauf nehmen«, bekräftigte ich und wischte mir Morgan James' Blut von der Stirn – für eine gründliche Wäsche hatte ich natürlich noch keine Zeit gehabt.

»Was ist mit Shancus?«, zischte Evra. Er schlotterte vor Angst. »Wird er meinem Sohn etwas zuleide tun?«

»Nicht, solange wir seinen Nachwuchs als Geisel haben«, antwortete ich.

Evra musterte Darius verwirrt. Er wusste nichts von dem Jungen. Aber wir waren alte Freunde, und er vertraute mir.

»Wie gehen wir vor?«, fragte Debbie.

»Wir marschieren einfach schnurstracks hinein«, schlug ich vor.

»Hältst du das echt für eine gute Idee?«, gab Vancha zweifelnd zurück. »Vielleicht wäre es besser, wenn wir uns von hinten anschleichen oder übers Dach einsteigen.«

»Steve hat nichts dem Zufall überlassen«, widersprach ich. »Glaub mir, er hat in Gedanken jede Möglichkeit durchgespielt. Mit List ist diesem Burschen nicht beizukommen. Es wäre Blödsinn, das zu versuchen. Deswegen schlage ich vor, lasst uns hineingehen, ihm Auge in Auge gegenübertreten und beten, dass uns das Vampirglück hold sein möge.«

»Das Glück der Verdammten«, höhnte Darius. »Ihr werdet weder meinen Vater noch einen anderen Vampyr besiegen. Unsereins ist solchen Typen wie euch haushoch überlegen.«

Vancha musterte Darius neugierig. Dann beugte er sich vor und beschnupperte ihn. Er ritzte eine kleine Wunde in den Arm des Jungen – der dabei keinen Klagelaut von sich gab –, tupfte den Finger in das hervorquellende Blut und leckte daran. Er verzog das Gesicht.

»Er ist angezapft.«

»Von meinem Vater«, sagte Darius stolz.

»Er ist ein Halbvampyr?« Stirnrunzelnd warf ich einen Blick auf die Fingerspitzen des Jungen. Es waren keine Narben zu sehen.

»Das Vampyrblut in ihm ist noch schwach«, erklärte Vancha. »Aber er ist einer von ihnen. In seinem Körper ist bereits so viel davon, dass er nie mehr menschlich werden kann.«

»Hast du dich freiwillig anzapfen lassen, oder hat Steve dich gezwungen?«, fragte ich Darius.

»Mein Vater würde mich niemals zu etwas zwingen«, schnaubte er. »Im Unterschied zu solchen Missgeburten wie euch glaubt er, genau wie jeder Vampyr, an den freien Willen.«

Vancha blickte mich fragend an. »Steve hat ihm lauter Mist erzählt«, erklärte ich. »Er hält uns für Schufte und seinen Vater für einen hochherzigen Kreuzritter.« »Das ist er auch!«, rief Darius. »Er wird verhindern, dass ihr die Welt erobert. Er wird nicht zulassen, dass ihr ungestraft mordet! Er sorgt dafür, dass die Menschen nachts vor euch sicher sind, ihr Abschaum der Vampire.«

Vancha sah zu mir herüber und hob belustigt eine Braue. »Leider drängt die Zeit, sonst würde ich das Kerlchen hier mit Freuden aufklären. Aber das geht jetzt nicht. Debbie, ruf Alice an und sag ihr, sie soll sich auf die Socken machen und herkommen. Wir marschieren jetzt geschlossen da rein – einer für alle und der ganze Käse.«

Während Debbie telefonierte, nahm Vancha mich beiseite und nickte mit dem Kopf zu Evra hinüber, der ein paar Meter von uns entfernt stand. Der unglückliche Vater hatte die Augen auf den Eingang des Filmtheaters geheftet und die Finger zu verzweifelten Fäusten geballt. »Dem geht's echt mies«, sagte Vancha.

»Ist doch klar«, murmelte ich. »Was hast du denn erwartet?«

»Bist du dir sicher, wie wir vorgehen müssen?«, gab Vancha zurück. Ich blickte ihn kaltblütig an. Er packte mich fest am Arm. »Leonard muss sterben. Auch wenn einer von uns beiden dabei draufgeht. Oder Debbie, Alice, Harkat, Evra – oder Shancus.«

»Ich will den Jungen unbedingt retten«, gestand ich bekümmert.
»Ich auch«, seufzte Vancha. »Und vielleicht schaffen wir es ja. Aber es geht in erster Linie um den Lord der Vampyre. Denk daran, welche Auswirkungen es hat, wenn wir scheitern – es bedeutet das Ende unseres Clans. Möchtest du wirklich das Leben des Schlangenjungen über das Schicksal unseres Clans stellen?«
»Natürlich nicht«, sagte ich und befreite mich mit einem Ruck aus seinem Griff. »Trotzdem weigere ich mich, einfach sein Leben zu opfern. Wenn Steve bereit ist zu verhandeln, gehe ich darauf ein. Wir können ein anderes Mal gegen ihn kämpfen.«
»Was ist, wenn er nicht verhandelt?«, bohrte Vancha. »Wenn er den entscheidenden Kampf erzwingt?«
»Dann müssen wir kämpfen und entweder siegen oder untergehen. Egal wie hoch der Preis ist.« Ich sah ihm direkt in die Augen, damit er begriff, dass es mir ernst war.
Vancha überprüfte seine Shuriken und schob einige davon in Abwurfposition. Wir wandten uns um, scharten unsere Verbündeten um uns – Debbie zog Darius mit sich – und stiegen die Stufen hinauf in jenes alte Filmtheater, wo vor vielen Jahren die Alpträume ihren Anfang genommen hatten.

21

Es war, als würde ich in die Vergangenheit eintauchen. Das Gebäude war kälter und feuchter als früher, und die Wände waren mit neuen Kritzeleien bedeckt, doch sonst war alles unverändert. Ich ging in dem langen Korridor voran, wo Meister Riesig Steve und mir damals aufgelauert hatte und mit jener unglaublichen Geschwindigkeit und Lautlosigkeit, die sein Markenzeichen war, in der Dunkelheit vor uns aufgetaucht war. Als es am Ende des Korridors nach links ging, erkannte ich die Stelle wieder, wo Meister Riesig unsere Karten entgegengenommen und aufgegessen hatte. Damals hatten zwei blaue zugezogene Vorhänge den Eingang zum Saal versperrt. Heute Abend waren sie verschwunden – bis jetzt die einzige Veränderung.

In Zweiergruppen betraten wir den Saal, zuerst Vancha und Alice, anschließend Debbie und Evra (wobei Debbie Darius vor sich herschubste) und zum Schluss Harkat und ich. Evanna hielt sich im Hintergrund und war von uns sowohl räumlich als auch geistig getrennt.

Im Saal herrschte vollkommene Dunkelheit. Ich konnte nichts erkennen. In einiger Entfernung vor uns vernahm ich jedoch gedämpfte Atemgeräusche.

»Vancha«, flüsterte ich.

»Ich hab's auch gehört«, wisperte er zurück.

»Sollen wir darauf zugehen?«, fragte ich.

»Nein«, antwortete er. »Es ist zu dunkel. Warten wir noch einen Augenblick.«

Eine Minute verstrich. Zwei. Drei. Ich spürte, wie die Spannung in uns allen wuchs. Es war totenstill. Abwartend lauerten wir in der Dunkelheit auf den ersten Schritt unserer Feinde.

Einige Minuten später flammten plötzlich und ohne jede Vorwarnung Scheinwerfer auf. Alle keuchten auf. Ich stieß einen Schrei aus, krümmte mich und bedeckte meine überempfindlichen Augen schützend mit den Händen. Ein paar entscheidende Sekunden lang gaben wir die perfekten Zielscheiben ab. Es wäre der ideale Augenblick zum Angriff gewesen. Ich rechnete schon halb damit, dass Vampyre und Vampets scharenweise mit gezückten Waffen über uns herfallen würden – doch nichts geschah.

»Alles in Ordnung mit deinen Augen?«, fragte Debbie und kauerte neben mir nieder.

»Kann man nicht gerade behaupten«, ächzte ich und öffnete die Lider einen Spaltbreit, gerade genug, um etwas sehen zu können. Aber schon das war die reinste Höllenqual.

Als ich die Augen mit der Hand abschirmte und in die Dunkelheit blinzelte, stockte mir der Atem. Wir konnten von Glück sagen, dass wir stehen geblieben waren. Der gesamte Fußboden des Saals war herausgerissen worden, und wenige Meter vor uns gähnte eine tiefe, mit spitzen Pfählen gefüllte Grube.

»Ziemlich eindrucksvoll, oder?«, rief uns jemand von der Bühne aus zu. Ich hob den Blick. Es war beinahe unmöglich, etwas zu erkennen, da die Bühnenscheinwerfer direkt auf uns gerichtet waren, doch allmählich nahmen die verschwommenen Umrisse genauere Konturen an. Dutzende langer, mächtiger, senkrecht stehender Pfähle waren über die Bühne verteilt und boten Deckung. Hinter einem Pfahl dicht vor der Rampe linste das grinsende Gesicht von Steve Leopard hervor.

Als Vancha Steve erspähte, zog er einen Shuriken und schleuderte ihn auf unseren Feind. Doch Steve hatte sich sehr genau überlegt, an welcher Stelle er sich versteckte, und der Wurfstern blieb in dem Holzpfahl stecken, hinter dem er sich verbarg.

»Pech gehabt, Sire«, lachte Steve höhnisch. »Bist du damit einverstanden, wenn wir diesen Versuch zum besten von insgesamt drei Würfen küren?«

»Vielleicht erwische ich ihn«, murmelte Alice und trat einige Schritte vor Vancha. Sie hob die Pistole und drückte ab, aber die Kugel blieb ebenfalls im Holz stecken.

»Ist das hier nur überflüssiges Vorgeplänkel, oder wollt ihr noch ein paar Freischüsse haben?«, rief Steve.

»Schätzungsweise könnte ich über die Grube springen«, überlegte Vancha zweifelnd und maß die Pfahlreihen zwischen sich und der Bühnenrampe ab.

»Mach dich nicht lächerlich«, knurrte ich. Selbst Vampire hatten ihre Grenzen.

»Außer Steve kann ich niemanden entdecken«, flüsterte Debbie und blickte sich suchend im Zuschauerraum um. Oben auf der Empore – seinerzeit hatte ich Steve und Mr. Crepsley von dort belauscht – hätten ganze Heerscharen von Vampyren und Vampets lauern können, was ich allerdings für unwahrscheinlich hielt. Nicht das geringste Geräusch war zu vernehmen, nicht einmal ein einzelner Herzschlag.

»Wo steckt denn deine Armee?«, brüllte Vancha zu Steve hinüber.

»Überall und nirgends«, antwortete Steve mit öligem Lächeln.

»Hast du sie nicht mitgebracht?«, rief Vancha herausfordernd.

»Nicht heute Abend«, gab Steve zurück. »Ich brauche sie nicht. Die Einzigen, die die Bühne mit mir teilen, sind mein zauberhafter Patenonkel alias Gannen Harst, ein gewisser aufrechter Vampyr und ein sehr ängstlicher Schlangenjunge. Wie hieß er gleich noch mal, R.V.?«

»Shancus«, ertönte es hinter einem Pfahl links neben Steve.

»Shancus«, stieß Evra hervor. »Alles in Ordnung mit dir?«

Keine Antwort. Mir rutschte das Herz in die Hosen. Doch dann schubste R.V. den Kleinen hinter einem Pfahl hervor, und obwohl man ihm die Hände hinter dem Rücken gefesselt und einen Knebel in den Mund geschoben hatte, sah er sehr lebendig und unverletzt aus.

»Ein gewitztes kleines Bürschchen«, lachte Steve. »Leider etwas zu laut, daher der Knebel. Außerdem lässt seine Ausdrucksweise sehr zu wünschen übrig ... wirklich schockierend, muss ich sagen! Ich frage mich, wo die Kinder heutzutage diese schlimmen Wörter aufschnappen.« Steve legte eine Pause ein. »Übrigens, was macht mein eigener Nachwuchs? Von hier aus kann ich kaum etwas erkennen.«

»Mir geht's gut, Papa!«, rief Darius. »Aber sie haben Morgan umgelegt! Der Graue hat ihm den Kopf mit einer Axt abgeschlagen.«
»Wie abscheulich.« Steve klang völlig ungerührt. »Ich habe dir ja gesagt, dass sie sich wie die Wilden aufführen. Ihnen geht jede Ehrfurcht vor dem Leben ab.«
»Wir haben uns gerächt!«, schrie Harkan. »Er hat Meister Riesig getötet.«
Auf der Bühne herrschte Schweigen. Steve hatte es anscheinend die Sprache verschlagen. Dann hörte ich, wie Gannen Harst hinter einem Pfahl in Steves Nähe zu R.V. hinüberrief: »Stimmt das?«
»Ja«, murmelte R.V. »Er hat ihn erschossen.«
»Woher weißt du, dass er ihn getötet hat?«, fragte Steve. »Vielleicht war Riesig nur verwundet.«
»Nein«, ließ sich Evanna jetzt zum ersten Mal vernehmen. »Er ist tot. Morgan James hat ihn umgebracht.«
»Seid Ihr das, Lady Evanna?«, fragte Steve unsicher.
»Ja«, bestätigte sie.
»Ihr schmiedet doch hoffentlich keine finsteren Pläne und macht am Ende noch gemeinsame Sache mit den Vampiren?« Der kecke Ton konnte nicht darüber hinwegtäuschen, dass Steve Muffensausen hatte. Mit der Gebieterin der Wildnis wollte er sich offenbar keinesfalls anlegen.
»Ich habe bisher noch nie Partei zwischen Vampiren und Vampyren ergriffen und auch nicht die Absicht, daran etwas zu ändern«, erwiderte Evanna gelassen.
»Das wäre also in Ordnung«, kicherte Steve erleichtert. »Das mit Meister Riesig ist wirklich interessant. Ich dachte immer, man könnte ihn mit normalen Waffen nicht aus dem Weg räumen. Hätte ich geahnt, wie leicht das geht, hätte ich ihm schon längst selbst den Prozess gemacht.«
»Den Prozess wofür?«, rief ich.

»Dafür, dass er Verbrechern Unterschlupf gewährt«, feixte Steve.
»Der einzige Verbrecher hier bist du«, gab ich zurück. Steve seufzte theatralisch. »Hörst du, wie sie mich verleumden, mein Sohn? Diese Mörder beschmutzen die Welt durch ihre Anwesenheit, und dann schieben sie auch noch den anderen die Schuld in die Schuhe. Typisch.«
Die Antwort lag mir schon auf den Lippen, als ich plötzlich feststellte, dass ich damit nur meine Zeit vergeudete. »Schluss jetzt mit diesem Mist«, rief ich stattdessen. »Für Wortgefechte sind wir nicht gekommen. Willst du hinter deinem Pfahl Wurzeln schlagen, oder zeigst du uns endlich dein dreckiges Gesicht?«
»Eher nicht«, gluckste Steve. »Hältst du mich für wahnsinnig? Du legst mich doch sofort um.«
»Was soll dann die ganze Nummer hier?« Ich blickte erneut und mit steigender Nervosität um mich. Ich war mir sicher, dass Steve uns in einen Hinterhalt gelockt hatte und Dutzende von Vampyren und Vampets auf uns loslassen würde, während wir noch redeten. Trotzdem spürte ich beim besten Willen keine Gefahr. Vancha sah mindestens genauso verwirrt aus wie ich.
»Ich wollte mit dir plaudern, Darren«, sagte Steve.
»Ich möchte gern über einen Friedensvertrag verhandeln.«
Unwillkürlich musste ich lachen – was für eine hirnrissige Vorstellung.
»Sollen wir Blutsbrüderschaft schließen oder was?«, höhnte ich.
»In gewisser Weise haben wir das bereits getan«, lautete Steves rätselhafte Antwort. Dann wurden seine Augen schmal und nahmen einen verschlagenen Ausdruck an. »Du hast Tommys Beerdigung verpasst, während du deine Verletzung auskuriert hast.«

Ich fluchte hemmungslos, wenn auch gedämpft. »Warum hast du Tommy getötet?«, fauchte ich. »Warum musstest du ihn in deinen tückischen Rachefeldzug hineinziehen. Hat er dich etwa auch ›hintergangen‹?«

»Nein«, sagte Steve. »Tommy war mein Freund. Er hat immer zu mir gehalten. Ich hatte nichts gegen ihn. Außerdem war er ein klasse Torwart.«

»Warum hast du ihn dann töten lassen?«, kreischte ich.

»Wovon redet ihr eigentlich?«, warf Darius ein. »Du hast Tom Jones umgebracht. Morgan und R.V. haben versucht, dich daran zu hindern, aber … Das stimmt doch, oder Papa?«, fragte er, und zum ersten Mal sah ich den Schatten eines Zweifels über das Gesicht des Jungen huschen.

»Ich habe es dir ja gesagt, mein Sohn«, erwiderte Steve. »Vertraue niemals einem Vampir. Kümmere dich gar nicht um das, was sie behaupten.« Zu mir gewandt fuhr er fort: »Hast du dich denn nie gefragt, wie Tommy an die Eintrittskarte für den Cirque du Freak gekommen ist?«

»Ich habe einfach angenommen …« Ich hielt inne. »Du hast ihm eine zugespielt.«

»Na klar doch, du Schlaumeier.« Steve kicherte. »Mit deiner Hilfe übrigens. Erinnerst du dich an die Eintrittskarte, die du Darius geschenkt hast? Er hat sie weitergegeben. Tommy war bei der Eröffnung eines Sportgeschäftes und gab Autogramme. Darius ging vorbei und tauschte die Eintrittskarte gegen einen signierten Fußball. Der muss immer noch irgendwo herumliegen. Vielleicht ist er ja schon bald eine Rarität für Sammler.«

»Du bist so krank im Hirn«, knurrte ich. »Ein Kind für deine üblen Machenschaften einzuspannen ist einfach widerwärtig.«

»Na, jetzt mach aber mal einen Punkt«, protestierte Steve. »Das beweist doch nur mein Vertrauen in die heutige Jugend.«

Jetzt, da ich wusste, von wem Tommy die Karte erhalten hatte, versuchte ich fieberhaft, im Voraus die Puzzleteile von Steves Plan zusammenzulegen. »Du konntest doch nicht genau wissen, ob ich Tommy bei der Abendvorstellung über den Weg laufen würde«, wandte ich ein.

»Nein, davon bin einfach mal ausgegangen. Falls ihr euch nicht begegnet wärt, hatte ich bereits einen Plan B vorbereitet, um ihn in deine Arme zu treiben. Das war zwar nicht nötig, aber die Idee hat mir sehr gut gefallen. Es war ein Wink des Schicksals, dass er sich gleichzeitig mit uns in der Stadt aufhielt. Zu schade, dass Alan nicht auch noch mit von der Partie war, sonst wäre es ein tolles Veteranentreffen geworden.«

»Wie steht's mit meiner Karte für das Spiel? Wodurch hast du davon Wind bekommen?«

»Ich habe Tommy am selben Morgen angerufen«, erklärte Steve. »Er war ziemlich überrascht. Zuerst läuft er zufällig seinem alten Kumpel Darren in die Arme, und kurz darauf hat er seinen Sandkastenfreund Steve an der Strippe. Unglaublich! Ich heuchelte natürlich auch Erstaunen und habe ihn mit Fragen nach dir gelöchert. So habe ich erfahren, dass du zum Spiel kommst. Er hat mich auch eingeladen, aber leider musste ich dankend ablehnen.«

»Wie schlau von dir«, lobte ich mit eisiger Stimme.

»Ach, nicht der Rede wert«, sagte Steve mit gespielter Bescheidenheit. »Ich habe Tommy benutzt, um dich in die Falle zu locken. Es ist ein Kinderspiel, Unschuldslämmer zu manipulieren. Ich war nur überrascht, dass du keine Lunte gerochen hast. Dein Verfolgungswahn ist einfach nicht ausgeprägt genug, Darren, daran musst du unbedingt noch arbeiten. Immer schön misstrauisch bleiben – das ist mein Motto.«

Vancha rückte an mich heran. »Wenn du dafür sorgst, dass er weiterquatscht, kann ich vielleicht zum Hinterausgang schleichen und ihm in den Rücken fallen«, tuschelte er.

Ich nickte kaum merklich, und Vancha machte sich auf leisen

Sohlen davon. »Tommy hat mir erzählt, dass du dich ab und zu bei ihm gemeldet hast«, sagte ich etwas lauter und hoffte, damit Vanchas Schritte zu übertönen. »Er meinte, er müsste mir nach dem Match unbedingt etwas über dich erzählen.«

»Ich kann mir genau vorstellen, was er meinte«, säuselte Steve. »Vielleicht möchtest du mich ja in dein Geheimnis einweihen?«

»Noch nicht«, sagte er und fuhr barsch fort: »Noch einen Schritt in Richtung Tür, Mr. March, und der Schlangenjunge hier hat die längste Zeit geatmet.«

Vancha blieb stehen und warf Steve einen angewiderten Blick zu.

»Lass meinen Sohn in Frieden!«, ertönte Evras schrille Stimme. Er hatte sich die ganze Zeit im Zaum gehalten, aber diese Drohung von Steve war einfach zu viel. »Wenn du ihm was antust, drehe ich dir den Hals um! Ich quäle dich so lange, bis du mich anflehst, dich umzubringen.«

»Na, so was, da schlottern mir ja richtig die Knie!«, gluckste Steve. »Wie rachsüchtig! Anscheinend hast du ein Talent dafür, deine Freunde in gewalttätige Monster zu verwandeln, Darren. Oder umgibst du dich absichtlich mit Menschen, die Gewalt lieben?«

»Schluss jetzt!«, knurrte ich. Steves Gequassel ging mir allmählich auf die Nerven. »Willst du nun kämpfen oder nicht?«

»Diese Frage habe ich doch längst beantwortet«, erwiderte Steve. »Wir kämpfen schon noch, keine Bange, aber jetzt ist weder der richtige Augenblick noch der richtige Ort dafür. Nicht mehr lange, und wir machen uns durch den frisch gebuddelten Tunnel hinter der Bühne davon. Bis ihr euch durch die Pfahlgrube gearbeitet habt, sind wir längst über alle Berge.«

»Worauf wartest du eigentlich noch?«, fauchte ich. »Hau doch endlich ab, verdammt noch mal!«

»Eine Sekunde noch«, gab Steve zurück, und seine Stimme klang plötzlich kalt und schneidend. »Zuerst müssen wir ein Opfer bringen. In alten Zeiten brachte man den Göttern vor der Schlacht immer ein Opfer, um sie gnädig zu stimmen. Mittlerweile haben die Vampyre zwar keine offiziellen Götter mehr, aber man kann ja nie wissen …«

»Nein!«, schrie Evra auf. Für ihn war es ebenso klar wie für uns andere, welche Absicht Steve hegte.

»Tu das nicht!«, brüllte ich.

»Gannen!«, schrie Vancha. »Das kannst du nicht zulassen!«

»Ich darf mich nicht einmischen, Bruder«, erwiderte Gannen Harst und blieb hinter seinem Pfahl verborgen. Bis jetzt hatte er uns noch nicht angesehen. Ich spürte, dass er sich schämte.

»Bist du so weit, R.V.?«, fragte Steve.

»He, Mann, ich weiß nicht, ob wir das tun sollten«, erwiderte nun auch R.V. mit beklommener Stimme.

»Pass auf, was du sagst«, knurrte Steve. »Ohne mich bist du doch nur ein Wurm. Los, du verkrüppelte, bärtige Pfeife, wird's bald?«

Stille trat ein. Dann antwortete R.V. leise: »Ja.«

Vancha stieß einen Fluch aus und schnellte auf die Grube zu, um sich gewaltsam einen Weg zwischen den Pfählen hindurchzubahnen. Harkat kam hinterhergehumpelt. Alice und Debbie feuerten auf den Pfahl, hinter dem sich Steve versteckte, doch ihre Kugeln prallten am Holz ab.

Ich umklammerte mein Messer und überlegte fieberhaft, wie ich die Lage retten konnte.

Plötzlich erhob sich hinter mir eine bebende Stimme. »Papa?«

Alle hielten inne. Ich drehte mich um. Darius zitterte am ganzen Leibe. »Papa?«, rief er erneut. »Du willst ihn doch nicht im Ernst töten?«

»Sei still«, schnauzte Steve. »Du kapierst doch gar nicht, was hier gespielt wird.«

»Aber ... er ist doch nur ein Junge ... wie ich. Du kannst doch nicht ...«

»Halt du dich da raus!«, brüllte Steve. »Das erklär ich dir später! Nur noch ...«

»Nein«, unterbrach ich ihn und glitt mit einer raschen Bewegung hinter Darius. »Es gibt kein ›später‹ mehr. Wenn du Shancus umbringst, töte ich deinen Sohn.« Zum zweiten Mal an diesem Abend spürte ich, wie ein dunkler Geist Besitz von mir ergriff, als ich die Klinge an die Kehle des Jungen presste. Hinter mir gab Evanna einen leisen besänftigenden Laut von sich. Ich beachtete sie jedoch nicht.

»Du bluffst«, spottete Steve. »Du könntest niemals ein Kind umbringen.«

»Täusch dich nicht«, erwiderte Debbie an meiner Stelle. Sie trat einen Schritt beiseite. »Darren wollte deinen Sohn heute schon einmal töten. Harkat hat es verhindert. Er sagte, wir bräuchten den Jungen noch, um ihn als Geisel gegen Shancus zu tauschen. Sonst hätte Darren kurzen Prozess mit ihm gemacht. Darius – stimmt das?«

»Ja«, stöhnte Darius. Er hatte angefangen zu weinen, teilweise aus Angst, aber auch vor Entsetzen. Sein Vater hatte ihm nur Lügen erzählt und den Helden gespielt. Erst jetzt ging dem Jungen auf, mit welchem Monster er gemeinsame Sache gemacht hatte.

Ich hörte Steve leise murmeln. Er spähte hinter seinem Pfahl hervor und musterte uns von der höher gelegenen Bühne aus. Ich machte keine bedrohliche Bewegung. Das war nicht nötig. Meine Entschlossenheit war unverkennbar.

»Nun gut«, schnaubte Steve. »Legt die Waffen ab, dann tauschen wir die Jungen aus.«

»Glaubst du allen Ernstes, wir würden uns dir auf Gedeih und Verderb ausliefern?«, zischte Vancha. »Lass zuerst Shancus frei, dann übergeben wir deinen Sohn.«

»Erst die Waffen weg«, beharrte Steve.
»Damit ihr uns allesamt umlegen könnt?«, höhnte Vancha.
Erneut herrschte Stille. Schließlich warf Steve sein Pfeilgewehr weit von sich weg auf die Bühne. »Gannen«, sagte er, »trage ich noch andere Waffen bei mir?«
»Ein Schwert und zwei Messer«, erwiderte Gannen wie aus der Pistole geschossen.
»Die meine ich nicht«, knurrte Steve. »Habe ich noch andere Waffen mit großer Reichweite bei mir?«
»Nein«, sagte Gannen.
»Was ist mit dir und R.V.?«
»Wir sind unbewaffnet.«
»Ich weiß, dass du mir kein Wort glaubst«, schrie Steve zu Vancha hinüber. »Aber deinem eigenen Bruder wirst du ja wohl glauben, oder? Er ist ein reiner Vampyr, er würde sich eher umbringen, als zu lügen.«
»Da hast du Recht«, murmelte Vancha traurig.
»Dann wirf jetzt deine Waffen weg«, sagte Steve. »Wenn ihr uns nicht angreift, tun wir auch nichts.«
Vancha blickte mich Rat suchend an. »Mach, was er sagt«, forderte ich ihn auf. »Er sitzt genauso in der Klemme wie wir. Das Leben seines Sohnes wird er nicht riskieren.«
Vancha sah zweifelnd aus, löste jedoch seine Gurte mit den Wurfsternen und legte sie beiseite. Debbie entledigte sich ihrer Pistolen, und Alice folgte, wenn auch widerstrebend, ihrem Beispiel. Harkats einzige Waffe war seine Axt, die er jetzt neben sich ablegte. Ich hielt das Messer immer noch gegen Darius' Kehle gepresst.
Steve trat hinter dem Pfahl hervor. Er grinste. Ich spürte, wie die Versuchung in mir aufstieg, mein Messer nach ihm zu schleudern, wer weiß, vielleicht hätte ich ihn aus dieser Entfernung getroffen, doch ich tat es nicht. Als Vampirfürst und einer der Jäger des Lords der Vampyre hätte ich es tun sollen.

Allerdings war das Risiko einfach zu groß. Falls ich Steve verfehlte, würde er Shancus in seinem rasenden Zorn auf der Stelle töten.
»Raus mit euch, Jungs«, befahl Steve. Gannen Harst und R.V. tauchten ebenfalls hinter den Pfählen auf.
R.V. schob den gefesselten Shancus vor sich her. Gannen Harsts Miene war so ernst wie immer, R.V. dagegen lächelte. Zuerst hielt ich es für ein spöttisches Lächeln, doch dann begriff ich mit einem Mal, dass er vor Erleichterung lächelte. Er war froh, dass man ihn nicht gezwungen hatte, den Schlangenjungen zu töten. R.V. mochte ein verdrehter, verbitterter und verrückter Mensch sein, aber in diesem Augenblick erkannte ich, dass er nicht durch und durch schlecht war – im Unterschied zu Steve.
»Ich nehme das Reptil hier«, sagte Steve und streckte die Hand nach Shancus aus. »Ihr schiebt solange die Planke über die Grube zur anderen Seite.«
R.V. überließ Steve den Jungen und ging an das hintere Ende der Bühne. Von dort zerrte er eine große Planke in Richtung Rampe. Die Aufgabe bereitete ihm sichtlich Mühe, denn ohne Hakenhände gelang es ihm kaum, die Planke festzuhalten. Ohne uns aus den Augen zu lassen, kam ihm Gannen dabei zu Hilfe. Die beiden schoben die Planke über die Grube, wobei sie eine Reihe von eigens für diesen Zweck abgestumpften Pfahlspitzen, die ich erst jetzt bemerkte, als Stütze benutzten. Steve beobachtete uns mit Adleraugen, während die beiden mit der Planke beschäftigt waren. Er hielt Shancus vor sich fest und strich über das lange grüne Haar des Jungen. Die Art, wie er uns ansah, behagte mir nicht, es war, als würde er uns röntgen, doch ich sagte nichts, damit R.V. und Gannen so schnell wie möglich die Planke herüberschoben.
Steves Blick verweilte einen langen Augenblick auf Evra – der hoffnungsvoll lächelte und bereits die Arme nach seinem Sohn

ausstreckte – und heftete sich schließlich auf mich. Er hörte auf, über das Haar des Schlangenjungen zu streichen, und legte seine Hände stattdessen seitlich an Shancus' Kopf.

»Erinnerst du dich noch daran, was wir als Kinder immer spielten?«, fragte Steve verschlagen.

»Welche Spiele?« Ich runzelte die Stirn. Eine entsetzliche Vorahnung stieg in mir auf – das Gefühl von grenzenlosem drohendem Unheil –, doch es blieb mir nichts übrig, als darauf zu warten, dass er die nächste Karte ausspielte.

»Mutproben«, sagte Steve, und sein Ton ließ R.V. und Gannen innehalten. Beide warfen ihrem Herrn und Meister einen Blick zu. Steves Miene war vollkommen ausdruckslos, in seinen Augen dagegen glitzerte die Schadenfreude eines Wahnsinnigen. »Einer von uns sagte: ›Ich wette, das traust du dich nie‹, und hielt die Hand ins Feuer oder bohrte sich eine Reißzwecke ins Bein. Der andere musste es nachmachen. Erinnerst du dich?«

»Nein«, stöhnte ich. Ich wusste, was nun kommen würde. Ich wusste, dass ich ihn nicht aufhalten konnte. Ich wusste, dass ich töricht gewesen war und mich wie ein Narr benommen hatte – ich hatte geglaubt, Steve besäße noch einen Funken Menschlichkeit.

»Ich wette, das traust du dich nie«, flüsterte Steve mit unheilvoller Stimme.

Ehe ich antworten konnte, ehe einer von uns etwas hätte ausrichten können, hatte er Shancus' Kopf fest gepackt und ihn mit einem Ruck zuerst nach links und dann nach rechts gedreht. Shancus' Genick brach. Steve ließ ihn los, und der Schlangenjunge sackte auf den Boden. Steve hatte das Kind umgebracht.

22 Steves niederträchtige, sinnlose, böse Tat durchfuhr jeden von uns bis ins Mark. Wie gelähmt starrten wir alle auf ihn und den leblosen Jungen zu seinen Füßen. Sogar Steve sah wie vom Donner gerührt aus, als habe er gehandelt, ohne vorher nachzudenken.

Evra war wie von Sinnen. »Du Unmensch!«, kreischte er und machte Anstalten, sich in die Grube zu werfen. Hätte Harkat nicht so schnell reagiert und ihn beiseite gedrängt, wäre Evra von den Pfählen durchbohrt worden und seinem Sohn in den Tod gefolgt.

»Ich kann es einfach nicht fassen ...«, stammelte Alice, die noch bleicher als gewöhnlich aussah. Dann nahm ihr Gesicht plötzlich einen unbarmherzigen Ausdruck an, und sie rannte zu der Pistole, die sie gerade noch weggeworfen hatte.

Debbie war schluchzend auf die Knie gesunken. Eine derart abgrundtiefe Bösartigkeit war zu viel für sie. Obwohl sie inzwischen abgehärtet war, hatte nichts in ihrem Leben sie auf diese Untat vorbereiten können.

Harkat rang mit Evra und drückte ihn zu Boden, um ihn vor sich selbst zu schützen. Evra war in hysterisches Schreien ausgebrochen und hämmerte mit seinen schuppigen Fäusten wie besessen in Harkats breites graues Gesicht, ohne ihn jedoch abschütteln zu können.

Vancha befand sich bereits in der Pfahlgrube, wand sich zwischen den Stäben hindurch, kletterte über ihre scharfen Spitzen und strebte der Bühne wie ein Besessener entgegen.

R.V. und Gannen Harst starrten Steve mit offenem Mund an.

Evanna betrachtete die Szene wortlos. Falls der Mord sie schockiert hatte, so überspielte sie das unglaublich gut.

Darius war starr vor Entsetzen und hielt mit weit aufgerissenen Augen den Atem an.

Ich stand immer noch hinter dem Jungen, das Messer an seiner Kehle. Abgesehen von Evanna war ich der Ruhigste. Nicht weil mich das, was soeben geschehen war, unberührt ließ, sondern weil ich wusste, was ich im Gegenzug zu tun hatte. Der zornige, unbarmherzige, hassende Teil von mir war erneut zum Leben erwacht und hatte die vollständige Kontrolle über mich übernommen. Ich sah die Welt mit den Augen eines anderen. Diese Welt war ein entsetzlicher, von Grund auf verdorbener Ort, wo nur die Entsetzlichen und von Grund auf Verdorbenen überleben konnten. Um ein niederträchtiges Ungeheuer wie Steve zu besiegen, musste ich so tief sinken wie er. Mr. Crepsley hatte mich davor gewarnt, doch er hatte sich getäuscht. Welche Rolle spielte es noch, wenn ich Steve auf dem Weg des absoluten Bösen folgte? Ihn aufzuhalten und Opfer zu rächen, die er auf dem Gewissen hatte, war jetzt das Einzige, was für mich noch zählte.

Während ich über all dies nachdachte, erwachte Gannen Harst plötzlich aus seiner Erstarrung und bemerkte, dass Vancha beinahe nah genug herangekommen war, um ihn anzugreifen. Er eilte zu seinem Lord, packte Steve am rechten Arm und wirbelte ihn unter abscheulichen Flüchen in Richtung Ausgang herum. R.V. erhob sich mit zitternden Knien und taumelte hinter den beiden her. Er blieb stehen, übergab sich und torkelte weiter.

Alice hatte ihre Pistole gefunden, zielte und drückte den Abzug. Doch zwischen ihr und den Vampyren befanden sich zu viele Pfähle. Die Kugeln gingen weit daneben.

Im hinteren Teil der Bühne hielt Steve vor dem Tunneleingang inne. Gannen wollte ihn hinunterstoßen, aber er schüttelte die Hand seines Beschützers ab und wandte sich mir mit triumphierender, ja herausfordernder Miene zu.

»Los, mach schon«, kreischte er. »Zeig mir, dass du es schaffst! Ich wette, du traust dich nicht!«

In diesem Augenblick verstand ich Steve so vollkommen, als wären wir eines. Ein Teil von ihm fühlte sich von seiner Brutalität abgestoßen. Er war dem Wahnsinn gefährlich nahe. So wie heute Abend das Ungeheuer in mir erwacht war, so war umgekehrt ein Funken Menschlichkeit in Steve aufgeflackert. Er wollte, dass ich eine ebenso böse Tat beging wie er. Tötete ich Darius, konnte Steve damit seine Grausamkeit rechtfertigen und weitermachen. Weigerte ich mich jedoch, seine Grausamkeit mit einer nicht minder grausamen Tat zu vergelten, würde ihm dies die Augen öffnen und ihn dazu zwingen, sich einzugestehen, wie tief er gesunken war. Vielleicht führte diese entsetzliche Einsicht sogar dazu, dass er zusammenbrach und wahnsinnig wurde. Ich hatte die Macht, ihn zu zerstören – indem ich Barmherzigkeit walten ließ.

Doch ich spürte keine barmherzige Regung in mir. Ich war vollkommen beherrscht von maßloser Wut, die mich antrieb, Darius zu töten. Ob es nun Recht oder Unrecht war, ich musste Shancus' Tod rächen. Auge um Auge, Zahn um Zahn, Leben um Leben. Aus den Augenwinkeln fiel mein Blick auf Evanna. Sie sah mich unverwandt an. Auf ihrer Miene spiegelte sich keinerlei Mitleid, nur die unendliche Müdigkeit jener, die bereits alles Böse in der Welt erlebt haben und wieder und wieder mit ansehen müssen, wie sich das Schreckliche wiederholt.

»Ich nehme die Wette an«, sagte ich und gab meiner dunklen Bestimmung nach, obgleich ich im selben Augenblick wusste, dass ich dadurch all meine moralischen Grundsätze verriet. Dies war der erste Schritt auf dem Weg in die Finsternis. Besiegte ich Steve, so würde ich zum Herrn der Schatten werden, und in den vielen blutgetränkten Jahrzehnten und Jahrhunderten, die noch vor mir lagen, konnte ich immer auf diesen Abend verweisen und sagen: »Damals bin ich zu einem Ungeheuer geworden.«

Langsam führte ich das Messer an Darius' Kehle. Diesmal versuchte Debbie nicht, mich aufzuhalten. Sie spürte, dass ich verdammt war und sie nicht die Macht besaß, mich zu retten. Doch dann hielt ich inne. Die Kehle des Jungen war ein zu unpersönliches Ziel. Steve sollte spüren, was mit seinem Sohn geschah.

Ich senkte das Messer, schnitt Darius' Hemd auf und entblößte seine nackte, bleiche Brust. Ich setzte die Spitze der Klinge über dem Herzen des Jungen an und fixierte Steve mit finsterem Blick, ohne im gleißenden Lichtschein zu blinzeln, die Lippen aufeinander gepresst.

Steves Gesichtsausdruck wurde fest. Das Tier in ihm hatte sein Spiegelbild in mir erkannt und war befriedigt. Der drohende Wahnsinn war überwunden und sein altes, verschlagenes, berechnendes Ich gewann wieder die Oberhand. Er lächelte.

Ich holte mit dem Arm weit aus, um so rasch wie möglich zuzustoßen. Ich wollte mit aller Kraft zustechen und Darius auf der Stelle töten. Ich mochte ein Ungeheuer sein, aber vollkommen herzlos war ich deswegen nicht. Jedenfalls noch nicht.

Doch bevor ich das Herz seines Sohnes durchbohren konnte, hörte ich Steve rufen. »Vorsicht, Darren! Du hast keine Ahnung, wen du da tötest!«

Ich hätte nicht zögern sollen. Ich wusste, dass er mich mit einem gemeinen Trick ablenken würde. Es war gefährlich, Dämonen zuzuhören. Lieber schnell handeln und die Ohren verschließen.

Aber dazu war ich nicht imstande. In seinem Ton lag etwas Dunkles, Einladendes, so, als wäre jemand dabei, einen grausamen, wenngleich amüsanten Scherz zum Besten zu geben. Ich spürte das Schreckliche und zugleich den Humor. Ich musste hören, was er zu sagen hatte.

»Darius«, kicherte Steve, »sag Darren, wie deine Mutter heißt.«

Der Junge glotzte seinen Vater an, brachte allerdings kein Wort heraus. »Darius!«, brüllte Steve. »Er ist kurz davor, dich umzubringen! Sag ihm, wie deine Mutter heißt – und zwar sofort.«

»Ah-ah-ah-Annie«, stieß Darius hervor, und ich erstarrte.

»Und der Nachname?«, fragte Steve leise und genießerisch.

»Shan«, flüsterte Darius verständnislos. »Annie Shan. Was ist mit ihrem Namen?«

»Verstehst du, Darren«, säuselte Steve und zwinkerte mir zu, bevor er durch den Tunnel in die Freiheit entschwand, »wenn du Darius tötest, schlachtest du nicht nur meinen Sohn ab, sondern auch deinen eigenen Neffen.«

Die Söhne des Schicksals

Für:
Bas, Biddy und Liam –
meine drei Säulen der Weisheit

OBEs (Orden der Blutigen Eingeweide)
gehen an:

»Glückspilz« Aleta Moriarty
A und Bo – Bangkoks schaurigste Todesfeen
Emily »die Liliputanerin« Chuang
Jennifer »Stacey« Abbots
Die Redakteurinnen der Saga –
Domenica De Rosa, Gillie Russell, Zoe Clarke und Julia Bruce – das habt ihr toll gemacht, Mädels!!!
Die verdammt phänomenalen Freibeuter:
Christopher Littles Kehlenaufschlitzer

Ein ganz besonderes Dankeschön an alle meine Shansters, insbesondere jene, die mir in Shanville Gesellschaft geleistet haben. Seid siegreich noch im Tod!

1 Noch immer hockte ich auf der Bühne und blickte stumpf um mich. Ich erinnerte mich an die phantastische Vorstellung, die ich hier zum ersten Mal gesehen hatte. Ich verglich sie mit der grausigen »Vorstellung« des heutigen Abends. Irgendwie fühlte ich mich verloren und einsam.
Glücklicherweise hatte Vancha einen klaren Kopf behalten, selbst als Steve die Trumpfkarte aus dem Ärmel zog. Schritt für Schritt arbeitete er sich allmählich durch die Pfahlgrube und rannte dann in den Tunnel, durch den Steve, Gannen und R.V. geflohen waren. Er mündete in eine hinter dem Theater vorbeiführende Straße. Es war unmöglich, zu sagen, welche Richtung die drei eingeschlagen hatten.
Unter lautstarkem Fluchen kehrte Vancha in den Saal zurück. Als sein Blick auf Shancus fiel, der wie ein Vogel mit gebrochenem Genick auf der Bühne lag, hielt er inne und sank auf die Knie.
Hinter Vancha durchquerte Evra die Pfahlgrube. Er rief seinen Sohn beim Namen und flehte ihn an, nicht zu sterben, obgleich er längst wusste, dass es dafür zu spät war. Wir hätten ihn zurückhalten sollen, er stürzte und verletzte sich mehrmals an den scharfen Spitzen und hätte mit Leichtigkeit sein Leben einbüßen können – doch Schock und Entsetzen hatten uns alle gelähmt.
Glücklicherweise erreichte Evra die Bühne ohne lebensgefährliche Verletzungen. Oben angekommen, kauerte er neben Shancus und tastete verzweifelt nach Lebenszeichen seines Sohnes, bevor er in schrille Trauerrufe ausbrach. Vor Kummer schluchzend und stöhnend barg Evra den Kopf des Jungen in seinem Schoß, und seine Tränen tropften auf das reglose Gesicht des Kindes. Wir anderen sahen aus einiger Entfernung zu

und weinten allesamt bitterlich, sogar die sonst so unerschütterliche Alice.

Nach einiger Zeit kletterte Harkat ebenfalls zwischen den Pfählen hindurch. Auf der Bühne lag eine lange Planke. Er schob sie gemeinsam mit Vancha über die Grube, damit wir anderen auch hinübergelangen konnten. Ich glaube nicht, dass einer von uns tatsächlich dorthin wollte. Wir waren zu Salzsäulen erstarrt. Schließlich ging Debbie, geschüttelt von heftigem Schluchzen, mit unsicheren Schritten zur Planke und hievte sich hoch.

Alice überquerte die Grube als Nächste, ich folgte als Letzter. Ich zitterte unkontrolliert. Am liebsten hätte ich mich umgedreht und wäre weggerannt.

Vor kurzem noch hatte ich mir eingebildet, ich wüsste, wie ich mich fühlen würde, falls die Rechnung nicht aufginge und Steve Shancus tötete. Aber ich hatte nicht die geringste Ahnung gehabt. Ich hätte niemals damit gerechnet, dass Steve den Schlangenjungen tatsächlich ermordete, und hatte zugelassen, dass R.V. Shancus geradewegs in die Höhle des Löwen schleppte.

Wieder einmal hatte mich Steve vorgeführt, und ich hatte nur noch einen sehnlichen Wunsch: Ich wollte tot sein. Als Toter würde ich keinen Schmerz mehr spüren und weder Scham noch Schuld empfinden. Ich müsste Evra nicht in die Augen blicken und wissen, dass ich für den sinnlosen, entsetzlichen Tod seines Sohnes verantwortlich war.

Darius hatten wir vollkommen vergessen. Ich hatte ihn nicht getötet – wie hätte ich auch meinen eigenen Neffen erstechen können? Nach Steves triumphierender Eröffnung waren Hass und Wut in mir jäh erloschen. Ich gab Darius, an dem ich jegliches mörderische Interesse verloren hatte, frei und ließ ihn am anderen Ende der Grube zurück.

Evanna stand neben dem Jungen und zupfte dabei geistesabwesend an einem der Seile, die sie statt gewöhnlicher Kleidung um den Körper gewickelt hatte. Ihre in sich versunkene Haltung ließ keinen Zweifel daran, dass die Hexe nicht die leiseste Absicht hatte, Darius an der Flucht zu hindern. Er hätte einfach die Beine in die Hand nehmen und wegrennen können. Aber er rührte sich nicht vom Fleck. Bewegungslos wie ein Wachposten stand er zitternd da und wartete, dass wir ihn herzitierten.

Nach einer Weile kam Alice zu mir herübergestolpert und wischte sich die Tränen vom Gesicht. »Wir müssen sie zum Cirque du Freak zurückbringen«, sagte sie und nickte zu Evra und Shancus hinüber.

»Noch einen Augenblick«, stimmte ich zu und fürchtete bereits jetzt den Moment, wenn Evra mich anblicken würde. Und was war mit Merla, Shancus' Mutter? Würde ich ihr die entsetzliche Nachricht überbringen müssen?

»Nein, sofort«, beharrte Alice. »Harkat und Debbie können die beiden begleiten. Wir müssen noch einiges klarstellen, bevor wir aufbrechen.« Sie nickte zu Darius hinüber, der im grellen Schweinwerferlicht winzig und verletzbar wirkte.

»Darüber möchte ich nicht sprechen«, stöhnte ich.

»Das habe ich mir schon gedacht«, entgegnete sie. »Aber es bleibt uns nichts anderes übrig. Vielleicht weiß der Junge, wo Steve sich versteckt. Falls ja, ist das der richtige Zeitpunkt, um anzugreifen. Sie rechnen nie und nimmer damit ...«

»Wie kannst du jetzt nur an so was denken?«, zischte ich wütend. »Shancus ist tot! Macht dir das denn gar nichts aus?«

Statt einer Antwort versetzte Alice mir eine Ohrfeige. Ich blinzelte verblüfft.

»Du bist kein Kind mehr, Darren, also benimm dich gefälligst nicht wie eines«, gab sie harsch zurück. »Natürlich macht es mir was aus. Aber davon, dass wir hier herumstehen und jammern, wird der Kleine auch nicht mehr lebendig. Wir müssen handeln. Der einzige schwache Trost für uns ist ein rascher Gegenangriff.«

Alice hatte Recht. Selbstmitleid war Zeitverschwendung und Vergeltung das Einzige, was zählte. Auch wenn es mir noch so schwer fiel, raffte ich mich auf und ordnete an, Shancus' Leiche zum Cirque zu tragen. Harkat war nicht erpicht darauf, Evra und Debbie zu begleiten. Er wollte unbedingt bleiben und uns bei der Jagd auf Steve helfen. Doch irgendjemand musste Shancus tragen. Widerwillig übernahm er die Aufgabe, wobei ich ihm allerdings versprechen musste, Steve erst dann die Stirn zu bieten, wenn der Kleine Kerl wieder bei uns war.

»Ich begleite dich schon zu lange ... um den entscheidenden Augenblick zu verpassen. Ich will ... dabei sein ... wenn du diesen Dämon zur Strecke bringst.«

Debbie umarmte mich, bevor wir aufbrachen. »Wie konnte er nur so etwas tun?«, stieß sie hervor. »Nicht einmal ein Ungeheuer könnte ... würde ...«

»Steve ist mehr als ein Ungeheuer«, erwiderte ich lahm und innerlich wie erstarrt. Ich wollte ihre Umarmung erwidern, aber meine Glieder gehorchten mir nicht. Schließlich zog Alice Debbie von mir weg. Sie reichte ihr ein Taschentuch und flüsterte ihr etwas ins Ohr. Debbie schniefte traurig, nickte, drückte Alice rasch an sich und gesellte sich wieder zu Evra.

Ich hätte gern mit meinem alten Freund gesprochen, bevor sich unsere Wege trennten, doch ich wusste beim besten Willen nicht, was ich ihm sagen sollte. Wäre er auf mich zugekommen, hätte ich vielleicht die richtigen Worte gefunden, aber er hatte nur Augen für seinen leblosen Sohn. Tote sehen häufig aus, als schliefen sie. Shancus nicht. Er war ein quicklebendiger Junge gewesen, der vor Energie nur so sprühte. Von seiner einstigen Vitalität war nichts mehr zu spüren. Niemand, der ihn ansah, hätte auch nur eine Sekunde daran gezweifelt, dass Shancus tot war.

Ich blieb stehen, bis Evra, Debbie und Harkat, der das tote Kind zärtlich in seine Arme gebettet hatte, verschwunden waren. Dann sank ich zu Boden. Lange Zeit saß ich da und starrte benommen ins Leere. Ich ließ meine Gedanken in die Vergangenheit schweifen, zurück zu meinem ersten Besuch in diesem Theater, und meine Erinnerungen schoben sich wie ein schützender Wall zwischen mich und meine Trauer.

Schließlich rissen Vancha und Alice mich aus dieser Versunkenheit. Ich hatte keine Ahnung, wie lange die beiden schon miteinander geredet hatten, aber als sie vor mir standen, machten sie einen ziemlich gefassten Eindruck. Was die beiden betraf, konnte es losgehen.

»Soll ich mit dem Jungen reden, oder übernimmst du das?«, fragte Vancha kurz angebunden.

»Ist mir egal«, seufzte ich. Nach einem Blick auf Darius, der immer noch allein und völlig verloren neben Evanna in dem großen Zuschauerraum stand, fügte ich hinzu: »Ich erledige das.«

»Darius«, rief Alice. Sofort hob er den Kopf. »Komm bitte mal her.«

Ohne zu zögern, ging er zur Planke, kletterte hinauf und balancierte zur Bühne hinüber. Er besaß einen ausgezeichneten Gleichgewichtssinn, wahrscheinlich eine Nebenwirkung des Vampyrblutes, das Steve in die Adern seines Sohnes gepumpt hatte. Bei diesem Gedanken stieg erneut der Abscheu gegen den Jungen in mir auf. Meine Finger zuckten vor Verlangen, ihn bei der Kehle zu packen und …

Doch als ich mich daran erinnerte, wie schockiert, entsetzt, verwirrt und reuevoll Darius ausgesehen hatte, als Steve ihm eröffnete, dass er mein Neffe war, erlosch mein Hass.

Darius kam schnurstracks auf uns zu. Falls er Angst hatte, was anzunehmen war, überspielte er sie tapfer. Er blieb vor uns stehen und blickte uns nacheinander direkt in die Augen, zu-

erst Vancha, dann Alice und schließlich mir. Von nahem war die Familienähnlichkeit unverkennbar. Ich runzelte nachdenklich die Stirn.
»Du bist nicht der Junge, den ich bei Annie gesehen habe«, sagte ich.
Darius warf mir einen unsicheren Blick zu. »Ich war dort, als wir in die Stadt gekommen sind«, erklärte ich. »Ich stand am Zaun und habe mir euer Haus angesehen. Annie war gerade dabei, die Wäsche von der Leine zu nehmen. Dann tauchte ein Junge auf, um ihr zu helfen, und ich dachte natürlich, er sei ihr Sohn. Aber das warst überhaupt nicht du, sondern ein pummeliger Junge mit blondem Haar.«
»Das muss Oggy Bas gewesen sein«, erwiderte Darius nach kurzem Nachdenken. »Er ist mein Freund. Ich kann mich noch an den Tag erinnern. Er kam mit zu mir. Ich habe ihn hinausgeschickt, um Mama zu helfen, weil ich mir gerade die Schuhe ausgezogen habe. Oggy macht immer, was ich ihm sage.« Nervös leckte er sich über die Lippen, sah uns wieder der Reihe nach an und sagte schließlich: »Ich wusste das alles nicht.« Es war keine Entschuldigung, sondern eine sachliche Feststellung. »Papa hat mir erzählt, Vampire wären böse. Er sagte, du wärst von allen der Schlimmste. Darren der Grausame, Darren der Wahnsinnige, Darren der Kindsmörder. Deinen Nachnamen hat er nie erwähnt.«
Evanna hatte ebenfalls die Planke überquert und umkreiste und musterte uns nun wie Schachfiguren auf einem Spielbrett. Ich beachtete sie nicht weiter. Später war noch Zeit genug für die Hexe.
»Was hat Steve dir von den Vampyren erzählt?«, fragte ich.
»Er sagte, sie wollten die Vampire daran hindern, Menschen umzubringen. Vampyre hätten sich vor einigen hundert Jahren von der Sippe abgespalten und versuchten seither alles dagegen zu tun, dass Vampire die Menschen vernichten. Vampy-

re würden nur geringe Blutmengen abzapfen, gerade genug, um zu überleben.«

»Das hast du ihm geglaubt?«, schnaubte Vancha.

»Er ist mein Vater«, erwiderte Darius. »Er ist immer nett zu mir gewesen. So wie heute Abend habe ich ihn noch nie erlebt. Wieso hätte ich ihm nicht glauben sollen?«

»Aber jetzt zweifelst du an seinen Worten«, stellte Alice trocken fest.

»Ja. Er ist böse.« Kaum hatte Darius das gesagt, war es um seine vorgeschützte Tapferkeit geschehen, und er brach in Tränen aus.

Es war bestimmt nicht leicht für ein Kind, sich einzugestehen, dass der eigene Vater böse war. Mit einem Mal tat mir der Junge Leid.

»Was ist mit Annie?«, fragte ich, als Darius sich so weit beruhigt hatte, dass er wieder sprechen konnte. »Hat Steve ihr dieselben Lügen aufgetischt?«

»Sie ist völlig ahnungslos«, antwortete Darius. »Die beiden haben schon vor meiner Geburt kein Wort mehr miteinander gesprochen. Sie weiß gar nicht, dass ich ihn treffe.«

Ich seufzte beruhigt. Schlagartig hatte mich die entsetzliche Vorstellung überfallen, Annie könnte gemeinsame Sache mit Steve gemacht haben und als Erwachsene ebenso verbittert und seltsam geworden sein wie mein einstiger Freund. Ich war erleichtert, dass sie nichts von Steves düsterem Wahnsinn ahnte.

»Willst du ihm die Wahrheit über Vampire und Vampyre erzählen, oder soll ich das übernehmen?«, erkundigte sich Vancha.

»Immer schön der Reihe nach«, schaltete sich Alice ein. »Kannst du mir sagen, wo dein Vater steckt?«

»Nein«, erwiderte Darius unglücklich. »Wir haben uns nur hier getroffen. Das ist sein Stützpunkt. Von einem anderen Versteck weiß ich nichts.«

»Verflucht!«, fauchte Alice.
»Überhaupt keine Ahnung?«, forschte ich. Als Darius nach kurzem Überlegen den Kopf schüttelte, wechselte ich einen Blick mit Vancha. »Klärst du ihn auf?«
»Mach ich.« Rasch brachte Vancha dem Jungen die Wahrheit bei, versäumte aber nicht, auf wichtige Einzelheiten einzugehen. Er berichtete auch, dass der Geist eines Menschen in denjenigen übergehe, der ihn leer sauge, weswegen die Vampyre ihr Vorgehen auch nicht als Mord ansahen. Vampyre waren von edler Gesinnung. Sie verabscheuten die Lüge und waren nicht vorsätzlich böse.
»Bis dein Vater auftauchte«, sagte Vancha und erzählte dem Jungen die ganze Wahrheit.
»Ich kapiere das nicht«, gestand Darius mit gerunzelter Stirn, nachdem Vancha seine Erzählung beendet hatte. »Wenn die Vampyre niemals lügen, wie konnte Papa es dann die ganze Zeit tun? Außerdem hat er mir beigebracht, wie man mit einem Pfeilgewehr umgeht, aber ihr sagt, sie dürften derartige Waffen nicht benutzen.«
»Das ist ihnen untersagt«, erläuterte Vancha. »Ich habe auch nie gesehen oder gehört, dass ein Vampyr gegen diese Regeln verstoßen hätte, doch der Lord ist über ihre Gesetze erhaben. Sie verehren ihn so bedingungslos – oder fürchten die Strafe für ihren Ungehorsam –, dass er tun und lassen kann, was er will, wenn er ihnen nur zum Sieg über die Vampire verhilft.«
Darius dachte lange Zeit darüber nach. Obwohl er erst zehn Jahre alt war, wirkte er wesentlich reifer.
»Es hätte auch nichts genutzt, wenn ich früher davon erfahren hätte«, fasste er schließlich zusammen. »Ich habe immer geglaubt, Vampire wären böse, genau wie im Film. Als Papa vor einigen Jahren zu mir kam und mir erzählte, er hätte den Auftrag, die Vampire aufzuhalten, hielt ich das für ein tolles Abenteuer. In meinen Augen war er ein Held. Ich war stolz darauf,

sein Sohn zu sein. Ich hätte alles für ihn getan. Und ich tat es auch ...«

Er sah aus, als würde er wieder in Tränen ausbrechen. Doch dann schob er entschlossen das Kinn vor und blickte mich durchdringend an. »Wie bist du denn in die ganze Geschichte geraten?«, fragte er. »Mama hat mir gesagt, du wärst gestorben. Sie behauptete, du hättest dir das Genick gebrochen.«

»Ich habe meinen Tod nur vorgetäuscht«, sagte ich und berichtete meinem Neffen in einer knappen Zusammenfassung von meinem früheren Leben als Vampirgehilfe, in dessen Verlauf ich keine Opfer gescheut hatte, um Steves Leben zu retten.

»Aber warum hasst er dich, wenn du ihn gerettet hast?«, rief Darius aus. »Das ist doch Wahnsinn!«

»Steve sieht das alles vollkommen anders«, erwiderte ich achselzuckend. »Er glaubt, dass es ihm bestimmt war, Vampir zu werden. In seinen Augen habe ich ihn um seinen rechtmäßigen Platz gebracht. Er ist fest entschlossen, sich dafür an mir zu rächen.«

Verwirrt schüttelte Darius den Kopf. »Das kapiere ich nicht«, sagte er.

»Du bist noch jung.« Ich lächelte traurig. »Du musst noch vieles über die Menschen und ihre Beweggründe lernen.« Ich verstummte und dachte unwillkürlich daran, dass dies nur eines von vielen Dingen war, die der arme Shancus nie mehr lernen würde.

»Na, gut«, brach Darius nach einer Weile das Schweigen. »Was passiert jetzt?«

»Du gehst nach Hause«, seufzte ich. »Vergiss alles, was du gehört hast. Denk nicht mehr daran.«

»Was ist mit den Vampyren?«, stieß Darius hervor. »Papa steckt immer noch da draußen. Ich möchte euch dabei helfen, ihn zu finden.«

»Tatsächlich?« Ich musterte den Jungen kalt. »Du willst uns dabei helfen, ihn zu töten? Du würdest uns zu deinem eigenen Vater führen und zusehen, wie wir ihm das Herz aus der Brust schneiden?«

Darius wand sich unbehaglich. »Er ist böse«, hauchte er.

»Stimmt«, pflichtete ich bei. »Trotzdem ist er dein Vater. Du hältst dich aus der Sache besser raus.«

»Und Mama?«, wollte Darius wissen. »Was soll ich ihr sagen?«

»Nichts«, antwortete ich. »Sie hält mich für tot. Lass sie in dem Glauben. Erzähl ihr nichts. Die Welt, in der ich lebe, taugt nicht für Kinder, schließlich habe ich als Kind darin gelebt und muss es wissen! Kehr wieder in deinen Alltag zurück. Grübele nicht darüber nach, was hier geschehen ist. Nach einiger Zeit wird dir alles wie ein böser Traum vorkommen.« Ich legte ihm die Hand auf die Schulter und lächelte ihn freundlich an. »Geh nach Hause, Darius. Sei nett zu Annie. Mach sie glücklich.«

Darius war zwar nicht gerade begeistert, fügte sich jedoch.

Dann meldete sich Vancha zu Wort. »So einfach ist das leider nicht.«

»Wie bitte?« Ich runzelte die Stirn.

»Er steckt mit in der Sache drin. Er kann sich nicht einfach aus dem Staub machen.«

»Und ob er das kann!«, gab ich aufgebracht zurück.

Eigensinnig schüttelte Vancha den Kopf. »Er ist angezapft. Sein Vampyrblut ist noch dünn, aber das ändert sich bald. Er wird nicht wachsen und größer werden wie normale Kinder. Außerdem setzt in ein paar Jahrzehnten die Purifikation ein, und er ist ein Vollvampyr.« Vancha seufzte. »Seine echten Probleme fangen allerdings schon bedeutend früher an.«

»Was willst du damit sagen?«, krächzte ich, obwohl ich bereits ahnte, worauf er hinauswollte.

»Ich spreche von seinen *Ernährungsgewohnheiten*«, sagte Vancha. Er richtete den Blick auf Darius. »Du musst Blut trinken, um zu überleben.«
Darius erstarrte und brachte dann ein unsicheres Lächeln zustande. »Genau wie ihr Jungs«, sagte er. »Hier ein Tropfen, da ein Tropfen. Ist mir egal. Ich finde es sogar ganz cool, irgendwie. Vielleicht zapfe ich mal meine Lehrer an und ...«
»Nein«, knurrte Vancha. »Du bist anders als wir. Am Anfang gab es keinen Unterschied zwischen den Vampyren und uns, von einigen Bräuchen mal abgesehen. Doch Vampyre haben sich im Lauf der Jahrhunderte körperlich verändert. Jetzt *muss* ein Vampyr töten, wenn er sich gütlich tut. Er kann nicht anders. Ich war einmal ein Halbvampyr und weiß, wovon ich rede.«
Vancha richtete sich kerzengerade auf und sagte mit trauriger, aber fester Stimme: »In einigen Monaten wird der Hunger in dir übermächtig. Du kannst dem Drang nicht widerstehen. Du trinkst Blut, weil du trinken musst, und da du ein Halbvampyr bist, wirst du *töten*.«

2

Schweigend marschierten wir im Gänsemarsch davon, und Darius führte uns an wie einst Oliver Twist den Leichenzug. Nach dem Blutbad im Stadion hatte man in der Stadt einige Kontrollstellen eingerichtet, doch in dieser Gegend waren sie dünn gesät. Wir mussten nur wenige Umwege machen und kamen rasch voran. In sorgenvolles Nachdenken über das bevorstehende Treffen vertieft, bildete ich das Schlusslicht. Im Theater hatte ich dem Plan meiner Gefährten ohne Zögern zugestimmt, doch als wir uns jetzt dem Ziel näherten, kamen mir Zweifel.
Während ich mir alles zurechtlegte, was ich sagen wollte und

sagen musste, löste sich Evanna aus ihrem Platz in der Reihe und glitt neben mich.
»Wenn es dich tröstet, die Seele des Schlangenjungen ist direkt ins Paradies eingegangen«, sagte sie.
»Etwas anderes habe ich auch nie angenommen«, erwiderte ich förmlich und funkelte sie hasserfüllt an.
»Warum so finster?«, fragte sie, und in ihren unterschiedlich gefärbten Augen, eines grün und das andere braun, lag aufrichtige Überraschung.
»Ihr wusstet genau, was kommt«, knurrte ich. »Eine Warnung von Euch hätte Shancus retten können.«
»Da irrst du dich«, gab sie gereizt zurück. »Warum könnt ihr nicht endlich aufhören, mir immer wieder dasselbe vorzuwerfen? Du weißt, dass ich die Macht besitze, in die Zukunft zu sehen, aber es ist mir nicht gegeben, diese Zukunft zu beeinflussen. Am Lauf des Geschehens kann ich nichts ändern. Ebenso wenig wie mein Bruder.«
»Warum eigentlich nicht?«, fauchte ich. »Ihr behauptet immer, es hätte schreckliche Folgen, wenn Ihr eingreift, und allmählich frage ich mich, was das heißen soll. Gibt es etwas Entsetzlicheres, als mit ansehen zu müssen, wie ein Kind von einem Ungeheuer umgebracht wird?«
Nach kurzem Schweigen beantwortete Evanna meine Frage so leise, dass nur ich sie hören konnte. »Es gibt schlimmere Ungeheuer als Steve Leonard, sie sind weitaus fürchterlicher als der Herr der Schatten, mag er nun Steve sein oder du. Jene anderen Ungeheuer lauern in den zeitlosen Kulissen der Weltenbühne, unsichtbar für Menschenaugen, während sie selbst alles sehen und von ewigem Hunger verzehrt auf den richtigen Augenblick zum Angriff lauern.«
Sie zögerte kurz, bevor sie weitersprach.
»Ich bin an Gesetze gebunden, die älter sind als die Menschheit. Genau wie mein Bruder und in noch größerem Maß mein

Vater. Wenn ich in die Gegenwart eingreifen würde, um den Ablauf der Zukunft zu ändern, bräche ich die Gesetze des Universums. Jene Ungeheuer, von denen ich gesprochen habe, wären dann entfesselt und drängen in unsere Welt ein, die in einem furchtbaren Gemetzel und Blutbad unterginge.

»Na und? So sieht's doch sowieso schon aus«, gab ich säuerlich zurück.

»Für dich macht es vielleicht keinen Unterschied«, pflichtete sie mir bei. »Für Millionen andere Menschen dagegen sehr wohl. Möchtest du, dass alle so leiden wie du oder gar noch Schlimmeres erdulden müssen?«

»Natürlich nicht«, murrte ich. »Aber Ihr habt gesagt, dass die Menschheit so oder so leiden muss und der Herr der Schatten alle vernichten wird.«

»Der Herr der Schatten wird die Menschheit in die Knie zwingen«, bestätigte sie. »Auslöschen kann er sie jedoch nicht. Die Hoffnung bleibt. In ferner Zukunft wird die menschliche Rasse erneut ihren Siegeszug antreten. Wenn ich nun eingreife und die Ungeheuer entfessle, besteht diese Hoffnung nicht mehr.«

Ich wusste nicht recht, was ich von den anderen Ungeheuern halten sollte, über die Evanna redete – von denen hatte sie bisher nämlich kein Sterbenswörtchen erwähnt –, und brachte das Gespräch lieber wieder auf Ungeheuer, die ich nur allzu gut kannte. »Ihr täuscht Euch, wenn Ihr mich für den zukünftigen Herrn der Schatten haltet«, entgegnete ich. Ich konnte ja immerhin einen Versuch unternehmen, mein Schicksal zu ändern, indem ich es schlicht bestritt. »Ich bin kein Ungeheuer.«

»Wenn Steve dir nicht gesagt hätte, dass Darius dein Neffe ist, hättest du ihn getötet«, widersprach die Hexe.

Ich erinnerte mich an die hasserfüllte Wut, die in mir aufgelodert war, als Shancus starb. In jenem Augenblick unterschied mich nichts mehr von Steve. Recht oder Unrecht kümmerte mich nicht mehr, ich war wie besessen von einem einzigen Gedanken: Ich wollte mich an meinem Feind rächen, indem ich seinen Sohn tötete. Dieser Moment war wie ein kurzer Blick in die Zukunft gewesen, und ich musste mir eingestehen, welch tiefe Abgründe sich in mir aufgetan hatten, auch wenn ich es nicht wahrhaben wollte.

»Damit hätte ich nur Shancus' Tod gerächt«, wandte ich bitter und nicht ganz wahrheitsgemäß ein. »Das wäre nicht die Tat eines unkontrollierten Unmenschen gewesen. Eine Hinrichtung allein macht mich noch nicht zum Ungeheuer.«

»Tatsächlich?«, fragte Evanna herausfordernd. »Früher warst du in diesem Punkt anderer Meinung. Erinnerst du dich, als du zum ersten Mal einen Vampyr in den Höhlen des Vampirberges getötet hast? Du hast geweint. Du fandest, dass es Unrecht war, zu töten. Damals war Gewalt für dich noch nicht die einzige Möglichkeit, um Meinungsverschiedenheiten auszutragen.«

»Daran hat sich auch nichts geändert«, protestierte ich, doch sogar in meinen Ohren klangen die Worte unglaubwürdig.

»Wenn es so wäre, hättest du niemals versucht, ein Kind zu töten«, entgegnete Evanna und strich sich über den Bart. »Du hast dich verändert, Darren. Du magst zwar nicht so böse sein wie Steve, trotzdem trägst du die Saat des Bösen in dir. Deine Absichten sind rein, doch Zeit und Umstände werden dich zu dem machen, was du verachtest. Die Welt wird dich verderben, und trotz deiner edlen Vorsätze wirst du dich allmählich in ein Ungeheuer verwandeln. Freunde werden zu Feinden, Wahrheit wird zur Lüge, und Überzeugungen verkümmern zu kläglichen Witzen.

Der Weg der Rache ist voller Gefahr. Während du jenen folgst, die du verabscheust, riskierst du, so zu werden wie sie. Dies ist dein Schicksal, Darren Shan. Du kannst ihm nicht entrinnen. Es sei denn, Steve tötet dich und wird zum Herrn der Schatten.«

»Was ist mit Vancha?«, zischte ich. »Was geschieht, wenn er Steve tötet? Verwandelt er sich dann nicht in Euren verfluchten Herrn der Schatten?«

»Nein«, erwiderte sie gelassen. »Vancha besitzt zwar die Macht, Steve zur Strecke zu bringen und damit über den Krieg der Narben zu entscheiden. Aber nur dir oder Steve und niemand anderem ist es bestimmt, weiter zu gehen. Du musst wählen: entweder in den Tod gehen oder zum Ungeheuer werden. Einen Ausweg gibt es nicht.«

Damit scherte sie wieder auf ihren Platz in der Reihe ein und überließ mich meinen verworrenen, sich überstürzenden Gedanken. Bestand wirklich keine Hoffnung mehr für mich oder die Welt? Falls Evanna Recht hatte und ich tatsächlich unwiderruflich in der Zwickmühle saß, welcher Weg war der bessere? Lieber am Leben bleiben und die Welt in Angst und Schrecken versetzen oder sterben, solange ich noch halbwegs menschlich war?

Ich konnte mich zu keiner Entscheidung durchringen. Eines erschien mir so unfassbar wie das andere. Niedergeschlagen stapfte ich weiter und zog es vor, über ein weit dringlicheres Problem nachzudenken – nämlich wie ich meiner Schwester, die an meinem Grab geweint hatte, erklären sollte, dass ich noch am Leben war.

Zwanzig Minuten später öffnete Darius einladend die Hintertür. Ich hielt inne und blickte mit banger Vorahnung auf das Haus. Vancha und Alice standen hinter mir, Evanna hielt sich noch ein Stück hinter den beiden. Ich warf meinen Freunden einen Blick zu, der jeden Stein erweicht hätte.

»Muss das jetzt echt sein?«, krächzte ich.

»Ja«, erwiderte Vancha ungerührt. »Wir können Darius' Leben nicht aufs Spiel setzen, ohne vorher mit seiner Mutter zu sprechen. Diese Entscheidung müssen wir ihr überlassen.«

»Also gut«, seufzte ich. »Ihr wartet hier draußen, bis ich euch rufe, einverstanden?«

»In Ordnung.«

Schwer schluckend betrat ich das Haus meiner Kindheit. Nach achtzehnjähriger Wanderschaft kehrte ich endlich hierher zurück.

Darius führte mich ins Wohnzimmer, dabei hätte ich den Weg dorthin auch mit verbundenen Augen gefunden. Im Haus hatte sich allerhand verändert, die Tapeten, Teppiche, Möbel und Lampen waren neu, aber die warme und behagliche, mit Erinnerungen gesättigte Atmosphäre war dieselbe wie früher. Mir war, als ginge ich durch ein Geisterhaus – außer dass in diesem Fall das Haus echt und ich der Geist war.

Darius öffnete die Wohnzimmertür. Annie war tatsächlich da. Sie hatte das Haar zu einem Knoten im Nacken geschlungen, saß vor dem Fernseher, trank heißen Kakao und schaute sich die Nachrichten an.

»Na, lässt du dich auch mal wieder blicken?«, sagte sie, als sie ihren Sohn aus den Augenwinkeln im Türrahmen stehen sah. Sie stellte die Tasse ab. »Ich habe mir schon Sorgen gemacht. Hast du die Nachrichten gesehen? Es gibt …«

Dann bemerkte sie, dass ich hinter Darius das Zimmer betreten hatte. »Ist das ein Freund von dir?«, fragte sie. Ihrer Miene war anzusehen, dass sie mich für zu alt hielt. Sie reagierte sofort misstrauisch.

»Hallo, Annie«, begrüßte ich sie, lächelte nervös und trat weiter vor in den Schein der Lampe.

»Sind wir uns schon mal begegnet?«, erkundigte sie sich mit gerunzelter Stirn und ohne mich zu erkennen.

»Könnte man so sagen«, kicherte ich nervös.

»Mama, das ist …«, setzte Darius an.

»Nein«, unterbrach ich ihn. »Sie soll selbst drauf kommen. Sag ihr nichts.«

»Was soll er mir denn sagen?«, fuhr meine Schwester auf. Beklommen und mit schmalen Augen musterte sie mich.

»Schau genauer hin, Annie«, forderte ich sie leise auf, durchquerte das Zimmer und blieb ungefähr einen Meter vor ihr stehen. »Sieh mir in die Augen. Es heißt, die Augen bleiben dieselben, auch wenn alles andere sich verändert.«

»Deine Stimme«, murmelte sie. »Sie kommt mir irgendwie bekannt vor ...«

Annie erhob sich.

Wir waren gleich groß, und sie blickte mich nachdenklich an. Ich lächelte.

»Du erinnerst mich an jemanden, den ich vor langer Zeit kannte«, sagte Annie. »Ich weiß bloß nicht, an wen.«

»Du hast mich vor langer Zeit gekannt«, flüsterte ich.

»Es ist achtzehn Jahre her.«

»Blödsinn!«, schnaubte Annie. »Damals warst du noch ein Baby.«

»Nein«, antwortete ich. »Ich bin langsamer gealtert als du. Als du mich zum letzten Mal gesehen hast, war ich nicht viel älter als Darius.«

»Soll das ein Witz sein?«, fragte sie mit unsicherem Lachen.

»Sieh ihn dir genau an, Mama«, sagte Darius eindringlich.

Annie musterte mich durchdringend. Diesmal merkte ich an ihrer Miene, dass sie mich bereits im ersten Augenblick erkannt hatte und es bloß nicht wahrhaben wollte.

»Vertrau deiner inneren Stimme, Annie«, beschwor ich sie. »Du hattest von Anfang an das richtige Gespür. Wenn ich Gefahren so wittern könnte wie du, hätte ich mir eine Menge Ärger erspart. Dann hätte ich damals womöglich nicht die giftige Spinne geklaut ...«

Annie riss die Augen auf. »Nein!«, keuchte sie.

»Doch«, entgegnete ich.

»Das kannst unmöglich du sein!«

»Ich bin es aber.«
»Ausgeschlossen!«, knurrte sie, diesmal mit fester Stimme. »Ich weiß nicht, warum du dir diese Maskerade angelegt hast und was du damit erreichen willst, doch wenn du nicht auf der Stelle abhaust, dann …«
»Ich wette, du hast keiner Menschenseele von Madame Octa erzählt«, schnitt ich ihr das Wort ab. Als ich den Namen der Spinne erwähnte, fing Annie an zu zittern. »Ich wette, du hast das Geheimnis die ganze Zeit über für dich behalten. Du hast sicher erraten, dass sie etwas mit meinem ›Tod‹ zu tun hatte. Vielleicht hast du Steve gefragt, den hat sie ja schließlich gebissen, aber bestimmt hast du kein Wort zu Mama gesagt, oder …«
»Darren?«, japste sie, und vor lauter Verwirrung stiegen ihr die Tränen in die Augen.
»Hallo, Schwester«, grinste ich. »Lange nicht gesehen.«
Annie starrte mich entgeistert an, und dann geschah etwas, was ich bisher nur in altmodischen Schmachtfetzen im Kino gesehen hatte – meine Schwester verdrehte die Augen, sackte zu Boden und fiel in Ohnmacht.

Mit einer frisch zubereiteten Tasse Kakao in den Händen saß Annie in ihrem Sessel. Ich hatte einen zweiten Sessel herangeschoben und ihr gegenüber Platz genommen. Darius stand neben dem Fernseher, den er ausgeschaltet hatte, als seine Mutter umgekippt war. Sie war ziemlich schweigsam, seit sie wieder zu sich gekommen war. Als sie aus ihrer Ohnmacht erwachte, war sie tief in den gepolsterten Sessel gerutscht, hatte mich mit einer Mischung aus Grauen und Hoffnung gemustert und lediglich eine Frage hervorgebracht: *»Wie kann das sein?«*
Seither war ich damit beschäftigt, ihr meine Lebensgeschichte zu erzählen. Ruhig und in knappen Worten begann ich mit

Mr. Crepsley und Madame Octa. Ich erklärte ihr, auf welches Tauschgeschäft ich mich eingelassen hatte, um Steves Leben zu retten, und schilderte ihr im Schnelldurchlauf, wie ich die vergangenen Jahre verbracht hatte. Mein Leben als Vampir, der Krieg der Narben, unsere Jagd nach dem Lord der Vampyre. Dass Steve dieser Lord war und gemeinsame Sache mit den Vampyren machte, verschwieg ich ihr wohlweislich. Bevor ich damit herausrückte, wollte ich zuerst herausfinden, wie sie die ganze Geschichte aufnahm.

Annie lauschte mit undurchdringlicher Miene. Als ich zu dem Teil meiner Erzählung kam, an dem Darius ins Spiel kam, glitt ihr Blick von mir zu ihrem Sohn, und sie beugte sich gespannt vor, während ich beschrieb, mit welchen Tricks man ihn dazu gebracht hatte, den Vampyren zu helfen. Wieder hütete ich mich, Steves Namen zu erwähnen. Ich schloss meinen Bericht mit der Begegnung im alten Filmtheater, Shancus' Tod und der Enthüllung des Lords, dass Darius mein Neffe war.

»Darius war entsetzt, als er die Wahrheit erfahren hat«, sagte ich. »Danach habe ich ihm gesagt, dass er sich keine Vorwürfe machen darf. Viele, die älter und erfahrener waren als dein Sohn, haben sich vom Lord der Vampyre zum Narren halten lassen.«

Ich schwieg und wartete auf ihre Reaktion. Die kam dann auch prompt.

»Du bist wahnsinnig«, erklärte sie kalt. »Falls du tatsächlich mein Bruder bist ... und davon bin ich noch nicht hundertprozentig überzeugt ... muss dir diese Krankheit, die dein Wachstum bremst, auch aufs Gehirn geschlagen sein. Vampire? Vampyre? Mein Sohn unter einer Decke mit einem Mörder?« Sie schnaubte verächtlich. »Du bist ja total durchgedreht!«

»Aber es stimmt!«, rief Darius aus. »Er kann es beweisen! Er ist stärker und schneller als ein Mensch. Er kann ...«

»Ruhe!«, brüllte Annie in so giftigem Ton, dass Darius sofort verstummte. Sie funkelte mich wütend an. »Verschwinde!«, fauchte sie. »Halte dich von meinem Sohn fern. Und lass dich hier gefälligst nie wieder blicken.«

»Aber …«, wollte ich protestieren.

»Nein!«, kreischte sie. »Du bist nicht mein Bruder! Und selbst wenn du mein Bruder bist, will ich es einfach nicht wahrhaben! Wir haben Darren vor achtzehn Jahren begraben. Er ist tot, und so möchte ich mich an ihn erinnern. Mir ist es egal, ob du Darren bist oder nicht. Ich will nur, dass du aus meinem, aus unserem Leben verschwindest, und zwar sofort.« Sie stand auf und deutete auf die Tür. »Raus mit dir!«

Ich rührte mich nicht von der Stelle. Dabei wäre ich liebend gern gegangen. Wäre Darius nicht gewesen, hätte ich mich wie ein geprügelter Hund davongeschlichen.

Doch Annie musste unbedingt erfahren, was mit ihrem Sohn geschehen war. Ich musste bleiben, bis ich sie davon überzeugt hatte, in welcher Gefahr der Junge schwebte.

Während Annie zitternd und mit vor Wut verzerrtem Gesicht darauf wartete, dass ich mich verzog, trat Darius auf sie zu.

»Mama«, sagte er ruhig. »Willst du denn nicht wissen, wieso ich auf die Vampyre hereingefallen bin und ihnen geholfen habe?«

»Es gibt keine Vampyre!«, schrie sie. »Dieser Spinner hat dir lauter Lügen erzählt und …«

»Steve Leonard ist der Lord der Vampyre«, fiel Darius seiner Mutter ins Wort. Das brachte sie augenblicklich zum Verstummen. »Er kam vor ein paar Jahren zu mir«, fuhr Darius fort und rückte noch näher an Annie heran. »Zuerst gingen wir nur zusammen spazieren, er lud mich ins Kino oder zum Essen ein, was man eben so macht. Er wollte nicht, dass ich dir von unseren Treffen erzähle. Er sagte, du würdest das bestimmt nicht gern sehen und ihn wegschicken.«

Darius blieb vor seiner Mutter stehen, nahm ihre Hand mit

dem immer noch ausgestreckten Finger und drückte ihr sanft den Arm nach unten. Sie starrte ihn wortlos an. »Er ist mein Vater«, sagte Darius traurig. »Ich habe ihm vertraut, weil ich dachte, er liebt mich. Deswegen habe ich ihm auch alle Lügen über die Vampire geglaubt. Er sagte, er würde es mir nur zu meinem Schutz erzählen und dass er sich meinetwegen Sorgen macht – und deinetwegen. Er wollte uns schützen. So hat alles angefangen. Ich geriet immer tiefer in die Geschichte hinein. Er zeigte mir, wie man mit einem Messer umgeht, schießt und tötet.«

Wie vor den Kopf geschlagen, ließ sich Annie in den Sessel zurücksinken.

»Steve ist an allem schuld«, fuhr Darius fort. »Seinetwegen stecke ich in Schwierigkeiten, Steve hat den Schlangenjungen getötet, Steve hat Darren gezwungen, zu dir zu kommen. Darren wollte überhaupt nicht, er wusste ja, dass er dir wehtun würde, doch Steve ließ ihm keine andere Wahl. Es stimmt echt, was er sagt, Mama. Du musst uns unbedingt glauben, denn ich habe Angst, dass Steve vielleicht zurückkommt, um dich zu verfolgen, und wenn wir nicht vorbereitet sind … also, wenn du uns nicht glaubst …«

Darius brach jäh ab. Er wusste nicht, was er noch sagen sollte.

Allerdings reichte es auch so.

Als Annie mich erneut ansah, blickten ihre Augen ängstlich und zweifelnd, jedoch nicht mehr verachtungsvoll. »Steve?«, stöhnte sie. Ich nickte unglücklich, und ihr Gesicht verdüsterte sich. »Was habe ich dir immer gesagt?«, schrie sie Darius an, packte ihn bei den Schultern und schüttelte ihn wütend. »Ich sagte, komm nie in seine Nähe! Lauf weg, wenn du ihn siehst, und erzähle es mir! Ich habe dich mehr als einmal vor ihm gewarnt!«

»Und ich habe dir eben einfach nicht geglaubt!«, brüllte Darius zurück. »Ich dachte, du hasst ihn, weil er dich verlassen hat. Ich dachte, du lügst! Er ist mein Vater!« Er befreite sich aus Annies Griff und sackte schluchzend auf dem Boden zusammen. »Er ist doch mein Vater!«, weinte er. »Ich habe ihn geliebt.«

Annie blickte zuerst auf den weinenden Darius und dann auf mich, bevor sie ebenfalls in Tränen ausbrach. Ihr Schluchzen klang noch tiefer und schmerzlicher als das ihres Sohnes.

Ich vergoss keine Tränen. Die hob ich mir für später auf. Schließlich wusste ich, dass Annie das Schlimmste noch bevorstand.

3

Kurz darauf, als die Tränen allmählich versiegt waren, saßen wir im Wohnzimmer. Annie hatte sich so langsam vom ersten Schock erholt. Wir tranken alle heißen Kakao. Ich hatte die anderen bisher nicht hereingerufen – ich wollte erst noch ein bisschen mit Annie allein sein, bevor ich ihr die niederschmetternde Eröffnung machte, welche Auswirkungen der Krieg der Narben auf ihr Leben haben würde.

Annie brannte natürlich darauf, zu hören, wie mein Leben in den vergangenen achtzehn Jahren verlaufen war. Sie wollte wissen, welchen Menschen ich begegnet war, welche Länder ich bereist und welche Abenteuer ich erlebt hatte. Ich beschränkte mich auf die Höhepunkte und überging die finsteren Seiten. Sie lauschte wie in Trance und berührte mich immer wieder, um sich zu überzeugen, dass sie nicht träumte. Sie war hellauf begeistert, als sie erfuhr, dass ich ein Fürst war.

»Macht mich das automatisch zur Fürstin?«, erkundigte sie sich lächelnd.

»Ich fürchte, da muss ich dich enttäuschen«, gluckste ich.

Im Gegenzug berichtete mir Annie von ihrem Leben. Über

die schwere Zeit nach meinem »Tod«. Den langsamen Weg zurück ins Alltagsleben. Sie war jung und erholte sich von dem Schock. Meine Eltern dagegen kamen nie richtig darüber hinweg. Annie warf auch die Frage auf, ob wir meinen Eltern erzählen sollten, dass ich noch am Leben war. Aber noch ehe ich antworten konnte, sagte sie: »Nein. Jetzt sind sie glücklich. Es ist zu spät, die Vergangenheit zu ändern. Es ist besser, wenn wir gar nicht erst davon anfangen.«

Als sie von Steve sprach, wurde ich besonders hellhörig. »Ich war damals noch sehr jung«, berichtete sie bitter. »Ich war ziemlich durcheinander und total unsicher. Ich hatte nicht besonders viele Freunde und noch nie einen festen Freund gehabt. Dann tauchte Steve auf. Er war nicht viel älter als ich, wirkte jedoch unglaublich reif. Außerdem interessierte er sich für mich. Wir führten lange Gespräche, und er behandelte mich wie eine Gleichaltrige.«

Die beiden verbrachten viel Zeit miteinander. Steve zog eine eindrucksvolle Show ab und zeigte sich nur von seiner Schokoladenseite: freundlich, großzügig, liebevoll. Annie verliebte sich in ihn und machte keinen Hehl aus ihren Gefühlen. Dann stellte sie fest, dass sie ein Kind erwartete.

»Steve strahlte vor Freude, als er hörte, dass ich schwanger war«, berichtete sie und erschauerte bei der Erinnerung. Darius saß ernst und schweigsam neben ihr und ließ sich kein Wort entgehen. »Er schützte Begeisterung vor und versprach mir, dass wir heiraten und noch viele Kinder haben würden. Er wollte, dass ich meine Schwangerschaft bis zu unserer Heirat geheim hielt. Dann verließ er die Stadt, angeblich um Geld für unsere Zukunft und das Baby zu verdienen. Lange Zeit hörte ich nichts von ihm. Plötzlich stand er mitten in der Nacht vor meinem Bett. Er weckte mich. Ehe ich etwas sagen konnte, presste er mir die Hand auf den Mund und lachte. ›Jetzt ist es zu spät, um noch etwas zu ändern!‹, höhnte er. Er sagte noch andere, schreckliche Dinge, bevor er verschwand. Seither habe ich nichts mehr von ihm gehört.«

Annie blieb nichts anderes übrig, als unsere Eltern einzuweihen. Sie waren furchtbar wütend, allerdings nicht auf ihre Tochter, sondern auf Steve. Papa hätte Steve umgebracht, wenn er ihn in die Finger bekommen hätte. Aber Steve war spurlos verschwunden.

»Es war nicht leicht, Darius allein großzuziehen«, lächelte Annie und zerzauste den Schopf ihres Sohnes. »Trotzdem möchte ich keinen Tag missen. Steve ist ein schlechter Mensch, doch ich verdanke ihm mein schönstes Geschenk.«

»Du gefühlsduselige Mama«, knurrte Darius zärtlich und unterdrückte mühsam ein Lächeln.

Nach Annies Erzählung schwieg ich lange. Ich überlegte, ob Steve schon damals geplant hatte, Darius gegen mich auszuspielen. Seinerzeit hatte er noch keine Bekanntschaft mit den Vampyren gemacht und nichts von dem grauenhaften Schicksal geahnt, das ihm bevorstand. Trotzdem war ich davon überzeugt, dass er schon eifrig Pläne für meinen Untergang schmiedete. Hatte er Annie absichtlich geschwängert, um seinen Sohn als Waffe gegen mich zu benutzen? Da ich Steve genau kannte, hegte ich nicht den leisesten Zweifel daran.

Anschließend beschrieb Annie ihr Leben mit Darius, wie Mama und Papa ihr bis zu ihrem Umzug bei der Erziehung geholfen hatten und wie sie danach allein mit Darius lebte. Sie machte sich Sorgen, dass ihm eine Vaterfigur fehlte, aber nach den Erfahrungen mit Steve traute sie natürlich keinem Mann mehr über den Weg.

Ich hätte meiner Schwester am liebsten die ganze Nacht zugehört, wie sie Geschichten von unseren Eltern erzählte. Ich holte alles auf, was ich verpasst hatte. Es war ein wunderbares Gefühl, wieder zur Familie zu gehören, und was mich betraf, hätte es ewig so weitergehen können.

Doch wir steckten mitten in einer Krise. Ich hatte den Augenblick der Wahrheit so lange wie möglich hinausgezögert, nun musste ich Annie endlich reinen Wein einschenken. Der Abend rückte voran, und langsam musste ich ihr beichten, warum ich hergekommen war.

Ich wartete, bis sie ihre Geschichte über Darius' erste Schulwoche beendet hatte, und fragte sie, ob ich sie mit einigen meiner Freunde bekannt machen dürfe.

Annie wusste nicht genau, was sie von Vancha, Alice und Evanna halten sollte. Alice trug normale Kleidung, doch der in Tierfelle gehüllte Vancha, seine mit Wurfsternen besetzten Gurte und der grüne Schopf, dicht gefolgt von der zotteligen, hinreißend hässlichen, von Seilen umwickelten Evanna … die drei wären überall aufgefallen wie Feuermelder!

Doch schließlich handelte es sich um Freunde von mir (jedenfalls, was Vancha und Alice betraf, was die Hexe anging, ließ sich das nur schwer einordnen), und Annie begrüßte sie herzlich, auch wenn ihr das seltsame Trio nicht sonderlich vertrauenerweckend erschien. Sie ahnte, dass die drei nicht gekommen waren, um die Party in Schwung zu bringen, und spürte, dass etwas Schlimmes bevorstand.

Wir plauderten eine Weile. Alice erzählte Annie von ihrer Zeit als Hauptkommissarin, Vancha erklärte Annie, welche fürstlichen Pflichten er zu erfüllen hatte, und Evanna gab ihr ein paar fachkundige Tipps in Sachen Froschaufzucht (nicht, dass meine Schwester sich dafür auch nur im Geringsten interessiert hätte). Als Darius lautstark gähnte, warf Vancha mir einen bedeutungsvollen Blick zu – der Augenblick war gekommen.

»Annie«, begann ich zögernd, »dass Darius sich den Vamypren angeschlossen hat, weißt du ja nun schon. Allerdings habe ich dir noch nicht gesagt, was es damit genau auf sich hat.«

»Schieß los«, sagte Annie, als ich stockte.

»Steve hat ihn angezapft«, fuhr ich fort. »Sein Vampyrblut fließt in Darius' Adern. Im Augenblick ist es noch verdünnt und praktisch wirkungslos, aber das wird sich bald ändern. Die Vampyrzellen vermehren sich rasch und wandeln nach und nach sein menschliches Blut um.«

»Du meinst, er wird so wie du?« Annies Gesicht war aschfahl. »Er wächst nicht wie normale Kinder? Er muss Blut trinken, um zu überleben?«

»Ja.« Auf ihrem Gesicht malte sich Entsetzen – sie dachte, dies sei der schlimmste Teil, den ich ihr bis jetzt verschwiegen hatte.

Nur zu gern hätte ich ihr die restliche Wahrheit erspart, doch das war unmöglich. »Das ist noch nicht alles«, fuhr ich fort, und Annie erstarrte. »Vampire können ihre Essgewohnheiten kontrollieren. Das ist nicht einfach, und wir müssen uns darin üben, aber wir schaffen es. Vampyre hingegen besitzen diese Kontrolle nicht. Ihr Blut zwingt sie, jedes ihrer Opfer zu töten.«

»Nein!«, stöhnte Annie. »Darius ist kein Mörder! Das würde er niemals tun!«

»Und ob er das tun wird«, knurrte Vancha. »Es bleibt ihm nichts anderes übrig. Sobald ein Vampyr den Blutgeschmack kennen gelernt hat, ist er seinem Verlangen ausgeliefert. Er gerät in eine Art Trance und labt sich so lange, bis die Quelle erschöpft ist. Er kann nicht aufhören.«

»Dagegen muss man doch was unternehmen können!«, beharrte Annie. »Ärzte … Operationen … Medizin …«

»Nein«, entgegnete Vancha. »Es handelt sich nicht um eine menschliche Krankheit. Deine Ärzte können ihn untersuchen und dafür sorgen, dass er sich zurückhält, aber soll Darius wirklich den Rest seines Lebens im Gefängnis verbringen?«

»Außerdem«, fügte ich hinzu, »können sie ihn nur bis zu einem bestimmten Alter kontrollieren. Sobald Darius ein Vollvampyr ist, verfügt er über unglaubliche Kräfte. Man müsste ihn in ein künstliches Koma versetzen, um ihn aufzuhalten.«

»Nein!«, stieß Annie entsetzt hervor, und auf ihrem zornroten Gesicht war deutlich zu lesen, dass sie nicht gewillt war, sich einfach mit dem Schicksal ihres Sohnes abzufinden. »Das lasse ich nicht zu! Es muss einen Ausweg geben!«

»Den gibt es auch«, erwiderte ich, und meine Schwester blickte mich hoffnungsvoll an. »Allerdings ist dieser Weg sehr gefährlich. Er macht Darius zwar nicht wieder zum Menschen, aber immerhin zu einem andersartigen Geschöpf der Nacht.«

»Sprich gefälligst nicht in Rätseln!«, brauste Annie auf. »Was muss er tun?«

»Er muss zum Vampir werden«, entgegnete ich.

Meine Schwester starrte mich entgeistert an.

»Es ist nicht so schlimm, wie es sich im ersten Moment anhört«, fuhr ich rasch fort. »Ja, er altert langsamer als ein Mensch, doch ihr beide könntet lernen, damit zu leben. Auch als Vampir müsste er Blut trinken, aber er würde niemanden töten. Wir würden ihm beibringen, seine Gier nach Blut zu kontrollieren.«

»Nein«, weigerte sich Annie. »Es muss noch eine andere Möglichkeit geben.«

»Die gibt es aber nicht«, raunzte Vancha. »Das ist die einzige, und sie ist riskant genug.«

»Ich muss Darius anzapfen«, erklärte ich. »Wir müssen unser Blut tauschen, damit meine Vampirzellen in seinen Körper strömen und seine Vampyrzellen in die meinen eindringen. Die verschiedenartigen Zellen werden einander bekämpfen. Wenn es klappt, wird Darius zum Halbvampir, und bei mir bleibt alles beim Alten.«

»Und was, wenn es schief geht? Wirst du dann zum Halbvampyr und Darius bleibt, was er ist?«, fragte Annie und bei dieser schrecklichen Vorstellung überlief sie ein Zittern.

»Nein«, gab ich zurück. »Viel schlimmer. Wenn es schief geht, sterbe ich – und Darius ebenfalls.«
Wie betäubt lehnte ich mich zurück und wartete auf ihre Entscheidung.

4 Annie war nicht begeistert – ebenso wenig wie wir –, aber schließlich überzeugten wir sie davon, dass es keine andere Lösung gab. Sie wollte warten, alles abwägen und mit ihrem Hausarzt darüber reden, aber ich sagte ihr klipp und klar, sie müsse sich auf der Stelle entscheiden. »Vancha und ich haben eine Mission zu erfüllen«, erklärte ich. »Vielleicht kommen wir nie mehr zurück.«
Als wir zum ersten Mal besprachen, wie wir die Bluttransfusion vornehmen wollten, hatte Vancha sich freiwillig angeboten. Seiner Ansicht nach war es für mich zu gefährlich. Ich steckte mitten in der Purifikation, mein Körper befand sich im Übergangsstadium, während die Vampirzellen allmählich die Oberhand gewannen und mich in einen Vollvampir verwandelten. Doch als ich nachhakte, gab er zu, dass kein triftiger Grund zu der Annahme bestand, die Purifikation habe irgendwelche Auswirkungen auf diese Prozedur. Womöglich konnte mein Übergangszustand sogar von Vorteil sein, da meine hyperaktiven Vampirzellen sich besonders gut zur Zerstörung der Vampyrzellen eigneten.
Wir versuchten, etwas über die Risiken aus Evanna herauszubekommen. Sie sollte für uns in die Zukunft sehen und uns mitteilen, wie aussichtsreich unser Plan war. Doch sie schwieg wie ein Grab. »Damit habe ich nichts zu tun«, beschied sie lediglich. »Kein Kommentar.«
»Aber wir müssen doch eine gewisse Sicherheit haben«, bohrte ich und hoffte auf beruhigende Worte. »Es ist uns bestimmt,

noch einmal mit Steve zusammenzutreffen. Das geht ja wohl kaum, wenn ich sterbe.«
»Deine endgültige Begegnung mit Steve Leonard ist keineswegs unausweichlich«, erwiderte Evanna. »Stirbst du vorher, so wird er fälschlicherweise zum Herrn der Schatten, und die Vampyre gewinnen den Krieg. Halte dich nicht für unbesiegbar, weil du dein Schicksal zu kennen glaubst, Darren. Du kannst und wirst vielleicht sogar bei dieser Transfusion sterben.« Verdammt, Darius war mein Neffe. Vancha hatte jedoch nicht allzu viel Verständnis für mein Verhalten. Er hätte es lieber gesehen, wenn wir uns zuerst um Steve und erst danach um Darius gekümmert hätten. Aber ich konnte den Jungen nicht einfach im Stich lassen. Ich musste ihn retten, wenn ich die Möglichkeit dazu hatte.
Wir hätten die Bluttransfusion auch mit Spritzen durchführen könne, doch Darius bestand auf der traditionellen Fingerspitzen-Methode. Trotz der bevorstehenden Gefahr war er aufgeregt. »Wenn ich schon Vampir werden soll, dann ein richtiger«, knurrte er. »Ich will meine Male nicht verstecken. Entweder ganz oder gar nicht.«
»Es tut ziemlich weh«, warnte ich ihn.
»Mir egal«, schnaubte er verächtlich.
Annies Zweifel ließen sich nicht ausräumen, trotzdem stimmte sie unserem Plan zu. Vielleicht wäre sie unsicher geworden, wenn Darius gezögert hätte, aber er blieb mit grimmiger Entschlossenheit bei seiner Meinung. Ich gab es ja nur ungern zu – und behielt es im Übrigen auch für mich –, doch wie er sich auf Gedeih und Verderb in die Sache stürzte, erinnerte er mich sehr an seinen Vater. Steve war zwar unheilbar böse, aber wenn er einmal einen Entschluss gefasst hatte, konnte man ihn nicht mehr davon abbringen. Darius war aus demselben Holz geschnitzt.
»Ich glaube es einfach nicht«, stöhnte Annie, als ich meinem

Neffen gegenübersaß und mich anschickte, die Fingernägel in seine Fingerspitzen zu bohren. »Vor ein paar Stunden habe ich nur daran gedacht, was ich morgen einkaufen soll und dass ich zu Hause sein muss, wenn Darius von der Schule kommt. Dann kreuzt urplötzlich mein totgeglaubter Bruder auf und erzählt mir, dass er ein Vampir sei! Und kaum habe ich mich mit dieser Neuigkeit abgefunden, verliere ich ihn vielleicht bald wieder – und meinen Sohn obendrein.«
In diesem schweren Augenblick hätte Annie beinahe alles abgeblasen, doch Alice, die hinter meiner Schwester stand, flüsterte ihr ins Ohr: »Wie möchtest du ihn lieber verlieren – als Menschen oder als einen Mörder wie sein Vater?« Eine grausame Frage, zugegeben, doch immerhin sorgte Alice dafür, dass Annie sich daran erinnerte, was auf dem Spiel stand. Obwohl sie heftig zitterte und leise schluchzte, trat sie beiseite und ließ mich gewähren.
Ohne weitere Vorwarnung bohrte ich meine Nägel in die weichen Fingerkuppen des Jungen. Er stieß einen Schmerzensschrei aus und zuckte zurück.
»Nicht doch«, befahl ich, als er die Finger in den Mund nehmen und daran saugen wollte, um die Schmerzen zu lindern. »Lass sie bluten.«
Darius senkte die Hände. Mit zusammengebissenen Zähnen grub ich erst die Nägel meiner rechten Hand in die Fingerspitzen meiner Linken und verfuhr anschließend umgekehrt. Blut quoll aus zehn fleischigen Quellen. Ich presste meine Fingerspitzen gegen die meines Neffen und hielt sie in dieser Position, während sich unser Blut austauschte.
Für zwanzig … oder dreißig … oder mehr Sekunden saßen wir reglos da. Ich spürte, wie die Vamyprzellen juckten, brannten und brodelten, als das Blut des Jungen in meine Adern strömte, kümmerte mich jedoch nicht um den Schmerz. Darius hatte die Veränderung ebenfalls bemerkt und litt anschei-

nend noch mehr als ich. Ich presste meine Fingerkuppen ein wenig kräftiger gegen seine, damit er nicht zurückweichen konnte.

Vancha überwachte den Blutaustausch. Als er die Zeit für gekommen hielt, packte er mich am Arm und löste meine Hände mit einem Ruck. Laut aufkeuchend erhob ich mich und brachte noch ein schiefes Lächeln zustande, bevor ich zu Boden stürzte und mich vor Schmerzen wand.

Ich hatte nicht erwartet, dass die Wirkung der Vampyrzellen so rasend schnell einsetzen würde, und war auf die heftige Reaktion meines Körpers nicht vorbereitet.

Während mich Krämpfe schüttelten, sah ich, wie auch Darius sich unvermittelt in seinem Stuhl krümmte. Seine Augen waren hervorgetreten, er gab erstickte Laute von sich und schlug mit Armen und Beinen unkontrolliert um sich. Als Annie zu ihrem Sohn eilen wollte, stieß Vancha sie grob beiseite. »Misch dich nicht ein!«, blaffte er. »Lass der Natur ihren Lauf. Wir können ihm nicht helfen.«

Minutenlang lag ich zusammengekrümmt auf dem Boden. Mir war, als würde unter meiner Haut eine Feuersbrunst lodern. All die marternden Kopfschmerzen und anderen Qualen, mit denen ich während der Purifikation bereits Bekanntschaft gemacht hatte, waren ein Pappenstiel im Vergleich zu den jetzigen Schmerzen. Hinter meinen Augäpfeln baute sich ein enormer Druck auf, als würde mein Gehirn jeden Moment durch die Augenhöhlen herausspritzen. Ich presste die Hände fest gegen die Schläfen. Ich hatte keine Ahnung, ob ich brüllte oder ächzte – die rasenden Schmerzen hatten mich taub gemacht.

Ich musste mich übergeben und würgte trocken. Plötzlich prallte ich gegen etwas Hartes. Es war der Fernseher. Ich rollte weg und krachte gegen eine Wand. Von Krämpfen geschüttelt, grub ich die Nägel durch den Putz bis in die Ziegelsteine. Endlich ließen die Schmerzen nach. Mein Körper entspannte

sich langsam. Das Würgen hörte auf. Ich konnte wieder sehen und hören, nur mein Schädel brummte noch.
Benommen blickte ich mich um.
Vancha beugte sich über mich, wischte mir das Gesicht ab und lächelte. »Du hast's überstanden«, sagte er, »wenn das Vampirglück dir hold ist.«
»Was ist mit Darius?«, stieß ich hervor.
Vancha stützte meinen Kopf und deutete auf den Jungen. Er lag mit geschlossenen Augen reglos auf dem Sofa. Annie und Alice knieten neben ihm. Evanna saß mit gesenktem Kopf in der Ecke. Einen entsetzlichen Augenblick lang glaubte ich, Darius sei tot. Doch dann sah ich, wie sich der Brustkorb des Jungen gleichmäßig hob und senkte, und begriff, dass er eingeschlafen war.
»Um den brauchen wir uns keine Sorgen zu machen«, antwortete Vancha. »Trotzdem müssen wir euch beide noch ein paar Nächte im Auge behalten. Wahrscheinlich hast du noch einige Anfälle, aber die sind harmloser. In den meisten Fällen führt der Blutaustausch sofort zum Tod. Ihr habt überlebt, jetzt kann nicht mehr viel schief gehen.«
Erschöpft setzte ich mich auf. Vancha ergriff meine Hände, spuckte auf die Fingerspitzen und rieb den Speichel hinein, damit die Wunden sich schneller schlossen.
»Ich bin total erledigt«, ächzte ich.
»Daran wird sich so schnell auch nichts ändern«, gab Vancha aufmunternd zurück. »Als ich dieselbe Prozedur durchmachte, habe ich Monate gebraucht, bis ich mich erholt hatte, und war erst nach einem Jahr wieder richtig auf dem Damm.« Er grinste. »Da stehen Euch ein paar ziemlich ungemütliche Nächte bevor, Euer Gnaden.«
Vancha bugsierte mich in den Sessel zurück. Alice fragte mich, ob ich Wasser oder Milch haben wolle. Vancha sagte, Blut sei jetzt am besten für mich. Ohne mit der Wimper zu zucken,

nahm Alice ein Messer, ritzte sich leicht in den Arm und ließ mich direkt von der Wunde trinken. Als ich fertig war, verschloss Vancha den Schnitt mit seinem Speichel. Er strahlte Alice an.

»Sie sind schon ein ganz besonderes Kaliber, Miss Burgess.«

»Vom Feinsten«, erwiderte die Hauptkommissarin trocken.

Ich lehnte mich mit halb geschlossenen Augen zurück. »Ich könnte wochenlang schlafen«, seufzte ich.

»Prima Idee«, bemerkte Vancha. »Du hast dich gerade erst von einer lebensgefährlichen Verletzung erholt. Du steckst mitten in der Purifikation. Du hast die gefährlichste Bluttransfusion hinter dir, die es für Vampire geben kann. Beim schwarzen Blut von Harnon Oan, du hast dir wirklich eine Pause verdient.«

»Aber Steve ...«, protestierte ich schwach.

»Der kann warten«, knurrte Vancha. »Jetzt sorgen wir erst mal dafür, dass Annie und Darius die Stadt so schnell wie möglich verlassen. Alice begleitet die beiden. Anschließend verfrachten wir dich zum Cirque. Eine Woche in deiner Hängematte, und du bist wie neugeboren.«

»Wahrscheinlich hast du Recht«, stimmte ich niedergeschlagen zu. Unwillkürlich wanderten meine Gedanken zu Evra und Merla. Was sollte ich ihnen sagen? Außerdem gab es da auch noch die Sache mit Meister Riesig. Alle im Cirque du Freak hatten ihn geliebt. Er und Shancus waren gestorben, weil sie mich gekannt hatten. Würden die anderen Zirkusleute mich deswegen hassen?

»Was meinst du, wer wird der Nachfolger von Meister Riesig?«, fragte ich.

»Keine Ahnung«, antwortete Vancha. »Niemand hat damit gerechnet, dass er stirbt, schon gar nicht so plötzlich.«

»Vielleicht löst sich die Truppe auf«, sinnierte ich. »Jeder geht seiner eigenen Wege und nimmt sein früheres Leben wieder auf. Womöglich haben manche das Stadion schon verlassen. Ich hoffe …«

»Was hast du da gerade über das Stadion gesagt?«, schaltete Annie sich ein. Sie kniete immer noch neben dem leise schnarchenden Darius, hatte jedoch unser Gespräch verfolgt.

»Der Cirque du Freak hat seine Zelte im alten Fußballstadion aufgeschlagen«, erklärte ich. »Wir gehen dorthin, sobald du mit Darius aufgebrochen bist, aber ich sagte zu Vancha …«

»Darüber lief was im Fernsehen«, unterbrach mich Annie erneut. »Habt ihr heute Abend noch keine Nachrichten gesehen?«

»Nein.«

»Als du gekommen bist, habe ich gerade die Tagesnachrichten gesehen«, sagte sie und blickte wieder besorgt. »Ich wusste nicht, dass ihr ausgerechnet dort Station macht, deswegen habe ich die Vorfälle nicht mit euch in Verbindung gebracht.«

»In welche Verbindung?«, fragte ich und ahnte nichts Gutes.

»Die Polizei hat das Stadion umstellt«, erklärte Annie. »Sie sagen, dort befänden sich die Mörder von Tom Jones und den anderen Opfern. Mir hätte schon vorhin, als du von Tommy erzählt hast, ein Licht aufgehen sollen …« Wütend über sich selbst, schüttelte sie den Kopf und fuhr dann fort: »Das Stadion ist abgeriegelt. Als die Nachrichten liefen, hatte die Polizei es noch nicht gestürmt. Doch sie sagten, dass sie bei dieser Operation mit Scharfschützen arbeiten und nicht vor Todesopfern zurückscheuen würden. Einer der Reporter …« Sie verstummte.

»Los, erzähl schon«, befahl ich mit rauer Stimme.

»Einer der Reporter berichtete, er habe noch nie einen so schwer bewaffneten Einsatz erlebt. Er …« Sie schluckte und schloss flüsternd: »Er sagte, die Polizei wolle hart durchgreifen. Es sehe so aus, als seien die Beamten entschlossen, jeden im Stadion zu erschießen.«

5 Immer schön eins nach dem anderen. Zuerst mal mussten wir Annie und Darius in Sicherheit bringen. Solange ich mir um meine Schwester und ihren Sohn Sorgen machte, konnte ich mich nicht darauf konzentrieren, einen Rettungsplan für meine im Stadion gefangenen Freunde auszuhecken. Dazu war ich erst imstande, wenn sich die beiden an einem sicheren Ort befanden, außer Reichweite von Steve. Bis dahin war ich nur bedingt einsatzfähig.

Annie wehrte sich mit Händen und Füßen dagegen, die Stadt zu verlassen. Sie wollte in ihrem Haus bleiben und kämpfen. Als ich ihr jedoch von einigen Abscheulichkeiten erzählte, die Steve in den letzten Jahren begangen hatte, wurde sie etwas umgänglicher und fügte sich schließlich. Zuerst beharrte sie darauf, dass ich mitkommen sollte. Sie hatte mich jahrelang für tot gehalten und wollte mich jetzt nicht so schnell wieder verlieren.

»Das geht nicht«, seufzte ich. »Jedenfalls nicht, solange meine Freunde in Gefahr schweben. Wenn alles vorbei ist, finde ich schon heraus, wo du steckst.«

»Vielleicht bringt Steve dich vorher um!«, rief Annie. Darauf musste ich ihr die Antwort schuldig bleiben.

»Was ist mit Darius?«, beharrte sie. »Du hast gesagt, er benötigt jemanden, der ihm alles beibringt. Was soll er ohne dich anfangen?«

»Gib uns deine Handynummer«, erwiderte ich. »Bevor wir zum Stadion aufbrechen, informiert Alice ihre Leute. Schlimmstenfalls setzt sich jemand anders mit euch in Verbindung. Dann schickt man euch einen Vampir, der Darius entweder selbst unterrichtet oder ihn auf der Reise zum Vampirberg begleitet, wo Seba Nile oder Vanez Blane sich um ihn kümmern.«

»Wer ist denn das?«, fragte Annie.

»Alte Freunde von mir«, lächelte ich. »Sie können Darius alles beibringen, was ein Vampir wissen muss.« Trotzdem ließ Annie nicht locker und versuchte, mich zum Mitkommen zu überreden. Sie sagte, ich gehörte zu ihr und Darius, ich sei ihr Bruder gewesen, bevor ich zum Vampir wurde, und müsse zuerst an sie, meine Schwester, denken. Aber da täuschte sie sich. Seitdem ich Vampirfürst geworden war, hatte ich der Menschenwelt den Rücken gekehrt. Ich fühlte mich Annie zwar immer noch verbunden und liebte sie, doch die Sippe hatte Vorrang.

Als Annie einsah, dass sie mich nicht umstimmen konnte, packte sie den immer noch schlafenden Darius auf den Rücksitz ihres Autos und machte sich unter Tränen daran, einige Habseligkeiten zusammenzuraffen. Ich riet ihr, so viel wie möglich mitzunehmen und danach nicht mehr vorbeizukommen. Wenn wir Steve besiegten, konnten sie und Darius in ihr Haus zurückkehren. Andernfalls würde ihr jemand die restlichen Sachen bringen. Das Haus müsste dann verkauft werden, und die beiden würden sich versteckt halten und so lange unter dem Schutz der Sippe stehen, wie diese dazu imstande war. (Ich hütete mich zu sagen: »Bis zum Untergang der Sippe«, obgleich ich genau das dachte.) Vielleicht war das nicht gerade das Leben, von dem Annie immer geträumt hatte, aber es war auf jeden Fall besser, als Steve in die Hände zu fallen.

Annie drückte mich noch einmal fest an sich, bevor sie ins Auto stieg. »Das Ganze ist so ungerecht«, schluchzte sie. »Es gibt so vieles, was ich noch nicht von dir weiß. Ich habe noch tausend Fragen an dich und möchte dir unendlich viel erzählen.«

»Mir geht's genauso«, sagte ich und blinzelte, um meine Tränen zu verbergen. Alles war so sonderbar. Als würde mein Leben im Schnelldurchlauf an mir vorbeirasen.

Obwohl wir erst vor wenigen Stunden in den Cirque du Freak zurückgekehrt waren, um mit Meister Riesig zu reden, kam mir diese kurze Zeitspanne ungeheuer lang vor. Am liebsten

hätte ich auf die Bremse getreten und mir eine Ruhepause verschafft, um alles zu verstehen, was passiert war. Doch das Leben folgt eigenen Gesetzen – ohne Tempolimit, wohlgemerkt. Manchmal gelingt es einem, die Zügel zu packen und den Lauf der Ereignisse zu verzögern, ein andermal nicht.
»Kannst du wirklich nicht mit uns kommen?«, unternahm Annie einen letzten Versuch.
»Nein«, beharrte ich. »Ich würde gern … aber es ist unmöglich.«
»Dann wünsche ich dir alles Glück der Welt, Darren«, seufzte sie. Sie gab mir einen Kuss, wollte noch etwas sagen, brach aber stattdessen erneut in Tränen aus.
Hastig stieg sie ins Auto, warf einen prüfenden Blick auf Darius, ließ den Motor an und brauste mit Vollgas in die Nacht hinein, während ich mit gebrochenem Herzen vor unserem Haus stehen blieb.
»Geht's dir so einigermaßen?«, fragte Alice leise hinter mir.
»Ja«, antwortete ich und wischte mir die Tränen ab. »Ich wünschte, ich hätte mich von Darius verabschieden können.«
»Es ist doch kein Abschied für immer«, sagte Alice. »Ihr seht euch bestimmt bald wieder.«
»Hoffentlich«, seufzte ich gegen besseres Wissen. Wie es auch ausgehen mochte, ich hatte das sichere Vorgefühl, dass ich Annie und Darius heute Abend zum letzten Mal gesehen hatte. Ich nahm mir ein Minute Zeit und schickte den beiden ein stummes Lebewohl hinterher. Dann drehte ich mich um und konzentrierte meine ganze Energie auf die bevorstehenden Schwierigkeiten und die gefährliche Situation, in der meine Freunde vom Cirque du Freak steckten.

Wir gingen ins Haus zurück und besprachen, wie es weitergehen sollte. Alice war dafür, dass wir der Stadt so schnell wie möglich den Rücken kehrten und unsere Freunde und Verbündeten im Stadion ihrem Schicksal überließen. »Zu dritt sind wir diesem Riesenpolizeiaufgebot dort hoffnungslos unterlegen«, erklärte sie. »Steve Leonard ist wichtiger für uns. Die anderen müssen selbst sehen, wie sie mit heiler Haut herauskommen.«

»Sie sind doch unsere Freunde«, murmelte ich. »Wir können sie nicht einfach im Stich lassen.«

»Es bleibt uns nichts anderes übrig«, beharrte sie. »Auch wenn es noch so wehtut. Wir können ihnen im Moment nicht helfen, ohne uns selbst in Lebensgefahr zu bringen.«

»Aber Evra ist dort … Harkat … und *Debbie.*«

»Ich weiß«, entgegnete sie niedergeschlagen, blieb jedoch unnachgiebig. »Wie gesagt, auch wenn es schmerzt. Wir können ihnen nicht helfen.«

»Ich sehe das anders«, gab ich zurück. »Ich glaube …« Ich schwieg. Plötzlich widerstrebte es mir, meine Gedanken zu äußern.

»Raus damit«, ermunterte Vancha mich.

»Ich kann es nicht genau erklären«, sagte ich und ließ den Blick langsam zu Evanna schweifen. »Aber ich vermute, dass Steve im Stadion ist. Er wartet auf uns. Er hat uns schon mal die Polizei auf den Hals gehetzt, damals, als Alice noch dazugehörte, und ich halte es für unwahrscheinlich, dass er denselben Trick wiederholt. Das wäre ja langweilig. Er ist versessen auf originelle Einfälle und neuen Nervenkitzel. Das Polizeiaufgebot vor dem Stadion ist bloß ein Ablenkungsmanöver.«

»Er hätte uns schon im Filmtheater in die Falle locken können«, sinnierte Vancha und spann meinen Gedanken weiter. »Doch dieses Szenario wäre längst nicht so raffiniert gewesen wie der Schauplatz unserer letzten Begegnung, die Kammer der Vergeltung.«

»Genau«, stimmte ich zu. »Der Augenblick für den Endkampf ist gekommen. Er hat sich bestimmt etwas ganz Besonderes,

möglichst Exotisches ausgedacht. Er ist eben ein Bühnenmensch, genau wie die Artisten vom Cirque du Freak. Er liebt die große Geste. Das Stadion ist der ideale Kampfplatz. Es wäre wie bei den Gladiatorenkämpfen im alten Rom.«
»Wenn du falsch liegst, haben wir ein echtes Problem«, kommentierte Alice unbehaglich.
»Wir sind Kummer gewohnt«, schnaubte Vancha. Mit Blick auf Evanna hob er keck eine fragende Braue. »Wie wär's mit einem kleinen Tipp, Gnädigste?«
Zu unserer Überraschung nickte die Hexe nachdenklich. »Darren hat Recht. Entweder ihr geht jetzt ins Stadion und stellt euch eurem Schicksal, oder ihr flieht und überlasst den Vampyren den Sieg.«
»Ich dachte, Ihr dürftet über so was nicht reden«, stellte Vancha verdutzt fest.
»Die letzte Runde in diesem Spiel hat begonnen«, erwiderte Evanna dunkel. »Jetzt kann ich offener über bestimmte Dinge reden, ohne dadurch in den Lauf der Zukunft einzugreifen.«
»Die Zukunft wird auf jeden Fall anders aussehen, wenn wir jetzt den Schwanz einziehen und abhauen«, schnaubte Vancha.
»Nein«, schmunzelte Evanna. »Keineswegs. Dann würden nur die Vampyre gewinnen. Außerdem«, setzte sie mit breiter werdendem Lächeln hinzu, »würdest du doch nie und immer den Schwanz einziehen und abhauen, oder?«
»In tausend Jahren nicht!«, sagte Vancha und unterstrich seine Worte, indem er kräftig an die Wand spuckte. »Aber deswegen müssen wir auch nicht gleich wie Trottel in die Falle tappen. Zuerst mal kundschaften wir das Stadion aus. Falls Leonard sich dort herumtreibt, verschaffen wir uns gewaltsam Zutritt und machen ihn einen Kopf kürzer. Wenn nicht, müssen wir woanders nach ihm suchen und das Zirkusvölkchen sich selbst überlassen. Im Augenblick gibt es schließlich keinen Grund,

Kopf und Kragen für die anderen zu riskieren, stimmt's, Darren?«
Ich dachte an meine seltsamen Freunde, an Evra, Merla, Hans Hände und die anderen. Ich stellte mir vor, was Harkat und Debbie alles zustoßen konnte. Anschließend hielt ich mir vor Augen, was meinen Leuten, den Vampiren, zustoßen könnte, wenn wir unser Leben aufs Spiel setzten, um Verbündeten zu helfen, die keine Vampire waren.
»Ja«, pflichtete ich ihm traurig bei und kam mir wie ein Verräter vor, obgleich ich wusste, dass meine Entscheidung die einzig richtige war.
Alice und Vancha überprüften ihre Waffen, während ich ein paar scharfe Küchenmesser einsteckte. Nach einigen Telefonanrufen hatte Alice den Begleitschutz für Annie und Darius organisiert. Mit Evanna im Schlepptau machten wir uns schließlich auf den Weg. Zum zweiten Mal verließ ich mein einstiges Elternhaus, und diesmal ahnte ich tief in meinem Inneren, dass ich nie wieder zurückkehren würde.

6

Wir durchquerten die Stadt ohne Zwischenfälle. Offenbar waren sämtliche Polizeieinheiten rund um das Stadion zusammengezogen worden. Unterwegs gab es weder Straßensperren noch Patrouillen. Alles war wie ausgestorben, und es herrschte eine gespenstische Stille. Die Menschen waren zu Hause oder im Pub und verfolgten die Belagerung des Stadions auf dem Bildschirm. Alle warteten nur darauf, dass sich das Gewitter entlud. Diese spannungsgeladene Ruhe kannte ich bereits, es war die Ruhe vor dem Sturm, der Kampf und Tod verheißt.
Dutzende von Streifenwagen und grünen Minnas hatten sich wie ein Ring um das Stadion gelegt. An sämtlichen Ein- und

Ausgängen waren schwer bewaffnete Einsatzkräfte postiert. Um Schaulustige und die Presse abzuhalten, hatte man Sperren errichtet. Gleißende Scheinwerfer waren auf die Mauern des Stadions gerichtet. Schon von weitem begannen meine lichtempfindlichen Augen zu tränen, und ich musste stehen bleiben und mir eine schützende Augenbinde aus dickem Stoff anlegen.

»Bist du sicher, dass du das schaffst?«, fragte Alice und musterte mich zweifelnd.

»Was sein muss, das muss sein«, knurrte ich, war jedoch insgeheim nicht überzeugt. Körperlich war ich so ziemlich am Ende, ich fühlte mich noch mieser als seinerzeit nach meiner Flucht aus dem Vampirberg. Damals hatte ich bei meinen Einweihungsprüfungen versagt. Die Purifikation machte mir zu schaffen, meine Schulterwunde schmerzte, ich war vollkommen erschöpft, und der Blutaustausch mit meinem Neffen hatte mir den Rest gegeben. Eigentlich wollte ich nur schlafen und verspürte nicht die geringste Lust, mich einem Kampf auf Leben und Tod zu stellen. Doch das Leben lässt uns keine Wahl, um den geeigneten Zeitpunkt für entscheidende Ereignisse auszuwählen. Wir müssen uns ihnen stellen, egal, in welchem Zustand wir uns befinden.

Vor den Straßensperren drängten sich immer mehr Schaulustige. Wir mischten uns darunter. In der Dunkelheit und eingekeilt in der Menge bemerkte uns die Polizei nicht. Nicht einmal Vancha und Evanna in ihrem sonderbaren Aufzug fielen auf. Während wir uns allmählich durch die Menge arbeiteten, sahen wir dicke Rauchwolken aus dem Stadion aufsteigen und hörten vereinzelte Schüsse.

»Was ist denn da drin los?«, fragte Alice ein paar Zuschauer direkt an der Absperrung. »Ist die Polizei schon im Stadion?«

»Noch nicht«, erwiderte ein untersetzter Mann mit Reiterkappe. »Aber vor einer Stunde ist ein Vortrupp hineinmarschiert, irgendeine Spezialeinheit. Die meisten hatten Glatzen und trugen braune Hemden und schwarze Hosen.«

»Und ihre Augen waren ganz rot angemalt!«, stieß ein Junge aufgeregt hervor. »Ich glaube, das war Blut.«

»Unsinn«, lachte die Mutter des Jungen. »Das war nur Farbe, damit die Scheinwerfer sie nicht blenden.«

Beunruhigt über diese neue Information, zogen wir uns zurück. Im Weggehen hörte ich, wie der Junge sagte: »Du, Mama, die eine Frau dort war in Seile gewickelt.«

Woraufhin seine Mutter ihn mit einem scharfen »Hör doch mit deinen ewigen Geschichten auf!« zurechtwies.

»Anscheinend hast du Recht gehabt«, sagte Alice, als wir uns wieder in sicherem Abstand befanden. »Die Vampets sind hier, und in der Regel sind sie niemals ohne ihre Herren unterwegs.«

»Warum hat die Polizei sie nur hineingelassen?«, wunderte ich mich. »Arbeiten die jetzt etwa schon für die Vampyre?«

Wir wechselten einen zweifelnden Blick. Bisher hatten Vampire und Vampyre noch nie Menschen in ihre Kämpfe verwickelt. Obwohl beide Seiten dabei waren, ihre Streitkräfte durch menschliche Hilfstruppen zu verstärken, hatten sie den Krieg der Narben immer vor den Menschen verheimlicht. Wenn die Vampyre mit diesem uralten Brauch gebrochen hatten und Menschen für ihre Zwecke einspannten, leitete das eine besorgniserregende Wende ein.

»Ich gehe immer noch als Hauptkommissarin durch«, verkündete Alice. »Wartet hier. Ich mach mich mal schlau.«

Geschickt bahnte sie sich einen Weg durch die Meute und passierte die Barriere. Sofort stellte sich ihr ein Polizist in den Weg, aber nach einem hastigen, gedämpften Wortwechsel führte er sie zu einem der Diensthabenden.

Vancha und ich warteten voller Sorge. Evanna stand gelassen neben uns. Ich nahm mir die Zeit, um meine Lage zu analysieren. Meine schlechte körperliche Verfassung war gefährlich, und auf meine Sinneswahrnehmungen konnte ich mich nicht mehr verlassen. Mein Kopf pochte, und ich zitterte am ganzen Leib. Ich hatte Alice gesagt, ich sei bereit für einen Kampf, doch wenn ich ehrlich war, musste ich mir eingestehen, dass ich keine Ahnung hatte, ob ich durchhalten würde. Es wäre vernünftiger, wenn ich mich zurückziehen und ausruhen würde. Aber Steve ließ mir keine Wahl. Er saß am Drücker. Ich musste mich durchbeißen so gut es ging und die Vampirgötter um Hilfe anflehen.

Während ich wartete, fiel mir Evannas Prophezeiung wieder ein. Wenn der entscheidende Kampf zwischen Vancha, mir und Steve heute Abend stattfand, würde einer von uns sterben. War Vancha oder ich das Opfer, würde Steve zum Herrn der Schatten werden und die Vampyre zu Herrschern der Nacht und der Menschheit machen. Kam Steve ums Leben, war ich der Herr der Schatten. Ich würde mich gegen Vancha wenden und die Welt vernichten.

Es musste noch einen anderen Ausweg geben. Nur, welchen? Sollte ich versuchen, mit Steve Frieden zu schließen? Nach allem, was er Mr. Crepsley, Tommy, Shancus und so vielen anderen angetan hatte, war das für mich einfach ausgeschlossen! Eine friedliche Lösung kam nicht in Frage.

Welche andere Möglichkeit gab es dann? Ich konnte es doch nicht einfach hinnehmen, dass die Welt zum Untergang verdammt war. Evannas Prophezeiung war mir piepegal. Es musste einen Weg geben, den Aufstieg des Herrn der Schatten zu verhindern. Irgendeinen ...

Zehn Minuten später kehrte Alice mit düsterer Miene zurück. »Hier tanzt alles nach der Pfeife der Vampyre«, sagte sie knapp. »Ich habe mich als Hauptkommissarin ausgegeben und meine Hilfe angeboten. Der Einsatzleiter hat behauptet, sie hätten die Situation unter Kontrolle. Ich habe ihn nach der Spezialeinheit mit den braunen Hemden gefragt. Er meinte, sie sei von der Regierung geschickt worden. Obwohl er es nicht direkt gesagt hat, vermute ich, dass er seine Befehle von den Vampyren erhält. Keine Ahnung, ob sie ihn geschmiert oder bedroht haben, jedenfalls haben sie ihn in der Hand, so viel ist sicher.«

»Dann konntest du ihn wahrscheinlich nicht dazu überreden, dass er uns ins Stadion lässt, oder?«, wollte Vancha wissen.

»Nicht nötig. Einer der Hintereingänge ist nicht abgesperrt. Die Polizei hält den Zugang frei. Die Beamten haben Anweisung, sich nicht einzuschalten, wenn jemand ins Stadion geht.«

»Das hat er dir gesagt?«, fragte ich überrascht.

»Er hat den Befehl, es jedem zu sagen, der fragt«, gab Alice zurück. Sie spuckte verächtlich auf den Boden. »Verräter!«

Vancha sah mich an und lächelte dünn. »Leonard ist da drin, stimmt's?«

»Mit Sicherheit«, nickte ich. »So was würde er sich nie entgehen lassen.«

Vancha deutete mit hochgerecktem Daumen zur Stadionmauer hinüber. »Das alles hat er nur für uns eingefädelt. Wir sind die Ehrengäste. Es wäre eine Schande, ihn zu enttäuschen.«

»Schätzungsweise kommen wir da nicht wieder lebend raus«, merkte ich an.

»Immer diese Schwarzmalerei!«, sagte Vancha und schnalzte tadelnd mit der Zunge.

»Also, was machen wir jetzt?«, fragte Alice. »Gehen wir rein, obwohl wir in der Minderheit und praktisch unbewaffnet sind?«

»Na klar«, erwiderte Vancha nach kurzem Nachdenken. »Für weise Entscheidungen habe ich schon zu viele Jahre auf dem Buckel.«

Ich grinste meinen Mitfürsten an. Alice zuckte die Achseln.

Evannas Miene war so undurchdringlich wie immer. Damit schlichen wir ohne weitere Diskussion zu dem unbewachten Eingang.

Die Scheinwerfer an der Rückseite des Stadions leuchteten weniger grell. Nur wenige Schaulustige hatten sich hierher verirrt. Es wimmelte zwar nur so von Polizisten, doch befehlsgemäß übersahen uns die Beamten geflissentlich.
Als wir zwischen einer Lücke in der Polizeikette ins Stadion schlüpfen wollten, blieb Alice plötzlich stehen. »Mir kommt gerade eine Idee«, sagte sie zögernd. »Wenn wir alle zugleich hineingehen, kesseln sie uns ein und versperren uns den Fluchtweg. Greifen wir sie jedoch von zwei Seiten an …«
Sie erklärte uns schnell ihren Plan. Vancha und mir leuchtete der Einfall sofort ein, und wir warteten, bis Alice die nötigen Telefonanrufe erledigt hatte. Wir mussten unsere Ungeduld eine Stunde lang zügeln und nutzten die Zwangspause, um uns zu entspannen und geistig und körperlich auf die vor uns liegende Aufgabe vorzubereiten. Wir beobachteten, wie die aus dem Stadion aufsteigenden Rauchwolken zusehends dunkler wurden und die Zuschauermenge hinter der Sperre stetig anschwoll. Viele der Neuankömmlinge waren Landstreicher und Obdachlose. Sie mischten sich unauffällig unter die Schaulustigen und schoben sich allmählich bis an die Absperrung vor, wo sie ruhig und unbemerkt warteten.
Als alles vorbereitet war, reichte Alice mir eine Pistole, und wir sagten ihr Lebewohl. Zum Abschied nahmen wir uns alle drei an den Händen und wünschten einander Glück. Dann fassten Vancha und ich den Eingang ins Auge. Erhobenen Hauptes passierten wir die bewaffneten Einsatzkräfte und schritten darauf zu. Evanna wandelte wie ein Geist hinter uns her. Die Beamten schlugen die Augen nieder oder wandten uns den Rücken zu, als wir an ihnen vorbeimarschierten. We-

nige Augenblicke später tauchten wir vom hellen Scheinwerferlicht in die dämmrige Dunkelheit des Stadiontunnels ein und strebten unserer Verabredung mit dem Schicksal entgegen.

Wir hatten die Höhle des Leoparden betreten.

7

Trotz vielfacher Windungen führte der Gang direkt unter den Rängen bis zum Rasen. Auf dem Weg dorthin wechselten Vancha und ich kein Wort. Wenn Steve auf uns wartete und dieses nächtliche Abenteuer zu unseren Ungunsten ausging, würde einer von uns in den nächsten Stunden sterben. In einer derartigen Situation gibt es nicht viel zu sagen. Vancha machte wahrscheinlich seinen Frieden mit den Vampirgöttern. Mich hingegen beunruhigte eher der Gedanke an das, was nach dem Kampf geschehen würde. Fieberhaft suchte ich nach einer Möglichkeit, den Aufstieg des Herrn der Schatten zu verhindern.

Im Tunnel begegneten wir keiner Menschenseele. Als wir an der Mündung angelangt waren, blieben wir eine Minute stehen und betrachteten wie betäubt die Verwüstungen, die Steves Truppen angerichtet hatten. Zu unserer Linken, ein wenig abseits, nahm Evanna ebenfalls das Gemetzel in Augenschein.

Die Spitze des Zirkuszeltes und die meisten der Wagen und Zelte standen in hellen Flammen. Die Luft war rauchgeschwängert. Man hatte die Zirkusleute etwa zwanzig Meter vom Tunnel entfernt und außer Reichweite der Schutz bietenden Ränge zusammengetrieben. Dicht neben Evra und Merla entdeckte ich Harkat. Noch nie hatte ich sein graues Gesicht so wütend gesehen. Acht bis an die Zähne bewaffnete Vampets bewachten die Gruppe, und die Scheinwerfer der Zeltkuppel waren direkt auf sie gerichtet. In der Nähe der Gefangenen

lagen auch einige Tote. Bei den meisten handelte es sich um Bühnenarbeiter, aber ich entdeckte auch einen unserer altgedienten Stars. Der hagere, biegsame, Musik liebende Alexander Knochen würde nie wieder die Bühne betreten.
Ich riss mir das schützende Tuch von den Augen und wartete, bis ich mich an die Helligkeit gewöhnt hatte, bevor ich unter den Überlebenden nach Debbie Ausschau hielt. Ich konnte sie nirgends sehen. Von Panik ergriffen, überprüfte ich erneut die Gesichter und Leiber der Toten und hatte schreckliche Angst, Debbie könnte sich unter ihnen befinden – doch sie war spurlos verschwunden.
Einige Vampyre und Vampets marschierten durchs Stadion, umkreisten die brennenden Zelte und Wagen und hielten die Flammen unter Kontrolle. Während ich sie mit den Augen verfolgte, schlenderte Meister Schick aus der brennenden Zirkuskuppel und rieb sich die Hände. Er hatte Meister Riesigs roten Zylinder und dessen Handschuhe angelegt. Instinktiv begriff ich, dass er Meister Riesigs Leiche im Zelt gelassen hatte und die brennende Kuppel als improvisiertes Krematorium benutzte. Obwohl Meister Schick nicht niedergeschlagen wirkte, erkannte ich an der würdevollen Haltung, mit der er Zylinder und Handschuhe trug, dass der Tod seines Sohnes ihn nicht völlig unberührt ließ.
Zwischen dem brennenden Zelt und den überlebenden Mitgliedern des Cirque du Freak entdeckte ich etwas Neues – es war ein hastig zusammengezimmerter Galgen. Mehrere Stricke hingen am Querbalken. Alle Schlingen waren leer, bis auf eine: Dort baumelte der arme Shancus Von an seinem schmalen Nacken.
Als ich den Jungen sah, schrie ich auf und machte Anstalten, hinüberzurennen.
Vancha packte mein linkes Handgelenk und riss mich zurück. »Jetzt können wir ihm auch nicht mehr helfen«, knurrte er.

»Aber ...«, protestierte ich.
»Sieh mal etwas tiefer«, sagte er ruhig.
Ich folgte der Aufforderung und stellte fest, dass einige Vampyre unter dem Querbalken standen und Seile zu Schlingen knüpften. Sie waren mit Schwertern oder Streitäxten bewaffnet. Hinter ihnen, leicht erhöht (auf was mochte er wohl stehen?), ragte bösartig lächelnd ihr Herr und Meister auf, der Lord der Vampyre – Steve Leopard. Er hatte uns noch nicht bemerkt.
»Ganz ruhig«, befahl Vancha, der meine plötzliche Anspannung spürte. »Nur nichts überstürzen.« Sein Blick wanderte langsam nach links und rechts. »Wie viele Vampyre und Vampets sind hier? Halten sich einige in den Rängen oder hinter den brennenden Zelten und Wagen versteckt? Lass uns erst mal die Lage peilen, bevor wir uns ins Vergnügen stürzen.«
Ich holte tief Luft, zwang mich zum Nachdenken und sondierte das Terrain. Ich zählte vierzehn Vampyre, neun davon um Steve geschart, und mehr als dreißig Vampets. Gannen Harst konnte ich nicht entdecken, vermutete jedoch, dass er sich in Steves Nähe aufhielt und von den Zirkusleuten und den Galgen verdeckt wurde.
»Meiner Schätzung nach treiben sich mindestens zwölf Vampyre und dreimal so viele Vampets hier rum, oder?«, fragte Vancha.
»So ungefähr«, stimmte ich zu.
Vancha warf mir einen Seitenblick zu und zwinkerte. »Dann kann ja nichts mehr schief gehen, Sire.«
»Glaubst du echt?«
»Ist doch gar keine Frage«, gab er mit gespielter Zuversicht zurück. Wir wussten beide genau, dass wir praktisch keine Chance hatten. Unsere Feinde waren nicht nur in großer Überzahl, sondern auch schwer bewaffnet. Unser einziger Trumpf bestand darin, dass sie uns nicht töten konnten. Meis-

ter Schick hatte ihren Untergang vorhergesagt, falls uns ein anderer als der Lord höchstpersönlich den Garaus machte.
Ohne ein weiteres Wort gingen wir gleichzeitig zum Angriff über. Ich hielt in jeder Hand ein Messer. Vancha hatte einige Shuriken gezückt, war aber ansonsten unbewaffnet. Wenn es hart auf hart kam, schwor er darauf, mit bloßen Händen zu kämpfen. Dicht hinter uns betrat Evanna die Arena.
Die Vampets, die die gefangen genommene Zirkustruppe bewachten, bemerkten uns zwar, doch ihre einzige Reaktion bestand darin, dass sie dichter um die Gefangenen zusammenrückten. Sie hielten es nicht einmal für nötig, die anderen zu warnen. Kurz darauf begriff ich auch, warum. Steve und seine Spießgesellen hatten uns längst entdeckt. Steve stand auf einer Kiste oder etwas Ähnlichem und sah uns beglückt entgegen, während die um ihn gruppierten Vampyre mit erhobenen Waffen in Angriffsstellung gingen.
Auf dem Weg zu Steve mussten wir an den gefangenen Zirkusleuten vorbei. Ich hielt an, als wir an Evra, Merla und Harkat vorüberkamen. Evra und Merla hatten Tränen in den Augen. Harkats runde grüne Augen blitzten wütend. Er hatte seine Schutzmaske heruntergezogen und die scharfen grauen Zähne entblößt (er konnte zwölf Stunden ohne Maske überleben). Ich sah Evra und Merla traurig an und blickte dann zu ihrem am Galgen baumelnden Sohn hinüber. Die Wachposten behielten mich scharf im Auge, rührten sich aber nicht.
»Komm schon«, befahl Vancha und zog mich am Ellbogen.
»Es tut mir so Leid«, krächzte ich Evra und Merla heiser zu. Ich musste einfach etwas zu ihnen sagen. »Ich hätte nicht … ich wollte nicht … wenn ich könnte …« Ich verstummte und wusste nicht weiter.
Evra und Merla schwiegen einen Moment. Dann brach Merla mit einem gellenden Schrei durch die vor ihr aufgereihten Wachposten und warf sich auf mich. »Ich hasse dich!«, kreisch-

te sie, zerkratzte mir das Gesicht und spuckte vor Zorn. »Deinetwegen musste mein Sohn sterben!«
Ich stand da wie erstarrt. Vor Scham war mir speiübel. Schreiend und weinend riss Merla mich zu Boden und drosch mit den Fäusten auf mich ein. Einige Vampets traten vor, um sie von mir wegzuziehen, doch Steve brüllte: »Nein! Lasst sie! Jetzt wird's richtig lustig!«
Wir rollten von den Wachposten weg, und Merla schlug unaufhörlich auf mich ein. Ich versuchte nicht einmal, mich zu verteidigen, während sie mir jedes denkbare Schimpfwort ins Gesicht schleuderte. Ich hatte nur den einen Wunsch, dass sich die Erde auftun und mich verschlingen möge.
Plötzlich senkte Merla den Kopf, als wolle sie mich beißen, und flüsterte mir ins Ohr: »Steve hat Debbie.« Ich glotzte sie sprachlos an. Sie überschüttete mich mit weiteren Beleidigungen und flüsterte erneut: »Wir haben uns nicht gewehrt. Die denken, wir haben keinen Mumm in den Knochen, dabei haben wir nur auf dich gewartet. Harkat hat gesagt, du würdest kommen und uns anführen.«
Sie versetzte mir einen groben Schlag an den Kopf und blickte mir dann in die Augen. »Es war nicht deine Schuld«, sagte sie und lächelte kaum merklich und unter Tränen. »Wir hassen dich nicht. Steve ist böse, nicht du.«
»Aber ... hätte ich nicht ... wenn ich Vancha befohlen hätte, R.V. zu töten ...«
»So darfst du nicht denken«, fauchte sie. »Du bist unschuldig. Hilf uns jetzt dabei, die echten Schuldigen zu töten! Gib uns ein Zeichen, wenn du so weit bist, dann schlagen wir zu. Wir kämpfen bis zum letzten Mann.«
Sie fing wieder an zu kreischen und packte mich beim Hals, als wolle sie mich würgen. Dann ließ sie sich auf den Boden fallen und schluchzte hemmungslos. Evra drängte sich an der Wache vorbei zu seiner Frau, half ihr auf die Beine und führte sie wie-

der zu den Zirkusleuten zurück. Er warf mir nur einen kurzen Blick zu, aber ich las darin dasselbe wie in Merlas Augen. Trauer um den Sohn, Hass auf Steve und seine Bande und Mitleid mit mir.

Ich fühlte mich trotzdem immer noch schuldig an Shancus' Tod. Doch Evras und Merlas Mitgefühl verliehen mir die Kraft durchzuhalten. Hätten sie mich gehasst, bezweifle ich, dass ich weitergemacht hätte. Ihre Unterstützung dagegen gab mir nicht nur neue Energie, sondern ich hatte plötzlich das Gefühl, dass ich gar nicht anders handeln konnte. Ich musste zumindest um ihretwillen kämpfen, wenn es für mich selbst auch vielleicht schon zu spät sein mochte.

Ich erhob mich und spielte den zutiefst Erschütterten. Als Vancha herantrat, um mir beim Aufstehen zu helfen, sagte ich schnell und gefasst: »Sie halten zu uns. Sobald wir kämpfen, legen sie auch los.«

Er hielt einen Augenblick inne und untersuchte mein zerkratztes Gesicht, als habe er kein Wort gehört. Er fragte mich lautstark, ob Merla mich verletzt habe, ob es mir gut gehe oder ob ich eine kurze Verschnaufpause einlegen wolle.

»Mir geht's gut«, knurrte ich, schob ihn vorwärts und kehrte meinen Freunden den Rücken, als sei ich zutiefst beleidigt. »Merla hat gesagt, Steve hat Debbie«, zischte ich Vancha aus dem Mundwinkel und ohne die Lippen zu bewegen zu.

»Vielleicht können wir sie nicht retten«, zischte er zurück.

»Ich weiß«, flüsterte ich unbewegt. »Versuchen wir's trotzdem?«

Nach kurzer Pause tönte sein zustimmendes »In Ordnung« zu mir herüber.

Damit beschleunigten wir unsere Schritte und marschierten schnurstracks auf den Galgen und die grinsende, dämonische halb vampyrische Bestie zu, die uns dort, im Schatten des baumelnden Shancus Von, erwartete.

8 »Stehen bleiben!«, herrschte uns einer der neun Vampyre an, die einen schützenden Ring um Steve gebildet hatten, als wir uns der Gruppe bis auf ungefähr fünf Meter genähert hatten. Wir gehorchten. Jetzt erkannte ich, dass Steve auf der Leiche eines Zirkusmitgliedes stand. Es handelte sich um Pasta O'Malley, der zu Lebzeiten nicht nur schlafwandelte, sondern sogar im Schlaf zu lesen pflegte. Rechts neben Steve entdeckte ich Gannen Harst, der uns mit gezücktem Schwert aufmerksam und angespannt entgegenblickte.

»Runter mit den Wurfsternen«, blaffte der Vampyr Vancha an. Als der Angesprochene der Aufforderung nicht sogleich nachkam, richteten zwei Vampyre die Speerspitzen auf ihn. Achselzuckend befestigte Vancha die Shuriken am Gurt und ließ die Hände sinken. Ich warf einen Blick auf Shancus, dessen Leiche im Wind sanft schaukelte. Die Querbalken ächzten. Da die Purifikation meine Sinneswahrnehmungen geschärft hatte, hörte ich dieses Geräusch besonders deutlich. Es klang wie das Ächzen eines steuerlos dahintreibenden Bootes.

»Nimm ihn vom Galgen«, fauchte ich Steve an.

»Lieber nicht«, erwiderte Steve leichthin. »Mir gefällt der Anblick. Vielleicht hänge ich seine Eltern später daneben. Und seine Geschwister. Dann ist die ganze Familie wieder vereint. Was hältst du davon?«

»Warum machst du gemeinsame Sache mit diesem Irren?«, fragte Vancha seinen Bruder. »Es kümmert mich nicht, was Sal Schick über ihn sagt. Dieser Geisteskranke bringt nur Schande über die Vampyre. Du hättest ihn schon vor Jahren aus dem Weg räumen sollen.«

»Unser Blut strömt in seinen Adern«, entgegnete Gannen Harst gelassen. »Ich bin mit dem, was er tut, nicht einverstanden, und das weiß er auch, doch wir töten nun mal keine Blutsverwandten.«

»Es sei denn, sie brechen die Gesetze«, knurrte Vancha. »Leo-

nard lügt und benutzt Schusswaffen. Jeder normale Vampyr würde für diese Vergehen mit dem Tod bezahlen.«
»Er ist kein normaler Vampyr«, widersprach Gannen. »Er ist unser Lord. Salvatore Schick hat den Untergang unseres Geschlechts prophezeit, wenn wir unserem Lord Gefolgschaft und Gehorsam verweigern. Ob es mir nun gefällt oder nicht, Steve besitzt die Macht, unsere Gesetze zu brechen oder sie zu ignorieren. Ich bin nicht befugt, ihn dafür zu bestrafen.«
»Du kannst seine Handlungsweise doch nicht billigen«, beharrte Vancha.
»Nein«, gab Gannen zu. »Dennoch hat die Sippe ihn anerkannt, und ich bin ihr verpflichtet. Die Geschichte soll über Steve richten. Ich muss mich damit begnügen, zu dienen und zu beschützen in Übereinstimmung mit dem Auftrag derjenigen, die mich ernannt haben.«
Vancha funkelte seinen Bruder an und versuchte ihn durch wütendes Starren aus der Fassung zu bringen, aber Gannen ließ sich nicht beirren und erwiderte den Blick mit undurchdringlicher Miene.
Plötzlich lachte Steve. »Sind Familientreffen nicht wunderbar?«, johlte er. »Ich hatte insgeheim gehofft, dass du Annie und Darius mitbringen würdest. Stell dir mal vor, wie viel Spaß wir dann erst hätten!«
»Die befinden sich längst in Sicherheit«, erwiderte ich. Ich hatte nur einen Wunsch: Mich mit einem Satz auf dieses Monster zu stürzen und ihm die Kehle mit Händen und Zähnen zu zerfetzen, doch seine Schutztruppe hätte mich niedergeschlagen, bevor ich dazu gekommen wäre. Ich musste mich zusammenreißen und darauf hoffen, dass sich mir noch eine günstige Gelegenheit bot.
»Wie geht's meinem Sohn?«, erkundigte sich Steve. »Hast du ihn umgelegt?«
»Natürlich nicht«, schnaubte ich. »Das war nicht nötig. Als du

Shancus getötet hast, hat er begriffen, was du für ein Ungeheuer bist. Ich habe ihn dann noch über deine restlichen Ruhmestaten aufgeklärt, und Annie hat auch noch ein paar alte Geschichten beigesteuert. Du hast ihn verloren. Er ist nicht mehr dein Sohn.«

Ich hatte gehofft, Steve mit diesen Worten zu verletzen, doch er brach nur in Gelächter aus. »Na ja, ich habe mir ohnehin nie viel aus ihm gemacht. Ein magerer, launischer Flegel, der Blut nicht zu schätzen wusste. Allerdings«, fügte er kichernd hinzu, »wird sich das vermutlich bald ändern.«

»Da wäre ich mir nicht so sicher«, gab ich zurück.

»Ich habe ihn angezapft«, warf sich Steve in die Brust. »Er ist ein Halbvampyr.«

»Irrtum«, lächelte ich schadenfroh. »Er ist ein Halbvampir. Genau wie ich.«

Steve blickte mich unsicher an. »Du hast ihn ein zweites Mal angezapft?«

»Genau. Er ist jetzt einer von uns. Er muss nicht töten, wenn er sich laben will. Wie ich schon sagte, er ist nicht mehr dein Sohn, so oder so.«

Steves Miene verdüsterte sich. »Du hättest dich nicht einmischen dürfen«, knurrte er. »Der Junge gehört zu mir.«

»Er hat noch nie zu dir gehört«, erklärte ich. »Du hast ihn nur durch heimtückische List dazu gebracht, dass er das glaubte.«

Steve wollte zu einer Antwort ansetzen, begnügte sich allerdings mit einem Knurren und schüttelte missmutig den Kopf. »Egal«, murmelte er. »Der Bursche ist nicht so wichtig. Ich kümmere mich später um ihn und seine Mutter. Gehen wir lieber zu angenehmeren Themen über. Die Prophezeiung ist ja allgemein bekannt.« Er nickte zu Meister Schick hinüber, der zwischen den brennenden Zelten und Wagen herumschlenderte, ohne auf uns zu achten. »Darren oder Vancha töten mich, oder ich töte sie, und das entscheidet den Krieg der Narben.«

»Vorausgesetzt, dass Schick Recht hat und die Wahrheit sagt, ja«, warf Vancha ein.

»Glaubst du ihm etwa nicht?« Steve runzelte die Stirn. »Ich habe da so meine Zweifel«, antwortete Vancha. »Schick und seine Tochter«, hier blickte er wütend zu Evanna hinüber, »haben ihre eigenen Pläne. Im Allgemeinen glaube ich ihren Prophezeiungen, aber deswegen nehme ich noch nicht alles, was sie sagen, für bare Münze.«

»Darf man fragen, was dich dann veranlasst hat herzukommen?«, fragte Steve herausfordernd.

»Ich bin nur hier für den Fall, dass sie Recht haben sollten.«

Steve war offenkundig verwirrt. »Wie kannst du an ihren Worten zweifeln? Sal Schick ist die Stimme des Schicksals. Er sieht in die Zukunft. Er weiß, was war und was kommen wird.«

»Wir kümmern uns selbst um unsere Zukunft«, sagte Vancha. »Unabhängig davon, was heute Abend geschieht, bin ich davon überzeugt, dass wir euch eines Tages besiegen. Umlegen werde ich dich natürlich trotzdem«, fügte er mit verschlagenem Grinsen hinzu. »Nur um ganz sicherzugehen.«

»Du bist wirklich ein ahnungsloser Trottel«, brauste Steve auf und zitterte vor Wut. Sein Blick richtete sich auf mich. »Ich wette, du glaubst an die Prophezeiung.«

»Kann gut sein«, äußerte ich.

»Ach, komm schon, natürlich glaubst du dran«, lächelte Steve. »Du weißt genau, hier geht es nur um uns beide, Vancha ist doch nur ein Ablenkungsmanöver. Wir sind die Söhne des Schicksals, Herrscher oder Sklave, Sieger oder Besiegter. Lass uns beide gegeneinander kämpfen, ich schwöre, es wird ein gerechter Kampf. Nur du und ich, Mann gegen Mann, Gewinner oder Verlierer. Einer von uns wird zum Herrscher der Nacht: Entweder der Lord der Vampyre – oder der Fürst der Vampire.«

»Wie soll ich dir noch vertrauen?«, fragte ich. »Du lügst wie gedruckt, und das ist wahrscheinlich wieder einer von deinen miesen Tricks.«

»Nein«, blaffte Steve. »Ich gebe dir mein Wort.«

»Niemand gibt noch einen Pfifferling auf dein Wort«, höhnte ich. Doch Steves Miene war aufrichtig. Er meinte es ernst. Ich warf einen Seitenblick auf Vancha. »Was hältst du davon?«

»Auf keinen Fall«, sagte Vancha. »Wir halten zusammen. Wir besiegen ihn gemeinsam.«

»Und wenn er mir einen ehrlichen Zweikampf anbietet ...«

»Dieser Teufelsbraten weiß ja nicht mal, was ehrlich bedeutet!«, widersprach Vancha. »Er will dich aufs Kreuz legen, mehr nicht. Wir lassen uns auf keinen Vorschlag von Steve ein.«

»Na gut.« Ich wandte mich abermals Steve zu. »Vergiss es. Nächster Punkt?«

Im ersten Augenblick dachte ich, Steve würde über seine Schutztruppe hechten und sich auf mich stürzen. Er knirschte mit den Zähnen, ballte die Fäuste und bebte vor Wut. Gannen Harst bemerkte es ebenfalls, rückte aber zu meiner Überraschung ein wenig von Steve ab, statt ihn zu beruhigen. Vielleicht wollte er insgeheim, dass Steve zum Angriff überging, weil er seines kranken, bösen Lords überdrüssig war und eine Entscheidung herbeisehnte, ganz gleich, wie sie ausfallen mochte. Gerade als der endgültige Kampf unausweichlich schien, entspannte sich Steve plötzlich und verzog das Gesicht zu einem Lächeln. »Ich bemühe mich wirklich«, seufzte er. »Ich versuche, es allen so einfach wie möglich zu machen, aber manche Menschen sind eben von Natur aus richtige Spielverderber. Also gut. Kommen wir zum nächsten Punkt.«

Steve legte die Finger zwischen die Lippen, und ein durchdringender Pfiff ertönte. Hinter dem Galgenbaum trat R.V. hervor. Der bärtige ehemalige Umweltkämpfer hielt ein Seil zwischen den drei vereinsamt wirkenden Haken seiner Hand (der sterbende Meister Riesig hatte die anderen abgerissen).

Als er am Seil zog, schleppte sich eine gefesselte Frau hinter ihm her. Es war Debbie.

Da ich insgeheim mit etwas Derartigem gerechnet hatte, behielt ich die Nerven. R.V. zerrte Debbie ein Stück weiter vor, blieb jedoch in beträchtlicher Entfernung von Steve stehen. Der einstige Kämpfer für Frieden und den Schutz von Mutter Natur machte keinen besonders glücklichen Eindruck. Er wirkte unruhig, zuckte mit dem Kopf, wich den Blicken aus und nagte nervös an seiner Lippe, die er bereits blutig gebissen hatte. Als ich R.V. seinerzeit kennen gelernt hatte, war er ein stolzer, ehrenhafter und engagierter Mann gewesen. Dann hatte er sich in eine wahnsinnige Bestie verwandelt, die versessen darauf war, sich für den Verlust ihrer Hände zu rächen. Der Mann, der jetzt vor uns stand, war keines von beidem, sondern nur noch ein Häufchen Elend.

Steve hatte nichts von der Verwirrung seines Vasallen bemerkt. Er hatte nur Augen für Debbie. »Sieht sie nicht hinreißend aus?«, verspottete er mich. »Ein wahrer Engel. Vielleicht etwas kriegerischer als bei unserer letzten Begegnung, aber das macht sie noch anziehender.« Er sah mich verschlagen an. »Wäre doch schade, wenn ich R.V. befehlen müsste, sie wie einen tollwütigen Hund aufzuschlitzen.«

»Du kannst Debbie nicht gegen uns ausspielen«, sagte ich leise und blickte Steve unverwandt an. »Sie kennt dich und weiß, was auf dem Spiel steht. Ich liebe sie, aber die Sippe hat Vorrang. Sie versteht das.«

»Willst du mir vielleicht erzählen, du würdest einfach dabei zusehen, wie wir sie abstechen?«, kreischte Steve.

»Ja!«, rief Debbie und kam meiner Antwort zuvor.

»Ihr seid echt ein komischer Haufen«, ächzte Steve. »Ihr wollt mich wohl unbedingt ärgern. Da versuche ich, ehrlich zu sein, und ihr dreht den Spieß um und ...« Er hüpfte von Pasta O'Malleys Rücken herunter und ließ seiner Wut lautstark freien Lauf, während er hinter den Wachposten auf und ab tigerte. Ich ließ die Augen nicht von ihm. Sobald er auch nur einen Schritt aus der Deckung ging, würde ich zuschlagen. Doch obwohl Steve vor Zorn raste, achtete er genau darauf, sich keiner Gefahr auszusetzen.

Mit einem Mal blieb Steve abrupt stehen. »Dann bleibt mir eben nichts anderes übrig!«, schrie er. »Auf geht's, R.V. – mach sie kalt!«

R.V. rührte sich nicht. Niedergeschlagen blickte er vor sich auf den Boden.

»R.V.!«, brüllte Steve erneut. »Hörst du schlecht? Du sollst sie töten!«

»Ich will aber nicht«, murmelte R.V. Als er den Blick hob, erkannte ich darin Schmerz und Zweifel. »Du hättest den Jungen nicht umbringen dürfen, Steve. Er hat uns nichts getan. Das war falsch. Kinder sind unsere Zukunft, Mann.«

»Was sein muss, das muss sein«, gab Steve kurz angebunden zurück. »Das gilt auch für dich.«

»Sie ist überhaupt kein Vampir ...«

»Sie macht gemeinsame Sache mit den Vampiren!«, brüllte Steve.

»Ich weiß«, stöhnte R.V. »Aber müssen wir sie deswegen töten? Warum hast du den Kleinen umgebracht? Wir wollten Darren töten. Er ist unser Feind. Er ist daran schuld, dass ich keine Hände mehr hab.«

»Fall mir jetzt bloß nicht in den Rücken«, knurrte Steve und trat einen Schritt auf den bärtigen Vampyr zu. »Du hast schon jede Menge Tote auf dem Gewissen, Schuldige und Unschuldige. Spiel bloß nicht den Moralapostel. Das steht dir nicht.«

»Aber ... aber ... aber ...«

»Hör mit dem Gestotter auf und mach sie endlich kalt!«, donnerte Steve. Er trat einen weiteren Schritt vor und verließ dabei, ohne es zu bemerken, die sichere Deckung hinter seiner

Wache. Ich setzte zum Sprung an, doch Vancha war schneller als ich.

»Jetzt!«, brüllte mein Mitfürst, stürzte vor, zückte einen Shuriken und schleuderte ihn auf Steve. Er hätte ihn getötet, wenn der Wachposten in Steves unmittelbarer Nähe nicht darauf aufmerksam geworden wäre. Er warf sich in die Wurfbahn des tödlichen Geschosses und opferte sein Leben.

Als alle Wachposten gleichzeitig zur Seite schnellten, um Vancha den Weg zu ihrem Lord zu blockieren, zückte ich die Messer, zog die Pistole, die Alice mir vorhin beim Abschied in die Hand gedrückt hatte, hielt den Lauf hoch und feuerte dreimal in die Luft – unser Signal zum Angriff!

9

Noch bevor mein dritter Schuss verhallte, ertönten bereits Gewehrsalven vor dem Stadion. Alice und ihre Vampiriten hatten unser Signal vernommen und das Feuer auf die Polizei eröffnet. Alice hatte die Obdachlosen zusammengetrommelt und vor den Sperren um das Stadion in Stellung gebracht, ehe Vancha und ich den Tunnel betraten. Der große Augenblick der Vampiriten, die sonst alles Überlebensnotwendige aus dem Abfall derjenigen zusammenklaubten, mit denen das Leben es besser gemeint hatte, war gekommen. Ihre Ausbildungszeit war denkbar kurz gewesen, und sie verfügten lediglich über die nötigsten Waffen, aber diese Mängel glichen sie durch Leidenschaft, Zorn und die bedingungslose Bereitschaft, sich selbst etwas zu beweisen, wieder aus. Auf mein Zeichen hin hatten sie die Sperren gestürmt und waren zum Angriff übergegangen. Ohne Rücksicht auf Verluste warfen sie sich den überraschten Einsatzkräften entgegen. Sie kämpften und starben nicht nur für ihre eigenen Leute, sondern auch für jene Menschen, in deren Augen sie nichts als Abschaum waren.

Wir konnten nur vermuten, wie sich die Polizisten verhalten würden. Vielleicht hatte Steve sie angewiesen, die Position vor dem Stadion keinesfalls aufzugeben, gleichgültig, was dort vor sich gehen mochte. Dann war Angriff der Vampiriten vollkommen zwecklos. Hatten sie jedoch den Befehl erhalten, den Vampyren und Vampets zu Hilfe zu eilen, konnten die Vampiriten sie daran hindern und uns, die wir im Stadion kämpften, etwas Luft verschaffen.
Der größte Teil von Steves Leibwächtern ging auf Vancha los, als er Anstalten machte, einen weiteren Shuriken zu schleudern, aber zwei der Wachposten stürzten sich auch auf mich. Sie überwältigten mich, brachten mich zu Fall und rissen mir die Pistole aus der Hand. Sie drückten mich mit ihrem ganzen Gewicht zu Boden, und meine energische Gegenwehr verpuffte wirkungslos. In dieser hilflosen Position hätten sie mich wohl so lange festgehalten, bis ihre Kollegen mit Vancha fertig waren. Es sei denn …
Mein Signal hatte auch die Zirkusleute aufgerüttelt. Während die Vampiriten die Polizisten vor dem Stadion angriffen, ging das bunte Zirkusvölkchen auf die Vampets los. Unbewaffnet rückten sie gegen ihre Bewacher vor und brachten sie durch ihre Überzahl in Bedrängnis. Die Vampets feuerten in die Menge und schlugen wie wild mit Schwertern und Äxten um sich, und einige der Zirkusleute sanken tot oder verletzt zu Boden. Dennoch rückte die Gruppe Zentimeter für um Zentimeter vor, kreischend, stoßend, kickend, beißend, und keine Macht der Welt hätte sie aufhalten können.
Unterdessen steuerte Harkat mit einer anderen Gruppe zu den Galgen hinüber. Er hatte sich die Axt eines toten Vampets geschnappt und mähte, sozusagen im Vorübergehen, mit einem sauberen Streich einen Vampyr nieder, der das Trüppchen aufhalten wollte.
Vancha war immer noch in einen verbissenen Kampf mit

Steves Leibwächtern verwickelt, während er versuchte, zu ihrem Herrn vorzudringen. Zwei Vampyre hatte er bereits ausgeschaltet, doch die anderen wichen keine Handbreit zurück. Mein Mitfürst war zwar von Stichwunden übersät, doch keine davon war tödlich. Als ich mich umsah, bemerkte ich, wie Gannen Harst Anstalten machte, Steve in Sicherheit zu bringen. Die beiden stritten lautstark miteinander – offenbar wollte Steve unbedingt gegen Vancha kämpfen.

R.V., der hinter den beiden Streithähnen stand, hatte Debbies Seil losgelassen und wich kopfschüttelnd und mit hinter dem Rücken verschränkten Haken Schritt für Schritt zurück. Anscheinend wollte er mit der Sache nichts mehr zu tun haben. Debbie zerrte an ihren Fesseln und versuchte, sich zu befreien.

Meine beiden Angreifer hatten inzwischen bemerkt, dass Harkat und seine kleine Truppe uns beinahe erreicht hatten. Unter heftigem Fluchen ließen sie mich los und gingen zum Gegenangriff über. Für normale Zirkusleute bewegten sich die Vampyre viel zu schnell, und drei von ihnen starben sofort, aber Truska war mit von der Partie, und die ließ sich nicht so einfach ins Jenseits befördern. Während sie auf das Angriffssignal wartete, hatte sie ihren Bart wachsen lassen, und das unnatürlich wirkende blonde Gestrüpp wallte inzwischen bis zu ihren Füßen. Als der Kampf begann, trat sie einen Schritt zurück, hob die Barthaare an (sie konnte ihre Barthaare kontrollieren wie dressierte Schlangen) und zielte mit den Strängen auf einen der Vampyre. Der Bart teilte sich in zwei Flechten, umschlang die Kehle ihres vollkommen überraschten Angreifers und zurrte sich dann mit einem Ruck fest. Der Vampyr fuchtelte wirkungslos mit dem Messer nach Bart und Bartbesitzerin, doch gegen Truskas Würgegriff hatte er keine Chance. Er fiel auf die Knie, und sein ohnehin rotes Gesicht wurde zusehends dunkler, während er vergebens nach Luft schnappte.

Harkat hatte derweil den anderen Vampyr in der Mangel. Der Kleine Kerl konnte sich zwar nicht so geschwind bewegen wie ein Vampyr, glich das allerdings durch enorme Körperkraft und schnelle Reaktionsfähigkeit aus. Harkats runden grünen Augen entging nicht die geringste Bewegung, und er hatte inzwischen schon häufig bewiesen, dass er ein ebenbürtiger Gegner war.

Ich machte einen Bogen um die mit Vancha ringenden Vampyre. Ich hatte mir eigentlich Steve vorknöpfen wollen, doch mein Erzfeind und Gannen hatten Verstärkung von drei Vampyren bekommen, die vorher durch das Stadion gestreift waren. Da die Aussichten bei diesem ungleichen Kampf nicht besonders rosig für mich waren, ging ich lieber zu Debbie hinüber und befreite sie.

»Sie haben das Stadion eingekesselt, kurz nachdem Harkat und ich angekommen sind«, rief sie, während ich das Seil um ihre Handgelenke durchschnitt. »Ich habe versucht, euch anzurufen, aber das Telefon funktionierte nicht. Das war Meister Schick. Er hat den Anruf blockiert. Ich sah seine Uhr aufleuchten und hörte ihn lachen.«

»Ist schon gut«, beschwichtigte ich. »Wir hätten euch sowieso nicht im Stich gelassen. Wir mussten kommen.«

»Ist das da draußen Alice?«, erkundigte sich Debbie. Das Mündungsfeuer war mittlerweile ohrenbetäubend.

»Ja«, bestätigte ich. »Hört sich an, als hätten die Vampiriten da draußen Spaß an ihrer ersten Keilerei.«

Blutüberströmt kam Vancha auf uns zugewankt. Die Vampyre hatten von meinem raubeinigen Mitfürsten abgelassen und lieferten sich jetzt gemeinsam mit den Vampets Gefechte gegen die Zirkusleute.

»Wo ist Leonard?«, blaffte Vancha.

Ich ließ den Blick suchend durchs Stadion schweifen, doch in dem Getümmel war eine vereinzelte Gestalt kaum auszuma-

chen. »Vor ein paar Minuten hatte ich ihn noch im Visier«, sagte ich. »Irgendwo hier muss er stecken.«
»Vorausgesetzt, Gannen ist nicht mit ihm weggehuscht!«, brüllte Vancha. Er wischte sich das Blut aus den Augen und spähte erneut nach Steve und Gannen.
»Bist du schwer verletzt?«, fragte Debbie.
»Ach was, das sind bloß Kratzer!«, schnaubte Vancha verächtlich. Dann rief er plötzlich: »Ich hab sie entdeckt! Hinter dem Dicken!«
Unter Furcht erregendem Kriegsgeheul stürzte er davon. Mit zusammengekniffenen Augen erhaschte ich einen Blick auf Steve. Er war in die Nähe des hünenhaften Willi Wunderwanst geraten und wollte sich gerade auf leisen Sohlen davonstehlen. Willi pflegte sich buchstäblich über seine Gegner zu werfen und sie zu Tode zu quetschen.
Debbie flog pfeilschnell davon, entwaffnete die getöteten Vampyre und kehrte mit einem umfangreichen Sortiment an Messern zurück. Sie hatte auch zwei Schwerter ergattert. Eines davon reichte sie mir und umklammerte den Knauf des anderen. Obgleich die Waffe viel zu groß und schwer für sie war, ließ sie sich nicht beirren. »Schnapp dir Steve«, sagte sie. »Ich helfe den anderen.«
»Sei …«, setzte ich an, doch sie war bereits außer Hörweite.
»… vorsichtig«, schloss ich leise. Ich schüttelte den Kopf und musste unwillkürlich lächeln. Dann zog ich los, um ein ernstes Wörtchen mit meinem einstigen Jugendfreund zu reden.
Ringsum toste die Schlacht. Die Zirkusleute hatten sich in einen blutigen Schlagabtausch mit Vampets und Vampyren verwickelt. Obwohl sie keineswegs kampferprobt waren, machten sie ihren Feinden das Leben ziemlich schwer. Ihre aufgestaute Wut ersetzte die fehlende Kampferfahrung, und die besonders begabten Freaks waren wirklich eine enorme Hilfe. Truskas Barthaare erwiesen sich als verheerende Waffe. Der

hünenhafte Willi stand wie ein Fels in der Brandung. Gegen Berthas Beißer war kein Kraut gewachsen, sie durchbiss ausnahmslos alles, was ihr zwischen die Zähne kam, ob Finger, Nasen oder Schwertspitzen. Hans Hände hatte die Beine im Nacken verschlungen und schlüpfte auf Händen zwischen den Widersachern hindurch. Wegen seiner geringen Körpergröße war es schwierig, ihn zu treffen, und er sorgte für viel Verwirrung unter den Gegnern, indem er sie umstieß oder auseinander trieb.

Vancha hatte sich mitten im Kampfgetümmel festgebissen. Er schleuderte Shuriken auf die Feinde, um sich den Weg freizuschießen, und Jekkus Flang war ihm mit seinen Messern zu Hilfe geeilt. Die beiden waren ein todbringendes, wirkungsvolles Gespann. Unwillkürlich musste ich daran denken, welche tolle Vorstellung es gewesen wäre, wenn wir heute Abend vor Publikum gespielt hätten, statt um unser Leben zu kämpfen.

Meister Schick bahnte sich einen Weg durch die wogenden Leiber. Mit glückseligem Strahlen bewunderte er die Leichen, bekundete höfliches Interesse am Todeskampf der Sterbenden und spendete all jenen Applaus, die sich in besonders erbarmungslose Duelle verstrickt hatten. Ohne auf das Gemetzel zu achten, ging Evanna auf bloßen Füßen ihrem Vater entgegen. Die untersten Seile, die ihren Körper umschlangen, waren blutbefleckt.

Gannen und Steve wichen immer weiter vor dem massigen Willi Wunderwanst zurück und benutzten seinen ausladenden Körper als Schutzschild. Solange Willi vor den beiden stand, waren sie für alle anderen praktisch unerreichbar. Ich heftete mich wie ein Bluthund an ihre Fersen und rückte unaufhaltsam heran. Mittlerweile befand ich mich in der Nähe des Tunnels, der uns ins Stadion geführt hatte, und gewahrte, wie plötzlich neue Kampflustige hereinströmten. Mein Magen zog sich zusammen. Wenn die Polizeibeamten jetzt ihren Komplizen zu Hilfe eilten, war es aus mit uns. Doch dann stellte ich ebenso überrascht wie begeistert fest, dass es sich bei den Eindringlingen um Alice Burgess und ungefähr ein Dutzend Vampiriten handelte. Declam und der Kleine Kenny, meine beiden rettenden Engel, die mich aufgelesen hatten, als Darius mich angeschossen hatte, waren auch mit von der Partie.

»Na, immer noch am Leben?«, rief Alice mir zu, während ihre Truppen sich mit Feuereifer in die Schlacht stürzten.

»Wie seid ihr hier reingekommen?«, brüllte ich zurück. Ursprünglich hatten wir lediglich geplant, dass Alice vor dem Stadion für Unruhe sorgen und die Polizei ablenken sollte. Dass sie höchstpersönlich in der Arena auftauchte und ihre Leute in den Kampf schickte, war eigentlich nicht vorgesehen.

»Wir sind vor dem Stadion auf sie los, genau wie besprochen«, gab sie zurück. »Die Polizeibeamten haben sich zusammengeschart und sind en bloc gegen uns angetreten. Disziplinloser Haufen. Der größte Teil meiner Truppe ist nach ein paar Minuten mit der Menge geflohen – das totale Chaos, kann ich dir sagen! –, aber ich habe mich mit ein paar Freiwilligen zur Rückseite des Stadions durchgeschlagen. Der Eingang zum Tunnel ist völlig unbewacht. Wir …«

Die Attacke eines Vampets stoppte den Wortschwall der ehemaligen Hauptkommissarin, die gezwungen war, herumzuwirbeln und sich mit ihrem Angreifer auseinander zu setzen. Ich überschlug hastig, wie viele wir waren. Mit den neu angekommenen Vampiriten befanden wir uns endgültig in Überzahl. Obwohl der Kampf brutal und chaotisch verlief, hatten wir die Oberhand. Wenn die Polizeikräfte vor dem Stadion nicht plötzlich auf die Idee kamen, hereinzustürmen, war der Sieg unser! Da dieser Sieg jedoch völlig bedeutungslos sein würde, wenn uns Steve durch die Lappen ging, verbot sich

jeder verfrühte Siegestaumel von selbst, und ich machte mich stattdessen erneut auf die Suche nach ihm.
Ich kam nicht weit. R.V. hatte den Rückzug angetreten und steuerte auf den Tunnel zu. Ich verbaute ihm direkt den Fluchtweg. Als er mich sah, blieb er abrupt stehen. Ich war unschlüssig. Sollte ich lieber kämpfen oder ihn entwischen lassen, damit ich Steve verfolgen konnte? Während ich noch hin und her überlegte, trat Cormac der Vielgliedrige zwischen uns.
»Los, du Langhaaraffe!«, brüllte er, versetzte R.V. mit der Linken eine schallende Ohrfeige und zückte das Messer in der anderen Hand. »Jetzt bist du an der Reihe!«
»Nein!«, ächzte R.V. »Ich will nicht kämpfen.«
»Zum Teufel mit dir, du fetter, bärtiger, knopfäugiger Orang-Utan!«, johlte Cormac und verabreichte dem Hakenmann die zweite Backpfeife. Diesmal schnappte R.V. mit seinen Stahlklauen nach Cormacs Hand. Er schnitt zwei Finger ab, die jedoch auf der Stelle nachwuchsen. »Da musst dich schon ein bisschen mehr anstrengen, Stinkeatem!«, höhnte Cormac.
»Das kannst du haben!«, schrie R.V. und geriet plötzlich in Rage. Er warf sich auf seinen Angreifer, riss ihn zu Boden, kniete auf Cormacs Brust und ließ seine Hakenhand auf die Kehle des Artisten niedergehen, ehe ich eingreifen konnte. Er durchschnitt sie beim ersten Hieb nur halb. Grunzend zerfetzte er das restliche Gewebe und kickte dann Cormacs Kopf wie einen Fußball beiseite.
»Hättest dich nicht mit mir anlegen dürfen, Mann!«, stöhnte R.V. und erhob sich mit weichen Knien. Ich wollte mich gerade auf ihn stürzen und Cormacs Tod rächen, als der Hakenmann plötzlich bitterlich zu schluchzen anfing. »Ich wollte dich nicht umbringen!«, heulte R.V. »Ich will überhaupt niemanden umbringen! Ich wollte den Menschen helfen. Ich wollte die Welt retten. Ich ...«
Er stockte mitten im Satz und riss staunend die Augen auf.

Nach einem Blick auf den Boden blieb auch ich wie angewurzelt stehen. Aus Cormacs Nackenstumpf wuchsen auf dünnen Halsstängeln zwei neue Köpfe hervor. Sie waren etwas kleiner als sein früherer Kopf, ansonsten jedoch vollkommen identisch. Als die Köpfe ihre volle Größe erreicht hatten, öffneten sich Cormacs Wimpern mit leichtem Flattern, und er spuckte aus beiden Mündern Blut. Dann wurde sein Blick allmählich klar. Er sah mit einem Kopf zu R.V. und mit dem zweiten zu mir herüber. Dann wandten die Köpfe sich einander zu, und der Vielgliedrige blickte sich selbst in die Augen.

»Aha, so sieht das also aus, wenn mir jemand den Kopf abschneidet!«, rief er gleichzeitig aus beiden Mündern. »Das wollte ich immer schon mal wissen!«

»Wahnsinn!«, gellte R.V. »Die Welt ist wahnsinnig geworden! *Wahnsinnig!*«

Wie ein außer Kontrolle geratener Kreisel torkelte er sabbernd und unverständliches Zeug brabbelnd an Cormac und mir vorbei und stolperte schließlich davon. Es wäre ein Kinderspiel für mich gewesen, ihn zu töten, aber ich ließ es lieber sein. Stattdessen trat ich einen Schritt zurück und sah traurig zu, wie dieses menschliche Wrack in die Tunnelmündung taumelte und schließlich außer Sichtweite verschwand. Seit dem Verlust seiner Hände hatte R.V. einen leichten Dachschaden, und dieser Zwischenfall hatte ihm offensichtlich den Rest gegeben. Ich brachte es einfach nicht übers Herz, das klägliche Abbild des früheren Umweltkämpfers zu bestrafen.

Doch jetzt musste ich mich endlich mit Steve befassen. Er befand sich mit Gannen inmitten einer kleinen Kampftruppe von Vampyren und Vampets. Die Freaks, Zirkusleute und Vampiriten hatten sie in die Mitte des Stadions gedrängt. Ringsum fanden zwar noch etliche andere Gefechte statt, doch die Musik spielte rund um Steve. Wer diesen Kampf gewann, hatte den Sieg in der Tasche.

Vancha näherte sich der Gruppe. Ich folgte ihm. Von Jekkus Flang war nicht die Spur zu sehen. Ich hatte keine Ahnung, ob er tot war oder ob ihm lediglich die Messer ausgegangen waren, allerdings war jetzt keine Zeit für Nachforschungen. Als Vancha mich entdeckte, blieb er stehen.

»Bereit?«, fragte er.

»Und ob«, gab ich zurück.

»Mir ist es so ziemlich egal, wer von uns beiden ihn erwischt«, sagte Vancha. »Aber lass es mich trotzdem zuerst versuchen. Wenn ...« Er verstummte plötzlich mit angstverzerrtem Gesicht. »Nein!«, brüllte er.

Als ich seinem Blick folgte, sah ich, dass Steve auf dem Boden lag. Evra hatte sich über ihm aufgebaut. Er hielt ein langes Messer in den Händen und war entschlossen, den Mann zu töten, der seinen Sohn auf dem Gewissen hatte. Wenn er zustieß, würde der Lord der Vampyre durch die Hand eines Mannes sterben, dem es nicht bestimmt war, ihn zu töten. Wenn Meister Schicks Prophezeiung zutraf, hätte diese Tat entsetzliche Auswirkungen auf die Sippe.

Während wir hilflos zusahen, hielt Evra plötzlich inne. Er schüttelte den Kopf, blinzelte benommen, trat über Steve hinweg beiseite und ließ ihn unverletzt auf dem Rasen liegen. Steve setzte sich auf, blickte mit etwas einfältiger Miene um sich und wusste nicht recht, wie ihm geschehen war. Gannen Harst beugte sich zu ihm und half ihm auf die Füße. Die beiden standen mitten im Getümmel, ohne dass die anderen sie beachtet hätten.

»Dort drüben«, flüsterte ich und tippte Vancha auf die Schulter. In einiger Entfernung, zu unserer Rechten, stand Meister Schick, den Blick auf Steve und Gannen geheftet. In seiner rechten Hand hielt er die herzförmige Uhr. Sie glühte. Evanna stand neben ihm, und das leuchtende Zifferblatt tauchte ihr Gesicht in rötliches Schimmern.

Ich weiß nicht, ob Steve und Gannen Meister Schick ebenfalls bemerkten und begriffen, dass er sie beschützt hatte. Sie besaßen jedoch genügend Geistesgegenwart, um die günstige Gelegenheit zu nutzen, und jagten in Richtung Tunnel davon. Meister Schick beobachtete, wie die beiden sich in Sicherheit brachten. Dann blickte er lächelnd zu mir und Vancha herüber. Während das rote Leuchten der Uhr allmählich verglomm, bewegte er die Lippen. Trotz der Entfernung vernahmen wir jedes Wort so deutlich, als stünde er direkt neben uns.

»Es ist an der Zeit, Jungs!«

»Harkat!«, rief ich. Ich wollte, dass er dabei war, wenn es dem Ende entgegenging. Schließlich hatte er mich fast während der gesamten Jagd getreulich begleitet. Aber Harkat hörte mich nicht. Niemand hörte meinen Ruf. Suchend blickte ich mich nach meinen Freunden um. Doch Harkat, Alice, Evra und Debbie waren in erbitterte Kämpfe mit Vampyren und Vampets verwickelt. Keiner von ihnen wusste, was soeben mit Steve und Gannen Harst geschehen war. Sie hatten nichts damit zu tun. Diese Angelegenheit betraf einzig und allein mich und Vancha.

»Siegreich noch im Tod, Sire?«, hörte ich meinen Mitfürsten murmeln.

»Siegreich noch im Tod«, stimmte ich niedergeschlagen zu. Vielleicht zum letzten Mal ließ ich den Blick über die Gesichter meiner Freunde schweifen und sagte ihnen schweigend Lebewohl: dem geschuppten Evra Von, dem grauhäutigen Harkat Mulds, der unbeugsamen Alice Burgess und meiner geliebten Debbie Schierling, die mir schöner denn je erschien, wie sie jetzt, einer erzürnten Amazone gleich, auf ihre Feinde einhieb. Womöglich war es ganz gut, dass uns allen ein richtiger Abschied erspart blieb. Ich hatte ihnen so vieles zu sagen, dass ich nicht gewusst hätte, wo anfangen.

Dann setzten Vancha und ich uns in Trab und nahmen die Verfolgung auf. Wir schlugen ein gemächliches Tempo an. Wir waren uns sicher, dass Steve und Gannen Harst nicht huschen würden, nicht dieses Mal, nicht mehr, solange die Bedingungen der Prophezeiung nicht erfüllt waren und Steve oder ich tot am Boden lagen. Meister Schick und Evanna folgten uns wie Geister. Sie allein würden die Zeugen des Endkampfes sein und dem Tod eines der Jäger oder Steves beiwohnen – und der Geburt des Herrn der Schatten, dem Zerstörer der Gegenwart und allmächtigen Ungeheuer der Zukunft.

10

Wir rannten hinter Steve und Gannen Harst her, den Hügel hinter dem Stadion hinunter. Ohne sich zu überanstrengen, liefen die beiden auf den Fluss zu. Entweder war einer der beiden verletzt, so wie wir, oder sie hatten sich einfach mit der Tatsache abgefunden, dass wir als gleichwertige Gegner bis zum bitteren blutigen Ende gegeneinander kämpfen mussten.

Während wir die Flanke des Hügels hinuntertrabten und Stadion, Licht und Lärm hinter uns ließen, ebbten meine Kopfschmerzen allmählich ab. Normalerweise hätte ich mich darüber gefreut, doch jetzt, als ich wieder richtig sehen konnte, wurde mir zum ersten Mal bewusst, wie erschöpft ich war. Ich zehrte schon lange von meinen letzten Reserven und musste nun feststellen, dass selbst die einfachste Bewegung eine einzige Quälerei war. Ich konnte nur hoffen, dass ich so lange wie möglich durchhielt und ein gewaltiger Adrenalinschub mich rettete, wenn wir unserer Beute Auge in Auge gegenüberstanden.

Am Fuß des Hügels stolperte ich und wäre beinahe gestürzt. Glücklicherweise hatte Vancha mich im Auge behalten. Er fing mich auf und stützte mich, bis ich sicher auf den Beinen

stand. »Du bist wohl nicht gerade topfit, oder?«, stellte er fest.
»Du hast's erfasst«, ächzte ich.
»Vielleicht solltest du eine Pause einlegen, dich ausruhen und …«, schlug er vor.
»Spar dir deinen Atem«, fiel ich ihm ins Wort. »Ich mach weiter, und wenn ich auf allen vieren kriechen muss.«
Vancha lachte, bog mir den Kopf zurück und musterte mich prüfend. Seine kleinen Augen waren ungewöhnlich dunkel. »Aus dir wird einmal ein prächtiger Vampir«, sagte er. »Hoffentlich bin ich dabei, wenn wir deine Volljährigkeit feiern.«
»Machst du jetzt schlapp, oder was?«, schnaubte ich.
»Quatsch.« Vancha rang sich ein schwaches Lächeln ab. »Der Sieg ist unser. Keine Frage. Ich dachte bloß …«
Er brach ab, versetzte mir einen aufmunternden Klaps auf den Rücken und scheuchte mich weiter. Müde und mit bleiernen Beinen nahm ich erneut die Verfolgungsjagd auf. Ich hatte Mühe, mit Vancha Schritt zu halten, und lief möglichst gleichmäßig und mit lockerem, entspanntem Oberkörper, um Energie zu sparen. Am Fluss angekommen, bogen Steve und Gannen nach rechts ab und hasteten am Ufer entlang. An der Brücke blieben die beiden stehen. Es sah aus, als würden sie miteinander streiten. Gannen machte Anstalten, Steve auf den Rücken zu nehmen. Vermutlich wollte er in Huschgeschwindigkeit übergehen, um uns zu entfliehen, so, wie es den beiden schon einmal gelungen war. Aber Steve weigerte sich. Wütend wehrte er die Hand seines Beschützers ab. Als wir die beiden beinahe erreicht hatten, ließ Gannen mit müdem Nicken die Schultern hängen. Statt den Pfad unter der Brücke einzuschlagen, wandte sich das Gespann um und erwartete uns mit gezückten Waffen.
Wir drosselten das Tempo und legten die restliche Strecke im Gehen zurück. Dicht hinter uns hörte ich die Stimmen von

Meister Schick und Evanna, die uns innerhalb der letzten Sekunden eingeholt hatten, drehte mich allerdings nicht nach ihnen um.
»Du könntest deine Shuriken benutzen«, flüsterte ich Vancha zu, als wir in Reichweite von Steve und Gannen Harst waren.
»Das wäre unehrenhaft«, erwiderte er. »Sie sind ohne Deckung und erwarten einen anständigen, fairen Kampf.«
Er hatte Recht. Für Vampire ziemte es sich nicht, den Gegner gnadenlos abzuschlachten. Trotzdem wünschte ich mir insgeheim, Vancha hätte dies eine Mal seine Prinzipien über Bord geworfen und die beiden mit Shuriken eingedeckt, bis sie am Boden lagen. Das hätte die Angelegenheit für uns jedenfalls erheblich vereinfacht.
Wir blieben ein paar Meter vor Steve und Gannen Harst stehen. Steves Augen funkelten aufgeregt und ein wenig ängstlich. Er wusste, bei diesem offenen Kampf gab es keine Gelegenheit für Tricks und doppelten Boden. Wir würden einen schlichten, anständigen Kampf auf Leben und Tod ausfechten, und darüber hatte er keine Kontrolle.
»Sei gegrüßt, Bruder«, sagte Gannen Harst und neigte den Kopf.
»Sei ebenfalls gegrüßt«, entgegnete Vancha formell. »Ich bin froh, dass ihr uns endlich wie aufrechte Geschöpfe der Nacht die Stirn bietet. Vielleicht gibt euch der Tod die Ehre zurück, die ihr in eurem Leben so schmählich mit Füßen getreten habt.«
»Heute Abend gebührt jedem von uns hier Ehre«, antwortete Gannen. »Den Lebenden wie den Toten.«
»Beides zugleich geht ja leider nicht«, seufzte Steve und pflanzte sich drohend vor mir auf. »Bereit zu sterben, Shan?«
Ich trat einen Schritt vor. »Sollte das mein Schicksal sein … ja«, gab ich zurück. »Aber ich bin auch bereit zu töten.« Damit hob ich mein Schwert und führte den ersten Streich in je-

nem Kampf aus, der über den Krieg der Narben entscheiden würde.
Ohne zurückzuweichen, hob Steve gleichfalls seine Waffe, die kürzer und wendiger war als meine, und wehrte den Hieb ab. Gannen Harst fiel mit seinem langen, geraden Schwert gegen mich aus. Vancha versetzte Gannens Klinge einen Schlag, sodass sie ihr Ziel verfehlte, und zog mich aus der Reichweite seines Bruders.
Obwohl Vancha mich ziemlich sanft berührt hatte, torkelte ich, geschwächt, wie ich war, rückwärts und landete als ein unordentliches Bündel vor Meister Schick und Evanna auf dem Boden. Schwankend richtete ich mich auf. Vancha war in den Kampf mit Steve und Gannen Harst verstrickt und verteidigte sich mit bloßen Händen so blitzschnell gegen ihre Schwerthiebe, dass man seine Bewegungen kaum wahrnehmen konnte.
»Ein Kerl von echtem Schrot und Korn, nicht wahr?«, bemerkte Meister Schick an seine Tochter gewandt. »Er ist ein richtiger Naturbursche. Ich mag ihn.«
Evanna antwortete nicht. Sie war vollkommen auf den Kampf konzentriert, und in ihrem Blick mischten sich Sorge und Ungewissheit. In diesem Augenblick begriff ich, dass sie mir die Wahrheit gesagt hatte und tatsächlich nicht wusste, wie der Kampf ausgehen würde. Mein Blick wanderte von den Zuschauern zu dem Gefecht, das sich in übermenschlicher Geschwindigkeit vor meinen Augen abspielte. Steve hatte Vanchas linken Arm in Schulterhöhe getroffen, und mein Mitfürst konterte mit einem mächtigen Schlag gegen den Brustkorb seines Angreifers. Gannens Schwert ritzte Vanchas linke Seite und hinterließ eine Wunde, die von der Brust bis zur Taille klaffte, woraufhin Vancha die Schwerthand seines Bruder packte, sie nach hinten bog und ihm das Gelenk verdrehte. Keuchend vor Schmerz ließ Gannen die Waffe fallen, bückte

sich dann jedoch blitzschnell, um sie mit der Linken aufzuheben. Als er sich aufrichten wollte, versetzte Vancha ihm mit dem Knie einen Tritt gegen den Kopf. Mit einem lauten Grunzen kippte Gannen rücklings auf den Boden.
Vancha wirbelte herum, um sich Steve vorzuknöpfen, aber der war bereits herangeschnellt und deckte Vancha mit so rasch aufeinander folgenden Schwertstreichen ein, dass sich mein Mitfürst bei dem vergeblichen Manöver, die Waffe zu packen, lediglich die Handflächen zerschnitt. Unsicher schwankend taumelte ich zu Vancha hinüber. Eine besonders große Hilfe war ich im Moment nicht gerade – ich konnte mein Schwert kaum anheben und hatte zentnerschwere Beine –, jedoch zumindest hatte Steve nun zwei Feinde vor sich. Wenn es mir gelang, ihn abzulenken, konnte Vancha vielleicht seine Abwehr durchbrechen und zuschlagen.
Doch als ich endlich keuchend und schwitzend neben Vancha stand, hatte sich Gannen ebenfalls wieder aufgerappelt. Benommen, aber äußerst entschlossen, ging er auf Vancha los, der vor den erbitterten Hieben seines Bruders zurückwich. Ich stach mit der Schwertspitze nach Gannen, doch Steve wehrte den Streich ab, nahm plötzlich eine Hand vom Knauf und platzierte einen überraschenden Faustschlag zwischen meine Augen. Verdutzt ging ich zu Boden, Steves Klingenspitze direkt vor dem Gesicht.
Hätte er das Schwert mit beiden Händen umfasst, wäre es um mich geschehen gewesen. Doch der einhändig ausgeführte Schlag war nicht ausreichend kontrolliert, und ich konnte ihn mit dem linken Arm abwehren. Direkt unterhalb meines Ellbogens klaffte eine tiefe Wunde, und ich spürte sofort, wie alle Kraft aus meinem verwundeten Arm wich.
Steve holte zum zweiten Schlag aus, und verteidigungsbereit hob ich die Waffe. Leider erkannte ich zu spät, dass es sich dabei lediglich um eine Finte handelte. Statt zuzuschlagen

vollführte Steve eine überraschende Drehung und warf sich dann mit der rechten Schulter kraftvoll gegen mich. Er erwischte mich mit voller Wucht an der Brust, und ich taumelte nach Luft schnappend zurück und ließ dabei mein Schwert los. Hinter mir ertönte ein Schrei, als ich mit dem überraschten Vancha zusammenprallte. Mit ineinander verkeilten Armen und Beinen gingen wir zu Boden.

Vancha hatte sich zwar in Sekundenschnelle befreit, doch mehr Zeit brauchte Gannen Harst auch nicht. Blitzschnell durchbohrte er mit der Klingenspitze Vanchas Lende und stieß die Waffe so tief hinein, dass sie an der Magengrube wieder herausragte.

Vancha riss Augen und Mund auf. Einen Augenblick blieb Gannen hinter ihm stehen. Dann trat er zurück und zog das Schwert mit einem Ruck aus dem Körper seines Bruders. Aus Vanchas Rücken und Magen sprudelte ein mächtiger Blutstrom, und er krümmte sich mit schmerzverzerrtem Gesicht und unkontrolliert zuckenden Gliedern im Todeskampf.

»Mögen deine Götter mir vergeben, Bruder«, flüsterte Gannen verstört und bleich. »Doch ich fürchte, ich werde mir selbst nie verzeihen können.«

Ich robbte von der Seite des gefallenen Fürsten zu meinem Schwert. Steve stand dicht daneben und lachte. Gannen hatte sich nun wieder im Griff und war entschlossen, den Sieg herbeizuführen. Er eilte zu mir herüber, stellte sich auf die Klinge meiner Waffe, zückte sein Schwert und riss mir mit der unversehrten Linken den Kopf zurück. »Los!«, blaffte er seinen Mitstreiter an. »Mach ihn fertig!«

»Warum so eilig?«, fragte Steve verdrießlich.

»Wenn Vancha an seiner Verletzung stirbt, haben wir die Bedingungen der Prophezeiung nicht erfüllt!«, brüllte Gannen.

Steve verzog das Gesicht. »Diese verdammte Prophezeiung«, grummelte er. »Vielleicht lasse ich ihn sterben und sehe, was dann passiert. Vielleicht ist mir Schick einfach schnuppe, oder …« Er blieb stehen und verdrehte die Augen. »Wie blöd wir sind! Die Antwort ist doch ganz einfach. *Ich* bringe Vancha um, bevor er an seiner Verletzung stirbt. Damit sind die Bedingungen dieser dämlichen Prophezeiung erfüllt und mir bleibt genügend Zeit, um Darren in aller Ruhe zu foltern.«

»Schlaues Kerlchen«, hörte ich Meister Schick murmeln.

»Meinetwegen!«, brüllte Gannen ungeduldig. »Aber wenn du ihn töten willst, dann auf der Stelle, damit …«

»Nein!«, ertönte plötzlich ein gellender Schrei. Ehe einer von uns Zeit gehabt hätte, sich zu besinnen, stürzte eine breite Gestalt unter der Brücke hervor und riss Gannen von mir weg, der rückwärts torkelte und beinahe in den Fluss gefallen wäre. Ich setzte mich auf und starrte fassungslos auf diesen vollkommen unerwarteten Retter, mit dem ich in meinen kühnsten Träumen nicht gerechnet hätte. Es war *R.V.!*

»Das lasse ich nicht zu, Mann!«, schrie R.V. und schlug mit den Haken wie von Sinnen auf Gannen Harst ein. »Du bist böse.«

Trotz des überraschenden Angriffs hatte sich Gannen rasch vom ersten Schock erholt, zog hastig die Klinge aus der Scheide und stach nach R.V. Der einstige Umweltkämpfer hielt das Schwert zwischen den Goldhaken seiner rechten Hand fest und schleuderte es zu Boden, wo es klirrend zerbrach. Unter Triumphgeheul bohrte er seine silberne Linke seitlich in Gannens Kopf. Ein unschönes Knirschen ertönte, und Gannen verdrehte die Augen. Dann brach er bewusstlos neben R.V. zusammen. Mit einem Freudenschrei riss R.V. die Arme hoch, um Gannen mit einem endgültigen Hieb auszuschalten.

Doch bevor er zuschlagen konnte, stand Steve bereits hinter R.V. und jagte ihm ein Messer unter dem struppigen Bart durch die Kehle. Erschauernd stieß R.V. Steve zurück. Aufrecht und indem er wie irre um die eigene Achse wirbelte, versuchte R.V., mit den Haken den Griff der Waffe zu packen. Nach mehreren vergeblichen Versuchen sank er mit zurückgeworfenem Kopf auf die Knie. In dieser Position verharrte er einen Augenblick und schwankte Mitleid erregend. Dann hob er langsam die Arme. Voller Verwunderung musterte er die Haken. »Meine Hände«, röchelte er leise, und obwohl ihm das Blut in der Kehle das Sprechen beinahe unmöglich machte, war jedes seiner Worte deutlich zu verstehen. »Ich sehe sie. Meine Hände. Sie sind wieder da. Jetzt ist alles wieder gut. Ich bin wieder normal, Mann.« Seine Arme sackten herab, und mit erstarrtem Lächeln und blutroten Augen ging seine Seele zufrieden in die nächste Welt ein.

11

Ich betrachtete das friedliche Gesicht des knienden Toten. R.V. hatte seine Qualen für immer überstanden. Um seinetwillen war ich darüber froh. Er hätte die Erinnerung an seine Untaten ein Leben lang mit sich herumgeschleppt, wenn er überlebt und den Vampyren weiter gedient hätte. Vielleicht war es so für ihn am besten.

»Jetzt sind nur noch zwei übrig – du und ich«, jubelte Steve und holte mich in die Wirklichkeit zurück. Als ich aufblickte, sah ich ihn ein paar Meter entfernt von R.V. stehen. Er lächelte. Mit Gannen Harst war vorerst nicht zu rechnen, und obwohl Vancha noch lebte, lag er reglos und unregelmäßig keuchend am Boden und war außer Gefecht gesetzt.

»Stimmt«, pflichtete ich Steve bei und hob mein Schwert auf. Meine Linke war taub, und in ein oder zwei Minuten klappte ich höchstwahrscheinlich einfach zusammen. Für einen letzten Kampf würden meine Kräfte womöglich gerade noch reichen. Doch zuerst musste ich mich um Vancha kümmern. Ich beugte mich über ihn und warf einen prüfenden Blick auf seine Wunde. Blut quoll aus dem Einstich hervor, und Vanchas Gesicht war schmerzverzerrt. Er versuchte zu sprechen, brachte aber kein Wort heraus.

Unentschlossen kauerte ich neben meinem Mitfürsten. In diesem Zustand wollte ich ihn nicht allein lassen. Da trat Evanna zu dem Verletzten, kniete nieder und untersuchte seine Verwundung. Mit ernster Miene hob sie schließlich den Blick.

»Die Wunde ist nicht lebensbedrohend«, sagte sie. »Er wird überleben.«

»Danke«, stammelte ich.

»Den Dank kannst du dir sparen«, ließ sich Meister Schick dicht hinter mir vernehmen. »Kein Grund zur Freude. Evanna wollte dich nur warnen. Vancha wird zwar nicht auf der Stelle sterben, doch helfen kann er dir nicht mehr. Du bist allein. Du bist der letzte Jäger. Falls du jetzt nicht den Schwanz einkneifst und dich aus dem Staub machst, entscheidet ihr beide den Kampf zwischen euch. Wenn Steve nicht stirbt, hat innerhalb der nächsten Minuten dein letztes Stündlein geschlagen.«

Über die Schulter hinweg warf ich dem kleinen Mann im gelben Anzug und den grünen Gummistiefeln einen Blick zu. Sein Gesicht glühte vor Blutgier. »Wenn ich sterben muss«, entgegnete ich kurz, »wird mir der Tod jedenfalls ein wesentlich angenehmerer Begleiter sein als Sie.«

Erheitert glucksend trat Meister Schick an meine Linke, Evanna stellte sich rechts neben mich. Beide warteten auf meinen nächsten Schritt. Mit einem letzten Blick auf Vancha, der unter Schmerzen grinste und mir zuzwinkerte, bot ich Steve die Stirn.

Er wich beinahe unmerklich vor mir zurück, bis er unter der schattigen Brücke stand. Ich folgte ihm, das Schwert an der Seite, holte tief Luft und verbannte sämtliche anderen Gedanken, um mich völlig auf den bevorstehenden Kampf auf Leben und Tod zu konzentrieren. Obwohl Vancha ebenso gut an meiner

Stelle hätte stehen können, hatte ich insgeheim die ganze Zeit geahnt, dass es anders kommen würde. Steve und ich glichen den beiden Seiten einer Münze. Seit Kindertagen hatten uns erst Freundschaft und dann Hass aneinander gefesselt.

Da war es doch nur passend, dass wir beide den letzten Kampf austrugen.

Ich tauchte in das kühle Dunkel unter der Brücke ein. Es dauerte einige Sekunden, bis sich meine Augen an das Dämmerlicht gewöhnt hatten. Schließlich erkannte ich Steves wartende Gestalt. Sein rechtes Auge zuckte vor Nervosität. Abgesehen vom leisen Plätschern des Flusses und unserem Keuchen und Zähneklappern, war es mucksmäuschenstill.

»Hier im Dunklen werden wir die Angelegenheit ein für alle Mal regeln«, sagte Steve.

»Von mir aus«, gab ich zurück.

Steve hob die rechte Hand, in deren Handteller ich die Umrisse jenes rosafarbenen Kreuzes erkennen konnte, das er sich vor achtzehn Jahre selbst ins Fleisch geritzt hatte. »Erinnerst du dich noch daran?«, fragte er. »In dieser Nacht habe ich mir geschworen, dass ich eines Tages dich und Mr. Crepsley töten werde.«

»Na ja, eine Hälfte der Aufgabe hast du ja schon erledigt«, merkte ich trocken an. »Muss doch toll für dich sein.«

»Eigentlich nicht«, sagte er. »Ehrlich gesagt fehlt mir der gute alte Grusel-Crepsley. Ein echter Verlust für die Welt. Und dich werde ich wahrscheinlich noch mehr vermissen. Du bist die treibende Kraft hinter allem, was ich getan habe, seit ich ein Kind war. Ohne dich hätte ich vielleicht nie so viel Interesse am Leben entwickelt. Am liebsten würde ich dich ungeschoren davonkommen lassen. Unsere Spielchen haben mir wirklich Spaß gemacht, du weißt schon, die Jagd, die Hinterhalte, die Kämpfe. Von mir aus könnte es ewig so weitergehen, hier eine überraschende Idee, da ein neuer Schock.«

»So ist das nun mal im Leben«, erwiderte ich. »Alles hat ein Ende.«
»Ja«, stimmte Steve trübsinnig zu. »Daran kann nicht einmal ich etwas ändern.« Plötzlich schlug seine elegische Stimmung um. Er musterte mich verächtlich. »Und hier geht es nun mit dir zu Ende, Darren Shan. Der Augenblick für dein großes Finale ist gekommen. Hast du deinen Frieden mit den Göttern der Vampire gemacht?«
»Das eilt ja nicht«, fauchte ich, holte mit dem Schwert aus und trat so weit vor, das Steve unweigerlich in den Radius meiner Waffe geraten musste. Aber bevor ich den Rundschlag zu Ende führen konnte, krachte die Schwertspitze lautstark gegen die Mauer. Beim Zusammenprall ging ein wahrer Funkenregen nieder, und der heftige Rückstoß durchfuhr schmerzhaft meinen Arm. »Dummkopf«, gurrte Steve und ahmte Meister Schicks Tonfall nach. Er hob das Messer. »Für Schwerter ist es hier viel zu eng.«
Damit sprang er vor und stach mit dem Messer nach mir. Ich wich zurück und hielt Steve mit der Klinge für einen Augenblick in Schach. Die kurze Zeit nutzte ich, um eines von Annies Küchenmessern zu zücken. Als Steve erneut angriff, war ich vorbereitet. Ich wehrte seinen Schlag mit dem Messergriff ab und drückte die Klinge beiseite.
Unter der Brücke war es so schmal, dass wir einander nicht umkreisen konnten, daher beschränkten wir uns darauf, zu stechen, zu hauen und uns unter den jeweiligen Gegenschlägen zu ducken. Für mich war das ein Vorteil. Bei einem Kampf im Freien hätte ich sicherer auf den Füßen stehen und Steves Hiebe durch geschickte Drehungen parieren müssen. Das hätte mich zu viel Kraft gekostet. Hier, in diesem engen Durchgang unter der Brücke, konnte ich mangels Bewegungsfreiheit meine dahinschwindenden Kräfte in meine Schlaghand fließen lassen.

Wir fochten lautlos und schnell, mit impulsiven, rasch ausgeführten Schlägen. Steve verwundete mich am Unterarm – ich zahlte es ihm mit Gleichem heim. Er schlitzte die kaum geschlossenen Wunden an meinem Oberkörper auf – ich erwiderte das Kompliment. Er schnitt mir fast die Nase ab – ich hätte ihm beinahe das Ohr abgesäbelt.
Überraschend attackierte mich Steve plötzlich von links und machte sich meine Verwundung zunutze. Er packte mich am Hemd, zerrte mich zu sich heran und richtete das Messer in der anderen Hand direkt auf meine Magengrube. Ich ließ mich vom Schwung des kräftigen Rucks mittragen und warf mich auf ihn. Sein Messer durchbohrte mich an der Taille und hinterließ eine tiefe Wunde, minderte jedoch nicht den Schwung meines Aufpralls. Ich riss ihn zu Boden und umklammerte ihn, während er stürzte. Unwillkürlich streckte er seine Rechte aus, um sich abzustützen, aber dabei entglitt ihm das Messer und versank mit einem lautstarken Platschen im Fluss.
Mit der nun unbewaffneten rechten Hand versuchte Steve, sich von meinem Gewicht zu befreien. Ich wehrte mich energisch mit dem Messer, und schließlich gelang es mir, die Klinge tief in seinen Unterarm zu bohren. Steve schrie auf. Ich zog das Messer mit einem Ruck heraus und hob es, bevor er es mir aus der Hand schlagen konnte, erneut in Steves Schulterhöhe, die Klingenspitze auf seine Kehle gerichtet. Als sein Blick unwillkürlich der scharfen Schneide folgte, stockte ihm der Atem. Der entscheidende Augenblick war gekommen. Steve war erledigt. Ich hatte ihn besiegt, und er wusste es. Nur noch ein letzter, entschlossener Hieb mit dem Messer …
Brennende Schmerzen. Ein greller Blitzstrahl durchzuckte meinen Schädel. Im ersten Augenblick dachte ich, Gannen wäre wieder zu sich gekommen und hätte mich hinterrücks angegriffen, doch das war ein Irrtum.
Was mich so plötzlich außer Gefecht setzte, war eine verspäte-

te körperliche Schockreaktion auf den Blutaustausch mit meinem Neffen. Vancha hatte mich bereits davor gewarnt. Ich schlotterte am ganzen Körper. Das Dröhnen in meinen Ohren übertönte alle anderen Geräusche. Ich würgte, rutschte von Steve herunter und wäre beinahe in den Fluss geplumpst. »Nein!«, versuchte ich zu schreien. »Nicht jetzt!« Aber ich brachte kein Wort heraus. Hilflos war ich den rasenden Schmerzen ausgeliefert.

Ich hatte jegliches Zeitgefühl verloren. Wie gelähmt vor Entsetzen, nahm ich undeutlich wahr, dass Steve auf mich geklettert war. Er entwand mir das Messer. In meinem Magen spürte ich kurz hintereinander zwei heftige Stiche. Steve krächzte triumphierend: »Jetzt hab ich dich! Jetzt ist es aus mit dir!« Etwas Verschwommenes glitt an meinen Augen vorüber, verschwand und kehrte wieder zurück. Mit äußerster Kraftanstrengung gelang es mir schließlich, das grellweiße Licht in meinem Schädel auszublenden, bis ich wieder scharf sehen konnte. Ich erkannte das Messer. Steve hatte es herausgezogen und wedelte damit triumphierend vor meinem Gesicht herum, um mich zu quälen. Er war sich seines Sieges vollkommen sicher und wollte den großen Augenblick noch ein bisschen hinauszögern.

Jedoch hatte Steve die Rechnung ohne den Wirt gemacht. Der Messerstich brachte mich wieder zur Besinnung. Der Schmerz in meinen Eingeweiden bewirkte, dass der Kopfschmerz nachließ und alles ringsum wieder vertraute Umrisse annahm. Über mich gebeugt, hockte Steve höhnisch lachend auf mir. Ich spürte keine Angst. Ohne es zu ahnen, hatte mein Intimfeind mir geholfen. Ich konnte wieder einigermaßen denken, planen und handeln.

Während der siegessichere Steve mich mit Spott und Hohn überschüttete, ertastete ich den Taillenbund meiner Hose. Ich umklammerte den Griff meines zweiten Messers. Dabei erspähte ich Meister Schick, der neugierig über Steves Schulter linste. Er hatte meine Handbewegung bemerkt und wusste, was kommen würde. Er nickte zustimmend, wobei unklar war, ob er mich ermutigen wollte oder ob die Kopfbewegungen eher seiner Aufregung zuzuschreiben waren.

Ich lag reglos da und mobilisierte meine letzten Energiereserven, während Steve in zügellosen Folterphantasien schwelgte. Die Wunden in meiner Magengrube bluteten heftig. Ich war mir nicht sicher, ob ich den nächsten Morgen noch erleben würde, doch eines wusste ich genau: Steve würde vor mir ins Gras beißen.

»… und wenn ich dir die Zehen und Finger abgeschnitten habe, mach ich mit deiner Nase und den Ohren weiter!«, johlte Steve. »Aber zuerst schnipple ich dir die Lider ab, damit du mir bei allem zusehen musst. Und dann …«

»Steve«, keuchte ich mühsam, und sein Redefluss stockte mit einem Mal. »Soll ich dir verraten, wie man einen Kampf wie diesen gewinnt? Indem man weniger quasselt – und häufiger zusticht!«

Damit ging ich zum Angriff über, spannte die Bauchmuskeln an und setzte mich auf. Darauf war Steve nicht gefasst. Ich versetzte ihm einen gewaltigen Schwinger. Während er rückwärts fiel, winkelte ich die Beine an, half mit Knien und Füßen nach und drückte ihn mit meinem ganzen Körpergewicht zurück. Zum zweiten Mal innerhalb weniger Minuten ging Steve rücklings zu Boden. Diesmal schaffte er es, sein Messer festzuhalten, doch die Mühe hätte er sich sparen können. Ich hatte nicht die Absicht, zweimal denselben Fehler zu begehen.

Nicht zögern. Nicht innehalten, um nachzudenken. Keine zynischen, erinnerungswürdigen letzten Worte. Ich legte mein Glück in die Hände der Vampirgötter und holte blindlings zum Hieb aus. Ich führte das Messer in einem heftigen Stoß nach unten und durchbohrte, mochte es nun reines Glück oder Vorsehung sein, Steves linke Brust – und schnitt mitten durch sein verdorrtes, trügerisches Herz!

12

Der schockierte Steve sperrte Augen und Mund weit auf, und obwohl sein verdatterter Gesichtsausdruck geradezu komisch wirkte, war mir keineswegs nach Lachen zumute. Von diesem Schlag würde er sich nicht mehr erholen. Mein ehemaliger Freund war fertig. Aber wenn ich nicht aufpasste, riss er mich noch mit sich in den Tod. Statt mich selbst zu beglückwünschen, schnappte ich nach Steves linker Hand und presste sie an seine Seite, damit er das Messer nicht mehr zücken konnte.

Steves Blick glitt zu dem Messer, das aus seinem Brustkorb ragte. »Oh!«, hauchte er tonlos. Aus seinen Mundwinkeln rann ein dünner Blutfaden. Mit jedem Atemzug hob und senkte sich seine Brust, und zugleich hob und senkte sich auch das Messer. Am liebsten hätte ich es herausgerissen und die Sache ein für alle Mal hinter mich gebracht, denn da das Messer die Blutung stoppte, konnte Steve durchaus noch eine oder zwei Minuten durchhalten. Allerdings war meine Linke vollkommen gefühllos, und ich wollte es lieber nicht riskieren, meine rechte Hand zu befreien.

Plötzlich ertönte lebhafter Applaus. Ich hob den Kopf, und Steve verdrehte die Augen, um hinter sich blicken zu können. Meister Schick klatschte in die Hände, während ihm blutige Freudentränen über die Wangen rannen. »Welche Leidenschaft!«, rief er begeistert. »Welcher Mut! Welche Unbeugsamkeit! Du warst immer mein Favorit, Darren! Es hätte auch anders ausgehen können, aber wenn ich wetten würde, hätte ich auf dich gesetzt. Das habe ich von Anfang an gesagt, nicht wahr, Evanna?«

»Ja, Vater«, bestätigte Evanna ruhig. Sie musterte mich traurig und bewegte tonlos die Lippen.
Trotzdem verstand ich, was sie sagte: »Dem Sieger das Verderben.«
»Komm schon, Darren«, trieb Meister Schick mich zur Eile an. »Zieh das Messer raus und kümmere dich um deine Verletzungen. Es besteht zwar keine unmittelbare Lebensgefahr, doch ein Arzt sollte mal einen Blick darauf werfen. Deine Freunde im Stadion haben ihre Feinde beinahe überwältigt. Sie können dich ins Krankenhaus bringen.«
Ich schüttelte den Kopf. Ich hatte damit nur gemeint, dass ich das Messer nicht herausziehen wollte, aber Meister Schick nahm offenbar an, ich weigerte mich, Steve zu töten. »Mach jetzt bloß keine Dummheiten«, schnauzte er mich an. »Steve ist der Feind. Er verdient keine Gnade. Erledige ihn, und nimm deinen Platz als Herrscher der Nacht ein.«
»Du bist von nun an der Herr der Schatten«, sagte Evanna. »Gnade gibt es in deinem Leben nicht mehr. Folge der Aufforderung meines Vaters. Je schneller du dich in dein Schicksal fügst, desto einfacher ist es für dich.«
»Wollen Sie … etwa auch … dass ich Vancha töte?«, schnaufte ich wütend.
»Nur keine blinde Hast«, kicherte Meister Schick heiter. »Das ergibt sich im richtigen Moment schon von selbst.« Sein Lachen verklang, und er setzte eine finstere Miene auf. »Vieles wird sich ergeben. Die Vampyre werden untergehen und die menschliche Rasse ebenfalls. Diese Welt gehört nun dir allein, Darren, oder genauer gesagt uns. Wir werden sie gemeinsam beherrschen. Du sitzt am Ruder, und ich bin der Steuermann. Ich führe und berate dich. Nicht offen, denn ich besitze nicht die Macht, dich direkt zu leiten, aber im Verborgenen. Du tust, was ich sage, und gemeinsam errichten wir eine Welt voller Chaos und merkwürdiger, absonderlicher Schönheit.«

»Wie kommen Sie darauf ... dass ich mit einem Ungeheuer wie Ihnen ... zusammenarbeiten würde?«, fauchte ich.

»Er hat Recht, Vater«, murmelte Evanna. »Wir beide wissen, was die Zukunft für Darren bereithält. Er wird ein grausamer und rücksichtsloser Herrscher sein. Doch er hasst dich. Im Lauf der Jahrhunderte wird sein Hass wachsen. Warum glaubst du, du könntest ihn beherrschen?«

»Ich weiß mehr über diesen Burschen als du«, entgegnete Meister Schick verschmitzt. »Er wird sich schon fügen. Dafür ist er schließlich auf die Welt gekommen.«

Den Blick auf Steve geheftet, ging Meister Schick in die Hocke. Dann sah er mir in die Augen. Er war keine zehn Zentimeter von mir entfernt. »Ich war immer für euch da. Für euch beide«, sagte er leise. »Als du mit deinen Freunden um die Eintrittskarte in den Cirque du Freak gekämpft hast, habe ich dir im entscheidenden Moment eingeflüstert, zuzugreifen.«

Sprachlos vor Überraschung, glotzte ich ihn an. An jenem Tag hatte ich tatsächlich eine Stimme gehört, aber damals hatte ich sie für eine innere Stimme, für eine Art Instinkt gehalten.

»Und als dir«, fuhr Meister Schick an Steve gewandt fort, »nach deinem Treffen mit Larten Crepsley etwas Seltsames an Darren aufgefallen ist, wer, glaubst du, hat dafür gesorgt, dass du eine paar schlaflose Nächte verbringst, und Zweifel und Verdacht in dir geweckt?«

Meister Schick trat einen halben Meter zurück. Sein Grinsen war fast so breit wie der Durchgang unter der Brücke. »Nur meinem Einfluss ist es zu verdanken, dass Crepsley Darren damals anzapfte. Ich allein habe Gannen Harst den Vorschlag eingeflüstert, Steve solle es einmal mit dem Feuersarg probieren. Ihr beide habt in eurem Leben wirklich schon verdammt viel Glück gehabt. Ihr habt es dem Vampirglück zugeschrieben oder den Überlebensinstinkten der Vampyre. Doch es war weder das eine noch das andere. Eure neun Katzenleben –

wahrscheinlich sind es sogar noch ein paar mehr – habt ihr einzig und allein mir zu verdanken.«

»Ich kapiere überhaupt nichts«, sagte ich, verwirrt und besorgt zugleich. »Wozu der ganze Aufwand? Warum haben Sie unser Leben zerstört?«

»Zerstört?«, blaffte Meister Schick. »Mit meiner Hilfe hast du es bis zum Fürsten gebracht, und aus Steve wurde ein Lord. Dank meiner habt ihr beide die Geschöpfe der Nacht in den Krieg geführt, und einer von euch, nämlich du, Darren, steht jetzt kurz davor, zum mächtigsten Tyrannen aller Zeiten zu werden. Ich habe euer Leben keineswegs zerstört, sondern es zu einem *Erfolg* gemacht.«

»Aber wieso wir?«, hakte ich nach. »Wir waren doch bloß ganz normale Kinder. Warum ausgerechnet Steve und ich?«

»Normale Kinder wart ihr noch nie«, widersprach Meister Schick. »Von Geburt, nein, von der Zeugung an wart ihr etwas Besonderes.« Er erhob sich und musterte Evanna. Sie starrte ihn überrascht an. Offensichtlich waren dies auch Neuigkeiten für die Hexe. »Ich habe mich lange gefragt, wie es sei, Kinder in die Welt zu setzen«, erklärte Meister Schick leise. »Aufgestachelt von einem besonders dickköpfigen Vampir, beschloss ich, einen Versuch zu wagen, und erschuf selbst zwei Nachkommen, Wesen von großer Zauberkraft und Macht. Anfangs faszinierten mich Evanna und Hibernius, doch allmählich wurde ich ihrer begrenzten Fähigkeiten überdrüssig. Da sie, ebenso wie ich, in die Zukunft sehen konnten, unterlag ihr Leben in der Gegenwart zahlreichen Einschränkungen. Wir drei müssen uns fremden Gesetzen beugen. Obwohl ich viel weitgehender in den Verlauf der Ereignisse eingreifen kann als meine Kinder, genügt mir das nicht. Mir sind die Hände auf vielerlei Weise gebunden. Zwar mache ich reichlich Gebrauch von meiner Fähigkeit, Sterbliche zu beeinflussen, aber sie sind unvorhersehbare Wesen, und ihr Leben währt nur kurz. Es ist schwer, viele Menschen über lange Zeit hinweg zu manipulieren, insbesondere heutzutage, wo es Milliarden davon gibt!

Also sehnte ich mich nach einem Sterblichen, der das Instrument meines Willens werden sollte, einem Menschen, der weder an die Gesetze des Universums gebunden noch auf menschliche Fähigkeiten beschränkt war. Mein Verbündeter müsste als Mensch geboren und dann zu einem Vampir oder Vampyr werden. Mit meiner Hilfe würde er seine Sippe zum Sieg über die Welt führen. Gemeinsam würden wir den Lauf der Welt für die nächsten paar hundert Jahre bestimmen, und mit Hilfe meiner Enkel konnte ich diese Kontrolle weitere tausend Jahre aufrechterhalten – oder vielleicht sogar für alle Zeit!«

»Sie sind ja wahnsinnig«, knurrte ich. »Es ist mir egal, dass Sie mir geholfen haben. Ich arbeite nicht mit Ihnen zusammen und lasse mich nicht zum Werkzeug degradieren. Mit Ihren hinterhältigen Plänen will ich nichts zu tun haben. Und Steve bestimmt auch nicht, falls er gesiegt hätte.«

»Aber du *wirst* gemeinsame Sache mit mir machen«, beharrte Meister Schick. »Genau wie Steve. Du musst. Es liegt in deiner Natur. Gleich und Gleich gesellt sich nun mal gern.« Er hielt inne und sagte dann stolz und herausfordernd zugleich: »Söhne halten zu ihren Vätern.«

»Wie bitte?«, rief Evanna aus, die schneller begriffen hatte als ich.

»Ich benötigte einen weniger mächtigen Erben«, fuhr Meister Schick fort, den Blick unverwandt auf mich geheftet. »Einen, der meine Gene in sich trägt, meine Wünsche erfüllt und gleichzeitig frei wie ein Sterblicher handeln kann. Um jegliche Schwäche auszuschließen, schuf ich ein Paar und hetzte es gegeneinander auf. Der Schwächere würde sterben und vergessen werden. Der Stärkere hingegen würde ausziehen und die Welt erobern.« Damit streckte er mir die Arme mit einer zugleich spöttischen und sonderbar warmherzigen Geste entgegen. »Komm, und nimm deinen alten Vater in die Arme, Darren – *mein Sohn!*«

13

»Sie sind wahnsinnig!«, stieß ich hervor. »Ich habe einen Vater, einen richtigen Papa. Das können nicht Sie sein!«

»Dermot Shan ist nicht dein Vater«, erwiderte Meister Schick. »Du bist ein Kuckuckskind, genau wie Steve. Ich habe meine Arbeit so diskret erledigt, dass nicht einmal deine Mutter etwas bemerkt hat. Aber glaubt mir – ihr seid beide meine Söhne.«

»Das ist ja unerhört!«, kreischte Evanna. Ihr Körper begann gewaltig anzuschwellen, bis sie eher einem Wolf als einem Menschen glich und den Durchgang unter der Brücke beinahe ausfüllte. »Das ist verboten! Wie konntest du es wagen!«

»Ich habe mich stets an die Beschränkungen gehalten, die uns die Gesetze des Universums auferlegen«, blaffte Meister Schick. »Andernfalls würde hier Chaos herrschen. Vielleicht habe ich mir bei der Auslegung der Gesetze ein paar Freiheiten erlaubt, doch missachtet habe ich sie niemals. Ich darf Nachkommen zeugen, und meine Kinder können handeln wie gewöhnliche Sterbliche, vorausgesetzt, sie verfügen nicht über magische Kräfte.«

»Wenn Darren und Steve deine Söhne sind, hast du jene Zukunft erschaffen, in der einer der beiden der Herr der Schatten wird«, brüllte Evanna. »Du hast die Menschheit in einen Abgrund gestürzt und den Verlauf der Zukunft manipuliert, um deine niederträchtigen Pläne zu verwirklichen.«

»Stimmt«, kicherte Meister Schick und hob warnend den Zeigefinger. »Komm mir nicht in die Quere, Tochter. Ich vergehe mich nicht an meinen Kindern, aber ich könnte dafür sorgen, dass dein Leben äußerst unerfreulich wird, wenn du auf der falschen Seite stehst.«

Hasserfüllt starrte Evanna ihren Vater an und schrumpfte wieder auf Normalmaß. »Das ist ungerecht«, murrte sie. »Das Universum wird dich dafür bestrafen. Irgendwann wirst du den Preis für deine Arroganz zahlen müssen.«

»Das bezweifle ich«, feixte Meister Schick. »Die Menschheit war auf dem Weg zu einem unendlich langweiligen Tiefstand. Frieden, Reichtum, globale Verknüpfung, brüderliche Liebe – wo bleibt denn da der Spaß? Nun gut, zur Unterhaltung gibt es immer noch jede Menge Kriege und Konflikte, aber es ist unübersehbar, dass die Menschen nach Frieden streben. Ich habe getan, was ich konnte, um Konflikte zwischen den Nationen zu schüren und Zwietracht zu säen. Ich habe sogar einigen Tyrannen durch unrechtmäßige Wahlen zu großer Macht verholfen. Ich war sicher, dass diese großartigen Exemplare die Welt an den Rand des Ruins treiben würden.

Doch das war ein Irrtum! Trotz der angespannten Lage und obwohl meine Mittelsmänner ihre Hände im Spiel hatten, war gegen Frieden und Verständnis anscheinend kein Kraut gewachsen. Ich musste etwas Drastisches unternehmen, um die Welt in jene gute alte Zeit zurückzuführen, als einer dem anderen an die Kehle wollte. Ich habe ja nur die natürliche Ordnung des wunderbaren Chaos wiederhergestellt. Dafür kann mich die Welt wohl kaum bestrafen. Ich rechne schlimmstenfalls mit …«

»Halten Sie den Mund!«, schrie ich zur Überraschung der beiden. »Das ist doch alles nur Mist! Sie sind nicht mein Vater! Sie sind ein Ungeheuer!«

»Genau wie du!«, strahlte Meister Schick. »Jedenfalls wirst du bald eines sein. Mach dir keine Sorgen, Söhnchen … Ungeheuer haben jede Menge Spaß!«

Fassungslos starrte ich ihn an. Mir war übel und schwindelig.

Ich konnte nicht glauben, was ich da hörte. Wenn er die Wahrheit sagte, war mein Leben eine einzige Lüge. Ich war nie derjenige gewesen, der ich zu sein glaubte, sondern lediglich die Marionette von Salvatore Schick, lediglich eine Zeitbombe, die irgendwann explodieren würde. Man hatte mich nur angezapft, damit ich lange genug lebte, um die Drecksarbeit für Meister Schick zu verrichten. Mein Krieg gegen Steve hatte einzig und allein den Zweck gehabt, den Schwächeren von uns beiden auszulöschen, damit der Stärkere aus diesem Kampf als eine mächtige Bestie hervorging. Ich hatte niemandem dadurch geholfen, sondern stets nur Meister Schick gedient. Nach meinem Sieg über Steve würde ich zum Tyrannen werden und jeden aus dem Weg räumen, der Widerstand leistete. Dieser Mistkerl hatte mich zu seinem Werkzeug gemacht. Das war mein Schicksal.

»Va... Va... Va...«, stammelte Steve und spuckte Blut. Er streckte eine Hand nach Meister Schick aus. »Vater«, krächzte er. »Hilf ... mir.«

»Warum sollte ich?«, höhnte Meister Schick.

»Ich ... hatte ... nie ... einen ... Vater.« Obwohl ihm jedes Wort unsägliche Schmerzen bereiteten musste, zwang Steve sich zum Sprechen. »Ich ... will ... dich ... kennen lernen. Ich ... will ... dir ... dienen ... und ... dich ... lieben.«

»Was zum Teufel fange ich denn mit Liebe an?«, lachte Salvatore Schick verächtlich. »Liebe ist ein durch und durch menschliches Gefühl. Glücklicherweise bin ich davon verschont geblieben. Knechtschaft, Dankbarkeit, Furcht, Hass, Zorn ... das ist meine Welt. Deine Liebe kannst du bei deinem Tod in den See der Seelen mitnehmen. Vielleicht hast du ja dort was davon.«

»Aber ... ich bin ... dein Sohn«, ächzte Steve mit schwacher Stimme.

»Das war einmal«, schnaubte Meister Schick. »Im Augenblick

bist du nur ein Verlierer und bald nichts mehr als totes Fleisch. Deine Überreste werde ich den Kleinen Leuten zum Fraß vorwerfen … so wenig bedeutest du mir. Diese Welt ist nur für Sieger gemacht. Zweiter Platz heißt zweite Wahl. Du bist mir vollkommen gleichgültig. Darren ist von nun an mein einziger Sohn.«

Der Schmerz in Steves Blick war kaum zu ertragen. Als er ein Kind war, hatte ihn mein vermeintlicher Verrat am Boden zerstört. Jetzt musste er erleben, wie sein eigener Vater ihn verhöhnte und verstieß. Es brachte ihn um. Bis eben hatte ihn der Hass beherrscht, aber in diesem Augenblick, kurz vor dem Ende, empfand er nichts als nackte Verzweiflung.

Trotzdem schöpfte ich neuen Mut aus Steves Seelenqual. In seiner grenzenlosen Arroganz hatte sich unser Vater verplappert. Plötzlich hatte ich einen Geistesblitz. Hastig fügte ich die verschiedenen Teile des Puzzles – Meister Schicks Eröffnung und Evannas Reaktion – zusammen. Die Hexe hatte gesagt, Salvatore Schick habe eine Zukunft erschaffen, in der entweder ich oder Steve der Herr der Schatten sein würde. Er hatte in die Gegenwart eingegriffen, um eine chaotische Welt zu erschaffen, die er mit meiner Hilfe beherrschen wollte. Damit hatte er das Gesetz gebrochen. Evanna und Meister Schick hatten beide behauptet, man könne dem Herrn der Schatten nicht entfliehen, er sei Teil der Zukunft. Aber sie irrten sich. Der Herr der Schatten gehörte zu Meister Schicks Zukunft. Sal Schick mochte zwar der mächtigste Mann der Welt sein, doch er war trotzdem allein. Was ein Einzelner ersann, konnte ein anderer vernichten.

Meister Schicks Blick war unverwandt auf Steve gerichtet. Hämisch weidete er sich am Elend seines sterbenden Sohnes. Evanna hielt den Kopf gesenkt, sie hatte aufgegeben. Ganz im Gegensatz zu mir. Ich hatte nicht nur Meister Schicks böse, zerstörerische Natur geerbt, sondern auch seine listige Schlau-

heit. Nichts würde mich aufhalten können, um seine Schreckensvision der Zukunft zu verhindern.
Langsam, beinahe unmerklich ließ ich Steves linke Hand los und schob vorsichtig meinen Arm weg. Meine Magengrube war jetzt frei zugänglich, und Steve konnte zu Ende führen, was er mit dem ersten Messerstich begonnen hatte. Aber er bekam natürlich nichts mit, denn er war mit seinen eigenen Sorgen beschäftigt. Ich hustete gekünstelt und zog vorsichtig an seinem linken Ärmel. Wäre Meister Schick etwas aufmerksamer gewesen, hätte er meinen Plan in diesem Augenblick vereiteln können. Doch er sonnte sich bereits im Siegesglanz. Für ihn war die Sache gelaufen. Er konnte sich beim besten Willen nicht vorstellen, dass auch noch die geringste Gefahr bestand. Steve senkte langsam den Blick. Inzwischen hatte er gespürt, dass ich seine Hand losgelassen hatte. Er begriff sofort, was das bedeutete. Seine Finger umschlossen den Griff des Messers ... und lockerten sich wieder. Einen entsetzlichen Augenblick lang glaubte ich, er sei gestorben, stellte dann allerdings zu meiner Beruhigung fest, dass er noch atmete. Offenbar kamen ihm ausgerechnet jetzt Zweifel. Er hatte mich den größten Teil seines Lebens gehasst und gerade erfahren, dass ich sein Bruder war. Ich konnte förmlich hören, wie er angestrengt nachdachte. Wir waren beide Opfer Meister Schicks. Es war ein Fehler gewesen, mich zu hassen. Ich hätte gar nicht anders handeln können, schließlich hatte ich keine Wahl gehabt. Ich stand ihm am nächsten, und ausgerechnet mich hatte er zugrunde richten wollen.
In diesen letzten Augenblicken seines Lebens fand Steve zu einem Gefühl zurück, das ich ihm nicht mehr zugetraut hätte – er empfand plötzlich Menschenliebe. Er begriff, dass er den falschen Weg eingeschlagen, Böses begangen und gefehlt hatte. Diese Erkenntnis machte auch die Rettung seiner Seele möglich. Vielleicht konnte er auch noch in diesem späten Augen-

blick sühnen, nachdem er sich selbst eingestanden hatte, wer er war. Doch für Menschenliebe war jetzt nicht der richtige Moment. Steves Seelenheil bedeutete meinen Untergang – und den der Welt. Ich brauchte dringend den besessenen, wutschäumenden, hasserfüllten Steve. Nur in diesem Zustand konnte er mir dabei helfen, Meister Schicks niederträchtige Zukunftspläne zu vereiteln.

»Steve«, sagte ich und zwang mich zu einem tückischen Lächeln. »Du hast Recht, Mr. Crepsley und ich haben dich damals tatsächlich übers Ohr gehauen, damit nicht du, sondern ich sein Gehilfe werden konnte. Wir haben dich nach Strich und Faden an der Nase herumgeführt, und ich bin froh darüber. Du bist echt eine Null. Ein Nichts. Du hast es verdient. Wenn Mr. Crepsley noch am Leben wäre, würde er dich auslachen, genau wie alle anderen.«

Meister Schick heulte begeistert auf. »Das ist mein Junge!«, johlte er. Er dachte, ich wolle Steve vor seinem Tod noch ein letztes Mal in die Pfanne hauen.

In Steves Augen kehrte der hasserfüllte Ausdruck zurück. Plötzlich verschwand alles Menschliche aus seiner Miene, und er war wieder Steve Leopard, der Vampyr und Mörder. Er holte mit einer rasenden, wahnsinnigen Bewegung aus und stieß mir das Messer tief in den Magen. Dann riss er die Waffe heraus und stach wieder und wieder zu, wie ein Besessener.

»Halt!«, schrie Meister Schick, der die Gefahr zu spät erkannte. Als er sich mit einem Sprung auf uns stürzen und Steve von mir wegreißen wollte, warf sich Evanna dazwischen.

»Nein, Vater!«, herrschte sie ihn an. »Du darfst dich nicht einmischen.«

»Aus dem Weg!«, brüllte er und versuchte, sie beiseite zu stoßen. »Dieser Hornochse lässt zu, dass Leonard ihn tötet! Wir müssen ihn aufhalten.«

»Zu spät«, kicherte ich, als Steves Messer zum fünften Mal

meine Eingeweide durchbohrte. Meister Schick blieb stehen und blinzelte mich ungläubig an. Vielleicht zum ersten Mal in seinem langen, gottlosen Dasein war er vollkommen baff. »Schicksal ... abgelehnt«, stieß ich mit meinem letzten Atemzug hervor. Als Steve erneut mit erhobenem Messer auf mich losgehen wollte, hielt ich ihn fest und rollte mit ihm über die Uferböschung in den Fluss.

Aneinander geklammert stürzten wir ins Wasser und gingen rasch unter. Steve versuchte, noch einmal nach mir zu stechen, aber seine Kraft war erschöpft. Er erschlaffte, ließ mich los und versank rasch in der dunklen Tiefe. Innerhalb von Sekunden war nichts mehr von ihm zu sehen.

Halb ohnmächtig und willenlos trieb ich in der Strömung. Wasser drang in meine Kehle und in meine Lunge ein. Ein Teil von mir wollte zurück an die Wasseroberfläche, doch ich kämpfte den Drang nieder, da ich Meister Schick keinerlei Gelegenheit geben wollte, mich wiederzubeleben.

In den trüben Fluten nahm ich schemenhaft vertraute Gesichter aus alten Zeiten wahr, aber vielleicht waren sie auch nur Ausgeburten meiner Phantasie. Sam Grest, Gavner Purl, Arra Sails, Meister Riesig, Shancus, R.V., Mr. Crepsley. Die Toten kamen, um mich zu begrüßen.

Ich streckte ihnen die Arme entgegen, konnte sie jedoch nicht berühren. Ich sah, wie Mr. Crepsley mir mit trauriger Miene zuwinkte. Plötzlich waren alle verschwunden. Ich hörte auf zu kämpfen. Welt, Wasser und vertraute Gesichter schwanden aus meinem Blickfeld und dann aus meinem Gedächtnis. Ein Aufschrei, der Stille war. Lichte Dunkelheit. Brennende Kühle. Mein letzter Wimpernschlag, eine fast unmerkliche und zugleich unendlich ermüdende Bewegung. Schließlich schickte ich mich in der einsamen, nassen Dunkelheit zu dem an, was allen bevorsteht, die den Ruf des Sensenmannes vernehmen – ich starb.

Zwischenspiel

Zeitlosigkeit. Ewige Dämmerung. Langsames, nie endendes Kreisen. Ich bin in Gemeinschaft und doch allein. Ich kann die anderen Seelen, Gefangene wie ich, nur spüren – nicht mehr. Ich kann nicht sehen, hören, schmecken, riechen, spüren. Es existieren nur die zermalmende Eintönigkeit der Gegenwart und die quälende Last der Erinnerung.

Ich kenne diesen Ort. Es ist der See der Seelen. Hier sind alle gefangen, deren Seelen nach ihrem Tod an die Erde gefesselt bleiben und sie nicht verlassen dürfen. Im Wasser dieses trüben Tümpels gefangen, sind sie dazu verdammt, stumm und bis in alle Ewigkeit hier zu verweilen.
Ich bin zwar traurig, dass ich hier gelandet bin, aber nicht sonderlich überrascht.
Ich habe versucht, ein anständiges Leben zu führen, und mich am Schluss sogar für die anderen geopfert, so gesehen hätte ich es vielleicht verdient, ins Paradies einzugehen. Doch ich habe auch getötet. Welche Gründe ich auch gehabt haben mag, ich habe Leben ausgelöscht und Menschen unglücklich gemacht. Keine Ahnung, ob höhere Mächte über mein Schicksal entschieden haben oder ob ich durch eigene Schuld hier gefangen bin. Vermutlich spielt es sowieso keine Rolle. Ich bin hier, und es gibt kein Entrinnen. Das ist mein Schicksal. Bis in alle Ewigkeit.

Kein Zeitgefühl. Keine Tage, Nächte, Stunden, Minuten. Nicht einmal Sekunden. Bin ich seit einer Woche, einem Jahr oder seit Jahrhunderten in diesem See? Keine Ahnung. Tobt der Krieg der Narben immer noch? Wer hat gesiegt, Vampire oder

Vampyre? Ist jetzt ein anderer der Herr der Schatten? War mein Tod sinnlos? Ich weiß es nicht. Das ist Teil meiner Strafe, Teil des Fluches, der auf mir liegt.

Wenn die Toten hier sprechen könnten, würden sie darum flehen, befreit zu werden. Nicht nur aus diesem See, sondern auch von ihren Erinnerungen. Meine Erinnerungen verfolgen mich ebenfalls unaufhörlich.

Ich bin mir allem bewusst, jedem Fehler und jedem Versäumnis. Mangels Ablenkung bin ich dazu gezwungen, andauernd über mein Leben nachzudenken. Noch der kleinste Irrtum wächst sich zur katastrophalen Fehlentscheidung aus. Meine Erinnerungen peinigen mich mehr, als Steve es zu Lebzeiten je geschafft hat.

Ich versuche, diesen Qualen zu entkommen, indem ich mich in meine Kindheit zurückversetze. Ich rufe mir den jungen Darren Shan ins Gedächtnis, menschlich, glücklich, normal und unschuldig. Ich verbringe Jahre, Jahrzehnte – oder sind es lediglich Minuten? – damit, an diese unkomplizierte und sorglose Zeit zu denken.

Nach und nach füge ich meine gesamte Kindheit wie Mosaiksteinchen zusammen. Ich vergesse nichts, nicht einmal unbedeutende Einzelheiten wie die Farben meiner Spielzeugautos, Hausaufgaben oder beiläufige Unterhaltungen.

Ich wiederhole sämtliche Gespräche so lange, bis jedes Wort stimmt. Ich verstricke mich in diese Zeit, bis ich mich selbst vergesse. Dann bin ich wieder menschlich, und es fehlt nicht viel, bis ich glaube, dass meine Erinnerungen Wirklichkeit sind und der See der Seelen nichts als ein unangenehmer Traum.

Aber die Ewigkeit lässt sich eben nicht austricksen. Meine späteren Erinnerungen umschweben mich und nagen an den Schutzmauern meiner künstlich erschaffenen Realität.

Gelegentlich eilen meine Gedanken voraus zu einem jüngeren Ereignis. Dann verliere ich die Kontrolle und werde in die dunkle, alptraumhafte Welt meines Daseins als Halbvampir geschleudert. Ich durchlebe erneut die Fehler, die falschen Entscheidungen und das Blutvergießen.

Ich habe so viele Freunde verloren und so viele Feinde getötet. Ich fühle mich für jeden Einzelnen verantwortlich. Als ich mich zum ersten Mal auf den Weg zum Vampirberg machte, glaubte ich an Frieden. Obwohl Kurda Smahlt den Clan verraten hatte, tat er mir Leid. Ich wusste, dass er es getan hatte, um einen Krieg zu vermeiden.

Ich verstand nicht, wie es je so weit hatte kommen können. Wenn Vampire und Vampyre sich nur einmal zusammengesetzt und über ihre Streitigkeiten gesprochen hätten, wäre der Krieg der Narben niemals ausgebrochen.

Als ich Fürst wurde, träumte ich davon, Frieden zu stiften und dort weiterzumachen, wo Kurda Smahlt aufgehört hatte. Ich wollte die Vampyre wieder in unsere Sippe aufnehmen. Im Lauf der sechs Jahre, die ich im Vampirberg verbrachte, ist mir dieser Traum irgendwie abhanden gekommen. Als Vampir zu überleben, alles über die Geschöpfe der Nacht zu erfahren, das Kriegshandwerk zu erlernen und Freunde in den Kampf und den Tod zu schicken … Das alles färbte auf mich ab, und als ich schließlich aus dem Vampirberg in die gewöhnliche Welt zurückkehrte, hatte ich mich verändert. Ich war zum hitzigen, erbarmungslosen Krieger geworden, der nicht verhandelte, sondern tötete.

Ich war nicht böse. Manchmal ist ein Kampf eben unvermeidlich, und man muss seine hohen Ziele aufgeben und sich die Hände schmutzig machen. Trotzdem sollte man immer nach Frieden streben und noch im blutigsten Streit nach einer friedlichen Lösung suchen. All das habe ich nicht getan. Ich stürzte mich begeistert in den Krieg und heulte mit den Wölfen. Auch ich war davon überzeugt, dass unsere Probleme allesamt gelöst seien und auch sonst alles in Butter wäre, sobald wir den Lord der Vampyre erledigt hätten.

Wie sich herausstellte, war das ein Irrtum. Der Tod eines Mannes hat noch nie Probleme aus der Welt geschafft. Steve war nur der Anfang.

Hat man erst einmal mit dem Töten angefangen, ist es praktisch unmöglich, einen anderen Weg einzuschlagen. Wir hätten nicht aufhören können. Mit dem Tod eines einzigen Feindes hätten wir uns niemals zufrieden gegeben. Wir waren entschlossen, die gesamte Sippe der Vampyre auszulöschen, sobald wir mit Steve fertig waren, und anschließend wären wir bestimmt auf die Menschheit losgegangen. Wir hätten uns zu Herrschern der Welt aufgeschwungen und jeden ausgelöscht, der sich uns in den Weg stellte, und ich hätte mitgemacht. Ja, ich wäre nicht einmal nur ein Mitläufer gewesen, sondern hätte die Sippe höchstpersönlich angeführt.

All das Schreckliche, was ich getan habe oder noch getan hätte, löst tiefe Schuldgefühle in mir aus, die wie tausend gefräßige Ratten an mir nagen. Ich bin der Sohn Salvatore Schicks, das Böse steckt in meinen Genen. Doch ich besaß die Kraft, mich von den düsteren Zukunftsplänen meines Vaters zu befreien. Das habe ich durch meinen freiwilligen Tod bewiesen. Warum nur habe ich mich nicht schon viel früher dazu entschlossen, ehe so viele Menschen ihr Leben lassen mussten?

Vielleicht wäre ich nicht in der Lage gewesen, den Krieg aufzuhalten, aber ich hätte wenigstens sagen können: »Nein, ohne mich.« Ich hätte mich mit Worten und nicht mit Waffen für den Frieden einsetzen können. Hätte ich versagt, dann wäre ich zumindest nicht hier gelandet, wo die Gewissenslast so vieler entsetzlicher Tode mich wie eine Eisenkette in die Tiefe zieht.

Die Zeit vergeht. Durch meine Gedanken schwirren schemenhafte Gesichter aus der Vergangenheit. Erinnerungen tauchen auf und verblassen, nur um erneut aufzutauchen. Ich lösche ganze Lebensabschnitte aus, entreiße sie irgendwann wieder der Vergessenheit und verbanne sie schließlich erneut. Wahnsinn umfängt mich, und ich vergesse, wer ich war. Dennoch tauche ich immer wieder aus diesem Wahnsinn auf und kehre widerstrebend in mein Bewusstsein zurück.
Ich denke viel an meine Freunde, insbesondere an diejenigen, die noch lebten, als ich starb. Ist einer von ihnen im Stadion umgekommen? Und wie ging es weiter, falls sie überlebt haben sollten? Was ist aus dem Krieg der Narben geworden, nachdem Steve und ich tot sind? Hat Meister Schick uns inzwischen durch neue, ebenso mächtige Anführer ersetzt? Eigentlich unmöglich, es sei denn, er hat weitere Nachkommen gezeugt.
Lebt Harkat noch und bemüht sich, Frieden zwischen den verfeindeten Clans zu stiften, so wie damals, als er noch Kurda Smahlt gewesen war? Hat Alice Burgess ihre Vampiriten auf die Vampets angesetzt und sie vernichtet? Trauert Debbie um mich? Es quält mich entsetzlich, dass ich nichts davon weiß. Ich würde dem Teufel meine Seele verkaufen, wenn ich für ein paar Minuten in die Welt der Lebenden zurückkehren und mir Gewissheit verschaffen könnte. Doch nicht einmal der Teufel stört die Stille im See der Seelen. Dieser exklusive Ort ist ausschließlich den Toten und Verdammten vorbehalten.

Ich treibe dahin, geisterhaft und ohne jede Hoffnung. Wieder einmal denke ich an meinen Tod, erinnere mich an Steves Gesicht, als er mich erstach, an seinen Hass und seine Angst. Ich zähle die Sekunden, die ich zum Sterben brauchte, und die Blutstropfen, die ich an der Uferböschung vergossen habe, wo er mich tötete. Ich spüre, wie ich ins Wasser falle … ein Dutzend … hundert … tausend Mal.

Mit dem See der Seelen verglichen war das Flusswasser voller Leben. Es gab Strömungen, Fische, Luftblasen. Es war kalt. Das Wasser hier ist tot und genauso leblos wie die Seelen darin. Keine Fische durchschwimmen die Tiefen, keine Insekten schwirren über der Wasseroberfläche. Ich habe nicht die geringste Ahnung, woher ich das weiß, aber ich weiß es. Ich spüre die schreckliche Leere des Sees. Er ist nichts als ein Gefäß für die Seelen der Unglückseligen hier.
Ich sehne mich nach dem Fluss. Ich würde alles dafür geben, um noch einmal das dahinströmende Wasser, meinen Sturz in die kühlen Fluten und den Schmerz, während ich verblute, spüren zu können. Alles ist besser als diese Zwischenwelt. Jeder Todeskampf ist besser als die Ewigkeit des Nichts.

Immerhin – einen winzigen Trost gibt es. Auch wenn mein Los schlimm ist, Steve ist bestimmt noch schlechter dran. Verglichen mit seiner Schuld, sind meine Taten geradezu harmlos. Ich wurde ohne mein Wissen in Meister Schicks böse Spiele verwickelt, während Steve sich mit Feuereifer hineinstürzte. Seine Verbrechen sind viel schrecklicher als meine, daher müssen seine Leiden noch qualvoller sein.
Es sei denn, er erkennt seine Schuld nicht an. Vielleicht ist ihm die Ewigkeit vollkommen schnuppe. Vielleicht ist er einfach nur sauer, weil ich ihn besiegt habe. Es könnte durchaus sein, dass er seine Taten keineswegs bereut und nicht einsieht, was er für ein Ungeheuer war. Vielleicht fühlt er sich sogar wohl hier und denkt selbstzufrieden an seine tollen Heldentaten.
Aber ich habe so meine Zweifel. Meister Schicks Geständnis hat Steve eiskalt erwischt. Es muss ihn zutiefst erschüttert haben, dass er mein Bruder ist und wir beide nur die Marionetten unseres Vaters waren. Vorausgesetzt, er hat genügend Zeit zum Nachdenken – und eine andere Beschäftigung gibt es hier sowieso nicht –, wird er seine Taten bedauern, da bin ich mir

ziemlich sicher. Er wird sein wahres Ich erkennen und sich selbst dafür hassen.
Ich sollte darüber keine Schadenfreude empfinden. Doch bei allen Göttern … Ich verachte Steve immer noch. Zwar verstehe ich seine Beweggründe, und er tut mir Leid. Aber vergeben kann ich ihm nicht. Das schaffe ich einfach nicht. Vielleicht bin ich ja auch aus diesem Grund hier.

Ich verbanne die schmerzlichen Erinnerungen erneut. Ich kehre der Welt der Vampire den Rücken und gaukle mir vor, sie hätte nie existiert.
Ich gleite in meine Kindheit zurück und durchlebe wieder und wieder dieselben Ereignisse bis zu jenem Nachmittag, an dem ich die Eintrittskarte für den Cirque du Freak gewann. Weiter gehe ich nicht.
Ich schaffe mir eine perfekte, abgeschlossene, behagliche Wirklichkeit. Ich bin Darren Shan, liebevoller Sohn und Bruder, vielleicht nicht gerade der absolute Musterknabe, allerdings auch kein vollkommen hoffnungsloser Fall. Ich helfe meinen Eltern bei der Hausarbeit, erledige eher widerwillig meine Hausaufgaben, sehe fern und hänge mit meinen Kumpels herum.
In einem Augenblick bin ich sechs oder sieben Jahre alt, im nächsten zehn oder elf.
Meine Gedanken kreisen unablässig um mich selbst, ich lebe in der Vergangenheit und verdränge hartnäckig alles Unangenehme. Steve ist mein bester Freund. Wir lesen Comics, sehen uns Horrorfilme an und erzählen uns Witze. Annie ist ein Kind und wird für immer ein Kind bleiben. Wenn ich an sie denke, stelle ich sie mir niemals als Frau und Mutter eines Sohnes vor. Vampire gibt es bloß im Märchen, genau wie Werwölfe, Zombies oder Mumien, und man braucht sie nicht weiter ernst zu nehmen.

Mein Ziel ist es, mich wieder in jenen Darren von damals zu verwandeln und mich vollständig in diese Vergangenheit zurückzuziehen. Ich will mich nie mehr mit Schuldgefühlen herumschlagen. Ich war bereits für kurze Zeit wahnsinnig. Wenn ich noch ein zweites Mal wahnsinnig werde, möchte ich es auch für immer bleiben.

Ich kämpfe darum, in der Vergangenheit zu versinken. Mit jeder Erinnerung male ich mir die Einzelheiten deutlicher aus. Allmählich vergesse ich die Seelen, den See, die Vampire und die Vampyre. Gelegentlich tauchen noch blitzartige Erinnerungen an die Wirklichkeit auf, aber ich verdränge sie rasch. Ich denke wie ein Kind, erinnere mich wie ein Kind, werde zum Kind. Ich habe es beinahe geschafft. Der Wahnsinn rückt näher, erwartet mich mit ausgebreiteten Armen, heißt mich willkommen. Ich werde in der Lüge leben, doch es wird eine friedliche, besänftigende Lüge sein. Ich sehne mich danach. Ich schufte schwer, um die Lüge zur Wahrheit zu machen. Bald habe ich es geschafft. Langsam gleite ich in den Wahnsinn. Mit jeder Faser meines Geistes zieht es mich zu dieser Lüge hin. Ich spüre sie, erforsche sie, tauche in sie ein, als plötzlich … ein neues Gefühl … Besitz von mir ergreift.

Schmerz! Schwere. Auftauchen. Ich tauche aus dem Wahnsinn auf. Das Wasser umschließt mich. Rasende Schmerzen. Ich schlage um mich, huste, keuche. Aber womit denn nur? Ich habe keine Arme, keinen Mund und keine Lungen. Gehört das zum Wahnsinn? Bin ich …

Plötzlich durchstößt mein Kopf – tatsächlich, ein echter Kopf – die Wasseroberfläche. Ich atme ein. Sonnenlicht blendet mich. Ich spucke Wasser. Jetzt sind meine Arme zu sehen. Ich bin nicht mehr von den Seelen der Toten umgeben, sondern von Netzen! Menschen holen sie ein. Jemand fischt mich aus dem See! Ich schreie vor Schmerz und Verwirrung, aber es ist kein Laut zu hören. Mein Körper nimmt langsam Gestalt an und

kommt mir nach der langen Zeit im See unglaublich schwer vor.
Ich liege auf dem harten, warmen Boden, ziehe langsam die Füße aus dem Wasser. Erstaunt versuche ich aufzustehen. Ich rappele mich bis auf die Knie auf und kippe um. Hart schlage ich auf dem Boden auf.
Erneut durchzucken mich qualvolle Schmerzen. Ich krümme mich zusammen und zittere wie ein Baby.
Das Licht blendet mich, ich schließe die Augen und grabe die Finger in die Erde, um mich davon zu überzeugen, dass ich nicht träume.
Als ich das Unglaubliche, Verwirrende, Unmögliche begreife, breche ich in leises Schluchzen aus – ich lebe!

14

Ich zitterte trotz der unbarmherzig brennenden Sonne. Jemand hatte mir eine dicke filzige Decke umgelegt. Obwohl der Stoff wie verrückt kratzte, war es ein herrliches Gefühl. Nach der Empfindungslosigkeit im See war jedes Gefühl berauschend.
Derjenige, der mich in die Decke eingehüllt hatte, kniete neben mir nieder und bog mir den Kopf zurück. Ich blinzelte ihn aus wässrigen Augen an. Es dauerte einige Sekunden, aber schließlich erkannte ich meinen Retter. Es war ein Kleiner Kerl. Zuerst dachte ich, es sei Harkat. Ich öffnete den Mund, um beglückt seinen Namen auszurufen. Doch dann wurde mir plötzlich klar, dass es sich nicht um meinen alten Freund handelte, sondern nur um einen seiner grauen, narbenübersäten Artgenossen.
Der Kleine Kerl musterte mich stumm, pikte und betastete mich. Dann erhob er sich, trat beiseite und überließ mich meinem Schicksal.
Ich wickelte mich fest in die wärmende Decke. Schließlich fühlte ich mich kräftig genug, um mich genauer umzusehen. Ich lag am Ufer des Sees der Seelen. Die Landschaft glich einer Wüste. Nicht weit entfernt standen einige Kleine Leute. Zwei davon spannten die Netze zum Trocknen auf, mit denen sie mich herausgefischt hatten. Die anderen starrten nur gedankenverloren ins Weite oder auf den See.
Über unseren Köpfen erklang ein durchdringendes Kreischen. Ich hob den Blick und sah ein riesiges, geflügeltes Tier über dem See kreisen. Von meiner früheren Reise hierher wusste ich, dass es ein Drache war. Mein Magen zog sich vor Angst zusammen. Ich bemerkte einen zweiten Drachen. Dann einen dritten, vierten und fünften. Mit offenem Mund stellte ich fest, dass die Tiere den gesamten Himmel bevölkerten. Dort oben musste sich ein ganzer Drachenschwarm befinden. Falls sie mich entdeckten …

Obwohl ich so schwach war, versuchte ich, mich auf allen vieren kriechend in Sicherheit zu bringen, hielt dann allerdings inne und warf einen Blick zu den Kleinen Leuten hinüber. Sie mussten die Drachen ebenfalls bemerkt haben, ließen sich jedoch von den Riesenviechern nicht aus der Ruhe bringen. Wer weiß, vielleicht hatten sie mich herausgefischt, um mich den Biestern zum Fraß vorzuwerfen, aber das kam mir unwahrscheinlich vor. Und falls es doch so sein sollte, konnte ich in meinem geschwächten Zustand auch nichts dagegen tun. Ich konnte weder fliehen noch kämpfen, und ein geeignetes Versteck war weit und breit nicht zu sehen. Also blieb ich, wo ich war, und wartete ab, was als Nächstes passieren würde.

Der Drachenschwarm kreiste einige Minuten über unseren Köpfen. Die Kleinen Leute rührten sich nicht vom Fleck. Obwohl mir immer noch kalt bis auf die Knochen war, bibberte ich nicht mehr ganz so heftig. Sobald ich wieder etwas bei Kräften war, wollte ich zu den Kleinen Kerlen hinübergehen und sie fragen, was das alles sollte. Plötzlich ertönte eine Stimme hinter mir.

»Entschuldige die Verspätung.«

Ich warf einen Blick über die Schulter und rechnete insgeheim mit Meister Schick, stattdessen kam jedoch seine Tochter (und meine Halbschwester, wie ich ja nun wusste) Evanna auf mich zugeschlendert.

Sie hatte sich überhaupt nicht verändert, lediglich das Funkeln in ihren unterschiedlich gefärbten Augen, eines grün und das andere braun, war neu.

»Boah!«, krächzte ich. Mehr brachte ich nicht zustande.

»Ganz ruhig«, erwiderte Evanna, beugte sich zu mir herunter und legte mir zur Begrüßung freundlich die Hand auf die Schulter. »Mit dem Sprechen musst du dich noch etwas gedulden. Es dauert ein paar Stunden, bis die Wirkung des Sees nachlässt. Ich kümmere mich erst mal um das Lagerfeuer und

koche dir eine Suppe. Deswegen war ich auch nicht hier, als du herausgefischt wurdest. Ich habe Feuerholz gesammelt.« Sie deutete auf einen Stapel Äste und Zweige.
Ich hätte sie am liebsten mit Fragen bestürmt, doch solange mir meine Stimmbänder noch nicht gehorchten, hatte das wenig Sinn. Daher protestierte ich auch nicht, als Evanna mich hochhob und wie ein kleines Kind zu dem Holzstapel hinübertrug. Dort setzte sie mich ab und konzentrierte sich ausschließlich darauf, das Feuer in Gang zu bringen.
Als ein gemütliches Feuerchen flackerte, zog Evanna einen flachen, runden Gegenstand unter den Seilen hervor, die ihren Körper umschlangen. Ich erkannte sofort, worum es sich handelte. Mr. Crepsley hatte seinerzeit denselben zusammenfaltbaren Topf benutzt. Nach einem Fingerdruck auf die Bodenmitte entfaltete er sich wie ein Fächer, der aufgeklappt wird, und war in Sekundenschnelle so groß wie ein normaler Topf. Evanna füllte Wasser (keines aus dem See, wohlgemerkt, sondern aus einem Eimer), Gras und Kräuter hinein und befestigte das Gefäß an einem Stock über den Flammen.
Die Brühe war zwar dünn und schmeckte nach nichts, aber für mich war diese warme Mahlzeit wie Manna. Im Nu hatte ich die erste Schale in tiefen Zügen ausgeschlürft und leerte noch zwei weitere. Evanna schmunzelte über mein wohliges Schmatzen und nippte langsam an ihrer eigenen Schale. Über unseren Köpfen ertönte in regelmäßigen Abständen das Kreischen der Drachen, die Sonne schien auf unseren improvisierten Picknickplatz, und der Geruch des Rauches verströmte eine magische Wirkung. Ich fühlte mich sonderbar entspannt, wie an einem müßigen Sonntagnachmittag im Hochsommer.
Erst als ich die Hälfte meiner vierten Suppenportion verputzt hatte, gab mir mein Magen gurgelnd zu verstehen: »Jetzt reicht's!« Mit einem zufriedenen Seufzer stellte ich die Schale ab, saß eine ganze Weile nur glücklich lächelnd da und genoss

das Gefühl, pappsatt zu sein. Doch schließlich geht auch der schönste Augenblick einmal zu Ende, also warf ich einen Blick auf Evanna und schickte meine Stimmbänder in den ersten Testlauf. »Urch«, quietschte ich. Dabei hatte ich eigentlich nur »Danke« sagen wollen.

»Du hast lange nicht gesprochen«, sagte Evanna. »Mach's dir am Anfang nicht zu schwer, beschränke dich erst mal auf das Alphabet. Ich sammle inzwischen noch etwas Holz zum Nachlegen. Wir bleiben nicht mehr lange hier, aber die Wärme wird uns gut tun. Übe, solange ich weg bin, vielleicht können wir dann später reden.«

Ich befolgte den Rat der Hexe. Zuerst fiel es mir ziemlich schwer, halbwegs menschliche Töne hervorzubringen, allerdings ließ ich mich nicht entmutigen, und allmählich hörte sich das A auch wirklich wie ein A an und das B wie ein B und so weiter. Als ich das Alphabet mehrmals fehlerlos heruntergeleiert hatte, wagte ich mich an einzelne Wörter. Ich beschränkte mich anfangs ebenfalls auf das Allereinfachste – Katze, Hund, Mama, Papa, Himmel, ich. Anschließend kamen Namen dran, danach längere Wörter und zum Schluss richtig lange Sätze. Das Sprechen war ausgesprochen schmerzhaft, und bei einigen Begriffen nuschelte ich ziemlich, aber als Evanna mit einem Arm voll kümmerlicher Zweige zurückkehrte, gelang es mir, sie mit zwar heiserer, doch ansonsten einigermaßen normaler Stimme zu begrüßen. »Vielen Dank für die Suppe.«

»Gern geschehen.« Sie warf ein paar Zweige aufs Feuer und ließ sich neben mir nieder. »Wie geht es dir?«

»Ich fühle mich etwas eingerostet.«

»Kannst du dich an deinen Namen erinnern?«

Ich blinzelte sie überrascht an. »Na klar. Wieso denn nicht?«

»Der See bringt die Menschen um den Verstand«, erwiderte sie. »Er raubt ihnen die Erinnerung. Viele gefangene Seelen vergessen, wer sie waren. Sie werden wahnsinnig und wissen im Nachhinein nichts mehr. Du warst lange Zeit im See. Ich habe schon das Schlimmste befürchtet.«

»Ich war ziemlich nah dran«, gab ich zu und rückte dichter ans Feuer, als ich daran dachte, wie ich versucht hatte, wahnsinnig zu werden, um die Last meiner Erinnerungen abzuschütteln. »Es war entsetzlich. Da drin ist es einfacher, verrückt zu werden, als bei Verstand zu bleiben.«

»Na, dann lass mal hören«, forderte mich Evanna auf. Als ich statt einer Antwort nur dämlich blinzelte, lachte sie. »Deinen Namen.«

»Ach so.« Ich lächelte. »Darren. Darren Shan. Ich bin ein Halbvampir. Ich erinnere mich an alles, den Krieg der Narben, Mr. Crepsley, Steve.« Mein Gesicht verfinsterte sich. »Ich erinnere mich auch an meinen Tod und daran, was Meister Schick mir kurz vorher gesagt hat.«

»Unser Vater ist immer für eine Überraschung gut, nicht wahr?«

Sie warf mir einen Seitenblick zu, um zu sehen, was mir dazu einfiel, aber ich blieb ihr die Antwort schuldig.

Was sollte ich auch schon dazu sagen, dass Sal Schick mein eigener Vater und eine jahrhundertealte Hexe meine Halbschwester ist? Ich wich dem Thema lieber aus und betrachtete die Landschaft ringsum.« Hier hat sich allerhand verändert«, stellte ich fest. »Als ich mit Harkat hier war, war alles grün und fruchtbar.«

»Jetzt befindest du dich viel weiter in der Zukunft«, erklärte Evanna. »Damals lag die Gegenwart bloß ein paar hundert Jahre zurück. Inzwischen sind hunderttausend Jahre vergangen, vielleicht sogar noch mehr. Ich weiß es auch nicht genau. Unser Vater hat mir zum ersten Mal erlaubt, herzukommen.«

»Hunderttausend …« Plötzlich drehte sich alles um mich herum.

»Wir befinden uns im Zeitalter der Drachen«, fuhr Evanna fort. »Diese Ära folgt auf das Zeitalter der Menschen.«
Mir verschlug es die Sprache, und ich musste mich zweimal räuspern, bevor ich ein Wort herausbrachte. »Willst du damit sagen, dass die Menschheit ausgestorben ist?«
»Entweder ausgestorben oder in andere Welten und Sphären gezogen«, gab Evanna achselzuckend zurück. »Ich bin mir nicht ganz sicher. Ich weiß nur, dass diese Welt hier den Drachen gehört. Sie sind die jetzigen Herrscher, so wie die Menschen früher und vor ihnen die Dinosaurier.«
»Was ist mit dem Krieg der Narben?«, fragte ich nervös. »Wer hat den gewonnen?«
Evanna schwieg einen Augenblick. Dann antwortete sie: »Es gibt viel zu besprechen. Wir wollen nichts überstürzen.« Sie deutete auf die geflügelten Riesenvögel über unseren Köpfen. »Befiehl einem von ihnen, zu uns zu kommen.«
»Wie bitte?« Ich runzelte ungläubig die Stirn.
»Du kannst ihnen Befehle erteilen wie früher Madame Octa. Die Drachen gehorchen dir genauso wie deine frühere Lieblingsspinne.«
»Wie soll das denn gehen?«, fragte ich vollkommen verwirrt.
»Ich zeige es dir. Aber zuerst musst du sie rufen.« Sie lächelte. »Sie greifen uns nicht an. Darauf gebe ich dir mein Wort.«
Ich war mir da nicht so sicher, fand jedoch andererseits die Vorstellung, einen Drachen zu kontrollieren, äußerst cool! Nachdenklich betrachtete ich die über uns schwebenden Tiere und konzentrierte mich schließlich auf das kleinste Exemplar. (Einen großen wollte ich lieber nicht aus der Luft holen, nur für den Fall, dass Evanna sich getäuscht hatte.) Ein paar Sekunden lang beobachtete ich den Flug des Riesenvogels, streckte dann die Hand in seine Richtung und flüsterte: »Komm zu mir. Komm herunter. Komm her, mein Schöner.«
Der Drache vollführte einen Rückwärtssalto und stieß dann

im Sturzflug zu uns herunter. Es sah aus, als wollte er uns in Stücke hacken. Ich verlor die Nerven und versuchte wegzurennen.

Evanna zerrte mich auf den Boden zurück. »Ganz ruhig«, sagte sie. »Sobald du den Kontakt verlierst, gehorcht der Drache dir nicht mehr, und da er jetzt weiß, dass wir hier sind, wäre es gefährlich, die Kontrolle aufzugeben.«

Solche Spielchen waren überhaupt nicht nach meinem Geschmack, doch jetzt musste ich wohl oder übel mitmachen.

Mit heftig pochendem Herzen konzentrierte ich mich wieder auf den herannahenden Drachen und redete ihm in Gedanken besänftigend zu. »Ruhig. Nicht so schnell. Ich möchte nicht, dass du dich verletzt, und ich möchte auch nicht, dass du uns verletzt. Schwebe einfach ein bisschen über uns …«

Der Drache bremste seinen Sturzflug ab, blieb ein paar Meter über unseren Köpfen in der Luft stehen und schlug kraftvoll mit seinen lederartigen Flügeln. Das Flattern übertönte jeden anderen Laut, und der kräftige Luftzug seiner Schwingen warf mich zu Boden. Als ich mich mühsam aufrichtete, landete der Drache dicht neben mir. Er legte die Flügel an, reckte den Kopf vor, als wolle er mich verschlingen, beschränkte sich dann aber glücklicherweise darauf, mich anzustarren.

Der Drache ähnelte jenen, die ich bereits einmal gesehen hatte. Seine Flügel waren hellgrün, ungefähr sechs Meter breit und mit Schuppen besetzt. Die Brust war vorgewölbt und verjüngte sich zum Schwanzende hin. Die Schuppen auf der Unterseite waren mattrot und golden, die rötlich getupften Rückenschuppen hingegen grün. Der Drache besaß zwei lange Vorderbeine, die in scharfen Klauen endeten, und zwei kurze, etwa zwei Meter vor der Schwanzspitze liegende Gliedmaßen. Der Kopf erinnerte an den eines Krokodils. Er war länglich, flach und dunkellila, mit zwei gelben, hervorstehenden Augen und kleinen, spitz zulaufenden Ohren. Die Zunge war lang und gespalten, und falls dieses Tier den anderen Drachen glich, so konnte es damit Feuer spucken.

»Unglaublich«, rief Evanna aus. »Ich sehe zum ersten Mal einen Drachen aus nächster Nähe. Mit diesen Geschöpfen hat mein Vater sich selbst übertroffen.«

»Meister Schick hat die Drachen erschaffen?«

Evanna nickte. »Er hat menschlichen Wissenschaftlern dabei geholfen. Übrigens gehörte einer deiner Freunde zu den führenden Köpfen des Forscherteams, er hieß Alan Morris. Mit der Hilfe meines Vaters gelang ihm der entscheidende Durchbruch. Er entdeckte, wie man die Drachen aus verschiedenen Dinosaurierzellen klonen kann.«

»Alan?«, stieß ich hervor. »Alan Morris soll Drachen geklont haben? Das ist doch kompletter …« Ich verstummte. Von Tommy hatte ich erfahren, dass Alan unter die Forscher gegangen war und sich insbesondere auf das Klonen spezialisiert hatte. Alan war in der Schule nicht gerade eine Leuchte gewesen, und dass er sich zum Schöpfer dieser Dinosaurier entwickelt haben sollte, war kaum zu glauben. Andererseits war es mindestens genauso unglaublich, dass aus Steve ein Vampyr und aus mir ein Vampirfürst geworden war. Vermutlich fangen alle einflussreichen Menschen als normale, unauffällige Kinder an.

»Die Herrscher der Welt behielten jahrhundertelang die Oberhand über die Drachen«, erläuterte Evanna. »Sie hatten die Tiere unter Kontrolle. Als sie dann ihre Macht einbüßten, wie es früher oder später allen Herrschern widerfährt, flogen die Drachen ungehindert umher, vermehrten sich und entwickelten sich zu einer echten Bedrohung. Schließlich überlebten und überdauerten sie alle Menschen, Vampire und Vampyre und rissen die Herrschaft an sich. Was nach ihnen kommt, ist ungewiss. So weit habe ich noch nie in die Zukunft geblickt.«

»Warum tötet er uns nicht?«, erkundigte ich mich. So in nächs-

ter Nähe des Drachen war mir nicht ganz wohl in meiner Haut. »Ist er zahm?«
»Wohl kaum«, lachte Evanna. »Normalerweise würden sie uns in Stücke reißen. Unser Vater hat dafür gesorgt, dass sie weder den See der Seelen noch uns sehen können.«
»Der hier sieht uns doch ganz genau«, merkte ich an.
»Ja, aber er gehorcht dir, daher sind wir in Sicherheit.«
»Bei meinem letzten Besuch haben die Drachen mich fast bei lebendigem Leibe gegrillt«, gestand ich. »Wieso gehorchen sie mir jetzt plötzlich?«
»Sie hätten dir auch damals schon gehorcht«, erwiderte Evanna. »Du hast es nur nicht gewusst.«
»Warum?«, fragte ich stirnrunzelnd. »Was ist so besonders an mir?«
»Nun, du bist der Sohn Salvatore Schicks«, erinnerte mich Evanna. »Obwohl er dir keine Zauberkräfte verliehen hat, hinterlässt sein Einfluss unverkennbar Spuren. Deswegen kannst du bestimmte Tiere wie Spinnen und Wölfe beherrschen. Doch das ist noch nicht alles.«
Evanna streckte die Hand aus, und ihr Arm wurde plötzlich so lang, dass sie den Kopf des Tieres berühren konnte. Der Schädel des Drachen begann zu schimmern, die lilafarbene Haut erblasste und wurde so durchsichtig, dass ich das Gehirn erkennen konnte. Der ovale, steinförmige Umriss im Schädelinneren kam mir zwar sofort vertraut vor, aber es dauerte noch einige Sekunden, bis mir ein Licht aufging.
»Das ist ja der Stein des Blutes!«, rief ich aus. Obwohl der Stein im Schädel dieses Tieres wesentlich kleiner war als das Exemplar in der Fürstenhalle, handelte es sich zweifellos um ein und dasselbe Gestein. In grauer Vorzeit hatte Meister Schick diesen Stein den Vampiren geschenkt. Siebenhundert Jahre lang hatten die Mitglieder des Clans ihr Blut in den Stein fließen lassen und mit seiner Hilfe ihre Artgenossen ausfindig

gemacht oder sich mental miteinander verständigt. Er war von unermesslichem Wert, barg allerdings auch Gefahren – wenn er in die Hände der Vampyre geriet, konnten sie nahezu jeden Vampir aufspüren und zur Strecke bringen.

»Unser Vater nahm das Gehirn eines Drachen in die Vergangenheit mit und schenkte es den Vampiren«, erklärte Evanna. »Das tut er häufig. Er reist in die Vergangenheit und verändert Kleinigkeiten, die großen Einfluss auf Gegenwart und Zukunft haben. Der Stein des Blutes war ein Bindeglied zwischen ihm und den Vampiren und erweiterte die Einflussmöglichkeiten meines Vaters auf eure Sippe. Sollten die Vampire den Krieg der Narben gewinnen, werden sie mit Hilfe dieses Steines die Drachen beherrschen und damit auch den Himmel. Falls die Vampyre gewinnen, halte ich es für unwahrscheinlich, dass sie den Stein benutzen. Sie haben diesem Geschenk von Salvatore Schick immer schon misstraut. Das war auch einer der Gründe, warum sie sich vom Clan abgespalten haben. Ich weiß nicht, wie ihre Beziehung zu den Drachen aussehen könnte. Vielleicht sorgt unser Vater dafür, dass sie die Tiere auf andere Weise beherrschen, vielleicht hat er auch seinen Spaß daran, die beiden gegeneinander zu hetzen.«

»Der Stein des Blutes sollte eigentlich der Hoffnungsträger des Clans sein«, murmelte ich und starrte wie gebannt auf das schimmernde Drachenhirn. »Es gab eine Legende, die besagte, dass uns der Stein des Blutes eines Nachts wieder zu Macht verhelfen könnte, wenn wir den Krieg mit den Vampyren verlören.«

Evanna nickte und löste ihre Hand vom Schädel des Drachen. Das Schimmern erlosch augenblicklich, und der Schädel sah wieder so aus wie vorher. Dem Drachen war anscheinend überhaupt nichts aufgefallen. Er sah mich immer noch durchdringend an und wartete auf einen Befehl.

»Unser Vater liebt das Chaos«, sagte Evanna. »Alles Dauerhafte langweilt ihn. Er hat kein Interesse daran, dass sich eine Rasse für immer die Herrschaft sichert. Eine Weile hatte er seinen Spaß daran, dass die Menschen diesen Planeten regierten, schließlich waren sie gewalttätig und kriegerisch. Als sie jedoch in der zweiten Hälfte des zwanzigsten Jahrhunderts immer friedliebender wurden – jedenfalls seiner Einschätzung nach, ich persönlich bin da anderer Ansicht –, beschloss er, sie zu entmachten. Mit ihren Nachfolgern wird er nicht anders umspringen.

Wenn die Vampyre den Krieg der Narben gewinnen und die Vampire auslöschen, wird mein Vater den Stein benutzen, um den Verlauf der Zukunft zu beeinflussen. Er wird ihn den Menschen in die Hände spielen und ihnen zeigen, wie sie an die Blutzellen darin kommen und eine Armee aus geklonten Vampiren aufbauen können. Doch diese Vampire werden sich von denen, die du kennst, unterscheiden. Salvatore wird ihre künstliche Erschaffung kontrollieren und ihre Zellstruktur verändern. Diese neuen Wesen werden wilder sein als die einstigen Vampire und weniger weit entwickelte Gehirne haben. Sie werden die Sklaven meines Vaters sein und seinen Launen bedingungslos gehorchen.« Evanna lächelte freudlos. »Insofern stimmt es, wenn mein Vater sagt, der Stein des Blutes könne den Vampiren helfen, erneut an die Macht zu gelangen, aber er hat ein paar der weniger angenehmen Nebenwirkungen unter den Tisch fallen lassen.«

»Also kann keiner diesen Krieg gewinnen«, fasste ich zusammen. »Meister Schick braucht die Sieger nur, um sie später wieder zu stürzen.«

»So war unser Vater schon immer«, bestätigte Evanna. »Alles, was er erschafft, zerstört er wieder. Viele mächtige Reiche wie die der Ägypter, Perser und Briten haben das schon erfahren müssen.«

»Die Ägypter?« Mir blieb die Spucke weg.

»Er liebt Imperien«, erwiderte Evanna. »Sein Interesse an Höhlenmenschen, die mit Keulen und Knochen aufeinander losgehen, ist eher begrenzt. Er sieht lieber zu, wenn die Menschen sich mit wirkungsvolleren Waffen massenhaft ins Jenseits befördern. Um vernichtende Kriege führen zu können, war es für die Menschheit notwendig, sich in jeder Hinsicht weiterzuentwickeln. Der Fortschritt auf sozialer, kultureller, geistiger, technischer und medizinischer Ebene war untrennbar damit verknüpft. Nur eine Nation, die in jeder Hinsicht das Beste erreicht, ist zu gewaltigen Kriegsleistungen imstande.

Unser Vater hat bei vielen wichtigen architektonischen, technischen oder medizinischen Neuerungen mitgemischt. Er konnte niemals direkt eingreifen, hatte jedoch heimlich seine Finger im Spiel.

Der einzige Bereich, auf den er keinen nennenswerten Einfluss ausgeübt hat, ist die Literatur. Salvatore ist kein Träumer, der sich Geschichten ausdenkt. Für ihn zählt nur die Realität. Die wunderbaren Geschichten der Menschheit sind ihm vollkommen gleichgültig. Schriftsteller sind für ihn wie Außerirdische. Er hat noch nie ein Buch angerührt oder von Autoren auch nur die geringste Notiz genommen.«

»Ist doch egal«, murrte ich. Meister Schicks literarische Interessen waren mir vollkommen schnurz. »Erzähl mir mehr von seinem Einfluss auf die Menschheit und von den Zeitreisen. Du hast gesagt, er geht in die Vergangenheit, um Gegenwart und Zukunft zu verändern. Wie steht es denn mit dem Paradox der Zeit?« Ich hatte jede Menge Science-Fiction-Filme und Fernsehsendungen zu diesem Thema gesehen. Die kniffligen Probleme, die sich bei Zeitreisen ergeben, konnte ich im Schlaf herunterbeten.

»Es gibt kein Paradox der Zeit«, antwortete Evanna. »Das Universum legt die natürliche Ordnung fest. Maßgebliche

Ereignisse der Vergangenheit kann man nicht beeinflussen – höchstens die Menschen, die daran beteiligt waren.«

»Hä?«, staunte ich. »Sobald etwas Wichtiges in der Gegenwart geschieht – wobei das Universum, um der höheren Ordnung einen Namen zu geben, festlegt, was wichtig oder unwichtig ist –, kann es nicht mehr verändert werden«, erklärte Evanna. »Allerdings ist es möglich, das Verhalten der Beteiligten im Nachhinein zu verändern. Beispielsweise ist es ausgeschlossen, jetzt in die Vergangenheit zurückzukehren und den Zweiten Weltkrieg zu beeinflussen. Man *könnte* jedoch in die damalige Zeit reisen und Adolf Hitler töten. Die höheren Mächte des Universums würden sofort eine andere Person an seine Stelle setzen. Dieser Mensch würde dann wie ein normaler Sterblicher geboren werden und sich genauso verhalten wie Hitler, mit exakt demselben Ergebnis. Der Name wäre ein anderer, ansonsten würde sich nichts am Lauf der Geschichte verändern.«

»Aber Hitler war ein Ungeheuer«, rief ich. »Er hat Millionen Menschen umgebracht. Soll das etwa bedeuten, dass irgendein Unschuldiger seinen Platz einnehmen würde, wenn Meister Schick Hitler umbrächte? Und dass trotzdem genau so viele Menschen sterben müssten?«

»Richtig«, bestätigte Evanna.

»In diesem Fall würde man Unschuldigen die freie Entscheidung über ihr eigenes Schicksal verwehren«, wandte ich ein. »Demzufolge könnte man sie auch nicht für ihre Taten verantwortlich machen.«

Evanna schnaubte höhnisch. »In diesem Fall müssten die höheren Mächte ein Kind erschaffen und den Samen des Bösen in ihm säen. Ein guter Mensch lässt sich nicht zu bösen Handlungen zwingen. Dieses Kind wäre dann ein Opfer seines Schicksals. Das kommt jedoch äußerst selten vor. Unser Vater tauscht nur gelegentlich Persönlichkeiten aus, die die Geschichte beeinflusst haben. Die meisten Menschen entscheiden frei über ihr Leben. Trotzdem gibt es einige, denen das nicht möglich ist.«

»Bin ich einer davon?«, fragte ich langsam und fürchtete mich vor der Antwort.

»Ganz bestimmt nicht«, lächelte Evanna. »Du gehörst zur Gegenwart und bist kein Duplikat. Obgleich unser Vater dich seit deiner Geburt manipuliert hat, bist du deinen eigenen Weg gegangen.«

Evanna überlegte eine Weile und suchte nach einer für mich leichter verständlichen Erklärung.

»Den Lauf der Vergangenheit kann unser Vater zwar nicht beeinflussen, aber er kann kleinere Veränderungen bewirken«, sagte sie. »Wenn ihm ein Ereignis der Gegenwart widerstrebt, kehrt er in die Vergangenheit zurück und führt eine Verkettung von Umständen herbei, deren Auswirkungen die heutige Zeit verändern. Deswegen sind die Vampire so zahlreich und mächtig geworden.«

»Meister Schick hat die Vampire erschaffen?«, schrie ich. Dieser Mythos war mir zwar schon zu Ohren gekommen, doch ich hatte nie daran geglaubt.

»Nein«, beruhigte mich Evanna. »Die Vampire sind von selbst entstanden. Sie waren jedoch nie besonders zahlreich. In der Mitte des zwanzigsten Jahrhunderts stellte unser Vater fest, dass die Menschheit nach Frieden und Einheit strebte. Da ihm das nicht passte, reiste er in die Vergangenheit und suchte ein paar Jahrzehnte nach Möglichkeiten, um Zwietracht zu säen. Schließlich verfiel er auf die Vampire. Er verlieh ihnen besondere Kraft und Schnelligkeit, die Fähigkeit zu huschen und sich mental zu verständigen … all jene übernatürlichen Fähigkeiten, die du kennst. Außerdem sorgte er dafür, dass Anführer an die Macht kamen, die die Vampire zu einer regelrechten Armee ausbildeten.

Obwohl der Clan so mächtig war, verhinderte unser Vater, dass der Menschheit dadurch Gefahr drohte. Ursprünglich konnte die Sonne den Vampiren nichts anhaben – erst Salvatore Schick machte sie zu Gefangenen der Nacht und versagte es ihnen, sich wie normale Sterbliche fortzupflanzen. Auf diese Art hielt er sie im Zaum und zwang sie zu einem Schattendasein. Da sie nichts am Lauf der Geschichte geändert haben, ließen die höheren Mächte des Universums sie leben, bis sie schließlich ein Teil unserer Gegenwart wurden. Von diesem Augenblick an hatte unser Vater freie Hand, sie für seine Zwecke einzuspannen.«

»Und die Gegenwart ist meine Zeit?«, fragte ich.

»Ja«, bestätigte Evanna. »Die Zeit fließt immer gleichmäßig dahin, ob unser Vater sich nun in der Vergangenheit, Gegenwart oder Zukunft aufhalten mag. Er hat beinahe zwanzig Jahre in der Vergangenheit verbracht und nach Stolpersteinen gesucht, die er der Menschheit in den Weg legen kann. Erst jetzt, am Ende des zwanzigsten Jahrhunderts, ist er wieder in die Gegenwart zurückgekehrt.«

»Da die Vampire inzwischen zur Gegenwart gehören«, fasste ich zusammen und bekam richtige Kopfschmerzen, als ich versuchte, diese komplizierten Eröffnungen zu verstehen, »können sie also die Zukunft beeinflussen?«

»Stimmt«, nickte Evanna. »Mein Vater musste allerdings erkennen, dass die Sippe keineswegs aus freien Stücken gegen die Menschen losschlagen würde. Die Vampire waren ganz zufrieden damit, sich vom Treiben der Menschen fern zu halten. Also kehrte er in die Vergangenheit zurück, diesmal bloß für ein paar Monate, und bewerkstelligte die Abspaltung der Vampyre. Er verbreitete unter ihnen die Legende vom Lord der Vampyre und stachelte sie dazu an, sich mit den Vampiren zu überwerfen.«

»Was wiederum den Krieg der Narben auslöste und womöglich

den Untergang der Menschheit heraufbeschwor«, schnaubte ich, und mir wurde richtig übel, als ich begriff, wie niederträchtig dieser kleine Mann war.

»Na ja«, schmunzelte Evanna, »so war es zumindest ursprünglich geplant.«

»Soll das heißen ...«, setzte ich aufgeregt an und spürte bei ihrem Lächeln, dass noch nicht alles verloren war.

»Psst«, fiel sie mir ins Wort. »Bald wirst du alles erfahren. Jetzt müssen wir aufbrechen.« Sie deutete auf die untergehende Sonne. »In diesem Zeitalter sind die Nächte bedeutend kälter als in deinem. Unter der Erde sind wir in Sicherheit. Außerdem«, fügte sie hinzu, während sie sich erhob, »haben wir noch eine Verabredung.«

»Mit wem denn?«, erkundigte ich mich.

Gelassen erwiderte sie meinen fragenden Blick. »Mit unserem Vater.«

15

Meister Schick war der letzte Mensch, dem ich jetzt begegnen wollte – ganz egal, in welchem Zeitalter.

Ich brach einen hitzigen Streit mit Evanna vom Zaun und wollte wissen, wozu ein solches Treffen überhaupt gut sein sollte.

Nachdem ich so viel über ihn erfahren hatte, hasste und fürchtete ich meinen Vater mehr als je zuvor.

»Mein Bedarf an Leuten wie Meister Schick ist restlos gedeckt. Auf welcher Seite der Erde er auch steckt, ich will schleunigst auf die andere Seite der Halbkugel!«, schrie ich. »Oder besser gleich in eine andere Galaxie!«

»Ich verstehe dich ja«, sagte Evanna besänftigend. »Trotzdem müssen wir zu ihm.«

»Hat er dich dazu gezwungen?«, bohrte ich. »Hat er befohlen, dass ihr mich aus dem See fischt? Sollst du mich zu ihm bringen, damit er mir wieder in mein Leben pfuscht?«

»Das wirst du dann schon sehen«, erwiderte Evanna kühl, und da ich sowieso keine andere Wahl hatte, als ihr zu gehorchen – vielleicht hätte sie sonst kurzen Prozess mit mir gemacht und mich schnurstracks in den See zurückbefördert –, trabte ich schließlich unter zornigem Gebrummel hinter ihr her in die öde Wildnis.

Kaum hatten wir das wärmende Lagerfeuer verlassen, spreizte der Drache die Schwingen und erhob sich in die Lüfte. Ich beobachtete, wie er sich zu den anderen Drachen weit über uns gesellte, und verlor ihn schließlich aus den Augen. Dann sah ich zu Evanna hinüber und bemerkte, dass sie unverwandt in den Himmel blickte.

»Ich wünschte, wir hätten fliegen können«, sagte sie mit sonderbar trauriger Stimme.

»Auf dem Drachen?«, erkundigte ich mich.

»Ja. Ich würde zu gern einmal auf einem Drachen fliegen.«

»Ich könnte ihn herrufen«, bot ich an.

Sie schüttelte rasch den Kopf. »Jetzt ist nicht der richtige Moment«, gab sie zurück. »Außerdem sind dort oben zu viele Drachen. Die anderen könnten uns entdecken und angreifen. Ich glaube nicht, dass sie dir alle gleichzeitig gehorchen, dazu bist du noch zu ungeübt. Hier unten kann ich uns vor ihren Blicken verbergen, dort oben dagegen sind wir ihnen ausgeliefert.«

Während wir weitergingen, blickte ich mich um und stellte fest, dass die Kleinen Leute bewegungslos am See verharrten.

»Was machen die eigentlich hier?«, fragte ich.

»Dies ist das Zeitalter, in dem unser Vater die Seelen der Toten aus dem See fischen lässt und daraus seine Kleinen Leute erschafft«, erklärte Evanna, ohne sich umzudrehen oder das Tempo zu drosseln. »Das wäre ihm zwar in jedem Zeitalter möglich gewesen, doch wenn er dabei ungestört ist, gibt es auch keine Probleme. Er hat immer eine kleine Truppe von Helfern hier, die nach den Seelen fischen, sobald er es befiehlt.« Sie warf mir einen Blick zu. »Er hätte dich schon viel früher retten können. In der Gegenwart sind erst zwei Jahre vergangen. Er hätte dich damals schon herausholen können, aber er wollte dich bestrafen. Dein Opfer hat seine Pläne durchkreuzt. Deswegen hasst er dich, obwohl du sein Sohn bist. Er hat mich weit in die Zukunft geschickt, um dir zu helfen. Deine Seele hat zahllose Generationen lang gelitten. Er wollte, dass du die Qual nahezu endloser Gefangenschaft erleidest und vielleicht sogar wahnsinnig wirst. Dann wäre ich zu spät gekommen.«

»Wie reizend«, grummelte ich sarkastisch und kniff misstrauisch die Augen zusammen. »Wieso hat er mich überhaupt gerettet?«

»Das wirst du schon bald verstehen«, erwiderte Evanna reichlich mysteriös.

Lange Zeit marschierten wir durch die öde Landschaft. Nachdem die Sonne untergegangen war, wurde es empfindlich kühl.

Evanna schien nach etwas Bestimmtem Ausschau zu halten. Sie blieb häufig stehen, musterte prüfend den Boden und ging dann weiter. Endlich fand sie, wonach sie gesucht hatte. Sie kniete nieder und hauchte auf die staubige Erde. Daraufhin ertönte ein Rumpeln, vor unseren Füßen klaffte ein Spalt auf, und ich erkannte die Mündung eines Tunnels. Ich konnte nur wenige Meter in den Gang hineinspähen, spürte allerdings sofort die Gefahr.

»Erzähl mir bloß nicht, dass wir da reingehen müssen«, sagte ich.

»Das ist der Weg zum Hauptquartier unseres Vaters«, erwiderte sie.

»Da unten ist es ja stockdunkel«, sträubte ich mich.

»Ich sorge dafür, dass es hell wird«, versprach sie, und ich bemerkte, dass von ihren schwach schimmernden Händen ein gedämpfter weißer Schein ausging, der einen Lichtkegel ins Dunkel warf.

Evanna blickte mir ernst in die Augen. »Bleib dicht hinter mir und unternimm bloß keine Streifzüge im Alleingang.«

»Fasst mich Meister Schick sonst am Schlafittchen?«, erkundigte ich mich.

»Ob du's glaubst oder nicht, verglichen mit den Ungeheuern, die dort unten hausen, ist unser Vater der reinste Unschuldsengel«, erwiderte sie. »An einigen dieser Monster müssen wir vorbei. Wenn du ihnen in die Hände fällst, wird dir deine qualvolle Leidenszeit im See der Seelen wie ein harmloser Badeurlaub vorkommen.«

Ich hatte zwar meine Zweifel, aber die Drohung reichte aus, und ich wich nicht um Haaresbreite von der Hexe, die jetzt in den Tunnel hinunterstieg. Der Gang war stark abschüssig, Boden und Wände glatt und vermutlich aus Felsgestein.

Doch in diesem Gestein bewegten sich Gestalten, unheimliche, nicht menschliche Gestalten mit unnatürlich verlängerten Gliedmaßen, die nur aus Schatten, Klauen, Zähnen und Tentakeln bestanden. Als wir vorbeigingen, wölbten sich die Wände jäh und bedrohlich nach außen – die eingemauerten Wesen versuchten uns zu packen, doch es gelang ihnen nicht, den steinernen Schutzwall zu durchbrechen.

»Was sind denn das für welche?«, krächzte ich. Vor Angst und auf Grund der trockenen Hitze war ich bereits nach wenigen Metern schweißüberströmt und fühlte mich ziemlich erledigt.

»Das sind Geschöpfe des universellen Chaos«, antwortete Evanna. »Ich habe dir schon von ihnen erzählt, sie sind jene Ungeheuer, die ich erwähnte. Sie sind mit unserem Vater verwandt und viel mächtiger als er. Gesetze aus Zeit und Raum halten sie hier gefangen, es sind jene Gesetze, nach denen unser Vater und ich leben. Brächen wir sie, so wären diese Wesen frei. Sie würden das Universum in eine wahre Hölle verwandeln. Niemand könnte sie vernichten. Sie besäßen die Macht, in jedes Zeitalter einzudringen und die Sterblichen bis in alle Ewigkeit zu foltern.«

»Deswegen warst du so sauer, als du erfahren hast, dass ich Meister Schicks Sohn bin«, sagte ich nachdenklich. »Du dachtest, er hätte eure Gesetze gebrochen.«

»Ja. Ich hatte mich glücklicherweise getäuscht, trotzdem ist er ein großes Risiko eingegangen. Wahrscheinlich ahnte er nicht einmal selbst, ob sein Plan gelingen würde. Als er Hibernius und mich zeugte, wussten wir von den Gesetzen und befolgten sie. Falls er in deinem Fall einen Fehler begangen und dir beispielsweise zu viel Macht eingeräumt hätte, dann hättest du diese Gesetze brechen können, ohne es zu wissen, und damit den Untergang all dessen, was wir kennen und lieben, heraufbeschworen.«

Sie blickte zu mir zurück und grinste.

»Ich wette, du hattest nicht die geringste Ahnung, welch bedeutende Rolle du im Weltgeschehen gespielt hast.«

»Nein«, bestätigte ich kleinlaut. »Darauf war ich sowieso noch nie aus.«

»Mach dir keine Sorgen«, beruhigte sie mich und lächelte sanft. »Du hast dich selbst aus der Schusslinie gebracht, als Steve dich getötet hat. Du hast getan, was weder ich noch Hibernius für möglich hielten. Du hast den scheinbar unabänderlichen Verlauf der Zukunft geändert.«

»Heißt das, ich habe verhindert, dass der Herr der Schatten die Herrschaft an sich reißt?«, erkundigte ich mich eifrig. »Deswegen wollte ich, dass Steve mich tötet. Ich sah keinen anderen Ausweg. Ich wollte kein Ungeheuer sein. Meister Schick sagte, einer von uns müsse zum Herr der Schatten werden. Ich dachte, wenn wir beide tot sind …«

»Ganz recht«, bestätigte Evanna. »Unser Vater hatte die Welt in eine Situation manövriert, in der es nur noch zwei Zukunftsmöglichkeiten gab. Als du Steve getötet und dich selbst geopfert hast, gab es plötzlich Dutzende neuer Alternativen. Ich hätte es nicht tun können, weil ich damit die Gesetze des Universums gebrochen hätte, doch dir als Mensch war es möglich.«

»Was ist denn eigentlich seit meinem Tod so passiert?«, wollte ich wissen. »Du hast gesagt, dass zwei Jahre vergangen sind. Haben die Vampire den Krieg der Narben gewonnen?«

»Nein«, sagte Evanna und schürzte die Lippen. »Der Krieg ist immer noch in vollem Gange. Aber ein Ende ist in Sicht, und zwar eines, das ganz und gar nicht nach dem Geschmack unseres Vaters ist. Überzeugungskräftige Anführer drängen auf Frieden, Vancha und Harkat Mulds auf Seiten der Vampire, Gannen Harst als Sprecher der Vampyre. Sie verhandeln über einen Vertrag und diskutieren über Richtlinien, die für alle Seiten akzeptabel sind. In beiden Gruppen gibt es Gegner einer friedlichen Lösung, die die Verhandlungen blockieren wollen, trotzdem findet die Stimme der Vernunft immer mehr Anhänger.«

»Dann hat es also geklappt!«, stieß ich hervor. »Wenn Vampire und Vampyre Frieden schließen, ist die Welt gerettet!«

»Vielleicht«, dämpfte Evanna meine Begeisterung. »Ganz so einfach ist es leider nicht. Steve hatte zahlreiche Kontakte zu Politikern und militärischen Führern der Menschen. Für ihre Hilfe haben die Vampyre einigen Personen ein langes Leben und Machterhalt versprochen. Sie wollten nukleare und chemische Waffen herstellen, die ihnen die Weltherrschaft und die Kontrolle der Überlebenden sicherte. Dieser Fall könnte immer noch eintreten.«

»Dann müssen wir sie eben aufhalten!«, schrie ich. »Wir können doch nicht einfach zusehen …«

»Immer mit der Ruhe«, fiel Evanna mir ins Wort. »Das versuchen wir ja. Deswegen bin ich überhaupt hier. Ich darf mich nicht allzu sehr in die Angelegenheiten der Menschheit verstricken, doch ich habe auch nicht vor, die Hände in den Schoß zu legen. Dein Verhalten hat mich davon überzeugt, dass ich mich einmischen sollte. Hibernius und ich haben uns immer aus allem herausgehalten. Wir wollten mit den Menschen nichts zu tun haben. Hibernius hat zwar damit geliebäugelt, aber ich war dagegen. Ich hatte Angst, wir könnten unsere Gesetze brechen und die Ungeheuer befreien.« Sie seufzte. »Das war verkehrt. Ab und zu muss man auch Risiken eingehen. Unser Vater ist nicht davor zurückgescheut, alles zu verwüsten. Nun ist es an mir, etwas zu wagen, damit Frieden und Eintracht einkehren.«

»Wovon redest du eigentlich?«, fragte ich und runzelte die Stirn.

»Die Menschheit hat sich entwickelt«, antwortete Evanna. »Sie folgt ihrer eigenen Bestimmung und wächst einer wunderbaren Zukunft entgegen. Das will unser Vater verhindern. Er hat bereits die Vampire und Vampyre benutzt, um die Menschheit von diesem Kurs abzubringen. Er will zahlreiche Städte in einen Haufen Schutt verwandeln und die Menschheit wieder in die Barbarei zurückschleudern, damit er sie besser kontrollieren kann.

Doch seine Pläne sind gescheitert. Die nächtlichen Clans setzen alles daran, um sich erneut zu vereinen und getrennt von der Menschheit zu leben. Sie haben aus der Vergangenheit gelernt und wollen kein Blut mehr vergießen.

Da Vampyire und Vampyre inzwischen zu unserer Gegenwart gehören, kann mein Vater sie nicht mehr auslöschen. Er könnte höchstens in die Vergangenheit zurückkehren und eine neue Rasse erschaffen, die den Kampf gegen die beiden Clans aufnimmt, aber das wäre schwierig und würde zu lange dauern.

Dieses eine Mal läuft die Zeit gegen ihn. Gelingt es ihm nicht, die Sippen im Lauf des nächsten Jahres gegeneinander zu hetzen, rückt sein ersehntes Ziel, der Untergang der Menschheit, in unerreichbare Ferne. Er wird zwar mit Sicherheit einen neuen Plan aushecken, um sich die Menschen untertan zu machen, aber erst mal wäre die Welt gerettet.«

Evanna hielt inne. Ihre erhobenen Hände warfen ein schimmerndes Licht auf ihr Gesicht. Ich hatte sie noch nie so nachdenklich gesehen.

»Erinnerst du dich an die Geschichte meiner Zeugung?«, fragte sie.

»Natürlich«, erwiderte ich. »Es war der sehnlichste Wunsch eines Vampirs namens Corza Jarn, dass seine Artgenossen sich fortpflanzen können. Er setzte Meister Schick so lange zu, bis dieser ihm den Wunsch schließlich erfüllte. Er mischte Corzas Blut mit dem einer schwangeren Wölfin und zeugte durch Zauberkraft dich und Meister Riesig.«

»Mein Vater hat uns nicht nur um Corza Jarns willen erschaffen«, erklärte Evanna, »doch das war ebenfalls ein wichtiger Grund. Ich kann das Kind eines Vampirs oder Vampyrs austragen, und auch meine Nachkommen werden diese Fähigkeit besitzen. Allerdings werden meine Kinder anders sein als ihre Väter. Manche, wenn auch nicht alle, meiner Zauberkräfte werden auf sie übergehen, und sie werden bei Tage leben können. Das Sonnenlicht kann ihnen nichts mehr anhaben.«

Sie sah mich durchdringend an. »Eine neue Generation wird heranwachsen, eine weiter entwickelte Rasse von Vampiren und Vampyren. Wenn ich diese Kinder jetzt zur Welt brächte, würden sie den Clan entzweien. Kriegstreiber beider Seiten würden sie missbrauchen, um gewaltsam ihre Zukunftsvisionen durchzusetzen. Wäre der Kindsvater beispielsweise ein Vampir, so würden jene Vampire, die Frieden ablehnen, diesen Nachkommen als ihren Retter betrachten und behaupten, er sei gesandt worden, um ihnen bei der Ausrottung der Vampyre zu helfen. Selbst wenn besonnene Vampire dies verhinderten und sie die Unruhestifter zum Schweigen brächten, wäre den Vampyren das Kind trotzdem ein Dorn im Auge, und sie würden misstrauisch bleiben. Wie sollen je Friedensgespräche möglich sein, wenn die Vampyre wissen, dass sie den Vampiren unterlegen sind, und um ihr Leben bangen müssen?« Sie seufzte, bevor sie fortfuhr. »Der Krieg der Narben scheint sich dem Ende zu nähern, weil beide Seiten fürchten, dass er für immer andauern könnte. Solange der Lord der Vampyre und die Vampirjäger lebten, wusste jedermann, dass der Krieg eines Tages unweigerlich entschieden werden würde. Diese Konstellation hat sich grundlegend durch Steves und deinen Tod geändert, der Krieg kann ewig weitergehen, und das will keine der beiden Seiten. Daher sind sie endlich zu Friedensgesprächen bereit.

Meine Kinder könnten dieses Gleichgewicht zerstören. Sobald die Aussicht auf einen Sieg besteht – entweder den der Vampire oder den der Vampyre, je nachdem, wen ich zum Vater erwähle –, wird niemand diesen Krieg beenden. Während meine Kinder heranwachsen, und das wird schnell vonstatten gehen, schließlich sind sie Geschöpfe, die über einige Zauberkräfte verfügen, werden sie nur Hass und Furcht kennen lernen. Sie werden das Kriegshandwerk erlernen und eine Sippe zum Sieg führen. In diesem Fall könnte der Plan unseres Vaters plötzlich doch noch aufgehen, zwar etwas verspätet, aber ansonsten unverändert.«

»Dann darfst du sie auf keinen Fall bekommen!«, rief ich aus. »Meister Schick kann dich doch nicht zwingen, oder?«

»Nicht direkt«, gab sie zu. »Aber seit eurem Tod setzt er mir ganz schön zu, droht mir und versucht, mich zu bestechen. Nur zwingen kann er mich nicht.«

»Dann ist ja alles in Ordnung«, sagte ich erleichtert und brachte ein schwaches Lächeln zustande. »Du kriegst eben keine Kinder, und damit basta.«

»Ganz im Gegenteil«, erwiderte Evanna und legte die schimmernden Hände auf ihren Bauch. »Ich bin bereits schwanger.«

»*Wie bitte?*«, explodierte ich. »Du hast doch gerade gesagt ...«

»Ich weiß.«

»Aber wenn du ...«

»Ich weiß.«

»Aber ...«

»Darren«, fuhr sie mich barsch an. »Ich bin mir dessen bewusst!«

»Warum machst du's dann?«, schrie ich.

Evanna blieb stehen und wollte zu einer ausführlichen Erklärung ansetzen, doch die im Felsgestein eingeschlossenen Ungeheuer rückten sofort dicht an uns heran. Die Wände wölbten sich bedrohlich, als sie zischend und fauchend die Klauen und Tentakel nach uns ausstreckten. Als die Hexe die unheilvollen Zeichen bemerkte, fiel sie sofort wieder in Trab und sprach im Gehen.

»Ich habe Salvatore gebeten, deinen Geist zu befreien. Die Schuld hat dich in den See der Seele getrieben, und sie hätte dich für immer dort festgehalten. Aus dem See der Verdammten gibt es normalerweise kein Entrinnen. Trotzdem ist es grundsätzlich möglich, jemanden zu retten. Nachdem ich erfahren hatte, dass du mein Halbbruder bist, fühlte ich mich ehrenhalber dazu verpflichtet, dir zu helfen.«

»Und wie steht's mit Steve?«, erkundigte ich mich. »Schließlich ist er auch dein Halbbruder.«

»Steve hat die Gefangenschaft verdient.« Evannas Blick wurde unbeugsam. »Bis zu einem gewissen Grad tut er mir Leid, denn auch er war das Opfer der Ränke meines Vaters. Doch

Steve ist von Natur aus böse. Er hat sich für diesen Weg entschieden und muss jetzt die Konsequenzen tragen. Du hingegen hast stets versucht, Gutes zu tun. Es war nicht gerecht, dich im See der Seelen dahinvegetieren zu lassen, also flehte ich unseren Vater an, dir zu helfen.« Sie gluckste. »Natürlich hat er sich geweigert.«

»Vor ein paar Monaten kam er zu mir«, fuhr sie fort. »Er hatte festgestellt, dass seine schönen Pläne sich allesamt in Wohlgefallen aufgelöst haben. In seinen Augen war ich die letzte Rettung. Seit deinem Tod versucht er mich ständig zu überreden, dass ich Kinder bekomme. Ich habe mich jedoch störrisch geweigert, so wie er, als es darum ging, dich zu befreien. Bei unserem letzten Gespräch über dieses Thema rückte er mit einem neuen Vorschlag heraus. Er sagte, wir könnten einander doch helfen. Wenn ich ein Kind bekäme, würde er deine Seele befreien.«

»Und darauf hast du dich eingelassen?«, brüllte ich. »Du hast die Welt verraten, bloß um mich zu retten?«

»Natürlich nicht«, schnaubte sie.

»Du hast doch gerade gesagt, du wärst schwanger.«

»Bin ich auch.« Schüchtern lächelnd warf sie mir einen Blick über die Schulter zu. »Im ersten Augenblick wollte ich das Angebot unseres Vaters ablehnen. Dann fiel mir ein, wie ich die ganze Geschichte zu unseren Gunsten drehen könnte. Der Frieden zwischen Vampiren und Vampyren ist immer noch ungewiss. Alles sieht zwar recht viel versprechend aus, aber wenn die Gespräche scheitern, könnte erneut Krieg ausbrechen, und das wäre Wasser auf die Mühlen meines Vaters. Er hätte dann genügend Zeit, um in die Vergangenheit zu reisen und einen neuen Führer zu erschaffen, der Steves dunkles Werk vollenden würde. Daran musste ich denken, als Salvatore mir seinen Vorschlag unterbreitete. Ich erinnerte mich daran, wie du ihn hereingelegt hast, und fragte mich, wie du an meiner Stelle handeln würdest. Plötzlich hatte ich einen Geistesblitz.« Sie sah mich verschmitzt an und fuhr fort. »Ich nahm seinen Vorschlag an, wies allerdings darauf hin, dass ich noch nicht wisse, ob der Vater des Kindes ein Vampir oder ein Vampyr sein solle. Er sagte, das spiele keine Rolle. Ich fragte, ob ich die freie Wahl hätte, und er stimmte zu. Daraufhin verbrachte ich erst einige Zeit mit Gannen Harst und dann mit Vancha March. Anschließend erzählte ich unserem Vater, ich hätte mich entschieden und sei schwanger. In seiner Begeisterung beklagte er sich nicht einmal darüber, dass ich mich weigerte, den Namen des Vaters zu nennen. Er bereitete alles in Windeseile vor, damit er mich zu deiner Befreiung herschicken und anschließend ungestört weitermachen konnte.«

Sie schwieg und strich sich sanft über den Bauch. Auf ihrem Gesicht lag immer noch dasselbe, sonderbar schüchterne Lächeln.

»Von wem ist es denn nun?«, fragte ich. Obwohl es im Grunde genommen keinen Unterschied machte, war ich doch neugierig, wer der Vater war.

»Es ist von beiden«, gab sie zurück. »Ich bekomme Zwillinge. Ein Kind ist von Vancha und das andere von Gannen.«

»Also ein Vampir-Kind und ein Vampyr-Kind!«, rief ich aufgeregt.

»Das ist noch nicht alles«, enthüllte Evanna. »Ich habe dafür gesorgt, dass die drei unterschiedlichen Blutströme sich mischen. Jedes Kind ist zu einem Drittel Vampir, zu einem Drittel Vampyr und zu einem Drittel von meinem Blut. Damit habe ich meinen Vater überlistet. Er glaubte, mein Baby würde die Clans erneut entzweien, stattdessen werden meine Kinder die Bindeglieder zwischen den Sippen sein. Wenn die beiden erwachsen sind, werden sie mit Vampiren und Vampyren einen neuen Clan gründen, in dem sich beide Arten vermischen. Alle Unterschiede werden ausgelöscht und vergessen werden.

Wir werden Frieden stiften, Darren, und die Pläne unseres Vaters vereiteln. Das habe ich von dir gelernt: Wir müssen weder unser Schicksal noch Sal Schick hinnehmen. Jeder von uns kann frei über sein eigenes Los entscheiden. Wir haben die Macht, unser Leben selbst in die Hand zu nehmen, es liegt ganz bei uns. Du hast dich dafür entschieden, als du dein Leben geopfert hast. Nun habe ich mich ebenfalls dafür entschieden – indem ich Leben hervorbringe. Wir werden erst im Lauf der Zeit erfahren, welche Auswirkungen unsere Entscheidungen gehabt haben, doch ich bin davon überzeugt, dass jede Zukunft, für deren Entstehen wir verantwortlich sind, besser ist als jene, die unser Vater geplant hat.«

»Darauf kannst du Gift nehmen«, murmelte ich und folgte ihr schweigend durch den Tunnel, während ich über die Zukunft nachdachte und über alle Überraschungen, die sie für uns noch bereithalten mochte. Mir brummte der Schädel vor lauter Gedanken und Ideen. Die vielen Neuigkeiten, die ich mit einem Schlag verdauen musste, hatten mich so überwältigt, dass ich nicht genau wusste, was ich davon halten sollte. In einem war ich mir allerdings absolut sicher: Sollte Meister Schick dahinterkommen, was es mit Evannas Kindern auf sich hatte, würde er vor Wut platzen.

Ich brach in unbändiges Gelächter aus, als ich mir vorstellte, wie das Gesicht des kleinen Ränkeschmieds wohl aussehen mochte, wenn er davon erfuhr. Evanna stimmte ein, und dieses Lachen begleitete uns lange Zeit, folgte uns durch den Tunnel wie ein Schwarm keckernder Vögel und bildete beinahe so etwas wie einen schützenden Zauberwall gegen die eingemauerten Monster, die unaufhörlich nach uns greifen wollten.

16

Ungefähr eine Stunde später hatten wir das Ende des Tunnels erreicht und betraten Salvatore Schicks trautes Heim. Ich hatte mir nie vorstellen können, dass er tatsächlich irgendwo wohnte. Ich hatte immer angenommen, dass er ruhelos die Welt durchwanderte, während er auf Blutvergießen und Chaos sann. Aber als ich jetzt darüber nachdachte, begriff ich, dass selbst Ungeheuer ein ruhiges Fleckchen brauchen, wo sie sich gelegentlich mal verkriechen können, und es war nicht überraschend, dass Meister Schicks eigene vier Wände besonders merkwürdig anmuteten.

Es handelte sich um eine riesige – und das meine ich im wahrsten Sinne des Wortes, eine echt RIESENGROSSE – Höhle, die bestimmt ein paar Kilometer breit war und deren Ende ich mit bloßem Auge nicht zu erkennen vermochte. Sie wirkte ziemlich natürlich, voller Stalagmiten und Stalaktiten, Wasserfälle und schöne, seltsam geformte und gefärbte Steingebilde. Doch vieles in dieser Höhle war auch unglaublich unnatürlich.

Beispielsweise schwebte eine ganze Wagenflotte, vermutlich aus den zwanziger und dreißiger Jahren, hoch über unseren Köpfen unter dem Gewölbe. Zuerst dachte ich, die Fahrzeuge wären an der Decke befestigt, aber sie tuckerten munter herum, drehten Runden oder fuhren kreuz und quer, und etliche schlugen sogar Loopings wie Flugzeuge. Von einer Aufhängevorrichtung hingegen konnte ich nicht die geringste Spur entdecken.

Überall standen Schaufensterpuppen herum, gehüllt in die unterschiedlichsten Gewänder aus allen Epochen der Menschheit und aller Herren Länder. Alles war vertreten, vom groben Leinenkittel bis zum neuesten modischen Modeaccessoire. Die leeren Glasaugen der Puppen brachten mich etwas aus der Fassung. Ich konnte mich des Gefühls nicht erwehren, dass sie mich beobachteten und ein einziger Befehl Meister Schicks genügte, um sie zum Leben zu erwecken und auf mich zu hetzen.

Salvatore Schicks Höhle war mit Meisterwerken der Malerei und Bildhauerei bestückt, manche davon so berühmt, dass sogar ein Kunstbanause wie ich sie erkannte. *Mona Lisa, Der Denker* oder *Das letzte Abendmahl.* In kunterbuntem Durcheinander standen Dutzende von Gehirnen in gläsernen Schaukästen verstreut. Ich studierte einige der Aufschriften: Beethoven, Mozart, Wagner, Mahler. (Bei dem Namen des Letzteren standen mir die Haare zu Berge, ich hatte nämlich eine Schule besucht, die nach ihm benannt worden war.)

»Unser Vater ist ein großer Musikliebhaber«, flüsterte Evanna. »Während Menschen Noten oder Langspielplatten sammeln« – die Sache mit den CDs hatte sie offenbar noch nicht mitbekommen! –, »hortet er die Gehirne von Komponisten. Wenn er diese Gehirne berührt, kann er alle Melodien hören, die sie je komponiert haben, auch jene, die nie vollendet oder veröffentlicht worden sind.«

»Wie kommt er überhaupt daran?«, wollte ich wissen. »Immer wenn ein Komponist beerdigt wird, reist er in die Vergangenheit und raubt das Grab aus«, sagte sie, als sei das die normalste Sache der Welt.

Ich erwog kurz, dieses Verhalten kritisch zu hinterfragen, ließ es dann jedoch lieber sein. Schließlich hatten wir im Moment Wichtigeres zu tun.

»Die Kunst liegt ihm ebenfalls am Herzen, nehme ich mal an«, bemerkte ich und deutete mit dem Kopf auf einen blumenübersäten van Gogh.

»Außerordentlich sogar«, bestätigte Evanna. »Das hier sind natürlich alles Originale. Mit Kopien gibt er sich nicht zufrieden.«

»Quatsch!«, schnaubte ich. »Die sind garantiert nicht echt. Ich habe ein paar von den echten Gemälden gesehen. Mama und

Papa« – mein menschlicher Vater war für mich immer noch mein richtiger Papa und würde es auch bis in alle Ewigkeit bleiben – »haben mir die *Mona Lisa* im Louvre gezeigt.«

»Das war bloß eine Kopie«, klärte Evanna mich auf. »Manche der Kleinen Leute unseres Vaters sind aus Künstlerseelen erschaffen worden. Sie fertigen perfekte Kopien von seinen Lieblingsgemälden an. Dann begibt er sich rasch in die Vergangenheit und tauscht das Original gegen die Kopie aus. Meistens bemerkt nicht einmal der Künstler selbst den Unterschied.«

»Soll das heißen, dass die *Mona Lisa* in Paris eine Fälschung ist?«, hakte ich skeptisch nach.

»Selbstverständlich.« Meine ungläubige Miene brachte Evanna zum Lachen. »Unser Vater ist ein selbstsüchtiger Mensch. Das Beste behält er immer für sich. Er nimmt sich, was er will, und normalerweise will er eben nur das Beste. Die einzige Ausnahme sind Bücher.«

Sie hatte wieder denselben bissigen Tonfall wie vorhin im Tunnel, als sie schon einmal auf das Thema zu sprechen gekommen war. »Salvatore liest niemals Romane. Er sammelt keine Bücher, und Schriftsteller sind ihm komplett egal. Ob es sich um Homer, Chaucer, Shakespeare, Dickens, Tolstoi oder Twain handelt – er hat von keinem einzigen berühmten Schriftsteller je Notiz genommen. Was sie zu sagen haben, interessiert ihn nicht. Er hat keinerlei Verbindung zur Welt der Literatur. Sie existiert in seinem Universum gar nicht.«

Wieder fragte ich mich, warum sie mir das erzählte, und ließ meine Gedanken wandern. Ich war nie ein großer Kunstliebhaber gewesen, doch diese Sammlung beeindruckte sogar mich. Es war eine erlesene Auswahl, die einen Einblick in die größten künstlerischen Wunderwerke und Phantasien der Menschheit erlaubte.

Was sich hier befand, hätte jedes Sammlerherz höher schlagen lassen. Waffen, Schmuck, Spielzeuge, Werkzeuge, Briefmarkenalben, seltene Weine, Fabergé-Eier, Standuhren, Möbel, Throne gekrönter Häupter. Vieles davon war kostbar, aber es gab auch allerlei wertloses Gerümpel, an dem Meister Schick einfach Gefallen gefunden hatte: verzierte Flaschenverschlüsse, sonderbar geformte Ballons, Digitaluhren, eine Sammlung leerer Eiskrembehälter, Tausende von Pfeifen, Hunderttausende Münzen (alte und neue, bunt gemischt) und so weiter. Verglichen mit dieser Sammlung war *Aladins* Schatzkammer der reinste Ramschladen.

Obwohl die Höhle einem voll gestopften Kuriositätenkabinett glich, wirkte sie keineswegs überladen. Man konnte ungehindert herumschlendern und alles betrachten. Wir schlängelten uns durch die unterschiedlichen Sammlungen und Einzelstücke. Gelegentlich blieb Evanna stehen und wies mich auf etwas besonders Interessantes hin, wie beispielsweise den verkohlten Scheiterhaufen, auf dem man Johanna von Orleans verbrannt hatte, und die Pistole, mit der man Lincoln erschossen hatte, oder das erste Rad.

»Historiker würden hier glatt durchdrehen«, merkte ich an. »Bringt Meister Schick manchmal Besucher her?«

»So gut wie nie«, entgegnete Evanna. »Das ist sein privates Heiligtum. Ich selbst bin erst wenige Male hier gewesen. Eine Ausnahme macht er nur bei denjenigen, die er aus dem See der Seelen fischen lässt. Er muss sie hierher bringen, um sie zu Kleinen Leuten zu machen.«

Als ich das hörte, blieb ich stehen. Mir schwante nichts Gutes. »Evanna«, setzte ich an, doch sie schüttelte den Kopf.

»Stell jetzt bitte keine Fragen mehr«, sagte sie. »Salvatore erklärt dir den Rest. Bald erfährst du alles.«

Wenige Minuten später hatten wir die Mitte der Höhle erreicht, zumindest kam es mir so vor. In den Boden war ein kleiner Teich mit grüner Flüssigkeit eingelassen, und ein Sta-

pel blauer Gewänder lag am Beckenrand. Daneben stand Meister Schick.
Mit säuerlicher Miene musterte er mich durch seine dicken Brillengläser. »Na, wen haben wir denn da?«, sagte er betont langsam und schob die Daumen unter die Hosenträger. »Ist das nicht unser junger Märtyrer höchstpersönlich? Hast du interessante Bekanntschaften im See der Seelen gemacht?«
»Lass ihn einfach reden«, zischte Evanna mir aus dem Mundwinkel zu.
Meister Schick watschelte zu uns herüber und blieb ein paar Meter vor mir stehen. Aus der Nähe schien ein Feuer in seinen Augen zu flackern. »Hätte ich gewusst, wie viel Ärger ich mir mit dir einhandle, hätte ich dich nie in die Welt gesetzt.«
»Zu spät«, höhnte ich.
»Keineswegs«, entgegnete er. »Ich könnte in die Vergangenheit reisen und dich auslöschen, so, als hättest du nie gelebt. Das Universum würde dich durch einen anderen ersetzen. Derjenige würde dann statt deiner zum Vampirfürsten gewählt werden, den Vampyrlord jagen und so weiter und so fort. Du hingegen würdest dann niemals existieren. Deine Seele wäre nicht nur zerstört, sondern vollständig entmaterialisiert.«
»Vater«, mahnte Evanna, »du weißt genau, dass du das niemals tun würdest.«
»Ich könnte aber schon!«, beharrte Meister Schick.
»Mag ja sein«, erwiderte sie und schnalzte tadelnd mit der Zunge, »trotzdem kommt es nicht in Frage. Wir haben eine Abmachung. Ich habe meinen Teil erfüllt. Jetzt bist du an der Reihe.«
Meister Schick grummelte etwas Unfreundliches und quälte sich dann ein verlogenes Lächeln ab. »Nun gut. Ich stehe zu meinem Wort. Bringen wir's hinter uns. Darren, gramgebeugter Spross meiner Lenden, runter mit der Decke und rein in den Teich mit dir.«

»Wieso?«, fragte ich nervös.
»Es ist an der Zeit, dir eine neue Gestalt zu verleihen.«
Noch vor ein paar Minuten hätte ich nur Bahnhof verstanden, aber Evannas diskreter Hinweis hatte mich auf die Situation vorbereitet. »Sie wollen mich in einen Kleinen Kerl verwandeln, nicht wahr?«, erkundigte ich mich.
Meister Schick kniff erbost die Lippen zusammen. Er funkelte Evanna drohend an, doch sie zuckte nur unschuldsvoll die Achseln. »Du bist ja ein richtiger kleiner Besserwisser, hm?«, fuhr er mich grob an. Es ärgerte ihn offenbar, dass ich ihm seine schöne Überraschung verdorben hatte.
»Wie geht das denn vor sich?«, wollte ich wissen.
Meister Schick schlenderte zum Teich hinüber und kauerte sich am Rand nieder. »Das ist die Suppe der Schöpfung«, antwortete er und ließ einen Finger durch die sämige grüne Flüssigkeit gleiten. »Sie wird deinen Körper wie Blut durchströmen und mit Energie versorgen. Sobald du da drin bist, wird dir das Fleisch bis auf die Knochen abfallen. Deine Haut, dein Gehirn und deine Organe lösen sich auf. Ich mische alles neu zusammen und forme aus dem ganzen Durcheinander einen anderen Körper.« Er grinste. »Deine Vorgänger, die diese Prozedur bereits hinter sich haben, haben mir verraten, dass sie dabei wahre Höllenqualen erdulden mussten.«
»Warum sollte ich diese Tortur über mich ergehen lassen?«, fragte ich angespannt. »Ich weiß genau, welches Dasein Ihre Kleinen Leute führen. Dumpf, stumm, ohne Erinnerung an ihr früheres Leben, nichts als Sklaven Ihrer Launen und außerdem Aasfresser, die nicht einmal vor menschlichen Leichen zurückscheuen. Warum sollte ich mich freiwillig zu Ihrem Sklaven machen?«
»Weil sonst das Geschäft mit meiner Tochter platzt«, entgegnete Meister Schick schlicht.
Störrisch schüttelte ich den Kopf. Ich wusste, dass Evanna

ihren Vater hinters Licht führen wollte, doch mir war nicht klar, wozu das hier gut sein sollte. Wie konnte ich dazu beitragen, Frieden zwischen Vampiren und Vampyren zu stiften, indem ich einen Haufen Schmerzen über mich ergehen ließ und mich in einen Kleinen Kerl verwandelte? Das leuchtete mir beim besten Willen nicht ein.

Als habe sie meine Gedanken gelesen, sagte Evanna sanft: »Es geschieht um deinetwillen, Darren. Es hat überhaupt nichts mit dem Krieg der Narben oder den Ereignissen der Gegenwart zu tun. Nur auf diesem Weg kannst du dem See der Seelen entkommen und ins Paradies eingehen. Entweder du verbringst den Rest deines Lebens in deiner jetzigen Gestalt und dieser trostlosen Einöde, oder du vertraust uns und gibst dich in die Hände deines Vaters.«

»Dir vertraue ich«, erwiderte ich an Evanna gewandt und bedachte Meister Schick mit einem giftigen Seitenblick.

»Mensch, Junge, du hast ja keine Ahnung, wie weh so ein Blick tun kann!«, ächzte Meister Schick tieftraurig und brach dann in Lachen aus. »Schluss jetzt mit dem Gequatsche. Entscheide dich. Und du, liebes Töchterlein, sieh dich vor. Mit diesem Angebot habe ich meinen Teil der Abmachung erfüllt. Falls der Junge sich weigert und deinen Rat in den Wind schlägt, ist das sein Problem. Ich erwarte trotzdem, dass du Wort hältst.«

Evanna sah mich fragend an, bedrängte mich allerdings nicht weiter.

Ich überdachte das Angebot gründlich. Einerseits hasste ich die Vorstellung, mich in einen Kleinen Kerl zu verwandeln. Das lag weniger an den Schmerzen. Ich wollte auf keinen Fall zum Sklaven Meister Schicks werden. Und wenn Evanna nun log? Ich hatte gesagt, dass ich der Hexe vertraute, aber rückblickend kam ich nicht umhin, mir einzugestehen, wie wenig Anlass sie mir bisher dazu gegeben hatte. Sie hatte ihren Vater noch nie betrogen und galt nicht gerade als Menschenfreundin. Warum sollte sie sich ausgerechnet jetzt eines Besseren besinnen? Vielleicht war das hier nur ein ausgekochter Plan, um mich einzuwickeln, während sie in Wirklichkeit gemeinsame Sache mit Meister Schick machte oder mit einer List dazu gebracht worden war, seine Wünsche zu erfüllen. Irgendetwas an der Sache war oberfaul.

Andererseits – was blieb mir anderes übrig? Evanna die kalte Schulter zeigen, mich weigern, in den Teich zu gehen, und ausbüchsen? Mal angenommen, Meister Schick ließe mich entkommen und die Ungeheuer im Tunnel würden mich nicht angreifen, was erwartete mich dann? Ein Dasein in einer von Drachen bevölkerten Welt und anschließend ewiger Aufenthalt im See der Seelen. Nicht gerade das, was ich mir für die Zukunft erträumt hatte.

Ich beschloss, das Risiko einzugehen und auf das Beste zu hoffen.

»Na gut«, willigte ich widerstrebend ein. »Aber nur unter einer Bedingung.«

»Du hast hier überhaupt keine Bedingungen zu stellen«, wies Meister Schick mich zurecht.

»Das mag sein«, stimmte ich zu. »Trotzdem stelle ich eine. Ich mache nur mit, wenn Sie mir garantieren, dass ich die Erinnerung nicht verliere. Ich will auf keinen Fall so enden wie Harkat und vergessen, wer ich einmal war, oder gar Ihren Befehlen blindlings gehorchen. Ich weiß nicht, was Sie mit mir vorhaben, wenn ich ein Kleiner Kerl bin, falls Sie mich jedoch zu einem Ihrer hirnlosen Sklaven machen wollen …«

»Ist nicht vorgesehen«, unterbrach mich Meister Schick. »Ich muss gestehen, dass die Vorstellung, du würdest mir einige Jahrtausende die Füße küssen, durchaus ihren Reiz hat, aber meine Tochter hat präzise Bedingungen an unsere Abmachung geknüpft. Sprechen kannst du nicht, das ist allerdings die einzige Einschränkung.«

»Warum soll ich nicht sprechen können?«, fragte ich überrascht.
»Weil mir dein Gequassel zum Hals heraushängt!«, blaffte Meister Schick. »Außerdem ist das nicht nötig. Die meisten Kleinen Leute sind nun mal stumm. Bis jetzt hat sich noch keiner darüber beschwert, und dir wird's auch nicht weiter schaden.«
»Einverstanden«, murmelte ich. Begeistert war ich zwar nicht, aber in diesem Punkt ließ Meister Schick offenbar nicht mit sich reden. Ich trat an den Rand des Teiches und warf die Decke ab, die mir die Kleinen Leute nach meiner Rettung aus dem See der Seelen umgelegt hatten. Ich starrte in die dunkelgrüne Flüssigkeit, in der ich mein Spiegelbild erkennen konnte. »Was ...«, wollte ich gerade zu einer weiteren Frage ansetzen.
»Schluss jetzt mit der dämlichen Fragerei!«, polterte Meister Schick und versetzte mir einen kräftigen Schubs mit dem Ellbogen. Für einen Augenblick schwankte ich unter heftigem Armrudern am Rand des Teiches vor und zurück, bis ich vornüberfiel und mit einem lauten Platschen in etwas landete, das sich wie das Brutzeln sämtlicher Höllenfeuer anfühlte.

17

Ich verbrannte unter Todesqualen. Mein Fleisch warf sich blasig auf und verschmorte. Ich versuchte zu schreien, aber meine Lippen und die Zunge waren bereits verbrannt. Augen und Ohren schmolzen. Schmerz war das Einzige, was ich spürte.
Die brodelnde Flüssigkeit schälte mir das Fleisch von den Knochen und zerkochte das Mark. Sie fraß sich durch meine Eingeweide und wütete in meinem Inneren. Mein Hirn zischte im Schädel wie Butter in der Pfanne. Mein linker Arm, von

dem nur noch die Knochen übrig waren, löste sich vom Körper und trieb in der Flüssigkeit, dicht gefolgt von meinem rechten Unterschenkel. Ich zerfiel in Einzelteile, Glieder, verkohlte Organe, dünne Fleischstreifen, blanke Knochenstücke. Alles, was blieb, war der unvermindert wütende Schmerz.
Mitten in meiner Qual erlebte ich plötzlich einen Augenblick übernatürlicher Ruhe.
Mit den Überresten meines Gehirns spaltete ich mich gleichsam ab. Ich befand mich nicht allein in diesem Teich. Zuerst war ich verwirrt, dann begriff ich, dass die Seele von Sam Grest, die ich in mir trug, seit ich damals, als er starb, sein Blut getrunken hatte, kurz aufgeflackert war. Sam war schon vor vielen Jahren ins Paradies eingegangen, und jetzt hatte der letzte Splitter seiner Seele diese Welt ebenfalls verlassen. Vor meinem geistigen Auge setzte sich in der Flüssigkeit ein junges, sorgloses Gesicht zusammen, das trotz der Tortur lächelte und sich eine eingelegte Zwiebel in den Mund schob. Sam zwinkerte mir zu. Eine Geisterhand winkte. Dann war er verschwunden, und ich blieb allein zurück.
Allmählich ebbte der Schmerz ab. Ich hatte mich vollständig aufgelöst. Alle Nerven, die Empfindungen übertrugen, oder Gehirnzellen, welche die entsprechenden Signale auffingen, waren restlos zerstört. Ein sonderbarer Friede umfing mich. Meine Atome waren mit der Flüssigkeit zu einer Einheit verschmolzen. Ich war die grüne Flüssigkeit. Ich spürte, wie meine hohlen, ausgebrannten Knochen allmählich auf den Grund des Teiches sanken und sich dort ablagerten.
Nach einiger Zeit tauchten Hände – die von Meister Schick – in die Flüssigkeit ein. Als er mir mit dem Finger drohte, lief ein Schauer über die Gedächtnisfetzen meiner Wirbelsäule. Er sammelte jeden einzelnen Knochen aus dem Teich auf und warf die Gebeine auf den Boden der Höhle. Moleküle der grünen Flüssigkeit – meine Moleküle – umhüllten die Knochen,

und durch sie spürte ich, wie Meister Schick die Knochen zusammensetzte, sie zu größeren Stücken aneinander fügte, einige davon abschmolz, andere krümmte oder drehte und daraus langsam eine neue Gestalt erschuf. Salvatore Schicks Arbeit an dem neuen Körper dauerte mehrere Stunden. Als alle Knochen an der richtigen Stelle saßen, packte er die Organe hinein, Gehirn, Herz, Leber, Niere, und bedeckte alles mit einer Außenhaut aus feuchtem grauem Fleisch, die er mit festen Stichen zusammenflickte, damit auch nichts verrutschte. Woher die Organe und das Fleisch stammten, wusste ich nicht genau. Vielleicht züchtete er sie selbst, doch wahrscheinlich hatte er sie anderen Geschöpfen entnommen – höchstwahrscheinlich waren es Leichenreste.

Ganz zum Schluss kamen die Augen dran. Ich spürte, wie er die Verbindung zwischen Augapfel und Gehirn herstellte. Seine Finger bewegten sich mit Lichtgeschwindigkeit und der Genauigkeit des weltbesten Chirurgen. Mein Vater war wirklich ein Meister seines Fachs. Nicht einmal Dr. Frankenstein hätte da mithalten können.

Als er mit dem Körper fertig war, steckte er die Finger wieder in die Flüssigkeit. Diesmal war sie kalt und wurde mit jeder Sekunde eisiger. Allmählich verdampfte die Flüssigkeit und verdickte sich zusehends. Schmerzen hatte ich keine, nur ein sonderbares Gefühl, als würde ich innerlich zusammengepresst.

Nachdem die Flüssigkeit beinahe verdampft und ungefähr so sämig wie ein Milchshake war, zog Meister Schick die Hände heraus und hielt Schläuche in das Konzentrat. Nach einer kurzen Pause verspürte ich Saugbewegungen in diesen Schläuchen, fühlte, wie ich in sie einströmte, aus dem Teich in … was hinein? … Nicht in Schläuche, aber in etwas Ähnliches …

Natürlich! Adern! Meister Schick hatte gesagt, die Flüssigkeit würde mich mit Energie versorgen und sei für mich wie Blut.

Ich wurde aus der Umschließung des Teiches heraus- und in die fleischige Hülle meiner neuen Gestalt hineingesogen.
Ich spürte, wie ich die Lücken schloss und mich durch das aus Adern und Arterien bestehende Netzwerk zwängte, während ich langsam meinen gesamten Körper durchströmte. Als die Flüssigkeit das Gehirn erreicht hatte und allmählich durch die kalten grauen Zellen sickerte, erwachten meine Sinne von neuem.
Als Erstes nahm ich meinen Herzschlag wahr. Er war langsamer und schwerfälliger als zuvor. Ein Prickeln durchlief meine Hände und Füße und überrieselte meine neu geschaffene Wirbelsäule. Ich krümmte Finger und Zehen. Hob versuchsweise einen Arm an. Schüttelte vorsichtig ein Bein. Die fremden Glieder gehorchten mir nicht so prompt wie meine früheren, aber vielleicht musste ich mich erst noch an sie gewöhnen.
Als Nächstes kehrte das Gehör zurück, zuerst nur als ein misstönendes, lautes Röhren, das allmählich abebbte und normale Geräusche zu mir durchdringen ließ. Die Geräusche waren jedoch verschwommener als früher, denn wie bei allen Kleinen Leuten waren auch meine Ohren unter der Haut festgenäht worden. Auf das Gehör folgte die ziemlich undeutliche Wahrnehmung, doch da ich, genau wie die anderen Geschöpfe Meister Schicks, keine Nase hatte, roch, spürte und schmeckte ich nichts.
Je besser mein Gehirn durchblutet wurde, desto mehr konnte ich erkennen. Mit diesen Augen sah die Welt völlig anders aus. Mein Gesichtsfeld hatte sich zwar erweitert, da meine neuen Augen runder und größer waren, aber alles war von einem hauchdünnen grünen Schleier überlagert, als blickte ich durch einen Filter.
Das Erste, was ich deutlich wahrnahm, war Meister Schick, der immer noch an meinem Körper arbeitete, die Schläuche

überprüfte, hier und da an mir herumstichelte und meine Reflexe testete. Er wirkte wie ein liebevoller, fürsorglicher Vater. Dicht daneben erkannte ich Evanna, die ihn nicht aus den Augen ließ, um sich zu vergewissern, dass auch alles mit rechten Dingen zuging. Gelegentlich reichte sie ihm Nadel und Faden wie eine Operationsschwester. Sie wirkte misstrauisch und stolz zugleich. Evanna wusste über die Schwächen ihres Vaters genau Bescheid, aber sie war nun mal seine Tochter, und es war deutlich zu sehen, dass sie ihn trotz aller Vorbehalte liebte – irgendwie.

Schließlich war die Umgestaltung abgeschlossen. Meister Schick entfernte die Schläuche aus meinem Körper und nähte die Löcher mit ein paar Stichen. Danach musterte er mich prüfend, reparierte eine kleine undichte Stelle, verlieh meinen Augenwinkeln den letzten Schliff und horchte auf meinen Herzschlag. Schließlich trat er einen Schritt zurück und grunzte zufrieden: »Ein weiteres gelungenes Exemplar, wenn ich so sagen darf.«

»Setz dich hin, Darren«, ordnete Evanna an. »Aber mach schön langsam.«

Ich befolgte ihren Rat. Als ich den Kopf hob, drehte sich alles vor meinen Augen, doch das gab sich rasch. Im Zeitlupentempo richtete ich mich auf und legte eine Pause ein, sobald mir schwindelig oder übel wurde. Es dauerte einige Zeit, bis ich aufrecht saß. Aus dieser Position konnte ich meinen Körper begutachten, die breiten Hände und Füße, die plumpen Gliedmaßen und die trübe graue Haut. Ich stellte fest, dass ich, genau wie Harkat, weder männlich noch weiblich war, sondern irgendwas dazwischen. In meiner neuen Gestalt konnte ich nicht mehr erröten, sonst hätte ich vor Verlegenheit bestimmt eine feuerrote Birne bekommen!

»Steh auf«, befahl Meister Schick, spuckte in die Hände und rieb sie, um sie mit seinem Speichel zu säubern. »Lauf herum.

Probier dich aus. Es wird nicht lange dauern, bis du dich an deine neue Gestalt gewöhnt hast. Ich habe meine Kleinen Leute so entworfen, dass sie sofort einsatzbereit sind.«
Mit Evannas Hilfe erhob ich mich. Ich schwankte unsicher auf den Füßen vor und zurück, fand jedoch bald das Gleichgewicht. Ich war wesentlich plumper und schwerer als früher. Wie ich schon im Liegen festgestellt hatte, gehorchten mir meine Glieder nicht mehr automatisch. Ich musste mich total konzentrieren, wenn ich einen Finger krümmen oder einen Fuß vor den anderen setzen wollte.
»Immer mit der Ruhe«, mahnte Evanna, als ich mich umdrehte und dabei fast in das mittlerweile leere Teichbecken geplumpst wäre. Sie fing mich auf und hielt mich fest, bis ich wieder sicher auf den Beinen stand. »Ganz langsam, eins nach dem anderen. In fünf bis zehn Minuten geht es schon viel besser.«
Ich versuchte, eine Frage zu stellen, doch es kam kein Laut heraus.
»Du kannst nicht sprechen«, erinnerte mich Evanna. »Du hast keine Zunge.«
Langsam hob ich einen plumpen grauen Arm und deutete mit dem Finger auf meinen Kopf. Ich starrte Evanna mit großen grünen Augen an und übermittelte ihr die Frage probeweise auf mentalem Weg. »Du möchtest wissen, ob du dich durch Gedankenübertragung verständigen kannst«, übersetzte Evanna. Ich nickte mit dem halslosen Kopf. »Nein. Diese Fähigkeit war bei deinem Entwurf nicht vorgesehen.«
»Du bist nur ein Standardmodell«, warf Meister Schick ein. »Da du dich sowieso nicht lange hier herumtreiben wirst, wäre ein Haufen unnötiger Extras witzlos gewesen. Du kannst denken und dich bewegen, alles andere ist überflüssig.«
Die nächsten Minuten verbrachte ich damit, meinen Körper zu erforschen. In der Höhle gab es keine Spiegel, aber ich ent-

deckte eine Silberschüssel, in der ich mein Abbild betrachten konnte. Ich hoppelte hinüber und warf ein kritisches grünes Auge auf mein Äußeres. Ich war von ausgesprochen quadratischer Statur. Meine Nähte waren viel schlampiger zusammengestoppelt als die von Harkat, und meine Augen saßen schief, doch davon abgesehen gab es keinen großen Unterschied. Ich sperrte den Mund auf und stellte fest, dass mir nicht nur die Zunge, sondern auch die Zähne fehlten. Im Schneckentempo drehte ich mich zu Evanna um und deutete fragend auf das Zahnfleisch in meinen leeren Rachen.

»Essen wird nicht nötig sein«, erklärte sie.

»Bei deinem kurzen Leben brauchst du keine Zeit mit Essen zu vertrödeln«, fügte Meister Schick hinzu.

Als ich das hörte, zog sich mein neuer Magen zusammen. Also hatten sie mich doch reingelegt! Das war eine Falle, und ich Dussel war blindlings hineingetappt! Hätte ich sprechen können, so hätte ich meine eigene Dämlichkeit verflucht.

Als ich mich suchend nach einer Waffe zur Selbstverteidigung umblickte, lächelte Evanna mir aufmunternd zu. »Vergiss nicht, warum wir das getan haben, Darren. Wir wollen deine Seele befreien. Wir hätten dir ein neues, langes Leben als Kleiner Kerl geben können, aber das hätte alles nur unnötig kompliziert. So ist es am einfachsten. Du musst uns vertrauen.«

Besonders vertrauenerweckend fand ich die Situation nicht gerade, doch jetzt war es ohnehin zu spät. Außerdem fühlte sich Evanna offenbar keineswegs übers Ohr gehauen, und auf ihrem Gesicht war keine Spur von Schadenfreude zu entdecken.

Ich schob also alle diesbezüglichen Ängste und jeden Gedanken an Kampf beiseite und beschloss, in Ruhe abzuwarten, was die beiden als Nächstes für mich geplant hatten.

Evanna hob den Stapel blauer Gewänder neben dem Teich auf und trug ihn zu mir herüber. »Diese Kleider habe ich für dich vorbereitet«, sagte sie. »Ich helfe dir beim Anziehen.« Ich wollte ihr schon mimisch zu verstehen geben, dass ich mich durchaus selbst anziehen konnte, ließ es allerdings sein, als sie mich viel sagend anfunkelte. Sie hatte Meister Schick, der die Überreste des Teiches betrachtete, den Rücken zugewandt. Während er abgelenkt war, zog sie mir die Gewänder über Kopf und Arme, und ich spürte, dass etliche Gegenstände im Futter eingenäht waren.

Evanna und ich tauschten einen Blick, und sie bedeutete mir wortlos, dass ich meine Entdeckung für mich behalten sollte. Offenbar heckte sie etwas aus. Ich hatte keine Ahnung, was sie in den Gewändern verborgen hatte, doch es handelte sich zweifellos um etwas Wichtiges. Als ich angezogen war, nahm ich eine möglichst entspannte Haltung ein und verbannte jeden Gedanken an die Schmugglerware in meiner Kutte, um Meister Schick nicht versehentlich einen Wink zu geben.

Nach einem letzten prüfenden Blick rief Evanna: »Er ist so weit, Vater.«

Meister Schick watschelte zu uns herüber. Er musterte mich von oben bis unten, schnaubte geräuschvoll und warf mir eine kleine Maske zu. »Die ziehst du besser an«, befahl er. »Wahrscheinlich brauchst du sie nicht, aber unnötige Scherereien wollen wir uns lieber ersparen.«

Nachdem ich die Maske aufgesetzt hatte, bückte sich Meister Schick und zog auf dem Boden der Höhle eine Linie. Er trat einen Schritt zurück und drückte auf seine herzförmige Uhr. Zuerst glühte das Zifferblatt, und kurz darauf glühten auch die Hände und das Gesicht Meister Schicks. Wenige Augenblicke später ragte aus der Linie ein immer größer werdender Torbogen auf. Das Tor hatte keine Tür, und zwischen den Pfosten waberte ein grünlicher Schleier. Ich hatte schon einmal solch ein Tor durchschritten, als Meister Schick Harkat und mich seinerzeit in die vermeintliche Zukunft geschickt hatte (die al-

lerdings immer noch Wirklichkeit werden konnte, falls Evannas Plan scheiterte).
Sobald das Tor zu voller Höhe aufragte, nickte Meister Schick einladend mit dem Kopf. »Zeit zum Aufbruch.«
Mein Blick glitt fragend zu Evanna hinüber. Würde sie mich begleiten?
»Nein«, beantwortete sie meine stumme Frage. »Ich kehre durch eine andere Pforte in die Gegenwart zurück. Diese hier führt in eine weiter zurückliegende Zeit.« Sie beugte sich zu mir herunter und sah mir in die Augen. »Jetzt heißt es Abschied nehmen, Darren. Ich glaube nicht, dass ich jemals ins Paradies eingehen werde, das ist für meinesgleichen nicht vorgesehen. Wahrscheinlich sehen wir uns nie wieder.«
»Vielleicht schafft er's ja auch nicht bis ins Paradies«, höhnte Meister Schick. »Womöglich ist seine Seele beim ewigen unterirdischen Feuer besser aufgehoben.«
Evanna lächelte. »Wir kennen nicht alle Geheimnisse des Jenseits, aber einen Beweis für die Existenz der Hölle gibt es nicht. Der See der Seelen ist offenbar der einzige Ort, wo die Verdammten enden, und wenn unser Plan funktioniert, kehrst du nicht mehr dorthin zurück. Sei unbesorgt, Darren, deine Seele wird sich aufschwingen.«
»Los jetzt«, blaffte Meister Schick. »Er ödet mich an. Höchste Zeit, dass dieser Typ endlich hochkantig aus unserem Leben fliegt.« Damit schubste er Evanna beiseite, packte mich an der Schulter und schob mich in Richtung Tor. »Komm dort drüben bloß nicht auf dumme Gedanken, du Schlaumeier«, knurrte er. »Du kannst die Vergangenheit nicht ändern, also lass lieber die Finger davon. Erledige deine Aufgabe … dein Pech, wenn du nicht kapierst, worin sie besteht … und das Universum kümmert sich um den Rest.«
Da mir nicht klar war, was er meinte, drehte ich mich fragend zu ihm um. Aber Meister Schick übersah meinen Blick geflis-

sentlich, hob einen Gummistiefel und dann – ohne einen Abschiedsgruß, als sei ich ein vollkommen Fremder, der ihm nichts bedeutete – beförderte er mich mit einem wohl gezielten Tritt durch das Tor zurück zu meinem Stelldichein mit der Geschichte.

18

»Meine Damen und Herren, herzlich willkommen im Cirque du Freak, der Heimstatt der bemerkenswertesten aller Menschen.«
Da ich keine Lider hatte, konnte ich nicht blinzeln, aber unter meiner Gesichtsmaske fiel mir die Kinnlade kilometerweit herunter. Ich befand mich hinter den Kulissen eines großen Theaters und starrte auf die unverkennbare Gestalt des toten Hibernius Riesig. Mit dem Unterschied, dass er nicht tot war. Er war im Gegenteil äußerst lebendig und quietschfidel und gerade damit beschäftigt, eine Vorstellung des weltberühmten Cirque du Freak anzusagen.
»Wir präsentieren Ihnen Nummern, die ebenso Furcht erregend wie bizarr sind, und Programmpunkte, die Sie sonst nirgendwo auf der Welt zu sehen bekommen. Die Schreckhaften unter Ihnen sollten jetzt besser gehen. Ich bin sicher, auch heute Abend sind einige Leute …«
Zwei attraktive Frauen traten dicht neben mich, trafen letzte Vorbereitungen für ihren Auftritt und zupften an ihren Glitzerkostümen herum, bis sie richtig saßen. Ich erkannte die beiden sofort, es waren Davina und Shirley. In meiner Anfangszeit beim Cirque du Freak hatten sie zur Truppe gehört, doch nach ein paar Jahren hatten sie den Zirkus verlassen und normale Jobs in der Welt gewöhnlicher Sterblicher angenommen. Das unstete Artistenleben war eben nicht jedermanns Sache.

»... ist einzigartig. Und ausnahmslos keiner von ihnen ist harmlos«, beendete Meister Riesig seine Ansprache und verschwand von der Bühne.

Davina und Shirley traten ins Rampenlicht und gingen zum Käfig des Wolfsmenschen hinüber, der unbedeckt in der Bühnenmitte stand. Inzwischen hatte sich ein Kleiner Kerl zu mir gesellt. Sein Gesicht war unter der Kapuze seiner blauen Kutte verborgen, aber er wandte mir den Kopf zu. Nach kurzem Nachdenken streckte er die Hand aus und zog mir die Kapuze so tief ins Gesicht, dass man mich ebenfalls nicht erkennen konnte.

Mit jener Geschwindigkeit und Lautlosigkeit, für die er einmal berühmt gewesen war, tauchte Meister Riesig neben uns auf. Wortlos drückte er jedem von uns eine Nadel und jede Menge orangefarbenen Bindfaden in die Hand. Mein Nebenmann ließ beides unter seiner Kutte verschwinden, und ich folgte seinem Beispiel, da ich mich so unauffällig wie möglich verhalten wollte.

Davina und Shirley hatten den Wolfsmenschen aus dem Käfig befreit, führten ihn durchs Publikum und ließen ihn von den Zuschauern streicheln. Während sie ihren Rundgang absolvierten, sah ich mir den Saal genauer an. Ich befand mich im alten, verlassenen Filmtheater meiner Heimatstadt, wo Steve Shancus umgebracht hatte und wo sich vor vielen Jahren Mr. Crepsleys und meine Wege gekreuzt hatten.

Während ich noch überlegte, warum ich ausgerechnet hier gelandet war – obwohl ich den Grund bereits erahnte –, ertönte plötzlich ein lauter Knall. Wie häufig bei Vorstellungsbeginn brach der Wolfsmensch in ohrenbetäubendes Gebrüll aus, doch was auf die Zuschauer wie der Ausbruch eines Wahnsinnigen wirken musste, gehörte in Wirklichkeit zum sorgfältig geplanten Programmablauf. Mit einem Satz stürzte er sich auf eine hysterisch kreischende Frau und biss ihr die Hand ab.

Meister Riesig, der soeben noch neben uns gestanden hatte, verschwand plötzlich und tauchte hinter dem Wolfsmann auf. Er zerrte ihn weg von der schreienden Frau, flüsterte ihm etwas ins Ohr und führte ihn zum Käfig zurück. Währenddessen beruhigten Davina und Shirley die aufgeregte Menge so gut es ging.

Meister Riesig kehrte zu der Verletzten zurück, hob die abgetrennte Hand auf und stieß ein lautes Pfeifen aus. Das war für mich und den anderen Kleinen Kerl das Signal zum Auftritt. Wir eilten zu Meister Schick hinüber und achteten darauf, dass unsere Gesichter nicht zu sehen waren. Meister Riesig richtete den Oberkörper der Frau auf und flüsterte ihr etwas zu. Als sie verstummte, bestäubte er den blutenden Handstumpf mit glitzerndem rosafarbenem Puder. Dann nickte er meinem Kollegen und mir zu. Wir zogen Nadel und Bindfaden unter den Kutten hervor und machten uns daran, die Hand wieder an den Unterarm zu nähen.

Während ich emsig stichelte, fühlte ich mich sonderbar beschwingt. Das war das tollste Déjà-vu meines Lebens! Ich wusste genau, was als Nächstes kam, jede einzelne Sekunde war mir vertraut. Man hatte mich zu einem besonderen Abend in meiner Vergangenheit zurückgeschickt, einen Abend, den ich nie vergessen hatte.

Ich hatte mir so lange gewünscht, ich könnte noch einmal in die Vergangenheit zurückkehren und den Verlauf meiner Zukunft ändern. Plötzlich und unter vollkommen unerwarteten Umständen hatte ich endlich die Gelegenheit dazu.

Als wir mit Nähen fertig waren, zogen wir uns wieder hinter die Bühne zurück. Am liebsten wäre ich in den Kulissen geblieben und hätte mir die Show angesehen. Wenn mich mein Gedächtnis nicht im Stich ließ, kam nun Alexander Knochen dran und anschließend Willie Wunderwanst, doch mein Artgenosse hatte leider andere Pläne. Er schubste mich vor sich her zum hinteren Teil des Theaters, wo der junge Jekkus Flang uns erwartete. In späteren Jahren entwickelte sich Jekkus zum erstklassigen Messerwerfer und trat selbst in der Show auf. Damals war er gerade neu dazugestoßen und kümmerte sich um die Souvenirs, die während der Pausen verkauft wurden. Er drückte jedem von uns eine Schale in die Hand, auf der zahllose Gummipuppen von Alexander Knochen, abgeschnittene Wolfsmenschenhaare sowie Schokoladenschrauben und Muttern lagen. Außerdem gab er uns Preisschilder für jedes Souvenir. Jekkus redete kein Wort mit uns, von Harkat Mulds hatte damals noch niemand gehört, und alle glaubten, Kleine Kerle seien stumme roboterähnliche Wesen, die nicht selbstständig denken können.

Als Willie Wunderwanst von der Bühne stampfte, schickte uns Jekkus in den Saal, um die Souvenirs zu verkaufen. Wir gingen zwischen den Zuschauern umher und versuchten, unsere Ware an den Mann zu bringen. Der andere Kleine Kerl übernahm die hinteren Sitzreihen im Saal und überließ mir die vorderen. Innerhalb weniger Minuten geschah das, was ich bereits geahnt hatte, und ich stand den einzigen Kindern im Saal, zwei Jungen, Auge in Auge gegenüber. Einer der beiden gehörte zu der Sorte Kinder, mit denen man ständig Ärger hat. Einer, der garantiert seiner Mutter das Geld aus der Haushaltskasse stibitzte, Horrorcomics sammelte und davon träumte, Vampir zu werden, wenn er erwachsen war. Sein Freund wirkte zwar ruhiger, hatte es jedoch ebenso faustdick hinter den Ohren und gehörte eindeutig zu der Sorte, die einem Vampir mir nichts, dir nichts die Spinne stehlen würden.

»Wie teuer ist denn so seine Glasfigur?«, fragte der unglaublich jung und unschuldig wirkende Steve Leopard und deutete auf eine der Figuren, die Willie soeben verspeist hatte. Ich schlotterte vor Aufregung und musste mich mächtig zusammenreißen, damit meine Hand mit dem Preisschild nicht zit-

terte. »Ich kann leider nicht lesen«, sagte Steve. »Können Sie mir bitte sagen, wie teuer es ist?«
Ich bemerkte den überraschten Ausdruck auf Darrens – nein, bei Charnas Eingeweiden! –, auf meinem Gesicht. Steve hatte von Anfang an vermutet, dass mit den Kleinen Kerlen irgendwas faul war, doch ich war nicht so aufgeweckt gewesen. Ich hatte damals überhaupt nicht kapiert, wieso Steve log.
Ich schüttelte heftig den Kopf, ging weiter und überließ es Steve, meinem jüngeren Ich zu erklären, warum er geschwindelt hatte. Meine beschwingte Stimmung hinter den Kulissen war inzwischen einem Gefühl totaler Leere gewichen. Es ist einfach zutiefst erschütternd, seinem jüngeren Ich in die Augen zu sehen und sich selbst so zu erleben, wie man früher nun einmal war, nämlich, jung, albern und naiv. Vermutlich gibt es niemanden, der sich daran erinnert, wie er als Kind wirklich gewesen ist. Erwachsene glauben das zwar, aber da täuschen sie sich. Fotos und Videos können nicht wiedergeben, wie man als Kind war, und sie erwecken die Kindheit auch nicht zum Leben. Um das wirklich zu wissen, muss man in die Vergangenheit eintauchen.
Wir hatten alle Sitzreihen abgeschritten und verzogen uns wieder hinter die Kulissen, um uns mit neuen Souvenirs zu versorgen, die auf die Artisten der nun folgenden Nummern abgestimmt waren, nämlich Truska, Hans Hände und Mr. Crepsley, der wie ein Phantom nebst seiner dressierten Spinne Madame Octa aus dem Schatten der Nacht auftauchte.
Mr. Crepsleys Auftritt wollte ich mir unter keinen Umständen entgehen lassen. Als Jekkus gerade nicht aufpasste, machte ich mich daher klammheimlich aus dem Staub.
Von den Kulissen aus beobachtete ich mit klopfendem Herzen, wie mein alter Freund und Mentor auf die Bühne marschierte. Er sah einfach umwerfend aus mit seinem dunkelroten Umhang, der kalkweißen Haut, dem winzigen orangefar-

benen Haarschopf und seinem Markenzeichen, der gewaltigen Narbe an der Wange.

Am liebsten wäre ich zum ihm hinübergerannt, hätte ihn umarmt und ihm gesagt, wie sehr ich ihn vermisste und wie viel er mir bedeutet hatte. Ich wollte ihm sagen, dass ich ihn wie einen Vater liebte. Und natürlich gemeinsam mit ihm ein paar Witze über seine steife Art, den mangelnden Sinn für Humor und seinen übertriebenen Stolz reißen. Ich wollte ihm erzählen, wie Steve ihn hereingelegt hatte, und ihn ganz allmählich zur Weißglut bringen, weil er sich ins Bockshorn hatte jagen lassen und sein Tod so vollkommen sinnlos gewesen war. Wenn er sich erst mal wieder abgeregt hatte, würde er den Witz an der ganzen Sache bestimmt zu schätzen wissen!

Doch leider war jeder Kontakt zwischen uns unmöglich. Selbst wenn ich nicht stumm gewesen wäre, hätte Mr. Crepsley nicht gewusst, wer ich war. In jener Nacht hatte er diesen Jungen namens Darren Shan noch nicht kennen gelernt. Ich war ein vollkommen Fremder für ihn.

Also blieb ich, wo ich war, und sah zu. Ich nahm dabei Abschied von diesem Vampir, der mein Leben so tiefgreifend verändert hatte. Ein letztes Mal beobachtete ich genießerisch, wie Madame Octa unter seiner Anleitung die verschiedenen Programmpunkte absolvierte und die Zuschauer in atemloser Spannung hielt. Als ich seine Stimme hörte, überrieselte mich ein Schauer. Ich hatte vergessen, wie tief sein Bass dröhnte, und hing hingerissen an seinen Lippen. Die Minuten verstrichen langsam, doch mir ging alles viel zu schnell. Am liebsten hätte ich ihm bis in alle Ewigkeit zugesehen.

Ein Kleiner Kerl führte eine Ziege auf die Bühne, Madame Octas Opfer. Es war ein anderer Kleiner Kerl als vorhin, aber es gab mehr davon als nur uns beide. Madame Octa tötete das Tier mit einem Biss und führte dann eine ganze Reihe von Nummern mit Mr. Crepsley vor. Sie krabbelte ihm über Körper und Gesicht, schaukelte in seinen Mund hinein und heraus und wirbelte kleine Tassen und Untertassen durch die Luft. Der junge Darren Shan im Publikum war gerade im Begriff, sich in die Spinne zu verlieben, er hielt sie für phantastisch. Der ältere Darren hinter den Kulissen dagegen musterte sie traurig. Ich hatte Madame Octa immer gehasst, weil ich sie für den ganzen Ärger, den ich mir eingehandelt hatte, verantwortlich machte. Plötzlich war mein Hass erloschen. Die Spinne traf keine Schuld. Alles war Schicksal. Vom ersten Augenblick meines Daseins an hatte nur einer die Fäden in der Hand gehalten: Sal Schick.

Mr. Crepsley beendete seine Vorführung und trat ab. Er musste an mir vorbeikommen. Als er sich näherte, überlegte ich ernsthaft, ob ich nicht doch mit ihm in Kontakt treten sollte. Ich konnte zwar nicht sprechen, aber schreiben. Wenn ich ihn packte und zur Seite nahm, eine Nachricht kritzelte und ihm befahl, auf der Stelle zu verschwinden und den Cirque zu verlassen …

Er ging vorbei.

Ich rührte mich nicht.

Nein, ich musste es anders einfädeln. Mr. Crepsley hatte keinen Grund, mir zu vertrauen, und ich hatte keine Zeit für ausführliche Erklärungen. Mr. Crepsley konnte nämlich nicht lesen, und ich hätte jemanden auftreiben müssen, der ihm die Nachricht vorlas, ein ebenfalls recht riskantes Unterfangen. Wenn ich ihm vom Lord der Vampyre und allem, was damit zusammenhing, erzählt hätte, würde er vielleicht versuchen, die Zukunft zu verändern. Evanna hatte zwar behauptet, dies sei unmöglich, aber falls es Mr. Crepsley, von meiner Warnung beflügelt, trotzdem versuchen sollte, könnte er jene entsetzlichen Ungeheuer befreien, vor denen sich sogar Meister Schick fürchtete. Das war einfach zu gefährlich.

»Was hast du denn hier verloren?«, schnauzte mich jemand von hinten an. Es war Jekkus Flang. Er bohrte mir den Zeigefinger in die Rippen und deutete auf meine Schale. »Los, an die Arbeit.«

Eilig stürzte ich davon. Ich wollte wieder die vorderen Sitzreihen bedienen, damit ich mich selbst und Steve aufmerksam beobachten konnte, aber diesmal war der andere Kleine Kerl schneller als ich, und ich musste mit den hinteren Sitzen vorlieb nehmen.

Nach der Pause war Bertha Beißer dran, gefolgt von Sive und Seersa, den Verknoteten Zwillingen. Den Abschluss bildete Evra Von mit seiner Schlangennummer. Da ich nicht sonderlich erpicht darauf war, ihn wiederzusehen, zog ich mich hinter die Bühne zurück. Obgleich der Schlangenjunge einer meiner besten Freunde gewesen war, konnte ich nicht vergessen, welches Leid ich ihm zugefügt hatte. Es hätte mir zu wehgetan, bei seinem Auftritt zuzusehen und gleichzeitig zu wissen, welche Qualen und Verluste ihm noch bevorstanden.

Während die Show sich dem Ende näherte, wandte ich mich der Schmugglerware in meiner Kutte zu. Jetzt war es an der Zeit, herauszufinden, was Evanna ins Futter meiner Kutte eingenäht hatte. Ich ertastete unter dem schweren blauen Stoff einen rechteckigen Gegenstand und riss ihn heraus. Als ich erkannte, worum es sich dabei handelte, überzog ein breites, zahnloses Grinsen mein Gesicht.

Diese raffinierte alte Hexe! Ich erinnerte mich daran, was sie mir auf dem Weg vom See der Seelen zu Meister Schicks Höhle erzählt hatte. Obwohl die Vergangenheit nicht verändert werden konnte, war es sehr wohl möglich, Menschen zu ersetzen, die eine wichtige Rolle darin gespielt hatten. Um meine Seele zu befreien, genügte die Reise in die Vergangenheit, doch Evanna war noch einen Schritt weitergegangen und hatte dafür gesorgt, dass ich auch mein früheres Ich erlösen konnte. Meister Schick wusste Bescheid. Es passte ihm zwar nicht, aber er hatte es hingenommen.

Allerdings hatte Evanna mir in aller Heimlichkeit und hinter dem Rücken ihres Vaters etwas zugesteckt, was für mich noch weit kostbarer war als meine persönliche Freiheit. Meister Schick würde vor Wut an die Decke gehen, falls er je dahinterkam, wie geschickt seine Tochter ihn an der Nase herumgeführt hatte.

Vorsichtig trennte ich die anderen Gegenstände ebenfalls aus dem Futter heraus, legte sie ordentlich nebeneinander und machte eine kurze Bestandsaufnahme. Obwohl ich etwas anderes erwartet hatte, begriff ich sofort, was Evanna vorhatte. Die Versuchung, in die Zukunft zu sehen, war sehr verlockend, aber ich ließ es trotzdem sein. Es war besser für mich, wenn ich nichts davon wusste.

Im Saal ertönten jetzt Schreie. Evras Schlange absolvierte gerade ihren ersten Auftritt. Mir blieb nicht mehr viel Zeit. Also verzog ich mich leise, bevor Jekkus Flang mich ein weiteres Mal aufspüren und für Hilfsarbeiten einspannen konnte. Ich schlich zur Hintertür hinaus und betrat dann das Filmtheater erneut durch den Haupteingang. Langsam ging ich den langen Korridor entlang bis zu der offenen Tür, hinter der eine Treppe nach oben führte – es war der Weg zur Empore.

Ich erklomm ein paar Stufen, stellte Evannas Geschenk auf dem Boden ab und wartete. Ich überlegte, was ich mit den Gegenständen – den Waffen – anfangen sollte. War es am besten, sie dem Jungen direkt in die Hand zu drücken? Nein. In diesem Fall würde er vielleicht versuchen, den Verlauf der Zukunft zu ändern. Das war verboten. Dennoch musste es irgendwie möglich sein, ihm die Schmuggelware später zuzuspielen, damit er sie im richtigen Augenblick zur Verfügung hatte. Andernfalls hätte Evanna sich die ganze Mühe sparen können.

Ich brauchte nicht lange, um die Lösung zu finden. Als ich wusste, was ich mit dem Geschenk machen sollte, ging es mir gleich bedeutend besser, denn nun war mir auch klar, wie ich mich dem jungen Darren gegenüber verhalten musste.

Nach Abschluss der Vorstellung leerte sich das Theater allmählich, wobei die Zuschauer sich angeregt über die Show unterhielten und aus ihrer Verwunderung keinen Hehl machten. Da die beiden Jungen ziemlich weit vorn gesessen hatten, gehörten sie zu den Letzten, die das Theater verließen. Ich wartete in aller Stille auf die folgenden Ereignisse, die ich natürlich schon im Voraus kannte.

Schließlich öffnete ein ängstlicher junger Darren die Tür zur Treppe, schlüpfte lautlos herein, schloss sie hinter sich und wartete schwer atmend und mit pochendem Herzen in der Dunkelheit darauf, dass der letzte Zuschauer das Gebäude verließ. Obwohl es dunkel war, konnte ich ihn genau erkennen, denn meine Augen waren beinahe so scharf wie die eines Halbvampirs. Darren selbst ahnte nichts von meiner Anwesenheit.

Als endlich Stille eingekehrt war, stieg der Junge langsam die Treppe hinauf. Er wollte zur Empore, um von dort aus seinen Freund Steve zu beobachten und ihn nötigenfalls zu beschützen. Falls er es bis auf die Empore schaffte, war sein Schicksal besiegelt. Dann war er zu dem qualvollen Leben eines Halbvampirs verurteilt. Ich hatte die Macht, dies zu verhindern. Das und die Befreiung aus dem See der Seelen waren Evannas Geschenke an mich – von dem, was hier geschehen sollte, hatte Meister Schick keine Ahnung.

Als der junge Darren sich näherte, warf ich mich mit einem Satz auf ihn. Bevor er wusste, wie ihm geschah, hatte ich ihn auch schon gepackt und die Stufen hinuntergezogen. Am Fuß der Treppe riss ich die Tür auf, stieß ihn auf den Korridor und ließ ihn grob zu Boden fallen. Sein Gesicht war vor Entsetzen völlig verzerrt.

»La… la… lass mich am Leben!«, quiekte er und krabbelte rückwärts.

Statt einer Antwort schlug ich die Kapuze zurück, riss den Gesichtsfilter herunter und entblößte meinen runden, grauen narbenübersäten Quadratschädel mit dem riesigen Mund. Ich reckte den Kopf vor, schielte und breitete unheilvoll die Arme aus. Kreischend sprang Darren mit einem Satz auf die Füße und taumelte in Richtung Ausgang davon. So geräuschvoll wie möglich trampelte ich hinter ihm her und kratzte dabei mit den Fingernägeln an der Mauer, dass der Putz nur so rieselte. Kaum hatte er die Eingangstür erreicht, stürzte er wie von Furien gejagt ins Freie und stolperte vor lauter Hast die Treppe hinunter. Im Nu hatte er sich wieder aufgerappelt und rannte wie ein geölter Blitz davon.

Ich blieb an der Eingangstür stehen und beobachtete, wie mein früheres Ich der Gefahr entfloh. Ich lächelte zufrieden. Zur Sicherheit wartete ich noch eine Weile, aber insgeheim wusste ich genau, dass er nicht mehr zurückkommen würde. Er würde auf dem schnellsten Wege nach Hause laufen, unter die Bettdecke kriechen und so lange bibbern, bis er endlich einschlief. Am nächsten Morgen würde er keine Ahnung von Steves Plänen haben und seinen Freund einfach anrufen, um herauszufinden, ob alles in Ordnung war. Da er nicht wusste, wer Mr. Crepsley war, hatte er auch keinen Grund, Steve zu fürchten, der seinerseits keinen Grund hatte, Darren zu misstrauen. Die beiden würden Freunde bleiben, und obwohl ich mir sicher war, dass sie häufig über ihre abenteuerlichen Erlebnisse im Cirque du Freak redeten, würde Darren die Spinne nicht stehlen und Steve die Wahrheit über Mr. Crepsley für sich behalten.

Ich machte kehrt und stieg wieder auf die Empore. Ich beobachtete, wie Steve die Karten auf den Tisch legte und Mr. Crepsley bat, ihn als Gehilfen aufzunehmen. Mr. Crepsley stellte ihn auf die Probe und weigerte sich, Steve zum Vampir zu machen, weil er schlechtes Blut hatte.

Wutschnaubend verließ Steve das Theater und schwor, sich an dem Vampir zu rächen.
Würde Steve immer noch so rachedurstig sein, wenn sein schlimmster Feind – nämlich ich – aus dem Rennen war? Würde er in sich seinem späteren Leben immer noch den Vampyren anschließen? War es sein Schicksal, dass sich an seinem Leben nichts veränderte und es genauso verlief wie in der ersten Runde, mit der einzigen Ausnahme, dass sein Feind nicht ein gewisser Darren Shan sein würde, sondern eine andere Person? Oder würde das Universum Steve ebenso durch einen anderen ersetzen wie mich?
Ich würde es niemals erfahren. Erst im Lauf der Zeit würde sich herausstellen, welches Schicksal Steve beschieden war, und mir blieb keine Zeit, um die Geschichte bis an ihr Ende zu verfolgen. Ich hatte meine Abschlussrunde gedreht, für mich war das Spiel beinahe vorbei. Allmählich war es an der Zeit, einen Schlussstrich unter mein Leben zu ziehen und mich für ein letztes Lebewohl zu sammeln.
Doch bevor dieser Augenblick gekommen war – wollte ich noch ein letztes Mal versuchen, mit List und Tücke Salvatore Schicks Pläne zu vereiteln.

19

Man kann die entscheidenden Ereignisse der Vergangenheit nicht verändern, sondern nur die daran beteiligten Menschen. Die zeitlichen Unterschiede, die sich daraus ergäben, würde eine höhere Macht wie das Universum ausgleichen.
Zwar konnte ich nichts an meiner eigenen Geschichte ändern, aber ich hatte die Möglichkeit, mich selbst vom Schauplatz der Ereignisse wegzumanövrieren. Das hatte ich getan, indem ich dem jungen Darren Shan einen Heidenschreck eingejagt hatte.

Die Geschichte meines Lebens würde sich trotzdem genauso abspielen wie bisher. Ein Kind würde angezapft werden, zum Vampirberg reisen, den Verrat Kurda Smahlts entdecken, Vampirfürst werden und schließlich den Lord der Vampyre jagen. Doch dieses Kind würde ein anderer sein als jener Junge, den ich heute Abend das Fürchten gelehrt hatte. Ein anderer würde in die Fußstapfen von Darren Shan treten.

Es war ein mieses Gefühl, einem anderen Kind die Qualen meines Daseins zuzumuten, doch zumindest wusste ich, dass dieses Kind im Tode siegreich sein würde. Mein Nachfolger würde den Lord der Vampyre zur Strecke bringen und dabei sterben. Deswegen war ihm gewiss ein friedlicher Tod bestimmt. Da dieses Kind nicht für seine Taten verantwortlich gemacht werden konnte, würde seine Seele ins Paradies eingehen. Das Universum war hart, aber gerecht. Jedenfalls hoffte ich das.

Möglicherweise würde dieses Kind nicht einmal ein Junge sein. Vielleicht trat ein Mädchen an meine Stelle! Der neue Darren Shan musste schließlich keine genaue Kopie des Originals sein. Er oder sie konnte jeden denkbaren Hintergrund haben und aus irgendeiner Ecke der Welt kommen. Mein Nachfolger musste nur ausgesprochen neugierig sein und, genau wie ich, einen gewissen Hang zum Ungehorsam haben. Jedes Kind, das den Nerv hatte, sich spät abends davonzuschleichen, um sich eine Vorstellung des Cirque du Freak anzusehen, war geeignet, an meiner Stelle Gehilfe Mr. Crepsleys zu werden.

Meine veränderte Rolle würde auch die der anderen beeinflussen. Vielleicht würde ein anderes Mädchen oder ein anderer Junge Debbies Rolle übernehmen, und jemand anders würde Sam Grest ersetzen. Vielleicht würde nicht Gavner Purl, sondern ein anderer Vampir Kurda zum Opfer fallen, und selbst an Steves Stelle konnte ein anderer Junge treten. Vielleicht würde Mr. Crepsley nicht in der Kammer der Vergeltung sterben und stattdessen ein uralter, weiser Vampir werden wie sein Lehrer Seba Nile. Viele Teile der Geschichte, der Legende, würden sich womöglich anders entwickeln, nachdem die Hauptperson ausgetauscht worden war.

Aber das war reine Spekulation. Nur in einem war ich mir absolut sicher: Der Junge, der ich einmal gewesen war, würde jetzt ein normales Leben führen. Er würde zur Schule gehen, aufwachsen wie alle anderen Kinder, arbeiten und vielleicht eines Tages eine eigene Familie gründen. Alles, was der echte Darren Shan verpasst hatte, konnte der neue Darren Shan jetzt in vollen Zügen genießen. Ich hatte ihm die Freiheit geschenkt – und die Menschlichkeit. Ich konnte nur die Vampirgötter anflehen, dass er das Beste daraus machte.

Bei den Gegenständen, die ins Futter meiner Kutte eingenäht waren, handelte es sich um meine Tagebücher. Ich hatte schon immer Tagebuch geführt und alles genau aufgeschrieben. Meinen Besuch im Cirque du Freak, meinen Werdegang zum Gehilfen Mr. Crepsleys, die Zeit im Vampirberg, den Krieg der Narben, die Jagd nach dem Lord der Vampyre – jede Einzelheit, bis zu dem Abend, als ich den letzten Kampf mit Steve ausfocht. Es stand alles drin, jedes wichtige Ereignis meines Lebens und natürlich auch eine Menge unbedeutender Kram.

Evanna hatte das Tagebuch auf den neuesten Stand gebracht. Sie musste es damals aus dem Haus mitgenommen haben, wo Debbie und Alice ihren Stützpunkt eingerichtet hatten. Sie beschrieb alles, was sich in jener blutgetränkten Nacht ereignet hatte, den Endkampf mit Steve und meinen Tod. Meine Leidensjahre im See der Seelen hatte sie kurz umrissen und anschließend genauer festgehalten, wie ich gerettet und schließlich als Kleiner Kerl wiedergeboren wurde. Sie war sogar noch

einen Schritt weitergegangen und hatte die zukünftigen Ereignisse beschrieben, wie ich zum Cirque zurückkehrte und den echten Darren vergraulte …
Ich wusste nicht, was auf den letzten Seiten stand. So weit hatte ich nicht gelesen. Ich wollte lieber selbst herausfinden, was meine letzten Taten und Gedanken waren, statt alles aus zweiter Hand zu erfahren.

Nachdem Steve den Cirque verlassen und Mr. Crepsley sich zu seinem Sarg ins Kellergewölbe begeben hatte, machte ich mich auf die Suche nach Meister Riesig. Ich stöberte ihn in seinem Wohnwagen auf, wo er die Einnahmen des Abends zählte. Das gehörte zu seinen festen Gewohnheiten. Ich glaube, er mochte diese einfache Arbeit. Ich klopfte an die Tür und wartete auf seine Antwort.
»Was willst du?«, fragte er misstrauisch, als er mich sah. Überraschungsbesuche waren nicht an der Tagesordnung, schon gar nicht die von Kleinen Leuten.
Ich hielt ihm die Tagebücher entgegen, die er argwöhnisch betrachtete, ohne sie anzurühren.
»Ist das eine Nachricht von Salvatore?«, fragte er. Ich schüttelte den halslosen Kopf. »Was soll es denn dann …« Er riss die Augen auf. »Nein!«, stieß er hervor. »Das ist unmöglich!« Er schob meine Kapuze zurück – ich hatte sie wieder aufgesetzt, nachdem ich den jungen Darren zu Tode erschreckt hatte – und studierte eingehend mein Gesicht.
Nach einer Weile fing Meister Riesig an zu lächeln. »Hat meine Schwester da etwa ihre Hände im Spiel?«, erkundigte er sich. Ich neigte den plumpen Schädel ein wenig. »Ich hätte nie gedacht, dass sie sich einmischen würde«, murmelte er. »Vermutlich geht es hier nicht nur darum, deine Seele zu retten, aber du brauchst mir nichts zu sagen. Es ist für uns alle besser, wenn ich nur das Nötigste weiß.«

Ich hielt die Tagebücher hoch und wollte sie ihm überreichen, doch Meister Riesig rührte sie nicht an. »Ich bin mir nicht sicher, ob ich alles verstehe«, sagte er.

Ich deutete auf den Namen – Darren Shan –, den jemand auf den Einband gekritzelt hatte, und dann auf mich. Ich schlug das Buch auf, legte den Finger auf das Datum und die Anfangszeilen und blätterte ein paar Seiten vor, wo mein erster Besuch im Cirque und die darauf folgenden Ereignisse beschrieben waren. Als er den Teil gelesen hatte, wo ich darstellte, wie ich Steve von der Empore aus heimlich beobachtete, hob ich den Zeigefinger und schüttelte besonders nachdrücklich den Kopf.

»Aha«, gluckste Meister Riesig. »So ist das also. Evanna hat nicht nur deine Seele gerettet, sondern auch dafür gesorgt, dass dein einstiges Ich ein normales Leben führen wird.«

Ich lächelte, froh darüber, dass er mich verstanden hatte. Ich schlug das Tagebuch zu, tippte mit dem Finger auf den Einband und bot ihm die Hefte erneut an. Diesmal nahm er sie.

»Jetzt weiß ich, was du möchtest«, sagte er leise. »Du willst, dass die Welt von dieser Geschichte erfährt, aber ich soll noch ein bisschen warten. Du hast Recht. Man könnte die Hunde des Chaos entfesseln, wenn man alles sofort preisgibt. Bist du zur Zeit der Veröffentlichung jedoch tot, können nur noch Gegenwart und Zukunft davon beeinflusst werden.«

Meister Riesigs Hände vollführten einige rasche Bewegungen, und von den Tagebüchern war keine Spur mehr zu sehen. »Bei mir sind sie in Sicherheit, bis die Zeit reif ist«, sagte er. »Wem soll ich sie dann zuschicken? Einem Schriftsteller? Einem Verleger? Oder demjenigen, zu dem du dann geworden bist?«

Letzteres bejahte ich mit heftigem Nicken.

»Nun gut«, gab er zurück. »Ich weiß nicht, was der Junge mit den Büchern anstellen wird, vielleicht hält er alles für einen schlechten Scherz, oder er versteht nicht, was du von ihm willst, aber ich werde tun, was du von mir verlangst.« Er war im Begriff, die Tür zu schließen, hielt jedoch plötzlich inne. »In dieser Zeit kenne ich dich nicht, und da du dich jetzt aus deinem ursprünglichen Lebensverlauf zurückziehst, werde ich dich auch nie kennen lernen. Trotzdem spüre ich, dass wir Freunde sind.« Er hielt mir die Hand entgegen, und ich schlug ein. Es kam nur höchst selten vor, dass Meister Riesig einem die Hand schüttelte. »Viel Glück, mein Freund«, flüsterte er. »Viel Glück uns allen.« Damit schloss er rasch die Tür und ließ mich allein, damit ich mich zurückziehen und mir ein ruhiges Fleckchen zum Sterben suchen konnte.

Ich habe endlich verstanden, warum Evanna wiederholt darauf zu sprechen kam, dass Meister Schick sich nichts aus Literatur macht. Bücher sind ihm fremd. Romane oder andere geschriebene Werke kümmern ihn nicht. Wenn in vielen Jahren einmal ein erwachsener Darren Shan eine ganze Buchreihe über Vampire veröffentlicht, so wird Meister Schick mit Sicherheit nichts davon erfahren. Er wird mit anderen Dingen beschäftigt sein. Das Buch wird erscheinen und Leser finden, und obwohl Vampire nicht gerade Leseratten sind, bin ich überzeugt, dass sie irgendwie davon Wind bekommen.
Sobald im Krieg der Narben eine Waffenruhe eintritt und die Führer beider Seiten sich um Frieden bemühen, werden meine Tagebücher – vorausgesetzt, das Vampirglück ist meinen Artgenossen hold – in den Buchhandlungen aller Welt ausliegen. Vampire und Vampyre können meine Geschichte lesen (oder sie sich vorlesen lassen, falls sie Analphabeten sind). Sie werden Dinge von Meister Schick hören, von denen sie sich niemals hätten träumen lassen. Sie werden entdecken, wes Geistes Kind er in Wirklichkeit ist, und alles über seine niederträchtigen Zukunftspläne erfahren. Bestärkt von diesem Wissen und durch die Geburt der Kinder Evannas vereint, bin ich sicher,

dass Vampire und Vampyre das Kriegsbeil begraben und gemeinsam alles daransetzen werden, um Meister Schicks Ränke zu durchkreuzen.
Meister Riesig wird die Tagebücher dem erwachsenen Darren Shan zuspielen. Ich halte es für unwahrscheinlich, dass mein Alter Ego meinen schriftlichen Aufzeichnungen persönliche Bemerkungen oder Anweisungen hinzufügen wird. Er wird es nicht wagen, sich so vorwitzig in die Vergangenheit einzumischen. Ich kann mir allerdings auch gut vorstellen, dass mein erwachsenes Ich die Tagebücher als bizarres Lügenmärchen betrachtet, sie beiseite legt und überhaupt nichts unternimmt. Aber so, wie ich mich selbst einschätze (also, das hört sich jetzt echt komisch an), nehme ich eher an, dass ich sie für bare Münze nehme. Schließlich habe ich mich selbst immer für jemanden gehalten, der für alles offen ist.
Wenn mein erwachsenes Alter Ego die Tagebücher gelesen hat und glaubt, was da geschrieben steht, wird es wissen, was zu tun ist. Darren wird sie bearbeiten, die Namen verändern, um keine unerwünschte Aufmerksamkeit auf die Beteiligten zu lenken, die Fakten zu einer Geschichte umarbeiten, die langweiligen Passagen streichen, das Ganze in romanhafte Form gießen und daraus einen packenden, mit Handlung gespickten Schmöker fabrizieren. Hat er das alles erledigt – dann bringt er's an den Mann! Er treibt einen Literaturagenten und Verleger auf. Erzählt ihm, dass es sich um ein Produkt seiner Phantasie handelt. Lässt das Buch veröffentlichen. Rührt kräftig die Werbetrommel. Verhökert die Rechte in möglichst viele Länder, damit das Buch weltweit gelesen werden kann und die Geschichte möglichst vielen Vampiren und Vampyren zu Ohren kommt.
Ist das eigentlich noch realistisch? Zwischen einem Tagebuch und einem Roman liegen bekanntlich Welten. Wird der menschliche Darren Shan überhaupt die Fähigkeit besitzen,

Leser zu fesseln und sich eine spannende Geschichte auszudenken? Wird es ihm gelingen, eine Romanreihe zu schreiben, die sogar die Aufmerksamkeit nächtlicher Geschöpfe erregt? Keine Ahnung. Als Junge hatte ich immer eine Eins im Aufsatz, doch ob ich das als Erwachsener auch noch hinbekomme, weiß ich heute nicht. Vielleicht lese ich dann gar nicht mehr. Vielleicht will oder kann ich dann gar nicht mehr schreiben.

Trotzdem bin ich optimistisch. Von meinem düsteren Schicksal erlöst, vermag ich nur zu hoffen, dass mein jüngeres Ich weder aufgehört hat zu lesen noch zu schreiben. Sollte mir (und *uns*) das Glück der Vampire wirklich hold sein, wird jener Darren womöglich schon Schriftsteller werden, bevor Meister Riesig ihm das Manuskript schickt. Das wäre natürlich der Idealfall. Dann könnte er meine Lebensgeschichte einfach als sein geistiges Eigentum ausgeben und anschließend mit seinem eigenen Kram weitermachen, und niemand, abgesehen von denjenigen, die am Krieg der Narben beteiligt waren, würde den Unterschied bemerken.

Vielleicht ist das alles bloß ein Traum von mir. Doch er könnte durchaus Wirklichkeit werden. Ich bin schließlich der Beweis, dass sich die sonderbarsten Dinge ereignen können.

Daher sage ich: Hau rein, Darren! Glaub an deine Ideen, und mach was draus. Streng dich an. Werde ein guter Schriftsteller. Dann erwarte ich dich von dort oben mit der abgedrehtesten, verrücktesten Geschichte, die du je gehört hast. Worte besitzen große Macht und können die Zukunft und die Welt verändern. Gemeinsam finden wir die richtigen Worte, davon bin ich fest überzeugt. Wenn ich so darüber nachdenke, hätte ich sogar jetzt schon den Romananfang parat und könnte dir sozusagen den ersten Schritt erleichtern, mit dem du dich auf diesen langen, verschlungenen Pfad begibst. Er würde in etwa so lauten: »Ich war schon immer verrückt nach Spinnen …«

20

Ich habe mich auf das Dach des alten Filmtheaters zurückgezogen, liege auf dem Rücken und betrachte den wunderschönen Himmel. Die Morgendämmerung zieht langsam herauf. Zarte Wolkengespinste treiben gemächlich über dem Lichtstreifen am Horizont. Ich spüre, wie ich mich allmählich auflöse. Nun dauert es nicht mehr lange.

Ich bin mir nicht hundertprozentig sicher, wie Meister Schicks Wiederbelebungsprozedur funktioniert, doch immerhin verstehe ich so einigermaßen, was dabei vor sich geht. Harkat wurde aus den Überresten Kurda Smahlts erschaffen. Meister Schick hat aus Kurdas Leiche einen Kleinen Kerl zusammengebastelt. Anschließend hat er Harkat in die Vergangenheit geschickt. Harkat und Kurda hätten niemals gleichzeitig existieren können. Normalerweise kann eine Seele nicht in zwei Körpern zugleich sein. Einer muss dem anderen weichen. Kurda hatte als Original automatisch das Recht zu leben, demnach hätte sich Harkats Körper auflösen müssen, als Kurda viele Jahre später aus dem See der Seelen gefischt wurde.

Doch es kam anders. Harkat überlebte einige Jahre, obwohl er sich in derselben Zeiteinheit befand wie Kurda. Daraus muss ich schließen, dass Meister Schick die Macht besitzt, seine Kleinen Leute für einige Zeit zu beschützen, und zwar selbst dann, wenn er sie in die Zeit zurückschickt, in der ihre ursprünglichen Besitzer noch leben.

Bei mir liegt der Fall etwas anders. Als er mich zurückschickte, hat er sich nicht die Bohne darum gekümmert, mich zu beschützen. Also muss einer der Körper verschwinden – nämlich dieser hier. Aber ich will mich ja nicht beklagen. Dass mir als Kleiner Kerl nur ein kurzes Dasein beschieden war, geht schon in Ordnung. Im Grunde ist gerade die Kürze meiner Lebensspanne entscheidend! Nur so konnte Evanna mich befreien.

Als Kurda dem Tod zum zweiten Mal ins Auge sah, eröffnete ihm Meister Schick, dass seine Seele nicht mehr in den See zu-

rückkehren, sondern diesen Niederungen entrinnen würde. Wenn ich jetzt sterbe, wird meine Seele, genau wie die Kurdas, ins Paradies eingehen. Vermutlich ist es so ähnlich, als würde ich bei einem Monopoly-Spiel nicht auf dem Feld mit der Aufschrift »Los«, sondern direkt im Gefängnis landen, bloß dass »Los« in diesem Fall für den See der Seelen steht und »Gefängnis« für ein Leben nach dem Tode.
Ich fühle mich so federleicht, als würde ich fast nichts mehr wiegen. Dieses Gefühl steigert sich mit jedem Augenblick. Mein Körper verschwindet und löst sich auf. Diesmal ist es jedoch ein anderes Gefühl als im Teich mit der grünen Flüssigkeit in Meister Schicks Höhle. Es ist ein sanfter, schmerzloser Prozess, als würde eine unwiderstehliche Macht langsam die Nähte meines Körpers lösen und mit magischen Nadeln Fleisch und Knochen voneinander trennen, Muskelstrang für Muskelstrang, Ader für Ader.
Wie es wohl im Paradies sein mag? Auf diese Frage muss ich die Antwort schuldig bleiben. Ich wage nicht einmal eine Vermutung. Ich stelle mir einen Ort vor, der zeitlos ist und an dem die toten Seelen aller Zeitalter eins werden, an dem alte Freundschaften erneuert und neue Bekanntschaften geknüpft werden. Es gibt weder Raum noch Körper, nur Gedanken und Vorstellungen. Doch einen Beweis habe ich nicht. So male ich es mir nur aus.
Ich bündle das bisschen Energie, das mir noch geblieben ist, und hebe die Hand. Das graue Fleisch ist mittlerweile durchsichtig, und ich kann durch meine Muskeln und Knochen die Sterne am Himmel glitzern sehen. Ich grinse, und meine Mundwinkel dehnen sich langsam über die Konturen meines Gesichts zu einem grenzenlosen, unendlichen Lächeln.
Meine Kleider gleiten an mir herab, während der Körper, an dem sie haften, zerfällt. Atome steigen wie Dampfwolken aus mir auf, zuerst sind es nur dünne Ranken, die sich allmählich

in allen Regenbogenfarben verdichten, während meine Seele den Körper verlässt. Die zarten Schlingen umwinden einander und steigen in die Lüfte, Sternen und fremden Sphären entgegen.

Beinahe bin ich nicht mehr. Meine Gewänder sind in sich zusammengefallen. Nur die letzten Spuren meiner Seele schweben noch über ihnen und dem Dach. Ich denke an meine Familie, an Debbie, Mr. Crepsley, Steve, Meister Schick und an all jene, die ich gekannt, geliebt, gefürchtet und gehasst habe. Mein letzter Gedanke gilt merkwürdigerweise Madame Octa. Ob es im Paradies wohl Spinnen gibt?

Jetzt ist es also vorüber. Ich habe mit dieser Welt nichts mehr zu schaffen. Schneller als Licht steigen meine letzten Atome himmelwärts und lassen Dach, Theater, Stadt, Welt weit, weit hinter sich zurück.

Ich bin auf dem Weg in ein neues Universum, ich mache mich auf zu neuen Abenteuern und einem neuen, unbekannten Dasein.

Lebe wohl, Welt! Auf Wiedersehen, Darren Shan! Gehabt euch wohl, Freunde und Verbündete! Das war's! Die Gestirne rufen mich. Zeit und Raum explodieren. Ich durchbreche die Grenzen der Realität. Im Dahingleiten zerfalle und vereinige ich mich unaufhörlich. Ich bin ein Atemhauch auf den Lippen des Universums. Aller Dinge, aller Welten, alles Seienden. Ich bin alles zugleich und bin doch nichts. Mr. Crepsley erwartet mich. In der Unendlichkeit ertönt Gelächter. Ich verschwinde … vergehe … bin nicht mehr.

Tauchen Sie ein in
phantastische Welten:
www.pan-verlag.de
• Video-Trailer
• Phantastische Leseproben
• Alles über Helden und Hintergründe
• Leser-Forum
• Großes Gewinnspiel
PAN